·全译注·

万叶集

〔日〕大伴家持等⊙著

刘德润 刘淙淙⊙译

上海译文出版社

大伴家持画像
狩野探幽 画

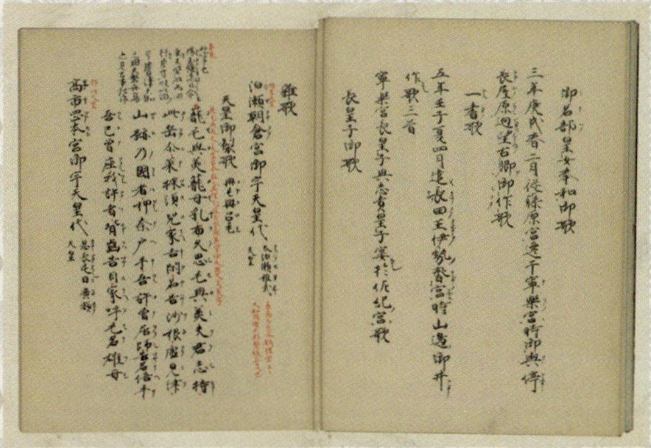

《西本愿寺本万叶集》

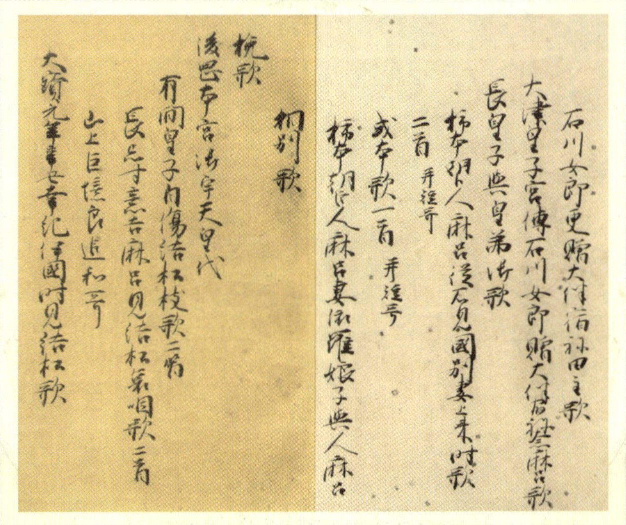

石川女郎更贈大伴宿祢田主歌
大津皇子宮侍石川女郎贈大伴宿祢宿奈麻呂歌
長皇子与皇弟御歌
柿本朝臣人麻呂従石見國別妻上来時歌
二首 并短哥
或本歌一首 并短哥
柿本朝臣人麻呂妻依羅娘子与人麻呂

挽歌
後岡本宮御宇天皇代
有間皇子自傷結松枝歌二首
長忌寸意吉麻呂見結松哀咽歌二首
山上臣憶良追和歌
大宝元年辛丑幸于紀伊國時見結松歌

《金泽本万叶集》

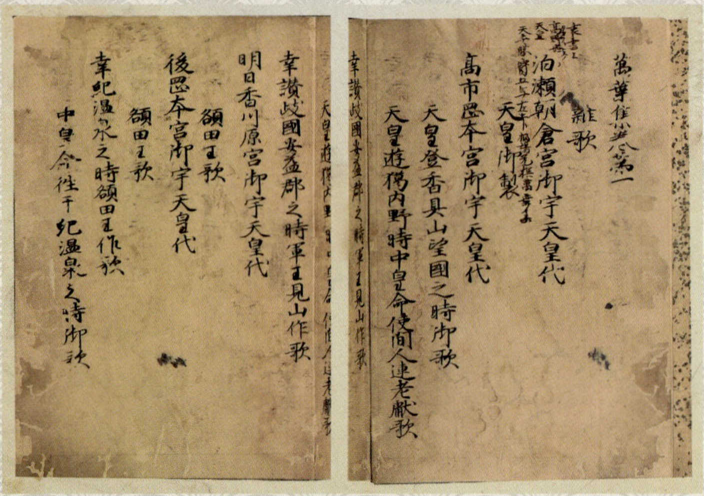
萬葉集卷第一
雜歌
泊瀨朝倉宮御宇天皇代
天皇御製
高市岡本宮御宇天皇代
天皇登香具山望國之時御歌
天皇遊獵内野時中皇命使間人連老獻歌
幸讃岐國安益郡之時軍王見山作歌
明日香川原宮御宇天皇代
額田王歌
後岡本宮御宇天皇代
額田王歌
幸紀温泉之時額田王作歌
中皇命往于紀温泉之時御歌

《元历校本万叶集》（古河本）

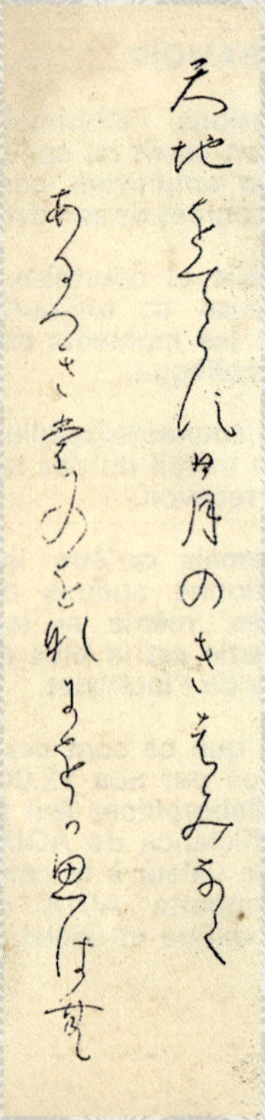

编号 4486 作品
“天平宝字元年十一月十八日，于宫内肆宴之时，歌二首”
尾上柴舟 笔
刘德润 藏

《曼朱院本万叶集》

《元历校本万叶集》

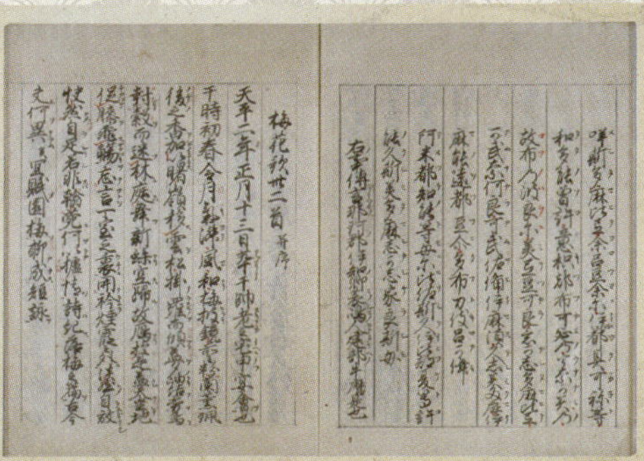
梅花歌卅二首 并序

编号 815—846 作品
梅花宴组歌《梅花歌三十二首》
《曼朱院本万叶集》

编号 815—846 作品
梅花宴组歌《梅花歌三十二首》
大亦观风 画

佐佐木信纲等《校本万叶集》

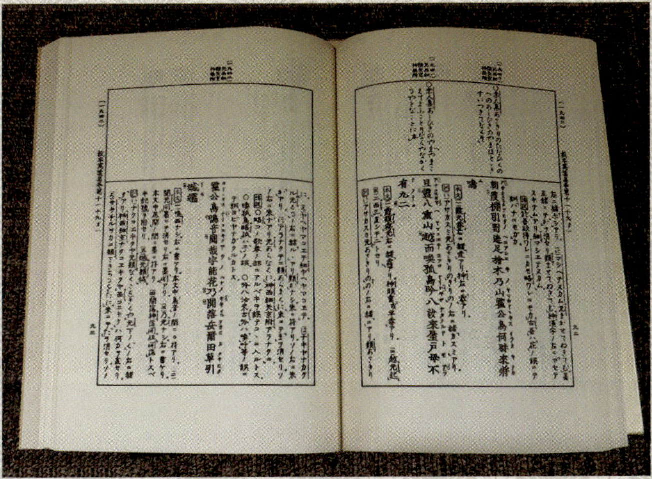

万叶歌碑
编号 887 作品
“山上忆良，为熊凝述志，敬和咏歌六首并序”

编号 3644 作品
“佐婆海上忽遭逆风，漂流丰前国下毛郡分间浦，追忆艰难，怛然作歌八首”
大亦观风 画

编号 3791 作品
“砍竹老翁，偶遇九位女子，赎其近狎之罪，作长歌并短歌”
大亦观风 画

神宫文库

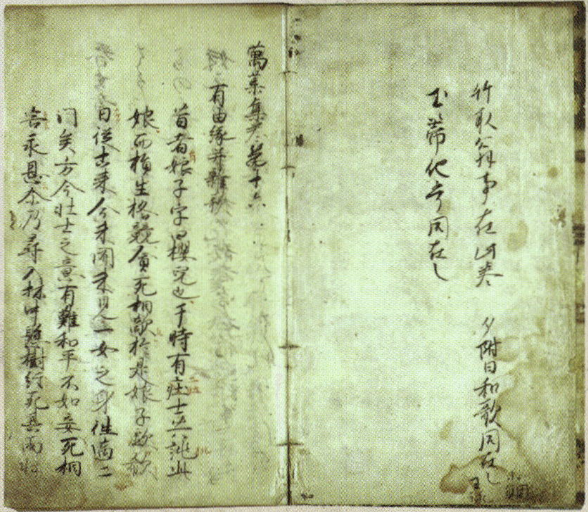

竹取翁事在此巻
夕附日和歌同在し

萬葉集巻第十六
有由縁并雑歌
昔有娘子字曰桜児也于時有壮士二人共誂此
娘而捐生格競貪死相敵於是娘子歔欷
曰従古来今未聞未見一女之身往適二
門矣方今壮士之意有難和平不如妾死相
害永息尒乃尋入林中懸樹経死其両壮

《尼崎本万叶集》

西本愿寺

编号 235 作品
万叶歌遗迹“大和雷岳图”
大亦观风 画

编号 4094 号作品
“大伴家持，祝贺圣武天皇‘陆奥国产出黄金诏书’，长歌并短歌”
大亦观风 画

编号 1 作品
“雄略天皇御制歌”
大亦观风 画

编号 853 作品
“大伴旅人，游松浦川，赠少女等歌”
大亦观风 画

编号 488 作品
“额田王，思念近江天皇作歌一首”
大亦观风 画

编号 131 作品
“柿本人麻吕离开石见国，告别妻子赴京时，咏长歌并短歌”
大亦观风 画

编号 892 作品
“山上忆良，贫穷问答长歌并短歌”
大亦观风 画

刘德润（左）石川忠久（右）

刘德润（左）小川环树（右）

中西进（左）刘德润（中）黄瀛（右）

目录

序　言

我讲授日本古典文学四十余年，对和歌、俳句情有独钟。除拙译《小仓百人一首》《东瀛听潮——近代史上的和歌与俳句》之外，还出版了《日本古典文学赏析》《日本古典文学十五讲》《万叶集精粹》《日本古典文学大辞典》（合著）等。同时，《万叶集》全译也在陆续进行，历时四十余年，《万叶集》（全译注）终于完稿。本书译注万叶和歌 4516 首，介绍万叶时代的社会生活、精神生活、婚恋习俗、衣食住行，还有遣唐使奋不顾身，渡海前来中国留学的千载佳话等。

1997 年至 1998 年，我在大阪教育大学做研究员，校园位于大津皇子陵墓所在地二上山下大阪府与奈良县交界处。我以奈良为中心，探访了与《万叶集》相关的许多遗迹：龙田川、藤原京遗址、大和三山、春日野、天武天皇·持统天皇合葬陵、文武天皇陵、孝谦天皇陵、橘寺、法隆寺、东大寺、唐招提寺、万叶植物园、明日香村万叶文化馆、正仓院博物馆、春日野、石舞台、吉野山……

我登过富士山，到过田儿浦，也曾前往关东与东北地区，寻找“东歌”至今依稀游荡着的几缕气息，还多次前往山阴地方，凭吊长眠在海底的柿本人麻吕，聆听阴云之下日本海震耳欲聋的浪涛，从美保关灯塔上眺望水天相连处的隐歧岛，在因幡国厅遗址遥想大伴家持咏唱过的新年大雪……

这里，简谈一下我的翻译方法。译者须首先了解和歌的特征，才能准确传达原诗的韵味与风格，力求让译诗忠于原作。和歌的艺术形式与技巧无法用汉语再现，译诗要想得到我国读者的认可，必须充分发挥我国诗歌的传统技巧——押韵、对仗、平仄音律等。万叶和歌比较古老，尚处于开创阶段，歌风朴实雄浑，发自内心，真挚感人，充满男子汉气概。

和歌主要分为长歌和短歌两种形式，由“5.7.5，7.7”一共31个假名（音节字母）构成的叫短歌，由若干组“5.7”音节反复咏叹，最后以“5.7.7”结尾的叫长歌。《万叶集》共收入长歌265首，短歌4207首，还有旋头歌62首，佛足石歌1首，连歌1首。旋头歌，是节奏为“5.7.7，5.7.7”形式的和歌，其中35首出自《柿本朝臣人麻吕歌集》。佛足石歌则是一种特殊形式的和歌，基本形式为“5.7，5.7，7.7”的节奏。这种和歌用万叶假名雕刻在奈良药师寺的一座刻有佛陀足印图案的石碑上，共21首，其中17首赞扬佛祖留下的足迹，另外4首则劝人信佛行善。刻碑时间为天平胜宝五年（753年），刻碑者是天武天皇之孙智奴王，为的是超度死去的夫人。《万叶集》只收入了“佛足石歌体”1首（卷十六3884）。

短歌由上下两句（5.7.5为上句，7.7为下句）构成，没有中国五七言诗那种“起承转合”的章法，常用倒装句，在抒情的顶点戛然而止，留下无穷余韵。日语的声调没有汉语的四声那样丰富，和歌没有中国格律诗绝句和律诗中对仗带来的那种四平八稳的建筑美。

总而言之，中国古典诗歌与和歌属于不同的价值体系和审美境界，具有各自不同的独特韵味与艺术魅力。

和歌用假名书写，有“5.7.5，7.7”的优美节奏。但音节假名与汉字的内涵相差甚远。一般而言，日语的2到4个假名只相当于一两个汉字的容量与内涵。如果将和歌尽量用汉字来书写的话，则每首和歌的字数各不相同。可以说，按照汉字的数量来计算的话，和歌是一种不定型的长短句诗歌。遗憾的是，用汉字无法再现和歌的节奏，如将和歌译成 31 个汉字的诗歌，译者必定随意添加许多自己想象出来的内容，造成严重的“不信”。

万叶和歌中的“枕词”是一种修辞技巧，用以调整节奏、丰富情感表达。“枕词”本身就具有某种含义，后面还会出现基本固定的“后续词”与之呼应，包括神名、人名、地名等名词，也有少量用言出现。“あかねさす”的“后续词”为“朝、日、光、昼、紫、君”等，“あしひきの”的“后续词”则是“山、峰、岩根、木の間（林间）、嵐（山风）”等。“枕词”多为五音节，也有少量为四音节。五音节以上的称“序词”，用来比喻，或用作谐音双关语，或与“后续词”的部分读音相同，可引出下文。“枕词”与“后续词”相连时会产生烘托相关意境、增加抒情性的效果。在使用过程中，万叶和歌的枕词本身的含义往往被人遗忘，成了一种单纯的修辞技巧。柿本人麻吕为“枕词”注入了新的生命，使其日臻成熟。我们翻译和歌时，根据具体语境，可将“枕词”译为烘托气氛的相近汉语，或为顾全译诗节奏而省略不译。

和歌中“挂词”技巧的使用相当频繁，它相当于我国古诗中的“谐音”“一语双关”。中日文字读音不同，日语的谐音无法再现，只好加注说明。六朝之后，我国的文人墨客便不大使用“谐音”，但“一语双关”却一直广泛用于民谣之中。

万叶时代大约绵延了 400 余年，可划分为四个时期。早期的作品朴实雄浑，不加雕琢，天然朴实。到了第二时期，诞生了日本文学史上的天才“歌圣”柿本人麻吕。在他的引领下，歌坛逐渐成熟，日益步入辉煌。第三时期、第四时期，和歌得到进一步发展。大批遣唐使学成归来，《论语》《诗经》《文选》等中国典籍传入日本，对日本文坛产生了持久而深刻的影响。加上大量来自中国和朝鲜半岛的移民，带来了更加先进的文学理念与诗歌创作方法。汉诗的创作技巧得到普及，苦心推敲、反复锤炼的风气日益浓厚。山上忆良、大伴家持等人成为歌坛的宠儿、万人仰慕的楷模。他们的和歌诗句变得更加俊秀传神、熠熠生辉。我们的翻译风格也力图反映出这样的历史性变化与进步。因此，翻译开头几卷的诗句时，力求保持原貌，不过分雕琢，保持自然淳朴的风格。到了万叶晚期，特别是翻译大伴家持文人家族与文学集团的作品时，就感觉颇费心神，力不从心。

我对和歌汉译的不懈努力，引起了长期从事中日文化交流的老前辈，特别是四川外大的黄瀛教授、中国社科院的李芒先生等大家的关注，是他们给了我巨大的关爱与谆谆教诲。

日本的中国古典文学泰斗小川环树（1910—1993）教授著有《唐诗概说》《苏轼》等专著，还翻译了《论语》《老子》《史记》《三国志》等著作，编撰过《汉语词典》，在日本是一位深受尊敬的大学者。1985 年 3 月，我与小川教授在京都做过一次长谈，他建议我用两句七言诗的形式来翻译和歌中的主要形式——“短歌”。丰子恺先生翻译的《源氏物语》，周启明、申非翻译的《平家物语》中的和歌，绝大多数采用了两句七言诗的形式，得到读者的广泛认同。

翻译外国古典诗歌，应主要采用我国传统的五七言句式来翻译。我主要将短歌译成七言两句，而对于“长歌”与“旋头歌”，决定用四言诗、五言诗、七言诗等节奏的长短句来翻译。《万叶集》中的民谣，则多采用四言诗，即“诗经国风调”来翻译，以追求古朴沉稳、庄重肃穆的风格，但应力图避免古奥难懂的词语。五言诗，简洁明快；七言诗，一唱三叹；三五调，铿锵有力；长短句，低回婉转。

2008 年 4 月，我到东京汤岛圣堂（日本的孔庙）拜会了日本汉诗专家石川忠久（1932—2022）教授，他写了许多有关中国古诗的著作，如《中国文学概论》《汉诗世界》《汉诗风景》《汉诗之心》《诗经》《玉台新咏》《陆游诗集》《汉诗鉴赏辞典》等，受到中日两国学术界的景仰。他为日本的中学国语教材撰写了不少中国古诗入门与赏析的文章，还长期在 NHK 主持汉诗讲座，在日本是一位家喻户晓的人物。他对汉诗的深厚造诣和对汉诗格律的细致了解，使人十分佩服。

石川教授曾为拙译《小仓百人一首》写了一篇长达 6 页的评论，刊载于“东京大学出版会”的会刊《UNIVERSITY PRESS 东大出版会》 1981 年 1 月号卷首。他写道：“可以清楚看出，刘先生力图忠实传达原诗的含义，也常常试图在翻译中追求新诗味，从而酝酿出一种别样风格来。毕竟，汉诗与和歌在性质上具有本质的不同，才会出现以上所说的结果吧。将汉诗翻译为和歌时也会出现同样问题。因此，这种翻译尝试不是单纯的语言游戏，而是一种探寻两种文学本质的有效方法。”他接着又写道：“和歌的翻译，比起五言绝句，也许七言绝句的形式更加适合。让人感到，和歌具有缠绵悱恻的情绪，用五言绝句的形式很难表达出来。在这一点上，俳句则更接近五言绝句的韵味。”在这篇文章中，石川教授还教会了我利用日文汉字的读音，从今天汉语普通话的平声字中识别出古代仄声字。

石川先生认为，“汉诗是世界诗坛上的最高峰”（石川忠久 NHK 广播教材《读汉诗》前言）。他主张用唐诗的格律音韵来翻译和歌。

多年来，我一直按照小川环树、石川忠久两位大师的谆谆教诲，孜孜不倦地实践着和歌汉译的尝试。他们认为，和歌的技巧，如枕词、序词、按音节计算的字数等，都无法用译诗一一再现。和歌汉译，必须灵活自如地运用汉诗成熟的平仄格律、对仗、押韵等技巧，译作才能得到中国广大读者的认同。

拙译《小仓百人一首》 2007 年由外研社出版，至今畅销不衰。 2017 年，新星出版社又推出了《浮世绘珍藏版小仓百人一首》。到 2024 年为止，两家出版社一共重印 28 次。颇受广大读者欢迎。拙译《小仓百人一首》，按照我国读者吟诵古诗的审美习惯，尽量使用了汉诗讲求音韵的平仄格律。而《万叶集》与诞生于贵族文化烂熟时代的《小仓百人一首》不同，它诞生于和歌的滥觞期，刚健雄浑，歌风朴实无华、直抒胸臆，翻译时不必过多使用技巧，应采取汉诗古风的淳朴风格来翻译。

读者在翻开这部浩瀚的诗集之前，请首先阅读序言后的《万叶时代历史文化背景概说》，特别是有关《万叶集》的历史文化背景的基础知识，才能读懂当时的社会，系统而全面地理解万叶时代的和歌。本书试图采用微观历史学的研究方法，向大家展现那个时代的生活全貌。日本民族从万叶时代起就开始全面接受中国文化的深刻影响，但日本的文化与文学却始终保持着与中国文化截然不同的独特风貌，形成了与中国文化不同的价值体系与审美特色。

书后附录《日本史万叶时代大事年表》与《万叶时代养老律令简要官职表》等，也是读者阅读本诗集的重要参考资料，可随时查阅。

感谢本书的责任编辑姚东敏女士，两年来，她始终以饱满的热情、专业的学术精神与研究方法，与我们切磋琢磨，屡屡建言，使得拙译大为增色。

刘德润　2024 年初夏

于牧野古乡

万叶时代历史文化背景概说

一、 日本最古老的诗集

《万叶集》是日本最古老的诗歌集，总计20卷，编者不详。成书于公元780年左右，当时日本处于第49代光仁天皇和第50代桓武天皇时代。中国史上的公元780年为唐德宗建中元年。李白、杜甫早已过世，但颜真卿、怀素等人尚且健在。

“万叶”一词的含义是和歌像树叶一样繁多，不可胜数。“万叶”（まんよう）亦与“万代”（よろずよ、まんよ）谐音，原选编者深信，《万叶集》一定会流传万代。

《万叶集》每一卷的题材与编辑方针各不相同，显然出自多人之手。目前公认是由大伴家持、橘诸兄、田边福麻吕等多人编辑而成。从内容与形式来看，《万叶集》的编辑明显受到《诗经》的影响。

早在我国南北朝时，朝鲜半岛的“百济便频繁地派遣使节来梁朝，请求赐予佛典与儒学书籍，并向百济派遣博士。几乎同时，百济还定期向日本派出五经博士，现炒现卖南朝文化”。[①]（刘德润译）

《梁书 · 东夷传 · 百济》载：“大同七年（541年），（百济）累遣使献方物，并请涅槃等经义。毛诗博士，并工匠、画师等，敕并给之。”[②]

万叶时代，《诗经》等儒家经典早就在日本普及开来。万叶和歌使用了不少新语汇。如：卷二207、卷三324、卷十1890、卷十二3203、卷十九4292等歌中崭新而文雅优美的新词就出自《诗经》。

《万叶集》的编者特意将雄略天皇的“求婚歌”放在卷首，虽然显得有些勉强，但确实是在刻意模仿《诗经》的编辑手法。《万叶集》的“东歌”“相闻歌”“防人歌”，选材与创作手法都有“国风”与“小雅”的影子。而《万叶集》的不少“长歌”则刻意模仿“大雅”的叙事性，成为歌颂大和朝廷营建宫殿、修筑道路、战功赫赫、开疆拓土的史诗。

《万叶集》的作者上至天皇下到百姓，遍布社会各阶层。地域范围以大和为中心，一直绵延到东国以及九州。

《万叶集》的创作年代从公元四世纪到八世纪后半叶，时间跨度绵延445年之久。

相传，《万叶集》中年代最早的作品是磐姬皇后大约作于公元314年的一组相思歌（卷二85—89）。仁德天皇外出巡游，皇后日夜思念，盼望丈夫早日归来。磐姬被册封为后时日本尚无年号。日本最初的年号始于“大化改新”（645年），“大化”一词则出自我国的《尚书大诰》“肆予大化，诱我友邦君”。《万叶集》最后一首和歌是大伴家持于天平宝字三年（759年）正月初一，在因幡国厅（位于今鸟取县）吟出的“雪中贺岁歌”（卷二十4516）。夕阳余晖散尽，万叶时代戛然落幕。

《万叶集》收入作品最多的歌人是大伴家持，高达四百六七十首，占全书的一成；其次是柿本人麻吕，共九十首左右；然后是山上忆良，有七八十首；山部赤人约五十首。

《万叶集》的序曲期（或称萌芽期）相当于四世纪到六世纪末，第16代仁德天皇时代至第33代推古天皇时代，当时日本尚处于神话传说时代。高松寿夫认为：“舒明天皇之前的作品，如仁德

---

① 王勇，《书籍的中日交流史》，国际文化工坊，2005年，第83页。
② （唐）姚思廉，《梁书》列传第四十八，中华书局，2018年，第557页。

天皇、雄略天皇的作品可能是后人伪托之作。而万叶时代是从舒明天皇时代才真正开始的。”① 由此可知，即使这个时期的作品被视为后人伪托，亦是后人根据传说与古歌谣所创作。但万叶和歌三百年的萌芽期的存在不容忽视。

按照高松寿夫的观点来计算，从舒明天皇开始执政的公元619年起，至大伴家持吟出卷尾歌的公元759年，《万叶集》时间跨度大约为130年。

萌芽期的代表歌人为磐姫皇后、雄略天皇、圣德太子。

传说中的萌芽期以后，万叶时代可分为四个时期，请看下表：

《万叶集》的四个时期

时期	时代	历史背景	代表歌人
第一时期	第34代舒明天皇时代——壬申之乱（629—672）	为确立中央集权的“律令制”国家，社会剧烈动荡。和歌保留着古代歌谣的风格，情感强烈、富有个性。作者以天皇和皇族居多。归根到底，这种感情并非个人感慨，而是统治阶级的集体抒情。	舒明天皇、齐明天皇、天智天皇、大海人皇子、额田王、有间皇子。
第二时期	壬申之乱——迁都平城京（673—710）	律令制确立，社会繁荣，以皇室赞歌和皇族挽歌居多。长歌和短歌的形式逐渐完善，普遍使用枕词、序词等修辞手法。天智天皇时代，相闻歌诞生。天智天皇薨时，出现大量挽歌。	宫廷歌人（和歌诗人）柿本人麻吕被誉为“歌圣”。 持统天皇、柿本人麻吕、高市黑人、大津皇子、大伯皇女、志贵皇子。

① 高松寿夫，《古代和歌　万叶集入门》，早稻田大学出版，2003年，第12页。

(续表)

时期	时代	历史背景	代表歌人
第三时期	迁都平城京——天平五年（710—733）	佛教、儒家、道家思想等中国思想、文化传入日本，和歌加速趋向理性，出现了纤细、复杂的表达方式。皇室歌人逐渐减少，作者来自社会各阶层，歌风多样化，迎来和歌全盛期。	山部赤人、山上忆良、大伴旅人、高桥虫麻吕。
第四时期	天平六年——天平宝字三年（734—759）	古代文化发展到绚烂顶峰，社会却停滞不前，惶恐不安的情绪日益蔓延。长歌日渐衰退，短歌愈发繁荣。	大伴家持、笠女郎、狭野弟上娘子

樱井满指出："和歌最早并不属于文学范畴，而是唱歌人的灵魂呼喊，向对方或向神灵、天皇、长辈、友人、恋人倾诉心中的情愫，进而演变为向大自然中的精灵与死者倾诉的心灵之歌，其中潜藏着咒语的要素与言灵信仰。"①

2021 年 1 月 5 日起，《朝日新闻 · 文化文艺栏》刊登 20 回连载文章《人生的馈赠——中西进教授谈〈万叶集〉》。他写道，《万叶集》是对后人的宝贵馈赠。"和歌具有文化力量"。时人相信，和歌有一种神奇力量。"《万叶集》中的和歌，首先是由具有与神灵沟通能力的人吟唱出来的。"因此为了深入理解《万叶集》，理解古人的精神世界与原始信仰也是必不可少的功课。

二、 万叶时代的历史文化背景

当日本列岛占卜、咒术、招魂等巫文化大行其道之时，转角遇

① 樱井满，《万叶集》（下）——解说《万叶人的生活与语言表达》，旺文社文库，1980 年，第 427 页。

上了隔海相望的先进的中华文明——成熟完整的治国理念、儒学体系和先进的社会制度。日本如饥似渴地亦步亦趋，全面模仿学习隋唐文化，经过几代人的努力，日本成功地迈入了“律令[①]制”社会。

推古天皇十五年，“公元607年，派遣小野妹子使隋，接着留学生与学问僧也相继赴隋，学习中国的制度与宗教、学术”。[②]

1. 建立律令制国家

万叶时代第二时期，日本积极吸取中国隋唐先进文化，从古代社会逐渐发展成律令制的中央集权国家。日本仿照中国郡县制，朝廷下属的地方政府称为“国”，设置“国府”，由中央任命“国守”（亦称“国司”）进行统治与管理。奈良朝管辖下的地方政府共58国，分布于本州、九州、四国三岛。

《大宝律令》（701年）、《养老律令》（757年）颁布了一系列制度，大化改新（645年）以来，天智朝开始的法典编撰趋于成熟。“律”指刑法，“令”则指行政法。政府废除私有地、私有民，建立国、郡、里制度，编造户籍，调查统计耕地，实施班田收授法与租庸调等税制。

地方政府“国府”下面设“郡”，分为“大、上、中、下、小”五个级别。

“以廿里以下十六里以上为大郡。十二里以上为上郡。八里以上为中郡。四里以上为下郡。二里以上为小郡。凡户，以五十户为里。每里置长一人（掌检校户口、课殖农桑、禁察非违、催驱赋役）。……灵龟元年（715年）将‘里’改为‘乡’，‘乡’下设

① 律令：法律制度和完整的行政法体系。
② 家永三郎，《新日本史》，三省堂，1987年修订本，第28页。

‘里’，作为自然村落的‘村’在行政上称为‘里’。据当时户籍记载，每户平均人数为25人。”①

文武天皇大宝元年（701年），公布《大宝律令》（今仅存《养老律令》），建立政教合一国家。文武百官中，首位是神道总管“神祇官”（一品），以及与之平级的“太政官”（政府首脑，一品）。太政官下辖八省：中务省、式部省、治部省、民部省、兵部省、刑部省、大藏省、宫内省。各省长官称为“卿”（相当于部长）。

后来，孝谦天皇时代（749—758），宠臣惠美押胜（706—764，本名藤原仲麻吕）任“紫微内相”，到了淳仁天皇时代（758—764），将官名统统修改。太政官改名“乾政官”，中务省改为“信部省”，式部省改为“文部省”，治部省改为“礼部省”，民部省改为“仁部省”，兵部省改为“武部省”……

遣唐使

遣唐使的任命前后共达20次。第一次为公元630年，最后一次为公元894年，绵延264年，真正到达唐朝的共13次，其中有因天气不便或大船破损等原因而取消的（第11、14、15次），也有两次（第5、17次）是护送唐使回国，也有只前往百济的（第6次）、只前往长安的（第16次），还有专门派船迎接遣唐大使藤原清河归国的（第13次）。而最后一次任命菅原道真为遣唐大使时，中国爆发了黄巢起义（875—884），因此菅原道真上奏，唐朝时局动乱，此时不宜前往。于是这次赴唐的航行计划便被取消。②

当时遣唐使前往中国的航路有以下三条：

---

① 樱井满，《万叶集》（下），旺文社文库，1980年，第439页。
② 藤田友治，《遣唐使井真成的墓志铭》附录《遣唐使一览年表》，密涅瓦书房，2006年，第189—191页。

南路：从大阪湾出发，经由长崎附近海上的五岛列岛，然后转向中国东海，最后到达长江口。

北路：从九州福冈县的大津出发，经由壹岐岛、对马海峡，沿着朝鲜半岛驶入黄海后，直至山东半岛。

南岛路：从九州西海岸萨摩（今鹿儿岛县南萨摩市）出发，南下屋久岛与奄美大岛，最后驶向长江口。

遣唐使船一般夏季出发，使团第二年正月到达长安，秋天回国。

遣唐使任命之后，如果当年初夏没有理想的季风来临，就要等到第二年看情况而定，判断是否适于启航。若是航行途中遇到暴风，载重仅有300吨的遣唐使船往往会被折成两段，或立即倾覆，被波涛吞没。①

频繁迁都

万叶时代，日本频频迁都，变动让人眼花缭乱。飞鸟、大和时代，日本首都在大和地区及其周边不断迁徙，从飞鸟地区一路向北。公元710年，元明天皇终于定都平城京（奈良市）。详情见下表：

万叶时代迁都表

次数	国都及宫殿	天皇	建都年代	建都地点
1	难波京高津宫 难波京长柄丰崎宫	仁德天皇 孝德天皇	公元四世纪 大化元年（645年）	大阪市中央区法圆坂町（前期难波宫）

① 藤田友治，《遣唐使井真成的墓志铭》附录《遣唐使一览年表》，密涅瓦书房，2006年，第189—191页。

（续表）

次数	国都及宫殿	天皇	建都年代	建都地点
2	飞鸟京丰浦宫	推古天皇	崇峻天皇五年（592年）	奈良县飞鸟地方，高市郡明日香村一带
3	飞鸟京冈本宫 飞鸟京板盖宫 飞鸟京净御原宫	舒明天皇 齐明天皇 皇极天皇 弘文天皇	舒明二年（630年） 皇极二年（643年） 壬申年（672年）	飞鸟地方，高市郡明日香村一带
4	近江大津京大津宫	天智天皇	天智元年（667年）	滋贺县琵琶湖畔
5	飞鸟京净御原宫	天武天皇	天武元年（672年）	高市郡明日香村
6	藤原京藤原宫	持统天皇 文武天皇 元明天皇	持统八年（694年）	奈良县橿原市内膳町
7	平城京平城宫（亦称宁乐宫）	元明天皇	和铜三年（710年）	奈良市佐纪町
8	恭仁京大养德恭仁大宫	圣武天皇	天平十二年（740年）	京都府木津川市加茂地区
9	新京紫香乐宫	圣武天皇	天平十四年（742年）	滋贺县甲贺市信乐町紫香乐村
10	难波京长柄难波宫	圣武天皇	天平十六年（744年）	大阪市中央区法圆坂町（后期难波宫）
11	奈良平城京平城宫	圣武天皇	天平十七年（745年）	紫香乐宫一带山林大火频繁，重返平城京

(续表)

次数	国都及宫殿	天皇	建都年代	建都地点
12	长冈京长冈宫	桓武天皇	延历三年（784年）	京都府向日市与长冈京市一带
13	平安京	桓武天皇	延历十二年（794年）	京都市 日本进入平安时代

迁都时间	地点	天皇年号
667年	近江大津宫	天智
672年	飞鸟净御原宫	天武
694年	藤原京	持统
710年	平城京	元明
740年	恭仁京	圣武
742年	紫香乐宫	同
744年	难波宫	同
745年	平城京	同
784年	长冈京	桓武
794年	平安京	同

池田弥三郎《万叶集》：飞鸟地方发现天武天皇净御原宫遗迹，由此可以推测，其下当有齐明天皇的板盖宫、皇极天皇的冈本宫遗迹（皇极天皇重祚，改称齐明天皇）。

译者解说：

此地村落原名“あすか”，用三个美丽的汉字“明日香”来表记。后来成了大和国的首都，改为与“明日香”同音的两个汉字“飞鸟”作为首都的名称。

根据角川《日本史辞典》资料计算，自崇峻天皇五年（592年）推古天皇营建丰浦宫算起，飞鸟京有近百年历史。其中，天智天皇建都近江大津宫，仅四五年后便毁于壬申之乱的战火，天智天皇将首都迁回飞鸟。后来持统天皇将都城往北迁到藤原京，藤原宫离天武天皇的飞鸟净御原宫遗迹仅 3 公里。藤原京作为首都长达 16 年，而平城京的历史为 70 余年（710 年—794 年，除去后期的长冈京 10 年）。

本书的《万叶时代迁都表》与迁都地图均根据日本山川出版社《要说日本史年表》（宝月圭吾主编， 1981 年，第九版）等资料绘制。

频繁迁都的原因：

1. 日本多雨，草屋顶容易漏雨，需不停建造新宫殿，不断迁移。

2. 每逢有皇族死去，往往用迁都来避开“死亡”与“污秽”。

3. 凡发生内乱、谋杀事件后，为避开“冤魂作祟”而迁都。

4. 随着与隋帝国以及新罗发展外交，日本朝廷需要更体面的新宫殿接见外国来使。

5. 圣武天皇朝政局不稳。天平十二年（740 年） 9 月，发生了藤原广嗣叛乱，天皇离开平城京，开始彷徨之旅，两个月后战乱平息，但四年半之间迁都四次，朝政混乱，人心不稳。天皇先是下令建恭仁京，铸造东大寺大佛，接着又下令停建恭仁京，修建紫香乐宫。不料紫香乐宫附近山林频发火灾，可能是反对迁都之人故意纵火。天平十六年（744 年）又决定修建难波宫。最后，圣武天皇只好重新迁回奈良。

藤原京与平城京均采用中国长安城市规划的“条坊制”营建而成。①

① 迁都原因为译者根据岩波书店《日本历史》第 23 卷、角川书店《日本史辞典》等资料总结编写。

造户籍

公元七世纪末，登记户籍开始法制化，以户为单位登记人口，包括性别、年龄、是否应当纳税等内容，规定户籍保存30年。从670年的《庚午年谱》开始，实行永久保存。律令制崩溃后，户籍制度开始松懈。①

“天智天皇九年（670年）二月，造户籍。”②

“持统天皇四年（693年）九月，凡造户籍者，依户令也。”③

日本七世纪后半叶开始统计人口，颁布编造户籍的命令，规定每六年统计一次，目的是确保国家的赋税征收。《日本书纪》记录有征发服劳役的人数，但当时统计的人口总数未能记录下来，专家们的观点也众说纷纭。万叶时代四百年，全国人口大约在450万至550万之间，由于天灾人祸，疾病流行，人口数量常常发生变动。樱井满认为：“当时我国的总人口推测为大约600万人。其中贱民大约占一成，中央到地方的各级官吏合计为1000人，中央官厅中还有临时雇佣的非常勤的‘番上官’（律令制下轮番任职的低级官员），以及从各地征调而来的‘仕丁’（每里50户，派遣2名正丁担任公差3年）‘卫士’，需养活的‘公务员’总计10000人左右。”④

班田收授法及租税

《大化改新诏书》（大化元年，645年）规定实行班田收授法，在全国范围内确立律令制。国家将口分田授予农民。如下表

---

① 高柳光寿等，《日本史辞典》，角川书店，1995年。

② 坂本太郎等校注，《日本书纪》（下），岩波书店，1978年，第375页。

③ 同上，第505页。

④ 樱井满，《万叶集》（下），解说——《万叶人的生活与语言表达》，旺文社文库，1980年，第436—437页。

所示：

“6 岁以上良民（非奴隶）男子为 2 段（约 24 公亩），女子为男子的三分之二，奴婢为男子的三分之一，以 6 年为一班。16 岁以下的男子不服劳役，免除赋税。

性别	良民	奴婢	1 段为 360 步（12 公亩）
男	2 段	240 步	
女	480 步	160 步	

租税指租、庸、调，以及其他杂役。‘租’为班田收授法的基础，每段土地征收稻米一束五把。当时的上等田每段可收获稻米五十束（一束约合今天的两升），‘租税’占收获粮食总量的百分之三。庸、调、杂役则为人头税。正丁为一个劳力，次丁及轻度残疾人为半个劳力，少丁为四分之一个劳力。

	正丁（21—60 岁）	次丁（61—65 岁）或轻度残疾人）	少丁（17—20 岁）
租	租税大约为口分田水稻收获总量的 3%。		
调	绢、丝、布、绝等。	正丁的 1/2	正丁的 1/4
庸	首都服劳役 10 天，愿以布代庸者，外加麻布二丈六尺。	正丁的 1/2	
杂役	每年服地方劳役 60 天以下。	正丁的 1/2	正丁的 1/4
兵役	防人、卫士。		

‘调’多以麻布或绝布（粗绸）上缴。《大宝律令》规定麻布长二丈六尺，宽二尺四寸。养老元年（717 年）以后长度改为二丈八尺。‘庸’指每年到京城服劳役 10 天，可上缴财物代替。农民还须担任‘运脚’，将粮食、麻布等财物运往京城。常有人倒毙于

途。'杂役'指农民还须服兵役与担任'仕丁'(官差杂役)"。①

农民负担十分沉重，生活困苦，往往逃亡以躲避劳役。班田制受到撼动，贵族与神社寺院等地方豪强占有大片土地，终于导致律令制崩溃。

以上有关《班田收授法及租税》的表格根据樱井满文章《万叶人的生活与语言表达》（旺文社，樱井满释注《万叶集》——解说）绘制。

交通

万叶时代的朝廷与各地官府征发民工陆续开辟了多条官道，将各地与中央政府所在地连接起来。"天武天皇十四年（685 年），东海、东山、北陆、山阴、山阳、南海、西海七道已基本竣工。"②

大化元年（645 年）夏，"大化改新"诏书中规定"驿站制度"，设置驿马、传马。驿站所需经费、粮食、马匹，由各驿站所属的"驿户"负担。奉命到驿站当差的农民被称作"驿子"或"驿丁"，驿站消耗的粮食和经费出自"驿子"们耕种的"驿田"。他们可免除徭役，驿路任务繁忙的地方，还可免除"庸"和"调"。

但"驿户"的负担远比普通农民沉重得多，"驿户"纷纷举家逃亡，躲进深山，或是逃到远方豪强贵族新开垦的田庄，成为农奴。

文武天皇大宝元年（701 年）制定了《大宝律令》，开辟以山阳道、东海道、东山道等从中央到地方的交通干线"驿路"，沿途每 15 公里设置一座驿站，大、中、小驿站分别准备快马 5 匹、 10

① 樱井满，《万叶集》（下），解说——《万叶人的生活与语言表达》，旺文社文库，1980 年，第 445—446 页。
② 樱井满主编，《万叶集常识辞典》——七道竣工，东京堂，2003 年，第 166 页。

匹、 20匹，供官人使用，“驿马”也叫“传马”。①同时，沿通航河流还设置了“水驿”。

文字

万叶时代初期日本尚无文字，贵族文人煞费苦心地将汉字作为表音文字，这种用来记录日文读音的汉字称为“万叶假名”。以《万叶集》卷头歌的开头三句为例：

日语原文	万叶假名	汉译
籠(こ)も、み籠(こも)持ち、ふくしもよ、みぶくし持(も)ち、この岡(をか)に　菜摘(なつ)ます子(こ)。	籠毛与、美籠母乳、布久思毛与、美夫君志持、此岳尔　菜採須児。	竹篮哟，提在手，木镢哟，何小巧。淑女登山冈，早春挖菜苗。

上表中万叶假名第一句中“籠毛与、美籠母乳”的“籠”(か)与“乳”(ち)，第二句“美夫君志持”中的“持”(もち)，都属于“训假名”（以汉字的训读为读音的假名），其余的汉字则属于“音假名”(以汉字的音读为读音的假名)。

平安时代出现了假名文字，万叶假名逐渐被人们遗忘，只有少数专业人士方能读懂古代手抄本《万叶集》《古事记》等古籍。他们孜孜不倦地研究，训点古籍，考证不同手抄本的正误。直到江户时代，经国学大师贺茂真渊（1697—1769）等学者对《万叶集》的研究与整理，才出现了用假名与汉字记录的版本，类似今天我们读到的古本，加之印刷术的推广，《万叶集》才开始普及起来。

① 樱井满主编，《万叶集常识辞典》——驿制，东京堂，2003年，第168页。

2. 万叶人生活百态

贵族生活

1988年，在奈良市二条大路平城京东南发掘出一座巨大的府邸遗址，宅邸总面积约6万平方米。在此还出土了大约三万五千枚木简，从中发现多处写有“长屋亲王宫”的字样，由此判明，此处应为长屋王（675？—729）的宅邸遗址。“长屋王”这个名字可能会令人感到陌生。其实，如今大家耳熟能详的“山川异域，风月同天，寄诸佛子，共结来缘”① 四句，就是出自此人之手。他于729年谋反失败，携妻自杀，享年54岁。

在同一处出土木简数量之多，可谓空前。这些木简栩栩如生地描述了这座邸宅主人生前的奢华景象，今人可由此探视贵族生活一二，现摘录部分内容如下：

木简记载的内容还有相当于长屋王正妻地位的吉备内亲王（公主），以及妻子石川夫人、安倍大刀自②，在这座邸宅中与她们各自的孩子一起，居住在不同区域的建筑物中。

但是，长屋王的诸多妻子中，有一位是藤原不比等的女儿，她和自己的孩子却没有住在这座邸宅之中。与长屋王邸宅隔着二条大路的正北面，就是藤原氏的邸宅，也许这位夫人是住在娘家邸宅的某一区域内吧……

长屋王的父亲是天武天皇之子高市皇子，母亲是天智天皇之女“御名部皇女”，他在当时的朝廷上占据着代表性的皇族的地位……

因此，长屋王与吉备内亲王，在皇族当中都是位于顶端的人物。长屋王的邸宅，是能与天皇的大内相媲美的特殊场所……

---

① 见《全唐诗》1834页，第十一函第三册，上海古籍出版社，1986年。

② 刀自，意为“户主”，奈良时代掌管贵族家政大权的女性。

木简还显示，长屋王一家享用着刚刚挤出来的鲜牛奶，还有经过熬煮加工的各种乳制品。这些贵族在“都祁”（现奈良县都祁村）还拥有单独制造和储存冰块的设施，到了夏季，每天都要派人去取冰块降温消暑。

大和王权的时代曾流传过一种遗制，即皇族下属有称为“部”的组织，管理着由其子孙代代承袭的“私有民”（奴隶）。根据《大宝律令》记载，高市皇子享受的是天皇子女的待遇，官居二品。与其身份相当的是设置在藤原京一带大规模的家政机关。而长屋王则继承了这个机关的原班人马。

根据出土木简的年代判断，长屋王的官职品位为正三品，与此相应，其宅邸中的建筑分为不同用途的四个区域：居住空间、仪式空间、家政事务空间和收藏设施，中央内郭的正殿面积为350平方米。长屋亲王官内的建筑多达250栋，据考古学家推测，仅供长屋王使用的建筑就多达37栋。

邸宅中配有“家令”一人，“书吏”二人，这些人都具有正式官员的身份，执掌长屋王邸宅中的家政。更是有诸多奴仆在此当差。木简显示，在“家令”的手下，还有六十位“资人”（舍人），他们分担各种各样的工作，享受着官员待遇。

此外，身怀多种技能的工匠们，则分别属于不同部门，从事着金属器皿、木器、武器、服装等的制作工作。邸宅中有管理建筑与园林的部门。“药师处”里有男女医师值勤，还有“鹤司”“犬司”“马司”。在“书法所”中配备有从事佛教经典抄写工作的专职人员，邸宅中还有多位僧人与尼姑常驻。

从发掘的木简上还可以看到“膳若翁”“圆方若翁”等词汇的频出，带有“若翁”两字的人名共有十位。“若翁”是当时对亲王家族中的子女的尊称。“膳若翁”指的是吉备内亲王的长子“膳大王”。木简中还可见到“若翁乳母”（亲王子女的乳母）、“若翁博士”（担任亲王子女教育工作的先生）、“若翁少子”（亲王子女的玩伴)、"若翁犬"(亲王子女的宠物犬)等字样。另外，在长屋王邸宅中，还有许多"若翁少子"担任杂役，也有人担任宠物鹤与宠物犬的饲养工作。①

可见，长屋王的大宅邸已俨然形成一个小朝廷，甚至是一个自给自足的小世界。

访妻婚

从神话传说时代起，日本就长期流行"访妻婚"的习俗。伊藤博认为，"访妻婚"起源于较为落后的农耕文明时代。万叶时代人口稀少，女方家长认为，女子也是重要劳动力，需要留在家中干农活，同时也要结婚，繁衍人口，"访妻婚"制度便应运而生了。女子婚后仍须住在娘家，农忙季节，女婿也要到女方家参加劳动。女子婚后，包括生下的孩子，大多仍在原籍登记户口，分得口分田。除此之外，小夫妻也可另立门户，偶尔也有女方住进男方家中的情况。

古日语的"相逢""相会"(逢ふ、会ふ)都是情人幽会之意。因此，本书的译诗中，"逢""会"也往往指代男女幽会，共度良宵。恋爱阶段，男子可趁夜色偷偷潜入女子卧室去幽会，但天明前必须离开，不能让旁人发现。等时机成熟时，双方家长会向亲友公开这门亲事，正式举行婚礼。女子生下孩子后由外祖母起名，让他(她)从此成为社会的一员，娘家的财产自然会成为母子的生活保障。直到十二世纪末的镰仓时代，日本才开始实行"娶妻婚"。

男子十五岁，女子十三岁(虚岁)以上便可结婚。青年男女多

---

① 《岩波日本史》2，吉田孝著，《飞鸟·奈良时代》，刘德润译，新星出版社，2020年，第150—154页。

在“歌垣”（对唱情歌，选择配偶的集会）邂逅，求婚。相闻歌（恋歌），是对生者灵魂的呼叫与渴求，“恋”与“乞”同音（こひ）。双方情投意合，便开始“访妻婚”，但须避开众人的耳目与流言蜚语。女方的双亲，特别是母亲会出面干涉双方的来往。

另外，在不少万叶歌人的人物关系中都能看到，当时的社会流行近亲结婚。

发型

男子十五岁成人，须改变发型，典型的发型称“美豆良”（みづら）。从头顶将头发分向两边，在耳边挽成竖发髻，竖起的发髻分上下两部分，中间捆线。到了平安时代（794—1185），“美豆良”发型出现一点变化，称为“总角”，是少年少女的通用发型。“总角”原为流行于中国先秦时代的发型。《诗经 · 卫风 · 氓》：“总角之宴，言笑晏晏。”《诗经 · 齐风 · 甫田》：“婉兮娈兮，总角丱兮。”“总角”发型传到日本后发生变化，中国的“总角”发髻在头顶两侧，而日本平安时代的“总角”发髻偏下一些，垂在两侧的耳畔。

万叶时代上流社会的女性时兴在头顶绾出“单髻”或“双髻”。“单髻”发型之上戴上冠状首饰，称“宝髻”，冠上配有金银珠宝首饰，是女天皇的皇冠，五品以上朝廷命妇亦可戴冠。从古代流传下来的齐明天皇等女皇的画像上能看到这种“宝髻”。

近代日本画《飞鸟之春》（安田靫彦作）描绘的是额田王的风姿，其发型是“双髻”。

八至十四五岁少女发型是“垂发”（すいはつ，亦读作“すべらかし”、或“たれがみ”），呈自然下垂状。公元682年之前，流行于宫中女官和小女孩之中。少年少女发型称为“振り分けの髪”，左右两分垂发，亦称“放发”（はなり），即将头发左右分开，披在肩上，男孩女孩都时兴这种发型。

贵族女性的“垂发”还可编成网状披在肩上。“垂发”还包括下垂的辫子，有人在头顶加上花朵、树皮、草叶形成“三股编”。“垂发”在平安时代和江户时代也很流行。

还有一种从唐朝传来的贵妇人发型“高髻”。头后部直立着高高的双环发髻，双鬓边下垂的头发，用红纸扎成环状，头顶插有三根象牙簪，中央还插有黄杨木梳。这种“高髻”引领着时尚的新潮。

天武天皇十一年（682 年）四月，发布了模仿中国的男女束发诏令，禁止成年男子绾成“角发”，须在头顶将头发挽成发髻。并规定“角发”为未成年者的发型，将头发从头顶左右分开，把垂在耳畔的头发挽成发髻，这是“美豆良”发型的雏形。成年妇女必须像男子一样“束发”，即不得将头发垂在双肩上，必须将头发从额头处分为左右两边，然后在头顶挽成发髻。发髻可分“单髻”和“双髻”。“单髻”圆形，挽在头顶，“双髻”挽在头顶两边，略呈尖形。但是，对女子“束发”的要求却难以普及。直到文武天皇庆云二年（705 年）十二月，再度颁布了束发令之后，才彻底改变了女子发型混乱的局面。女子发型称为“总角”，应当在头上绾成一个或两个发髻。①

男性发型

下美豆良(男性)地位较高

上美豆良(男性)地位较低

① 樱井满主编，《万叶集常识辞典 · “成人的标志——束发”》，东京堂，2003 年，第 198—199 页。

女性发型

上图均为刘淙淙根据《21 新国语综合指南——古典篇　装束》（京都书房，2003 年）、《万叶集常识词典 · 成人的标志——束发》、奈良正仓院博物馆藏画《鸟毛立女屏风》“树下美人”发型、笹间良彦《日本历史风俗图录》等资料绘制。

衣物及卧具

推古天皇十一年（603 年），日本模仿隋朝制度制定《官位十二阶》，后来，养老二年（718 年）颁布了模仿唐朝服装的《养老衣服律令》。紫色官服为最高品位，一品深紫，三品以上浅紫，四品深绯，五品浅绯。用深浅不同的紫色和绯色来区别五品以上官位的高低，六品以下官服则用深浅不同的绿色来区分。

庶民服装为黄色，婢女与家奴只能身着“橡墨衣”（用橡实熬煮的黑色染料染成）。

《养老衣服律令》规定之官服颜色

正 · 从一品	深紫
正 · 从二品	浅紫
正 · 从三品	浅紫
正 · 从四品（上下）	深绯
正 · 从五品（上下）	浅绯
正 · 从六品（上下）	深绿

（续表）

正·从七品（上下）	浅绿
正·从八品（上下）	深縹
大·少初位（上下）	浅縹
无品位	黄

以上表格根据《日本装束解剖图鉴》（八条忠基著　李秦译）资料绘制。

縹色，淡青色。大·少初位，律令制最低官位，大初位之下有少初位。授予部分省卿下属，如兵部省的主鹰司或隼人司手下的“令史”。当时地方行政官厅根据面积与财力分为四等（大国、上国、中国、下国），下国国守手下的“目”也会授予初位。

公元701年制定的《大宝律令》，以及公元757年公布实行《养老律令》中都规定，农户皆须种植桑树、养蚕，按时向官府及朝廷缴纳丝织品。

《养老律令》“赋役令”第一条规定：

“凡所调之绢、絁、丝、棉、布，一律随乡土所产之物上缴。绢，絁，应长为八尺五寸，宽二尺二寸……①”

万叶后期的八世纪，奈良朝受到唐代服饰的影响，出现了丝绸制作的高档朝服、官服、后妃的华丽衣裳等。但普通人穿的还是麻，或楮树皮纤维、藤蔓与葛等野生纤维制成的衣物。棉，主要指

① 青木和夫，《岩波讲座日本史》，第3卷《律令财政》，岩波书店，1964年，第124页。

“绢棉”，用蚕丝的下脚料制成，可填充冬季睡觉的褥子等。

棉花原产于印度和中亚，于南北朝之前就传入了中国。《梁书·西北诸戎传》载：“（高昌国）……多草木，草实如茧，茧中丝如细𬋟，名为白叠子。国人多取织以为布，布甚软白，交市用焉。”① 西域高昌国将棉与蚕茧混纺，得到一种名为“白叠子”，质地柔软、色泽洁白的棉布，作为交易品在市场上贩卖。换言之，相传从南北朝时起，棉织品已传入中国。宋元之交，棉花栽培开始普及到全国各地。

日本平凡社《国民百科全书》介绍：“棉花原产于印度，平安初期的延历十八年（799 年）由天竺传到三河国（爱知县东部），但尚未开始种植。后来日本与南洋、朝鲜开展贸易，棉花再次传到日本。直到江户时代文禄年间（1592—1596）才在全国普遍种植。”

日本多雨潮湿的岛国气候不利于棉花的生长，大和民族主要生活在温暖的关西一带，以致日本长期没有盖棉被的习惯。古代日本人睡觉时将宽大的衣衫，特别是衣袖当成被褥。东国的民众则用填充有野生纤维的睡袍来御寒。《万叶集》中有很多情人幽会，夫妻团聚的和歌，出现了男女铺开衣衫当作被褥，同床共枕的描写。到了十七世纪的江户时代以后，被褥才逐渐登上历史舞台。直到明治时代，日本从海外大量进口棉花，棉被才真正开始普及到民间。

上代的染色方法主要有三种：

1. “浸し染め”，浸染。
2. “摺染め”，磨染。
3. “夾纈染め”，夹板防染。

染料以天然植物为主。紫色用紫草根晒干后捣碎，加入热水染

---

①（唐）姚思廉撰，《梁书·西北诸戎传》，中华书局，1973 年，第 811 页。

成，再加上碱水，色彩会更鲜亮。红色来自红花，想染出深红色，须反复多次方可染成。这种方法称为“八入”。蓝色则是来自兰草制成的靛蓝，黑色来自橡树果实橡实，用铁锅熬煮，因铁的媒介作用而变成黑色，如果加上碱水，则变成黄褐色。

主食与副食

从万叶时代起，日本的农业生产以种植水稻为主，大米一直是日本民族最喜欢的主食，那时，从中国传来的五谷品种已经齐全，即水稻、麦子、小米、黍子（黄米）、豆类。

官府征收农业税，往往是以水稻为单位来计算。农民种植的水稻大部分被迫上缴，他们以麦子，还有小米、黍子、稗子、荞麦等杂粮为食。《万叶集》虽然没有歌咏“荞麦”的作品，但养老六年（722 年）七月十九日颁布的诏命中曰：“为备凶年之用，使农民种植晚稻、荞麦、大麦、小麦。”

当时流行用甑子蒸熟大米，这样做出来的米饭较硬，称为“强饭”，还有适宜老人与儿童食用的大米粥，水分多的叫“稀饭”，水分少的叫“稠稀饭”。还有人喜欢吃油炒饭，而将强饭晒干，就成了旅行时便于携带的“干饭”，这种“干饭”须用热水泡软方可食用。当时还用米粉和小麦粉制作杂饼。

副食主要是蔬菜、野菜与鱼类。水果有瓜类、桃、李、梅子、橘等。鱼类还可除去内脏，加工成鱼干保存。

主要调味料有盐、醋、酱等。醋、酱是奢侈品，普通人只能用盐来调味。

当时有胡麻油、麻油等食用油，贵族还能吃到奶酪和酥油。①

樱井满认为：“万叶时代的农耕以水稻栽培为主。主要主食是

---

① 樱井满主编，《万叶集常识辞典——“饮食生活”》，东京堂，2003 年，第 141—145 页。

大米，主要调味料是盐，大米还可以加工成酒。直到今天，米、盐、酒仍然是祭祀神灵不可或缺的祭品。”①

建筑

万叶时代早期的日本皇宫不过是高大一些的草房群落而已，普通人则住在土穴式的草棚里。据《日本书纪》记载，公元588年，来自朝鲜半岛百济的工匠带来了烧制屋瓦的技术。日本属于温带海洋性气候，自古温暖而潮湿，夏天闷热。因此古代日本人对屋瓦更感兴趣，却不太重视防寒用的砖。高大的木柱支撑着巨大的屋顶，上面是灰色或绿色的瓦屋顶。而房屋四壁是木板墙、木栏杆、纸拉门，这样的建筑样式主要追求通风效果。

八世纪时鉴真东渡，随行工匠带来了先进的砖瓦烧制，特别是琉璃瓦的烧制工艺，由草屋群落组成的日本宫殿群才焕然一新，变成了美轮美奂的真正的皇宫。琉璃瓦的制作方法来源于唐三彩加入铅釉的烧制工艺。现代作家井上靖（1907—1991）的小说《天平之甍》（新潮社，1957年），讲述了普照等五位日本僧侣赴唐邀请鉴真东渡，鉴真不顾性命危险，六次冒险东渡，终于在天平胜宝五年（753年）成功抵达日本的史实。《天平之甍》书名中的“天平”，为圣武天皇与其女孝谦天皇的年号，“甍”即瓦屋顶。从此，日本的皇宫屋顶上都铺上了琉璃瓦。今天，如果你从奈良周边的山上俯瞰，会发现与京都暗沉色的“桧皮葺”屋顶不同，奈良的皇宫与庙宇的屋顶则显得肃整而明亮。

我们可以对比一下前文出现的长屋王的奢华生活，而广大平民则用树木、茅草、芦苇等搭建简陋房屋。在平城京发掘出来的平民房屋遗址有一栋或两栋房屋，屋前有水井，而农村的居所为竖穴式

---

① 樱井满，《万叶集》下，解说——《万叶人的生活与语言表达》，旺文社文库，1980年，第447页。

（亦称地穴式）草棚，首先在地表挖出深度约为 50 厘米的方形浅坑，四周支起木柱，用茅草或稻草葺顶。为了不让雨水流进屋里，房屋四周还要挖排水沟，没有窗户，房顶开有排烟与采光的开口。房屋大约长六米，宽五米。①

忌物与咒术，佛教传入

忌物，即斋戒忌物，是日本古代流行的原始信仰之一，也是时人希望获得幸福与安全的一种咒术，属于民俗学范畴。斋戒忌物来源于阴阳道禁忌，内容包括谨慎言行、饮食，每日沐浴斋戒，保持身体清洁，避免接触不净之物，举行祭祀。逢凶日则深居简出，还要将写有“忌物”二字的柳木牌或萱草挂在竹帘之上。

万叶时代斋戒忌物的具体做法有：“家人外出旅行，留在家中的妻子不得梳头，不得洒扫庭除。将萱草系在内衣的衣带上，便可忘记痛苦。海人、海女潜水时，船上的亲人会不断呼唤他们的名字，祈求海神保佑，否则便不能平安归来。同时还要不断敲打船帮，驱逐恶灵。”②

日本皇室与贵族将《古事记》《日本书纪》神话中的天地开辟、营造列岛、天照大神派遣天孙降临的神话奉为圭臬，以证明天皇制的合法性，神圣不可侵犯。

社会上还流行咒术，从上层一直渗透到民间。如离别时“挥手”即是“招魂”，挽草或树枝成结，表示将命运托付于此物。将花草编成花冠，或将花枝直接插在头上，也是摄取植物生命精华的一种咒术。诸如神功皇后征讨新罗时即将分娩，便将镇怀石绑在腹部，用咒术推迟产期等例子，不胜枚举。

---

① 樱井满主编，《万叶集常识辞典——“贵族邸宅”“庶民之家”》，东京堂，2003 年，第 149—151 页。

② 同上，咒术与咒文，第 134—135 页。

公元六世纪中叶，佛教经朝鲜半岛传入日本。由圣德太子撰写的《元兴寺伽蓝缘起》中记载，佛教于戊午年（538 年）传入日本，而《日本书纪》的记载则是 552 年，即“钦明天皇十三年冬十月，百济圣明王遣西部姬氏达率努唎斯致契等，献释迦佛金铜像一躯、幡盖若干、经论若干卷”。①天平十三年（741 年），圣武天皇颁布诏令，全国各地国府治所都要建立一座“国分寺”，即“金光明四天王护国之寺”，保佑五谷丰登、国泰民安。佛教在日本很快传播开来。

殡葬制度

《三国志 · 魏书 · 倭人传》：“其死，有棺无椁，封土作冢。始死停丧十余日，当时不食肉，丧主哭泣，他人就歌舞饮酒。已葬，举家诣水中澡浴，以如练沐（漂洗入浴）。”②

万叶初期日本流行土葬，墓穴主要为横穴式。即将遗体放入山洞之中，再将洞口封住，在洞前立上两块石头当做墓门。

模仿中国厚葬制度的“日本古坟时代”从三世纪末持续到七世纪，由于消耗大量国力与财力，之后戛然而止，此后日本再也没有出现过巨大的陵墓。

到了万叶时代的天武朝，殡葬制度发生巨大变化。殡期缩短，火葬普及。“据《续日本纪》载，首位实行火葬之人，是于文武天皇四年（700 年）去世的僧人道照。天下之火葬由此开始……大宝二年（702 年）十二月去世的持统太上天皇是最早实行火葬的天皇，她的遗体于翌年十二月十七日在飞鸟之冈举行火葬仪式。二十六日，将骨灰运至其夫天武天王大内陵，夫妻合葬。从此，火葬开始普及。”③

---

① 坂本太郎等校注，《日本书纪》钦明天皇十三年，岩波书店，1978 年，第 101 页。

② 陈寿，《三国志》（二十四史简体字本），中华书局，2018 年，第 634 页。

③ 樱井满主编，《万叶集常识辞典——火葬与殡葬制度的变化》，东京堂，2003 年，第 205 页。

大伴旅人之妻火葬于九州之地，是佛教思想在日本普及的结果。与恋歌相对，挽歌则是对死者灵魂的呼唤。人们认为，如果亡灵前往西方极乐净土，不应该保存灵魂可以回归的遗体。有的地方还有将骨灰撒向荒原草丛的习惯，而在边远地区，土葬仍占相当比例。

3. 地名与动植物名

日本与中国同样使用汉字，地名属于一种重要的文化符号，其中积淀着当地人千百年来的深厚情感与严肃的哲学思考，经过反复斟酌才选定的最适合的汉字，不但表达当地的地理特色，往往还寄托着美好的心愿与赞美。

万叶和歌的原诗中往往会使用一连串地名，难以用五七言的定型诗句来翻译。如果仅仅是为了保持诗句定型，而省略一部分地名的话，就会遗失很多重要的历史文化信息。古代地名属于重要的历史文化信息，不可随意处置。我们从古代地名中可以发现古代社会、民俗、地理、经济等诸多方面发展变化的信息。用长短句来翻译和歌中的地名，可以尽量保留古代和歌的原貌和文化信息，往往还要写出较为详细的注释，说明其文化内涵及古今地名的变化与现状。

大和三山中的“香具山”，亦称“香久山”（见编号13作品）；富士山之南的海滨“田儿浦”，亦称“田子浦”（见编号297作品）。为了方便我国读者阅读理解，译者力争采用最权威版本，在本书中将不同写法的地名尽量统一。

植物名与动物名

名物学的研究方法受近代考古学方法的影响，是近几十年间由日本学者青木正儿、中国学者扬之水等建构起来的一个现代学科，原属于训诂学。狭义上指对我国《诗经》等典籍中出现的动植物的考证。而万叶时期的日文尤为偏重借用汉字读音而舍弃其意，因此翻译《万叶集》中的动植物名称时不可望文生义。

《万叶集》和歌中出现的植物超过150种。约4500首歌中，吟诵某种植物的和歌约占三分之一。出现次数最多的花是“萩”，140余首，其次是“梅”，110余首。多数花草树木均以优美的汉字来命名，虽然看似与中文相同，但往往另有所指。下表以常见的几种植物为例，详细的说明还请参考本书“凡例”部分。

植物名称	相对应的中国植物名	外形	万叶和歌中的意象
はり 榛	赤杨或桤木	落叶小乔木，或大灌木状。高4～16米。树皮光滑，灰褐色。叶大而较薄，阔椭圆形、倒卵形或圆形。	沾满露水的赤杨会将行人衣衫染上颜色。翻山越岭的旅客，及夜色中访妻的男子深受其害。可提取淡黄、褐黄、茶色染料。
やまたちばな 山　橘	紫金牛（药用植物）	小灌木或亚灌木植物，近蔓生，具匍匐生根的根茎；直立茎高达30厘米。	比喻满面春光，或表里如一的恋人。在日本用作端午节香囊的材料之一。
をみなへし 女郎花	败酱草或黄花龙牙（药用植物）	一种高大的草本植物，茎高达1米以上。	比喻亭亭玉立的美女。
さなかづら 美男葛，亦称“真葛、实葛”	南五味子（药用植物）	藤本。叶长圆状披针形、倒卵状披针形或卵状长圆形。	比喻俊美男子。
こなら 楢	枹栎、槲栎	落叶乔木，高达25米，树皮灰褐色，深纵裂。叶片薄革质，倒卵形或倒卵状椭圆形，长7～17厘米，宽3～9厘米。	楢树枝叶浓密，青春焕发。比喻佳人难寻。 木材坚硬，供建筑，车辆等用材。 也可提取染料，或烧制木炭。

(续表)

植物名称	相对应的 中国植物名	外形	万叶和歌 中的意象
はねず 庭梅（各种版本《万叶集》的原歌中，该词多以平假名“はねず”形式出现）	郁李（药用植物） 小学馆版、岩波版《万叶集》及各种古语辞典中，该词大致指“庭梅”或“唐棣”“棠棣”“朱华”等，尚无定说。	原产中国华北，蔷薇科，樱属灌木，高一米。5月开粉红花，繁密如云。高1米以上。花瓣白色或粉红色。	多用来比喻恋爱中女性犹豫不决的心情与善变之心。本书姑且译作“棠棣”或“庭梅”
ひめゆり 姫百合	山丹（观赏、药用植物）	百合科草本植物，高30~40厘米，花下垂，花瓣向外反卷。	多比喻女子单相思，或心思易变之人。
あさがほ 朝顔	万叶时代指中国的桔梗，现代则指牵牛花，观赏或药用	牵牛花为旋花科牵牛属，一年生缠绕草本。花酷似喇叭状。	具有隋唐风韵。民谣中咏唱的“秋之七草”之一。

本表根据《增定万叶植物新考》《新世纪日汉双解大辞典》《最新中日分类词汇》等资料绘制。

上表中的“女郎花”（Patrinia scabiosifolia）频见于三大歌集，在日本的文学作品多用来比喻美丽女子。例如，“女郎花下眠一宿，徒惹薄幸留虚名”（《新古今和歌集》 229），《源氏物语·夕雾》的和歌中，以此代指泣诉荒郊的二公主。若是译为“败酱草”或“黄花龙牙”，则大煞风景，令中国读者不知所云。“女郎花”是俳句中秋天的季语，亦是“秋之七草”之一，直到今天依然深受人们喜爱。

“美男葛”的得名，是因其蔓上能分泌一种油状的黏液，王孙公子将它作为头油来美发。（泽泻久孝《万叶集注释》卷二）

《万叶集》和歌中的咏鸟歌600余首，咏“子规”的和歌超过156首，大伴家持的子规歌数量独占鳌头，共65首。咏“雁”的和歌数量为67首。下表以常见的三种鸟为例，简单说明在本书中关于鸟类的意象与翻译策略，详情请参考本书“凡例”和“译后记”。

名称	外形	中国的文化意象	日本的文化意象	补充
ほととぎす 子规 （杜鵑鳥、時鳥、郭公、霍公鳥、不如帰）	体长不一，多数种类为灰褐或褐色，但少数种类有明显的赤褐色或白色斑，金鹃全身大部分或部分为有光泽的翠绿色。	“望帝春心”“子规啼血”“不如归去”，望帝所化，劝农知时。杜鹃啼血，其声激越。《万叶集》中咏子规歌共153首，数量最多。	子规鸟是往来穿梭于人间与冥界的使者，伴随亡魂翻越通往地府路上的“死出之山”，引领亡魂前来与生者相见。啼声如裂帛，穿心裂肺，带来惊心动魄的哀思。	在日本的初夏时节闻子规啼，让人满怀悲切。日本的不同地域将其啼鸣听成“爬到山顶了吗？”或“拜过本尊佛了吗？”
ちどり 千鳥	体型较小，长15~30厘米，翅长腿细，颈短嘴直，颜色纯褐、深灰或沙色，腹部发白。	中国叫“水鸻”（héng），文学作品中不多见。	往往与冬日寂寥的海滩融为一体，增添离愁别绪。俳句季语（冬）。	翻译时保留日文原名“千鸟”，可再现成群鸟翻飞于海天之际的意象。

本表根据《新世纪日汉双解大辞典》《冈山县自然保护中心研究报告——万叶动物考》等资料绘制。

植物与动物的不同称谓会给读者带来截然不同的联想与美感，因此，本书翻译花草树木时，尽量沿用日语原名，保留原诗的美感与读音、字数等信息，再加上脚注说明该物种的中文名称，以尽量达到翻译学中的信息对等要求。

凡　例

1. 本书和歌翻译以小学馆版日本古典文学全集系列的四卷本《万叶集》为底本，同时参考岩波书店版日本古典文学大系四卷本《万叶集》等。以上底本仅第十一、十二、十六卷有卷名，全书二十卷均有详细目录。

2. 《万叶集》由多位无名氏编撰而成，各卷编辑方针与格式各有不同。为尽量保存《万叶集》的原貌，本书不强求统一。

3. 每卷开头的简介，为译者根据小学馆版《万叶集》的说明以及《万叶集常识词典》等资料编写。

4. 有的《万叶集》作品后带有尾注“原编者注”，这是原文的一部分，均出自古抄本的无名氏原编者之手。

5. “译者解说”，是译者为帮助我国读者理解万叶和歌所做的常识性注释。对日本读者来言，这些有关和歌和日本的历史、文化等常识属于老生常谈，并不需要加注。但对中国读者来说，却是必需的。

6. 凡有助于读者理解的权威注译，均注明出处。如： 小学馆版《万叶集》、岩波版《万叶集》等。

7. 土屋文明、斋藤茂吉、中西进、伊藤博等学者的独到见解，亦采取尾注方式加在作品之后，具体出处请参看本书最后的参考文献。

8. 1901 年—1903 年，松下大三郎与渡边文雄将历代和歌汇编为《国歌大观》，对《万叶集》等古典和歌集的作品进行统一编号，使和歌研究更加系统、科学，大大方便了检索查阅，受到普遍欢迎。

卷 一

本卷共收和歌84首，全部属于“杂歌”，其内容为宫廷礼仪歌、行幸从驾歌、赞歌、宴席歌等。作者为天皇、皇子、公主、诸王与大臣。这些作品是奈良时代初期统治者集体意识的产物，尚未达到抒发个人感情的阶段。

《万叶集》的作品按照内容基本上可以分为三大类别：杂歌、相闻歌、挽歌。

杂歌，以宫廷举行各种仪式与活动中产生的和歌为主。

高松寿夫解释说：“这里的‘杂’并非是‘各种各样的’意思，而是说不久之后将从‘杂歌’之中派生出‘相闻歌’‘挽歌’等所有的和歌体裁。‘杂’，是否就意味着其中蕴藏诞生出各种和歌的可能性？‘杂’，就是这样一种‘混沌’状态。”“‘混沌’，就是《古事记》神话中，伊邪那岐、伊邪那美这两位神灵在茫茫大海之上创造日本列岛、开天辟地之时，清浊分离、天地分开之前的那种状态吧。”①

① 高松寿夫，《古代和歌　万叶集入门》，早稻田大学出版，2003 年，第 28—29 页。

卷一目录

杂　歌

杂　歌

1　居泊濑朝仓宫[①]中治理天下的雄略天皇[②]，御制歌

竹篮哟，提在手，
木镢哟，何小巧。
淑女登山冈，早春挖菜苗[③]。
芳名与家世，容我来请教[④]。
大和[⑤]之国，吾位最高。
国土泱泱，皆属我朝。
吾名吾家，告汝知晓。

译者解说：

古代日本的“言灵信仰”，相信语言具有灵魂与生命，能左右人的命运。吉祥语能带来好运，恶语会招致不幸。姓名中包含着本人的灵魂，特别是女性，若是有人向她询问姓名，就意味着求婚。她回答即表示对求婚的许诺。

---

① 泊濑朝仓宫：位于奈良县樱井市黑崎天之森。
② 雄略天皇（418—479）：第 21 代天皇，颇富于传奇色彩。据《古事记》与《日本书纪》记载，他为争王位杀死兄弟多人。相传，雄略天皇曾派使者到中国南北朝的南齐与梁朝贺。多数学者认为，《宋书》等中国史籍中提到的倭王“武”，即雄略天皇。
③ 早春挖菜苗：食用早春萌发的野菜嫩芽，能消灾除病，挖野菜是一种祈福消灾的仪式。日本人至今仍喜欢食用春天七种野菜熬成的粥。
④ 天皇用敬语与当地豪族之女搭讪，请教芳名，即表示求婚。
⑤ 大和：读作やまと，山上天神降临的远古遗迹，是大和朝廷的中心地域。

“早春挖菜苗”的习俗出自《荆楚岁时记》：“正月初七为人日，以七种菜为羹。”

泽泻久孝：“安康天皇三年（455 年）十一月壬子朔甲子，天皇命有司，设坛于泊濑朝仓即天皇位。遂定宫焉。”（《日本书纪·雄略记》）后来，此处成了雄略天皇在位 23 年间的皇居。

伊藤博：女子除“真名”之外，还有一个“通用名”，类似“小名”，供人称呼。

2 舒明天皇①，登香具山②遥望国土时，御制和歌

大和群山，峰峦神秀。
遥望国土，香具山头。
炊烟③袅袅，原野田畴。
远眺海疆，翩翩舞鸥。
壮哉大和国，美哉秋津洲！

译者解说：

“秋津洲”亦称“秋津岛”“蜻蛉洲”，《古事记》中指古代大和国，或整个日本。本歌中的“秋津洲”是“大和国”的枕词。

---

① 舒明天皇（593—641）：第 34 代天皇，公元 629 年—641 年在位，其冈本宫位于大和国（奈良县。括号内为现代地名，下同）飞鸟地方。舒明天皇从即位翌年起，便开始派出遣唐使。

② 香具山：亦称“香久山”，大和三山之一，位于奈良盆地南部。持统女皇、文武天皇、元明女帝曾在此建都，称藤原京。香具山取代三轮山，成为大和国的“国灵”。

③ 炊烟：《古事记》载，仁德天皇登高远望，不见炊烟，知民生贫困，便下令免除此地农民三年赋税与徭役。

从此，历代天皇“登高远望国土”成为一种政治仪式与风俗活动。舒明天皇望见的“炊烟”和“海鸥”，是栖息于国土上的“地灵”与“水灵”生生不息的活动。本歌基于“言灵信仰”而吟唱，天皇居高临下，赞美自己统治下的国土，祈求上天保佑国运繁昌。犬养孝认为，“言灵信仰”贯穿于整部《万叶集》，回响于每一首和歌的字句之中。

伊藤博：卷一第 1 首和歌和第 2 首和歌之间，跳跃而过的空白期长达十二代天皇之久。

3—4 舒明天皇，游猎宇智野①之时，命中皇命②使间人连老③献长歌并短歌

3

吾之大君④，御宇八方。
朝抚梓弓⑤，夕依弓旁。
爱不释手，倾听弦响。
速速起驾，驰骋猎场，
清早狩猎，夕暮狩猎。
最爱梓弓，声震八荒。

4 反歌⑥

---

① 宇智野：亦作“内野”，今奈良县五条市金刚山东南麓一带。
② 中皇命：下一代天皇即位前临时管理朝政的女性。此处指舒明天皇之女，第 36 代孝德天皇之妻间人皇后。
③ 间人连老：公元 654 年担任遣唐使判官。“连”为当时八大姓氏之一，生活在间人皇后之领地内。
④ 大君：天皇的尊称。
⑤ 梓弓：日本古代信仰，梓木弓具有咒力。
⑥ “反歌”，附于长歌后的短歌。“反歌”一词来源于《楚辞》长篇诗歌后的“乱曰”和《荀子 · 赋》等作品中的“反辞”，对此前长歌总结概括，反复陈词，升华主题。

宇智旷野，数马并排。朝踏旷野，深草中来。

5—6 巡幸赞岐国（香川县）安益郡[①]之时，军王[②]见山而作长歌并短歌

5 彩霞飘舞春日迟，黄昏忽降薄暮冥。
不知何故心悲怆， 鵺鸟[③]啾啾发哀鸣。
大君行幸到天边，苍穹高渺降神灵[④]。
长风浩荡千山外，如闻闺中叹息声。
朝暮云飞翻衣袖，遥望大和动乡情[⑤]。
男儿有气踏旅途，难遣孤愤填胸膺。
但见网浦[⑥]渔家女，熬煮海盐[⑦]烈焰腾。

6 反歌

风过山峦，吹我衣袖。吾妻在家，常挂心头。

原编者注：

检阅《日本书纪》，并无舒明天皇行幸赞岐国（香川县）之记录。军王其人亦不详。山上忆良大夫《类聚歌林》[⑧] 曰："《日本书

---

① 安益郡：位于今香川县绫歌郡东部。
② 军王：传不详，所见之山大约指香川县坂出市东南的城山，海拔 426 米。
③ 鵺鸟：传说中的怪鸟，出自我国《山海经》。其文学意向随时代变迁而不断变化，请参看本书译后记的详细说明。此处的鵺鸟啼声哀切，有气无力。
④ 神灵：天皇为天照大神之子孙，诞生于远古，血统神圣。
⑤ 乡情：怀念故乡大和国。
⑥ 网浦：香川县坂出市海滨古地名。
⑦ 熬煮海盐：赞岐国（香川县）盛行熬制海盐，以烈火比喻心中痛楚。
⑧ 《类聚歌林》：山上忆良编撰的和歌分类书。

纪》曰，十一年己亥冬十二月二十四日，天皇行幸伊予（爱媛县）温泉离宫①云云。”某抄本曰：是时，离宫前有树两株，斑鸠与比米②两种鸟云集树上。天皇命令将稻穗挂于枝头喂之，乃作歌云云。天皇由伊予前往赞岐行幸。

7 于明日香川原宫③御宇天下之皇极天皇④朝代

额田王⑤之歌

秋野割茅葺屋顶，难忘宇治⑥眠草庵。

原编者注：

检阅山上忆良大夫《类聚歌林》曰：某书载：“此为孝德四年（648 年）行幸比良宫之时作歌也。”但《日本书纪》曰：“齐明天皇五年（659 年）春正月初三，天皇由纪伊温泉归朝。三月一日，天皇行幸吉野宫，设宴。三日，天皇行幸近江（琵琶湖）比良浦。”

译者解说：

额田王的生平在《日本书纪》中仅有寥寥数语：“额田王为镜王之女，天武天皇之妻，生十市皇女。《万叶集》收额田王和歌

---

① 温泉离宫：指四国岛爱媛县松山市的道后温泉离宫。
② 比米：此鸟有白喙，属何种鸟类不明。
③ 明日香川原宫：655 年，飞鸟板盖宫失火，第 35 代皇极天皇在明日香川建起的临时宫殿。
④ 皇极天皇：舒明天皇逝世后，皇后登基，称皇极天皇，后来让位于孝德天皇（第 36 代）。孝德帝薨，皇极天皇重祚，称齐明天皇（第 37 代），在舒明天皇飞鸟冈本宫遗址上重建宫殿。
⑤ 额田王：生卒年不详，齐明天皇身边高级女官。
⑥ 宇治：位于京都府南都。

12 首。”“十市”为大和国郡名，今高市郡之一部分。

斋藤茂吉：宇治位于从大和国前往近江国的交通要道上，建有临时行宫。

8 额田王之歌

熟田津[①]上待月出，晚潮正涨快起航。

原编者注：

检阅山上忆良大夫《类聚歌林》曰：舒明天皇元年（629 年）己丑，九年（637 年）丁酉十二月十四日，天皇与皇后行幸伊予温泉离宫。齐明天皇七年（661 年）正月初六，天皇御船经海路出发前往筑紫。十四日，御船泊于伊予熟田津之石汤离宫。齐明天皇见当年与夫君舒明天皇行幸时之风物依旧，心生怀念，提笔作歌，以遣悲怀。此歌为齐明天皇之御制歌也。额田王另作和歌四首。

小学馆版《万叶集》注：此处年代记录有误，“九年（637 年）丁酉”应为“十一年（639 年）乙亥”。

译者解说：

只等晚潮涨起，便可下达号令，借助潮水起航。时人认为女性具有神秘力量，众神附于其身。每条战船上都有身份高贵的女性，担任女巫或萨满之职。

公元 661 年，额田王随齐明女帝船队远赴筑紫（九州），企图介入朝鲜半岛内乱。新罗与中国唐朝联手，向半岛南部推进，百济

① 熟田津：位于今四国岛爱媛县松山市，道后温泉附近三津滨海岸。

向日本求援。齐明天皇决定发兵征讨新罗，救援百济。农历正月初六，齐明天皇率两万七千士兵从大阪湾出发，正月十四到达四国岛松山。

齐明天皇不久病死九州，公元663年，其子中大兄皇子率领日本军队渡海作战，在白村江（今韩国西南部锦江）败于唐与新罗联军。

9 齐明天皇，行幸纪州温泉①时，额田王咏歌

莫嚣圆邻之大相，七兄爪汤气②。
吾之郎君③多豪迈，威严屹立栎树下。

斋藤茂吉：“栎树”，原文“橿原の樹”，意思为有神灵依附的栎树。额田王回忆当年，她的恋人曾在此树下伫立。

10—12 中皇命④，前往纪州温泉时咏歌

10 倩何人执掌，君⑤命与吾命？
与君挽草⑥结同心，
磐代⑦岗上草青青。

11 郎君搭草庵，四处无白茅，

① 纪州温泉：今和歌山县白滨温泉。《日本书纪》载：齐明天皇四年（658年），天皇行幸此处。
② 莫嚣圆邻之大相，七兄爪汤气：此两句万叶假名语意不明，按原文抄录。
③ 郎君：所指何人不明。
④ 中皇命：即孝德天皇之间人皇后。
⑤ 君：指中大兄皇子（登基后称天智天皇），与中皇命为兄妹。
⑥ 挽草：古代咒术行为，将巨岩、巨树、百草等皆视为神灵。挽草成结，表示将命运托付于此物。
⑦ 磐代：今和歌山县日高郡南部町岩代。

且割小松树下草①。

12　欲见野岛②今得见，海深难采水下珠。

原编者注：

检阅山上忆良大夫《类聚歌林》曰："此乃天皇御制歌云云。"

13—15　中大兄皇子于近江宫君临天下，咏三山歌一首

13　气势何汹汹，香具山与耳梨山，
争抢美女亩傍山③。
神代④传说虽久远，
看今朝，夺妻争执满人间。

反歌

14　香具山，耳梨山，争斗不停歇，
印南国原⑤，阿菩大神⑥来调解。

译者解说：

此歌讽喻中大兄皇子（后来的天智天皇）与大海人皇子（后

---

① 小松树下草：比喻年轻女性。
② 野岛：并非岛屿，位于和歌山县御坊市海滨台地。
③ 香具山、耳梨山、亩傍山，即大和三山。"香具山"亦称"香久山"，"耳梨山"亦称"耳成山"。
④ 神代：从开天辟地起，直到第一代天皇神武登基，众神主宰日本列岛的远古神话时代。
⑤ 印南国原：位于播磨国（兵库县）南部加古川市与明石市之间。
⑥ 阿菩大神：来自出云国（岛根县），此时已赶到兵库县。

来的天武天皇）争夺额田王的三角恋。

15 海上祥云[1]起，万面旌旗飞。
远望落日处，月夜满清辉。

原编者注：

以上一首，今日思之，不似反歌。但旧抄本以此歌为反歌，故今日仍按原顺序抄录于此。另《日本书纪》载：皇极天皇四年（645年），立中大兄皇子为太子。

16 天皇诏内大臣藤原朝臣，评判[2]竞怜“春山万花艳”与“秋山千叶”时，额田王以歌判之，歌曰：

寒冬人蛰居，暖意溢春宵。
百鸟久不鸣，今日开口笑。
万艳久不放，一朝满山摇。
翠绿染山峦，留得花枝俏。
只为草深深，难见花妖娆。
秋山见树丛，黄叶挂枝条。
折来可赏玩，青叶仍不少。
残花枝头颤，叹息时尚早。
游山未尽兴，遗憾久难消。
不知为何故，吾判秋山好。

---

① 海上祥云：海上云涌如旌旗，瑞云也。帝德至时，有此吉兆。海天之上，又长又大的白云，如面面巨大旗帜，嫣红的夕照从云缝中挥洒下来。
② 评判：由文人雅士评判众多作品中哪首更加动人。这是当时兴起的一种风雅文化游戏。

泽泻久孝：“黄葉”训读为“モミヂ”，后世写作“紅葉”。《万叶集》中用“紅葉”一词的只有4例（卷十2201、2205、2232，卷十三3223），其余均写作“黄葉”。树叶变色，便称为“モミヂ”（黄叶）。

译者解说：

古日语“黄葉”“紅葉”同音（モミヂ），万叶时代多写作“黄葉”，平安时代则多写为“紅葉”。两者均指以红、黄为主，色彩斑斓的秋叶。《万叶集》中“黄葉”，包括写成假名“モミチ(ヂ)”的共110余例，本书翻译悲愁之歌时，译成“黄叶”，而描写秋光中色彩斑斓的树叶时，则译为“红叶”。本书译诗中“红叶”与“黄叶”的数量几乎相当，各出现将近60次。

17—19　额田王下近江国时咏歌，井户王[①]即兴和之

17　遥望三轮山[②]，翠微横眼前。
隐隐奈良山，林中路蜿蜒。
远眺三轮山，白云来遮掩。

反歌

18　三轮山兮，大和国灵。悠悠白云，莫掩秀岭。

原编者注：

以上两首，山上忆良大夫《类聚歌林》曰：迁都近江国时，见

---

① 井户王：传不详，推测为额田王或天智天皇身边的女官。
② 三轮山：位于今奈良县樱井市，海拔467米，距奈良山直线距离19公里。时人将此山奉为大和国之“国灵”。见编号2作品注释。

三轮山时所吟御制歌也。《日本书纪》曰：天智天皇六年（667年）三月十九日，迁都近江。

译者补注：

天智天皇离开大和飞鸟，迁都近江大津。以上三首抒发惜别之情。编号17、18作品均为额田王吟咏，编号19的作品可能是井户王之唱和。仰望三轮山，希望“国灵”（大和国灵）附体。

19

麻线团团，
林边榛树①将色染。
卿穿美服多耀眼。

原编者注：

以上一首，今日思之，不似唱和之歌也，但仍按旧抄本收录于此。

20　天皇游猎蒲生野②时，额田王作歌

紫野百草君挥手，禁地卫士岂不见？

广冈义隆：《荆楚岁时记》：“五月初五，四民并蹋百草，又有斗百草之戏。采艾以为人，悬门户上，以禳毒气。”“舟楫竞渡 争采杂药。”

五月初五举行狩猎采药活动，始自推古天皇十九年（611

① 榛树：我国的“赤杨、桤木”，桦木科乔木。其果实用铁锅熬煮，借助不同媒介，可得褐黄色、褐色、茶色、绀黑色染料。
② 蒲生野：今滋贺县琵琶湖东岸，近江八幡市、八日市一带的原野，离大津宫约40公里。

年）。时值梅雨季节，“紫草炫目”（见编号21作品），难得有此大好晴天。

译者解说：

农历五月初五是皇室狩猎之日，男人到琵琶湖东岸的蒲生野猎获鹿茸，女人采集草药。大海人皇子尾随皇室队列之后而来。额田王发现他在远处挥动衣袖，频频招手。

樱井满：万叶时代，“人们认为，疾病与死亡等现象，都是灵魂游离的结果。挥衣袖是招魂与求爱的动作，向对方挥衣袖，是祈求对方的灵魂来到自己身边的仪式”。额田王担心他被人发现，忙让宫女将此和歌送去。

21 大海人皇子咏御歌作答。皇子即于明日香宫治理天下之天皇，谥号天武[①]

紫草炫目天地阔，心恋阿妹无怨言。

原编者注：

《日本书纪》曰：天智天皇七年（668年）五月五日，于蒲生野狩猎时，天皇弟（大海人皇子）、诸皇族、内臣（藤原镰足）以及群臣皆从驾侍奉。

---

① 天武天皇：天智天皇死后，其子大友皇子即位，是为第39代弘文天皇。弘文天皇与叔父，也是他的岳父大海人皇子之间爆发战争。弘文天皇战败自杀，大海人皇子登上皇位，号天武天皇。

22 十市皇女赴伊势神宫时，见波多横山之岩，吹芡刀自①作歌

河边多峭岩，光洁不生草。
风雨无变化，永葆青春貌。

原编者注：

吹芡刀自，不详。《日本书纪》曰：天武天皇四年（675 年）二月十三日，十市皇女与阿闭皇女（后来的元明天皇）同赴伊势神宫参拜。

斋藤茂吉：波多横山，具体地点不详，大概指伊势国（三重县南部）壹志郡八大村一代山地。

23 麻绩王②，流放伊势国伊良虞岛③之时，某人哀伤而作歌

沦为渔夫麻绩王，伊良虞岛割海草。

24 麻绩王，闻此歌而感伤，咏歌和之

痛惜吾命兮，波涛飞溅孤岛荒，
割来海草兮，权可充饥肠。

---

① 吹芡刀自：皇女身边的女官。刀自，指女户主或家族中主持祭祀的女主人。
② 麻绩王：天武天皇之子，因反对父亲强化王权而屡遭流放。
③ 伊良虞岛：爱知县渥美町的神岛，与伊良湖岬相连。题目中的“伊势国伊良虞岛”恐为后人传抄之误。

原编者注：

以上一首，《日本书纪》载，天武天皇四年（675 年）四月十八日，三品麻绩王获罪流放因幡国（鸟取县东部），一子流放伊豆荒岛，另一子流放血鹿岛（位于今长崎县五岛列岛）。

25 天武天皇御制歌

世人皆言，吉野山乡，
耳我岭①上，雪花飞降。
时而淫雨霏霏，转眼碎琼②纷扬。
山路迢迢，悲思满腔。
山道弯弯，百结愁肠。

26 某歌集抄录之天武天皇御制歌

人言吉野耳我山，飞雪纷纷降。
漫天淫雨霏霏，如同飘雪景象。
行到山路拐处，万千悲思满腔。
山道弯弯，百结愁肠。

原编者注：

本歌与前一首对比，措辞略有不同，故重复收录与此。

译者解说：

天武天皇曾出家，与鸬野妃子一道隐居吉野，后起兵夺天下，再次经过此处时百感交集。

---

① 耳我岭：在奈良县吉野郡吉野町平尾，具体所指不详。
② 碎琼：“碎琼乱玉”，指雪花。

27 天武天皇行幸吉野离宫[①]时，吟咏御制歌

贤人多美德，此处名吉野。
贤人曾徜徉，细细观景色。

原编者注：

《日本书纪》载：天武天皇八年（679年）五月五日，行幸吉野离宫。

译者解说：

天皇抚今追昔，吟出此歌。八年前，天武天皇为表明无篡位野心佯装出家，带领鸬野妃子离开近江宫，在吉野宫暂住一夜后进入吉野山。

28 居藤原宫治理天下之持统天皇[②]朝代，天武十一年（682年）让位于轻皇子（文武天皇），持统尊号太上天皇

持统天皇御制歌

春尽夏已到，翠微香久山[③]。
满眼白光耀，闻说晒衣衫。

---

① 吉野：读作“よしの”，与“贤人”（よきひと）谐音。

② 持统天皇：天武天皇之皇后，天皇薨后开始执政，沿用天武年号。公元689年，太子病弱而薨，持统天皇正式即位，发布“净御原令”，编造户籍，营建藤原宫，开创了万叶时代的盛世。持统共执政11年，称帝7年，后让位于15岁之孙轻皇子。

③ 香久山：香具山，位于藤原宫东南方。山体神圣，南麓阳光充足，是皇家晾晒衣衫和缝制御衣的麻布之地。翠绿的山体上，晾晒着洁白的麻布，宛如一首初夏的风物诗。

29—31　过近江废都时，柿本人麻吕[①]朝臣，咏长歌并短歌

29　　　　亩傍山下橿原宫[②]，历代大君传皇统。
吾皇神圣治天下，迁都大和国运隆。
再迁近江路迢迢，翻越大和山重重。
此番变故谁料得，物是人非万事空。
远离皇都畿外地，湖畔建起近江宫。
巍巍宫殿今何在，路人为我指迷踪。
唯见春草蓬生处，云霞飞舞觅旧梦。
春日当空正迷离，转眼夏草已葱茏。
满目荒凉心悲怆，殿堂掩埋荒草中。
此情此景不忍看，悲从中来如潮涌。

反歌

30　　　　志贺唐崎波光碎，不见宫人摇船归。

译者解说：

“畿外地”，原有“四畿内”：大和、山背、摄津、河内。天平宝字元年（757年），和泉国（大鸟、和泉、日根三郡，面临大阪湾，位于堺市以南，直到泉南郡一带）从河内国中分离出来，成为“五畿内”。

斋藤茂吉：近江都城的范围从大津市南滋贺町一带起，向南延展，

---

① 柿本人麻吕：生卒年不详，万叶时代最负盛名的歌人，历代奉为“歌圣”，侍奉天武、持统、文武三代天皇的宫廷歌人。
② 橿原宫：位于亩傍山东南麓，开国天皇神武登基之地。

西抵比叡山麓，东至琵琶湖畔。人麻吕作此歌时大约27岁。

犬养孝：志贺唐崎位于琵琶湖畔，从崇福寺湖边走去，左边可见突出的礁石唐崎。

31 比良江湾[①]淤泥塞，湖畔哪得见故人。

译者解说：

柿本人麻吕为朝廷唱赞歌，随天皇出游即兴作歌记事抒情，为庆典献贺歌，为天皇及皇族葬礼写挽歌，还留下许多抒发个人情感的作品，善用序词、枕词等技巧。他的长歌沉痛、庄重，格调高雅。麻吕，也写作“麿”，古代男女通用的第一人称的代词，后来成为结尾词，多用于男性之名。

柿本人麻吕站在琵琶湖畔追忆在壬申之乱战火中化为灰烬的大津宫，回想天智朝唐风文化的繁华和无数前朝旧事。

32—33 高市古人[②]，感伤近江旧堵[③]而作歌（某古本抄录为高市黑人所作）

32 吾名古人，宫墙倾颓。今见旧京，满怀伤悲。

---

① 比良江湾：位于志贺町的木户到小松一带，近江宫北面约10公里处。此处有舒明天皇与齐明天皇的离宫。

② 高市古人：恐与高市黑人为同一人，持统天皇和文武天皇时代的宫廷歌人，大宝元年（701年），曾随持统太上天皇巡幸吉野，第二年又伴驾巡幸三河国（爱知县东部）。他自视为前朝遗老，心怀悲痛。

③ 堵：墙垣。近江宫毁于壬申之乱的战火。二三十年后，作者见宫墙废墟而悲叹。

33 近江神灵[①]，意气消亡。满目废墟，黯然神伤。

34 持统天皇行幸纪伊国时，命川岛皇子作歌（或云，山上臣忆良作）

白浪滚滚，苍松洲头，风雨币帛[②]，几度春秋。

原编者注：

《日本书纪》载：朱鸟四年（690 年）秋九月，持统天皇行幸纪伊国。

小学馆版《万叶集》注：

川岛皇子（亦称河岛皇子）为天智天皇之第二皇子，天武十四年（685 年）任净大叁（诸王爵位十二阶之第九阶），曾向持统告密，说大津皇子企图谋反。持统五年（691 年）35 岁薨。

35 翻越势能山[③]时，阿闭皇女[④]作歌

身居大和国，心怀纪州道。
势能[⑤]即夫君，夜夜魂梦绕。

---

① 近江神灵：当地的地祇，与之相对的是随天孙琼琼杵尊从天而降的天神。神道属于多神教信仰的“泛灵论”（animism），认为山川草木皆有神，天地间有八百万神，各地都有庇佑该地的本地神。

② 币帛：神道祭祀用品，用麻、棉、纸张制作而成，系在岸边松枝上，用来祭祀保佑旅途安全的“道祖神”。

③ 势能山：位于和歌山县伊都郡。

④ 阿闭皇女：元明天皇的本名。她随持统天皇巡幸纪州，路过此山时想起丈夫和夭折的草壁皇子。

⑤ 势能山：势能山的“勢”（せ），与“背”（丈夫、情郎）读音相同。

36—39 持统天皇行幸吉野宫时，柿本朝臣人麻吕作歌二首并短歌二首

36 吾国大君，御宇八方。
列岛神秀，皆属吾皇。
山川秀美，国土泱泱。
河谷清澈，吉野花香。
秋津原野，宫殿轩昂。
宫人画船，排列水上。
清晨划船，竞赛争强。
黄昏渡河，鱼贯启航。
川流不绝，群峰高仰。
水流湍急，瀑布飞降。
美哉离宫，百代辉煌。

37 **反歌**

日日观赏新景色，年年重游吉野川。

38 吾国大君，御宇八方。
威严神圣，举止端庄。
漩涡流逝，吉野川上。
宫殿高耸，连绵四方。
俯瞰国土①，登高远望。

---

① 俯瞰国土：举行“望国土”仪式。天武天皇公元686年冬薨，皇后持统天皇开始执政，4年后的690年元月正式即位，仍使用其夫天武天皇的纪年。她实际在位11年间，行幸吉野离宫共31次。吉野是壬申之乱前天武天皇为夺取政权的蛰居圣地。

青山叠叠，神献宝藏。
春满山野，百花齐放。
霜叶斑驳，大好秋光。
装点宫廷，流连欣赏。
宫殿之旁，清流长淌。
河神来贺，珍馐美酿。
上游浅滩，鱼鹰潜浪，
下游捕鱼，渔夫撒网。
山神河神，侍奉吾皇。
神代盛世，万古辉煌。

39 反歌

山神河神来朝贺，漩涡飞转画船旁。

原编者注：

《日本书纪》曰：（持统天皇）三年（689年）已丑正月，持统天皇行幸吉野宫。同年八月，行幸吉野宫。四年庚寅二月行幸吉野宫。同年五月行幸吉野宫。五年辛卯正月、同年四月行幸吉野宫者。不知柿本人麻吕何时从驾，吟出此歌。

40—42 持统天皇巡幸伊势国时，柿本朝臣人麻吕留守京城作歌

40 安美海滨[1]乘画船，潮涨宫女裙裾边。

---

① 安美海滨：位于今三重县南部，面对伊势湾。

斋藤茂吉："安美"（あみ，あ見），恐为"英虞"（あご，あ児）之误，即伊势志摩半岛的"英虞湾"。阳春三月，来自内陆大和国的女官们看见大海，十分兴奋，在英虞湾上划船游玩。

41　答志崎①上割海草，宫女今日踏海礁。

42　海潮声声喧，
伊良虞②岛边，
佳人③荒岛正划船。

43　当麻真人麻吕④之妻作歌

夫君在何处，海藻⑤逐浪翻，
今日翻越名张山⑥？

44　石上大臣⑦，从驾作歌

山高难远望，大和隔云端。
佳人在何处，路遥空牵念。

---

① 答志崎：位于三重县鸟羽市答志町。
② 伊良虞：位于三河国（爱知县）境内。持统天皇此次巡幸伊势国，不曾涉足三河国，歌中描写的景象出于人麻吕想象。
③ 佳人：大约是人麻吕之恋人，侍奉于天皇身边。
④ 当麻真人麻吕：传不详。真人，八大姓氏之一。当麻氏，用明天皇之皇子古王的子孙。
⑤ 海藻：海上藻类植物总称，可食用的海带、鹿尾菜、裙带菜、海蕴，可作饲料的孔石莼等。
⑥ 名张山：位于大和国前往伊势国的路上，畿内与畿外的交界处。
⑦ 石上大臣：石上朝臣麻吕，壬申之乱的功臣，庆云元年（704 年）起，先后担任右大臣与左大臣。

原编者注：

《日本书纪》曰：朱鸟六年（持统六年，692 年），春三月三日，以净广肆[①]之广濑王等为留守官，天皇行幸。此时，中纳言三轮朝臣高市麻吕摘下冠冕，擎之上朝，再次谏言曰："农作之前，御驾未可出动。"六日，持统天皇不听，遂行幸伊势国（三重县南部）。五月六日，抵达阿胡行宫[②]。

小学馆版《万叶集》注：

此高山大概指三重县饭南郡与奈良县宇陀郡、吉野郡交界处的高见山，海拔 1248 米。

45—49 轻皇子[③]宿安骑野[④]时，柿本朝臣人麻吕作歌

45 吾之大君，御宇八方。
日神皇子，光焰煌煌。
圣体高贵，举止端庄。
皇都起驾，泊赖山冈。
满眼青翠，古杉苍苍。
岩石嶙峋，山路荒凉。
树枝挡道，推倒一旁。
朝越山峰，黄昏雪降。
安骑荒原，芒草摇荡。
压倒篁竹，为君铺床。

---

① 净广肆：天武天皇制定官位制，授予诸王及以下众臣的官位之一，相当于后来《大宝律令》的从五品下。

② 阿胡行宫：位于三重县志摩郡阿儿町。

③ 轻皇子（683—707）：其父为已故草壁皇子（662—689），15 岁即位，是为文武天皇。

④ 安骑野：奈良县宇陀郡町的山野，轻皇子为追忆父亲草壁皇子而来此游猎。

露宿荒野，旅愁满腔。
皇子来此，辛苦难忘。

短歌（反歌）

46 当年情景在眼前，假寐安骑草萋萋。

47 刈草荒野秋叶黄，满心悲怆访故地。

48 东望荒原升阳炎，回眸又见月偏西。

49 当年并马狩猎处，皇子尊容何处觅。

50 藤原宫[①]之役民，作长歌[②]

吾之大君，御宇八方。
日神之子，光焰万丈。
藤原宫殿，天下共仰。
楼阁飞檐，神思妙想。
天地神祇，出手相帮。
近江之国，田上山冈[③]。
献来杉木，桧木粗壮。
川流不息，宇治川上。
有如绿藻，鱼贯流淌。
役民劳作，勤恳繁忙。

---

① 藤原宫：持统八年（694 年）至元明天皇和铜三年（710 年）的皇宫，宫殿中心位于橿原市高殿町一带。
② 此歌假托役民之口而作。役民，被征发来修造宫殿的农夫。
③ 田上山冈：位于宇治川上游。

家事私事，统统遗忘。
吾辈建造，宫殿雄壮。
巨势大道①，国运隆昌。
日神之国，异国名扬。
远近皆闻，吾国声望。
风貌不凡，龟图②吉祥。
祝福新朝，前途洋洋。
泉川木筏，桧木成行。
根根佳木，逆流而上。
天皇神圣，观看盛况。
役民尽力，繁忙景象。

原编者注：

《日本书纪》载：朱鸟七年（693 年）秋八月，行幸藤原宫。八年甲午春正月，行幸藤原宫。同年冬十二月六日，迁都藤原宫。

伊藤博：当时民众服劳役没有丝毫报酬，大宝元年（701 年）开始领取少许补贴，繁重不堪的苦役让役民纷纷逃亡。

51 由明日香宫迁都藤原宫后，志贵皇子③作歌

明日香宫，新京路遥。不见采女④，衣袖飘飘。

---

① 巨势大道：巨势道，通过巨势（奈良县高市郡巨势乡）的道路。现在，巨势改名为御所市的古濑。
② 龟图：龟背负图。神龟六年（729 年）《宣命》中有“図負へる亀”（龟背负图），被视为吉兆。
③ 志贵皇子：天智天皇之子，光仁天皇之父，其歌风流丽轻快。
④ 采女：从各郡地方官之女中挑选到皇宫侍奉天皇的后宫女官，此歌中的采女主要负责生活用水与膳食。

斋藤茂吉：持统八年（694年）十二月迁都藤原京，采女们已远离飞鸟旧宫，再也看不见飘飘衣袖在明日香的凉风中翻飞了。

《日本书纪·孝德记》：凡采女者，贡郡少领（郡司的副职）以上姊妹及子女形容端正者。

52—53　藤原京[①]御井长歌

52　吾之大君，御宇八方。
日神高照，御子吾皇。
藤花灿灿，藤井原[②]上。
宫殿高耸，殖安池[③]旁。
香具山峦，举目远望。
大和群山，郁郁苍苍。
东面宫门，草木芳香。
春意盎然，神山亩傍。
西面宫门，峰峦呈祥。
耳梨神山，斗笠模样。
北面宫门，威严高墙。
藤原宫殿，名称吉祥。
南面宫门，吉野在望。
苍空高远，楼阁辉煌。
天神宫殿，连天铺张。
御井清水，汩汩流淌。

---

① 藤原京：飞鸟地方的几座皇宫中，藤原京宫殿的规模最为宏大，富有中国建筑风格。
② 藤井原：藤花原野上有一口水井，故名。此处御井指藤原宫。
③ 殖安池：位于奈良盆地南部，香具山北麓。

永不枯竭，神佑吾皇。

53 短歌（作者不详）

神女翩翩降人世，只为侍奉藤原宫。

广冈义隆：吟唱古人圣水信仰，藤原宫御井被视为圣泉。

54—55 大宝元年（701年）辛丑秋九月，太上天皇（持统天皇）行幸纪伊国时咏歌

54 巨势山[①]上茶花放，星星点点好春光。

——坂门人足

55 纪伊国人好眼福，来往皆见真土山[②]。

——调首淡海[③]

56 某古本抄录为以下歌曰

河畔点点山茶开，巨势春光难忘怀。

——春日藏首老[④]

---

① 巨势山：位于奈良县御所市古濑一带，海拔96米，地处从大和国前往纪伊国途中。

② 真土山：位于大和国（奈良县）与纪伊国（和歌山县）之间纪川右岸的小山，两县以此为界。

③ 调首淡海：壬申之乱中立下战功，官居从五品下，后升为正五品上，神龟五年，因年高望重，得赏赐颇多。

④ 春日藏首老："春日"为地名，"藏首"为姓氏。原为僧侣，法名辩基，大宝元年（701年）奉旨还俗，曾任从五品下常陆介。《怀风藻》收录其汉诗一首。

57 大宝二年（702 年）壬寅，太上天皇（持统天皇）行幸三河国①时咏歌

引马野②上，榛原③苍苍。旅途留念，染我衣裳。

——长忌寸奥麻吕④

58 高市连黑人⑤，作歌一首

昨日船行安礼崎⑥，无蓬孤舟泊何方。

译者解说：

无棚小舟，难避风雨。

59 誉谢女王⑦，作歌一首

旋风回荡，寒夜凄凉。念我夫君，独宿何方？

60 长皇子⑧，御歌一首

欢度佳期，拂晓恨别。隐身何处，独眠永夜。

---

① 行幸三河国：此次长忌寸奥麻吕并未从驾，以戏作歌赠从驾友人。

② 引马野：位于爱知县宝饭郡引马神社一带。

③ 榛原：长满榛树（我国叫“赤杨”“桤木”）的原野。见编号 19 作品注释。从榛树林中穿行，衣服会染上颜色。

④ 长忌寸奥麻吕：传不详，善作羁旅歌，即兴咏歌。

⑤ 高市连黑人：生卒年不详，又称“高市黑人”，与柿本人麻吕为同时代宫廷歌人，作品多以伴驾与羁旅为题。咏唱大自然之歌意境独特，开写景歌之先河，《万叶集》收其短歌 18 首。

⑥ 安礼崎：不详，推测为御马村南的出崎。

⑦ 誉谢女王：传不详。庆云三年（706 年）卒，从四品下。

⑧ 长皇子：ながのみこ，“长”读作“cháng”，那我亲王，天武天皇第六皇子。灵龟元年（715 年）薨，官居一品。

译者解说：

此歌写访妻婚习俗。

61 舍人娘子[①]，从驾作歌

英姿勃发手持箭，引弓欲射的形滨[②]。

62 三野连[③]（名缺失）入唐之时，春日藏首老[④]作歌

出港驶向对马岛，海神庇佑早归来。

63 山上臣忆良[⑤]，旅居大唐时，怀念本乡而作歌

大伴港[⑥]，青松[⑦]翘首望，
日本儿郎早还乡[⑧]。

---

① 舍人娘子：天武天皇第一皇子舍人皇子之乳母。

② 的形滨：三重县松阪市东黑部町，今吹井海滨。

③ 三野连：三野连冈麻吕，与山上忆良等人一道随遣唐大使粟田朝臣真人赴唐，从筑紫（九州）出海后遭遇风浪，只得返回，出发日期推迟到第二年（702 年），三野连冈麻吕官位为从七品下。

④ 春日藏首老：见编号 56 作品注释。

⑤ 山上臣忆良：山上忆良（660—733），出身百济名门望族。

⑥ 大伴港：这一带曾是大伴氏的领地，遣唐使船大多从三津海岸起航。

⑦ 青松："松"与"待つ"读音相同（まつ），和歌中用"松"来表达"苦苦等候"。这种技巧叫"挂词"，如同中国诗歌中的"谐音"，一语双关。

⑧ 文武天皇大宝元年（701 年）， 42 岁的山上忆良因担任第 8 次遣唐大使粟田真人的少录（随员兼书记官）。这批遣唐使大宝二年（702 年）六月二十九日，分乘 5 艘木船从九州出发，在楚州盐城（江苏盐城）登陆。当时中国处于武则天统治晚期，山上忆良于文武天皇庆云元年（704 年）秋七月回到日本。

译者解说：

公元663年白村江之战，百济与日本军队在朝鲜半岛战败，大批百济贵族逃亡，3岁的山上忆良随父母来到日本，自幼饱尝人生悲苦与贫困，后作为遣唐使一员到长安留学，汉学修养愈加炉火纯青。

中国的“盖文章，经国之大业，不朽之盛事”（曹丕《典论》）的文艺观对山上忆良起了很大影响，使他成为具有社会责任感、关心民间疾苦的现实主义诗人而独放异彩。忆良还编撰了教材、分类和歌集《类聚歌林》（今不传），为皇太子（后来的圣武天皇）讲授古今和歌的创作背景与技巧。其编撰方法模仿中国唐代武德七年（624年）由欧阳询、令狐德棻等人依照儒家正统学说编撰的《艺文类聚》。

64　庆云三年（706年），行幸难波宫[①]时，志贵皇子作歌

芦荡霜染野鸭翅，遥望大和苦思乡。

斋藤茂吉：文武天皇行幸难波宫。

65　长皇子之御歌

住吉港[②]，冰霰降。
最爱松原好风光，

① 难波宫：奈良时代著名宫殿，第16代仁德天皇、第36代孝德天皇在此建都，位于今大阪市中央区。
② 住吉港：位于大阪湾，住吉神社正西一公里处。

佳人弟日娘[1]，与我同观赏。

66 太上天皇（持统天皇），行幸难波宫时作歌

大伴高师[2]海滨松，
头枕树根已入梦，
可与亲人逢。
——置始东人[3]

67 高安大岛歌一首

何谓羁旅苦，海滨百鸟鸣。
思乡愁杀人，纵然寂无声。

68 身人部王歌一首

大伴三津[4]岸，海滨忘忧贝[5]。
乡愁岂能忘，娇妻守空闺。

69 清江娘子，姓氏不详也，进献长皇子歌

心念羁旅客，岸边取赤土[6]。
为君染衣衫，早日踏归途。

---

① 弟日娘：可能为游行女妇（以陪酒为业，在宴会上表演文艺节目），得长皇子宠爱。
② 高师：位于今大阪府堺市南部海滨。
③ 置始东人与其后两首和歌作者高安大岛、身人部王，三人之传均不详。
④ 三津：亦属大伴，曾是大伴氏领地。
⑤ 忘忧贝：日本古代信仰，只剩一半的贝壳，可让人忘却忧愁。
⑥ 赤土：古代日本曾以赤土、黄土等为染料。

70 太上天皇（持统天皇）行幸吉野宫时，高市连黑人作歌

嘤嘤呼子鸟①，翩翩大和来。
声声鸣不止，飞过象中山②。

71 大行天皇（文武天皇），行幸难波宫时作歌一首

思念大和夜难寐，唯闻洲崎野鹤鸣。

——忍坂部人麻吕

小学馆版《万叶集》注：

“洲崎”，尖角状沙洲，或露出水面的浅滩。

72 式部卿藤原宇合③歌一首

行船莫再近海岸，枕边佳人难忘怀。

73 长皇子之御歌

但愿早相逢，大和有娇妻。
海滨长风吹，茶花传消息。

---

① 呼子鸟：何谓呼子鸟，至今众说纷纭。有学者认为，“呼子鸟”即杜鹃，也叫“郭公鸟”“子规”，为初夏时节飞来的候鸟。3 到 5 月鸣叫，其声如呼唤幼鸟。

② 象中山：位于奈良县吉野郡吉野町宫瀑南面。

③ 藤原宇合：藤原不比等第三子。式氏家族之祖。灵龟二年（716 年）担任遣唐副使。养老二年（718 年）归国。历任各地地方官。神龟元年（724 年）拜式部卿持节大将军征讨虾夷。

74　大行天皇（文武天皇）行幸吉野宫时作歌，或云此乃御制歌

吉野山风带寒气，今夜独眠多苦凄。

75　长屋王[①]

宇治间山[②]晨风冷，娘子无计送衣衫。

76　和铜元年（708年）戊申，元明天皇[③]御制歌

弓箭鸣响，甲士成行。盾牌林立，百官飒爽。

斋藤茂吉：元明天皇登基大典时，于藤原宫吟出此歌。

泽泻久孝：元明天皇庆云五年（708年）正月，武藏国秩父郡献上和铜。

译者解说：

日本开采冶炼铜，首次铸造出铜钱“和铜开珎”（《康熙字典》：“珎”同“珍”），改元“和铜”。

丈夫去世，儿皇驾崩，49岁的元明天皇深感不安。弓箭鸣响、竖起盾牌是始于持统天皇时代的登基大典礼仪。

---

① 长屋王：天武天皇之孙，高市皇子之子，正二品左大臣。他身陷权力之争，失败后自杀，享年54岁。《怀风藻》收录其汉诗3首。

② 宇治间山：位于奈良县吉野町的千股山。

③ 元明天皇：草壁皇子妃，儿子文武天皇夭折后，她成为第43代天皇，在登基大典上吟咏此歌。

77　御名部皇女[①]唱和御歌一首

大君心且安，列祖在身旁。
阿姊随左右，时时护吾皇。

78　和铜三年（710年）庚戌，春二月，由藤原宫迁往宁乐宫[②]时，御舆停于长屋原，回望故乡[③]作歌（有书云，此乃太上天皇，即元明天皇御制歌）

明日香，辞旧宫，陵墓[④]渐远满眼空。

79—80　某古本，由藤原京迁往乐宁宫时所作长歌[⑤]并短歌

79
大君旨意，诚惶诚恐。
抛却眷恋，辞别旧宫。
初濑川上，登船航行。
山道逶迤，回望行踪。
途中日暮，山野迷蒙。
佐保川畔，露宿草丛。
朝日光芒，惊我残梦。
夜降寒霜，河面冰冻。

---

① 御名部皇女：元明天皇之胞姐。
② 《续日本纪》载：和铜三年（710年）三月十日，迁都平城京。“宁乐宫”即平城宫。元明天皇沿连接两京的大道北上，在途中长屋原咏出此歌。
③ 故乡：指旧都藤原京，为持统、文武、元明三代天皇之首都，共16年。
④ 陵墓：元明天皇夫君草壁皇子之墓，位于奈良县高市郡明日香村真弓冈。
⑤ 此长歌与反歌恐为平民所作，他在迁都过程中服劳役。此歌前半则是官员或其家属所作，前后矛盾。反歌表示对新宫祝福，永远侍奉皇室的心愿。

夜不成眠，往来跫跫。
新宅落成，大君恩重。
新家旧家，奔波接踵。

80 反歌

奈良新家迎太平，旧宫永世记心中。

原编者注：

以上两首，作者不详。

81—83 和铜五年（712 年）壬子夏四月，长田王[①]赴伊势斋宫时，于山边御井作歌三首

81 途经御井神风起，汲水少女偶相遇。

82 寂寞忧愁满胸膛，飘飘冷雨[②]从天降。

泽泻久孝：“山边御井”大概位于三重县铃鹿市山边之地的田野上。

83 海上白浪翻，
何日跨越龙田山[③]，
念我闺中不得见。

---

① 长田王：历任近江守、卫门督、摄津大夫，人称风流侍从。天平九年（737 年），以正四品下卒。
② 冷雨：专指深秋到初冬的霏霏冷雨。
③ 龙田山：位于奈良通往大阪方向的古道上，最高峰海拔 313 米。

原编者注：

以上两首（编号82、83作品），不似作于御井之旁，却为当时咏出之歌。

宁乐宫

84　长皇子与志贵皇子，于佐纪宫同赴宴饮时作歌

妻室在何处，秋来相思情，
高野原上闻鹿鸣。

——长皇子

伊藤博： 编号16作品为天智朝时，额田王评判“春歌”与“秋歌”孰优孰劣之作。本歌常被人与卷八开篇志贵皇子的“春歌”相提并论。

卷　二

本卷收入和歌150首，前半部分是男女表达爱意的相闻歌（56首），后半部分是抒发哀伤之情的挽歌（94首），作者多为皇族和贵族。第一卷的“杂歌”加上第二卷的“相闻歌”“挽歌”，至此，《万叶集》和歌的三大基本类别都出现了。

“相闻”一词出自中国古代典籍，指亲人、朋友、夫妻之间传书送信，相互怀念、赠答、问安。商务印书馆《辞源》对“相闻”的解释是：“互通信息”。《后汉书·隗嚣传》：“自今以后，手书相闻，勿用傍人解构之言。”我国六朝的《文选》曾是万叶文人的通用汉诗文教材。曹植《与吴季重书》：“适对嘉宾，口授不悉，往来数相闻。”《文选》中的“赠答诗”对《万叶集》的“相闻歌”影响较大。

《万叶集》中的“相闻歌”共1750首，远比杂歌和挽歌多，除亲朋间的问候之外，九成以上是抒发男女恋情的相思歌，《万叶集》之后的《古今和歌集》等不再使用“相闻歌”一词，而改称“恋歌”。

卷二目录

相闻歌

仁德天皇朝代

天武天皇朝代

于藤原宫治理天下之天皇朝代

挽 歌

齐明天皇朝代

天智天皇朝代

天武天皇朝代

持统天皇朝代

相闻歌

仁德天皇朝代

居难波高津宫[①]御宇天下之仁德天皇朝代

85—88 磐姬皇后，思念天皇作歌四首

85 大君行幸日月长，
起驾相迎[②]踏山梁，
抑或深宫守空房?

原编者注：

以上一首载于山上忆良《类聚歌林》。

86 思恋情浓难自持，头枕岩石一命亡。

87 苦候君归度日月，忍看华发染秋霜。

88 凉秋朝雾掩稻穗，何时云开心花放。

伊藤博：以上四首为组歌，采用汉诗起承转合的章法，烦闷、兴奋、反省、叹息。但四世纪到五世纪的仁德朝，和歌尚未发展成熟定型为短歌，也绝无汉诗起承转合的高度技巧，此组歌应是后人伪托。

犬养孝：以上四首并非组歌，而是相互独立。当是访妻婚时代，女子等候丈夫或情人来访时所吟唱。

89 某抄本收录和歌一首

沉沉夜色有时尽，哪堪黑发染秋霜。

原编者注：

以上一首出自《古歌集》。《古事记》曰：轻太子与轻太郎女有私情③，故将太子流放于伊予国温泉。此时，衣通王④不堪恋慕之情，追随而去之时咏歌。

90 《古事记》歌一首

君行山海久不归，
接骨木叶两相对，
不可痴心守空闺。

原编者注：

以上一首，《古事记》与《类聚歌林》记载相异，作者亦不同。《日本书纪》："于难波高津宫治理天下之仁德天皇二十二年

---

① 难波高津宫：位于今大阪城南面台地法圆坂一带。

② 相迎：池田弥三郎认为这是灵魂游离相迎的一种咒术，并非皇后亲自出行。

③《古事记》载：第19代允恭天皇驾崩后，木梨轻太子与同母妹轻太郎女私通。事情败露，轻太子流放伊予国温泉，轻太郎女恋慕难忍，追随而来，两人情死。而《日本书纪》说，兄妹相奸事件发生于天皇在世时，唯轻太郎女被流放伊予。轻太子因败于皇位之争而自杀。

④ 衣通王：轻太郎女之异名。

正月，天皇告知皇后，将召八田皇女①入宫，封为皇妃。当时，皇后不允。于是天皇咏歌请求。三十年秋九月十一日，皇后行幸纪伊国，登临熊野岬，在此采集接骨木叶带回宫中。此时，天皇趁皇后离宫之机迎娶八田皇女，召之进宫。磐姬皇后到达难波码头时，得知天皇已召八田进宫，心中颇有怨恨云云。”

另曰：“允恭天皇二十三年三月七日，立木梨轻皇子为太子。皇子容姿秀丽，见者无不动心。同母妹轻太皇女，亦是绝色美女。两人私下相通。平素里亦略感郁闷，久而久之，忘怀郁闷。二十六年盛夏，天皇见热羹凝结成块，深感疑惑，占卜其缘故。占卜师言：‘有近亲相奸之兆，恐有骨肉至亲之人深陷不伦。’于是，让轻太皇女移居伊势。”今查阅，仁德、允恭两纪中，均无此歌。

小学馆版《万叶集》注：

盘姬皇后将接骨木枝叶抛入海中，沿山城川（今淀川）溯流而上，到达山城国筒城冈盖起宫殿，蛰居于此，多次辞退天皇使者，拒绝与天皇见面。仁德三十五年，盘姬皇后薨于筒城宫。

译者解说：

仁德天皇，传说中的第 16 代天皇，应神天皇之子。允恭天皇，传说中的第 19 代天皇。

---

① 八田皇女：第 15 代应神天皇之女。磐姬皇后驾崩后，立为皇后。

91 于近江大津宫①御宇天下之天皇（天智天皇）朝代，天皇赐镜王女②御歌一首

举目远望欲见卿，
大和国中大岛岭③，
亦应建新庭。

原编者注：

另有歌云：只为时时望妹家，又曰：如能迁居来我家。

译者解说：

皇太子时代的天智天皇思恋镜王女，其府邸远在大和国西部的崇山峻岭之外。天皇希望她在自己视野中的大岛岭建新宅。

92 镜王女相和歌一首

秋山树荫遮流水，绵绵思绪情更切。④

① 近江大津宫：位于今滋贺县大津市北部，毁于壬申之乱战火，仅存5年(667—672)。
② 镜王女：一说为镜王之女，额田王的姐妹；一说为舒明天皇之皇女。起初得天智天皇宠爱，后嫁藤原镰足为正室。天武十二年（683年）薨。
③ 大岛岭：位于生驹山脉中，向南延伸的信贵山麓到龙田川一带。
④ 情更切：天智天皇居难波宫，远望镜王府邸，希望镜王女在大和建新居，或搬进难波宫与自己同住。

93 内大臣藤原卿[①]，向镜王女求婚[②]时，镜王女赠歌一首

夜来朝去本无事，君名妾名人尽知。

94 内大臣赠镜王女，歌一首

守口如瓶人不知，同床共枕梦成真。

原编者注：

某抄本歌曰：三室户山有玉奁。

95 内大臣藤原卿，迎娶采女安见儿时，作歌一首

采女安见儿，轻易不言嫁，
今日老夫摘此花。

译者解说：

天皇明令禁止臣下迎娶宫中采女，但藤原镰足享有特权，春风得意。

---

① 藤原卿：藤原镰足，藤原不比等之父。大化改新功臣中臣镰足由天皇赐姓藤原，成为藤原氏先祖。藤原镰足当时 55 岁，镜王女刚失去天皇宠爱，镰足便向她求爱。

② 求婚：万叶时代流行“访妻婚”。恋爱阶段，男子可趁夜色潜入女子卧室幽会，但天明前必须离开，不能让旁人发现。等时机成熟，双方家长会向亲友公开这门亲事，正式举行婚礼。

96—100　久米禅师[①]向石川郎女[②]求婚时，咏歌五首

96　我引信浓弓[③]，对卿表真情。
贵人多矜持，恐吃闭门羹。
——禅师

97　如引信浓弓，无须费心思。
决不强作留，我亦非箭矢。
——郎女

译者解说：

第二首歌中“强作留”三字，原文如此，乃汉文表达。土屋文明解释：我不会强行留你，也不会像箭矢一样主动奔向你身边。

98　妾怕动真心，甘愿随郎君。
此情可长久？踌躇不敢问。
——郎女

99　弓箭已上弦，吾乃引弓人。
此举已三思，箭发不悔恨。
——禅师

---

① 久米禅师：传不详。此歌大概为出家前的作品。
② 石川郎女：亦称石川女郎、大名儿。她拒绝草壁皇子求爱，投入大津皇子怀抱。《万叶集》中称此姓名的女性不止一人。《万叶集》收其作品8首。
③ 信浓弓：信浓地方用梓木制造的弓，十分有名。

100 东国进贡者①，箱笼系马身。
牢牢不松懈，佳人占我心。
——禅师

101 大伴宿祢，向巨势郎女②求婚时，作歌一首

恐有神灵已附体，蔓草花木难结实③。

原编者注：

大伴宿祢，即大伴宿祢安麻吕，难波朝右大臣大紫④大伴长德卿之第六子。平城朝（元明天皇时代）任大纳言兼大将军，薨于任上。

102 巨势郎女，回赠和歌一首（即近江朝之大纳言巨势人卿之女也）

开花不结果，究竟谁之过。
妾有心上人，请君莫相迫。

① 东国进贡者：东国指相对落后的乡下，三河国、信浓国以东的天皇家直辖领地，每年用马队为天皇运送土特产进贡。用货箱牢牢系在马背上来比喻爱心不变。

② 巨势郎女：近江朝大纳言巨势卿之女，后为大伴安麻吕之妻。有人说她即是大伴旅人之母。

③ 难结实：这位女子高傲无比，对人冷淡，就像只开花，不结果的植物，并警告对方：此类植物多有神灵附体，无法自由生活。

④ 大紫：大化三年（647 年）制定的冠位第五品。

天武天皇朝代

居明日香清御原宫治理天下之天武天皇朝代。

103 天皇赠藤原夫人①御歌一首

我家乡里②雪纷纷，飞向人原③到古村。

译者解说：

《广辞苑》："夫人，古代中国天子之妃或诸侯之妻。万叶时代则指大臣之女，进入后宫担任三品以上女官者。"

104 藤原夫人，相和歌一首

冈上龙神降大雪，几片飞沫到君家。

斋藤茂吉："龙神信仰"起源于中国，龙为古代神话中专司雨雪之神。原歌中龙神写作繁体字"龗"。

于藤原宫治理天下之天皇朝代

谥号持统天皇，元年为丁亥（687 年），十一年（697 年）让位于轻皇子，尊号太上天皇。

---

① 藤原夫人：藤原镰足之女，后为天武天皇夫人，生新田部皇子，又嫁异母兄藤原不比等，生藤原麻吕。

② 我家乡里：指天武天皇飞鸟清御原宫所在地。

③ 大原：藤原夫人家所在地明日香村一带，与皇宫近在咫尺。

105—106 大津皇子窃下伊势神宫，返回时大伯皇女[1]作歌二首送别

105 深夜送弟归大和，晓来寒露湿衣裙。

106 姐弟结伴尚寂寥，送君独自越秋山。

译者解说：

大伯皇女与大津皇子之母大田皇女、姨妈鸬野皇女皆为天武天皇妃。鸬野皇女所生草壁皇子立为太子后，鸬野被封为皇后。大田皇女不幸早逝，大伯皇女与大津皇子尚在童年。大伯皇女入选斋宫，长驻伊势神宫祭祀天照大神，祈祷国运昌盛。

鸬野皇女欲以“谋反罪”处死大津皇子。大津皇子偷偷来伊势，请姐姐求助神灵，问询吉凶。他于翌日回到飞鸟京，于朱鸟元年（686年）十月三日被处刑，年仅24岁。大津皇子被迫在刑场自缢而死。鸬野皇女下令厚葬，将其遗体暂厝殡宫三个月，举行追悼仪式之后，改葬于二上山顶。四年后，公元690年，鸬野皇后正式称制，号持统天皇。

《日本书纪》：“皇子之妃皇女山边，被发徒跣，奔赴殉焉。见者皆唏嘘。”

107 大津皇子，赠石川郎女[2]御歌一首

苦候阿妹立山间，滴滴清露湿衣衫。

---

① 大伯皇女（661—701）：亦作“大来皇女”，天武天皇之女，大津皇子之姐，13岁时被任命为伊势神宫祭祀天照大神的斋宫（最高级别巫女）。

② 石川郎女：见编号96作品注释。与石川女郎恐为同一人。

译者解说：

皇子苦候终宵，衣衫湿透，忐忑不安。

108 石川郎女相和歌一首

劳君候我衣湿透，愿化山林露一团。

译者解说：

石川郎女从“滴滴清露”一词展开遐想：愿化露珠，紧紧地贴在皇子身上。是真情流露，还是花言巧语？

109 大津皇子私会石川女郎时，津守连通[①]占卜此事。皇子作歌一首

津守曾占卜，
结果我早知，共枕情浓时[②]。

译者解说：

大津皇子不管占卜结果的吉凶，只顾与情人幽会。金泽本《万叶集》中，“石川女郎”写作“石川郎女”，二者恐为同一人物。

110 日并皇子尊[③]，赐石川女郎御歌一首（女郎，字大名儿）

女郎大名儿，轻薄似浮云。

---

① 津守连通：守卫渡口的官员连通，从五品下，曾任冈山县东北部地方官美作守。此人擅长阴阳道，精通占卜。津守姓氏来自古代神话，守卫摄津国住吉港之神。

② 共枕情浓时：大津皇子不管占卜结果的吉凶，只顾与情人幽会。

③ 日并皇子尊：草壁皇子。最后一字“尊/命”（みこと），用于上代尊称。

原上野萱草①，瞬间忘旧人。

111 持统天皇行幸吉野宫时，弓削皇子②赠额田王歌一首

小鸟思先帝③，当年好时光。
啼鸣交让木④，飞过御井旁。

112 额田王相和歌一首（由飞鸟京⑤敬献）

小鸟念先帝，人言名子规⑥。
深情鸣不止，妾亦洒清泪。

译者解说：

子规伴飞亡魂，越过通往阴曹地府途中的险峻高山“死出之山”。初夏时节，闻子规悲鸣。日本古代，不同地方之人将其啼鸣听成“爬到山顶了吗？”或“拜过本尊佛了吗？”

---

① 萱草：忘忧草，亦称“金针”“黄花菜”。时人相信将其佩戴于身，便可忘忧。《文选》卷五十三《养生论》：“萱草忘忧。”

② 弓削皇子：天武天皇第八皇子。此歌赠留在京城的额田王。额田王已年届花甲，弓削皇子仅十八九岁。

③ 先帝：指天武天皇。

④ 啼鸣交让木：啼鸣，额田王虽人在京城，但灵魂出窍，如小鸟一路追随圣驾而来。交让木，虎皮楠科常绿乔木，老叶落下，新叶生出，如新旧交接，故名。

⑤ 飞鸟京：六世纪末到八世纪初的日本帝都。

⑥ 子规：时人认为子规鸟是往来穿梭于人间与冥界的使者，引领死者灵魂与生者相见。

113 从吉野折取老松枝时，额田王奉命献歌一首①

吉野老松生绿苔，先帝遗言传百代。

114 但马皇女②居高市皇子宫时，思念穗积皇子③作歌一首

秋来田野稻穗黄，
随风披靡朝远方，
不畏人言望情郎。

115 敕命遣送穗积皇子前往近江志贺山寺④时，但马皇女作歌一首

欲追郎君踏远道，
山路弯弯云渺渺，
莫忘沿途留路标。

犬养孝：志贺山寺建于天智七年（668 年），位于大津宫西北山地上，原名崇福寺。

---

① 弓削皇子从吉野采来绿苔老松，额田王见之有感而作。当年曾与先帝于吉野咏歌，挥毫写下系于松枝。
② 但马皇女：天武天皇之女，高市皇子、穗积皇子之异母妹。
③ 穗积皇子：二品太政官，与异母妹但马皇女结合，和铜八年（715 年）升一品，同年薨。
④ 敕命遣送穗积皇子赴志贺，原因不明，可能是与但马皇女的私情败露而暂时为僧。

116　但马皇女，居高市皇子宫时私会穗积皇子，事情败露后作歌一首

满城风雨，不惧人言。凌晨渡河，甘愿冒险。

117　舍人皇子[①]，御歌一首

堂堂男子汉，陷入单相思。
声声空叹息，无力斩情丝。

118　舍人娘子[②]，相和歌一首

喟叹不停息，男儿动相思。
感君情真切，乱发泪沾湿。[③]

119—122　弓削皇子，思念纪皇女[④]御歌四首

119 吉野川上滩流急，
滔滔不停逝如斯，
苦盼佳期两依依。

---

① 舍人皇子：天武天皇第六子，负责编撰《日本书纪》，他由舍人氏养育成人，承袭了乳母的姓氏。万叶时代此风颇为流行。
② 舍人娘子：舍人皇子乳母家之女，按当时习俗，她与舍人皇子属乳兄妹关系。称某某娘子的女性，出身较为低贱。
③ 乱发：时人认为，女性发髻自动散开，表示情郎正在思念自己。
④ 纪皇女：天武天皇之女，穗积皇子同母妹。

120　　苦苦恋卿[①]，日夜不息。
愿化秋日胡枝花，
旋开旋落地。

121　　夕来潮水漫，
住吉海岸浅香滩，
割得海藻[②]满心欢。

122　　大船泊海港，波涌船摇晃。
相思人消瘦，梦魂劳空想。

123—125　三方沙弥[③]，娶园臣生羽[④]之女，未经几时，病卧作歌三首

123　　束发复散发，自怜青丝长。
近来不见卿，乱发何模样。

124　　人妇莫散发，理当发髻光。
不愿受束缚，任它蓬乱长。

——娘子

泽泻久孝：与君不相见时，任头发蓬乱生长。

---

① 卿：指纪皇女，已嫁为人妇，或言其母看管严格，无法接近。
② 割海藻：比喻将女性追到手。
③ 三方沙弥：传不详。沙弥指刚刚出家，未受具足戒的青年男子，半僧半俗。
④ 园臣生羽：传不详。

译者解说：

园臣生羽之女对这桩婚事不满，婚后不愿改变发型与服饰，不绾发髻，夫妻终于分手。

125　　　　脚踏橘树影，一别路茫茫。
心有千千结，阿妹在何方。
——三方沙弥

126　石川女郎，赠大伴宿祢田主①歌一首（即佐保大纳言大伴卿第二子，其母为巨势朝臣郎女）

君乃风流士，盛名天下闻。
无情遣我归，怨君何愚钝。

原编者注：

大伴田主，字曰仲郎，容姿佳艳，风流秀绝。见人闻者，靡不叹息也。时有石川女郎。自成双栖之感②，恒悲独守之难。意欲寄书，未逢良信③。爰作方便，而似贱妪。已提埚子④，而到寝侧，哽音蹢足⑤，叩户咨曰，东邻贫女，将取火来矣。于是仲郎，暗里非识冒隐之形，虑外不堪拘接之计。任念取火，就迹⑥归去也。明后⑦女郎，既耻自媒之可愧，复恨心契之不果。因作斯歌，以赠谑戏焉。

---

① 大伴宿祢田主：其父为大纳言大伴安麻吕，大伴田主为次子，大伴旅人之弟。
② 自成双栖之感：希望与大伴田主一起生活。
③ 良信：可靠的信使。富人访妻，会派出信使提前通知女方。
④ 埚子：用来装火种的土钵。
⑤ 蹢足：踯躅。
⑥ 就迹：按原路。
⑦ 明后：翌日。

127　大伴宿祢田主答赠歌一首

夜深不留客，自是真风流。
送君踏归途，一路无悲愁。

128　石川女郎，再赠大伴田主仲郎一首

闻说君有恙，腿足行路难。
软如苇叶尖，珍重保平安。

原编者注：

因仲郎足疾，赠此歌问询也。

129　大津皇子宫之侍女石川女郎，赠大伴宿祢宿奈麻吕①歌一首。女郎通称山田郎女也。宿奈麻吕宿祢者，大纳言兼大将军卿之第三子也。

妾身俨然一老妪，坠入爱河黄花女。

原编者注：

另有抄本歌曰：恋情难忍，如稚嫩童女。

泽泻久孝：石川女郎与卷二 107、108 作品中的石川郎女恐为同一人物。她年轻时得大津皇子宠爱，人过中年又对大伴田主、宿奈麻吕兄弟心生恋慕。

---

① 大伴宿祢宿奈麻吕：大伴安麻吕之子，大伴旅人、大伴田主之弟。

130 长皇子赠与皇弟，御歌一首

少魄力，意缠绵，
难渡丹生川[①]，
今夜径直会佳媛。

131—137 柿本人麻吕离开石见国，告别妻子赴京时，咏长歌并短歌

131 石见海之角[②]，人言无海湾。
欲采鲜海贝，人言无海滩。
虽说无海湾，虽说无海滩。
海上可捕鲸，乱礁指苍天。
苍然海藻美，漂浮礁石间。
朝有海风吹，夕闻波涛喧。
海藻何其美，翩翩随浪翻，
宛如吾娇妻，飘飘到身边。
抛妻舍家去，山路弯又弯。
每逢拐角处，驻足回首看。
离家渐行远，峰高道又险。
娘子依门扉，愿我得平安。
望我家门处，群峰来遮拦。
山岭快低头，莫遮行人眼。

---

① 丹生川：奈良县境内的河流，发源于大天井岳西北方，在五条市注入吉野川。
② 海之角：指岛根县江津市都野町一带，距石见国府仅七八公里。“角”指犄角状岩石，并非“天涯海角”或“角落”之意。

反歌二首

132　　石见高角山林密，吾挥衣袖妻不见。

133　　筱竹满山风中摇，难舍吾妻苦煎熬。

译者解说：

依罗娘子随丈夫人麻吕流放石见国（岛根县西部），离京城两千余里。通常解释此歌为人麻吕前往京城出差时写下的离别歌。

斋藤茂吉：“这是人麻吕告别妻子，从石见国远赴京城时咏出的和歌。……这首和歌声调如水波流动，不但铿锵有力，而且对妻子充满了浓厚的感情。”

梅原猛：人麻吕因得罪持统天皇，流放石见国之后，持统天皇派人到此将他抓捕，扔进大海，此歌为人麻吕临刑前绝唱。1973 年，梅原猛专著《水底之歌——柿本人麻吕论》问世，提出此新论断。

134　**某古本反歌曰**

石见高角山林密，吾挥衣袖妻难见。

135　**长歌曰**

茫茫石见海，辛崎[①]礁石乱。

---

① 辛崎：礁石林立处，亦称“韩崎”。“辛”与“韩”同音，均念作“から”。

水底深海松[①]，石上海藻鲜。
娇妻陈玉体，令人久怀念。
共度良宵后，离别苦难言。
依依难舍弃，几度回首看。
渡山[②]见黄叶，枝叶何缭乱。
不见吾妻袖，云遮屋上山[③]。
明月渡苍穹，惋惜满心间。
月隐山背后，夕阳照峰峦。
念此痛断肠，清泪湿我衫。

反歌二首

136 菊花青马疾如飞，
辞家别娇妻，
转瞬云外无踪迹。

137 秋山黄叶迷人眼，
莫飘散，容我望故园。

原编者注：

某抄本歌曰：黄叶莫乱飞。

138—139 某古本，长歌一首并短歌

138 常闻世人言，石见无海湾，

---

① 深海松：生在枯水线以下的一种海藻，形同松枝而得名。
② 渡山：岛根县江津市渡津町、江口川河口附近的一座山，海拔 174 米。
③ 屋上山：岛根县江津市浅利的高仙山、八神地方的山。

茫茫大海上，无处可泊船。
此处无海滩，何须挂心间。
虽说无海湾，虽说无海滩。
海上可捕鲸，乱礁指苍天。
乱礁海藻绿，茫茫大海边。
朝有波涛来，夕闻风声喧。
海藻何其美，翩翩随浪翻，
如同吾娇妻，飘飘到身边。
抛开娇妻手，山路弯又弯。
每到拐弯处，驻足回头看。
离家已走远，山高路又险。
娘子依门叹，愿我保平安。
远望海角里，群峰莫遮拦。

139 反歌一首

石见海，打歌山①，
林间挥衣袖，吾妻可曾见。

原编者注：

以上两首歌体虽同，字句相异，故重抄于此。

译者解说：

本歌为编号 131 作品的不同抄本。

---

① 打歌山：位置不详，可能在岛根县江津市附近。

140　柿本朝臣[①]人麻吕之妻依罗娘子，与人麻吕诀别歌一首

卿言莫悲，何日相逢。如知归期，焉能心痛。

井村哲夫："依罗娘子"意为出生于"依罗原"（位于摄津国、河内国一带）的女性。

挽　歌

齐明天皇朝代

居后冈本宫御宇天下之齐明天皇朝代

141—142　有间皇子[②]悲叹自身命运，作歌两首系于松枝之上

141　　岩代[③]路上绾滨松[④]，神灵佑我得生还？

---

① 朝臣：天武天皇所赐八种姓氏之一，列于第二位，加在三品官员姓之下，四品官员名之后。

② 有间皇子（640—658）：孝德天皇之子。皇极天皇四年（645 年）6 月 14 日，女帝让位于其弟天万丰日，称孝德天皇。九年后，白雉五年（654 年）10 月 10 日，孝德天皇薨。翌年 1 月 3 日，皇极天皇重祚，孝德天皇之子有间皇子大为不满。

③ 岩代：亦作"磐代"，位于前往藤白坂途中，和歌山县日高郡南部町西岩代与东岩代一带。

④ 绾滨松："滨松"，海滨苍松。绾松枝为结，是祈求长生的一种咒术。

142　　居家箪笥[①]盛美食，旅途苦槠[②]托饭团。

译者解说：

齐明天皇四年（658年），有间皇子受苏我赤兄（623?—?）唆使，趁女帝行幸纪州（和歌山县）之机，企图谋反篡位而被捕。11月9日受审后，有间皇子被押往齐明天皇所在的纪州南部牟娄温泉。11月11日，于途中藤白坂被处绞刑，时年18岁，刑前绾松枝为结。《万叶集》收其作品仅此两首。

143—144　长忌寸奥麻吕[③]，见系诗笺之松，哀咽而咏歌两首

143　　海岸岩代崖，松枝泪涟涟。
　　　　不见皇子归，哪得见诗笺。

144　　岩代古松今犹在，千年郁结难解开。

原编者注：

疑为作者不详。

145　山上臣忆良，追和歌一首

魂如飞鸟飘天外，人眼难见松自知。

---

① 箪笥："箪"，圆形食盒，"笥"（读作 sì），方形食盒，皆用竹片或芦苇编制而成，起源于中国先秦。
② 苦槠树：又名栲树，日文原文为"椎"。皇子身为囚犯，只好用苦槠树叶作餐具。
③ 长忌寸奥麻吕：传不详，又名意吉麻吕，擅长羁旅之歌，即兴作歌。

原编者注：

此上一首，虽非挽灵柩时所作，人皆明白歌意，故抄录于挽歌之中。

天智天皇朝代

于近江大津宫御宇天下之天智天皇朝代

146 大宝元年（701年）辛丑，行幸纪伊国时，见系诗笺之松，咏歌一首（出自《柿本朝臣人麻吕歌集》）

访古后来者，面对苍松枝。
皇子系诗处，今日难寻觅。

原编者注：

于近江大津宫御宇天下之天皇朝代。天命开别天皇，谥号天智天皇。

译者解说：

“天命开别”意为“开天辟地”或“开辟新天地”。

147 天皇圣躬不豫，身患重病之时，大后[1]奉献相和歌一首

仰望苍空阔，大君天寿长。
精气盈天地，至尊永无恙。

---

① 大后：皇后或皇太后的尊称。

译者解说：

671 年，天皇病笃，9 月或 10 月，大后（倭姬皇后）咏歌祈福。12 月，天智帝薨，弘文天皇继位。

148　另有书载，近江（天智）天皇圣体不豫，疾病危笃，大后献歌一首

山林茂密如旌旗，木幡[①]之地御灵降。
肉眼凡胎无觅处，怎能迎驾拜吾皇？

149　天皇驾崩之后，倭大后[②]作歌一首

众人悲叹已沉寂，
吾皇身影何凄迷，
永世难忘记。

150　天皇驾崩之后，某妇人作歌一首（姓氏不详）

神意不可逆，吾皇魂远去。
朝来思大君，声声苦叹息。
苟延人世上，仰望无绝期。
大君如美玉，紧握手心里。
大君如衣衫，身着永不离。
吾心恋慕情，终生永不移。
昨夜托梦来，片刻得欢聚。

---

① 木幡：地名，位于今京都府宇治市北部。天智天皇 12 月 3 日崩于近江宫，11 日殡于京都山科新宫。

② 倭大后：天智天皇之皇后。

151—152 天皇大殡时献歌二首

151 早知有凶兆，御船港中停。
祈祷驱邪魔，应挂注连绳①。

——额田王

152 大君御船到，港口湖岸边。
志贺②亦有情，唐崎③翘首盼。

——舍人吉年

译者解说：

用拟人手法写志贺与唐崎都在盼望天智天皇平安归来。

153 大后御歌一首

船出近江海④，渺渺湖面上。
沿岸慢行船，劈波挥兰桨。
远近摇桨人，莫让水花扬。
亡夫正韶华，应怜春草芳。
念他如飞鸟，扶摇天外翔。

---

① 注连绳：日本古代信仰，张挂注连绳，可防邪神、灾病来袭、鸟兽侵害等。
② 志贺：大津市北部琵琶湖畔志贺浦。
③ 唐崎：位于大津市下坂本町，“唐崎夜雨”为滨江八景之一。
④ 近江海：琵琶湖，水面浩渺，亦称近江海、淡海。

154 石川夫人[①]歌一首

乐浪[②]大山守[③]，为谁护山隘。
高挂注连绳，大君难再来。

泽泻久孝：挂注连绳将此地划为禁区，闲人免进。

155 由山科[④]御陵退散之时，额田王作歌一首

神威吾皇，御陵苍苍，
建于山科，镜山[⑤]之上。
彻夜守灵，痛断肝肠。
昼夜不停，悲声大放。
大宫人兮，魂散何方？

天武天皇朝代

于明日香清御原宫御宇天下之天武天皇朝代

156—158 十市皇女[⑥]薨时，高市皇子之尊[⑦]，作歌三首

156 苍苍三轮山[⑧]，满坡神木杉，

---

① 石川夫人：天智天皇嫔妃，苏我麻吕之女。
② 乐浪：琵琶湖西南岸地名。
③ 大山守：皇室山林领地的护卫。
④ 山科：今京都市东部地名。
⑤ 镜山：天智天皇陵北面之山。
⑥ 十市皇女：丈夫大友皇子兵败自杀后，再嫁异母兄高市皇子。
⑦ 尊：原为草壁皇子之尊称，草壁皇子薨后，唯高市皇子有此尊称。
⑧ 三轮山：见编号 17 作品注释。

已具耳矣自得见监乍共①，
十夜九难眠。

157　三轮山边短木棉，
可叹皇女寿命短。
但愿天寿全。

小学馆版《万叶集》注：

“短木棉”可能指“楮树皮纤维”。将其挂在“榊木”（神木杨桐枝）上制成祭祀用品。“短木棉”比喻十市皇女寿命短暂。

广冈义隆：“短木棉”不知究竟为何物。仙觉抄《万叶集注释》（仁和寺本）判读为“まを”，当为“真苧”（“苧”同“苎”，一种野生苎麻纤维）。

158　最怜棣棠花，盛开光灿灿。
欲汲清泉水，山路恐难辨。

原编者注：

《日本书纪》曰：“天武天皇七年（679 年）四月七日，十市皇女突然患病，薨于宫中。”

159　天武天皇驾崩之时，大后作长歌

御宇四方，烈烈吾皇。
瞻仰遗容，尚需时光。

---

① 已具耳矣自得见监乍共：原文如此，无法解读。

黄昏降临，御灵显像。
曙色微微，仰望吾皇。
黄叶凄然，神丘山上。
遥望山岭，暮色苍苍。
悲从心来，痛断肝肠。
夜色将尽，寂寞难当。
藤衣丧服[①]，披在身上。
两袖不干，热泪千行。

160—161 另有书载，天武天皇驾崩时，太上天皇（持统天皇）作歌二首

160 敢取烈火双手捧，
置于袋中何神妙，智男云[②]。

161 云来逶迤北山[③]上，青云[④]飘离星与月。

162 天武天皇驾崩后八年（持统七年，693年）九月九日，奉为御斋会之夜，于梦中反复吟诵，赐御歌一首（出自《古歌集》）

飞鸟之都，清御原宫。

---

① 藤衣丧服：用葛、藤等野生纤维织成的丧服。
② 智男云：读音、意义不明。此歌描述情景奇幻。西域与印度的幻术大致在汉代传入中国。
③ 北山：中国上古习俗，死者之首朝北安葬。《礼记·檀弓下》：“葬于北方北首，三代之达礼也，之幽之故也。”
④ 青云：汉语词汇。飘离星与月，比喻天皇驾崩，如同青云飘离“星与月”（指皇后与皇子）。

治理天下，皇威当空。
赫赫大君，日神祖宗。
先帝注目，浩荡神风。
伊势之国，海藻茂盛，
随波起伏，郁郁青青。
潮香扑鼻，直上九重。
愿拜天皇，日夜吟诵。

中西进：“于梦中反复吟诵”，主语应是诵经僧尼。此御歌为僧尼代替持统天皇而作。

持统天皇朝代

于藤原宫御宇天下之朝代，高天原广野姬天皇（持统天皇），天皇元年（朱鸟元年[①]，686 年）丁亥，十一年让位于轻皇子（文武天皇，持统天皇之孙）。持统尊号曰太上天皇。

163—164 大津皇子薨后，大伯皇女从伊势斋宫上京之时，作御歌二首

163 身居神风伊势国，思君不见意难平。

164 思君不见欲断魂，可怜车马空劳顿。

---

① 朱鸟元年：《扶桑略记》，大倭国（吉野深山一带）进贡赤雉，七月改元朱鸟元年。

165—166 大津皇子之尸骸迁葬葛城二上山时，大伯皇女哀伤作歌二首

165　　阿姐苟延君何在，明日远眺二上山。

166　　岩上折来马醉木[①]，可怜吾弟不得见。

原编者注：

以上一首，今日思之，恐非迁葬时所吟。应为由伊势神宫返回国都途中，见道旁之花，悲咽哭泣而作此歌乎？

167—169 日并皇子尊[②]暂厝殡宫[③]时，柿本朝臣人麻吕作长歌并短歌

167　　天地初开，天之河原[④]。
八百万神[⑤]，齐聚堂前。
千万神灵，商讨再三。
天照大神，御宇高天。
瑞穗之国，人称苇原[⑥]。
天地一统，疆域旷远。
神之御子，云中下凡。
拨开祥云，来到人间。

① 马醉木：常绿灌木，高约 3 米，春天开白花，牛马误食后会晕厥，在我国叫“梫木”。
② 日并皇子尊：草壁皇子，见编号 110 作品注释。持统三年（689 年）薨。
③ 殡宫：正式安葬遗体之前的临时宫殿。
④ 天之河原：高天原。日本神话中的天上世界。
⑤ 八百万神：神道为多神教，传说众神共八百万之众。
⑥ 瑞穗、苇原：日本神话对日本的美称，稻谷丰收、水草丰盛之国。

天武天皇，神牒[1]绵延。
清御原宫，亲自营建。
天皇治国，代代相传。
岩户[2]洞开，天之河原。
隐藏云中，天武升天。
日并皇子，可掌江山。
普天之下，春花烂漫。
满月当空，皎洁灿烂。
万民仰望，八方平安。
天意难违，难遂心愿。
可怜皇子，帝位无缘。
真宫之冈，殡宫突现。
早朝圣谕，尚未下传。
发丧以来，日月流转。
百官宫人，坐卧不安。

原编者注：

某抄本歌曰：百官宫人，踌躇不前。

反歌二首

168　仰望皇子宫殿群，日渐荒废不忍看。

169　白昼犹有日高照，夜深不见月升天。

---

① 神牒：帝王家谱称玉牒，天皇家乃天照大神后裔，故称神牒。
② 岩户：神话中天照大神隐身的岩窟。

原编者注：

某抄本曰：本歌为皇子尊（高市皇子）暂厝殡宫时之反歌。

170 某古本歌一首

岛宫①沟池②养禽鸟，犹念故主浮水面。

171—193 日并皇子尊薨，舍人等恸伤作歌二十三首

171 遥望岛宫泪涟涟。
日神御子当长寿，
永世好江山。

172 岛宫池上水鸟在，皇子已去莫声喧。

173 巍巍岛宫莫荒废，再迎皇子到此山。

174 真弓山冈③非无情，永为皇子守宫殿。

175 弯弯扁柏路④，梦中亦不见，
怅然落魄进宫殿。

176 天地永存人长寿，未料今日竟惶然。

---

① 岛宫：位于奈良县高市郡明日香村岛庄的草壁皇子宫殿。
② 沟池：水沟与水池。
③ 真弓山冈：位于藤原宫遗址西南方，近畿铁道橘寺车站一带。
④ 弯弯扁柏路：岛宫到佐田路上有扁柏苍然的桧隈寺遗址，东汉氏家族（与我国东汉王朝无关，相传三世纪第十五代应神天皇时代，从百济渡海而来的 17 县归化移民），其先祖阿知使主率众定居于此。

177　朝日映照佐田冈[1]，我等恸哭泪不干。

178　皇子生前庭院在，臣下恸哭泪涟涟。

179　悲情难尽橘岛宫，佐田守灵更泫然。

泽泻久孝：橘岛宫为天武天皇离宫，位于明日香村飞鸟川两岸长满橘树处，佐田为园中小丘。

180　候鸟栖息皇子宫，不离不弃待来年。

181　庭院小岛礁石立，何日竟有新草染。

182　真弓冈上建鸟屋，雏雁离巢何日还。

183　曾信皇子宫，繁荣一百年。
今日人已去，满心何凄惨。

184　久候东宫多艺门[2]，昨日今日无人唤。

185　流水滔滔礁石间，
会当游旧地，岩上开杜鹃。

186　往昔千人出入处，门可罗雀无人见。

187　无缘重返佐田冈，岛上回廊空自闲。

---

① 佐田冈：明日香村大字真弓村南面的山冈。
② 多艺门：宫中召集多种艺人的场所。

188 愁云低垂日色暗，
庭中不见皇子面，
朝朝暮暮空嗟叹。

189 朝日灿灿，寂寞栏杆。寂静无声，我心悲惨。

190 梁柱高高鉴忠心，今日悲怆无计遣。

191 又是冬春狩猎季，宇陀[1]旷野叹苦凄。

192 朝阳高照，佐田冈边。嘤嘤啜泣，鸟鸣不断。

193 农夫寻常往来路，今日送葬走百官。

原编者注：

《日本书纪》：持统天皇三年（689年）己丑夏四月十三日，日并皇子薨。

194—195 柿本朝臣人麻吕，献泊濑部皇女[2]与忍坂部皇子[3]长歌并短歌

194 明日香川，道道浅滩。
绿藻漂漂，随波逐澜。
水草浮动，夫妇合欢。

---

① 宇陀：奈良县宇陀郡的山野。
② 泊濑部皇女：天武天皇之皇女，与忍壁皇子同母，为川岛皇子妃。
③ 忍坂部皇子：天武天皇二皇子，泊濑部皇女之兄。文武天皇四年（700年）藤原不比等制定律令时，得其大力相助。人麻吕将这首歌献给兄妹二人。大约是川岛皇子薨时，人麻吕为忍坂部皇子代作此歌。

肌肤光洁，夫君难见。
床笫空空，妾心不安。
思念相会，越智野原①。
朝露瀼瀼，湿我衣衫。
夕雾浓浓，裙裾浸染。
旅宿郊野，苦苦相盼。

195 反歌一首

衣袖同寝②君何在，
越智野上魂飞散，
何日能相见。

原编者注：

某抄本曰：河岛皇子葬于越智野时，献泊濑部皇女之歌也。《日本书纪》："朱鸟五年（691 年），辛卯之秋九月九日，净大叁皇子川岛薨。"

译者解说：

公元 684 年，天武天皇对皇族与近臣的血统及先祖系谱进行考证、整理、辨别，最后定出八种姓氏，赐于皇族与近臣，日本史上称为"八色之姓"，分别为：真人、朝臣、宿祢、忌寸、道师、臣、连、稻置。

小学馆版《万叶集》注：

净大叁（诸王爵位十二阶之第九阶）皇子为川岛皇子封号。

---

① 越智野原：位于奈良县高市郡越智一带。
② 衣袖同寝：万叶时代，日本尚无被褥，将衣服的宽袍大袖当作铺盖来睡觉。

196—198 明日香皇女暂厝城上①殡宫之时，柿本朝臣人麻吕作长歌并短歌

196 明日香川，道道浅滩。
放置踏石，板桥搭建。
水藻丛生，时隐时现。
人世无常，荣枯变换。
染遍板桥，苍绿缭乱。
皇女伫立，水藻光鲜。
玉体横陈，婀娜天仙。
抛下夫君，俊美儿男。
芳魂飞逝，撒手人寰。
朝夕丧命，念之肠断。
春花锦绣，插在鬓边。
秋有红叶，发上吐艳。
捧之在掌，百看不厌。
楚楚动人，千般爱怜。
伴夫出行，四处游玩。
城上殡宫，永驻芳颜。
无计重逢，岂能欢谈。
悲痛难耐，夫君凄惨。
忍壁皇子，独留人间。
相思难遣，朝雾弥漫。
夏草萋萋，星光闪闪。
大船飘摇，神魂难安。

① 明日香皇女：天智天皇之女。城上，地名，并非城墙上之意。位于奈良县北葛城郡广陵町大冢、三吉一带。日本没有游牧民族，无须建城墙。

不可阻挡，声名远传。
人间遗恨，天地之间。
芳名托付，明日香川。
世代兴盛，弥久不散。
怜我皇女，芳魂常现。

短歌二首

197　明日香川横堰闸，溅溅流水过河滩。

原编者注：

某抄本歌曰：流水成积淀。

小学馆版《万叶集》注：

堰闸可减缓流水速度。皇女薨后，作者后悔未曾用咒术延长其性命。

198　明日再拜皇女魂，芳名永记在心田。

原编者注：

某抄本歌曰：芳名永不忘。

199—201　高市皇子暂厝城上殡宫时，柿本朝臣人麻吕作长歌并短歌

199　无上尊崇，不敢妄言。
明日香里，真神之原。
定都于此，天上宫殿。

岩窟隐身，虎踞龙盘。
神武天皇，笑指江山。
北上美浓国，古木长满山。
远行建离宫，翻越不破山①。
选址何处，和射见原②。
天下已定，吾国平安。
鸡鸣③一声，响彻云天。
东国军士，响应召唤。
大军开拔，征讨凶顽。
高市皇子，勇挑重担。
身佩大刀，手持弓箭。
发号施令，布阵开战。
鼓声动地，雷鸣电闪。
号角催人，笛声喧天。
虎啸声声，敌军胆寒。
红旗高扬，春意盎然。
野火趁风，瞬间燎原。
弓弦铮鸣，冬雪弥漫。
旋风呼啸，山林震撼。
犹如飞雪，箭矢弥天。
顽敌逞凶，拼死一战。
寒光逼人，手舞刀剑。

---

① 不破山：位于岐部县不破郡与滋贺县坂田郡之间。经不破、铃鹿两关，进入东国。

② 和射见原：岐部县关原。

③ 鸡鸣：东方的枕词。《神乐歌》曰：“鸡鸣咯咯，黎明晨光。摇醒夫婿，快快起床。”

伊势神宫，神风①突现。
晕头转向，敌军慌乱。
暗云当空，天昏地暗。
瑞穗之国，冲破凶险。
高市皇子，统领山川。
花开荼蘼，顷刻消散。
新宫落成，竟成殡殿。
皇子部下皆服丧，
白衣素缟送英贤。
麻衣麻鞋出御门，
一步一拜泪潸然。
暮色降临，回望宫殿。
春鸟呜咽，哭泣悲叹。
伤心不已，痛惜扼腕。
百济②通魂魄，城上厝木棺。
高市皇子，名垂万年。
香具山上，巍巍宫殿。
仰望长空，思绪渺远。
诚惶诚恐，祭拜告天。

短歌二首

200　皇子升天时日短，天长地久声名传。

---

① 神风：相传天武天皇起兵与大友皇子交战，伊势神宫刮来神风助战，大获全胜。
② 百济：地名，奈良县北葛城郡广陵町一带，离城上不远。

201　舍人[①]徘徊无处去，埴安[②]池堤沼泽边。

202　某抄本歌一首

敬献神酒，泣泽神社[③]，
祈求皇子，早日醒来，
可怜魂魄，飞散天外。

原编者注：

有关以上一首，《类聚歌林》曰："桧隈女王[④]怨恨泣泽神社之歌也。"《日本书纪》："（持统）十年（696年）秋七月十日，后继者皇子尊（高市皇子）薨。"

203　但马皇女[⑤]薨后，降雪之日，穗积皇子[⑥]遥望皇女之墓而悲，流泪作歌

飞雪且莫纷纷扬，
吉隐猪养冈[⑦]，寒气透冬装。

---

① 舍人：律令制下级官吏，分为内舍人、大舍人、中宫舍人、东宫舍人等。
② 埴安：位于橿原市东北部，香久山南麓。
③ 泣泽神社：位于奈良县橿原市木之本町，伊邪那岐因伊邪那美之死而悲泣。
④ 桧隈女王：高市皇子之女，从四品下，食封相模国。
⑤ 但马皇女：天武天皇之女，和铜元年（708年）六月薨。同年冬穗积皇子从藤原宫遥望吉隐而咏出此歌。
⑥ 穗积皇子：天武天皇第七皇子，但马皇女异母兄，两人结为夫妻。皇女薨后，穗积皇子又娶大伴坂上郎女。
⑦ 吉隐猪养冈：但马皇女陵墓所在地，位于奈良县樱井市东北方。

204—206 弓削皇子薨时，置始东人①作歌一首

204 赫赫吾皇，灿灿光芒。
日之皇子，天宫辉煌。
神灵在此，镇守四方。
诚惶诚恐，昼夜仰望。
匍匐在地，端跪高堂。
叹息不已，永怀悲伤。

205 **反歌一首**

吾国大君何神圣，祥云隐身②五百重。

206 **另有短歌一首**

乐浪湖上细浪涌，祈祷皇子得长生。

207—212 柿本朝臣人麻吕，妻亡之后，泣血哀恸哭作长歌二首并短歌

207 通衢轻道③，爱卿曾居。
念之不忘，苦盼佳期。
众目之下，常来常去。
屡屡赴约，满城风雨。

---

① 置始东人：传不详。
② 祥云隐身：逝世之意。
③ 轻道：位于奈良县橿原市的大轻、见濑、石川町一带。

恋情满怀，日经天际。
日暮黄昏，月光凄迷。
如隐云中，悄无声息。
幽会佳偶，床笫欢愉。
人世无常，突来信使。
噩耗传来，晴天霹雳。
无言以对，呆若木鸡。
柔肠百结，恋慕相思。
爱怜难尽，千重心结。
我来轻市[①]，寻卿踪迹。
侧耳倾听，久久伫立。
亩傍之山，百鸟沉寂。
陌上行人，素不相识。
芳魂何在？身影难觅。
无计可施，呼唤吾妻。
频挥衣袖，归来魂兮。[②]

原编者注：

某抄本歌曰：无处打听，吾妻消息。

泽泻久孝：“泣血”一词出自《诗经·小雅·雨无正》：“鼠思泣血，无言不疾。”（忧思泣血，句句充满嫉恨）《礼记·檀弓上》：“泣血三年未尝见齿。”（未尝大笑过）

---

① 轻市：轻里集市的街巷，人麻吕欲往闹市寻找爱妻。
② 归来魂兮：柿本人麻吕年轻时在“轻市”有过一位贤妻，但她突然患病早逝。人麻吕泣血哀恸，四处寻找，登上黄叶萧萧的亩傍山。他不相信妻子已死，认为她是在秋山黄叶中迷了路。

译者解说：

“爱怜难尽，千重心结”，原文为“吾が恋ふる　千重の一隔”。广冈义隆解释说，古人认为人心的形状好比洋葱，因此用“隔”来表示其构造为“千重”。

短歌二首

208　苦苦寻妻路难觅，迷途黄叶满秋山。

209　黄叶飞舞传噩耗，历历往事在眼前。

译者解说：

“迷途”，指爱妻在满山黄叶中迷路，成不归之人，亦指自己来此寻觅芳魂时，也迷了路。

210　阳春时节，生命无限。
手折槻树，枝茂叶繁。
执妻之手，伫立堤前。
山峰独秀，天高地宽。
身虽女流，娴雅温婉。
人世无常，不可违反。
荒野之上，升腾阳炎。
白巾裹头，美若天仙。
虽非鸟类，朝离家园。
抛下绿儿①，魂逝九天。

---

① 绿儿：幼儿。《大宝户令》（正仓院文书）：“三岁以下曰‘绿’，一至三岁男儿为绿儿，女儿为绿女。”“绿”，用草叶嫩绿色比喻幼儿。

幼子哭泣，动辄不安。
身为男儿，育孤艰难①。
抱之在怀，厢房②昏暗。
白昼孤独，夙夜忧叹。
长夜难明，通宵不眠。
难忘吾妻，何日重见。
大鸟双翅，一般长短。
夫唱妻和，人间美眷。
攀登峭壁，踏破群山。
寻寻觅觅，四处茫然。
相思之情，久久难遣。
吾妻倩影，仿佛③重现。

短歌二首

211 去年同望秋月朗，岁月流逝孤魂远。

212 引手山④上留孤坟，独归之路何凄然。

213—216 某抄本，长歌并短歌

213 阳春时节，生命无限。
手折槻树，枝茂叶繁，

① 育儿艰难：当时流行“访妻婚”，但夫妇开始养育儿女时也会自立门户。此歌悲叹鳏夫育儿艰辛。
② 厢房：夫妇自立门户后，生活在户主居住的堂屋旁边的厢房中。
③ 仿佛（髣髴）：汉语词汇，出自我国《文选》。
④ 引手山：位于大和国山边道长岳寺附近，龙王山与穴师山连接处。

执妻之手，伫立堤前。
山峰独秀，天高地宽。
身虽女流，娴雅温婉。
人世无常，岂可违反。
荒野之上，升腾阳炎，
白巾裹头，美若天仙。
虽非鸟类，朝离家园。
抛下绿儿，魂逝九天。
幼子哭泣，动辄不安。
吾虽男儿，育儿艰难。
抱之在怀，厢房昏暗。
白昼孤独，夙夜忧叹。
长夜难明，通宵不眠。
不知所措妻难忘，
何日方能再重见。
大鸟双翅，一般长短。
夫唱妻和，人间美眷。
攀登峭壁，踏破群山。
寻寻觅觅，四处茫然。
相思之情，久久难遣。
生命无限盼长寿，
已化骨灰撒荒原。

译者解说：

本歌为编号210作品的不同抄本，字句略有不同。其后编号为215的短歌与212的短歌几乎一样。编号214的短歌与211短歌完全重复。

短歌三首

214 去年同望秋月朗，岁月流逝孤魂远。

215 引手山上留孤坟，独归山路何凄然。

216 归家空床方向变[①]，妻子木枕在眼前。

217—219 吉备津[②]采女死时，柿本朝臣人麻吕作长歌并短歌

217 恋慕佳人，豆蔻华年。
竹枝摇曳，婀娜婵娟。
苦苦相思，满怀惦念。
譬如朝露，黄昏消散。
又如夕雾，天明难见。
闻听噩耗，悔恨万千。
本该长命，天寿难全。
愿枕香臂，与卿共眠。
夫君孤独，帐卧不安。
相思渺渺，芳魂难现。
朝露泠泠，夕雾漫漫。

---

① 空床方向变：妻子死后，芳魂离开枕头，让作者产生空床改变方向的错觉。

② 吉备津：出身地备中国（冈山县）都宇郡。采女应为未婚女性，但歌中采女已有丈夫，令人费解。可能是作者见年轻女性溺水而亡，将其附会为采女而咏歌。

短歌二首

218　　志贺采女赴黄泉，
魂飞山路飘河滩，
遥望家山何凄然。

219　　曾见大津采女面，
缥缈芳颜难重现，
今日悔恨已惘然。

220—222　柿本朝臣人麻吕于赞岐国之狭岑岛[①]，见乱岩中尸骸，作长歌并短歌

220　　赞岐之国，灵秀山川。
久久难忘，百看不厌。
神灵青睐，高贵无限。
堪与天地日月，
万代齐名比肩。
众神尊容可瞻仰，
古老神话万世传。
行船进港，疾风突现。
掠过头顶，直扑海面。
风起云涌，白浪滔天。
滚滚波涛，涌向海岸。
捕鲸之海，毛骨悚然。
船行颠簸，尾舵折断。

---

① 狭岑岛：位于香川县坂出市海上。

无数岛影，掠过眼帘。
狭岑岛名多秀丽，
峭崖之旁茅草庵①。
涛声不绝震海滨，
精疲力尽躺乱岩。
家居何处请告知，
我去府上把信传。
骨肉担忧，妻女可怜。
家眷定来寻，慌乱路难辨。
万分焦急，忐忑不安。

反歌二首

221　挈妇将雏来山野，喜尝山菜采马兰。

222　滚滚惊涛礁石乱，权当枕头软如棉。

广冈义隆：旅途充满艰险，首先要担心因水土不服而身患疾病，倒毙于途。

223　柿本朝臣人麻吕于石见国临终之前，自伤作歌一首

头枕荒矶石，鸭山②孤魂飞，
可怜闺中人，犹自盼郎归。

---

① 茅草庵：供人避风雨的草庵。
② 鸭山：岛根县汤抱温泉西北的鸭山，海拔 260 米。

斋藤茂吉：此歌为辞世歌，全无人麻吕作品常有之威严气势，弥漫着平凡而深沉的悲哀。

224—225　柿本朝臣人麻吕逝世之时，其妻依罗娘子作歌二首

224　　日日盼君终不返，尸沉水底伴贝眠。

225　　无缘见君觅踪影，已化石川天上云。

译者解说：

依罗娘子听说人麻吕被抛进大海，沉尸水底，不知该到何处寻找，她想象丈夫遗体混在贝壳与水草中。但她相信人麻吕已化作几缕白云，飘然而去。石川，大概指岛根县邑智郡内的一条河。

226　丹比真人①（名不详），推测柿本人麻吕之心情，代作歌一首

巨浪卷玉当石枕②，一命归天谁报丧。

227　某抄本歌一首

天涯海角处，挥泪葬孤魂。
千里寄相思，人世恐难寻。

---

① 丹比真人：名不详，恐为丹比笠麻吕，人麻吕曾在丹比岛藏身。丹比岛位于鸟取县八头郡八头町岛附近。

② 石枕：今有古坟时代陪葬方形石枕出土，边长30厘米。

原编者注：

此歌作者不明，但古本将此歌抄录与此。

宁乐宫[①]

228—229　和铜四年（711 年），岁次辛亥。河边宫人于姬岛[②]松原见妙龄女子尸骸，悲叹而作歌二首

228　娘子美名曰千代，
姬岛小松依旧在，
树巅悄然染苍苔。

229　见尸骸，心伤悲。
难波[③]河滩潮莫退，
波浪轻掩入梦寐。

230—232　灵龟元年（715 年），岁次乙卯，秋九月，志贵亲王[④]薨时，作长歌

230　军士持梓弓，指间夹箭矢。
仰望高圆山[⑤]，男儿展雄姿。
犹如野火烧，光芒照天际。

---

① 宁乐宫：迁都平城京后的宫殿名。“寧樂”与“奈良”读音相同（なら）。
② 姬岛：今大阪市西淀川区淀川河口的小岛。
③ 难波：大阪地名。这位女子可能是投河自杀。
④ 志贵亲王：天智天皇第七皇子，灵龟元年（715 年）授二品官职，翌年薨。
⑤ 高圆山：位于奈良市东郊春日山之南。志贵亲王的宫殿位于此山西北麓，陵墓在东南，称“田园西陵”，东面 4 公里处，其子光仁天皇陵称“田园东陵”。

借问行路人，焚火为何事。
行人泪如雨，身上衣衫湿。
伫立大路旁，对我言端倪。
客官无悲痛，如问他人事。
且言且更悲，行人仍哭泣。
志贵亲王薨，出殡哭皇子。
高举送魂火①，葬礼队列齐。
方有此光景，熊熊照天地。

短歌二首

231　高圆胡枝花正盛，空自凋残无人赏。

232　三笠原野有路通，未经沧桑已荒凉。

原编者注：

以上两首出自《笠朝臣金村歌集》。

小学馆版《万叶集》注：

三笠山位于奈良市东，春日大社后面的圆锥形山峦，海拔283米。

233—234　某抄本歌二首

233　胡枝花开高圆山，

---

① 送魂火："葬二品皇子，鼓八十、大角四十、小角八十、幡三百五十、盾七，另有金钲、铙鼓队随行"，送葬队伍超千人。（《丧仪令》）

终年莫凋残，
见花如见皇子面。

234　原上路通三笠山，转眼荒凉无人见。

卷　三

本卷收入和歌249首，分为杂歌（155首）、譬喻歌（25首）、挽歌（69首）三大类。具有比喻性质的作品被命名为“譬喻歌”，其内容均与大伴氏有关。本卷中柿本人麻吕、山部赤人以及大伴家族的作品开始增多。可将卷三、卷四看成卷一、卷二的拾遗集。

卷三目录

杂 歌

譬喻歌

挽 歌

杂 歌

235 天皇游览雷岳[①]时，柿本朝臣人麻吕作歌一首

吾皇大君真神灵，天雷云上建宫廷。

原编者注：

以上一首，某古本曰："此歌为忍壁皇子献歌也。歌曰：吾皇大君真神灵，云中雷山建宫廷。"

译者解说：

持统天皇举行"望国"仪式，洁身净体，登雷丘（位于飞鸟净御原宫西北方200米处），伫立于临时行宫。人麻吕咏歌赞扬天皇威德，高居雷神之上。

236 持统天皇，赐志斐妪[②]御歌一首

志斐老妪，废话连篇。近来未闻，心生思念。

237 志斐妪相和歌一首（妪名不详）

招人讨嫌，奉命进言。赘言无趣，大君莫怨。

伊藤博：持统三年（689年）六月，宫中设立"撰善言司"，由阅

历丰富的老妇向天皇讲述前朝佳话、格言及古歌掌故。

238　长忌寸奥麻吕，应诏作歌一首

渔夫拉网喊号子，众口高呼传深宫③。

原编者注：

以上一首（以下文字缺失）。

斋藤茂吉：此歌作于持统天皇或文武天皇行幸难波宫时，用写实手法记录海上渔夫号子，表达来自大和群山中的君臣的欢欣与好奇。

239—240　长皇子，游猎路池④时，柿本朝臣人麻吕作长歌并短歌

239

御宇八方，大君煌煌。
日之御子，驰骋猎场。
群马并行，野路莽荒。
灵鹿跪拜，鹌鹑徜徉。
跪拜倾跌，畏惧君皇。
仰天施礼，诚恐诚惶。

---

① 雷岳：亦作“雷丘”，位于飞鸟净御原宫西北面。

② 志斐妪：传不详，志斐连家族成员。《新撰姓氏录》中有位女性叫阿倍志斐连名代，向天武天皇敬献杨花。

③ 深宫：指行宫难波宫。拉网渔夫为主管御膳的宫内省大膳职属下杂役，共 150 户。此歌为持统、文武天皇行幸难波宫时所作，身在行宫能听见渔夫拉网号子。

④ 猎路池：大约位于奈良县宇陀郡榛原町。

240 反歌一首

张网[①]捕得天上月，权当华盖护吾皇。

小学馆版《万叶集》注：华盖，丝绸缝制的伞形遮蔽物，在贵人身后举起。高松冢古坟东面壁画绘有实物。

241 某古本抄录反歌一首

皇子威武真神圣，密林捧出湖一湾。

泽泻久孝：赞美长皇子威德，人迹罕至的密林中竟然出现一座美丽的湖泊。

242 弓削皇子[②]游吉野时，作御歌一首

泷上[③]三船山[④]，白云挂山岫。
难信人之寿，可比云山久。

译者解说：

“泷”（日文汉字为“滝”“瀧”），意为瀑布、急流。本书一律将“宫滝”译为“宫瀑”。

---

① 张网：张开捕鸟大网。
② 弓削皇子：见编号 111 作品注释。皇子身体羸弱，自叹薄命。
③ 泷上：位于奈良县吉野郡吉野町宫瀑一带。
④ 三船山：位于宫瀑柴桥上游右岸，与象山对峙。

243 春日王，相和歌一首

大君天寿越千年，三船山上云在天。

伊藤博：大君，指弓削皇子。《穆天子传·白云谣》："白云在天，山陵自出。道里悠远，山川间之。将子无死，尚能复来。"

244 某古本抄录如下和歌

吉野三船山，逶迤云漫漫。
人生难长久，羞对云满天。

原编者注：

以上一首，出自《柿本朝臣人麻吕歌集》。

245—246 长田王①，被遣筑紫，渡水岛②时，作歌二首

245 神器至尊称圣景，水岛大名不虚传。

译者解说：

相传，景行天皇行幸时，岛上本无水源，侍从祈祷天地神祇，便有泉水涌出。

246 船出芦北，野坂浦上。驶向水岛，波涛莫扬。

---

① 长田王：生性风流，善作和歌，曾任近江守、摄津大夫等职。
② 水岛：位于九州熊本县南川河口的小岛。

247　石川大夫相和歌一首（名字缺失）

遥望海面，波涛连天。御船靠港，难起波澜。

原编者注：

以上一首，今日思之，从四品下石川宫麻吕朝臣于庆云年间任大式，另有正五品下石川朝臣吉美侯，于神龟年间任少式。不知此歌为二人中谁之作品。

248　另有长田王歌一首

隼人①居地，白云渺渺，萨摩海峡，今日远眺。

249—256　柿本朝臣人麻吕，羁旅歌八首

249　三津崎②，浪滔天。河湾处，舟公宣奴岛尔③。

译者解说：

相传，神武天皇东征时，欲在大和地区登陆，于大阪湾遭遇大风浪。

250　　挥镰割海藻，跨过敏马④地。

---

① 隼人：古代居住在南九州萨摩一带的部族，英勇善战，行动敏捷，不服从大和朝廷，曾发动叛乱。动乱平息后，部分隼人被迁往首都，编入宫廷卫队。见编号 2497 作品。

② 三津崎：由于地形变化，具体地点不详，大约位于大阪住吉区与中央区一带。

③ 舟公宣奴岛尔：原文如此，无法解读。

④ 敏马：位于神户市滩区岩屋町一带。

夏草何萋萋，船泊野岛崎。

原编者注：

某抄本歌曰：过处女[①]，夏草萋萋野岛崎，卿与我，结庐居。

251 淡路岛侧，野岛[②]海礁。妹系衣带[③]，风中飘飘。

252 藤江浦[④]上钓鲈鱼，吾乃天涯羁旅人。

原编者注：

某古本歌曰："藤江之浦涌白浪，打鱼人……"

岩波版《万叶集》注：此歌为天平八年（736 年）遣新罗使吟诵之古歌。旁人见我在此稳钓鲈鱼，却不知我人在旅途。

池田弥三郎：藤江浦上渔人属于在海滨流浪的部族"海部"，其活动范围直至东北地方。

253 稻日野[⑤]上，步履放缓。加古之岛[⑥]，隐约可见。

254 明石大门[⑦]灯火闪，
落日嫣红思故园，

---

① 处女：地名，可能来自菟原处女传说。
② 野岛：位于兵库县淡路岛北端津名郡北淡町。
③ 妹系衣带：日本古代风俗，男女幽会，依依惜别，相互为对方系上衣带，发誓绝不为别人宽衣解带。
④ 藤江浦：位于播磨国（兵库县）明石郡葛江。
⑤ 稻日野：印南国原，位于现兵库县东部，加古郡及加古川、明石两市一带。
⑥ 加古之岛：加古川市一带陆地。
⑦ 明石大门：明石海峡宽 4 公里，犹如进入大和地方的门户。

遥望大和家难见。

255 云山渺渺水迢迢，天边喜见大和岛。

原编者注：

某抄本歌曰：遥望家山。

译者解说：

人麻吕流放赞岐（今香川县）狭岑岛，海路艰险，洋流湍急，行人往往有去无回。刑期终了，人麻吕渡过濑户内海返家，归心似箭，从明石海峡上远望大和群山。

256 饲饭海[①]上，天赐渔场。艘艘钓船，争先出港。

原编者注：

某抄本歌曰：武库海[②]，好渔场。钓鱼船，跨海浪。

译者解说：

以上八首皆为海路羁旅歌，但并非连作组歌。其中有西去歌，亦有东归歌。

257—259 鸭君足人[③]，香具山长歌并短歌

257 从天而降，香具神山。

① 饲饭海：淡路岛西海岸、兵库县三原郡广庆松原一带的海滨。
② 武库海：位于兵库县尼崎市到西宫市一带海面。
③ 鸭君足人：藤原宫大极殿所在地名为“鸭公”，“鸭君”为姓氏。

霞光缭绕，春满人间。
松风阵阵，池上波澜。
樱花盛开，花繁林暗。
鸭呼伴侣，水池[1]岸边。
成群结伙，喧闹骚然。
宫人当值[2]，侍奉御前。
出宫归来，登舟游览。
无舵无桨，无人划船。

反歌二首

258 无人划船，理所应当。鸳鸯小凫[3]，栖息船上。

259 香具降暮色，肃穆满山岗。
杉林如枪阵，树根苔苍苍。

译者解说：

此歌作于高市皇子逝世后翌年春，感慨香具山宫殿荒废。

260 某古本歌一首

翩然天降，香具神山。
霞光缭绕，春到人间。
岸边松风，池上波澜。

---

① 水池：指藤原宫东面的水池。
② 宫人当值：在皇宫服役的宫人每六天休息一日。池上游船空无一人，少年宫人工作之余在船上玩乐一番。
③ 小凫：亦称绿翅鸭。体型较小的候鸟，秋天飞到日本。

枝头樱花，林下暗淡。
味鸭①呼伴，聚集水边。
宫人当值，侍奉御前。
出宫归来，登上游船。
无舵无桨，无人划船。

原编者注：

今日思之，以上一首，当是迁都宁乐宫后之怀旧作欤？

261—262 柿本朝臣人麻吕，献新田部皇子②长歌并短歌

261 吾之大君，赫赫威光。
日之御子传神牒，
皇子宫殿何辉煌。
瑞雪飘飘，从天而降。
皇子新田部，长寿永无疆。

262 反歌一首

矢钓山③兮，丛林不见。纷纷扬扬，雪骊朝乐毛④。

---

① 味鸭：鸭的一种，巴鸭的异名，个头较小，貌美。雄性脸上有黄褐色或绿色斑纹。背为青灰色，其上有黑、白斑点。秋季从西伯利亚东部飞来日本列岛过冬。
② 新田部皇子：天武天皇之第十皇子，天平三年（731 年）薨。唐招提寺建于他的宫殿旧址上。
③ 矢钓山：位于明日香村小原东北约 300 米处。
④ 雪骊朝乐毛：万叶假名原文如此，无法解读。

263 刑部垂麻吕[①]，由近江国而来，作歌一首

驽马蹒跚，何须加鞭。流连数日，志贺湖边。

264 柿本朝臣人麻吕，由近江国而来，至宇治河边作歌一首

宇治[②]多沙洲，川中横鱼梁[③]。
寒波正踌躇，不知向何方。

265 长忌寸奥麻吕歌一首

苦雨满天涯，突降神崎狭[④]。
荒野渡口上，此处非我家。

266 柿本朝臣人麻吕歌一首

淡海[⑤]夕波鸣千鸟[⑥]，落漠情怀忆前朝。

267 志贵皇子，御歌一首

飞鼠[⑦]欲上树梢头，

---

① 刑部垂麻吕：传不详，刑部即忍坂部（奈良县樱井市东部以地名为姓氏的部族）。此歌为路过大津旧都时怀古伤感之作。

② 宇治（川）：发源于琵琶湖，流经京都府东南宇治市，最后注入淀川。

③ 鱼梁：亦称“鱼簖”，捕鱼栅栏，用树枝等编结而成，冬天拦河设置。

④ 神崎狭：今和歌山县新宫市三轮崎。

⑤ 淡海：滋贺县的琵琶湖，日本最大淡水湖，面积 670 平方公里，古称“淡海”。湖畔近江朝大津宫毁于壬申之乱。

⑥ 千鸟：一种体型较小的水鸟，我国叫“水鸻”（念作 héng），体长 15～30 厘米，翅长腿细，颈短嘴直，颜色纯褐、深灰或沙色，腹部发白。冬天，成群水鸻翻飞于海浪之上。其意象往往与冬日寂寥的海滩融为一体，增添离愁别绪。

⑦ 飞鼠：鼯鼠，肢上飞膜可助其在树间快速滑行。

偏有猎人树下候，
可怜把命丢。

译者解说：

哀叹大津皇子等人欲攀高位，惨遭横死。

268 长屋王，念旧都歌一首

君家旧都明日香，
良人何日归故乡，
千鸟齐鸣泪千行。

原编者注：

今日读此歌，当是持统八年（694年）由明日香迁都藤原宫时所作。

269 阿倍女郎，于屋部坂[①]作歌一首

若要无人见，宽袖遮郎面。
衣衫化灰烬，赤膊闯烈焰。

译者解说：

此歌难解。本书根据中西进版、土屋文明版《万叶集》解释翻译。

---

① 屋部坂：奈良县矶城郡或高市郡的小山，位于幽会的必经之路上。远望裸露的赤土山体，犹如烈焰燃烧。相传凡从此山经过之人，衣袖会被烧毁。

270—277 高市连黑人，羁旅歌八首

270 寂寞思乡望山下，海天忽现朱漆船①。

271 鹤群翻飞向樱田②，
声声啼鸣潮水退，
年鱼市潟③过海滩。

272 翻越四极山④，极目抬望眼。
笠缝岛⑤背后，驶过无篷船。

273 船行湖边礁石处，八十渔港⑥鹄⑦鸟喧。

274 今夜船泊比良港⑧，莫到远海夜茫茫。

275 今宵投宿何处去？高岛⑨胜野⑩日偏西。

译者解说：

羁旅组歌的旅行路线从大和国出发，朝东北方前行，直到名古

① 朱漆船：“そほ朱”，是一种矿物红色涂料，涂于船身可防腐。

② 樱田：位于爱知县爱知郡作良乡，热田东南方樱地一带。此处靠近大海，开垦出的田地叫“樱田”。

③ 年鱼市潟：“樱田”的一部分。

④ 四极山：具体地点不明，可能指大阪市住吉区临南寺一带山峦。

⑤ 笠缝岛：在住吉海岸一带。古代笠缝氏居住在大和川水系沼泽地的小岛上，以编制斗笠为生。

⑥ 八十渔港：泛指琵琶湖岸边的许多渔港。琵琶湖中有礁石的地方只有两处，一处是北面的葛笼尾崎，另一处是湖畔胜野平原的明神岬。

⑦ 鹄：读作 hú，一种体型硕大的水鸟，在古汉语和古日语中皆指天鹅。

⑧ 比良港：位于琵琶湖畔大津市的港口。“海”指琵琶湖（亦称淡海）。

⑨ 高岛：属滋贺县高岛郡。

⑩ 胜野：高岛郡的原野。

屋海边，再转向西北方，前往滋贺县琵琶湖。

中西进：“黑人”为夜晚祭祀时奉献和歌之人。“高市”一族为传说时代神之子孙，“连”姓为大和朝廷所赐。

276　　卿与我，夫妇本同体。
　　到此三河二见道[1]，难分又难离。

原编者注：

某古抄本歌曰：三河国，二见道，从此燕分飞。卿与我，皆孤寂，踽踽独行乎？

译者解说：

此歌为旅途中赠游行女妇（在宴会上表演歌舞音乐的女艺人）的戏作。

277　　君应早到，　槻树[2]繁茂。
　　山城郡[3]，多贺里[4]上落叶飘。

278　石川少郎[5]歌一首

志贺海女忙不闲，

---

① 三河二见道：位于爱知县丰川市御油町与国府町分界线处。道路由此一分为二：东海道本道与姬街道。
② 槻树：“榉树”的古名。
③ 山城郡：位于京都府南部。
④ 多贺里：位于京都府缀喜郡。
⑤ 石川少郎：石川朝臣君子，从五品下，曾任播磨守、兵部大辅、侍从等。

割海藻，熬海盐，
无暇梳妆来打扮。

原编者注：

今读歌思之，石川朝臣君子，通称少郎子。

279—280　高市连黑人，歌二首

279　猪名野①上，偕妻游览。
何日重游名次山②、角之松原③？

280　众儿郎，早还乡。
心向大和，白菅草④旺。
归去也，折枝真野榛原⑤上。

281　高市黑人之妻答歌一首

卿常来往，真野榛原。尽收眼底，风光无限。

282　春日藏首老，歌一首

尚未过磐余⑥，

---

① 猪名野：兵库县伊丹市一带，沿猪名川展开的原野。
② 名次山：兵库县西宫市名次町的丘陵。
③ 角之松原：位于西宫市松原町，以上几处皆为风景名胜。
④ 白菅草：多年生草本植物，叶子白中带绿。
⑤ 真野榛原：今神户市长田区真野町一带，长满赤杨、桤木的原野。
⑥ 磐余：奈良县樱井市西南部到橿原市香具山东北麓一带，此处曾有神功皇后的稚樱宫。

何时翻越泊濑山[1]，
夜色已阑珊。

283 高市连黑人，歌一首

伫立住吉得名津[2]，
举目远望武库港[3]，
舟子划船正出航。

284 春日藏首老，歌一首

我来烧津野[4]，独行骏河原[5]。
阿倍陌路上[6]，邂逅一婵娟。

285 丹比真人笠麻吕，前往纪伊国[7]，越过势能山时，作歌一首

白栲肩巾[8]披在肩，翻越势能山。

---

① 泊濑山：位于大和国中央平野郡的溪谷，三面环山。作者连夜从藤原宫经由磐余，前往泊濑方向。
② 住吉得名津：大阪市住吉区海港，有人推测此处为堺市港前身。
③ 武库港：兵库县尼崎市到西宫市一带海岸的港口。
④ 烧津野：位于静冈县烧津市的原野，古代神话传说，日本武尊东征时在此遭遇火攻。
⑤ 骏河原：位于静冈县中部。
⑥ 阿倍陌路上：通往阿倍交易市场的道路。京城与各地政府均号召定期举办交易集市。
⑦ 纪伊国：今和歌山县。
⑧ 白栲肩巾：用苦楮树皮的白色纤维织成的肩巾。

不顾结局大声喊，此山即“妹山”①。

286 春日藏首老，当即相和一首

卿为奴夫君，此山名“夫山”。
君若高声喊，不可呼“妹山”。

译者解说：

过往行人将此山看成自己的配偶。女子怕夫君在旅途中称别的女人为“阿妹”。

287 元正天皇行幸志贺②时，石上卿③作歌一首

乡关何处？旅程渐远。白云深处，山山相连。

288 穗积朝臣老④，作歌一首

重游志贺浦，吾命应无恙。
大津白浪滚，容我放眼望。

原编者注：

行幸年月不详。

---

① 妹山：《万叶集》中，“妹”即“妻”或“恋人”之意。
② 行幸志贺：养老元年（717 年）九月，元正天皇行幸美浓国途中，往返皆驻跸近江，从志贺行宫中可远望琵琶湖。
③ 石上卿：编号 44 作品的作者石上大臣。凡三品以上官员可尊称“卿”。
④ 穗积朝臣老：和铜二年（709 年）从五品下，养老二年（718 年）正五品上，历任左副将军、武部大辅。

289—290　间人宿祢大浦，初月歌二首

289　仰望长空，月牙张弓。清辉皎洁，日夜兼程。

290　仓桥山①高，月出夜深。黯淡无光，暝色昏昏。

291　小田事，势能山作歌一首

势能山上，真木②繁茂。知我赶路，无暇远眺。

译者解说：

依附于树上的精灵也能理解作者急于赶路的心情。

292—295　角麻吕③，歌四首

292　翩翩从天降，魔女④驾石船。
停泊已千年，高津⑤变浅滩。

293　远望海岸正退潮，
三津⑥海女⑦割海藻。

---

① 仓桥山：奈良县樱井市仓桥之南的多武峰（海拔 618 米），或指东南方的音羽山（海拔 852 米）。

② 真木：杉树的古名，也指扁柏、罗汉杉、娃娃松等优质树木。

③ 角麻吕：传不详，“角”为姓氏。

④ 魔女：古代神话的天上魔女，后演变为佛教的天邪鬼。相传，有天神石船从天而降。《摄津国风土记》：“天神天稚彦从天而降，有魔女随之下凡，乘石船至高津。天上石船停泊于此，故名高津。”

⑤ 高津：大阪市中央区仁德天皇高津宫遗址，有高津神社。原是渡口，奈良时代海水退去成为浅滩。

⑥ 三津：亦作“御津”，位于难波湾。

⑦ 海女：从事捕捞鱼贝、割海藻、煮海盐等工作的渔家女。

手提草袋①踏波涛。

294 扁舟成群，海上垂钓。回头靠岸，白浪滔滔。

295 住吉②旷野有松原，
天神降临何渺远，
大君行幸到海边。

296—297 田口益人大夫③，出任上野国司④时，至骏河清见崎⑤作歌二首

296 庐原⑥清见崎，举目放眼望，
丰饶三保浦⑦，我心忽清朗。

犬养孝：藤原京时代末期政局不稳。天皇宣布迁都平城京，人事大变。田口益人赴任途中，见清见崎咏歌。

297 惶恐拜大君，眺望田子浦⑧。
夜深潮退后，策马嶙峋路⑨。

---

① 草袋：用稻草编的口袋，装米饭、煮豆等食物。
② 住吉：位于今大阪市住吉区，填海变成陆地。
③ 田口益人大夫：从五品上，上野国守。
④ 国司：国守、介、掾、目四个等级的地方官之总称。
⑤ 骏河清见崎：位于静冈县清水市海滨，此处有清见寺。
⑥ 庐原：今静冈县庵原郡。
⑦ 三保浦：位于静冈县清水市，三保海岬环绕内海。后来成为能乐剧《羽衣》故事发生的舞台。
⑧ 田子浦：田儿浦。静冈县海滨地名，这里可眺望富士山。
⑨ 嶙峋路：海滨山路嶙峋崎岖。

298 辩基[①]，作歌一首

黄昏越过真土山，
到庐前[②]，角太河原[③]，
今夜又独眠。

原编者注：

以上一首，某人云，辩基乃春日藏首老师之名也。

299 大纳言大伴卿，作歌一首

深山降雪菅叶低，
愿天莫降潇潇雨，
雪融令人惜。

译者解说：

大纳言大伴卿可能指大伴旅人。

300—301 长屋王，驻马奈良山，作歌二首

300 翻越佐保山[④]，隘口表心愿。
奉上币帛礼，夫妻重相见。

---

① 辩基：天皇行幸纪伊国时的从驾僧之一。
② 庐前：位于和歌山县隅田町一带。
③ 角太河原：和歌山县桥本市纪川河原。
④ 佐保山：位于平城京（奈良）东北方。路人过此须向道祖神献上币帛，祈祷平安。

犬养孝：“隘口”，原文为“奈良の手向”，位于通往山城国要道的奈良坂山口。古人出行，于此祭祀保佑旅途平安的道祖神。

301　峭岩路险峻，实难越此山。
人后吞声哭，人前不敢言。

302　中纳言安倍广庭[1]卿，作歌一首

良宵会佳人，常恨夜路遥。
明月度苍穹，愿比月早到。

303—304　柿本朝臣人麻吕，下筑紫国时，经海路，作歌二首

303　印南海[2]，美名传。
波千重，云漫漫。
隐藏云中，大和群山。

304　远离朝廷，赴任荒原。回望岛门[3]，神代渺远。

译者解说：

人麻吕见官吏从京城来此荒凉海滨，甚至远赴九州筑紫赴任，无限感慨。

---

① 安倍广庭：从五品上，历任伊予守、宫内卿、左大弁、参议等职。《怀风藻》收其汉诗两首。

② 印南海：兵库县明石市到加古川市一带的海洋。

③ 岛门：陆地与海岛间的海峡，犹如大门，指眼前的濑户海峡。

305 高市连黑人，近江旧都[①]歌一首

断井颓垣不忍见，近江旧都掩荒烟。

原编者注：

以上一首，某古抄本曰："乃小弁[②]之作也"。此小弁为何人，至今不明。

306 元正天皇行幸伊势国[③]时，安贵王[④]作歌一首

伊势海浪，如花团团。愿捧回乡，深闺亦见。

307—309 博通法师纪伊国之行，见三穗岩屋[⑤]，作歌三首

307 三穗岩屋，神圣之地。久米王孙[⑥]，不忍离去。

原编者注：

某古抄本歌云：岩屋已荒凉。

308 千年岩屋今犹在，屋内主人非故人。

---

① 近江旧都：天智天皇建于琵琶湖畔的旧都，毁于壬申之乱。
② 小弁：官名，分左小弁与右小弁，属太政官手下左右弁官局，位于大弁之下。
③ 伊势国：今三重县南部，有供奉天照大神的伊势神宫。
④ 安贵王：志贵皇子之孙，春日王之子，妻为纪女郎。
⑤ 三穗岩屋：位于和歌山县日高郡美滨町。相传远古时代，流浪中的皇孙曾在此岩屋中居住。
⑥ 久米王孙：相传为第23代显宗天皇之孙，日本各地有他颠沛流离的传说。

309 古松岩屋门前立，见汝如见古人面。

310 门部王[①]，咏东市[②]之树，作歌一首（后赐姓大原真人氏）

东市树木已成行，弥久不见亦难忘。

311 桉作村主益人[③]，由丰前国[④]赴京时，作歌一首

频拉梓弓，铮铮弦鸣。
丰国镜山[⑤]久不见，
满怀思恋情。

译者解说：

拉梓弓射箭，弓弦出声，古日语动词为“響もす”（とよもす，与“豊”谐音），吟唱“拉梓弓”，就会想起“丰前国”。

312 式部卿[⑥]藤原宇合，奉旨改建难波堵[⑦]时，作歌一首

此地旧称难波乡，今成帝都何辉煌。

---

① 门部王：河内王之子，高安王之弟，从五品下，历任伊势守、出云守、右京大夫等职。
② 东市：日本古都模仿中国城市规划，城中有东西二市。正午开市，日落击鼓闭市。
③ 桉作村主益人：传不详，曾供职于内匠寮。
④ 丰前国：九州福冈县东部与大分县。
⑤ 镜山：今福冈县田川郡香春町的小山。
⑥ 式部卿：式部省长官，正四品下，主管文官人事、宫中礼仪，大学。
⑦ 难波堵：难波宫之墙，遗址位于今大阪市中央区法圆坂町。

译者解说：

神龟三年（726 年），藤原宇合奉旨兼管难波京改建工程，费时五年半，天平四年（732 年）竣工。

313 土理宣令①，作歌一首

吉野②飞瀑，奔泻千年。前朝影事，较多美谈。

译者解说：

吉野行幸主要在天武、持统天皇时代，迁都平城京后罕有，探访官人日渐稀少。

314 波多朝臣小足，作歌一首

路遥越国行③，石间滚细浪。
能登濑川④闻流水，声声何清凉。

315—316 暮春之月，圣武天皇行幸吉野离宫，中纳言大伴卿⑤奉敕作长歌并短歌（未上奏天皇）

315 吉野山上吉野宫，山有灵性与心通。

---

① 土理宣令：刀理宣令，归化人，曾侍奉东宫太子（后来的圣武天皇），《怀风藻》收其汉诗 2 首。
② 吉野：奈良县南部地名，吉野川流域的总称，属大和国吉野郡。
③ 越国行：作者经越道前往北陆地方。
④ 能登濑川：滋贺县坂田郡能登濑的天野川。
⑤ 中纳言大伴卿：大伴旅人（665 — 731），大伴家持之父，大伴家族之长，《万叶集》第三期歌坛领袖，出身中央贵族世家，曾任持节大将军多次平息战乱。时年 60 岁。

尊贵无比天生就，河川清澈天地功。
千秋万世貌不改，灵山秀水有行宫。

316　**反歌**

曾见象小川[①]流水，今日重游更清澈。

317—318　山部宿祢赤人[②]，望富士山作歌一首

317　天地初分，庄严神圣。
骏河之国，富士高岭。
仰望长空，太阳无影。
明月无光，白云暂停。
飞雪突降，万代美名，
美哉美哉，富士盛景。

318　**反歌**

田子浦上放眼望，富士高岭白雪扬。

译者解说：

山部家世代管理国家山林，向朝廷进贡山货，还负责藤原宫十二道宫门之一的东北面阳明门的警卫，天武天皇时又赐山部家“宿祢”

① 象小川：发源于吉野山金峰神社东方，流到吉野町宫瀑的柴桥下，汇入吉野川。神龟元年（724 年），神武天皇即位，随后行幸吉野。

② 山部宿祢赤人：山部赤人，生卒年不详，与柿本人麻吕齐名的宫廷歌人，两人皆为“歌圣”。赤人尤以歌咏大自然的和歌而闻名，格调高雅，意境清澄。《万叶集》收其长歌 13 首、短歌 37 首。

姓氏，与朝廷的关系更加紧密。本歌赞美富士山的日、月、云、雪四景。中西进："赤人"，为神道黎明祭祀奉献和歌之人。（中西进《人生礼物》，《朝日新闻》，2021 年 1 月连载）

原歌中"うち出でて"一词，普遍解释为来到宽阔地方。广冈义隆理解为划船到田子浦宽阔的海面，可更好仰望富士山。当时富士山为活火山，喷出岩浆散落于海岸，冷却后变成岩石，使得海岸崎岖不平，无法通行。瞻仰富士山须下决心乘船出海。

319—321 无名氏，咏富士山长歌一首并短歌

319 甲斐国[①]，骏河国[②]，
交界高耸富士岭，
天云缥缈半空停。
大雪灭喷火[③]，飞鸟难越顶。
灵妙难名状，富士何神圣。
人呼石花海[④]，山麓湖水清。
富士山，大和国之镇[⑤]，
富士川，滔滔激流涌。
富士国之宝，神圣力无穷。
骏河国，富士山，
仰望高岭无限情。

---

① 甲斐国：今山梨县。
② 骏河国：今静冈县。
③ 喷火：富士山喷火最早记载于《续日本纪》天应元年（781 年）。
④ 石花海：富士五湖的精进湖与西湖的古名。清和天皇贞观六年（864 年）富士山喷火将此湖泊一分为二。石花，甲壳类动物附着于湖中岩石而形成的花纹。
⑤ 国之镇：出自《文选》张衡的《东京赋》。

反歌

320 千年积雪，富士山高。
六月十五才消融，
半夜雪又飘。

321 富士灵峰，路险山高。白云难攀，流连山腰。

原编者注：

以上一首，高桥连虫麻吕歌中出焉。以类载此。

322—323 山部宿祢赤人，至伊予①温泉，作长歌并短歌

322 代代圣明，皇统绵延。
处处温泉，有岛有山。
伊予高岭②，山峭路险。
射狭庭③中，冈上放眼。
咏歌炼字，林中温泉。
青青臣木④，枝茂叶繁。
声声鸟啼，美声婉转。
流芳百世，神圣无限。

① 伊予：今四国岛爱媛县。伊予温泉即今天著名的“道后温泉”。
② 高岭：位于爱媛县的四国第一高山石铁山，海拔 1921 米。
③ 射狭庭：位于松山市道后温泉以东丘陵地带，圣德太子曾行幸此地，立有石碑。
④ 臣木：不详。

323 反歌

当年大宫人①，熟田津上率千帆。
悠悠前朝事，不知是何年。

324—325 登神岳，山部宿祢赤人，长歌一首并短歌

324 神奈备山②有神灵， 樛木③枝叶密密生。
葛草藤蔓掩幽径，人迹罕至路不通。
明日香川④建皇都，品格高雅仰高峰。
湍湍水流何浩渺，郎朗春日山空蒙。
秋夜更闻波涛响，万斛凉意入我胸。
鹤影点点朝云里，蛙鸣声声夕雾中。
遥想当年清泪淌，所见所闻皆动情。

325 反歌

明日香川雾气散，怀古之情萦心间。

犬养孝：春日山位于奈良市区东面，满山古杉苍苍，最高峰为花山，海拔 497 米。春霞流云，莺啼燕语。秋雨绵绵，红叶满地，是平城贵族文人讴歌的对象。

---

① 大宫人：指额田王。此歌因额田王之歌（编号 8 作品）而作。
② 神奈备山：这里指明日香之神岳。
③ 樛木：出自《诗经 · 周南》："南有樛木，葛藟累之。"
④ 明日香川：发源于高市郡高取山，流经藤原宫旁，最后注入大和川。

326 门部王，在难波见渔夫之渔火，作歌一首（后赐姓大原真人氏）

远眺明石浦[①]，渔火闪海湾。
思念闺中人，回眸望家山。

327 某娘子等赠干鲍鱼[②]礼包，戏请通观僧[③]祝愿时，通观作歌一首

枉自放生干鲍鱼，哪得海中自在游。

328 大宰少式[④]小野老朝臣[⑤]，歌一首

皇都奈良樱花放，烂漫枝头泛红光。

译者解说：

赞美帝都繁荣。按“小野”（氏）、“老”（名）、“朝臣”（姓）的顺序称呼，是对四品官的正式敬称。《公式令》规定，对三品以上高官只呼其姓，四品官则先名后姓（敬称法），五品官是先姓后名（卑称法），而对六品官以下则可直呼其名。

---

① 明石浦：明石海峡的海面。
② 干鲍鱼：老妪性器的隐语，在《万叶集》中此类猥鄙俚亵之歌仅此一首。
③ 通观僧：看破人间百态与生死的高僧。
④ 大宰少式：大宰府次官，掌管庶务。
⑤ 小野老朝臣：遣隋使小野妹子之孙。天平九年（737 年）前后，从大宰府回到奈良时吟出此歌。

329—330 防人司佑[1]大伴四纲[2]，歌二首

329　　大君御宇国土美，最为牵肠是奈良。

330　　藤花翻浪花正盛，大帅思恋奈良京。

331—335 帅大伴卿[3]，歌五首

331　身尚健朗，可返奈良？终老天涯，山海荒凉。

斋藤茂吉：此五首歌咏于九州大宰府，旅人六十三四岁时。天平二年（730年）归京任大纳言，翌年逝世，享年67岁。

译者解说：

大宰府都府楼东侧的小山（月山）之上，有计时的铜壶刻漏与报时的大鼓。

332　　只为再游象小川，但愿吾命更久长。

333　　忧思沉沉难排遣，怀念古都明日香。

334　　　花开忘忧草，系我衣带上。
　　　　　难忘香具山，魂梦绕奈良。

---

① 防人司佑：大宰府防人司的三等官（判官），管理防人名簿、武器、训练、屯垦田等事务。

② 大伴四纲：大伴宿祢四纲，曾在大宰府任职，担任大和少掾、宫中乐官雅乐助正（六品）。

③ 帅：大宰府长官。帅大伴卿，即大宰府帅大伴旅人。

335 遥想梦渊①水一汪，
掩留筑紫②岁月长，
但愿早还乡。

336 沙弥满誓③，咏丝绵，歌一首

不触肌肤，筑紫丝绵④。抚之观之，暖意扑面。

337 山上忆良退出宴会时，歌一首

忆良此刻应告退，儿哭阿母盼我归。

译者解说：

忆良出席大宰府宴会时中途退席，坂上郎女问其原由，便吟此歌作答。

338—350 大宰帅大伴卿，赞酒歌十三首

338 莫教忧思满胸臆，哪比浊酒饮一杯。

译者解说：

神龟四年（727 年），63 岁的大伴旅人出任大宰帅，负责九州地方的行政、海防与对外交流。藤原氏作此安排，目的是切断旅人与政治后台长屋王的联系。

---

① 梦渊：位于吉野宫瀑附近的深渊。
② 筑紫：九州的古称。
③ 沙弥满誓：俗名笠朝臣麻吕。曾任美浓守、右大弁等职，为祈祷元明上皇病愈而出家，任筑紫观世音寺别当，与大伴旅人交情甚笃。
④ 丝绵：奈良时代九州盛产优质丝绵。

339 先贤赞酒为圣人[①]，今日诵之亦动情。

340 古有竹林七贤人，最爱杯中有琼浆。

341 醉后敢吐狂言人，不如醉酒哭一场。

342 千言万语意难尽，品格高贵是美酒。

343 凡夫俗子苦偷生，不如窑土烧酒壶[②]。

344 自视清高不饮酒，面目丑陋如猿猴。

345 价值连城夸珠宝，不如浊酒在我手。

346 夜光珠玉负盛名，不及饮酒消千愁。

泽泻久孝：“夜光”，出自《史记·鲁仲连邹阳列传》：“隋侯之珠，夜光之璧。”《文选·西都赋》等文中亦有“夜光”一词。

347 世间幸有游乐道，醉酒一哭愁自消。

348 人世自有快乐在，来生愿做鸟与虫。

349 人生一世终有死，但愿年年乐无忧。

---

① 《魏志·徐邈传》：“平日醉客谓清酒者为圣人，浊者为贤人，邈性修慎，偶醉言耳。”

② 窑土烧酒壶：吴国郑泉临死，嘱咐家人：“必葬我陶家之侧，庶百年后化而为土，幸见取为酒壶，实获我心矣。”（《琱玉集》）

350 正襟危坐默无语，不如醉酒哭一场。

译者解说：

大伴旅人在九州大宰府任职期间，遭受丧妻之痛，常怀断肠之思。神龟六年（729 年），京城发生变故，挚友长屋王自杀身亡。长屋王为左大臣，对抗政敌藤原氏失败。“有人告密曰：‘长屋王学左道（邪道），图谋倾覆国家。’藤原宇合（光明皇后之兄，藤原不比等第三子）率领士兵包围长屋王的邸宅，第二天开始审问长屋王。第三天，长屋王和妻子吉备公主，皇子们都被迫自尽。后来，朝廷编撰的史书《续日本书纪》上，明确记载长屋王清白无辜。”（吉田孝著，刘德润译，《岩波日本史 2—飞鸟、奈良时代》，第 121 页）

赞酒歌作于旅人心情最为落寞的时期。大伴旅人负责九州地方的行政、海防与对外交流，能最早读到来自中国的书籍，深受儒家思想、佛教思想和神仙思想的影响。《万叶集》收入其长歌 1 首，短歌 75 首。

351 沙弥满誓，歌一首

世间为何物，迷离滚红尘。
拂晓船离港，水面不留痕。

352 若汤座王①，歌一首

苇边鸣鹤群，港口风料峭。
掠过津呼崎②，万里云渺渺。

---

① 若汤座王：为皇子接生的产婆亦属于巫女，分为大汤座、若汤座两个氏族。由若汤氏族养育长大的皇子则称若汤座王。

② 津呼崎：具体地点不明。一说在伊予国（爱媛县）野间郡，一说在近江国（滋贺县）浅井郡都宇。

353 释通观[①]，歌一首

白云何恭敬，不敢上峰巅。
缭绕半山处，吉野高城山。

354 日置少老[②]，歌一首

绳浦[③]煮盐烟火起，薄暮时分绕群山。

355 生石村主真人[④]，歌一首

少彦名神、大国主[⑤]，
曾居志都[⑥]有岩屋，
流光不可驻。

356 上古麻吕[⑦]，歌一首

明日香川夜夜闻，浅滩蛙鸣送清凉。

原编者注：

某古抄本歌初句曰：明日香川，今日徒闻。

---

① 释通观：传不详。
② 日置少老：传不详，“少老”意为初老。万叶人名中使用“老”字，是为祈求长寿。
③ 绳浦：指兵库县相生市那波地方海岸。
④ 生石村主真人：曾任美浓国少目（国司手下四等官，管理与审查文案）。“生石”亦作“大石”。“村主”，归化人的姓氏之一，“真人”，八色姓第一位，赐予皇族与豪族。
⑤ 少彦名神、大国主：日本古代神话人物。
⑥ 志都：今岛根县邑智郡瑞穗町，有神秘洞窟。
⑦ 上古麻吕：传不详。“上”为姓氏，名“古麻吕”。

357—362 山部宿祢赤人，歌六首

357 伫立绳浦望海面，飘摇巡回钓鱼船。

358 最羡小船来，途经武库浦①。
回望阿波岛，一路向皇都。

泽泻久孝："阿波岛"原文为"粟島"（あわしま），指"阿波岛"或"淡路岛"。

359 遥望阿倍岛②，鱼鹰礁石上。
波涛声不绝，大和思绪长。

360 挥刀割海藻，须待海潮退。
今日携何物？家妇盼郎归。

361 秋风寒夜尽，君越佐农冈③。
妾愿送寒衣，即刻到君旁。

译者解说：

"妾"指前首歌中的"家妇"，也有人认为指下首歌中的当地少女。

---

① 武库浦：今神户市武库川河口往西一带海面。
② 阿倍岛：位置不详，可能指大阪市阿倍野区一带。
③ 佐农冈：纪伊国（和歌山县与三重县的一部分）"狭野"或大阪府"泉佐野"。

362 褐色名乘藻①，雎鸠②栖礁石。
报得姓名来，不怕阿母知。

363 某古本歌一首

礁石栖雎鸠，团团名乘藻。
快告汝之名，不怕爹娘恼。

364—365 笠朝臣金村③，于盐津山④作歌二首

364 男儿放弓箭⑤，信有后人见。
请告众人知，强弓射程远。

365 翻越盐津山，驽马蹄踉跄。
定是家中人，盼我早还乡。

译者解说：

古代民间信仰，马蹄踉跄说明家人正盼望自己早归。

---

① 名乘藻：海藻的一种，我国叫“马尾藻”，褐色。“名乘藻”，日语念作“なのりそ”（莫将姓名告诉他人之意）。古代习俗，女子将自己姓名告诉男子，便表明愿以身相许。
② 雎鸠：一种大型猛禽。
③ 笠朝臣金村：活跃于灵龟元年至天平五年（715—733），作品多为行幸从驾歌。其声望与山部赤人、车持千年齐名，但其从驾歌风格单一，缺乏新鲜感。
④ 盐津山：位于琵琶湖北岸盐津滨上。
⑤ 放弓箭：路口放箭，古人祈求旅途平安的一种仪式。

366—367 笠朝臣金村，于角鹿津[1]登船时，作长歌并短歌

366 船出越前海，敦贺滨上港。
大船水手多，茫茫漂海上。
海深波涛滚，捕鲸来大洋。
一路破浪行，奋力摇橹桨。
船过手结浦[2]，渔女煮盐忙。
缕缕青烟起，闪闪见火光。
羁旅海上路，遥望排天浪。
海神手中攥美玉，十字襻[3]上玉佩响。
思家之情满胸怀，大和故国牵愁肠。

译者解说：

此歌作于从越前国（福井县）敦贺港经海路前往越前国府武生市途中，与越前国守石上大夫同行。

367 反歌

越前海上手结浦，
天高海阔景色壮，
心念大和深情望。

---

① 角鹿津：今福井县敦贺港。
② 手结浦：位于福井县敦贺市田结海岸一带。
③ 十字襻：十字襻带，袖带。“襻をかける”（劳作时的挂袖带）。“かける”让人联想到“心にかける”（挂念在心），引出思乡之情。

368 石上大夫[1]，歌一首

诚惶诚恐，大君神圣。
摇橹挥桨，御船前行。
穿过岛礁，驶往帝京。

原编者注：

以上一首，今日思之。石上朝臣乙麻吕为越前国守，盖此大夫欤。

369 某人相和歌一首

侍奉在朝，身为官人。天皇有旨，理当尽心。

原编者注：

以上一首，作者不详，出自笠朝臣金村歌中。

370 安倍广庭卿，歌一首

黑夜沉沉，星月无光。
天不降雨，泪湿衣裳。
翘首盼君，苦等一场。

译者解说：

此歌模仿苦候情人的女子的口气。

---

① 石上大夫：天平四年（732 年）石上大夫乙麻吕任越前国守。大夫为四五品官员的尊称。

371 出云守门部王[①]，思念京城歌一首（后赐“大原真人”氏）

饫宇海[②]边，河原千鸟。
惹我乡愁，声声啼号。
佐保川[③]流，心头萦绕。

372—373 山部宿祢赤人，登春日野作长歌并短歌

372 春日野[④]上登三笠，朝云叆叇不忍去。
更闻杜鹃鸣不停，心如白云无所依。
多情悲叹林中鸟，苦恨相思无人知。
白昼唯能长叹息，彻夜难眠吞声泣。
坐卧不安无归处，忧思难遣心苦凄。
最是无情美娇娘，不肯相会许佳期。

373 **反歌**

三笠山上鸟悲啼，声声不停苦相思。

374 石上乙麻吕朝臣，歌一首

天降大雨，欲戴斗笠。

---

① 门部王：任出云守时间不明。
② 饫宇海：岛根县的中海，“饫”念作“yù ”。
③ 佐保川：发源于春日山，流经奈良北面，此处为贵族高官居住区。
④ 春日野：位于奈良市东郊。

笠山[①]莫戴他人头，
管他浑身皆湿透。

375　汤原王[②]，于吉野作歌一首

吉野山中夏实川[③]，山阴川淀野鸭喧。

376—377　汤原王，宴席歌二首

376　衣袖飘飘如蜻蜓，
豆蔻年华自多情，
频送秋波莫转睛。

译者解说：

汤原王举办宴会，令舞姬献艺，以博客人青睐。

377　青山岭上挂白云，终日遥望无限情。

378　山部宿祢赤人，咏故太政大臣藤原[④]家之山中水池歌一首

池渚水草透碧色，苍苍古堤千岁幽。

① 笠山：一说为奈良市东的三笠山，一说为奈良县樱井市笠山。
② 汤原王：志贵皇子之子，万叶后期代表歌人之一。
③ 夏实川：位于奈良县吉野町，宫瀑上游一公里处。
④ 故太政大臣藤原：权臣藤原不比等，薨于养老四年（720 年）。

379—380 大伴坂上郎女①，祭神长歌并短歌

379 先祖当年，下降凡尘。
深山榊枝②，依附神魂。
木棉如发，洁白至尊。
枕边掘地，斋瓮③安稳。
竹玉④成串，垂吊献神。
猪鹿⑤屈膝，神前俯身。
淑女柔弱，款款情真。
先祖保佑，见我夫君。

380 **反歌**

木棉⑥叠叠，捧之敬神。诚心祈祷，再会夫君。

原编者注：

以上为天平五年（733年）冬十一月，祭祀大伴氏神时聊作此歌，故曰祭神歌。

译者解说：

大伴坂上郎女祈祷先祖，希望能与亡夫穗积皇子、藤原麻吕再相会。

---

① 大伴坂上郎女：万叶后期著名歌人，《万叶集》收入作品最多的女性。大伴旅人异母妹，大伴家持的姑母、岳母。
② 榊枝：神木杨桐枝。“榊”为日本汉字，我国称“杨桐”。时人认为有神灵依附其上，用于神道祭祀。
③ 斋瓮：奉献神灵的尖底陶瓮，灌入神酒，安置于床边或枕边浅坑中。
④ 竹玉：将空心管状玉器切割成片，穿成串。
⑤ 猪鹿：野猪与小鹿。
⑥ 木棉：祭祀用品，木棉成细丝或叠成几层，形状不明。

381 筑紫娘子[①]赠行旅[②]歌一首（娘子字“儿岛”）

乡愁莫躁，且看风向。大和海路，滔天巨浪。

382—383 登筑波之岳，丹比真人国人[③]作长歌并短歌

鸡鸣东国，叠叠高山。
男女二神[④]，高贵峰峦。
并列矗立，百看不厌。
神代久远，早有传言。
登高望国[⑤]，筑波山巅。
阳春不到，莫望山川。
若误时节，悔恨无限。
冰雪消融，险峻蜿蜒。
道路泥泞，苦不堪言。

383 反歌

筑波山岭，切莫远观。山路雪化，泥泞不堪。

---

① 筑紫娘子：游行女妇，字儿岛。天平二年（730 年）大伴旅人归京之际，赠歌一首。
② 行旅：羁旅之人。
③ 丹比真人国人：曾任民部少辅、摄津大夫，天平宝字元年（757 年），橘奈良麻吕事变（编号 4487 作品译者解说）时，连坐贬官伊豆国。
④ 男女二神：筑波山顶分为男女两个山体，称男女二神。
⑤ 登高望国：见编号 2 作品译者解说。后来民众亦举行望国仪式，祈祷丰收，聚餐歌舞，男女交往。

384 山部宿祢赤人，歌一首

我家庭前种鸡冠，
花朵枯萎心不甘，
荷锄待来年。

385—387 仙柘枝[1]，歌三首

385 吉志美岳[2]山势陡，
野草抓不住，抓住阿妹手。

原编者注：

相传，以上一首或是吉野之人味稻赠柘枝仙媛之歌。但《柘枝传》中不见此歌。

译者解说：

古代私奔男女所唱之歌，出自《古事记》。仁德天皇之弟速总别王与女鸟王私奔，他唱到："梯立仓梯山，路途多艰险。岩石难抓住，抓住妹手同攀援。"《肥前国风土记》亦有："险峻陡峭杵岛岳，野草抓不住，抓住阿妹手。"这两首歌诞生年月不明，皆融入"仙柘枝歌"。另有传说，柘枝仙媛顺水而下，挂在渔夫味稻安放的吉野川鱼梁上，两人结合，后来柘枝仙媛升天而去。属于日本《白鸟处女传说》类型的民间故事。

386 暮色苍茫，柘枝逐浪。不挂鱼梁，与谁拜堂。

---

① 仙柘枝：传说中的仙女柘枝媛。
② 吉志美岳：所在地不详。

387　古时无人挂鱼梁，
柘枝依然在，摇摇水中央。

原编者注：

以上一首，为若宫年鱼麻吕[①]作。

388—389　若宫年鱼麻吕，诵读羁旅长歌并短歌

388　大海何神秘，淡路岛居水中央。
白浪围四国，明石濑户送夕阳。
黄昏涨满潮，天明海潮退何方。
待到潮水退，彻夜不眠久张望。
潮涨潮退声如雷，魄动心悸皆恐慌。
淡路礁后待天明，何时方可见曙光。
飞瀑之旁野雉鸣，啪嗒啪嗒扇翅膀。
众渔夫，曙色微微快起床。
此刻海面风浪静，齐心协力挥船桨。

389　**反歌**

驶过敏马崎[②]，船行岛屿间。
怀念大和国，鹤群鸣海天。

原编者注：

以上两首，若宫年鱼麻吕吟诵，作者不明。

---

① 若宫年鱼麻吕：传不详，编号387、1430作品由他吟诵传世。
② 敏马崎：位于神户市滩区岩屋町附近。

譬喻歌

390 纪皇女[①]，御歌一首

轻池[②]水中，野鸭绕岸。水草之上，不甘独眠。

391 造筑紫观世音寺之沙弥满誓别当[③]，歌一首

伐木足柄山[④]，只为造大船。
树梢祭山神[⑤]，古树心且安。

译者解说：

吟唱心仪女子被人夺走后的懊恼之情。

392 大宰大监[⑥]大伴宿祢百代[⑦]，梅花歌一首

夜色茫茫梅花放，

---

① 纪皇女：天武天皇之女，穗积皇子之妹。
② 轻池：位于奈良县橿原市大轻町、见濑町、石川町、五条野町一带的水池。
③ 别当：统管多座大寺的僧官。
④ 足柄山：位于神奈川县与静冈县交界处，江户时代开辟箱根路。
⑤ 树梢祭山神：古代风俗，伐木者将树梢立起，祭祀，感谢山神，只将树干运下山来。
⑥ 大宰大监：大宰府三等官，主管纪检工作。
⑦ 大伴宿祢百代：天平二年（730 年）前后任职于大宰府，后升任兵部少辅。

不攀花枝过树旁，
芬芳实难忘。

译者解说：

梅花喻美女，吟唱错过幽会时机的悔恨。

393　满誓沙弥，咏月歌一首

十六夜月[①]难得见，
人人翘首盼，
一轮玉盘挂山巅。

394　余明军[②]，歌一首

四面筑围栏，此树我独占。
住吉海滨松，莫让旁人观。

译者解说：

独占小松比喻拥有心仪女子。

395—397　笠女郎，赠大伴宿祢家持歌三首

395　　托马野[③]上生紫草[④]，可染衣衫。

---

① 十六夜月：比喻深闺佳人。十六夜月比十五夜月稍晚升空，显得有些踌躇。
② 余明军：百济王族血统，大伴旅人手下的资人（即舍人，高官身边之随从、近侍）。
③ 托马野：指滋贺县坂田郡米原町一带。
④ 紫草：可作染料，其色高贵。

色彩高贵，举止非凡。

译者解说：

大伴家持身着紫色衣衫，更显高贵脱俗。笠女郎为地方贵族之女，见到少年家持后陷入单相思。吟出恋歌吐露深沉细腻之恋情，充满失望与自嘲。

《万叶集的歌人们》（犬养孝著）：“笠女郎，传记未详，也许是万叶时代第三期歌人笠金村之女，或笠朝臣麻吕之孙，其身世无人知晓。《万叶集》共收其作品29首，皆为赠大伴家持的恋歌。”

396 陆奥国兮，真野茅原①。君之面影，梦中可见。

397 深山岩下，菅草扎根。永结同心，岂能忘君。

398—399 藤原朝臣八束②，梅花歌二首

398 妹家梅花放，待到梅子黄③。
与妹结同心，恩爱岁月长。

399 梅花开满枝，待到梅熟时。
阿妹如有意，相悦结连理。

广冈义隆：万叶和歌常用比喻（直喻、隐喻、暗喻、讽喻等）。此

① 真野茅原：今福岛县太平洋岸边相马郡鹿岛町一带原野。
② 藤原朝臣八束：藤原房前之子，历任治部卿、参议、大宰帅等职，天平神护二年（766年）薨，52岁。为人度量宏大，不谋私利，威望颇高，与大伴家持交往密切。
③ 梅子黄：比喻少女成熟而有魅力。

歌中的“梅花”暗喻“阿妹”，这样的例子比比皆是。

400　大伴宿祢骏河麻吕[1]，梅花歌一首

人言梅花开又落，天地竞物华。
枝头作标识，落花可是意中花。

401　大伴坂上郎女，宴请亲族之日，口吟歌一首

恕我不知情，枝头挂标绳[2]。
自有守山人，羞愧心难宁。

译者解说：

以山喻女性，守山人喻其配偶。作者不知对方已有配偶，寄予热切希望。大伴坂上郎女想将次女二娘许配同族的骏河麻吕，却不知对方已经有心上人。坂上郎女十分失望。她在宴请亲族时将此事公布于众，并戏作一首自嘲歌。

402　大伴宿祢骏河麻吕，即兴相和歌一首

不知早有守山者，
妹子亲手挂标绳，
解开标绳倩何人？

---

① 大伴宿祢骏河麻吕：越前守，天平宝字元年（757年），因橘奈良麻吕之变（见编号4487作品译者解说）受牵连，后获赦免，任出云守、肥后守。宝龟元年（770年）向天皇献白龟，升陆奥按察使兼镇守将军，征讨虾夷，升正四品上，宝龟五年（774年）薨。

② 标绳：在山林中系上绳索作为标记，表示此山林属于自己所有。

403 大伴宿祢家持，赠坂上家大娘①歌一首

相思凭谁诉，何时见佳人。
无计捧美玉，朝暮不离分。

译者解说：

15 岁的家持与未成年的表妹大伴大娘订婚，无法立刻成婚。

404 某娘子②，回③佐伯宿祢赤麻吕④赠歌一首

春日野上无神社，容我在此种粟子。

译者解说：

作者认为，春日野尚无建于天平胜宝年间（749—757）的春日神社，无神灵占有，便向佐伯赤麻吕表白，如果你尚无妻室，那我就以身相许吧。“粟”（あは）与“逢はむ”（あはむ，盼望相逢）谐音。

405 佐伯宿祢赤麻吕，再赠歌一首

此处可种粟，此处可猎鹿，
无奈有神社，怅恨独踟蹰。

译者解说：

男方回答说，此处曾有原始神社，早于春日神社。

---

① 大娘：长女，大女儿。
② 某娘子：身份较低，或无姓氏。
③ 回：此前当有佐伯赤麻吕赠歌，然后才有答歌。
④ 佐伯宿祢赤麻吕：传不详。佐伯氏与大伴氏关系密切，神话说双方先祖曾伴随天孙降临。

406 某娘子，再回赠歌一首

此非妾家社，何须怀怨恨。
郎君自当祭氏神①。

407 大伴宿祢骏河麻吕，向坂上家二娘求婚歌一首

霞飘春日里，水葱色青青，
绿苗何高挑，有女初长成。

408 大伴宿祢家持，再赠坂上家大娘歌一首

卿是抚子花②，朝朝欲采撷。
情深难释手，恋情不衰竭。

409 大伴宿祢骏河麻吕，歌一首

一日相思，如浪千重。佳人③如玉，难握掌中。

410 大伴坂上郎女，橘歌一首

橘花④种庭院，呵护情何痴。
坐立皆难安，只恐后悔迟。

---

① 氏神：某一氏族供奉的先祖神灵。
② 抚子花：比喻美丽贤惠的女性，我国叫“石竹花”或“瞿麦花”，原产欧洲南部的石竹叫“康乃馨”。
③ 佳人：指大伴坂上二娘。
④ 橘花：观赏植物，原产日本，农历五月梅雨季节开白色小花，香气馥郁，为相思之人增添惆怅。橘花果实较小且有酸味，无法食用。

译者解说：

种橘树比喻养育爱女，生怕女儿出嫁所托非人，不论如何悔恨，都将为时已晚。

411　某人相和歌一首

府上种橘花，佳人在咫尺。
倾注心血多，哪能不结实。

译者解说：

作者不明，可能是大伴骏河麻吕的相和歌。

412　市原王①，歌一首

美人发髻上，明珠仅一颗。
我亦无二心，只与卿相和。

译者解说：

将所爱女子比喻为佛经中转轮王头上独一无二的明珠。

413　大网公人主②，宴吟歌一首

须磨③渔夫煮海盐，藤衣④粗糙不贴身。

---

① 市原王：志贵皇子之曾孙，安贵王之子。曾任备中守、营造东大寺长官等职。
② 大网公人主：传不详。“公”，姓氏之一，主要用于地方上的皇族分支家族。
③ 须磨：今神户市须磨区海滨。
④ 藤衣：藤布粗衣。将藤蔓捣碎去皮，用碱水熬煮，漂洗干净，晒干揉搓，纺线织成藤布。藤布与麻布都是庶民的衣料。

414　大伴宿祢家持，歌一首

山岩何坚硬，难拔菅草根。
佳人难亲近，相约盼佳音。

译者解说：

用山岩坚硬、菅草难拔，比喻恋情遇上障碍，双方约定，共同等待成婚之日。

挽　歌

415　上宫圣德皇子[1]，出游竹原井[2]时，见龙田山尸骸，悲伤作御歌一首，作于居小垦田宫治理天下的丰御食炊屋姬天皇朝代。讳额田，谥推古。

在家当枕玉臂眠，蔓草荒烟卧孤魂。

译者解说：

圣德太子见死者卧于荒草，不禁动了悲悯之心。

---

① 圣德太子（574—622）：用明天皇第二皇子，其姑母推古天皇是日本史上第一位女天皇，任命圣德太子为摄政大臣，公元 603 年制定日本最早官制《冠位十二阶》，翌年制定最早的宪法《宪法十七条》，规定“和为贵”，主张“神道”“儒学”“佛教”融合。圣德太子组织人员编撰国史，积极吸收中国文化，公元 607 年派遣小野妹子使隋。

② 竹原井：位于今大阪府柏原市高井田一带。此处有竹原行宫，元正、圣武、孝谦天皇曾在此驻跸。

池田弥三郎：当时民俗，路见死者，须献花安慰亡魂，诵和歌消除污秽，祝福死者复活。

416　大津皇子被赐死之时，于磐余池堤上流泪作歌一首

磐余池①上鸣野鸭，今日幽魂赴云端。

原编者注：

此歌作于藤原宫朱鸟元年（686年）冬十月。

《日本书纪》：妃皇女山边，被发徒跣，奔赴殉焉。见者皆唏嘘。

《怀风藻》：大津皇子临刑前所作五言汉诗：

金乌②临西舍③，鼓声催短命。
泉路④无宾主，此夕谁家向？

译者解说：

大津皇子临刑前，望深秋池上鸣叫的野鸭，咏出此歌。七世纪，中国的"黄泉"与佛经的"地狱"思想都在日本广为流传。大津皇子不用这两个词语，却用"幽魂赴云端"表明死后去处。《古事记》神话说，人的灵魂是白色的，人死之后会像《古事记》

---

① 磐余池：刑场设在香具山北侧，矶城郡磐余池边。地名"磐余"在《古事记》《日本书纪》中多次出现，此水池今不存。
② 金乌：中国古代神话中指太阳。
③ 西舍：西边房舍，这里指西方。夕阳西下，行刑时间已到。
④ 泉路：黄泉路。

神话人物“日本武尊”一样，化作天鹅飞上云霄。

417—419 河内王[①]葬于丰前国镜山[②]时，手持女王[③]作歌三首

417 河内王，可称心？曾在镜山选陵寝。

418 镜山闭岩户[④]，孤魂隐窟内。
苦候几多年，不见郎君归。

泽泻久孝：上代墓门为石制，有羡道通墓中央安放棺木之玄室。

419 愿得无穷力，双手劈岩户。
可怜女流辈，相见苦无术。

420—422 石田王[⑤]卒时，丹生王[⑥]作长歌并短歌

420 竹枝摇，红颜美少年。
石田王，归葬泊濑山。
使者来，突然噩耗传。
难置信，疑是虚妄言。

---

① 河内王：持统三年（689年）任大宰帅，持统八年（794年）去世于九州。
② 丰前国：福冈县东部及大分县西北部一带。镜山，相传神功皇后祭祀天地神祇时，在此埋下一面铜镜，
③ 手持女王：可能是指河内王之妻。
④ 岩户：日本神话中天照大神的隐身处。此处指山岩陵墓入口。
⑤ 石田王：血统不详。《药师寺缘起》载：石田王为忍壁皇子之子，山前王之弟。
⑥ 丹生王：传不详，可能是指丹生女王。

不可信，耳闻无凭据，
不可信，使者出狂言？
叹悔恨，长留天地间。
云漫漫，刹那弥长天。
望天际，无处不暗淡。
依杖行，步履已蹒跚。
求占卜，八方皆走遍。
夕衢占①，吾王仍健在，
石占卜②，吾王留世间。
长低垂，竹玉一串串。
木棉襷，恭敬戴手腕，
置斋瓮，紧靠衾枕边。
天之原，佐佐罗小野③，
双手采，七节菅草④鲜。
行祓禊，愿上高天原，
捧祭品，供奉高山岩。

421 **反歌**

狂言妄语不可信，吾王长眠高山岩。

422 石上⑤布留山⑥，苍苍杉树林。
杉者人去也⑦，逝者非吾君。

---

① 夕衢占：黄昏时到巷口听路人言语来进行占卜。
② 石占卜：抛石子或踢石子进行占卜。
③ 佐佐罗小野：传说中高天原上的原野。
④ 七节菅草：举行祓禊仪式使用的菅草。
⑤ 石上：奈良县天理市石上神宫一带。
⑥ 布留山：石上布留町的山地。
⑦ 杉者人去也：“杉”与“逝”同音（すぎ）。

423 同是石田王卒时，山前王[1]哀伤作长歌一首

往来不知路远近，朝朝君行磐余道[2]。
缓缓步行思绪远，五月橘花暗香飘。
菖蒲花开杜鹃鸣，花如珠玉插发梢[3]。
九月冷雨摘黄叶，装饰黑发别样俏。
寿命本如葛蔓长，延续万代永不凋。
大船巍巍水上行，安稳不惧风浪高。
明日将踏黄泉路，苦盼重逢音信杳。

原编者注：

以上一首，或云为柿本朝臣人麻吕所作。

424—425 某古本反歌二首

424　泊濑少女，手中珠玉。晴天霹雳，散乱落地。

425　泊濑夜寒，河风凄凄。不见吾王，唯闻叹息。

原编者注：

以上两首，或云为纪皇女（石田王之妻）薨时，山前王代石田王作歌。

译者解说：

第一首，“珠玉”与“魂魄”同音（たま），珠玉散落即魂飞魄散。第二首写河滩风寒，不见吾王踽踽独行，唯闻其叹息。

---

① 山前王：忍壁皇子之子，石田王之兄长。
② 磐余道：石田王府邸在磐余，其恋人住在泊濑，他常往返于两地之间。
③ 花如珠玉插发梢：摄取植物生命精华的咒术。

426 柿本朝臣人麻吕，见香具山尸骸，悲恸作歌一首

谁家夫君枕荒草，
羁旅长眠忘家山，
亲人正苦盼。

译者解说：

和铜五年（712年）正月诏命：闻说诸国役夫归乡之时，所携粮食耗尽，饿死途中者不在少数。敕令国司增拨经费，如有死者，应将尸骸埋葬，登记其氏名并通告原籍。人麻吕于香具山附近，见死亡役夫作此歌。

427 田口广麻吕①死亡之时，刑部垂麻吕②作歌一首

坡道弯弯通黄泉③，
币帛供奉神灵前，
愿与死者见一面。

428 土形娘子④火葬⑤于泊濑山时，柿本朝臣人麻吕作歌一首

泊濑山谷，白云飘飘。久久不散，青烟袅袅。

---

① 田口广麻吕：大概指从五品下田口朝臣广麻吕。
② 刑部垂麻吕：传不详。
③ 坡道弯弯通黄泉：原文为“八十隈坂”，翻越死亡之山，通往黄泉国的坡道。
④ 土形娘子：传不详。土形氏为大山守命（仁德天皇之异母弟）子孙，因谋反而被仁德天皇所灭。
⑤ 火葬：来自朝鲜半岛移民早有火葬风习。认为溺水者遗体污秽，须火葬。

429—430 出云娘子溺水而死，火葬于吉野，柿本朝臣人麻吕作歌二首

429　出云娘子化冷雾，吉野山边久徘徊。

广冈义隆：以上两首将火葬时冒出的青烟比喻为“白云”“轻雾”。

430　吉野川上飘秀发，出云娘子水中央。

伊藤博：出云娘子身为采女，恐因私情暴露而投水自尽。

431—433 过葛饰真间娘子[①]墓时，山部宿祢赤人，作长歌并短歌二首

431　古代往事何久远，倭纹织带[②]缠腰间。
卿解腰带互交换，伉俪深情重如山。
盖起小屋作新房，求得娇娘来相伴。
葛饰真间手儿奈[③]，孤坟一座留世间。
今日树叶更茂密，松根盘结传千年。
唯有真间手儿奈，永志不忘记心田。

反歌

432　真间娘子墓何处，待我广告世人知。

---

① 真间娘子：生活在千叶县市川市的女性。
② 倭纹织带：一种机织腰带，上面织有文字作为图案。
③ 手儿奈：真间娘子之名。“手儿”意为勤劳，“奈”即美少女，她可能是官府征调的纺织能手。

433　　真间河口处，娘子割水草。
心念娘子名，水草随波摇。

译者解说：

《万叶集》中真间娘子故事反复出现，由多人吟咏。见编号1803作品译者解说。

434—437　和铜四年（711年）辛亥，河边宫人[①]于姬岛[②]松原见美人尸骸，哀恸作歌四首

434　　疾风掠过美保滩[③]，
滩头盛开白杜鹃，
见死者，心难安。

435　　久米王孙来此地，
轻抚礁边青青草，
可怜今日已枯槁。

436　人言可畏，天涯难逢。美玉在掌，相思情浓。

译者解说：

希望恋人化作美玉，可握于掌中。

437　　惊涛拍岸清见川[④]，河岸崩塌[⑤]莫悔恨，

---

① 河边宫人：传不详。
② 姬岛：美保滩姬岛，具体地点不明。
③ 美保滩：和歌山县日高郡美滨町三尾海岸。美人投水自尽，化作白杜鹃。
④ 清见川：指流经明日香的飞鸟川，比喻纯真感情。
⑤ 河岸崩塌：比喻流言蜚语来势汹汹。

原编者注：

以上四首，作歌年代、场所，作者之名一应俱全。但此歌疑有谬误，难下判断，姑且按顺序抄录于此。

438—440 神龟五年（728年）戊辰，大宰帅大伴卿，思恋故人歌三首

438　爱妻常枕吾臂眠，往后臂上眠何人？

原编者注：

以上一首，死别后经数旬作歌。

439　待到归京还旧都，吾枕何人手臂眠？

440　京城旧宅已荒凉，
哪堪独寐对空床，
远胜羁旅独悲伤。

原编者注：

以上两首，归京之时作。

441 神龟六年（729年），左大臣长屋王被赐死后，仓桥部女王[①]作歌一首

拜领君命非大限[②]，叹君魂魄隐云端。

---

① 仓桥部女王：传不详，恐为编号1613作品原编者提到的作者椋桥部女王。"倉橋"与"椋橋"同音（くらはし）。

② 非大限：仓桥部女王认为他罪不当死。

442 为膳部王[①]悲伤，歌一首

世上万物皆虚妄，明月当空有盈亏。

原编者注：

以上一首，作者不明。

443—445 天平元年（729 年）己巳，摄津国之班田史生[②]丈部[③]，龙麻吕自缢身亡时，判官[④]大伴宿祢三中[⑤]作长歌并短歌二首

443

天云低垂，佑我家邦。
守卫皇宫，英姿飒爽。
天皇近侍，先祖荣光。
临行之日，拜别高堂。
父母妻儿，听我衷肠。
神圣斋瓮，慈母安放。
一手木棉，一手和妙[⑥]，
无灾无病，日日健康。
天地神明，庇护儿郎。
何年何月，平安返乡。
面如杜鹃花盛开，

---

① 膳部王：长屋王之长子。长屋王自尽后，其妃吉备内亲王（草壁皇子之女）与四个儿子皆殉死。
② 班田史生：班田使，班田收授时负责班田测量、制作地图、登记收授人员、管理账目等，任务繁重。
③ 丈部：丈部氏世代担任皇宫警卫。
④ 判官：对三等官吏的一般称呼。
⑤ 大伴宿祢三中：家世系谱不详，天平八年（748 年）起，曾任遣新罗副使、兵部少辅、长门守等职。
⑥ 和妙，精美柔软的一种细布，多用于祭祀神灵。

身似鸊鹈[1]越海洋。
慈母坐卧皆不安，
久别日日盼儿郎。
壮士奔赴难波国，
新年之际亦奔忙。
无暇来更衣，日夜皆繁忙。
儿郎正当年，命如露与霜。
痛惜辞人世，可怜空望乡。

反歌

444 昨日见君安无恙，
谁料今日把命丧，
袅袅云烟滨松上。

445 妻盼良人早还家，突闻噩耗哭天崖。

446—450 天平二年（730 年）庚午，冬十二月，大宰帅大伴卿，上京途中咏歌五首

446 当年吾妻[2]过鞆浦[3]，杜松苍翠人已亡。

译者解说：

公元 727 年，旅人偕妻儿赴九州上任时曾路过此处，第二年妻

---

① 鸊鹈（pì tí）：水鸟的一种，体肥稍圆，大如小鸭。善潜水，翼小，拙于飞翔，只能勉强贴着水面低飞。多以此比喻不畏艰辛地追求亲情人伦、爱情、忠心等坚毅决心。但《万叶集》中用以形容男女约会之艰难，难慰相思之苦的和歌居多。

② 吾妻：指旅人正妻大伴郎女。

③ 鞆浦：今广岛县福山市鞆町海滨一带。

子撇手人寰。天平二年（730 年）旅人任满回京再次路过鞆浦海滨。严冬时节，杜松依然苍翠挺拔。

447　　又见礁上杜松在，渺渺芳魂眼前来。

448　　杜松盘根礁石上，借问爱妻在何方。

449　　当年遥望敏马崎，今日独见泪盈眶。

450　　夫妻同望礁石在，独过此地何伤怀。

原编者注：

以上两首，过敏马崎之日所作。

451—453　还乡归家，即作歌三首

451　　人去屋空怎奈何，远胜荒郊更凄凉。

452　　往昔夫妻造庭院，树木参天成栋梁。

453　　爱妻植梅花已发，睹树思人泪两行。

454—459　天平三年（731 年）辛未秋七月，大纳言大伴卿薨时，歌六首

454　　倾心仰慕，高贵无限。从昨至今，犹闻召唤。

455　　命该如此岂可逆，胡枝花事卿问讯。

456　　追念逝者叹无计，苇荡朝夕闻鹤泣。

457　　长怀报国凌云志，一朝离世万事空。

458　　绕棺匍匐如稚子，椎心泣血日月昏。

原编者注：

以上五首，资人①余明军，不胜犬马之慕，心中感绪作歌。

译者解说：

公元 731 年 7 月 25 日，大伴旅人薨。

459　　与君相交愈亲近，黄叶凋落空伤悲。

原编者注：

以上一首，圣武天皇遣内礼正之县犬养宿祢人上②担任大伴旅人卿治疗监护。但药石无效，去如流水，不可挽留。于是县犬养宿祢人上吟出此歌。

460—461　天平七年（735 年）乙亥，大伴坂上郎女，悲叹尼僧理愿死去作长歌一首并短歌

460　　辞别新罗国，来此好家邦。
虽无亲骨肉，治国有天皇。
条坊井然奈良京，
深感此处即故乡。

---

① 资人：朝廷根据贵族的官阶地位赐予舍人资格，可担任宫中庶务或警卫。
② 内礼正之县犬养宿祢人上：内礼正，内礼司长官，传不详。

尼僧何所思，尼僧何所想。
佐保本是无缘地，
此处安居度时光。
尼僧仰慕好山川，
山麓破土建新房。
寒暑数十载，悠悠岁月长。
生死有命数，何人能抵抗。
命妇出远门，不在君身旁。
早渡佐保川①，春日②放眼望。
朝向山边去，夕暮从天降。
孤魂夕照暗，缥缈在何方。
手足皆无措，丧服披身上。
双袖泪不干，声声叹息长。
泪水化白云，有间山③顶上。
浓云化骤雨，倾盆从天降。

461　**反歌**

天寿注定，不可久留。今日出门，隐藏云后。

原编者注：

尼僧理愿，新罗国人，名曰理愿也。远感天皇之德，归化圣朝。于时，寄居大纳言大将军大伴宿祢安麻吕④卿之府宅，既迳数纪焉。惟以天平七年乙亥，忽沉重病，奔赴黄泉之路。当时，大伴

---

① 朝渡佐保川：送葬队列清早渡过佐保川。
② 春日：指春日野，见编号 372 作品注释。
③ 有间山：位于今兵库县神户市北区有马温泉一带。
④ 大伴宿祢安麻吕：大伴旅人之父。壬申之乱时，屡建战功，大宝元年（701 年）晋升从三品，历任式部卿、兵部卿、参议等职。和铜七年（714 年）薨，追赠从二品。

家女主人石川命妇身患疾病，前往有间温泉疗养，错过此次葬礼。但郎女独留，葬送尸柩既讫，仍作此歌，送往温泉。

462 天平十一年（739年）乙卯夏六月，大伴宿祢家持，悲其亡妾[1]，作歌一首

从此秋风日渐冷，独寐难耐暗夜长。

译者解说：

以“妾”称呼死者，是因顾忌后来之正妻坂上家大娘。

463 弟大伴书持即相和歌一首

君言独眠秋夜永，心中浮现黄泉人。

464 另，家持见檐下石阶边抚子花，作歌一首

秋来见花应念我，亲种抚子定吐芳。

译者解说：

亡妾亲手种抚子花于庭院，预感自己大限将至，留下遗言。

465 七月之后，家持悲叹秋风，作歌一首

人世本无常，早知有此理。
泫然念亡妻，秋日寒风起。

---

① 亡妾：家持时年22岁，妾亡于数月前，各种史料中，有关其妾身世皆语焉不详。

466—469　家持再作长歌并短歌三首

466　我家庭院花正开，赏花难遣心悲怆。
爱妻生前常相伴，形影不离如鸳鸯。
欲折花枝赠佳偶，露水消散失芳香。
芳魂一去何渺渺，山路九曲隐夕阳。
心生悲苦恨无语，教我何处觅辞章。
束手无策叹命穷，人间万事本无常。

反歌

467　死期何日来，寿命无定数。
吾儿尚年幼，妻亡留遗孤。

468　漫漫泉路上，凄切怜孤魂。
早该建关隘，拦下辞世人。

译者解说：

遗孤，指家持之子大伴永主兄妹。家持后悔未曾在泉路上建起关隘，拦住亡妻灵魂的去路。

469　庭中花正开，吾妻曾流连。
时光逝无情，双袖尚未干。

470—474　大伴家持，悲绪难息，再作歌五首

470　天难遂人意，夫妻曾许愿。
相濡以沫人，执手度千年。

471 芳魂离家去，归隐藏何处。
吾亦失魂魄，挥泪葬山坞。

472 人世正如此，早知本无常。
一朝辞亲人，依旧痛断肠。

473 叆叇霞满天，缭绕佐保山。
每日抬望眼，无语泪涟涟。

474 常见佐保山，与我本无缘。
山间添新坟，从此生爱怜。

475—480 天平十六年（744 年）甲申春二月，安积皇子① 薨时，内舍人大伴宿祢家持作歌六首

475 心怀忌惮，不敢妄言。
吾之大君，皇子尊严。
御宇万代，君临山川。
帝京恭仁②，春光灿烂。
香鱼跃河，山花烂漫。
正当盛世，生机盎然。
白衣舍人，突现眼前。
身披丧服，奉命来传。
噩耗惑众，人心扰乱。

---

① 安积皇子：圣武天皇之子，皇储，天平十六年（744 年）闰一月十一日，随父皇行幸难波时突发脚疾，由河内樱井之行宫返回恭仁京，两天后去世，年仅 17 岁，有人说他是被藤原仲麻吕毒死。

② 帝京恭仁：恭仁京，位于京都府相乐郡。

灵柩轿舆，一路上山。
和束山[①]高，皇子升天。
不知所措，泪湿衣衫。

反歌

476 皇子升天未曾料，举目唯见和束山。

477 满山光灿灿，百花开千丛。
无常芳菲落，皇子隐云中。

原编者注：

以上三首，作于二月三日。

478 心怀忌惮，不敢妄言。
吾之大君，皇子尊严。
部族勇士，召集麾前。
率领部下，狩猎荒原。
踏平草丛觅野猪，
拨开树枝麋鹿现。
惊起野雉与鹌鹑，
勒住快马莫扬鞭。
活道山[②]下心舒坦。
密林深处百花残。
世上万物皆如此，

---

① 和束山：位于京都府相乐郡和束，恭仁京遗址东北方 5 公里处。
② 活道山：恭仁京附近之山。

诸行无常刹那间。
勇士之心正亢奋，
长剑大刀挂腰间。
手持梓弓背箭囊，
举目远望天地宽。
皇子威力万代传。
呜呼！
皇子宫中众舍人，
白衣素缟泪涟涟。
满面笑容难寻觅，
优雅举止无处见。
天地变容，日色惨淡，
见者唏嘘，悲满胸间。

479 皇子常行活道路[1]，谁知今日荒草漫。

480 大伴家族，代代武威。皇子已薨，弓箭护谁？

原编者注：

以上三首，作于三月二十四日（阳历五月十四日）。

481—483 高桥朝臣[2]，悲妻之死，作长歌并短歌

481 铺展衣袖[3]，相拥而眠。

---

① 活道路：通往活道山之路。
② 高桥朝臣：名不详。
③ 铺展衣袖：见编号195作品中“衣袖同寝”的注释。

黑发如云，披散枕边。
相伴白头，伉俪誓言。
长命不绝，恩爱不断。
谁料爱妻突撒手，
生死殊途实可叹。
高挥玉臂，身赴黄泉。
朝雾朦胧，飘离家园。
幼子啼哭，肝肠痛断。
山城国、相乐山①，
倩影消失，刹那之间。
手足无措，坐立不安。
香闺空空，孤寂难遣。
朝出四处觅芳魂，
暮进内室空嗟叹。
怀抱幼子，泪水涟涟。
幼儿在背，正把娘唤。
嘤嘤啜泣，晨鸟喧喧。
芳魂隐何处，眼前唯青山②。

译者解说：

高桥朝臣之妻死于此地，火化后归葬深山。

反歌

482　浩叹无常，生死茫然。相乐无缘，梦绕魂牵。

---

① 山城国、相乐山：均为地名，位于京都府相乐郡。
② 青山：时人相信，死者灵魂隐藏于深山密林。

483　朝闻啼鸟嘤嘤泣，从此爱妻难见面。

原编者注：

以上三首，乃天平十六年（744 年）七月二十日，高桥朝臣作歌也。其名不详，人称奉膳男子（内膳司长官）。

岩波本《万叶集》注：本组挽歌模仿柿本人麻吕悼念亡妻挽歌（编号 207—216）而作。

卷　四

本卷收入和歌309首，皆为相闻歌。前半部分继承卷二的古歌传统，后半部分以大伴坂上郎女、大伴家持的作品为主，大伴家族的作品逐渐增多。在相闻歌中，笠女郎对大伴家持的单相思之歌最为情真意切，感人肺腑。

卷四目录

相闻歌

相闻歌

484　难波天皇[①]之妹，献居大和之皇兄[②]御歌一首

一日等待当乐事，终年苦候摧心肝。

485—487　冈本天皇[③]，御制长歌并短歌二首

485　神代伊始，代代繁衍。
人丁兴旺，国无闲田。
人如鸭群，通衢之间。
恋心已动，不见君颜。
白昼将尽，暮色苍然。
难见曙色，永夜漫漫。
日夜悲苦，不得安眠。
相思难耐，愁绪万千。

反歌

486　山边成群味鸭[④]舞，喧闹飞去君难见。

---

① 难波天皇：居难波宫的第16代仁德天皇，其妹指八田皇女。
② 皇兄：指隼别皇子。
③ 冈本天皇、舒明天皇、齐明天皇，先后居飞鸟冈本宫。称恋人为“君”，作者当为女性，即齐明天皇。
④ 味鸭：见编号260作品注释。行人熙熙攘攘，如成群味鸭，却不见恋人身影。

487 近江路上鸟笼山[①]，不知哉川[②]苦相恋。

译者解说：

第31代用明天皇之孙高向王是齐明天皇最初的恋人，她后来却嫁给了敏达天皇之孙田村皇子（后来的舒明天皇），生天智天皇、天武天皇等。

488 额田王，思念近江天皇（天智天皇）作歌一首

独坐苦相候，妾心情意浓。
唯见珠帘动，瑟瑟起秋风。

译者解说：

此歌模仿我国六朝闺怨诗："夜相思，风吹窗帘动，言是所欢来。"（《清商曲辞·吴声歌》）额田王有过三次婚姻，始终感情充沛。

489 镜王女[③]歌一首

最羡秋风，心无孤寂。来去有信，何须叹息。

原编者注：

夫藤原镰足薨后，镜王女作此歌，似与前首额田王作歌相唱和。

---

① 鸟笼山：今滋贺县彦根市正法寺山。
② 不知哉川："大堀川"，暗喻尚未意识到已身陷单相思，对方不理解自己的痴心。
③ 镜王女：额田王之姐，天智天皇之妻，再嫁藤原镰足，生藤原不比等。

490—491 吹芡刀自[①]，歌二首

490 我来真野浦[②]，板桥[③]铺水淀。
相思情不绝，阿妹梦中见。

491 盼君随时来相见，青青水藻满河滩。

492—495 田部忌寸栎子[④]，赴任大宰府时，歌四首

492 娇儿哭泣，牵我衣袖。悲切离家，片刻难留。
——舍人吉年[⑤]

493 无奈抛妻离家乡，长发披散叹夜长。
——田部忌寸栎子

494 日夜恋情苦郁积，如今最恨牵线人。

495 东山曙光对残月，伊人相隔一重山。

496—499 柿本朝臣人麻吕，歌四首

496 熊野浦[⑥]上文殊兰，
心有百结苦思念，

① 吹芡刀自：传不详，随十市皇女参拜伊势神宫。
② 真野浦：今神户市长田区真野町一带。
③ 板桥：用木板铺成的简易木桥。
④ 田部忌寸栎子：传不详，活跃于天智、天武朝。
⑤ 舍人吉年：来自舍人氏族的女官，天智天皇殡葬时曾吟唱挽歌。
⑥ 熊野浦：位于今和歌山县牟娄郡。

奈何不相见。

译者解说：

“文殊兰”原文“浜木綿”，《万叶集》咏唱该植物的作品仅此一首。纪伊半岛三重县与和歌山县的“文殊兰”最美，夏天开花，每朵花有二三十条细长的洁白花瓣。原歌中的“百重なす心は”，意译为“心有百结”。参看编号207作品译者解说。

497　古人亦受相思苦，遥想闺中夜不眠。

498　痴情岂在当世人，悲苦恋情代代传。

499　愿君百度来相会，最盼信使到眼前。

500　棋檀越[①]赴伊势国时，妻留家中作歌一首

伊势神风滨荻[②]伏，郎枕荒草在海滩。

501—503　柿本朝臣人麻吕，歌三首

501　少女[③]翩翩挥衣袖，
神垣[④]布留山[⑤]，
仰慕已多年。

---

① 棋檀越：棋氏的一位施主。
② 滨荻：海滨秋荻。
③ 少女：石上神宫的迎神舞姬（巫女）。
④ 神垣：也叫“神篱”，用常绿树围起神宫。
⑤ 布留山：位于奈良县天理市东边山地上。

502 奔走夏野上，雄鹿犄角短[1]。
顷刻不敢忘，阿妹在心间。

503 人声嘈杂，声渐沉寂。玉衣叮当，无言别妻。

小学馆版《万叶集》注：玉衣可能是用珍珠、玉管、琉璃珠等装饰的衣物。

中西进：玉衣即华美锦衣、绢衣。

池田弥三郎：出门时身着玉衣，是祈祷旅途平安的咒术。

504 柿本朝臣人麻吕之妻，歌一首

同行住坂[2]路，我来君家住。
今生永不忘，从此同甘苦。

505—506 安倍女郎，歌二首

505 如今何事多烦恼，只为心中恋慕情。

506 君莫烦恼，岂怕风波。妾心不惧，赴汤蹈火。

---

① 犄角短：春天雄鹿长出新角，到初夏时节还很短，比喻顷刻之间。
② 住坂：位于奈良县宇陀郡榛原町荻原之西，人麻吕访妻的必经之路。按访妻婚习俗，男方应前往女方家幽会，本歌有“我来君家住”，十分罕见。

507 骏河采女，歌一首

泪落枕湿透，人随水漂流，
恋情不绝绕心头。

508 三方沙弥[①]，歌一首

去留皆无奈，今宵离别后。
两情苦不堪，从此难聚首。

509—510 丹比真人笠麻吕，下筑紫国时作长歌并短歌

509 宫中女官对妆奁，菱花宝镜照红颜。
宝镜明洁生光彩，三津[②]之滨起宫殿。
不解爱妻红衣带[③]，海岸荒凉吾独眠。
心怀恋慕情依依，朝雾迷蒙满海滩。
晨雾传来孤鹤唳，声声如泣响天边。
心中恋情千千结，能有几分可言传。
伫立远眺无限情，心绪难平望家山。
葛城山上罩白云，隐隐绰绰何所见。
凌空飞过淡路岛[④]，直向筑紫云漫漫。
清晨回首望粟岛，风平浪静海潋滟。
黄昏时分何所闻，水夫摇橹齐声喊。

---

① 三方沙弥：传不详，半僧半俗。
② 三津：与“照看”（見つ）读音相同（みつ），由“对镜”引出“三津海岸”。头两句为全歌序词。
③ 红衣带：妻子为我系好红衣带，漂泊中绝不为别的女人解开。
④ 淡路岛、粟岛：均在濑户内海之上。

桨声櫓声传远近，划破波涛直向前。
一路直到印南浦，竭力驶过岩石间。
船如水鸟海面漂，家岛礁石指青天。
勿告藻[1]名谁人起，波上海藻随浪翻。
默默无语别闺中，孤身漂泊三津岸。

510 反歌

夫妻解衣袖[2]，屈指盼归期。
筑紫路途遥，漂泊剩几日？

511 持统天皇行幸伊势国[3]时，当麻麻吕[4]大夫之妻，作歌一首

夫君漂泊在何处，今日翻越名张山[5]？

512 草娘[6]，歌一首

秋日割稻身靠近，闲言碎语起纷纭。

译者解说：

稻穗摇曳，相互接触，比喻恋人相亲相近。

---

① 勿告藻："名乘藻"，女性不可轻易将自己姓名告诉别人。
② 解衣袖：睡觉时将宽大的衣袖当做铺盖。
③ 行幸伊势国：持统六年（692 年）。
④ 当麻麻吕：当麻真人麻吕，"真人"为姓，"当麻氏"，用明天皇皇子麻吕古王之子孙。
⑤ 名张山：位于三重县名张市，伊势国与大和国交界处。
⑥ 草娘：传不详，舒明天皇之妃。

513 志贵皇子，御歌一首

大原市柴原[①]，何日与卿逢。
惊喜从天降，今夜鱼水情。

514 阿倍女郎歌一首

郎君身上衣，临行密密缝。
针脚紧相连，针针是妾心。

515 中臣朝臣东人[②]，赠阿倍女郎歌一首

独眠衣带断，恐为不祥兆。
刹那方寸乱，呜咽伴通宵。

516 阿倍女郎，答歌一首

妾缝衣带时，当搓三股线。
不料未缀牢，无奈留遗憾。

---

① 大原：位于明日香村一带。“市柴原”读音“いつしばはら”，引出“何日（いつ）”。
② 中臣朝臣东人：中臣宅守之父，历任式部少辅、兵部大辅、刑部卿等职。

517 大纳言兼大将军大伴卿[①]，歌一首

手碰神木[②]尚无碍，他人之妻[③]不可触。

518 石川郎女歌一首（即佐保大伴家之女主人）

春日野[④]，走山边，
幽会何惧夜色暗，
君之身影何时现。

519 大伴郎女[⑤]，歌一首（今城王之母也，今城王后赐姓大原真人氏）

借口苦雨久不来，昨夜归途遭雨淋。

520 后人[⑥]追和歌一首

但愿降雨不停息，与君居家度一日。

---

① 大伴卿：大伴宿祢安麻吕。
② 神木：有神灵依附，不可冒犯。
③ 他人之妻：侵犯他人之妻为大忌，比冒犯神木更可怕。
④ 春日野：见编号 372 作品注释。
⑤ 大伴郎女：大伴安麻吕与石川郎女之女，贵为王妃，生今城王，改嫁大伴旅人，神龟五年（728 年）病死于九州。本歌感叹男友久未来访，昨夜幽会后，不巧归途遇雨。
⑥ 后人：指大伴家持。

521 藤原宇合大夫，转任进京时，常陆娘子[①]赠歌一首

庭中割麻织成布[②]，勿忘东国小娘子。

522—524 京职藤原大夫[③]，赠大伴郎女歌三首（卿之讳曰麻吕）

522 少女梳妆盒，玉栉藏其中。
自惭人渐老，久未与妹逢。

523 谁言能隐忍，倏忽又一年[④]。
不知何日起，相思摧心肝。

524 暖衾何柔软，裹身好睡眠。
只因妹不来，肌肤不胜寒。

525—528 大伴郎女，相和歌四首

525 清清佐保川[⑤]，盼君过河滩。
黑马踏碎石，夜夜来相见。

526 涟漪荡漾如恋情，千鸟啼鸣久徘徊。

---

① 常陆娘子：当地游女，自称东国小娘子。
② 割麻织成布：东歌中亦有纺织麻布的作品。
③ 京职藤原大夫：藤原朝臣麻吕，藤原宇合之弟。京职，管理京城的官吏，指京兆尹一职。养老五年（721 年），藤原朝臣麻吕兼任左右两京大夫，时年 27 岁，与大伴郎女年龄相仿。
④ 隐忍、倏忽，均为七夕之夜的感慨。
⑤ 佐保川：流经奈良市北部佐保，大伴家位于右岸。

527　　来是空言竟爽约，苦候通宵难入眠。

528　　佐保河口舞千鸟，卿踏板桥过清濑。

原编者注：

郎女者，佐保大纳言安麻吕卿之女也，嫁一品穗积皇子，备受宠爱。皇子亡后，藤原麻吕大夫迎娶郎女。家居坂上里，人称坂上郎女。

译者解说：

大伴坂上郎女最后嫁异母兄大伴宿奈麻吕，生大娘、二娘。在她的撮合下，家持与大娘成婚。公元 730 年夫亡后，坂上郎女随兄长旅人前往九州大宰府，担任主持家族祭祀的“家刀自”（掌门主妇），回京后亦主持家政。《万叶集》收其长歌、短歌共 80 余首。

此组歌作于坂上郎女与藤原麻吕相恋时代。藤原麻吕（695—737）是权臣藤原不比等之第四子，曾任左京大、右京大夫、参议等要职，擅长五言汉诗。天平九年（737 年）兄弟四人皆死于流行病天花。

藤原不比等（659—720），元明天皇与文武天皇时代的重臣，圣武天皇的光明皇后之父，制定《大宝律令》《养老律令》，模仿唐代长安与洛阳城市布局，定下平城京城市规划，奉旨铸造日本最初的铜钱“和铜开珎”（“珎”同“珍”），奠定日本律令制国家基础。

529　大伴坂上郎女，再作歌一首

此处莫砍柴，佐保岸高峻。
春来枝叶密，丛林会郎君。

530　圣武天皇赐海上女王[1]，御歌一首（天皇即位于宁乐宫）

赤驹跳跃过栅栏[2]，吾能跃入君心田。

原编者注：

今日思之，此歌为拟古之作也。与大君心情相符，便当场得此御赐歌。

译者解说：

此歌作于圣武天皇的皇太子时代。

531　海上女王奉上相和歌一首，志贵皇子之女也

夜半弹梓弓[3]，弦音远处鸣[4]。
喜闻君起驾，寒舍得行幸。

532—533　大伴宿奈麻吕宿祢[5]，歌二首

532　采女让人怜，不敢强挽留。
挥手翩然去，心中万千愁。

533　潮退难波滩，景色看不够。

---

① 海上女王：亦称海上王，志贵皇子之女。
② 赤驹：雄性枣红马。跳跃栅栏，比喻越过障碍，获得爱情。
③ 时人相信梓弓具有招神灵，驱恶魔的咒力，宫中卫士巡逻时拨响弓弦。
④ 弦音远处鸣：在远处就听到护卫的弦鸣。
⑤ 大伴宿奈麻吕宿祢：大纳言大伴安麻吕之第三子，旅人之弟。

岸边送行人①，几欲登行舟。

534—535 安贵王，作歌一首并短歌

534 一去天涯远，吾妻隔千山。
悠悠相思情，惴惴心不安。
苦苦望云外，遥遥寄悲叹。
愿化天上云，飘飘到家山。
愿随高飞鸟，展翅回故园。
久别得重逢，明日即相见。
恩爱诉不尽，伉俪皆康健。
念之心愈切，面影浮眼前。

535 **反歌**

何日枕玉臂，与卿同床眠。
山水阻归途，夫妻难相见。

原编者注：

以上和歌，为安贵王私会因幡国八上采女②后，万千思念，爱情甚笃。皇上敕命，定安贵王不敬之罪，遣送八上采女归乡。安贵王心痛悲伤，姑且作歌，以遣悲思。

---

① 送行人：养老三年（719年）作者任备后国（广岛县东部）地方官，送采女进宫时曾到港口送行。
② 八上采女：出身于因幡国（鸟取县东部）八上郡。

536　门部王[①]，恋歌一首

遥望饫宇海，潮退露浅滩[②]。
滩头单相思，独行路漫漫。

原编者注：

以上一首，为门部王任出云国守时，娶部内[③]娘子。不久，远道回京。数月后动情思念，作歌以赠娘子。

537—542　高田女王[④]，赠今城王[⑤]歌六首

537　莫道此情不消魂，一日不见难安神。

538　人言可畏意踌躇，并非贱妾有二心。

539　君言此情永不渝，不畏人言与君逢[⑥]。

540　最怕从此难相见，今朝离别更伤情。

541　世上流言不断绝，身赴黄泉亦相逢。

---

① 门部王：见编号 310 作品注释。
② 滩：原文“潟”读音为“かた”，由此联想到“片思い”（かたおもい，单相思）。
③ 部内：国守管辖范围内。
④ 高田女王：可能是长皇子曾孙，其父为高安王。
⑤ 今城王：大原真人今城，历任治部少辅、上野守、骏河守等职，与大伴家持关系密切。
⑥ 逢：在日本古典文学作品中表示男女幽会。

542 常来信使今不见，郎君踌躇心已凉？

543—545 神龟元年（724 年）甲子冬十月，圣武天皇行幸纪伊国时，笠朝臣金村赠从驾之人，佻娘子作长歌并短歌

笠朝臣金村[1]

543 天皇行幸，夫君随行。
文武百官，列队启程。
途经轻道举目望，
亩傍山边好风景。
足踏纪州道，翻越真土岭[2]。
风中黄叶正翻飞，
谁念奴家守空庭。
夫君旅途心舒坦，
不知闺中少妇情。
妾愿沿此行幸路，
亦步亦趋追一程。
几度欲上路，弱女不经风。
途中若有守关人，
盘问奴家何处去，
如何作答，心绪难宁。

---

① 笠朝臣金村：见编号 365 作品注释。《万叶集》将作者笠朝臣金村之名另起一行记于下方的只有两例，一例为本歌，另一例为编号 546 作品。
② 真土岭：真土山，见编号 55 作品注释。

译者解说：

十月五日，天皇起驾，八日到达玉津岛，逗留十余日。其间，营建离宫，授予百官俸禄，免除近乡庶民税金，种种恩赏。下诏裁去弱兵，于明光浦置守护士卒，加强防卫。二十三日，天皇还京。

反歌

544　留守空闺百般苦，愿化纪州妹背山。

545　出门追夫纪州路，沿途阻拦守关人。

546—548　神龟二年（725 年）乙丑春三月，圣武天皇行幸三香原离宫[①]时，得娘子[②]作长歌并短歌

笠朝臣金村

546　假寐三香原[③]，路上有人行。
无缘促膝谈，远远见身影。
心中泣呜咽，造化有神灵。
夫妻交袖眠，依偎无限情。
春宵恨夜短，秋夜天难明。
但愿春夜长，百夜如一梦。

---

① 此次行幸，《续日本纪》中无记载。
② 娘子：地位较低的女性。
③ 三香原：位于京都府相乐郡法华寺野一带，有元明天皇、圣武天皇离宫。

反歌

547　遥见卿影天云外，从此神魂随佳人。

548　春宵苦短露曙色，愿如深秋百夜长。

549—551　神龟五年（728 年）戊辰，大宰少式[①]石川朝臣足人迁任，于筑前国（福冈县西北部）芦城驿家[②]，作饯别歌三首

549　天地神灵请相助，君行千里早还家。

550　君去可怜无依靠，相思直到重逢日。

551　大和路远，海岛之边。浪涛滚滚，相思绵绵。

原编者注：

以上三首，作者不明。

552　大伴宿祢三依[③]，歌一首

恨君太无情，相思索我命。
良宵何时有，独眠忍凄清。

译者解说：

此歌为戏作，怨恨贺茂女王。“君”多指男性，偶尔指女性。

---

① 大宰少式：大宰府次席次官，从五品下。
② 芦城驿家：位于福冈县筑紫野市阿志岐的驿站。
③ 大伴宿祢三依：从五品下，历任主税头、三河守、民部少辅、远江守等。

此歌为女性自嘲，怨恨相逢夜少，独眠夜多。

553—554 丹生女王①，赠大宰帅大伴卿歌二首

553 筑紫之国天云外，遥寄相思盼回音。

554 故人赠我吉备酿②，
不胜酒力未敢尝，
赐我贯簀③亦无妨。

译者解说：

大伴旅人时年64岁。

555 大宰帅大伴卿，大弍丹比县守④卿转任民部卿时，赠歌一首

为君酿造盼郎酒⑤，安野⑥独酌无相亲。

556 贺茂女王（古左大臣长屋王之女也），赠大伴宿祢三依歌一首

筑紫船⑦未到，羁旅何冷清。

---

① 丹生女王：正四品上。神龟五年（728年），旅人任大宰帅时，赠歌二首。
② 吉备酿：旅人前往九州途中购得传统名酒。
③ 贯簀：九州特产竹帘，打水时用来盖水桶，以防水沫飞溅。
④ 大弍丹比县守：大宰府之首席次官，正五品。民部卿，民部长官，正四品下。
⑤ 盼郎酒：访妻婚时代，女方为丈夫来访而酿造的酒。古代曾流行口嚼酒，到奈良时代已普遍使用酒曲发酵。
⑥ 安野：今福冈县朝仓郡夜须町一带的原野，位于大宰府东南12公里处。
⑦ 筑紫船：往返于筑紫与难波之间的客船，大伴三依乘船从难波前往九州。

待到相见时，犹抱悲伤情。

译者解说：

贺茂女王怨大伴宿祢三依曲解自己，怨恨作戏谑歌。

557—558 土师宿祢水道①，从筑紫进京，于海路途中作歌二首

557 奋力划，船行疾，
触礁沉没无悔意，
不见阿妹，愿葬海底。

558 神社献币帛，此时欲讨还，
未见阿妹不灵验。

559—562 大宰大监大伴宿祢百代，恋歌四首

559 原想平淡了此生，谁知老来遇恋情。

译者解说：

恋歌四首，答坂上郎女赠歌。

560 为情一死万事休，有生之年盼逢君。

561 心无爱恋偏言爱，大野三笠②遭报应。

---

① 土师宿祢水道：微官，传不详，曾出席天平二年（730 年）梅花之宴。
② 大野三笠：大野三笠神社，位于今福冈县大野城的市山田。

562 无端不停搔眉毛[1]，佳人难见真无情。

563—564 大伴坂上郎女，歌二首

563 满头青丝变白发，不曾如此动真情。

564 山菅[2]不结果，流言空传闻。
与我何相干，君旁眠何人。

565 贺茂女王，歌一首

大伴三津港[3]，勿言已相逢。
朗朗月下恋，守口应如瓶。

566—567 大宰大监大伴宿祢百代等，赠驿使歌二首

566 君在羁旅中，仰慕愿随行。
远望志贺岛[4]，海滨难忘情。

原编者注：

以上一首，大监大伴宿祢百代作。

---

① 搔眉毛：古代原始信仰，眉毛发痒是恋人正在想念自己的征兆。
② 山菅：一说为“土麦冬”，一说为野生菅草。
③ 三津港：位于大阪湾。“三津”与“見つ”读音相同（みつ），谐音“幽会成功”。即便如愿幽会，却不可张扬。
④ 志贺岛：位于福冈市西北博多湾入海处海滨。

567 今来周防国[1]，翻越磐国山[2]。
诚心拜道祖[3]，山路何艰险。

原编者注：

以上一首，少典[4]山口忌寸若麻吕作。此前天平二年（730年）庚午夏六月，帅大伴卿忽患脚疮，疾苦枕席。遣驿使上奏朝廷，欲为卿之庶弟稻公[5]及外甥胡麻吕[6]留下遗言。朝廷给予快马，遣以上二人前往慰问病情。数十日后，幸亏病情痊愈。于是，稻公等离大宰府，踏上归京之途。此时，有百代、山口忌寸若麻吕以及卿之男子家持等，送使者同到夷守驿站，设饯别之宴，惜别之时吟出此歌。

568—571 大宰帅大伴卿任大纳言，临进京时，府中官人于筑前国芦城驿设宴饯别，作歌四首

568 海岬周边，礁石嶙峋。重重波涛，款款情深。

原编者注：

以上一首，筑前掾[7]门部连石足作。

569 韩人染紫衣[8]，敬意沁心脾。
今朝离别后，永世不忘君。

---

① 周防国：山口县东部。
② 磐国山：岩国山，或指钦明路垭口。
③ 道祖：道祖神，保佑旅途安全。
④ 少典：大宰府第四等官少典，正八品上，负责文案。
⑤ 稻公：大伴宿祢稻公，旅人同父异母之弟，庶出。
⑥ 胡麻吕：治部少丞，从六品上。
⑦ 筑前掾：筑前国守（福冈县西北部地方长官）的副手。
⑧ 紫衣：用朝鲜移民带来紫草染色工艺染出紫衣。

译者解说：

紫色官服为最高品位，一品深紫，三品以上浅紫，四品深绯，五品浅绯。当年旅人为正三品，大宰府中仅此一人可穿紫袍。

570　　今日赴大和，悄然送君行。
　　　吾辈情难舍，周遭闻鹿鸣。

原编者注：

以上两首，大典①麻田连阳春作。

571　　月色清朗闻滩声，此地送别当尽情。

原编者注：

以上一首，防人佑②大伴四纲作。

572—573　大宰帅大伴卿上京之后，沙弥满誓赠卿歌二首

572　　别后镜中忆君影，朝朝暮暮寂寞情。

573　　可怜黑发染秋霜，身陷苦恋无计逃。

574—575　大纳言大伴卿，相和歌二首

574　　京城遥望筑紫国，白云尽头路迢迢。

---

① 大典：大宰府四等官之首席。
② 防人佑：防人司佑，见编号 329 作品注释。

575 鹤群觅食苇丛中，草香江①头最忆君。

576 大宰帅大伴卿上京之后，筑后守②葛井大成连，悲叹作歌一首

当年兴致高，往来城山道③。
今日人独行，心中何寂寥。

577 大纳言大伴卿，赠摄津大夫高安王④新袍⑤，作歌一首

莫让他人着此袍，只赠难波拉网人⑥。

译者解说：

此歌为戏作。摄津国青年官吏在宫中被看作与渔夫一样低贱。

578 大伴宿祢三依，悲离别歌一首

天长地久人永寿，庭院深深大伴府⑦。

---

① 草香江：位于今东大阪市日下町。
② 筑后守：福冈县南部地方长官，大伴旅人的部下。
③ 城山道：大宰府通往筑后、肥前国的重要通道。
④ 高安王：大原真人高安，因与纪皇女的私情败露，左迁伊予国守。天平十一年（739 年）降为臣籍，赐姓“大原真人”。
⑤ 新袍：升迁后换新袍，佩束带。官位不同，服色亦不同。
⑥ 难波拉网人：摄津国难波湾之渔夫，属大膳职管辖，专为皇宫提供海产品。
⑦ 大伴府：指佐保大伴旅人家。

泽泻久孝：可能是因旅人归京而悲。

579—580 余明军，赠大伴宿祢家持歌二首。明军为大纳言卿之资人也

579　　侍奉君旁时尚短，往事历历岁月长。

580　　恪尽职守只为君，满山茂密菅草深。

581—584 大伴坂上家大娘，回赠大伴宿祢家持歌四首

581　苟活人世，盼与君逢。今宵托梦，痛不欲生。

译者解说：

大娘梦见丈夫家持，诉说别后相思。

582　　恋情真挚重几许，丈夫弱女难等同。

583　　月草[①]染料易褪色，不见君有尺素来。

584　　春日山头涌朝云，朝朝暮暮欲见君。

585 大伴坂上郎女，歌一首

归去原是寻常事，今日离别留相思。

---

① 月草：也叫“露草”（中文叫“鸭跖草”）、“萤草”（长列柴胡）。可作紫色染料，但易褪色。

586 大伴宿祢稻公，赠田村大娘歌一首（田村大娘为大伴宿奈麻吕卿之女也）

素不相识心平静，与君相逢惹相思。

原编者注：

以上一首，为其姊坂上郎女所作。

587—610 笠女郎，赠大伴宿祢家持歌二十四首

587 睹物思人应念我，悠悠岁月长忆君。

588 飞羽山[①]上见白鹭，青松伫立已羸月。

589 不知妾居打回里[②]，夜夜苦盼君难来。

译者解说：

埋怨男方不知自己的住处，绝无可能夜半来访。

590 相思一年又一年，莫将妾名告他人。

591 朝启玉匣现梦境，心事恐被世人知。

592 夜色沉沉鹤唳远，与君相会恨无期。

---

① 飞羽山：位于奈良市东大寺东北面。海拔 217 米。
② 打回里：地名，大概位于奈良县高市郡明日香村附近。

593 神魂颠倒奈良山[①]，伫立松下唯长叹。

594 黄昏庭院白露消，相思销魂苦煎熬。

595 苟延人世难忘却，每日徒增相思情。

596 砂砾多几许，守岛人可知？
行走八百日，粒粒是相思。

译者解说：

守岛人比喻大伴家持。

597 为避人目错机缘，桥头难逢空思念。

598 悲恋夺命人空瘦，水无濑川涌暗流。

井村哲夫：水无濑川，位于大阪府三岛郡。河床干涸，仍有暗流汹涌，比喻隐秘恋情。编号 2817 作品亦出现“水无濑川”。

599 君影朦胧朝雾里，惊鸿一瞥苦相思。

600 伊势海礁惊涛吼，战战兢兢只为君。

601 虽无山川来相隔，不见君面苦不堪。

602 黄昏降临愁倍添，与君相逢唯幻影。

---

① 奈良山：平城京北面的佐保山与佐纪山的绵延丘陵。

603　　相思积郁能销骨，纵死千回亦心甘。

604　　梦中见君佩刀剑，应是相逢现前兆。

译者解说：

刀剑为贵族男子随身之物，女子相信，梦见男子佩剑，情郎会翩然而来。相传，男子想念心上人时，手拿女子所用铜镜入睡，便会梦见她。

605　　天地神祇难讲理，至死难见君一面。

606　　妾怀恋心，切莫相忘。多奈和丹①，海风不停。

607　　夜静人寐晚钟②声，我独思君梦不成。

译者解说：

此歌作于公元730年后，鉴真开创的唐招提寺竣工于公元759年。笠女郎听到的佛寺晚钟不包括唐招提寺。

608　　相思情深来大寺③，饿鬼④背后白磕头。

译者解说：

拜饿鬼像纯属徒劳无益。笠女郎因相思之苦，神魂颠倒地走进

---

① 多奈和丹：原文如此，恐为误字，难解。

② 晚钟：奈良诸多寺庙传来声声晚钟，包括飞鸟寺、东大寺、法隆寺、兴福寺、药师寺、秋篠寺等。

③ 大寺：京城里得到朝廷资助的大规模佛寺，包括大安寺、药师寺等。

④ 饿鬼：饿鬼道为佛教三恶道中的第二道，贪婪之人死后坠入“饿鬼道”，饱受饥渴之苦。

大寺，拜错方向，朝着饿鬼的背后磕头，有哪位菩萨和神佛能看得见呢？用奇特的比喻自嘲，悲叹自己的单相思毫无结果。

609　身不由己别君去，妾身今日归故里。

译者解说：

笠女郎相思组歌作于天平四年秋到五年春（732—733）。

610　咫尺难见痴情在，山海相隔下黄泉。

原编者注：

以上两首，为辞别奈良后所作。

611—612　大伴宿祢家持，相和歌二首

611　此刻与妹难再逢，万般愁绪犹在胸。

612　默默何须费言辞，无计相见苦相思。

译者解说：

四十余年后，家持编撰《万叶集》，将笠女郎的相闻歌悉数收入，并吟出以上两首和歌作答。

613—617　山口女王[①]，赠大伴宿祢家持，歌五首

613　忧伤莫让旁人知，一了百了下黄泉。

---

① 山口女王：传不详。编号 1617 作品亦是她赠大伴家持的情诗。

614　　嚎啕大哭湿衣袖，痴情偏遇无情人。

615　　明知君心无情意，犹盼梦见合欢枕。

616　　不求刀剑铭妾名[①]，岁月匆匆难见君。

617　　芦苇荡边满潮涌，与日俱增是相思。

618　大神女郎[②]，赠大伴宿祢家持，歌一首

夜半千鸟呼伴侣，哀哀无端发悲鸣。

619—620　大伴坂上郎女，怨恨长歌并短歌

619　　难波滩上菅草根，根根深藏有诚心。
君言此情天地久，宝镜光洁鉴情真。
只为郎君一席话，妾心陶醉更欢欣。
不怕波摇水草动，大船水上行得稳。
谁道人言皆可畏，刹那岂可出邪神。
突然不见君来访，销声匿迹何处寻。
花径寂寞无人迹，信使久违断音讯。
昼夜悲叹苦无计，孑然一身度光阴。
弱女相思成顽疾，犹如稚子泪纷纷。
坐立不安空徘徊，只盼信使早现身。

---

① 刀剑铭妾名：著名刀剑师锻造刀剑留下姓名铭文。“刀”（かたな）让人联想到“名”（な）。作者身为女流，不求功名，爱情却求之不得，乃人生憾事。

② 大神女郎：传不详，大神朝臣氏之女子。

620 反歌

空有誓言在，天长地久情。
谁料风云变，夙夜叹息声。

译者解说：

此歌无具体怨恨对象，乃属虚构，或代人而作。

621 西海道[①]节度使[②]判官佐伯宿祢东人[③]之妻，赠夫君歌一首

朝朝暮暮苦相思，天涯郎君入梦来。

622 佐伯宿祢东人，相和歌一首

切莫忧愁伤玉体，羁旅遥遥常怀卿。

623 池边王[④]，宴席上诵歌一首

苍松枝头月色移，思君不见黄叶残。

---

① 西海道：九州。
② 节度使：朝廷派出官员负责统率各地军队，维护国内治安，加强对新罗的战备。日本扩充军队，设置东海、东山、山阴、西海节度使。
③ 佐伯宿祢东人：天平四年（732 年）任西海道节度使判官。
④ 池边王：大友皇子之孙，葛野王之子，淡海三船之父。曾任内匠寮长官。

624 圣武天皇思念酒人女王[①]御歌一首（女王者，穗积皇子之孙女也）

陌上相逢莞尔笑，雪融人去情未了。

625 高安王，鲫鱼贽礼赠娘子歌一首。高安王，后赐姓大原真人氏

常在海边岸上行，为君捕得鲫鱼鲜。

小学馆版《万叶集》注：高安王为天武天皇之曾孙，亦有人认为是第30代敏达天皇之孙。他赠娘子带有海藻的活鲫鱼。

626 八代女王[②]，献圣武天皇，歌一首

得宠起流言，妾回旧京[③]去。
明日香川水，洁身又净体。

原编者注：

某抄本下句歌曰：越龙田，新祓禊，三津海岸。

译者解说：

作者深得天皇宠爱，受人嫉妒，流言四起。八代女王决心返回旧京，洗涤污名。

---

① 酒人女王：酒人，专司酿酒之人。酒人公氏，负责为皇家酿酒的官员（《日本书纪》）。
② 八代女王：矢代女王，得圣武天皇宠爱。
③ 旧京：飞鸟京。

627 某娘子，回赠佐伯宿祢赤麻吕①歌一首

君言愿枕妾手臂，
快寻返老还童水，
可怜双鬓白霜飞。

译者解说：

某娘子收到赤麻吕露骨求欢的情歌，作此歌回复。

628 佐伯宿祢赤麻吕，相和歌一首

何言白霜飞头上，出门寻来还童水。

629 大伴四纲，宴会歌一首

何须派信使，皆言君难来。
苦候无踪影，爽约万不该。

630 佐伯宿祢赤麻吕，歌一首

鲜花初放②瞬间落③，人言可畏仍踌躇。

631—632 汤原王，赠某娘子歌二首（汤原王，志贵皇子之子也）

631 冷若冰霜不留宿，无奈连夜远道回。

---

① 佐伯宿祢赤麻吕：传不详，佐伯氏为大伴氏支系。
② 鲜花初放：比喻青春少女。
③ 瞬间落：喻嫁为人妇。

632 只可远观不敢折，妹如月中桂子开。

633—634 某娘子，回赠歌二首

633 恋情萦怀盼相逢，枕边空空君入梦。

634 居家相看两不厌，更羡夫妻同出游。

635—636 汤原王，再赠某娘子歌二首

635 羁旅携妻眠荒草，卿是箱中夜明珠。

636 赠卿衣衫①作念想，叠放枕边贴身眠。

637 某娘子再回赠歌一首

君赠衣衫作聘礼，贴身穿着无须言。

638 汤原王，再赠歌一首

一夜未见，恍如一月。心绪难宁，相思不绝。

639 娘子再回赠歌一首

君情深厚念奴家，难眠之夜入梦来。

---

① 赠卿衣衫：内衣上附有穿者灵魂。男女交换衣衫，愿灵魂融为一体，不可分离。

640 汤原王，再赠歌一首

卿家近在咫尺处，遥寄相思未满月①。

641 某娘子，再回赠歌一首

君言分袂妾沮丧，尚存一缕留恋情？

642 汤原王，歌一首

恋慕为卿心意乱，千头万绪如初恋。

643—645 纪女郎，怨恨歌三首（鹿人大夫之女，名小鹿，安贵王之妻也）

643 妾本世间寻常女，弃妇②难渡痛背川③。

644 心如死灰甘撒手，负我相思一片情。

译者解说：

丈夫安贵王与天皇身边的一位女官即来自因幡国的八上采女传绯闻，采女被遣回乡。纪女郎无奈，只好放任不管。

---

① 未满月：交往尚不满一月，住处虽近，但觉相距甚远。

② 弃妇：作者遭丈夫背叛，自言弃妇。

③ 痛背川：不详。奈良县樱井市东北有痛足川，痛背川可能为作者虚构。“背”，丈夫或情郎。“痛背川”，寓意丈夫给自己带来痛苦。渡过痛背川，比喻走出伤痛阴影。

645 分袂之日渐临近，郁情满胸放悲声。

646 大伴宿祢骏河麻吕，歌一首

男儿穷途唯叹息，不信卿卿①不受罚。

译者解说：

大伴宿祢骏河麻吕，肥后守，陆奥按察使，后晋升为参议，其女为田村大娘。后来向大伴坂上郎女的二女儿大伴二娘求婚。

647 大伴坂上郎女，歌一首

妾心非无情，日日不忘君。
人言实可畏，流言已缠身。

648 大伴宿祢骏河麻吕，歌一首

近来久未相逢，不审尊体何如？②

649 大伴坂上郎女，歌一首

夏日葛草③茂，信使久不来。
问君无恙乎，莫让妾自猜。

---

① 卿卿：指大伴坂上郎女。
② 不审尊体何如：王羲之书函《周参军帖》字句，问候对方安否。
③ 葛草：荒草森森，蔓延古道，联想起情人们频繁往来。葛草有韧性，可纺织粗布，不易断裂。开头一句“夏日葛草茂”为枕词。

原编者注：

以上一首，坂上郎女者，佐保大纳言大伴安麻吕卿之女也。骏河麻吕乃高市大卿（大伴御行）之孙也。两卿乃兄弟之家，女孙乃姑侄之族也。是以题歌送达，相问起居。

译者解说：

姑侄之族，骏河麻吕为安麻吕之兄大伴御行之孙，坂上郎女为安麻吕之女，因此说二人为姑侄关系。

650 大伴宿祢三依，为别后重逢而喜，作歌一首

妹居人间常世国①，此次相逢更青春。

651—652 大伴坂上郎女，歌二首

651 天降霜露风萧瑟，家人②盼我情切切。

652 美玉当授护玉者③，玉枕伴我仍两人。

译者解说：

女儿出嫁，母亲独守空床，只好将枕头当成女儿，亦算二人同眠。母亲心情复杂，一半放心释然，一半依依难舍。

---

① 常世国：长生不老之国。
② 家人：指女儿大娘、二娘等。
③ 护玉者：指两位女婿，即大娘丈夫大伴家持、二娘丈夫骏河麻吕。

653—655 大伴宿祢骏河麻吕，歌三首

653 心中难忘离别日，屈指不觉满一月。

654 相识尚未满一月，谈情说爱轻狂人。

655 心中无情偏言爱，岂忘天地有神灵。

译者解说：

原歌后有“邑礼左变”四字，语意不明。

656—661 大伴坂上郎女，歌六首

656 我心恋情出肺腑，君凭空言慰藉人。

657 口言分袂心犹豫，棠棣花开易褪色。

译者解说：

虽说不再来往，却难割舍，心如棠棣，花色易褪。

658 百般相思已成空，痴心不改难忘情。

659 此刻满城皆风雨，问君此情怎收场。

660 遭人离间最可恨，愿君莫再听流言。

661 但愿此情能长久，相逢时刻诉衷情。

662　市原王，歌一首

网儿山①，隐隐翠微五百重②。
佐堤崎③，佳人撒网常入梦。

663　安都宿祢年足④，歌一首

飞越佐保山，我家头上鸣。
娇妻如小鸟，婉转声声情。

664　大伴宿祢像见⑤，歌一首

任凭骤雨从天降，一言九鼎会佳人。

665　安倍朝臣虫麻吕⑥，歌一首

对坐相视妹不语，为何起身道离别。

666—667　大伴坂上郎女，歌二首

666　分别时日不长久，何端如此苦相思。

---

① 网儿山：亦称“阿胡山”，位于三重县志摩郡阿儿町海岸。
② 隐隐翠微五百重：喻心中隐秘恋情。
③ 佐堤崎：鸟羽港内的坂手岛。由“网儿山”引出梦中佳人撒网的形象。
④ 安都宿祢年足：传不详。宝龟年间（770—780）频繁出现诵经师阿刀年足，恐为同一人物。“安都”与“阿刀”读音相同（あと）。
⑤ 大伴宿祢像见：从五品上，历任左大舍人助、摄津少进。
⑥ 安倍朝臣虫麻吕：从五品下，历任皇后宫亮、中宫少进、中务少辅等职。与后文出现的“阿倍朝臣虫麻吕”为同一人。

667　　长久思念终相会，夜阑更深尚有时。

原编者注：

大伴坂上郎女之母石川内命妇，与安倍朝臣虫麻吕之母安昙外命妇乃同居一处之姐妹，意气相投也。缘此，坂上郎女与虫麻吕相见不疏，交谈甚密。聊作戏歌，以为问答也。

668　厚见王①，歌一首

朝朝暮暮山色绿，白云悠悠不忘君。

669　春日王（志贵皇子之子，母为多纪皇女也），歌一首

山橘②内外皆红色，表里如一与君逢。

译者解说：

以女性口吻咏歌，希望对方像山橘一样表里如一。

670　汤原王，歌一首

月光满山野，皎皎照路径。
虽有岭相隔，无须君远行。

---

① 厚见王：血统不详，从五品上。任少纳言时曾以献币帛使身份参拜伊势神宫。

② 山橘：中文叫“紫金牛”，常绿小灌木，果实小球形，红色。

译者解说：

女子催促恋人月夜来访。

671　某人相和歌一首，作者不详

清辉照幽径，踌躇心难定。
只怕山路险，夜深难过岭。

672　安倍朝臣虫麻吕，歌一首

倭纹织腕带①，余生无几年。
衰朽动真情，心中燃烈焰。

673—674　大伴坂上郎女，歌二首

673　磨洗明镜心无尘，以身相许无悔恨？

674　甜言蜜语心不变，失足方知后悔迟。

675—679　中臣女郎，赠大伴家持歌五首

675　女郎花②开佐纪泽③，平生首次尝恋情。

676　情意深深如大海，苦盼逢君又一年。

---

① 倭纹织腕带："倭纹手缠"，织有简洁倭纹图案。
② 女郎花：中文叫"败酱草"，可入药。多年生草本植物，高约 1 米，夏秋开黄色小花，比喻美女亭亭玉立。
③ 佐纪泽：平城京北郊沼泽地。

677 朝云飘舞春日山，苦苦单恋陌路人。

678 见君一面愿舍命，一腔痴情终有头。

679 菅草盘根如乱发，执意相求君难堪。

680—682 大伴宿祢家持，诀别友人歌三首

680 只恐流言传耳畔，久候难见君身影。

681 痛快一言断交往，无须苦苦空牵念。

682 可叹痴情遭忘却，心碎徒有思念情。

683—689 大伴坂上郎女，歌七首

683 言多有失，粉黛莫艳。为情恼杀，绝不开言。

译者解说：

古代言灵信仰，认为话语具有可怕而神秘的力量。编号 3253 作品中的两句：“苇原瑞穗国，苍生仰天神。言语皆有灵，开口须谨慎。”告诫人们祸从口出，言语须谨慎。不可将恋人名字告诉别人，以免伤害心爱之人。化妆不可浓艳，为人须低调。

684 我赴黄泉君长寿，人世再无寄语人。

685 人言纷纷不可挡，一墙相隔苦相思。

686　　不见君面已千年，相思情切盼相逢。

687　　思君情涌激流滚，无计堵塞堰崩塌。

广冈义隆：“激流”喻心中恋情，有堰闸也无济于事，瞬间会被冲毁。

688　　白云横斜过青山，莞尔一笑无人知。

689　　虽无山海相阻隔，咫尺难逢苦相思。

译者解说：

此组歌为宴会即兴歌。

690　大伴宿祢三依，悲别歌一首

泪眼蒙眬处，晴天亦黯淡。
谁解我心悲，双袖何时干？

691—692　大伴宿祢家持，赠娘子歌二首

691　　宫中佳丽人无数，唯君独占我心头。

692　　千愁萦怀恼煞人，只缘君心太无情。

693 大伴宿祢千室[①]，歌一首

两情相悦岁月长，秋津野上挂白云。

694—695 广河女王[②]，歌二首

694 悲苦重荷因我起，恋草[③]满载七台车[④]。

695 心如死灰绝情缘，何来恋情上心头。

696 石川朝臣广成[⑤]，歌一首

家人抛却九霄外，蛙鸣泉乡度春秋。

697—699 大伴宿祢像见，歌三首

697 身陷情网心绪乱，莫在耳边论短长。

698 朝云迢递春日野，日积月累增恋情。

699 百转千回滩头水，此刻难逢待来年。

---

① 大伴宿祢千室：传不详。
② 广河女王：穗积皇子之孙女，上道王之女，从五品下。
③ 恋草：蓬勃的野草比喻无法压抑的恋情。
④ 七台车：许多台大车。
⑤ 石川朝臣广成：文武天皇之皇子，从五品下，后降臣籍，赐姓高圆朝臣氏。受藤原氏排挤离开奈良，到三香原离宫等地任职，滞留难归。

700 大伴宿祢家持，至娘子门前作歌一首

远道而来路难行，忍心赐我闭门羹？

701—702 河内百枝娘子[①]，赠大伴宿祢家持，歌二首

701 片刻逢君苦离别，何日重逢续前缘。

702 明月清辉洒暗夜，相思难断怎忘情。

703—704 巫部麻苏娘子[②]，歌二首

703 自从逢君实难忘，衣袖泪痕无干时。

704 祈求神灵降长生，时刻伴君长相守。

译者解说：

巫部，专司祭祀的氏族，敬神灵、献乐舞、悦众神、和人心。“麻苏”，祭祀用的麻织品。

705 大伴宿祢家持，赠童女歌一首

蔓草绢布作头饰，豆蔻佳人入梦来。

---

① 河内百枝娘子：传不详，河内氏家族女性。
② 巫部麻苏娘子：传不详，大伴家持的恋人。

706 童女回赠歌一首

何处佳丽入君梦，蔓草头饰我一人。

707—708 粟田女娘子，赠大伴宿祢家持，歌二首

707 此情无计可消弭，陶碗[①]底部写情诗。

原编者注：

此歌书写于陶碗底部。

708 只盼再次与君逢，白袖[②]飘飘祭神灵。

709 丰前国娘子大宅女（姓氏不详），歌一首

夜色幽暗路难辨，郎君驻足待月出。

译者解说：

幽会之夜，依依难舍，愿君再留片刻。

710 安都扉娘子[③]，歌一首

明月朗朗渡长空，一度相逢频入梦。

---

① 陶碗：无盖陶制餐具。原文“片垸（かたもひ）”与“片思ひ（かたおもい）”读音近似。
② 白袖：代表内心纯洁。
③ 安都扉娘子：安都氏女性，家持的倾慕者之一。

711—713 丹波大女娘子[①]，歌三首

711 野鸭游池，叶落水面。妾非轻浮，铮铮誓言。

712 冒犯三轮神杉树[②]，无缘与君来相见。

713 街谈巷议听传闻，郎君踌躇不肯来。

714—720 大伴宿祢家持，赠娘子歌七首

714 但愿两情能长久，无缘相会空嗟叹。

715 佐保河口鸣千鸟，马踏浅滩到君家。

716 昼夜恍惚苦辗转，痴心难入君幽梦。

717 苦苦思恋无情人，一片痴情又落空。

718 梦中见君莞尔笑，我心痴情似火烧。

719 自信吾本好男儿，神魂颠倒陷相思。

720 痴心碎成千万片，佯装不知太无情。

---

① 丹波大女娘子：出身丹波国（京都府与兵库县一带）的娘子。

② 三轮神杉树：三轮神社中的神圣杉树，不可触摸，冒犯神树便无法与恋人相见。

721 大伴坂上郎女，献圣武天皇歌一首（作于佐保宅邸）

身居山乡者，风流①本无缘。
言行多失误，大君多海涵。

722 大伴宿祢家持，歌一首

恋情如此摧心肝，愿化木石无苦痛。

723—724 大伴坂上郎女，由迹见庄②赐③留宅之大娘，长歌并短歌

723 为娘并非赴黄泉，何须门前放悲声。
大娘昼夜盼母归，衣带渐宽心不宁。
叹息声声泪涟涟，衣袖沾湿不胜情。
虽知吾儿悲如此，故都④迹见难入梦。

724 **反歌**

朝起乱发散玉枕，思念娘亲入梦来。

---

① 风流：日本的“风流”指宫廷贵族文雅、优美、高尚的修养、风格、品位，以及应对人情世故的机智。
② 迹见庄：大伴家的别墅山庄，位于奈良县樱井市迹见。
③ 赐：本该用“赠”，却特意用“赐”字，表明大伴家族有严格的长幼尊卑秩序。
④ 故都：迁都平城京之后，飞鸟京、藤原京皆称故都。

原编者注：

以上一首，大娘为回报母亲赐歌而献歌。

725—726 大伴坂上郎女，献圣武天皇歌二首（作于春日里）

725 鸊鷉潜池水，汝应亦有心。
且表我心意，匍匐仰大君。

726 仰慕出肺腑，离宫①池水深。
愿化水面鸭，时时伴大君。

727—728 大伴宿祢家持，赠坂上家大娘歌二首（离别数年再会，互致相闻歌）

727 一株忘忧草，系我内衣带。
忘忧本虚名，轻信无由来。

译者解说：

大娘赠家持歌四首（编号581—584）天平三至四年（731—732）间咏。其后有笠女郎、山口女王、大神女郎、中臣女郎等十余位女性先后与家持交往，互赠情歌。时隔数年，家持回到大娘身边，希望她不要轻信传闻。

728 人间如有无人国，携手同往度此生。

---

① 离宫：离春日里不远。

729—731 大伴坂上大娘，赠大伴宿祢家持，歌三首

729 君化美玉握妾手，堂堂男儿眼前立。

730 与君相逢良宵多，昨夜幽会惹流言。

731 妾身浮名不足虑，君遭中伤我悲泣。

732—734 大伴宿祢家持，再和歌三首

732 抛尽浮名身外事，思卿情意重千钧。

733 人世哪得从头来，不见卿面我独眠。

734 独寐不堪孤寂苦，愿作美玉握妹手。

735 坂上大娘，赠家持歌一首

春日山头落霞飞，朦胧月夜我独寐。

736 大伴家持，再和坂上大娘歌一首

月色溶溶夜，茕茕门前立。
夕占与足卜[1]，急切赴佳期。

---

① 夕占与足卜：“夕占”与“足卜”，皆为占卜之法。“夕占”，黄昏时分伫立街头巷口，将来往行人的言语看作神的启示来占卜吉凶。“足卜”，亦称“足占”，事先选定目标，口念“吉”“凶”二字朝目标走去，根据先到达目标的是左足还是右足来判断吉凶。

737—738 大娘赠家持，歌二首

737 莫听流言，
若狭道①上后濑山②，
他日再相见。

738 人生最苦是相思，难忍痛楚赴黄泉。

739—740 大伴家持，再和坂上大娘歌二首

739 翻越后濑山，定能再相见。
苟活到今日，何惧下黄泉。

740 相约再相见，闻此妾心安。
一诺千金重，不可轻食言。

741—755 大伴宿祢家持，再赠坂上大娘歌十五首

741 梦中相逢苦倍添，
醒来欲将妹手牵，
四处茫然皆不见。

742 锦带一条添姿色，
吾系腰带需三重，
叹我人瘦不经风。

---

① 若狭道：通往福井县西南部的道路。
② 后濑山：位于福井县小浜市西南部，为“他日”“今后”的序词。

743 若问恋情重几许，
千钧巨石挂在胸，
神灵处罚我惶恐。

744 日暮迎风户半开，
佳人盼我入梦来，
相约夜半赴瑶台。

745 朝暮相逢同欢爱，
不见卿面独悲哀，
悲喜交加心澎湃。

746 此生不曾见珍宝，
阿妹为我缝荷包①，
飞针走线心灵巧。

译者解说：

平安时代的《蜻蛉日记》中卷，安和二年（969年）正月段亦有藤原道纲母一面缝制小锦袋，一面咏歌的场面。

747 阿妹赠我香衣衫，
满心欢喜贴身穿，
不到相逢不解袢。

748 为情而死亦坦然，
犹如人世不相见，

---

① 荷包：大娘亲手缝制荷包（小锦袋）赠家持。

闲言碎语等闲看。

749 梦中相逢尚可忍，
幽梦难成太落寞，
不如一死得解脱。

750 可怜无缘①结鸾凤，
悲怀难遣叹命穷，
山重水复与卿逢。

751 离别未经几日久，
为何如此又癫狂，
恋慕在胸掀波浪。

752 眼前又现卿面影，
思恋情浓难隐藏，
不顾他人说短长。

753 与卿相逢度春风，
离情渺渺无影踪，
恼人恋情又满胸。

754 天色未明别君去，
回首望卿举步难，
愁云满面浮眼前。

① 无缘：家持与大娘的婚事曾一度陷入僵局，编号727作品序中有“离别数年”词句。

755 曙色微微半明暗，
一朝离别心意乱，
胸有烈火肝肠断①。

756—759 大伴田村家大娘，赠妹坂上大娘歌四首

756 相思悲苦山川隔，夜夜相逢有良策？

757 路途遥遥心意冷，咫尺难逢愁倍添。

758 白云缭绕高山顶，愿得机缘常相见。

759 寒舍蓬壁无光彩，夜夜盼君来眼前。

原编者注：

以上和歌，作者田村大娘与坂上大娘，同为大伴宿奈麻吕卿之女也。姐随父居田村里，称田村大娘。妹随母居坂上里，称坂上大娘。于时，姐妹以问询歌赠答。

760—761 大伴坂上郎女，由竹田庄②赠女子大娘，歌二首

760 一望无垠竹田原，鹤鸣不绝长相思。

761 激流滩头困小鸟，吾儿孤寂无依靠。

---

① 胸有烈火肝肠断：由《游仙窟》“未曾饮炭，肠热如烧；不忆吞刃，腹穿似割”字句演化而来。

② 竹田庄：位于奈良县橿原市耳成山东北的东竹田村，大伴氏领地。

762—763 纪女郎（女郎名曰小鹿），赠大伴宿祢家持，歌二首

762 老来愈感情更痴，唏嘘相逢叹寂寞。

763 但愿余生结连理，从今安得不相逢。

764 大伴宿祢家持，答歌一首

卿迎百岁，齿落舌露[①]。绝无厌倦，反增恋慕。

译者解说：

本歌为家持戏作，赠年长几岁的纪女郎。

765 大伴宿祢家持，于恭仁京[②]思念留守奈良家中之坂上大娘，作歌一首

一重山外皓月下，妹立门前盼郎归。

766 藤原郎女[③]闻之，即相和歌一首

明知路远实难来，犹盼君来会巫山。

---

① 齿落舌露：老人齿落，露出僵硬的舌头。

② 恭仁京：位于京都府相乐郡，作为首都仅三年有余，天平十二年十二月至十六年闰正月（740—744），与平城京（奈良市）仅一山相隔，直线距离10公里。

③ 藤原郎女：传不详，家持与大娘的挚友，当时在场。

767—768　大伴宿祢家持，再赠大娘歌二首

767　　祈祷盼卿入幽梦，恭仁路遥魂难来。

768　　身居恭仁难逢君，一心只盼早还家。

769　大伴宿祢家持，回赠纪女郎，歌一首

苦雨绵绵居山边，终日独坐眉不展。

斋藤茂吉：家持身在尚未完工的新都恭仁京，纪女郎则留在平城京。

译者解说：

山边指恭仁宫北面的三上山麓一带。

770—774　大伴宿祢家持，由恭仁京再赠坂上大娘，歌五首

770　　人多眼杂难成行，心中哪得不思卿。

771　　无端谎言何处来？闺中一心念郎君。

772　　愿入卿梦慰离情，梦中相逢亦枉然。

译者解说：

此歌中有“保杼毛友”四字，语意不明。

773　　　　　青青树木苦无言，

紫阳花[1]色朝夕变，
诸弟[2]何故出戏言。

774 真情吐露千百遍，
诸弟占卜尽谎言，
付之一笑等闲看。

775 大伴宿祢家持，赠纪女郎，歌一首

鹌鹑鸣荒草，当年居奈良。
相思至今日，无缘会女郎[3]。

776 纪女郎，回赠家持，歌一首

忆君年少时，恋慕说出口。
山田育秧水，谁知竟断流。

777—781 大伴宿祢家持，再赠纪女郎，歌五首

777 造访贵府藩篱墙[4]，胆怯怕吃闭门羹。

译者解说：

不说去府上幽会，只说想看贵府的墙垣，生怕被女方家人赶走。

---

① 紫阳花：落叶灌木，初夏时节，有球状花开，由淡青逐渐变成紫色。中国名为“绣球花”。
② 诸弟：往来于家持与大娘之间的信使，带口信有误，引起夫妻误解。
③ 女郎：指贵族女子纪女郎。到了江户时代，“女郎”专指妓女。
④ 藩篱墙：建筑最外面的墙垣，用竹竿札成，上面爬满植物，四季鲜花不断。

778 虽言只观藩篱墙，欲睹芳颜慰相思。

779 黑木①葺顶屋檐高，山近明日可采伐。

译者解说：

家持家住佐保，离山很近。

780 伐木又割草，帮忙备材料。
实在不敢当，佳人夸我好。

781 昨夜驱我返回程，
山路迢迢黑沉沉，
犹恐今宵再伤心。

782 纪女郎，赠友人包裹，歌一首（女郎名小鹿）

高天刮长风，浩荡到海边。
为君割海草，双袖浪涛沾。

783—785 大伴宿祢家持，赠娘子，歌三首

783 大前年，到前年，
年年相思摧心肝，
苦恨年年难相见。

784 安得逢君无怨言，

① 黑木：贵族邸宅多用长 1 丈，宽 5 寸的桧木板修葺屋顶，带有树皮的板材称黑木。由于价格昂贵，神龟年间（724—728）开始流行用陶瓦与茅草葺顶，或将屋顶涂成红色。

一帘幽梦妹枕边，
好梦难成空喜欢。

785 庭中白露降百草，
命如朝露顷刻消，
无缘逢君盼早夭。

786—788 大伴宿祢家持，回赠藤原朝臣久须麻吕[①]，歌三首

786 春雨潇潇梅不开，只因未到青春时。

787 相逢美梦喜讯传，信使[②]频频到眼前。

788 时节未到花不发，移植庭中惹闲言。

译者解说：

家持咏出此歌时不满 30 岁，膝下有位十余岁女童，乃亡妾留下之女。久须麻吕前来求婚时，家持吟出以上和歌作答。

789—790 大伴家持，再赠藤原朝臣久须麻吕，歌二首

789 心事沉重[③]未曾料，春霞缭绕信使到。

---

① 藤原朝臣久须麻吕：藤原仲麻吕（即惠美押胜）之子，时年 15 岁，想娶家持之女。历任美浓守、大和守、参议兼丹波守，因参与其父发动的叛乱而被诛杀。

② 信使：传送求婚信函的使者。

③ 心事沉重：家持不喜欢藤原仲麻吕的飞扬跋扈，对其子的求婚，一时难以明确答复。

790　　春风有声芳书至，稍待时日随君愿。

译者解说：

原文“春風の声”，土屋文明版、伊藤博版《万叶集》解释为“书信”，小学馆版、岩波版则解释为“流言蜚语”。

791—792　藤原朝臣久须麻吕报来，歌二首

791　　后山巨岩背阴处，菅草根深事难料。

792　　花开须待春雨降，如今枝头尽花蕾。

卷 五

本卷共收和歌114首，皆为杂歌，一些作品明显带有相闻歌与挽歌情调。卷五还收入了大伴旅人、山上忆良筑紫时代（728—733）的诸多作品，脍炙人口、真挚感人。大伴旅人撰写的汉文序，代表了万叶时代遣唐使汉文写作的最高水平。他的梅花宴组歌序言中，有“初春令月，气淑风和”一句，2019年4月1日，“令和”一词成为德仁天皇的新年号。在此之前，日本年号皆出自中国典籍，这是日本首次从本国典籍中选用的年号。

卷五目录

杂　歌

杂　歌

793　大宰帅大伴卿，报凶事歌一首并序

序　祸故重叠，凶问累集。永怀崩心之悲，独流断肠之泪。但依两君①大助，倾命才继耳②。

原编者注：

笔不尽言，古今所叹。

始知人间万事空，今日愈感心悲痛。

神龟五年（728年）六月二十三日

盖闻，四生③起灭，方梦皆空，三界④漂流，喻环不息。所以维摩大士⑤在于方丈，有怀染疾之患，释迦能仁⑥坐于双林⑦，无免泥洹⑧之苦。故知，二圣⑨至极，不能拂力负⑩之寻至，三千世界，

---

① 两君：京城的两位朋友，具体所指不明。
② 倾命才继耳：生硬的汉语表达。旅人已64岁，余生无几，全靠友人相助，方能维系生命。
③ 四生：佛经所说的卵生、胎生、湿生、化生。
④ 三界：欲界、色界、无色界。
⑤ 维摩大士：维摩诘。
⑥ 能仁：释迦别称。
⑦ 双林：释迦涅槃时的娑罗双树。
⑧ 泥洹：死亡。
⑨ 二圣：释迦与维摩诘。
⑩ 力负：出自《庄子·大宗师》的寓言。强盗将愚人藏匿于山谷中的船只背负而去。这里比喻死亡无法逃避。

谁能逃黑暗之搜来。二鼠竞走[1]，而度目之鸟旦飞，四蛇[2]争侵，而过隙之驹[3]夕走。嗟乎痛哉。红颜共三从[4]长逝，素质[5]与四德永灭。何图[6]，偕老违于要期，独飞生于半路。兰室屏风徒张，断肠之哀弥痛，枕头明镜空悬，染筠之泪[7]逾落。泉门一掩，无由再见。呜呼哀哉。

爱河波浪已先灭，苦海烦恼亦无结。
从来厌离此秽土，本愿托生彼净刹。

译者解说：

山上忆良读编号 793 作品，大为所动，作此汉诗。与其后的“日本挽歌”为同日所作，赠大伴旅人。

794—799 山上忆良，日本挽歌[8]一首，并短歌五首

794 大君朝廷远，吾居筑紫厅。
哭泣如稚儿，爱妻[9]愿随行。
片刻不离我，夫妻形与影。
时日尚短暂，忘却死与生。
吾妻卧床第，命丧如灭灯。

---

① 二鼠竞走：黑白二鼠比喻黑夜与白昼，二鼠竞走即时光飞逝之意。
② 四蛇：构成万物的四大元素，地、水、火、风。
③ 过隙之驹：出自《庄子 · 知北游》。
④ 三从：“三从四德”中之“三从”。
⑤ 素质：女性洁白无垢的肌肤。
⑥ 何图：为何如此思量。
⑦ 染筠之泪：相传，舜帝死时，娥皇与女英二妃泪染湘妃竹。
⑧ 日本挽歌：用日语吟唱之挽歌，与此前的汉诗文相对而言。
⑨ 爱妻：旅人之妻大伴郎女，自愿随丈夫前往九州。

手足皆无措，悲痛默无声。
我欲问巨岩，我欲问树灵。
巨岩冷不语，树林无回应。
倘若留家中，岁月本平静。
天意终难违，只恨伊薄命。
本愿作鹣鹣，一生恩爱情。
寸步不分离，相亲又相敬。
对天曾盟誓，坦诚心自明。
撒手辞尘寰，飘然孤魂冷。

反歌

795　　葬礼归来家空寂，人去香枕犹在床。

796　　吾妻命短实可哀，香魂一缕葬他乡。

797　　未携妻游留遗憾，同览筑紫好风光。

译者解说：

以上三首反歌为送葬时所作。

798　　英落人去泪不干，当年曾夸楝花香。

799　　叹息声声化云雾，大野山[①]头正迷茫。

---

① 大野山：位于福冈县筑紫郡大野町，大宰府都府楼背后北面。

原编者注：

神龟五年（728 年）七月二十一日，筑前国守山上忆良献上。

译者解说：

时人相信，呼吸可化云雾。忆良回国后，年近 50 岁成家，十年后妻子病逝，晚年任筑前守。上司大伴旅人亦丧偶，天涯宦游，同病相怜。

800—801　山上忆良，令反惑情①，作长歌短歌并序

有人虽知孝敬父母，却忘赡养，不顾妻子，轻于脱屣②，自称倍俗先生③。意气虽扬青云之上，身体犹在尘俗之中。未验修行得道之圣，盖是亡命山泽④之民。所以指示三纲⑤，更开五教⑥。遗之以歌，令反其或。歌曰：

800

孝敬父母，疼爱妻子。
家庭和睦，人世常理。
黏液捕鸟，无法脱离。
逾过雷池，山穷水迷。
离家舍业，如抛弃履。
逃亡之人，生自木石？

---

① 令反惑情：地方官发令，矫正民众的迷惑、困惑。
② 轻于脱屣。视同敝履，随意扔掉。
③ 倍俗先生："倍俗"同"背俗"（违背世俗），"先生"表示讽刺。
④ 亡命山泽：擅自脱离户籍管理，藏匿山林，逃避赋税与劳役的盗贼。法律规定，逃亡不服从国司者，罪同谋反，处绞刑。
⑤ 三纲：君臣、父子、夫妇之道。
⑥ 五教："五常"，即父义、母慈、兄友、弟顺、子孝，我国通常作"仁、义、礼、智、信"。

报上名来，何方人氏?
妄想登天，任性乖戾。
大地之上，大君治世。
朗朗乾坤，昭昭法理。
大地尽头，天云迢递。
吾皇大君，治国有律。
不可违规，不可造次。

译者解说：

此序言及长歌表现地方官山上忆良以儒学治国的姿态。

801 **反歌**

天道悠悠，世间安宁。重返田园，家业重整。

802—803 山上忆良，思诸子歌一首并序

释迦如来，金口正说："等思众生，如罗侯罗①。"又曰："爱无过子。"至极大圣，尚有爱子之心。况乎世间苍生，谁不爱子乎。

802 瓜甜遗诸子，栗香念小厮②，
童颜浮现难自持。

803 金银美玉何足惜，焉及骨肉小儿女。

---

① 罗侯罗：释迦出家前与其妻所生之子。
② 小厮：自己的孩子。

译者解说：

忆良丧妻五年后再婚，养育儿女，舐犊情深。

804—805 山上忆良，哀人世难居，长歌并序

易集难排，八大辛苦①。难遂易尽，百年赏乐。古人所叹，今亦及之。所以因作一章之歌，以拨二毛②之叹，其歌曰：

804 世间何事最无奈，岁月流逝如河川。
八大辛苦接踵来，波涛难平起事端。
妙龄女子佩玉镯，结伴游乐百花间。
芳菲正盛易凋零，倏忽黑发秋霜染。
眉宇眼角生皱纹，玉貌花容已不见。
男儿英武挎大刀，双手紧握弓与箭。
飞身跃上赤马背，胯下精美倭纹鞍。
游遍天下胜景处，遍访佳丽春宵短。
香闺门户尽推开，夜夜春风枕玉腕。
谁知刀剑换藜杖，行走无力腰腿弯。
漂泊四处遭冷遇，衰朽残年讨人嫌。
魂魄飞散命将尽，世上谁人可回天。

805 **反歌**

岩石坚固立千年，人世无常驻留难。

---

① 易集难排，八大辛苦：出自《大般涅槃经·圣行品》，人间一切悲苦根源，容易积累，难以排遣。

② 二毛：《文选》潘岳《秋兴赋》："余春秋三十有二，始见二毛。"自己开始衰老，黑发中出现白发。

神龟五年（728 年）七月二十一日，筑前国守山上忆良于嘉摩郡撰定。

806—807 大宰帅大伴卿，相闻歌两首

伏辱来书，具承芳旨①。忽成隔汉之恋②，复伤抱梁之意③。唯羡，去留无恙④，遂待披云耳⑤。

806　　愿得龙马奋蹄走，往来奈良须臾间。

807　　与卿相逢难实现，但愿梦中常相见。

译者解说：

“龙马”出自《文选》（卷第十四，鸟兽下）。《周礼》曰：“凡马八尺以上为龙。”

808—809 在京某人，答歌二首

808　　由我为君寻龙马，不必劳驾到奈良。

809　　相会唯在梦枕上，不见君面岁月长。

---

① 伏辱来书：具承芳旨，奈良友人给大伴旅人来信，其姓名不详，也未收录《万叶集》中。据信中“隔汉之恋，抱梁之意”词语推断，寄信人为女性，可能是丹生女王。
② 隔汉之恋：牛郎织女远隔河汉，喻奈良与九州筑紫路途遥远。
③ 抱梁之意：用尾生恪守信用，抱桥柱溺水而亡的典故，表示至死不渝。
④ 去留无恙：《游仙窟》，“所恨别易会难，去留乖隔。”
⑤ 遂待披云：我国尺牍用语，意为拨云见青天，贵人降眼前。

810—811 大伴淡等[①]之谨状[②]

帅大伴卿，赠中卫大将藤原卿梧桐日本琴，歌二首（赠梧桐日本琴一面，对马结石山之孙枝[③]也。）

此琴，梦化娘子曰："余托根遥岛之重峦，晞干九阳[④]之休光。长带烟霞，逍遥山川之阿，远望风波，出入雁木之间。唯恐百年之后，空朽沟壑。偶遇良匠， 散（雕刻）为小琴。不顾质粗音少[⑤]，恒希君子左琴[⑥]。"即歌曰：

810　　何时能卧双膝上，君拂琴弦为知音。

811　吾答歌曰：

身为木琴默无语，定得君子爱顾情。

琴娘子答曰：敬奉德音。幸甚幸甚。片时醒来，即感于梦中娘子之言，心中慨然，不得沉默。故附书函于公使，聊以进御耳。谨状，不具[⑦]。

天平元年（729 年）十月七日。附书信使献上。

谨呈　中卫高明[⑧]阁下　谨空[⑨]

---

① 大伴淡等：大伴旅人，寄信给藤原房前并赠琴。
② 谨状：写给上级的信函。
③ 孙枝：旁枝。
④ 九阳：太阳。
⑤ 质粗音少：质量粗糙，音量微弱。
⑥ 左琴：《古烈女传》，"左琴右书，乐亦在其中矣。"
⑦ 谨状，不具：尺牍自谦语，能力有限，所言不详。
⑧ 中卫高明：中卫府大将藤原房前的敬称，他性格风雅温厚，与旅人交情甚笃。中卫府大将负责天皇警卫。当时房前 49 岁，比旅人小 16 岁。
⑨ 谨空：尺牍礼貌用语，谨留空白。

译者解说：

本篇为旅人寄藤原房前之书函，托付大宰府进京使者大监（大宰府三等官）转交。藤原房前之回复：

跪承芳音，嘉惧交深。乃知龙门之恩，复厚蓬身之上。恋望殊念，常心百倍。谨和白云之什，以奏野鄙之歌。房前谨状。

812 中卫大将藤原房前，回赠歌一首

君子割爱，木琴无言。吾辈惶恐，岂敢怠慢。

十一月八日 附书函于返回筑紫之大宰大监

谨呈 贵府门前

813—814 山上忆良，咏镇怀石，长歌并短歌

筑前国怡土郡深江村子负原①，临海丘上有二石。大者长一尺二寸六分，围一尺八寸六分，重十八斤五两。小者长一尺一寸，围一尺八寸，重十六斤十两。并皆椭圆，状如鸡卵。其美好者，不可胜论。所谓径尺璧是也。或云，此二石者，肥前国彼杵郡平敷之石，当占而取之。去深江驿家二十许里②，近在路头。公私往来，莫不下马跪拜。古老相传曰，往者，息长足日女命③，征讨新罗国之时，用兹两石，插著御袖之中，以为镇怀。（实是御裳中矣）所以行人敬拜此石。乃作歌曰：

① 子负原：地名。
② 里：当时日本“一里”约合 654 米。
③ 息长足日女命：神功皇后，第 14 代仲哀天皇之后，远征新罗、百济、高句丽。《古事记》《日本书纪》《筑前国风土记》载：神功皇后征讨新罗时，即将生下应神天皇，便将镇怀石绑在腹部，用咒术推迟产期。

诚惶诚恐，不敢妄言。
神功皇后渡沧海，
平定新罗扫逆顽。
灵石两尊，光洁浑圆。
安神静心，祭祀上天。
灵石神奇，万代相传。
灵石功高归何处，
安放筑紫大路边。
深江村，子负原。
世代膜拜，祭祀不断。
神哉灵石，尊贵非凡。

814 反歌

天地永恒，安放路边。灵石故事，万代相传。

原编者注：

记录以上事迹者，那珂郡伊知乡蓑岛之人建部牛麻吕①是也。

815—846 梅花歌三十二首并序

序 天平二年（730 年）正月十三，萃②于帅老③之宅，申④宴会

---

① 建部牛麻吕：传不详，可能为山上忆良九州时代的部下。
② 萃：汇聚。
③ 帅老：对大宰帅大伴旅人的尊称。
④ 申：召开，举行。

也。于时，初春令月[①]，气淑风和，梅披镜前之粉[②]，兰熏珮后之香[③]。加以曙岭移云，松挂萝而倾盖，夕岫结雾，鸟封縠[④]而迷林。庭舞新蝶，空归故雁。于是盖天坐地，促膝飞觞。忘言一室之里，开衿烟霞[⑤]之外。淡然自放，快然自足。若非翰苑[⑥]，何以滤情[⑦]。请纪落梅之篇。古今夫何异矣。宜赋园梅聊成短咏。

815　　正月和睦春已到，年年赏梅乐陶陶。

——大弐纪卿[⑧]

译者解说：

大宰帅旅人主持梅花盛宴，副职纪氏首先公布即席创作，是为开场白，点名梅花盛宴主题：上下一心，和睦迎春，赏梅饮酒，其乐融融。

816　　今日梅开莫凋残，芳菲永驻我家园。

——少弐小野大夫[⑨]

817　　梅花满开占庭园，添得青柳编花冠。

——少弐栗田大夫

---

① 令月：美好的月份。
② 镜前之粉：女子化妆用粉。
③ 珮后之香：挂在腰带上的香囊。“珮后之香”与“镜前之粉”为对句。
④ 縠：读作 hú，有皱纹的薄纱，比喻山林轻雾。
⑤ 烟霞：指红尘俗世。
⑥ 翰苑：美文荟萃之处。
⑦ 滤情：让心情变得更加纯净。
⑧ 大弐：“大弐”为官职，大宰府首席次官，旅人的部下。“弐”同“贰”（二）。此人姓纪。“卿”，尊称。
⑨ 少弐小野大夫：“少弐”，大宰府二等官的副职，从五品。“大夫”是对四、五品官员的敬称。

译者解说：

用梅花与柳枝或藤蔓编成花冠戴于头上，可摄取大自然无限生命力，永葆青春。

818　　春来梅开庭院里，独坐遥望日偏西。

——筑前守山上忆良

译者解说：

山上忆良年高德劭，受人尊敬，位列第四。忆良回忆平素独居家中，面对庭院梅花，常有孤独之感。叹今日赴梅花盛宴，同僚满座，欢聚一堂盛况。

819　　世人多为恋情苦，安得超凡做梅仙。

——丰后守[①]大伴大夫

译者解说：

丰后守为大伴旅人部下。山上忆良吟罢，丰后守话锋一转，希望借酒美梅香与盛宴气氛，抛开郁结的失恋之苦，超凡入圣，飘飘欲仙。

820　　高朋满座赏梅花，折来芳枝头上插。

——筑后守葛井大夫[②]

---

① 丰后守：丰后国（九州大分县大部分地区）的长官，大夫大伴首麻吕。
② 葛井大夫：葛井连大成，旧姓白猪史，百济归化人后裔。

821　　酒尽人散满地落，青柳梅花头上插。

——笠沙弥①

译者解说：

作者以旅人友人身份出席梅花之宴，想到花落人散，“诸行无常”的哲理。笠沙弥想将宴会的余兴带走，便以苑中柳枝与梅花插头，让快乐一直陪伴身边。

822　　我家园中梅花落，天降香雪飞碎琼。

——主人

译者解说：

东道主大伴旅人公布梅花歌。盛会之时，春风骀荡，梅花飘落，地铺香雪。十来岁的大伴家持兄弟坐在父亲身边，终生难忘当年情景，后来回忆梅花盛宴，作歌相和（编号 3901 作品）。

823　　莫道园中梅花落，城山②深处雪纷纷。

——大监伴氏百代③

译者解说：

正月十三，相当于阳历二月八日，梅花尚未凋落。

---

① 笠沙弥：满誓沙弥，笠姓，俗名笠朝臣麻吕。“朝臣”为天皇赐皇族与贵族的姓氏之一。他曾任地方官，元明天皇朝后期出家。

② 城山：大宰府对面的大野山。

③ 大监伴氏百代：大宰府大监，正六品下，首席判官，负责审查文案，监察府内官员，为上司旅人传递书信。

824 我家竹林莺声啼，梅花凋谢太可惜。

——少监①阿氏奥岛

译者解说：

黄莺亦惋惜梅花凋零。

825 园中梅花正烂漫，同戴花冠好游玩。

——少监土氏百村②

826 我家梅花枝头笑，风中春柳谁更娇。

——大典③史氏大原

827 春来黄莺隐花丛，啼鸣一声落低枝。

——少典④山氏若麻吕⑤

828 折取梅枝鬓间插，引得众目皆羡艳。

——大判事⑥丹氏麻吕

829 梅花散尽还复开，芬芳相继莫伤怀。

——药师⑦张氏福子⑧

---

① 少监：大监的部下，次席判官，从六品上。
② 土氏百村：指土师宿祢百村，正七品上，曾是山上忆良东宫（后来的圣武天皇）侍讲时代的同僚。
③ 大典：大宰府四等官，正七品上。史氏大原传不详。
④ 少典：大宰府四等官之次席。
⑤ 山氏若麻吕：山口忌寸若麻吕。
⑥ 大判事：大宰府司法官，从六品下。丹氏麻吕，传不详。
⑦ 药师：大宰府医师，正八品上。
⑧ 张氏福子：张福子，方士。另有一名写经生张上福，可能是其兄弟。

830　梅花绽开天地久，绵延不绝千万年。

——筑前介佐氏子首①

831　春来果见梅花放，思君不见夜难眠。

——壹岐②守板氏安麻吕

832　折来梅枝插头上，终日欢乐满园春。

——神司③荒氏稻布

833　年年春来梅插鬓，举杯宴饮乐陶陶。

——大令史④野氏宿祢麻吕⑤

834　梅花盛开春满园，鸟声婉转情无限。

——少令史田氏肥人⑥

835　与梅有约春日会，今日宴饮又重逢。

——药师高氏⑦义通

836　手折梅枝当插头，今日偏觉韶光短。

——阴阳师⑧礒氏法麻吕

---

① 筑前介佐氏子首：筑前国（福冈县西北部）地方官的副职。佐氏子首，从六品上。
② 壹岐：对马海峡中的群岛，离九州 25 公里，今属长崎县。
③ 神司：大宰府中主持神道事务的官员，正七品下。荒氏稻布，传不详。
④ 大令史：大判事手下的书记官。
⑤ 野氏宿祢麻吕：疑为小野臣淑奈麻吕。
⑥ 少令史：大判事的书记官。田氏肥人，传不详。
⑦ 高氏：高句丽归化人家族。
⑧ 阴阳师：负责天文、气象、历法、时刻、占卜等工作的官员，正八品上。

837　唤来莺啼春野上，我家小园梅正芳。

——算师[①]志氏大道

838　风中梅落香缥缈，冈边莺啼唱春光。

——大隅目[②]榎氏钵麻吕

839　春野洁白疑是雪，游人踏处落梅花。

——筑前目田氏真上

840　春柳花冠梅花冠，酒杯浮现谁芳颜。

——壹岐目村氏彼方

841　聆听莺声时尚早，我家庭院落梅花。

——对马目高氏老

842　莺落梅树低枝啼，只恐惊得花飞散。

——萨摩目[③]高氏海人

843　梅花插头众人欢，当年京城景重现。

——土师氏御道

844　眼前梅花飘飘落，佳人园中雪满天。

——小野氏国坚

---

① 算师：负责计算工作，相当于今天的会计，正八品上。
② 大隅目：大隅国的四等官。大隅国，位于今鹿儿岛县东部。
③ 萨摩目：萨摩国的四等官。萨摩国，今鹿儿岛县西部。

845　　黄莺盼得梅花绽，切莫凋零待佳人。

——筑前掾门氏石足

846　　梅花插头终难弃，霞光缭绕春日迟①。

——小野氏淡理②

译者解说：

共32人出席梅花之宴，每人赋诗一首，模仿王羲之等人的兰亭雅集。小学馆版《万叶集》注：梅花歌之前的“序”为山上忆良所作。其遣词用句不但模仿王羲之的《兰亭集序》，还能从中看到王勃、骆宾王的语言风格。

此消息和作品很快传到京城奈良，人们惊叹当朝一流歌人都云集于九州大宰府，京城歌坛不禁黯然失色。

847—848　员外③思乡歌二首

847　　流光不返朱颜改，飞天仙药难奏效。

译者解说：

两首思乡歌的作者为大伴旅人，66岁远赴九州，不知是否能生还故园，老妻大伴郎女不久丧命他乡。

848　　飞上青天服仙药，

---

① 春日迟：春天来临，白昼日渐变长，《诗经 · 小雅 · 出车》：“春日迟迟，卉木萋萋。”

② 小野氏淡理：小野朝臣田守，名“淡理”（たもり），亦作“田守”。

③ 员外：本指编外官员，这里表示自谦。藤原定家的《拾遗愚草》中亦有“员外杂歌”。

不如即刻返京师，
定可重返少年时。

849—852 其后，追和梅花歌四首

849 斑斑残雪梅花开，雪消枝头依然在。

850 梅花盛开夺雪白，愿有知己赏花来。

851 我家梅树花烂漫，花落只恨无人赏。

852 梅仙入梦倾心谈，杯中浮动自风流。

译者解说：

以上四首，亦是大伴旅人作品。

853—854 大伴旅人，游松浦川，赠少女等歌

序 余以暂往松浦之县①逍遥，聊临玉岛之潭游览，忽值钓鱼女子等也。花容无双，光仪无匹。开柳叶于眉中，发桃花于颊上。意气②凌云，风流绝世。仆③问曰："谁乡谁家儿等，若疑神仙者乎？"娘④等皆笑答曰："儿等者渔夫之舍儿，草庵之微者。无乡无

① 县：同"地"，"松浦之县"即松浦之地。
② 意气：品味高雅之意。
③ 仆：第一人称代词，自谦。"余""下官"亦为自谦语，常见于王勃的《王勃诗序》与《游仙窟》等文章。
④ 娘：年轻姑娘。

家，何足称云。唯性[①]便水[②]，复[③]心乐山。或临洛浦[④]而徒羡玉鱼[⑤]，乍[⑥]卧巫峡以空望烟霞。今以邂逅，相遇贵客，不胜感应，辄陈款曲[⑦]。而今而后岂可非偕老哉！”下官对曰：“唯唯，敬奉芳命。”于时日落山西，骊马[⑧]将去，遂申怀抱，因赠咏歌曰：

853　自言垂钓渔家女，显赫家世定不凡。

854　**少女等答诗**

家在玉岛河畔住，贵人面前不敢言。

855—857　飘蓬之客，再赠歌三首

855　波光粼粼松浦川，垂钓香鱼[⑨]湿裙边。

856　借问仙姬家何处？玉岛川上[⑩]垂钓竿。

857　脉脉含情迎远客，愿枕仙姬香臂眠。

---

① 唯性：唯生性如此。
② 便水：乐水，喜欢与水亲近。《论语 · 雍也篇》：“知者乐水，仁者乐山。”
③ 复：还有。
④ 洛浦：洛水之滨。语出曹植《洛神赋》，洛水之滨偶遇洛水女神，终因人神殊途，不得不怅然分别。
⑤ 徒羡玉鱼：出自《淮南子 · 说林训》：“临河而羡鱼，不如归家织网。”
⑥ 乍：念作“zhà”，“恰逢，正好在……”之意。
⑦ 款曲：衷情。
⑧ 骊马：黑马。“日落山西，骊马将去。”出自曹植《洛神赋》：“日既西倾，车殆马烦。”
⑨ 香鱼：日本的“鲇鱼”，溪流淡水鱼，头大尾扁，无鳞，肉有香气，味道鲜美。
⑩ 玉岛川：玉岛村东面的河流，经镜山北麓向西流淌，注入松浦川。

译者解说：

组歌“松浦川”文辞优美，意境缥缈，深受中国神仙思想影响。序言作者可能为大伴旅人，也可能是旅人授意，由山上忆良执笔。

《日本书纪·卷第九·神功皇后》载：传说仲哀天皇九年，神功皇后“夏四月，北到松浦县，而进食于玉岛里小河之侧。于是，皇后勾针为钩，取粒为饵，抽取裳缕为缗，登河中石上，而投钩祈之曰，朕西欲求财国。若有成事者，河鱼饮钩。因以举竿，乃获细鳞鱼”。为占卜西征朝鲜新罗国的成败，神功皇后用饭粒和衣裳上的线做钓鱼器具垂钓，成功钓得香鱼。从此，当地女性每年四月都来此垂钓香鱼，祈求好运，蔚然成风。

大伴旅人虽过花甲，仍充满青春活力，憧憬着神秘美丽的梦境，追求浪漫。山上忆良比他年长 5 岁，却是现实主义诗人。两人于圣武天皇（724—749 在位）神龟、天平初年同在九州任职。

小学馆版《万叶集》注：“松浦川·序”之语言风格显然受中国《文选》中的《高唐赋》《神女赋》《洛神赋》，以及唐代传奇小说《游仙窟》的影响。“开柳叶于眉中，发桃花于颊上”，是从其中诗句“眉间月出疑争夜，颊上花开似斗春”，以及“开翠柳眉之色，乱红桃脸之新”字句演化出来的。《游仙窟》开头，主人公“余”与女子之间的问答：“余乃问曰，承闻此处有神仙之窟……，女子答曰，儿家堂舍贱陋……”“余问曰，此乃谁家之舍？”可见，松浦川上的垂钓少女并非渔家之女，而是当地豪族的千金。

858—860　少女等再答歌三首

858　　缥缈春情付流水，垂钓香鱼松浦川。

译者解说：

少女们将春梦寄托于滔滔流水，松浦川垂钓不单是游玩，还望天赐良缘，等来如意郎君。

859　　春到侬家河窄处，香鱼跳跃眼欲穿。

译者解说：

河道有宽有窄，窄处可涉水而过。少女说此处即进入我家的“入口”。香鱼在此处跳跃欢腾，兴高采烈。暗示说，落花有意，流水有情，希望郎君晚上前来相会。

860　　情如春水流不尽，松浦川上七道滩①。

小学馆版《万叶集》注：此组情歌皆为虚构。旅人与少女情歌互答的情景出于浪漫遐想。

861—863　后人追和诗三首，赠帅老

861　　松浦川上流水急，飞沫溅湿红裙边。

862　　松浦玉岛多游客，不见仙姬心不甘。

863　　有幸邂逅垂钓女，后人欣羡成美谈。

译者解说：

友人又吟三首和歌，与书信一并寄给帅老。

---

① 松浦川上七道滩：这里河床变宽，河水变浅，因地形变化，流水或放慢速度，或汹涌澎湃，夺路而去。

旧友吉田宜书简

宜启①。伏奉四月六日赐书。跪开封函，拜读芳藻。心神开朗，似怀泰初②之月，鄙怀除祛，若披乐广③之天。至若羁旅边城，怀古旧④而伤志⑤，年矢⑥不停，忆平生而落泪。但达人⑦安排，君子无闷。伏冀⑧，朝宣怀翟⑨之化，暮存放龟⑩之术，架张赵⑪于百代，追松乔⑫于千龄耳。兼奉垂示。梅苑张席，群英摛藻⑬，松浦玉潭，仙媛赠答，类杏坛各言之作。疑衡皋⑭税驾⑮之篇。耽读吟讽，戚谢欢怡。宜恋主之诚，诚逾犬马，仰德之心，心同葵藿⑯。而碧海分地，白云隔天。徒积倾延。何慰劳绪。孟秋⑰膺节，伏愿万祐日新。今因相扑⑱部领⑲。谨付片纸。宜谨启，不次。

---

① 宜启：回复尊贵者书信时起笔用的敬语，见我国《尺牍大全》等工具书。
② 泰初：魏国夏侯玄，字泰初。《世说新语 · 容止篇》评价他："朗朗如日月之入怀。"
③ 乐广：《晋书 · 乐广传》评价其人品："若披云雾睹青天。"
④ 古旧：同"故旧"，老友。
⑤ 志：古日语中有"寄予对方深情厚意""亲切之心""爱情"等含义。
⑥ 年矢：光阴似箭。
⑦ 达人：造诣高深之人。
⑧ 伏冀：内心恭敬地期望对方。
⑨ 怀翟：《文选 · 齐故安陆昭王碑文》："雏雉必怀。"东汉县令鲁恭，施良政，德及鸟兽。雉鸟也会驯服，停在他身边。
⑩ 放龟：《晋书》中孔愉放龟的故事。
⑪ 张赵：张敞与赵高汉，皆为汉代良吏。
⑫ 松乔：赤松子与王子乔，都是有名仙人。
⑬ 摛藻：铺张辞藻。"摛"，读作 chī。
⑭ 衡皋：长满香草的水池。
⑮ 税驾：将马匹从车辕上解下来休息。
⑯ 葵藿：葵、藿（豆叶）皆有仰慕太阳的习性，比喻臣下仰慕君主。
⑰ 孟秋：初秋七月。
⑱ 相扑：七月七日宫中七夕祭后要举行相扑会。
⑲ 部领：从全国召集相扑选手的使者。

864 吉田连宜，唱和梅花歌一首

无缘亲赴赏花宴，愿化梅花伴君开。

865 吉田连宜，唱和松浦仙媛歌一首

松浦河畔苦相盼，渔家哪得此仙媛。

《万叶集常识辞典》："万叶时代，有青年男女相互表达爱慕之情的赛歌风俗，称为"歌垣"，本是春耕前的祭祀仪式，渐渐变成谈情说爱，成就夫妻姻缘的机会。""《常陆国风土记》：筑波山歌垣于每年春秋二季举行，少男少女携带饮食和求婚礼物，汇聚一起，互唱情歌。参加歌垣后，便被公认具有成人资格，可参加祭神奉献活动，负起地域社会成员的责任。"

866—867 吉田连宜，思君意犹未尽，重题二首

866 山水遥遥云万重，相思远寄筑紫国。

867 君行路遥岁月长，奈良庭院树苍苍。

天平二年（730年）七月十日

868—870 山上忆良，松浦之歌三首

忆良，诚惶顿首，谨启
忆良闻，方岳诸侯①、都督刺史②，并依法典③，巡行部下，察

① 方岳诸侯：镇守东南西北四方的官员。
② 都督刺史：代指大宰帅与国守们。
③ 《养老令》三十三条："凡国守，每年一度，巡行属郡，以观风俗。"访问民间疾苦，推行儒家教化，考评属下官员业绩等。

其风俗。意内多端①，口外难出。谨以三首之鄙歌，欲写五脏之郁结。其歌曰：

868　　松浦江边多仙媛，
含笑舞披肩②，愿访此山川。

869　　神功皇后垂钓竿，
肃然立峭岩，谁人亲眼见？

原编者注：

某抄本曰：垂钓香鱼。

870　松浦③之行，不需百日。明日便归，何谓艰难。

天平二年（730年）七月十一日，筑前国司山上忆良谨上

871　咏肩巾麾岭④，歌一首

序　大伴佐提比古郎子⑤，特被朝命，奉使藩国⑥。舣棹⑦言归，稍赴苍波。妾也松浦弟姬⑧，嗟此别易，叹彼会难。即登高山之岭，

① 多端：工作千头万绪，十分繁忙。
② 披肩：原文为“肩巾”，送别时用来召唤对方的灵魂。“舞”，挥舞。
③ 松浦：从大宰府所在地二日市到松浦玉岛川河口，今天的铁路距离约60公里。
④ 肩巾麾岭：位于佐贺县唐津市东、虹松原之南的镜山，海拔283米。
⑤ 大伴佐提比古郎子：大伴狭手彦。郎子，指年轻男子。
⑥ 藩国：守卫王室之国，此处指日本统治下的朝鲜半岛任那国。
⑦ 舣棹：摇船靠岸。
⑧ 松浦弟姬：大伴狭手彦出使任那国前，向松浦筱原村的美女求婚，此歌为弟姬临别时吟唱。

遥望离去之船。怅然断肝，黯然销魂。遂脱肩巾麾之，旁者莫不流涕。因号此山曰肩巾麾岭也。乃作歌曰：

松浦舞披肩，眼前望夫山，
山名肩巾麾，从此天下传。

872　后人追和一首

山名传千古，松浦出仙媛。
手挥肩巾处，即是望夫山。

873　后人追和，歌一首

别恨千万年，世代皆相传。
飘飘舞肩巾，松浦遇仙媛。

874—875　再有人唱和，歌二首

874　夫君何时归，沧海行舟远。
泪眼望天际，山顶舞披肩。

875　山顶舞披肩，难留远行船。
依依难舍情，仙姬肝肠断。

876—879　书殿饯别酒宴之日，倭歌[①]四首

876　愿化青鸟飞天际，送君返京再回还。

---

① 倭歌：和歌。大伴旅人归京，于大宰府书殿（图书寮）举行饯别酒会。

877 今日一别肝肠断，
策马抵近龙田山①，
忘却旧友望家园。

译者解说：

天平二年（730年），本组歌的作者山上忆良70岁，大宰帅大伴旅人65岁。11月，旅人奉旨回京，荣升大纳言，临别时属下设宴送别，今日一别，恐难再会。此歌使用了古代方言，至今尚无统一解读。忆良推测说，当旅人走近龙田山时，家山遥遥在望，喜悦之情会冲淡沿途萦绕在心的离愁别恨，你会将我们都遗忘吧。翌年7月，旅人病逝。

878 此刻不敢言寂寞，别后难逢更冷落。

879 愿君健硕千万载，不离朝廷勤问政。

880—882 敢布私怀，歌三首

880 天涯海角居五载②，京师风习早忘怀。

881 每日唯闻空叹息，光阴飞逝又一年。

882 春来我主大恩降，微臣奉旨返奈良。

天平二年十二月六日，筑前国司山上忆良谨上

---

① 龙田山：位于从难波港经河内国前往平城京路上，奈良已近在眼前。
② 五载：山上忆良67岁出任筑前国守，前后共5年，此歌作于71岁时。

883 三岛王[①]，后日唱和松浦佳丽歌一首

松浦望夫山，美人舞披肩，
传闻不曾亲眼见。

884—885 大典麻田阳春[②]，为大伴君熊凝述志，歌二首

884 离故乡，踏远路，
悲痛无言别父母。
不知倒毙在何处？

885 命如朝雾顷刻散，
远赴异乡死犹难，
欲见双亲拜慈颜。

886—891 山上忆良，为熊凝述志，敬和咏歌六首并序 筑前国守山上忆良

序 大伴君熊凝者，肥后国[③]益城郡人也。年十八岁，天平三年（731 年）六月十七日，为相扑使某国司随从，前往京师。为天下不幸，在路染疾，于安艺国[④]佐伯郡高庭驿站身亡也。

临终之时，长叹息曰："传闻，假合之身[⑤]易灭，泡沫之命难

① 三岛王：舍人亲王第四皇子，淳仁天皇之兄。
② 大典麻田阳春：大宰府新任官员，梅花宴上未见其作品。
③ 肥后国：今熊本县。
④ 安艺国：今广岛县西部。
⑤ 假合之身：佛说，人体由地水火风四大元素暂时结合而成。

驻。所以千圣已去，百贤不留[①]。况乎凡愚微者，何能逃避。但我老亲。并在庵室[②]，待我过日[③]，自有伤心之恨，望我违时[④]，必致丧明[⑤]之泣。哀哉我父，痛哉我母。不患一身向死之途，唯悲双亲在生之苦。今日长别，何世得覲。”乃作歌六首而死。其歌曰：

886 为赴京师别慈母，迢迢异乡偏僻路。
结伴翻越百重岭，相约早日见皇都。
山道蜿蜒折柴草，权可铺床野外宿。
患病卧床唯叹息，家乡慈父难照顾。
天边慈母肝肠断，人世无常本悲苦。
身如野犬落荒野，匍匐丧命如朝露。

887 临死不见慈母面，
欲拜别，心黯淡，
不知何方是家山。

888 旅途陌生行程远，
路难辨，心不安，
囊中干粮将耗完。

889 在家自有母呵护，
天伦乐，心舒坦，
谁料今日下黄泉。

---

① 千圣已去，百贤不留：千年一遇的圣人、百年一见的贤者都已逝去。
② 并在庵室：二老同居简陋之屋。
③ 过日：度过日月。
④ 违时：白费时日。
⑤ 丧明：痛苦得双眼失明。

890　父母屈指算旅程，
慈父哟，慈母哟，
盼我今日返家园。

891　此生再无重逢日，
慈父哟，慈母哟，
不孝之子辞尘寰。

892—893　山上忆良，贫穷问答长歌并短歌

892　风雨交加夜茫茫，冷雨霏霏白雪扬。
寒气彻骨苦无计，且将坚盐[1]口中尝。
无奈啜饮糟汤酒[2]，咳嗽难忍涕泗淌。
手捋短须夸矜持，自命不凡好儿郎。
低头回顾叹寒舍，粗麻被褥裹身上。
坎肩冷硬权充数，重重叠叠寒难挡。
世间尚有更穷人，凄凉光景何恓惶。
啼饥号寒父母悲，妻子哭啼痛断肠。
此情此景不忍看，哪有良策度时光？
（以上为贫者问歌）

天地虽广路难行，崎岖山路似羊肠。
日月朗朗吾家暗，为何只照金玉堂。
世人皆悲岁月寒，唯我时乖最遭殃？

---

① 坚盐：纯度低的粗盐，色黑块硬。
② 糟汤酒：将过滤出来的酒糟加水，便成了糟汤酒。

有幸生为世上人，五根齐全[1]愧难当。
海松[2]充填成襤褛，坎肩无棉透风霜。
屋檐低矮如伏地，室内狭窄暗无光。
父母上方卧稻草，下方妻子挤光床。
全家围坐空叹息，炉灶无烟早冰凉。
如何炊饭早忘却，甑子结满蜘蛛网。
哀哀鵺鸟[3]空中啼，叹息呻吟传四方。
里长[4]持鞭门前吼，短材截端[5]无天良。
怒吼声声传屋内，胆战心惊实恐慌。
人世道理何处有，哀哀无告心悲凉。

（以上为穷者答歌）

译者解说：

《贫穷问答歌》贫者发问，穷者答之，类似中国问答体诗歌。

893 反歌

人世茫茫，忧愧烦恼。无计高飞，吾身非鸟。

译者解说：

歌中情景不但是作者早年生活的真实体验，也来自对贫苦民众生活的敏锐观察。从主题来看，《贫穷问答之歌》明显受陶渊明的《咏贫士》《乞食》等诗篇的影响。

---

① 五根齐全：《涅槃经》载，开悟必需之五种精神力量：信、勤、念、定、慧。
② 海松：绿色海藻的一种，可食用，晾干后将其权当填充物缝进了坎肩。
③ 鵺鸟：其啼声如人之叹息，悲寂凄凉、有气无力。
④ 里长：《户令》中规定“凡户以五十户为里，每里置长一人”。
⑤ 短材截端：日本古谚。谓弱者反而易受欺侮，损不足以奉有余。

忆良的“反歌”抒发出对社会强烈批判与悲愤忧郁的心情。他强压怀才不遇，壮志难酬的悲愤，唱出这首撕心裂肺的悲歌。在以描写恋情与风花雪月为主的和歌史上，是反映现实的罕见杰作。

斋藤茂吉《万叶秀歌》：“《论语》中有‘邦有道，贫且贱焉耻也’《论语·泰伯第八》。魏文帝曹丕有诗云：‘愿飞安得翼，欲济河无梁。’（《杂诗二首—其一》）忆良这首和歌的构思与灵感，显然受到《论语》以及曹丕《杂诗二首》等汉文典籍的影响。”

894—896　山上忆良，好去好来长歌并短歌二首

894　自神代，治世传千年，
大和国，神秀好江山。
皇祖神，威德天下扬，
言有灵[1]，佑我国土安。
到今朝，有口皆称赞。
国富庶，人丁满城乡，
不虚传，处处亲眼见。
日高照，朝廷多辉煌，
圣心明，仁爱满世间。
重英才，良家选儿郎，
委大任，为国育英贤。
奉敕命，渡海赴大唐，
为求学，不畏千里远。

① 言有灵：日本古人相信“言灵”，认为语言蕴藏神灵，能左右吉凶祸福。《续日本后记》中嘉祥二年（849 年）一节记载，兴福寺大法师等人进献的和歌中也用了“言灵”一词。

海面广，何惧风浪狂，
海神佑，一路保平安。
众神护，大船破浪行，
引航路，如同履平川。
天地间，众神佑我行，
大和国，赐我壮士胆。
乾坤朗，任我上九霄，
渡海疆，不怕冒艰险。
学有成，归期转眼近，
众神佑，为我指航线。
举臂膀，来我船舢上，
如墨线，航路不拐弯。
扬风帆，驶过值嘉崎，
望三津，即刻到海岸。
心似箭，平安进港湾。
儿郎归，别来应无恙，
诸君早日回故园。

反歌二首

895　松原港口勤洒扫，期盼诸君早回还。

896　闻说大船已进港，衣带未结奔海边。

原编者注：

天平五年（733 年）三月一日，忆良在家与遣唐大使多治比广成相见，三日献上此歌。谨呈入唐大使卿，山上忆良书记（记录之意）。

井村哲夫：“好去好来”为初唐时代口语，意思是“再见，一路顺风！平安归来！”

译者解说：

山上忆良（660—733）曾任第八次遣唐使少录（文书），大宝二年（702年）到长安留学两年。天平五年（733年），72岁的山上忆良与第十次遣唐大使多治比广成促膝交谈，殷殷话别。他于当年去世，未能等到这批遣唐使归国。

沉疴自哀文

山上忆良作

窃以，朝夕佃食[①]山野者，犹无灾害而得度世（括号中字句为忆良自注，下同。谓常执弓箭，不避六斋[②]，所值[③]禽兽，不论大小孕及不孕，并皆杀食，以此为业者也)。昼夜钓渔河海者，尚有庆福而全经俗[④]（谓渔夫潜女各有所勤，男者手把竹竿，能钓波浪之上，女者腰带鏨笼[⑤]，潜采深潭之底者也)。况乎，我从胎生迄于今日，自有修善之志，曾无作恶之心。（谓闻，诸恶莫作，诸善奉行之教也) 所以礼拜三宝，无日不勤，每日诵经，发露忏悔也。敬重百神，鲜夜有阙。（谓敬拜天地诸神等也) 嗟乎愧哉，我犯何罪？遭此重疾。（谓未知过去所造之罪，若是现前所犯之过，无犯罪过，何获此病乎？）

初沉疴以来，年月稍多。（谓经十余年也) 是时年七十有四，鬓发斑白。筋力弱羸。不但年老，复加斯病。谚曰，痛疮灌盐，短

① 佃食：狩猎为生。
② 六斋：每月六日为禁猎日。
③ 所值：所遇见的。
④ 全经俗：充分享受世俗幸福。
⑤ 鏨笼：鏨子与竹筐，采集鲍鱼等贝类的工具。

材截端，此之谓也。四肢不动，百节皆疼。身体太重，犹负钧石。（廿四铢为一两，十六两为一斤，卅斤为一钧，四钧为一石，合一百廿斤也）悬布欲立①，如折翼之鸟。依仗且步，比跛足之驴。

吾以身已穿俗，心亦累尘。欲知祸之所伏，祟之所隐，龟卜之门，巫祝之室②，无不往问。若实若妄，随其所教。奉币帛无不祈祷。然而弥有增苦，曾无减差。吾闻，前代多有良医，救疗苍生病患。至若榆柎③、扁鹊、华他（佗）、秦合、缓④、葛稚川（葛洪）、陶隐居（陶弘景）⑤、张仲景等，皆是在世良医，无不除愈也。（扁鹊姓秦，字越人，渤海郡人也。割胸采心，易而置之，投以神药，即寤如平也。华他字元化，沛国谯人也。若有病结积沉重在内者，刳肠取病。缝复摩膏，四五日差定）追望件医，非敢所及⑥。若逢圣医神药者，仰愿，割刳五脏，抄写探百病，寻达膏肓之奥处（肓隔也，心下为膏。攻之不可，达之不及，药不至焉。）欲显二竖之逃匿⑦。（谓晋景公疾，秦医缓视而还者，可谓为鬼所杀也）

命根既尽，终其天年，尚为哀。（圣人贤者，一切含灵，谁免此道乎。）何况，生录⑧未半，为鬼枉杀，颜色壮年，为病横困者乎。在世大患，孰胜于此。（《志怪记》⑨ 云，广平前大守北海徐

---

① 悬布欲立：在梁上挂上布匹，拼命抓住方能站立。

② 龟卜之门，巫祝之室：从事占卜的人家，以及“巫祝”（男女巫师）。

③ 榆柎：传说中黄帝时代的良医。

④ 秦合、缓：秦国名医秦合与秦缓。

⑤ 葛稚川、陶隐居：葛洪与陶弘景。

⑥ 追望件医，非敢所及：原文如此，即便是缅怀古代名医，也无法如愿。

⑦ 欲显二竖之逃匿：弄清疾病的潜藏所在。二竖，原意为两位童子，《左传·成公十年》：晋景公患病时，疾病以两个童子的姿态显现，后来用“二竖”指疾病。

⑧ 生录：记录人之寿命的账簿。

⑨ 《志怪记》：六朝志怪小说。其中一篇说，冯马子梦见一位十八九岁的姑娘哭诉自己四年前被鬼冤杀，而生死簿记载的寿命是八十余岁。姑娘说：“如能帮我还阳，便做你的妻子”。后姑娘生还，二人结为夫妻。

玄方之女，年十八岁而死。其灵谓冯马子曰，案我生录，当寿八十余岁。今为妖鬼所枉杀，已经四年。此遇冯马子，乃得更活，是也。内教[①]云，瞻浮州[②]人寿百二十岁。谨案，此数非必不得过此。故《寿延经》云，有比丘，名曰难达。临命终时，诣佛请寿，则延十八年。但善为者天地相毕。其寿夭者业报所招，随其修短而为半也。未盈斯算，而遄死去，故曰未半也。任征君[③]曰，病从口入，故君子节其饮食。由斯言之，人遇疾病，不必妖怪。夫医方诸家之广说，饮食禁忌之厚训，知易行难之钝情三者，盈目满耳，由来久矣。抱朴子曰，人但不知其当死之日，故不忧耳。若诚知羽翮[④]可得延期者，必得为之。以此而观，乃知，我病盖斯饮食所招，而不能自治者乎）

帛公[⑤]略说曰，伏思自励，以斯长生。生可贪也，死可畏也。天地之大德曰生，故死人不及生鼠。虽为王侯，一日绝气，积金如山，谁为富哉。威势如海，谁为贵哉。《游仙窟》曰，九泉下人，一钱不值。孔子曰，受之于天，不可变异者形也，受之于命，不可请益者寿也。（见鬼谷先生相人书）故知生之极贵，命之至重。欲言言穷，何以言之，欲虑虑绝，何由虑之。惟以，人无贤愚，世无古今，咸悉嗟叹。岁月竞流，昼夜不息。（曾子曰："往而不反者年也"，宣尼临川之叹是矣也。）老疾相催，朝夕侵动。一代欢乐，未尽席前。（魏文惜时贤诗[⑥]曰，未尽西苑[⑦]夜，剧作北邙尘[⑧]也）

---

① 内教：指佛典《长阿含经》。
② 瞻浮州：亦称阎浮提、瞻部提，佛教宇宙观认为，须弥山为世界中心，其南面有瞻浮州国。
③ 任征君：姓任的征君（亦称征士），受朝廷征召，仍不愿出仕的高德隐士。
④ 羽翮：羽化登仙。
⑤ 帛公：《抱朴子》《神仙传》中的仙人帛和（亦称白和、帛仲理）。
⑥ 魏文惜时贤诗：魏文帝时代惋惜贤人的诗篇，其中说，享尽奢侈豪华者，早夭。此诗已不存。
⑦ 西苑：魏都以西名园。
⑧ 剧作北邙尘：飞快化作北邙山的尘土。

千年愁苦，更继坐后。（古诗云，人生不满百，何怀千年忧[1]矣。）

若夫群生品类，莫不皆以有尽之身，并求无穷之命。所以道人方士，自负丹经[2]，入于名山，而合药者，养性怡神，以求长生。抱朴子曰，神农云，百病不愈，安得长生。帛公又曰，生好物也，死恶物也。若不幸而不得长生者，犹以生涯无病患者为福大哉。今吾为病见恼，不得卧坐。向东向西，莫知所为。无福至甚，惣集于我[3]。人愿天从。如有实者，愿仰，顿除此病，赖得如平。[4]以鼠为喻，岂不愧乎。已见上也[5]。

悲叹俗道之假合即离[6]，去易留难，汉诗一首并序

窃以，释慈之示教（谓释氏慈氏[7]），先开三归（谓皈依佛法僧）五戒，而化法界[8]（谓一不杀生，二不偷盗，三不邪淫，四不妄语，五不饮酒也）周孔[9]之垂训，前张三纲（谓君臣父子夫妇）五教，以济邦国（谓父义、母慈、兄友、弟顺、子孝）。故知，引导虽二[10]，得悟唯一也。但以世无恒质，所以陵谷更变，人无定期，所以寿夭不同。击目之间[11]，百龄已尽，申臂之顷，

---

① 人生不满百，何怀千年忧：此诗句与《文选 · 古诗十九首》的“生年不满百，常怀千岁忧”略有不同。
② 丹经：讲述炼丹长寿之法的经书。
③ 惣集于我：集中到我身上。
④ 愿仰，顿除此病，赖得如平：希望能立即根除病痛，无事息灾。
⑤ 已见上也：此前文章已叙述同样意思。
⑥ 假合即离：由地水火风四大要素暂时结合而成的生命体，很快就会分解，各自离去。
⑦ 释氏慈氏：释迦与弥勒。
⑧ 法界：佛法世界，此处指全人类。
⑨ 周孔：周公与孔子。
⑩ 引导虽二：佛教与儒教的教导。
⑪ 击目之间：瞬间。

千代亦空。旦作席上之主，夕为泉下之客。白马走来，黄泉何及。①陇上青松，空悬信剑。②野中白杨，但吹悲风。③是知，世俗本无隐遁之室，原野唯有长夜之台。先圣已去，后贤不留。如有赎而可免者，古人谁无价金乎。未闻独存遂见世终者。所以维摩大士④疾玉体于方丈⑤，释迦能人掩金容⑥于双树。内教曰，不欲黑暗⑦之后来，莫入德天⑧之先至（德天者生也，黑暗者死也）。故知，生必有死。死若不欲，不如不生。况乎纵觉始终之恒数⑨，何虑存亡之大期也。

俗道变化犹击目，人事经纪⑩如申臂⑪。
空与浮云行大虚⑫，心力共尽无所寄⑬。

译者解说：

以上四句为作者自吟汉诗。

---

① 白马走来，黄泉何及：不管白马奔跑多快，都赶不上死亡来袭的速度。

② 陇上青松，空悬信剑：《史记 · 吴太伯世家》，吴国季札出使北方，见到徐君。徐君想见识一下季札的佩剑，但未说出口。季札十分明白他的心思，归国途中又来到徐君处，但徐君已死。于是，季札解剑，挂在徐君坟前的树上。

③ 野中白杨，但吹悲风：《文选 · 古诗十九首》十四，“古墓犁为田，松柏摧为薪。白杨多悲风，萧萧愁杀人”。

④ 维摩大士：维摩诘，毗舍离城之长者，精通佛法，以居士身份帮助释迦传教。

⑤ 方丈：维摩诘一丈见方的居室。

⑥ 金容：释迦尊容。

⑦ 黑暗：象征不幸与死亡。

⑧ 德天：象征幸福与生命。

⑨ 始终之恒数：人生的始终法则定数。

⑩ 人事经纪：人间常道。

⑪ 申臂：伸展胳膊肘一样，举手之劳。

⑫ 大虚：苍穹。

⑬ 无所寄：无依无靠。

897—903 山上忆良，重病，思儿等，长歌并短歌六首

897 人生寿命天注定，但愿安乐又平稳。
无事无灾度百岁，风平浪静无苦辛。
伤口疼痛偏撒盐，重荷层层巨石沉。
年迈更添百病苦，昼间叹息头亦昏。
彻夜叹息盼天亮，长年病痛久缠身。
如泣如诉伴呻吟，不如一死命归阴。
孩童吵如五月蝇，抛家离世难忍心。
忧心如焚万事休，放声号哭泪沾襟。

898 反歌

心无慰藉泪涟涟，飞鸟悲鸣藏云端。

899 悲苦无术欲遁逃，众儿牵衣步踉跄。

900 富贵公子锦衣多，尚未穿着朽满箱。

901 粗布衣衫难御寒，仰天长叹犹自伤。

902 安得生年可满百，命如水泡恨无常。

903 身如草芥不足取，只盼人寿千年长。

天平五年（733 年）六月丙申朔三日戊戌作

904—906 怀恋名曰古日之男儿，长歌并短歌二首

904 世人钟爱七件宝①，吾之欲望更无疆。
夫妇生子白如玉，娇儿古日不离床。
同坐同卧共嬉戏，黄昏牵手入梦乡。
爹娘左右来呵护，父母不离娇儿旁。
百千宠爱集一身，吾儿自卧床中央。
一朝长成众人羡，翩翩少年好风光。
水上大船行得稳，无常暴风从天降。
手足无措魂飞散，挂襻②捧镜求上苍。
仰拜天神加庇护，伏求地神佑儿郎。
神意难违听天命，心乱如麻心欲狂。
祈祷不停盼转机，病情危笃无指望。
日渐衰弱无力言，如今命断儿夭亡。
捶胸顿足哭号啕，仰天伏地痛断肠。
瞬间失去掌中玉，人世生死难违抗。

反歌

905 年幼不识黄泉路，冥途使者且背负。

906 手捧布施述心愿，径直指明登天道。

原编者注：

以上一首，作者不详。但歌风酷似山上忆良。故按顺序抄录于此。

---

① 七件宝：金、银、琉璃、砗磲、玛瑙、珊瑚、琥珀。
② 襻：襻带，见编号366作品注释。

卷　六

本卷收入和歌共161首，均为杂歌。其中一首作品编号重复（1020·1021），实数为160首。卷六以笠金村、山部赤人等宫廷歌人的作品为主，包括行幸从驾歌、游乐宴会歌、新京奈良赞歌等，大都属于万叶时代第三期的宫廷歌，按照年代顺序编排。其间经历了天平年间的天花大流行、藤原广嗣之乱、营造恭仁京、迁都平城京、圣武天皇时代朝纲混乱等历史大事件。

卷六目录

杂　歌

杂　歌

907—909　养老[①]七年（723 年）癸亥夏五月，元正天皇行幸吉野离宫，笠朝臣金村作长歌并短歌

907　泷上三船山，青青枝叶繁。
密密难透风，苍苍好铁杉。
万代迎圣驾，流连此山间。
吉野秋津宫，神圣难言传。
河山显尊贵，久久看不厌。
山清水又秀，好将离宫建。

反歌二首

908　年年到此随圣驾，吉野川上白浪翻。

909　山高林密落飞瀑，浪如白花[②]绽水面。

原编者注：

以上作品年月不详，按分类抄录于此。有抄本云：养老七年五月，行幸吉野离宫时所作。

---

① 养老：女帝元正天皇年号（717—724）。
② 白花：比喻用楮树皮加工而成的纤维美如白花。

译者解说：

养老山瀑布位于歧部县西南，高三十余米，当地有“孝子泉传说”。孝子名源丞内，老父嗜酒，却无钱购买，苦恼不堪。一日，源丞内在山中闻到酒香，发现一道美酒瀑布。便常来此处汲酒带回家中孝敬老父。元正天皇行幸此地，闻传说而感动，改年号“灵龟”为“养老”，以弘扬孝道。元正天皇在位时公布《养老律令》，鼓励开垦良田，禁止农民四处流浪，取缔私自剃度为僧的行为。吉野深山幽谷被认为是仙人出没之地。

910—912 某古本歌三首

910 吉野神圣牵梦魂，河上飞瀑看不厌。

911 万代不绝迎圣驾，游览吉野秋津川。

912 泊濑女郎[①]手中花，泷下绽开漾深潭。

913—914 车持朝臣千年[②]，作长歌并短歌

913 魂牵梦萦鸣神音，吉野真木长满山。
朝瞰河谷飘轻雾，夕听蛙鸣伴愁眠。
和衣而卧耐寂寞，独览胜景堪爱怜。

914 思君情浓忘敬畏，瀑布绝顶三船山。

---

① 泊濑女郎：当地村姑，擅长以楮树皮制成纺织用的洁白如花的纤维。泊濑，即“初濑”，见编号 282 作品注释。

② 车持朝臣千年：传不详，“朝臣”为天皇所赐“八姓”之一。他大约是与山部赤人同时代的宫廷歌人。

915—916 某古本歌二首

915 吉野川上千鸟啼，流水声中更忆君。

916 吉野川上腾雾气，离家数日苦相思。

917—919 神龟元年（724 年）甲子冬十月五日，圣武天皇行幸纪伊国时，山部宿祢赤人作长歌并短歌

917 大君营建万代宫，杂货野[①]上望海空。
波间岛影沙渚外，潮退迎来大海风。
海藻丰美挥刀割，白浪轰鸣耳欲聋。
玉津岛山[②]夸尊贵，神代悠悠赞皇统。

反歌二首

918 礁石尽染绿海藻，潮落潮涨隐浪中。

919 潮涨淹没和歌浦[③]，鹤鸣飞进芦苇丛。

原编者注：

以上和歌未记年月，但称从驾玉津岛也。今查明行幸年月以记之焉。

---

① 杂货野：和歌山市西面杂货崎原野。
② 玉津岛山：此处海岛与岸上山峰统称玉津岛山，包括妹背山、镜山、奠供山、云盖山等。圣武天皇 5 日起驾， 8 日驻跸玉津岛离宫， 23 日返京。
③ 和歌浦：和歌山市西南的美丽海滨。

920—922　神龟二年（725 年）乙丑夏五月，圣武天皇行幸吉野离宫，笠朝臣金村作长歌并短歌

920　山色葱茏入眼帘，流水清澈吉野川。
上游啾啾鸣千鸟，下游蛙鸣正呼伴。
衣衫华美迎圣驾，宫人身影处处见。
祈求神灵降洪福，此情此景千秋传。

反歌二首

921　后人应叹离宫美，吉野清流淌万年。

922　但愿人皆得长寿，水中磐石永安然。

923—925　山部宿祢赤人，作长歌并短歌二首

923　天皇营建吉野宫，重重青垣绕山峰。
高耸入云望楼阁，俯瞰清流浪千重。
春来百花满山开，秋到轻雾波上涌。
水声潺潺唱千古，吉野青山显尊崇。
代代百官来参拜，年年岁岁寻圣踪。

反歌二首

924　吉野象山①望树梢，枝头群鸟好喧闹。

---

① 象山：位于宫瀑对岸象谷入口，吉野离宫附近。

925 夜尽空山流水清，河边楸[1]丛鸣千鸟。

926—927 山部宿祢赤人作长歌二首并短歌

926 吾皇纵马秋津野，辨认野兽留足迹。
山路沿途布围场，清晨狩猎马蹄疾。
呼啸掠过荒原上，黄昏群鸟冲天起。
齐头并进快驰骋，春草茂盛连天碧。

927 **反歌一首**

千骑狩猎山野上，策马持弓忙争道。

原编者注：

以上一首，不知吟诵年代先后，姑且编排于此。

928—930 冬十月[2]，圣武天皇行幸难波宫时，笠朝臣金村作长歌并短歌

928 难波往事如云烟，曾将芦苇当墙垣。
当年遗址今何在，长柄[3]离宫破土建。
排排木柱冲天立，君临天下喜开端。
宫人聚集造居室[4]，味经原[5]上望河山。

---

① 楸：楸树，我国叫“黄花楸”或“野梧桐”。
② 指神龟二年（725 年）冬十月。
③ 长柄：难波宫，位于大阪城附近。
④ 居室：工地上的临时住所。
⑤ 味经原：位于今大阪市天王寺区味原町、下味原町一带。

眼前巍巍起宫殿，当年陋屋把身安。

反歌二首

929 荒野之乡大君来，煌煌都城降人间。

930 旅宿荒郊闻桨声，渔家少女无篷船①。

井村哲夫：圣武天皇巡幸难波海滩时，欲重建难波宫。“味经原”位于宫殿选址（今大阪城南面）之上，原是一片荒原。天皇任命式部卿藤原宇合为知造难波宫事，翌年开始营建后期难波宫，笠金村等随行官员住在临时搭建的简陋宿舍里。

931—932 车持朝臣千年，作长歌并短歌

931 海滨浅滩何清澈，海藻飘摇绿水中。
朝随潮涌千层浪，夕追浪花五百重。
潮起潮落日复日，海岸辽阔望苍穹。
白浪开花看不够，住吉②美景夺天工。

932 反歌一首

白浪千层冲黄土，住吉岸边可染衣。

---

① 无篷船：指刳木为舟的小船。工地管理官员临时住在难波上町台地半岛上，东邻草香江，西望大阪湾。
② 住吉：住吉海滨位于大阪市住吉区，难波宫遗址之南8公里处。

井村哲夫：江户时代开始在住吉海滨填海造地。如今此处为大阪南港，轮渡与集装箱船进进出出，十分繁华。

933—934 山部宿祢赤人，作长歌并短歌

933 天地悠悠岁月长，光焰万丈难波宫。
吾皇御宇迎盛世，山珍海味常进贡①。
淡路野岛潜海底，珍珠采自贝壳中。
百舸相连何壮观，日光明媚满海空。

934 **反歌一首**

拂晓浪静时，桨声传耳畔。
渔夫进京城，御膳送海鲜。

井村哲夫：伊势、志摩、淡路诸国为天皇敬献海产食材。

935—937 神龟三年（726年）丙寅秋九月十五日，（圣武天皇）行幸播磨国印南野时，笠朝臣金村作长歌并短歌

935 来此海湾名寸隅②，伫立码头望水面。
曙色微微淡路岛③，松帆浦④上晨光现。

---

① 进贡：天皇家享用的海鲜食材多来自纪伊半岛南端伊势志摩，山菜蘑菇等则来自皇家领地山林。
② 名寸隅：兵库县明石市西北海滨鱼住町一带海湾。
③ 淡路岛：濑户内海上最大岛屿。
④ 松帆浦：位于淡路岛北端。

风平浪静割海草，渔家少女过浅滩。
黄昏波平映夕阳，少女结伴煮海盐[①]。
心醉神驰松帆浦，久闻此景难一见。
男儿从驾难独行[②]，面对海浪留遗憾。
心怀儿女恋慕情，波涛相隔无舟船。

反歌二首

936 愿有舟楫会佳人，哪怕浪高水路险。

937 独步海滩久徘徊，白浪滚滚来身边。

938—941 山部宿祢赤人，作长歌并短歌

938 吾之大君真神威，印南野[③]上起宫殿。
殿堂巍峨入云霄，极目远眺望海天。
争先垂钓金枪鱼，藤井浦[④]上聚渔船。
遥望滩上人如织，烟火缭绕煮海盐。
海湾丰饶沙滩美，渔船丰收盐成山。
常来此地观胜景，浪清沙白永不厌。

反歌三首

939 远海波平岸波静，藤江浦上聚渔船。

---

① 煮海盐：用海水充分浸泡的海藻为原料煮盐。
② 男儿从驾难独行：从驾途中不能自由行动。作者想到松帆浦去见渔家少女，却无法实现。
③ 印南野：兵库县南部明石川与加古川之间的台地。
④ 藤井浦：藤江浦，位于兵库县明石市西部，著名渔场。

940　印南野上铺野茅，夜夜露宿难入眠。

941　明石滩上海潮退，思归步步近家山。

942—945　过辛荷岛①时，山部宿祢赤人作长歌并短歌

942　一别爱妻出门去，从此难枕玉臂眠。
船舷包上樱树皮②，一路摇桨到印南。
淡路野岛匆匆过，辛荷岛旁望家山。
青山千重难辨认，白云万里遮长天。
天涯海角旅途长，行行停停岛礁间。
孤舟今夜泊何处，两地相思泪潸然。

反歌三首

943　辛荷岛上食海草，鱼鹰有家不思恋③。

944　摇船来此岛北面，最羡熊野赴京船④。

译者解说：

赤人见熊野船前往京师，突然乡愁涌上心间。

945　风起浪涌且等候，船泊都太细江⑤。

---

① 辛荷岛：位于兵库县室津海上。"辛荷"与"韩荷"同音（からに）。《播磨国风土记》：有来自韩国的商船于附近遇难，所载货物漂到此无人岛。
② 船舷包上樱树皮，目的是防水。
③ 鱼鹰有家不思恋：鱼鹰不像人类那样想念家乡。
④ 熊野赴京船：有船来自纪伊半岛南端的熊野，前往京城。
⑤ 都太细江湾：位于今兵库县姬路市饰磨区，靠近陆地，风平浪静，适于泊船。

946—947　过敏马浦时，山部宿祢赤人作长歌并短歌

946　放眼遥望敏马浦，今日我来淡路岛。
浪底采来深海松①，海湾割来名告藻②。
深海松，水灵灵，卿之身影魂梦绕。
名告藻，名告藻，姓名莫让他人晓。
信使不来苦相思，此生了结情未了。

反歌

947　须磨渔夫煮海盐，
日久走样旧衣衫③，
一刻难忘君容颜。

原编者注：

以上和歌写作年月不详，依照类别抄录于此。

岩波版《万叶集》注：本歌可能是山部赤人应邀为某女性代笔而作。

译者解说：

作者性别不明，可是男子思念女子，也可是女子恋慕男子。从长歌中的“姓名莫让他人晓”，及反歌中的“君”来看，作者当为女性。

---

① 深海松：一种海藻，其分支犹如松枝，故名。
② 名告藻：也叫“马尾藻”，绿色，寓意“莫将姓名告诉他人”。
③ 走样旧衣衫：渔夫煮盐，天长日久，烟熏日晒，身上衣衫变形，比喻长期相思让人变得面目全非。

948—949 神龟四年（727 年）丁卯春正月，敕命诸王、诸臣之子弟等，散禁[①]于授刀寮[②]时，作长歌并短歌

948 葛草蓬勃春日山，山头彩霞飞满天。
高圆山头莺声起，长空掠过北归雁。
王孙公子策马来，踏青游春兴正酣。
今朝盼来春光好，无奈心中存忌惮。
佐保川上千鸟啼，岩下菅草[③]连根剜。
举行祓禊可替罪，清流净身无病患。
惹得龙颜动怒色，幽禁宫中外出难。
岂可辜负阳春景，面面相觑空嗟叹。

原编者注：

以上一首，神龟四年正月，皇族及臣下子弟多人聚集春日野，举行打球游戏。是日，满天阴沉，突降大雨，雷电交加。侍从舍人竟无一人在宫中担任警备。于是，天皇发布敕令以示处罚。将游乐者悉数软禁于授刀寮之中，不得擅自外出。某人心情沉郁，遂作此歌。作者不详。

译者解说：

打球，一种竞技体育游戏，以球杆击球，攻入对方球门者为胜。分为徒步击球与骑马击球两种。

---

① 散禁：禁止外出，即软禁。
② 授刀寮：由授刀舍人组成的皇宫警备机关，负责警备，管理刀具。
③ 菅草：其根用于河边祓禊仪式。

949　反歌一首

梅落柳残负春光，佐保王孙惹祸端。

950—953　神龟五年（728年）戊辰，圣武天皇行幸难波宫时，作歌四首

950　卫士守备断通路，大君游山设禁区。

951　四顾岩后珠玉①闪，不得珍宝怎心甘。

952　身着唐衣奈良里②，松枝佩玉③何处觅。

953　空闻雄鹿呦呦鸣，不见君面徒伤悲。

原编者注：

以上和歌出自《笠朝臣金村歌集》也。或云，车持朝臣千年之作也。

954　同游之时，膳王，歌一首

羡飞雁，晨来觅食大海边，
黄昏越过大和山。

---

① 岩后珠玉：指佩戴珠玉的女性。此歌写男女幽会。
② 奈良里：奈良之里。律令制下的地方行政区划， 50户为1里。
③ 松枝佩玉比喻男性。

原编者注：

以上一首作歌年月不详，依照类别抄录与此。

955 大宰少式石川朝臣足人①，歌一首

大人家住佐保山，何时不起故园情。

956 大宰帅大伴卿，相和歌一首

大君御宇普天下，大和筑紫共繁华。

957—959 冬十一月，大宰府之官人等朝拜香椎庙，拜毕归去时，驻马香椎浦②，各自述怀作歌

957 诸君驻马香椎浦，白浪湿袖采海草。

——大宰帅大伴卿

958 海上风来有定时③，香椎潮退割海草。

——大弍小野朝臣老

959 往返常过香椎浦，明日远去难再来。

——丰前守宇努首男人

译者解说：

作者奉命回京任职，前来大宰府告别。

---

① 石川朝臣足人：大伴旅人的属下，神龟五年奉命离开大宰府，回京任职。

② 香椎浦：往返丰前国到大宰府，必经此处。作者前来告别，奉命立即回京任职。

③ 有定时：午前9时起，福冈县海上定时刮来“海陆风”，平均风速每秒5米。

960 大宰帅大伴卿，遥想吉野离宫，作歌一首

九州香鱼跳湍门①，不及吉野更惊心。

961 大宰帅大伴卿，宿次田温泉，闻鹤唳而作歌一首

汤原鹤唳苇丛里，念我闺中寂寞时。

962 天平二年（730 年）庚午，敕遣擢骏马使②大伴道足宿祢③时，于帅家飨敕使大伴道足宿祢，葛井连广成④，应声吟歌一首

深山岩上长青苔⑤，诚惶诚恐尊皇命。

原编者注：

以上一首，敕使大伴道足宿祢飨于帅家，此日官员聚集，并邀来葛井连广成，命其作歌。葛井连广成当即吟出此歌。

井村哲夫：“帅家”，大宰帅大伴旅人官邸。当时葛井连广成为大伴道足手下随从官员。

---

① 湍门：亦作“濑户”，位于九州南部，岩石犹如激流中的门槛。成群香鱼返回上游产卵途中，须跳越此岩，但吉野川上香鱼跳龙门的情景更是惊心动魄。

② 敕遣擢骏马使：敕命使前往朝鲜半岛挑选骏马。

③ 大伴道足宿祢：正四品下。

④ 葛井连广成：养老三年（719 年），遣新罗使（从六品下），天平二十年（748 年）晋升正五品上。

⑤ 岩上长青苔：古人将此现象视为神圣。日本国歌《君之代》：“岩上长青苔，皇运永不衰”。

963 冬十一月，大伴坂上郎女由帅家启程，过筑前国宗像郡之名儿山①时，作歌一首

大国主、少彦名，
两位神明来命名。
可恨名儿山，
虚名岂可慰愁情。
伤心千重苦，
一重未减轻。

964 坂上郎女，返京途中经海路，海滨见贝壳作歌一首

身陷情网满心悲，
愿有片刻暇，拾得忘恋贝②。

965—966 冬十二月，大宰帅大伴卿赴京时，娘子作歌二首

965 平素别远客，心中无悲愁。
今日送贵人，不忍挥衣袖。

966 君行大和路，云涌掩身后。
莫怪妾无理，频频挥衣袖。

---

① 名儿山：位于福冈县宗像郡，海拔 165 米，读音“なごやま”，与“安慰”一词读音“なぐさむ”相近。
② 忘恋贝：鲍鱼死后留下单面贝壳，相传可让人忘掉失恋悲痛。

原编者注：

以上两首，大宰帅大伴卿兼大纳言，赴京途中驻马水城①，顾望府家②。于时，送行者中有游行女妇，其字曰儿岛也。娘子伤此易别，叹彼难会③，拭泪自吟挥袖之歌。

967—968 大纳言大伴卿，相和歌二首

967 迢迢大和路，吉备④过儿岛⑤。
眼前浮倩影，筑紫佳人笑。

968 自诩是男儿，有泪不轻弹。
伫立水城上，双袖何时干。

969—970 天平三年（731 年）辛未，大纳言大伴卿，于奈良家中作思故乡⑥歌二首

969 愿得一睹神奈备⑦，只恐深潭变浅滩。

970 栗栖小野⑧上，胡枝花飞散。

---

① 水城：天智天皇三年（664 年），大宰府修筑之海防工事土堤，东起大宰府之北大野山麓，西至吉松。《日本史辞典》：水城长约 1200 米，高 14 米，底部宽 37 米，至今仍有土堤遗存。
② 府家：大宰府厅舍。
③ 伤此易别，叹彼难会：出自《游仙窟》“恨所，易别会难也”一句。
④ 吉备：古地名，备前、备中、备后三国的总称。
⑤ 儿岛：位于今冈山县儿岛半岛南部，属仓敷市。
⑥ 故乡：指明日香飞鸟旧京，旅人诞生地。
⑦ 神奈备：位于飞鸟川雷丘的南半上山与甘橿丘，下临深潭。
⑧ 栗栖小野：地名，属飞鸟地区。

祭拜道祖神①，保佑好山川。

971—972 天平四年（732 年）壬申，藤原宇合卿出任西海道节度使时，高桥连虫麻吕②作长歌并短歌

971 白云翻涌龙田山，秋霜秋露红叶灿。
君踏千重山路远，奉旨奔赴海防线。
驰骋荒野显神威，驱逐强梁平边患。
调遣兵将战四方，群峰回响齐呼喊。
览尽国土景色秀，冬去春来早回还。
快如空中飞鸟逝，越过龙田山冈边。
樱花绽放春色好，踯躅花开映笑颜。
闻君归期早迎迓，沿路直奔马首前。

972 反歌一首

千万顽敌一扫平，男儿寡言建功勋。

原编者注：

查阅补任记录，八月十七日，藤原宇合出任东山、山阴、西海节度使。

斋藤茂吉：天平四年（732 年），藤原宇合率军出发。“男儿寡言”，与编号 3253 作品的“言语皆有灵，开口须谨慎”一脉相通。本歌充满力量与紧张感，威风凛凛，不愧是万叶人送别武将出征之歌。

---

① 道祖神：保佑一方乡土以及旅途安全的神灵。
② 高桥连虫麻吕：传不详，著有《高桥连虫麻吕歌集》。

973—974 圣武天皇，赐酒节度使卿等人，作御歌并短歌

973 御宇普天下，岛国好江山。
众位节度使，一去紫台远。
卿去朕安心，日日得安闲。
朕居天皇位，拱手赠一言。
伸手抚卿发，慰藉苦千般。
再抚卿之头，诚挚问寒暖。
班师回朝日，金樽醉开颜。

974 **反歌一首**

男儿此行担重任，切莫轻心等闲看。

原编者注：

或云以上和歌乃太上天皇①之御制歌也。

斋藤茂吉：天平四年八月，圣武天皇公布东海、东山、山阴、西海四道节度使人选，赐酒饯行。

975 中纳言安倍广庭卿，歌一首

但愿诸君添阳寿，今日盛宴俱欢颜。

① 太上天皇：元正天皇，圣武天皇之伯母。

976—977 天平五年（733年）癸酉，越草香山[①]时，神社忌寸老麻吕[②]作歌二首

976 难波滩上余波[③]滚，闺中吾妻闻涛喧。

977 难波奈良连一线[④]，回望夕照映海面。

井村哲夫：从难波赴京，翻越生驹山北面余脉草香山为最短距离，立马山头，回望难波湾。

978 山上臣忆良，沉疴之时歌一首

男儿岂能空蹉跎，不留身后万世名？

原编者注：

以上一首，山上忆良臣身患沉疴之时，使藤原朝臣八束。河边朝臣东人问疾病之状。此时忆良臣汇报已毕。须臾，拭涕悲叹，口吟此歌。

译者解说：

忆良年过不惑，出使大唐，年近古稀，出任国守，五年期满，回到奈良。老病折磨，临终悲凉，有壮志未酬之遗憾。

---

① 草香山：生驹山北面余脉，属东大阪市日下町。
② 神社忌寸老麻吕：外来归化人，“忌寸”为其姓氏。
③ 余波：退潮后留在滩涂上的小波浪。
④ 连一线：从平城京到难波湾，途中几座险峻山峰连成一线。

979 侄家持由佐保归西宅时，大伴坂上郎女赠歌一首

贤侄衣单薄，佐保息强风。
平安归家后，任汝刮西东。

980 安倍朝臣虫麻吕，咏月歌一首

夜深不见山月出，雨云笼罩三笠高。

译者解说：

安倍虫麻吕家住三笠山麓，海拔不足300米的三笠山显得颇为高大。

981—983 大伴坂上郎女，咏月歌三首

981 只缘高圆山①伟岸，月华迟来照人间。

982 月色朦胧夜雾起，无端忧愁摧心肝。

983 月出山端夜空渺，仰望清辉心皎然。

---

① 高圆山：位于奈良市东南方，与春日山相连，海拔432米，比大和三山高出一倍，山体为花岗岩，满山森林覆盖，曾是贵族狩猎地。大伴坂上郎女家别墅位于高圆山西北方春日里一带。山峰雄伟耸立，月出时间比别处晚。

984 丰前国娘子[①]，咏月歌一首

月隐云中何处觅，君亦同心望婵娟？

985—986 汤原王，咏月歌二首

985 对月赠物寄心愿，安得夜长五百天。

译者解说：

汤原王与恋人幽会，恨良宵苦短。愿月亮满足自己心愿，让幽会之夜如同五百个月夜一样悠长。

986 幸得君家居近处，月光朗朗照来路。

译者解说：

此歌模仿女方口吻而作。

987 藤原朝臣八束，咏月歌一首

苦盼君来望月出，可叹身隐三笠山。

小学馆版《万叶集》注：三笠山，亦称“御盖山”（海拔 283 米）。现在亦有人将近处的“若草山”（海拔 342 米）误称为“三笠山”。

---

① 丰前国娘子：别名大宅，姓氏不详。丰前国位于九州福冈县东部和大分县北部。樱井满与渡边秀夫等人认为，此歌为娘子收到男方托人送来的问候歌（已失传）后写的答歌。万叶歌中，月亮隐云中，寓意男女幽会遇到障碍。

988　市原王，于宴会席间祝福父亲安贵王歌一首

春草繁茂易凋零，父王健硕如磐石。

989　汤原王，打酒[①]歌一首

大刀锋刃火中锻，男儿酩酊敬美酒。

广冈义隆：“打”，唐代口语，意思为“饮”。

990　纪朝臣鹿人[②]，见迹见茂冈[③]松树，歌一首

茂冈苍松屹千代，难知寿考几许长。

991　纪朝臣鹿人至泊濑川[④]边，作歌一首

泊濑川水，岩上飞溅。激浪滚滚，何日再见。

992　大伴坂上郎女，咏元兴寺里[⑤]，歌一首

旧都飞鸟京[⑥]，千古元兴寺[⑦]。
奈良建新刹，分外动幽思。

---

① 打酒：将酒斟于杯内而饮。寒山诗：“打酒咏诗眠，百年期仿佛。”
② 纪朝臣鹿人：安贵王妻纪小鹿之父。
③ 迹见茂冈：位于奈良县樱井市。
④ 泊濑川：初濑川，流经奈良盆地。
⑤ 元兴寺里：奈良左京四、五条七坊寺院一带称元兴寺里。
⑥ 旧都飞鸟京：明日香。
⑦ 元兴寺：飞鸟寺别名，迁都后重建于奈良。

993 大伴坂上郎女，初月歌一首

相思又一月，忽觉眉毛痒。
画眉似新月，欣喜会情郎。

高见茂：此歌为坂上郎女为女儿大娘代笔之作。家持16岁，大娘可能刚满结婚年龄13岁。坂上郎女让女儿将此情歌赠大伴家持，以促成这门亲事。古代日本人相信，思念心上人时眉毛会发痒。

994 大伴宿祢家持，初月歌一首

仰望春空处，皎皎新月凉。
芳颜曾一睹，得忆画眉长。

译者解说：

16岁的家持从《文选》中鲍照（416？—466）的五言诗“始出西南楼，纤纤如玉钩。未映东北墀，娟娟似蛾眉”得到灵感，相和一首。当时日本女性模仿唐朝化妆法，将眉毛剃掉，再用眉墨将眉画成月牙状。

995 大伴坂上郎女，宴请亲族时，作歌一首

众亲举杯且痛饮，草木春茂秋凋零。

996 天平六年（734 年）甲戌，海犬养宿祢冈麻吕[①]，应诏歌一首

天皇臣民实有幸，天地清明逢盛世。

997—1002 春三月，圣武天皇行幸难波宫时，船王等咏歌六首

997 但见蚬壳，住吉粉滨[②]。紧闭不开，宛如恋心。

——作者不详

998 渺渺远云，宛如蛾眉。行舟阿波[③]，何处停泊。

——船王

原编者注：

以上一首，为船王（舍人皇子之子，淳仁天皇之兄）所作。

999 血沼浦[④]上，大雨骤降。四极[⑤]船夫，正晒渔网。

——守部王[⑥]

原编者注：

以上一首，游览住吉海滨后回宫时，守部王于途中应诏而作。

---

① 海犬养宿祢冈麻吕：传不详。当年并非太平无事，732 年起西日本各地饥荒蔓延，光明皇后生母薨，皇后本人疾病缠身。
② 住吉粉滨：位于大阪市帝冢山以西。
③ 阿波：包括淡路岛在内的阿波国（四国德岛县）群山。
④ 血沼浦：位于难波湾西南方，住吉海岸对面。
⑤ 四极：住吉海岸一部分，位于住吉大社之南。
⑥ 守部王：舍人皇子之子，船王之弟。

井村哲夫：应诏作歌，向天皇朗咏献歌时，从驾乐工鼓吹伴奏。

1000　佳人相伴，侧耳聆听。海上沙洲，晓鹤啼鸣。

——守部王

1001　大君狩猎，随行众臣。海波湛蓝，女官红裙。

——山部宿祢赤人

1002　策马漫步，驻足海滨。住吉黄土，映照衣襟。

——安倍朝臣丰继

译者解说：

此处黄土可作染料。

1003　筑后守葛井连大成，遥望渔夫钓船，作歌一首

渔家少女船出海，惊涛骇浪采珍珠。

译者解说：

奈良平城宫遗址出土木简记载：天平十七年（745 年），伊势志摩（今三重县南部鸟羽一带）的“海人”（“海士”和“海女”）出没风浪，潜入海底捕捞鲍鱼等珍贵海产贡献朝廷。此外，每年 6 月、10 月、12 月的祭祀之日，还要向伊势神宫的天照大神敬献鲍鱼等海产。

1004　桉作村主益人，歌一首

长官突现佐保川，未闻蛙鸣转身去。

原编者注：

以上一首，内匠大属[①]桉作村主益人聊设饮馔，以飨长官佐为王。未及日斜，王既还归。于时，佐为王不饮而归，益人懊恼乃作此歌。

1005—1006 天平八年（736 年）丙子夏六月，圣武天皇行幸吉野离宫时，山部宿祢赤人应诏作长歌并短歌

1005 吉野离宫，巍然堂皇。
大君神圣，御宇八方。
山高云渺，清流飞淌。
万民跪拜，尊崇吾皇。
宫殿神圣，百官敬仰。
除非山崩塌，离宫难消亡。
除非水断流，离宫不荒凉。

1006 **反歌一首**

山川神秀出尘寰，神代久远起宫殿。

1007 市原王悲独子，歌一首

树木无言有雌雄，唯我孤苦叹独苗。

---

① 内匠大属：内匠寮低级官员。神龟五年（728 年）新设中务省内匠寮，主管宫内园林营造、维护，及日常用品制造与修缮。内匠寮长官佐为王突然前来，不闻黄昏蛙鸣便离开，原因不详。

1008　忌部首黑麻吕恨友人迟来，歌一首

山脊背后月徘徊，夜深盼君久不来。

1009　冬十一月，葛城王[①]等，赐姓橘氏之时，御制歌一首

花朵果实与枝叶，橘树浑身耐寒霜。

原编者注：

以上一首，十一月九日，从三品葛城王、从四品上佐为王等，辞皇族之高名，赐外家之橘姓已讫。于时，太上天皇（元正），天皇（圣武）、皇后（光明），齐聚皇后宫摆宴，当即吟咏御制祝贺橘氏之歌，并赐御酒橘宿祢等也。或云，此太上天皇御制歌一首，天皇、皇后亦各有御制歌一首，其歌佚失，未得探求焉。今检案内，天平八年（736 年）十一月九日，葛城王等上表，愿乞赐橘宿祢之姓氏。以十七日，依表乞赐橘宿祢。

译者解说：

橘氏为第 30 代敏达天皇后裔，左大臣橘诸兄是大伴家持的坚强后盾。橘诸兄之父美努王，其妻县犬养三千代改嫁藤原不比等，生女光明子（后成为圣武天皇之光明皇后）。橘诸兄与光明皇后为异父同母兄妹。

---

① 葛城王：亲王之子，即橘诸兄，正一品，左大臣，曾叱咤风云，晚年失势。《万叶集》收其作品 8 首。

1010　橘宿祢奈良麻吕[①]，应诏歌一首

深山桧杉雪压枝，不见橘实落尘泥。

1011—1012　冬十二月十二日，歌舞所[②]诸王、臣下子弟等，聚于葛井连广成家，宴会歌二首

序　近年，古舞[③]兴盛，今岁渐尽。理应共尽古情，同唱古歌。故拟此题，辙献古曲二节。风流意气之士，偶然聚集与此，望各位争发振奋之心，以古体歌谣，抒发各自心情。

1011　　我家梅开，已告君知。迟来赏花，只恐落地。

1012　　春回大地，叶茂花开。莺啼庭园，君宜常来。

井村哲夫：葛井氏负责传习中国乐舞，广成为风流人士，通晓乐舞管弦。此歌序言由本人撰写，并在宴会上朗诵。

1013—1014　天平九年（737 年）丁丑春正月，橘少卿[④]并诸大夫等会集于弹正尹[⑤]门部王家中举行宴会，歌二首

1013　　早知君来访寒舍，门庭院铺美玉。

---

① 橘宿祢奈良麻吕：葛城王之子，当年十五六岁。21 年后的宝字元年（757 年），欲剪除藤原仲麻吕，失败被诛。

② 歌舞所：管理歌舞事务的官衙，属治部省雅乐寮。

③ 古舞：古代日本歌舞，雅乐寮中有倭舞师等教习。

④ 橘少卿：橘佐为，橘诸兄之弟。

⑤ 弹正尹：弹正台长官，从四品上。弹正台为主管纠正官员（左右两京、五畿七道官员）颓风的官衙。

原编者注：

以上一首，主人门部王作，后赐姓大原真人氏。

1014 前天昨天到今天，
一连三日与君见，
还盼明日见尊颜。

原编者注：

以上一首，橘宿祢文成，即少卿之子所作也。

1015 榎井王，其后追相和歌一首（志贵亲王之子也）

张灯结彩铺美玉，不如今宵尽余欢。

1016 春二月，诸大夫等，聚于左少弁[①]巨势宿奈麻吕朝臣[②]之家宴饮，歌一首

迎候风流客，跨海踏浪来。
苦心备酒馔，为睹真风采。

原编者注：

以上一首，书白纸悬挂屋壁也。题云：蓬莱仙媛所化囊蘰[③]，只为风流秀才之士矣。世间凡夫不可仰视哉。

---

① 左少弁：太政官手下三等官，负责处理文书，传达命令。
② 巨势宿奈麻吕朝臣：受长屋王谋反案件牵连被问罪。
③ 囊蘰：假发，钵卷状装饰发髻。

1017 夏四月，大伴坂上郎女，参拜贺茂神社①时，越逢坂山②，望近江海③面，黄昏归来作歌一首

木棉叠币帛，翻越逢坂山。
今夜野宿地，何处结草庵。

1018 天平十年（738 年）戊寅，元兴寺僧人，自叹歌一首

白玉无人识，不识又何妨。
我知价无比，何求世人赏。

原编者注：

以上一首，或云，元兴寺之僧，独觉多智。未有显闻，众诸狎侮。因此，僧作此歌，自叹怀才不遇也。

1019—1023 石上乙麻吕卿④，流放土佐国时，作长歌三首并短歌

1019 石上布留君⑤，身陷温柔情⑥。
如兽遭围困，野马戴缰绳。

---

① 贺茂神社：京都最古神社，世界文化遗产，建于七世纪。
② 逢坂山：位于京都与滋贺县交界处，古代迎送客人之地。
③ 近江海：琵琶湖。
④ 石上乙麻吕卿：石上麻吕之第三子。遇赦免后，天平十八年（746 年）任第十一次遣唐大使（未成行），历任常陆守、右大弁等职。《怀风藻》收其汉诗 4 首。
⑤ 布留君：布留位于奈良县天理市石上神社一带，是石上氏原籍。
⑥ 身陷温柔情：指石上乙麻吕与藤原宇合服丧中的未亡人久米连若卖恋爱一事。

流放天涯路，难违天皇命。
旧衣遭砧棒，褴褛如乱蓬。
越过真土山①，何日踏归程。

1020 1021② 流放土佐国，大君降责罚。
罪臣离家去，红颜变昏鸦。
不敢吐真情，逢人少废话。
住吉拜真神③，船头破浪花④。
海礁连苍穹，伴我到天涯。
风浪莫再起，早日归京华。

译者解说：

“罪臣离家去”，指 739 年 3 月底石上被流放土佐国（高知县），久米连若卖（“卖”，万叶假名，读作“め”，常用作女性之名）同时流放下总国（千叶县与茨城县一带），740 年 6 月获释，石上卿于 741 年 9 月亦获赦免。

1022 严父膝下子，今朝离故园。
慈母舍爱儿，疼爱自无边。
氏人赴京八十众⑤，
一心只望鹏程远。
祭拜道祖献币帛，
恳请一路保平安。

---

① 真土山：位于从京师前往纪州（今和歌山县）的入口处。
② 《国歌大观》编排失误，此歌有两个编号。
③ 住吉拜真神：住吉神为守护航海安全之神。
④ 船头破浪花：住吉神的神位被供奉在船头上。
⑤ 氏人赴京八十众：石上氏中有许多人赴京谋求发展。

遥望土佐国，渺渺尽云山。

1023 **反歌**

船过大崎神小滨[1]，
百船远客无怠慢，
下船祭拜求平安。

1024—1027 秋八月二十日，右大臣橘家，宴会歌四首

1024 长门海上有借岛[2]，愿君[3]天寿延千年。

原编者注：

长门守巨曾倍对马朝臣[4]。

1025 情深意切更思君[5]，天寿绵延逾千年。

原编者注：

以上一首，为右大臣作歌。

1026 长官今日无闲暇，哪得抽空到鄙里[6]。

---

① 大崎神小滨：大崎位于和歌山县黑江湾西南，神小滨为供奉道祖神处。
② 借岛：位于山口县下关市海面。
③ 君：右大臣橘宿祢诸兄。
④ 巨曾倍对马朝臣：与编号为 1576 首作者巨曾倍朝臣津岛恐为同一人。
⑤ 君：巨曾倍朝臣对马。
⑥ 鄙里：市井地区，与宫殿高官住宅区相对而言。

原编者注：

以上一首，据右大臣传言，此乃已亡故之丰岛采女[①]传诵[②]之歌。

1027 往来橘树林荫道[③]，思绪万千萦八衢[④]。

原编者注：

右大弁高桥安麻吕卿语云，故丰岛采女之作也。但某抄本曰，此歌为三方沙弥[⑤]恋妻苑臣（妻名“苑臣”）所作。然则，丰岛采女当场传诵此歌欤？

1028 天平十一年（739 年）乙卯，天皇游猎高圆野时，小兽遁走都中。于是，适值男士，生而见获。即以此献上御在所，附歌一首。

壮士狩猎高圆山，鼯鼠[⑥]逃匿到街市。

原编者注：

以上一首，大伴坂上郎女作，尚未上奏。小兽死亡，中止献歌。

---

① 丰岛采女：各国郡司少领以上官吏之姐妹或其女中美貌者，须敬献天皇以充侍奉。摄津国、武藏国皆有丰岛。
② 传诵：在宴会上传诵主客所吟之歌，是采女职责之一。
③ 橘树林荫道：林荫道旁种植有橘树、杏树等。
④ 八衢：四通八达的路口。
⑤ 三方沙弥：三方沙弥娶园臣生羽之女，不久病卧在床，咏歌 3 首。其一曰：“足踏橘影道，八衢万千思。与妹难相逢，问君知不知。”
⑥ 鼯鼠：飞鼠。哺乳动物，形似松鼠，能从树上飞降而下。

1029　天平十二年（740 年）庚辰冬十月，因大宰少弍藤原朝臣广嗣谋反①出师，圣武天皇行幸伊势国河口行宫时，内舍人大伴宿祢家持作歌一首

河口原野结草庵，
夜夜假寐五更寒，
哪得头枕玉臂眠。

犬养孝：河口行宫，当时设有关隘，亦称“关宫行宫”，位于三重县一志郡白山町，遗址上有“圣武天皇关宫宫址”石碑。

1030　天皇御制歌一首

吾松原上放眼望，海滩退潮鹤群喧。

原编者注：

以上一首，今日思之，吾松原位于三重郡，与河口行宫相去甚远矣。若疑惑此歌为行幸朝明行宫时所作，恐为传抄者之误也。

1031　丹比屋主真人②，歌一首

万千离愁别家园，

---

① 藤原广嗣谋反：8 月 29 日上表，纠弹橘诸兄政权失误，举兵筑前国，目的是排除幕后掌权的僧玄昉与吉备真备。朝廷任命参议大野东人为大将军，率兵一万七千出兵征讨。10 月 23 日，生擒藤原广嗣。10 月 29 日，圣武天皇行幸伊贺国名张，11 月 2 日抵达河口行宫，居十余日。11 月 1 日，广嗣被斩首。

② 丹比屋主真人：大藏省次官，从五品下。此歌为旅途中怀念奈良家中妻小而作。

思泥崎[①]，币帛献，
庇佑全家皆平安。

原编者注：

以上一首，今日思之，此歌并非此次行幸时所作。因大夫（丹比屋主真人）奉命从河口行宫归京，不曾从驾行幸，如何能在思泥崎咏歌。

1032—1033　狭残行宫[②]，大伴宿祢家持，作歌二首

1032　　伴驾行幸已盈月，不曾头枕玉臂眠。

1033　　志摩渔夫供御膳[③]，轻舟破浪熊野滩[④]。

广冈义隆：天平十二年（740年），大伴家持随圣武天皇巡幸关东，过三重县时咏歌。熊野渔夫向朝廷贡献海产。熊野船在山间河边建造，完工下水，顺河入海。

1034　于美浓国多艺行宫[⑤]，大伴宿祢东人[⑥]作歌一首

返老还童水，自古有人言。

---

① 思泥崎：位于今三重县四日市。
② 狭残行宫：位于三重县多气郡明和町。
③ 志摩渔夫供御膳：志摩位于三重县南端，捕捞的海鲜供奈良宫中制作御膳。
④ 熊野滩：位于三重县南部。
⑤ 美浓国多艺行宫：位于岐部县多度山养老瀑布附近。灵龟三年（717年），元正天皇来访，因泉水有返老还童功效而改元“养老”。
⑥ 大伴宿祢东人：758年从五品下，历任式部少辅、少纳言、周防守、弹正弼等职。

美名泷濑滩[1]，但愿不虚传。

1035 大伴宿祢家持，作歌一首

清清田迹川[2]，飞瀑响叮咚。
多艺原野上，自古建行宫。

1036 于不破[3]行宫，大伴宿祢家持作歌一首

往来不破关，畅通旋刻还，
归家夜枕玉臂眠。

1037 天平十五年（743 年）癸未秋八月十六日，内舍人大伴宿祢家持赞恭仁京，作歌一首

新建恭仁京，山川皆神秀。
吾皇御宇地，泽被秋津洲[4]。

犬养孝：恭仁京位于京都府最南端，与奈良县北部相邻。天平十二年（740 年）始建新京，大养德恭仁大宫位于今加茂町。

---

① 泷濑滩：养老瀑布下面的河滩。
② 田迹川：养老川。
③ 不破：歧部县不破郡的不破关是日本三大关隘之一，另两处是伊势国铃鹿关、越前国爱发关。
④ 秋津洲：日本国的古称。

1038—1039　高丘河内连[①]，歌二首

1038　平城旧京[②]，路途不远，一山相隔，心怀牵念。

1039　与君[③]同堂无遗憾，不怕山高不见月。

1040　安积亲王[④]，于左少弁藤原朝臣八束[⑤]家宴饮之日，内舍人大伴宿祢家持，作歌一首

任凭阴雨久缠绵，玉人家中迎曙光。

译者解说：

安积亲王突发“脚气病”（英文 Beriberi）而亡。这种脚气因缺乏维生素 B1 而发生，并非普通“脚气”（英文 tinea pedisa，thletes foot，真菌引起的脚癣）。“脚气病”导致下肢麻痹，右心室肥大，浮肿，甚至因心衰而丧命。

1041　天平十六年（744 年）甲申春正月初五，诸位卿大夫齐聚宴饮于安倍朝臣虫麻吕[⑥]家中，作歌一首（作者不详）

我家青松待客至，

---

① 高丘河内连：营建紫香乐宫的负责人之一。

② 平城旧京：奈良，与恭仁新京相对而言，两者直线距离仅 10 公里。

③ 君：指仍然居住旧都平城京的一位友人。

④ 安积亲王：藤原氏将他视为光明皇后所生的阿倍亲王（后来的孝谦天皇）即位的障碍。天平十六年（744 年）闰正月行幸难波时，突发脚气病，返回恭仁京后第 3 天薨，时年 17 岁。

⑤ 藤原朝臣八束：时年 29 岁，正五品上。

⑥ 安倍朝臣虫麻吕：正五品上，任播磨守。本歌用谐音技巧，“青松待客”中“松”与“待”同音（まつ），“雪”与“行き”（离开）同音（ゆき）。

大雪纷纷莫离开，
满心悲苦盼君来。

1042—1043 同正月十一，登活道冈[①]，聚集于一株古松树下饮酒，歌二首

1042 历尽沧桑已千岁，松风清越思绪长。

原编者注：

以上一首，市原王（志贵皇子之曾孙，安贵王之子）作。

1043 不知今生寿几何，且绾松枝[②]祈命长。

原编者注：

以上一首，大伴宿祢家持作。

1044—1046 感伤痛惜奈良京荒墟，作歌三首（作者不详）

1044 胭脂[③]色浓心意冷，愿居荒墟度一年。

1045 人生应叹本无常，旧都荒废[④]在眼前。

1046 古都奈良情难舍，不知何日再辉煌。

---

① 活道冈：恭仁京不远处山冈。市原王吟此歌为安积皇子祝福。
② 且绾松枝：为占卜吉凶，祈求平安幸福，绾松枝成结。
③ 胭脂：以红花为原料制成，红花，古日语称“末摘花”。
④ 旧都荒废：迁都时将平城京大极殿、回廊等建筑拆除，取建材营建恭仁京宫殿。经费不足，一度停建，耗时三年尚未完工。

1047—1049 悲奈良故乡，作长歌并短歌

1047 君临天下，烈烈吾皇。
大和之国，神武开创。
定都奈良，建我家邦。
御子承袭，万世久长。
春来大地，鸟语花香。
春日山，三笠野，
花枝下，杜鹃唱。
秋风起，天气凉。
生驹山①，飞火冈②，
牡鹿觅偶闯花丛，
呦呦长鸣声悠扬。
簌簌胡枝遍地落，
原野秋意正酣畅。
举目见青山，凝视久不忘。
漫步过村里，愿居此山乡。
百官千秋憧憬处，天地英才聚朝堂。
仰望奈良百重宫，绵延万代永兴旺。
大君又指新天地，春花散后百草长。
晨来百鸟展翅飞，翩翩远去向何方。
百官皆去旧都废，不见车马转荒凉。

① 生驹山：位于大和国（奈良县）与河内国（今属大阪府）的交界处，海拔 642 米。
② 飞火冈：生驹山中的峰峦。“飞火”即我国古代的狼烟，和铜五年（712 年），废高安烽火台，迁至此地。

反歌二首

1048　当年繁华成旧梦，忍看路边百草荒。

1049　旧居奈良化废墟，登临大路叹兴亡。

1050—1058　赞恭仁新京，长歌二首并短歌

1050　天神现身①，御宇八方。
国土广袤，八岛②中央。
四野乡里，群峰苍苍。
河流纵横，水波浩荡。
交汇之处，鱼米之乡。
山城鹿脊③，皇都辉煌。
宫柱参天，巍峨殿堂。
布当之宫④，矗立水旁。
滩上流水，林间鸟唱。
秋色满山，雄鹿徜徉。
呦呦求偶，幽谷回响。
春意无限，百花齐放。
流光溢彩，铺满岩上。

---

① 天神现身：传说日本神灵大多隐身，只有天皇可显现人的姿态，尊称“现人神”。

② 八岛：岛国日本的异名，指淡路、四国、隐岐、九州、壹岐、对马、佐渡、本州八岛。

③ 山城鹿脊：“山城”，亦写成“山背”，指京都宇治市、城阳市，及久世、相乐等郡。“鹿脊”，鹿脊山，位于相乐郡木津町东北部。

④ 布当之宫：恭仁京布当宫，位于相乐郡木津川北岸原野上。

布当[1]原野，尊贵独享。
群臣献策，建我家邦。
大君定都，恭仁吉祥，
从此皇运，永世隆昌。

反歌二首

1051 三香原[2]上，布当野边[3]，山川圣洁，营造宫殿。

1052 山高水清，神威万年。日益兴盛，巍巍宫殿。

1053 吾皇大君，尊贵神灵。
宫殿高耸，草木茂盛。
群峰苍翠，激流轰鸣。
山岩光彩，啼啭春莺。
花团锦簇，牡鹿动情。
呦呦求偶，阵雨放晴。
大好秋光，红叶飘零。
日之御子，诞生宫廷。
御宇天下，百代光景。

反歌五首

1054 除非泉川[4]流水断，宫阙永立天地间。

---

① 布当：布当川（和束川）流经恭仁京。
② 三香原：鹿脊山东北的盆地。
③ 野边：野地，原野。
④ 泉川：木津川，流经恭仁京。

1055　仰望布当群山秀，殿堂百代夸尊严。

1056　少女绩麻木线轴[1]，鹿脊山下起宫殿。

1057　鹿脊山上万树绿，黄莺朝朝鸣晓天。

1058　泉川宽阔难飞渡，　狛山[2]空闻杜鹃啼。

1059—1061　春之日，悲伤三香原荒墟，作长歌并短歌

1059　三香原上恭仁京[3]，山清水秀好江山。
人言三香最宜居，我爱此地有家园。
谁知一朝皆远离，从此三香遭劫难。
国都不见人来往，乡里空荡无炊烟。
人世无常怎奈何，祭祀神灵鹿脊山。
百花缭乱色依旧，百鸟啼声犹婉转。
安得世代居此地，目睹荒墟肝肠断。

反歌二首

1060　三香原上恭仁都，满眼荒凉百官去。

---

① 绩麻木线轴：将纺好的麻线缠在 H 形或 X 形线轴上。“木线轴”（“桛”，读作“かせ”），与“鹿脊”同音。

② 狛山：位于相乐郡山城町上狛之东面，木津川（泉川）北岸。

③ 恭仁京：位于京都府相乐郡“三香原”（即“瓶原”，读音都是“みかのはら”）。圣武天皇平定藤原广嗣之乱后开始兴建，因经费不足半途而废，后迁都难波京。恭仁京作为首都不满四年（740—744）。

1061 花开不减当年色，人去楼空无人迹。

1062—1064 于难波宫作长歌并短歌

1062 常居难波京，大君留行踪。
殿堂临碧海，美玉白沙中。
朝朝波涛涌，暮暮舟楫声。
人醒潮退时，浪涌礁边风。
浦上千鸟鸣，呼妻真情动。
苇丛万鹤舞，一飞傲苍穹。
胜景成美谈，万里争传诵。
举世皆憧憬，敬仰味经宫①。

反歌二首

1063 常过临海难波宫，渔女驾船波涛中。

1064 潮退苇丛白鹤飞，呼妻悲鸣传深宫。

1065—1067 过敏马浦时，作长歌并短歌

1065 八千矛神②，年代悠远。
船泊港口，首尾相连。
八岛船夫，会集浦边。
晨风浩荡，涛声喧天。

---

① 味经宫：难波宫，在今大阪城之南，难波宫完工前称味经宫。
② 八千矛神：神话人物大国主神。

夕浪滚玉，海藻色鲜。
潋滟清波，百看不厌。
赞不绝口，举世轰传。
渚清沙白，万代不变。

反歌二首

1066　敏马浦上景色秀，游人哪得不下船。

1067　渚清沙白神代远，大和太滨[①]泊船多。

原编者注：

以上二十一首出自《田边福麻吕歌集》。

---

① 大和太滨：今神户市兵库区和田崎町与和田岬东北方海岸。

卷　七

本卷共收和歌350首，创作年代不明，为无名氏作品集。有杂歌228首，譬喻歌108首，挽歌14首。出自《柿本朝臣人麻吕歌集》的大量和歌语言生动活泼，富于变化。或出自文人之手，或来自民间，可谓雅俗共存。不少作品难以理解，众说纷纭。作品多用新奇比喻，以山间草木花卉与海上景物来寄托恋情，充满岛国文化特色。有些作品让人猜想，作者的恋爱中定是发生了种种曲折哀婉的故事。

譬喻歌富于哲理，简洁明快，“物”“理”交融，比喻贴切，说理透彻。卷七作品大都未按季节分类，与第十卷春夏秋冬的杂歌形成对比。

本卷原编者给后人留下一些遗憾，往往将同一主题的一组作品分别抄录在前后不相连接的地方。如，1296—1298与后面的1311—1315，都属于“寄衣”这一相同主题，敬请读者留意。

卷七目录

杂 歌

譬喻歌

挽 歌

杂　歌

1068　咏天

天如沧海云涌浪，月如轻舟隐星林。

原编者注：

以上一首，出自《柿本朝臣人麻吕歌集》。

译者解说：

《怀风藻》文武天皇《五言咏月》汉诗：“月舟移雾渚，枫楫浮霞滨。”本歌将夜空喻为海洋，繁星如林，月如小舟。

1069—1086　咏月，十八首

1069　平素不知情落寞，月隐云中惹惆怅。

1070　壮士引弓射猎物，高圆山野沐清辉。

1071　月滞山后不露面，翘首久盼夜已深。

译者解说：

每过阴历十六，月出时间会推迟。

1072 明日皓月续今宵，一夕变成两夜长。

1073 怅然独坐珠帘内，夕暮哪敢望蟾光。

1074 春日山头夜空高，清辉亦洒妹庭前。

1075 海路遥遥月影暗，已是更深夜阑珊。

1076 宫人退朝月夜游，朗朗清辉如秋水。

1077 安得西山建关隘，莫让明月忽西沉。

1078 月上中天夜已深，佳人盼郎此刻来。

1079 明月隐入白云后，又见浓雾掩夜空。

1080 仰望高天月色朗，神代久远夜夜明。

1081 秋月含情过头顶，何时冷露湿衣袖。

1082 月沉水底何清朗，池边徘徊夜已深。

1083 寒天飞霜夜沉沉，不见远山冷月出。

1084 月儿徘徊山背后，不觉已到夜阑时。

1085 欲向妹家挥衣袖，林间月出云莫遮。

1086　大伴之地[①]月色朗，身背箭袋大伴郎[②]。

1087—1089　咏云，三首

1087　波涛汹涌穴师川[③]，云遮卷向[④]弓月岳[⑤]。

1088　山间河滩水声响，弓月岳上云飞扬。

原编者注：

以上两首，出自《柿本朝臣人麻吕歌集》。

1089　海面茫茫无岛屿，白云飘浮波涛上。

原编者注：

以上一首，伊势从驾之作。

译者解说：

创作时间不明。伊势行幸共四次：持统六年（692 年）春、大宝二年（702 年）冬、养老二年（718 年）、天平十二年（740 年）冬。

1090—1091　咏雨，二首

1090　阿妹红裳湿裙裾，我与卿卿淋细雨。

---

① 大伴之地：难波湾御津一带大伴氏领地，此歌在大伴族人中广为传唱。
② 大伴郎：大伴壮士身背箭袋，护卫天皇。
③ 穴师川：亦称“痛足川”，读音同为（あなしがわ），位于奈良县樱井市东北，向西流淌。
④ 卷向（山）：位于三轮山东北。
⑤ 弓月岳：卷向山最高的两座山峰之一。

1091　愿天莫降倾盆雨，贴身穿着阿妹衣[1]。

译者解说：

普通男女服装样式无多大区别，时人相信内衣上附有穿着者灵魂。相爱之人交换内衣，表示我中有你，你中有我，永不分离。

1092—1098　咏山，七首

1092　如雷贯耳闻鸣神[2]，初见卷向桧原山。

1093　三诸山[3]势多美妙，如枕伊人手臂眠。

1094　为我衣衫染美色，三轮山上红叶燃。

原编者注：

以上三首，出自《柿本朝臣人麻吕歌集》。

1095　深山泊濑常怀念，桧林绵延三轮山。

1096　天地悠悠皆茫然，千年耸立香具山。

1097　郎君不来柔肠断，巨势[4]徒有虚名传。

---

① 贴身穿着阿妹衣：恋情不到公布于众的时机，男子为避人眼目，贴身穿女方内衣。

② 鸣神：雷神，雷鸣。

③ 三诸山：三轮山，为卷向山余脉，海拔 467 米，森林覆盖，多山洞，相传为神仙隐居地。山势奇特，像男子头枕美女手臂而眠。

④ 巨势：巨势山位于奈良县御所市古濑山地，海拔 296 米。巨势读音“こせ”，与呼唤情人“快来哟”同音。

1098　纪州路[1]上阿妹山，雌雄相对二上山[2]。

译者解说：

感叹山有配偶，反衬行人孤单。

1099　咏岳[3]，一首

片冈山[4]坡种椎树，夏来一路绿荫浓。

1100—1115　咏河，十六首

1100　卷向川上波相连，重返故乡到河岸。

1101　黑夜沉沉卷向川，山风天降水声喧。

原编者注：

以上两首，出自《柿本朝臣人麻吕歌集》。

犬养孝：溪流位于卷向山与三轮山、穴师山之间。

1102　大君三笠[5]碧空下，溪如罗带涛声远。

---

① 纪州路：通往纪州（今和歌山县）的道路。
② 二上山：与奈良西面葛城山相连，大和国与摄津国（奈良县与大阪府）交界处。山顶有“雄岳”（海拔517米）和“雌岳”（海拔474米）。
③ 岳：此处的“岳”意义同“丘”。
④ 片冈山：山势朝一面倾斜之山。
⑤ 大君三笠：三笠山如天皇斗笠。

1103　重见吉野大川淀[1]，今日有幸来水边。

1104　策马翻山连首尾，吉野川畔宫瀑[2]前。

1105　久闻盛名吉野川，今日得见六田淀[3]。

1106　清流潺湲伴蛙鸣，何时再游此山川。

伊藤博：以上四首为游吉野川歌。

1107　山溪飞泻玉琼碎，泊濑川中开木棉。

1108　泊濑川水越堤堰，涛声清越响耳畔。

1109　桧隈川[4]，滚激流，
今日才牵阿妹手，
难堵众人口。

1110　温汤浸稻种[5]，水田何处有。
滩头水浪高，足结[6]已湿透。

---

① 大川淀：六田淀，位于奈良县吉野郡吉野町六田。
② 宫瀑：吉野离宫不远处，吉野川从东北方蜿蜒流向南、西、北，在岩石中形成瀑布。
③ 六田淀：位于吉野川河道最宽处。
④ 桧隈川：发源于奈良县高市郡山中，从明日香亩傍山以西流过，注入曾我川。
⑤ 温汤浸稻种：寒冷地区育秧前须用温水浸泡稻种，同时这也是祈祷丰收的仪式。
⑥ 足结：当时流行的简易“绑腿”。男子为方便劳作或行走，在裙绔膝盖下系上带子，将宽大的绔腿绑紧。

译者解说：

政府于养老、天平年间先后颁布了《三世一身法》《垦田私财法》，鼓励农民开垦口分田以外的私田。

1111　千古赞颂布留川，滩头清流鸣溅溅。

1112　少女新梳叶根鬘①，
我欲邀她同游玩，
率川②流水拨琴弦。

1113　团团浓雾③，滔滔泉井④。欲言又止，满怀柔情。

1114　阿妹为我系衣带⑤，
黎明分别结八川⑥，
此地令我永流连。

1115　阿妹为我系衣带，
众人皆言亲眼见，
此话真假实难辨。

---

① 叶根鬘：少女发髻，模仿植物叶与根的形状。
② 率川：读音“いざかわ”。古日语中的“いざ”是打招呼的语气词。作者听见率川清脆的流水声，不由得想向少女打招呼。
③ 浓雾：《古事记》神话说，浓雾为叹息所化。
④ 泉井：在喷泉上修砌石头井台。神代以来恋人们常在井畔山盟海誓。
⑤ 系衣带：男女幽会分别时为对方系上衣带，约定不到下次相会时绝不解开，以表明忠贞不二。
⑥ 结八川：具体地点不明。“结八川”中的“结”，是系衣带，或伸手为对方梳理头发之意。

1116 咏露，一首

霜露降我黑发梢，轻手触摸顷刻消。

1117 咏花，一首

驾船打鱼绕岛礁，敢向浪里拾落花。

译者解说：

以浪里落花比喻美女。

1118—1119 咏叶，二首

1118 三轮山上思先贤，折来红叶当发簪。

1119 水流人去谁攀折，桧原悄然越千年。

原编者注：

以上两首，出自《柿本朝臣人麻吕歌集》。

译者解说：

赞扬三轮山神圣不可侵犯。我想效仿先贤，折来红叶，但谁来替我插头呢?

1120 咏青苔，一首

吉野青根峰[1]，千年青苔染。
绒毯谁织成，难辨经纬线。

1121 咏草，一首

访妻走山路，筱原多芒草。
安得变坦途，竹枝快弯腰。

1122—1124 咏鸟，三首

1122 深谷秋沙鸭[2]，展翅过山涧。
波涛莫高扬，水鸟落浅滩。

1123 难忘佐保川，水清漫河滩。
千鸟鸣不绝，蛙声连成片。

1124 千鸟翻飞佐保川，夜闻悲啼难成眠。

译者解说：

以上三首吐露佳偶难觅的孤独感。

---

① 青根峰：位于吉野宫瀑三船山之南。

② 秋沙鸭：日本雁鸭科候鸟，分为海秋沙鸭、河秋沙鸭、巫女秋沙鸭三种。巫女秋沙鸭羽毛白色，如神社中白衣红裙的巫女。我国有“中华秋沙鸭”。

1125—1126 思故乡，二首

1125 百里河滩，千鸟呼伴。神奈备里①，霞舞山间。

1126 岁月无多，明日香川。滩上踏石②，杳然不见。

1127—1128 咏井，二首

1127 清澈见底，滔滔泉井。不忍离去，陶然忘情。

1128 梫木③花开，荣华短暂。君凿石井，清水甘甜。

译者解说：

一位富人开凿石井，用石块砌成井沿与井台。虽然这户人家的好日子像梫木花一样短暂，但后人会饮水思源。

1129 咏倭琴④，一首

手抚琴弦，先吐叹息。琴箱之中，吾妻藏匿。

译者解说：

不明此歌为悼念亡妻，还是叹夫妻久别？

---

① 神奈备里：飞鸟地方雷丘周边村落。
② 踏石：日文叫“飞石”，置河道上，行人可踏石过河。
③ 梫木：马醉木，见编号 166 作品注释。
④ 倭琴：日本琴、大和琴，桐木制弹拨乐器。倭琴被视为神与灵魂相交的祭器，琴身长 1.9 米左右，宫廷用来演奏神乐歌，亦用于镇魂。

1130—1134 作于吉野，歌五首

1130 巨岩神圣，吉野深山。水分山①上，泪水涟涟。

1131 人人仰慕，自古神圣。吉野登高，山川形胜。

1132 梦之宫淀②，举世相传。今日瞻仰，美景无限。

1133 代代宫人，侍奉吾皇。山萆薢③兮，地久天长。

1134 吉野川畔，柏树青青。盘根巨岩，万代崇敬。

1135—1139 作于山背④，歌五首

1135 冬日宇治，浅滩水淀。舟子相呼，一路鱼簖。

1136 欲采菅藻⑤，宇治川畔。水流湍急，空手而还。

1137 宇治渔人，重重鱼簖。寻寻觅觅，空手而还。

岩波版《万叶集》注：我欲前去，哪怕一无所获，连木屑也捞不到。

---

① 水分山：位于吉野山上千本上方的子守，此处有水分神社，祭祀分水神。作者因山体神圣而感激涕零。

② 梦之宫淀：吉野宫瀑之下的水淀名。

③ 山萆薢：多年生藤本植物，“萆薢”读作 bì xiè。薯蓣科，冬天其根茎可食用。日语“野老葛”（读作ところづら），有长须，如山野老人。其读音与“常しく”（とこしく）相近，和歌中常作“天长地久”的序词。

④ 山背：山背国。包括今京都市、宇治市、城阳市，以及相乐、久世等郡一带。

⑤ 菅藻：一种形状如菅草的水藻。

土屋文明《万叶集》： 我要将鱼簖折毁，冲走木盾。

1138 欲过宇治，频呼渡船。旷野无人，舟楫不见。

1139 宇治川上，清流潺潺。美景难舍，行人流连。

1140—1160 作于摄津[①]，歌二十一首

1140 有间山[②]头，夕雾弥漫。何处投宿，猪名野原[③]。

原编者注：

某抄本首句为："划船来到，猪名海湾。"

1141 武库川中，水流湍急。赤驹涉水，飞沫湿衣。

1142 祈祷平安，一片诚心。手捧飞瀑，一饮而尽。

井村哲夫："飞瀑"（原文为"垂水"），与编号 1418 作品志贵皇子吟唱同一道瀑布。时人信仰，饮此瀑布水可治百病。

1143 夜深驾船，漂下堀江[④]。松浦船[⑤]底，流水声响。

---

① 摄津：今大阪府西北部与兵库县东南部的摄津国。摄津，管理港口之意。大阪湾上有难波津、住吉津、武库津三座著名大港。
② 有间山：位于神户市北区有马温泉一带。
③ 猪名野原：猪名川流经兵库县川西市与大阪府池田市一带原野。
④ 堀江：人工开凿的运河，将难波江水引入大阪湾。
⑤ 松浦船：来自肥前国（佐贺县与长崎县一部）松浦地方的海船。

1144 满潮高涨，万千遗憾。住吉海滨，归家路断。

1145 为妹拾贝，千沼①海滩。衣袖湿透，久晒不干。

1146 郎住②我家，住吉海岸。情投意合，黄土灿灿。

1147 愿得闲暇，海岸寻觅。忘恋贝兮，可遣愁思。

伊藤博：以上五首为望乡组歌。

1148 两马并行，住吉海岸。远望黄土，万代观瞻。

1149 昨日住吉滩上过，
拾得忘恋贝，
旧情难舍心更悲。

1150 住吉岸滨，建我家园。白浪滚滚，百看不厌。

译者解说：

以上为望乡组歌，赞美家乡，抒发乡愁。

1151 大伴三津，浪淘海岸。晚潮退去，知向谁边。

1152 舟楫欸乃，回响海边。采藻渔女，船行浪间。

---

① 千沼：位于大阪府西南部堺市到岸和田市一带。
② 住：与地名“住吉”谐音，女方迎接男子住进自己家。

1153　住吉岸上，名儿海滩[①]。拾得美玉，一生相伴。

1154　吾儿滩[②]头，草庵避雨。何时潮落，海滨寻玉。

1155　名儿海滩，曙色已现。潮留洼处，浪涌海湾。

1156　远里小野[③]，遥望家山。日久褪色，桤实漂染[④]。

井村哲夫：女子用衣衫褪色，以喻青春流逝，一去不返。编号3791长歌中亦提到“住吉原野，桤实漂染”。

1157　今日吾儿海，海风守时[⑤]到。
天明退潮时，出门割海草。

1158　住吉海面上，风吹白浪滚。
眼前何所见，岸边浅水清。

1159　住吉岸边松，海浪洗树根。
波潮滚滚来，涛声响行云。

1160　潮退难波滩，举目望岸边。
直指淡路岛，鹤鸣过海天。

---

① 名儿海滩：位于大阪湾住吉海岸，具体地点不明。
② 吾儿滩：与名儿海滩相邻。
③ 远里小野：有南北两处，大阪市与堺市皆有远里小野町。
④ 桤实漂染：“桤木”，原文为“榛木”。其果实和树皮可作染料，因触媒不同可染出茶色、赤茶色、青蓝色。
⑤ 海风守时：午前9时起，海风定时刮来。

1161—1250 作于羁旅，歌九十首

1161 游子辞家去，秋风阵阵寒。
暮色来天地，雁群鸣声远。

1162 的形[①]港口上，沙洲群鸟喧。
声声呼伴侣，随波到海滩。

1163 潮落知多浦[②]，年鱼市潟边。
朝来船启航，纷纷离海岸。

1164 海潮步步退，鹤群鸣声远。
飞起又落下，觅食到浅滩。

1165 黄昏风浪平，潮涨漫海滩。
鹤群觅食处，呼伴声凄然。

1166 古人爱赤杨，真野有榛原。
最喜色泽亮，众人染衣衫。

1167 捕鱼来海礁，觅得勿告藻。
岛上海人[③]多，谁可娶阿娇。

1168 白浪滚滚摇海藻，波上缭乱如秀发[④]。

---

① 的形：读作“まとかた”，亦作“圆方”，今三重县松阪市一带吹井海滨。
② 知多浦：位于爱知县知多半岛西海岸北部。
③ 海人：渔夫或熬煮海盐之人。
④ 秀发：和歌中常用海藻比喻女子秀发，此歌为游子赞美渔家女。

1169　近江海岸港口多，君泊何处对烟波？

1170　乐浪[1]连库山[2]，雨云遮满天。
顷刻大雨降，君当返家园。

1171　待风启航御座船[3]，
高岛三尾[4]泊岸边，
胜野[5]渚清忆当年。

1172　不知何处港口来，高岛香取湾[6]上船。

伊藤博：以上四首吟唱近江之旅。作者从大津出发，前往高岛香取。歌唱景色，抒发夫妻恩爱，湖上旅愁。

1173　深山飞騨人[7]，放排浪里行。
消息到丹生[8]，激流难通航。

1174　隐隐鹿岛崎[9]，飘飘天降霰[10]，
风急浪高处，痴情闯险关。

---

① 乐浪：位于琵琶湖西南岸。
② 连库山：可能是指琵琶湖畔的比叡山或比良山。
③ 御座船：天皇专用御船。
④ 高岛三尾：高岛町位于琵琶湖西，三尾位于高岛郡南。
⑤ 胜野：高岛町地名。齐明天皇、天智天皇游览琵琶湖，曾在此泊船。
⑥ 香取湾：位于高岛郡一带湖上。
⑦ 飞騨人：岐部县北部深山伐木者或能工巧匠。
⑧ 丹生：消息传到丹生，但水路难行。全国有多条丹生川，本歌指奈良县汇入吉野川的那一条。
⑨ 鹿岛崎：位于茨城县利根川河口处。
⑩ 天降霰：鹿岛崎的枕词。“霰”与“冰雹”落下时发出声音“カシマシ”，让人联想到“鹿島”（かしま）。

1175 飞鹤越天险，足柄箱根山①。
满心生羡艳，大和几时还。

1176 海滩沙洲百鸟啼，郎君远去无消息。

1177 若狭②三方海③，渚清沙又白。
行人皆驻足，依依久徘徊。

1178 匆匆才过印南野，日笠浦④上浪涛高。
（某抄本歌曰：摇船刚过饰磨江⑤。）

1179 归家犹忆印南野，昨夜浅茅月色皎。

译者解说：

旅行途经印南野，久久难忘浅茅月色。

1180 翻越乱礁浪涛险，咫尺难登淡路岛。

1181 即日启程望云外，彩霞飞舞龙田山。

1182 渔人扁舟扬白帆， 鞆浦湾⑥上浪滔天。

---

① 足柄箱根山：足柄山垭口与箱根山路，被视为天险。属东国相模国足柄郡，当时尚无小田园城与箱根关。

② 若狭：今福井县。

③ 三方海：三方湖。

④ 日笠浦：位于明石川河口处。

⑤ 饰磨江：位于兵库县姬路市。

⑥ 鞆浦湾：位于广岛县福山市以南。军人从战场平安归来，感谢拜谒神灵之地。

1183 腕戴革鞆[1]平安还，壮士再拜鞆浦湾。

1184 身如水鸟，漂浮海天。涛声震耳，满心凄然。

1185 拂晓浪静，挥桨两舷。御津海上，遥望松原。

1186 渔家女儿，出没浪尖。衣袖沾湿，何时晒干。

1187 渔夫拉网，饱浦[2]岸边。我登礁石，水清天蓝。

原编者注：

以上一首，出自《柿本朝臣人麻吕歌集》。

1188 岩上赏杜鹃，翻山远津滨[3]。
花蕾莫绽放，盼来有心人。

1189 狂风莫向海上吹，待我抵达猪名港[4]。

1190 今夜泊船打木桩，名子江[5]滨难通航。

1191 妹家出入川[6]，滩上波浪急。
父母念游子，快马失前蹄。

---

① 革鞆：拉弓射箭时戴在左手臂上的革制护具，可防弓弦反弹。我国称“护手”“护臂”。
② 饱浦：地点不明。
③ 远津滨：地点不明。
④ 猪名港：位于今兵库县猪名川入海处。
⑤ 名子江：地点不明。
⑥ 出入川：地点不明。

译者解说：

时人深信，马失前蹄是因家人正挂念自己。

1192　　白光真土山，情切回家园。
家人念游子，奈何马不前。

1193　　背山对妹山，搭桥过河川。
阿哥来求婚，阿妹把头点。

1194　　我来纪伊国，
杂贺浦[①]上望海面。
闪闪渔火波浪间。

1195　　穿麻衣[②]，结姻缘，
纪伊国，妹背山。
阿妹种麻我来穿。

原编者注：

以上八首，为藤原卿[③]之作，年代不详。

译者解说：

藤原房前于神龟元年（724 年）伴驾前往纪伊国，以上八首可能为其作品。

---

① 杂贺浦：位于和歌山市西南部。
② 麻衣：麻为纪伊国特产，可纺织白衣。
③ 藤原卿："卿"，三品以上高官敬称。藤原不比等四个儿子有三位称为"卿"。

1196 我为阿妹，拾取贝壳。莫湿我衣，海上白波。

广冈义隆：“莫湿我衣”，作者与海浪对话。万叶歌中人与动物、植物、非生物对话打招呼的作品不在少数。与现代诗歌中的“拟人法”不同，这是基于万叶时代“万物皆有灵”的泛灵论信仰。

1197 忘恋贝兮，忧愁散尽。渔夫之言，此话当真?

1198 礁边觅食，鹤鸣海滩。清晨寒风，声声呼伴。

1199 海上扁舟，割藻浪间。妹岛①形见②，鹤影蹁跹。

1200 停泊港口，恭迎客船。只须片刻，相逢岸边。

1201 波涛滚滚，声震海底。拍打礁石，碎琼乱玉。

1202 玉浦③离岛，景色更秀。鬼斧神工，梦中常游。

1203 礁上折枝，篝火点燃。为君采珠，水底深潜。

1204 清清海浪，伫立岸边。吾非渔人，手无钓竿。

1205 船行海上，桨声阵阵。乡关何处？云遮雾隐。

---

① 妹岛：指和歌山县西北部加太海面的友岛。
② 形见：形见浦，地点不详。
③ 玉浦：和歌山县东牟娄郡那智胜浦町粉白与浦神一带海湾。

1206 海上波涛，卷来海藻。妹如美玉，随波而到。

1207 摇船渡海，欲去粟岛[①]。明石濑户[②]，正涌惊涛。

1208 家中阿妹，天涯海角。背山妹山，厮守到老。

1209 纪川之滨，背山妹山。慈母儿女，麻衣温暖。

1210 心恋阿妹，奔波旅途。背山妹山，厮守一处。

1211 今过妹山，欲见芳颜。难吐相思，亦无遗憾。

1212 走过足代[③]，线鹿山[④]巅。归期未到，樱花莫残。

1213 名草山[⑤]兮，虚名远传。难慰我心，乡愁万端。

1214 我来足代，小为守山[⑥]。真木树上，藤萝缠满。

1215 玉津岛[⑦]兮，美色万千。家人相问，欲答无言。[⑧]

---

① 粟岛：指淡路岛西侧小岛，或山口县东南部屋代岛。
② 明石濑户：明石海峡上的狭窄门户，因潮汐起落，有激流漩涡。
③ 足代：位于和歌山县有田市。
④ 线鹿山：原文为“糸鹿山”，位于今有田市线我町以南。
⑤ 名草山：位于和歌山市南，海拔 229 米，读音“なぐさやま”与“慰む”（なぐさむ）相近，能给人安慰。
⑥ 小为守山：地点不明。
⑦ 玉津岛：位于和歌山市海面上。
⑧ 家人相问，欲答无言：作者的家人远在奈良，从未见过如此美景。如果问起玉津岛来，我真不知该如何描绘眼前的景致。

1216 海神威严[1]，大潮滔天。远望渔女，出没浪间。

1217 玉津胜景，非同一般。返回京城，时时怀念。

1218 黑牛海[2]滩，红光映天。红裙宫人[3]，垂钓岸边。

1219 和歌浦上，白浪滔天。遥望大和，海风送寒。

1220 拾得美玉，汤罗岬[4]上。欲赠娇妻，暝色苍茫。

1221 美景难得，且莫摇船。大和来客，停舟观瞻。

1222 玉津岛兮，绝美风光。欲携回乡，亲友共赏。

1223 海上来船，何时靠岸。远近无风，不起波澜。

1224 大叶山[5]兮，晚霞暗淡，今夜何处，泊我客船。

1225 船夫号子，回荡水面。更深夜阑，何处泊船。

1226 乱礁狂涛，神崎[6]不见。船泊何处，可避风险。

---

① 海神威严：此处指海难频发的惊险之地。
② 黑牛海：位于和歌山县海南市黑江、船尾一带。
③ 宫人：宫中女官。
④ 汤罗岬：位于和歌山县日高郡由良港北侧，“湯羅（汤罗）”与“由良”同音（ゆら）。
⑤ 大叶山：一说在纪伊国（和歌山县），一说在近江国（滋贺县）。
⑥ 神崎：亦称“三轮崎”，位于和歌山县新宫市。

1227 伫立礁石，远眺海面。渔人割藻，野鸭冲天。

1228 疾风骤起，三穗[①]海湾。惊涛之中，舟人忙乱。

1229 小舟停泊，明石港湾。夜深人静，莫离岸边。

1230 船过金岬[②]，一路惊魂。终生不忘，志贺皇神[③]。

1231 云垂海面，东南风起。伫立冈港[④]，波连天际。

1232 令人畏惧，千重风浪。祭祀海神，安心启航。

1233 札札弄机杼，少女当户织。
波间现栲岛[⑤]，玉桛[⑥]绾长丝。

1234 潮涨浪涛急，礁后待启航。
天涯羁旅客，吾非潜水郎。

1235 滔天巨浪里，船夫拿主张。
水鸟浮惊涛，挥桨朝前闯？

---

① 三穗：和歌山县“三尾”，二者读音相同（みほ）。
② 金岬：位于福冈县宗像郡北端的险要航路。
③ 志贺皇神：志贺岛渔人祭祀的海神。
④ 冈港：亦称“冈水门”，位于福冈县远贺郡芦屋町远贺川河口处。
⑤ 栲岛：今岛根县大根岛。
⑥ 玉桛：织布用小桛，用来梳理、绾起长丝。“綰く”（たく），为引出“栲島”（たくしま）的序词。

1236　梦中见竹岛①，波涛越乱礁。
此景最难忘，眼前常萦绕。

1237　波浪低吟拍海岸，屋内侧耳久聆听。

1238　高岛安昙川②，白浪正滔天。
旅宿念闺中，游子客愁添。

1239　惊涛撼礁石，泊舟近海岸。
细浪滚白沙，清波连远天。

1240　三诸户山③景色秀，旅途遥遥神思远。

斋藤茂吉：作者途经神秘的三诸户山，想起远古神代的悠悠往事。

1241　清晨翻越黑发山④，草木露水湿衣衫。

1242　山行日暮时，借宿叩柴门。
少女迎面立，不知允不允。

1243　举目四处望，村落咫尺近。
绕行忆当年，昔别挥肩巾⑤。

---

① 竹岛：大概指爱知县知多郡的筱岛。
② 高岛安昙川：位于近江（琵琶湖）西岸。
③ 三诸户山：相传有天神降临，大和国及西日本有多处同名神山。
④ 黑发山：位于奈良市以北佐保山黑发奈保町。
⑤ 肩巾：奈良、平安时代女性装饰品，丝巾披脖上，两端垂胸前。肩巾还用于咒术，可驱逐害虫、毒蛇等。

中西进：村庄附近有一个昔别原野。即古代娘子挥舞肩巾，与恋人惜别之处。

译者解说：

当年告别，娘子挥舞肩巾，召唤恋人灵魂快快归来。

1244 少女垂发[①]秀，葳蕤木棉山[②]。
彩云莫遮挡，容我望家园。

1245 志贺钓船，重负不堪。缆绳紧绷，魂飞魄散[③]。

1246 志贺渔夫煮海盐，风卷青烟绕峰峦。

原编者注：

以上七首，出自《古歌集》。

1247 大国主、少彦名，
天造妹背山，
今日见，喜心间。

1248 浪中海藻如娇妻，何日开花告我知。

1249 浮沼池上采菱角[④]，衣袖宽大浸水中。

---

① 垂发：亦称“放发”，八至十四五岁少女发型，呈自然下垂状。由梳理头发的动词“結ふ”（いふ）引出山名“木棉”（いふ）。

② 木棉山：今大分县别府市由布岳。“木棉”与“由布”发音相同（いふ）。

③ 魂飞魄散：比喻因思念恋人而灵魂出窍。

④ 菱角：一年生水生植物，植根水底，叶片浮于水面。夏天开四瓣白花，秋天结实，菱角可食用，也可熬粥。

1250　为妻采摘营草果，深山迷途日色昏。

原编者注：

以上四首，出自《柿本朝臣人麻吕歌集》。

译者解说：

浮沼池位于岛根县中部，石见国与出云国交界处。五世纪中草药传入日本，作者为妻子四处采药而迷路。

1251—1254　问答歌，四首

1251　佐保川上，千鸟[①]啼鸣。溯流而飞，有何隐情？

1252　景色平凡，众人无心。我过河滩，生怕遭禁。

原编者注：

以上两首咏鸟。

小学馆版《万叶集》注： 男子爱上一位平凡的姑娘，双方家人都反对他们交往。男子痴心不改，仍来访婚。他生怕河滩上挂起表示独占、禁止通行的绳索。

1253　乐浪志贺津[②]，海女莫心慌。
独自休潜水，哪怕无风浪。

---

① 千鸟：比喻前来访妻的男子。
② 志贺津：今滋贺县大津市。

1254 渔船已出海，两舷配船桨[①]。
郎君尚未归，避开风与浪。

原编者注：

以上两首，咏白水郎（渔夫）。

伊藤博：本歌劝告海女，自己不在家时，莫要冒险潜水。

1255—1266 即兴作歌，十二首

1255 采来露草[②]颜色鲜，为君斑驳染衣衫。

1256 春霞缭绕泉井边，绕行只为见君面。

1257 草深百合路边笑，岂能草率结良缘。

译者解说：

陌路相逢，女子开颜一笑，并非对男子有意。本歌为女子拒绝过路男子而作。

1258 不堪沉默宽心话，我知妹心悲欲泣。

1259 妹捧佐伯[③]水晶花[④]，凋落尘泥亦无妨。

---

① 两舷配船桨：比喻男女婚配。
② 露草：亦称“月草”。中文叫“鸭跖草”，花色青碧如黛，可制浅蓝色染料。
③ 佐伯：佐伯山，地点不详。
④ 水晶花：日文是“卯の花”（うのはな），与“忧郁”（憂し）谐音。

译者解说：

希望自己变成阿妹手中之花。

1260　节令未到，盼披斑衣①。岛庄榛原②，尚未结实。

1261　守山之人，欲回乡里。迷路伤心，草深林密。

1262　满山荼花，夫君猎鹿。妻在闺中，洁斋③不出。

1263　夜鸟④啼鸣，天将启明。仰望树梢，一片宁静。

1264　独往西市⑤，不问价钱。糊里糊涂，买来残绢。

译者解说：

本歌对失恋自嘲。

1265　吾家儿郎，春赴海防。麻衣开线，倩谁缝上？

1266　大船出海，惊涛骇浪。阿妹相送，含情目光。

---

① 斑衣：染出斑纹的衣衫。
② 岛庄榛原：奈良县高市郡明日香村岛庄原野。
③ 洁斋："忌物洁斋"，丈夫从事狩猎或海上捕捞等危险工作时，妻子在家闭门洁斋，祈祷丈夫平安归来。
④ 夜乌：日本称"五位鹭"（醍醐天皇赐五品官位），身长约50厘米，头背黑绿，灰翅，常徘徊于夜空，啼声酷似乌鸦。我国叫"夜鹭"。
⑤ 西市：藤原京、平城京均有西市。《扶桑略记》大宝三年（703年）条目："是岁，立东西市。"

1267—1269 因某事触发感慨，旋头歌三首

1267 宫中百官[①]，踏过沙滩。波浪莫滚，足迹千年。

原编者注：

以上十七首，出自《古歌集》。

译者解说：

以上一组旋头歌每首相对独立，作者互不相干。

1268 卷向山前，又到阳春。爱妻亡故，玉臂难枕。

1269 卷向山边，轰然流逝。水泡破灭，无常人世。

原编者注：

以上两首，出自《柿本朝臣人麻吕歌集》。

1270 寄物发思（寄物感慨）

泊濑山头，明月盈亏。人生无常，唯留叹息。

原编者注：

以上一首，出自《古歌集》。

---

① 宫中百官：指文武天皇行幸难波湾名胜时随行的官员。

1271 行路歌，一首

极目远方，白云之下。黑驹快行，早到妻家。

原编者注：

以上一首，出自《柿本朝臣人麻吕歌集》。

1272—1295 旋头歌，二十四首

1272 阿妹采葛入野①地，
为我织件双袖衣②。
挥镰割开夏草密③。

译者解说：

本组旋头歌均为歌垣集体吟唱歌谣。

1273 住吉波豆麻④，君着骑马衣⑤。
雇来缝新装，嘤嘤鸟语汉家女⑥。

岩波版《万叶集》注：“汉家女”前有枕词“さひづらふ”，为“さへづる”（囀る，鸟声婉转）的派生语。她们所操语言如嘤嘤

---

① 入野：山中平地。
② 双袖衣：正式服装，不同于简陋的无袖套头衣。
③ 夏草密：野生葛麻长在夏草丛中。
④ 住吉波豆麻：住吉对外开港，波豆麻可能是地名，或归化人之名。
⑤ 君着骑马衣：“君”，衣着入时的男子。“骑马衣”，从朝鲜半岛传来的服装。
⑥ 汉家女：来自中国或朝鲜半岛的归化人，语言犹如鸟语。她们带来先进的纺织、缝纫、染色技术。

鸟语，听不明白。

1274 住吉出见浜[①]，此处莫砍柴。
露浓湿红裳，远见少女来。

译者解说：

少女穿过露水树林，衣裙沾湿更显身材曼妙。

1275 家奴[②]奉了令，住吉开新田。
只为家中妻，从此有吃穿。

译者解说：

私田为个人拥有，与公田相对而言。政府允许开垦私田，民众纷纷响应。《令义解》：“位田（按官位高低，可得大小不同的田地）、赐田、口分田、垦田等，是为私田。”

1276 池边槻树下，莫来砍筱竹。
筱竹留念想，与君相会处。

1277 妹莫割草姬菅原[③]，小心草屑发上沾。

1278 夏日浓荫，妻裁衣衫。布料充足，衣大袖宽。

洼田空穗《万叶集评释》：“当时流行早婚，男女双方都会继续发育，裁剪衣服以宽大为宜。”

① 出见浜：今大阪市住吉大社西面海岸。
② 家奴：在贵族庄园劳动的奴隶。
③ 姬菅原：地点不详。

伊藤博：当时尚无剪刀，只能用刀裁开衣料。

1279 引津[①]岸边勿告藻，可否容我先摘花。

1280 徘徊官道，为见君面。裙裾磨破，悔恨万千。

译者解说：

女子爱上年轻官员，毫无结果，后悔自嘲。她身着长裙，日日在官道上徘徊，欲引起官员注目。

1281 为君织衣，精疲力竭。请君挑选，春花百色。

伊藤博：染色原料多取自春夏花草。贵族衣料染成不同颜色，然后裁成衣衫。平民多穿单色衣物，大多染成黑、灰等色。

1282 仓椅山[②]头，白云满天。举目仰望，倩影显现。

译者解说：

时人深信，白云乃灵魂象征，会显现心上人的面容。

1283 仓椅川[③]上，飞跨石桥[④]。韶华不再，往事缥缈。

---

① 引津：福冈县志摩町海岸一带。
② 仓椅山：奈良县樱井市音羽山。
③ 仓椅川：发源于多武峰，流经仓桥附近一段称“仓椅川”，最后注入大和川。
④ 石桥：河中放置几块平坦岩石，行人踏石过河。当时日本劳力短缺，多建木桥。

译者解说：

男子回忆当年幽会路上踏石过河的情景。

1284　仓椅川畔，菅草短短①。只顾挥镰，斗笠未编②。

1285　郎辛苦，三月阳春③，种田挥汗，
妾在家，哪得相伴，时刻牵念。

1286　山城国，久世神社④，莫折庭草。
君莫夸，身居高位，显赫荣耀。

译者解说：

神社之草不可攀折，比喻不可染指他人之妻。

1287　依网原⑤，偶遇行人，谈今论古。
忆往昔，壬申之乱⑥，近江荣枯。

伊藤博：柿本人麻吕、高市黑人皆有凭吊近江宫化为废墟之歌。

1288　河口边，谁摘苇颠，只为望远，
站船头，郎君挥手，妾摘苇颠。

---

① 菅草短短：比喻身材娇小的美女。
② 斗笠未编：比喻未能与心上人结婚。
③ 三月阳春：大好春光，正是参加歌垣、谈情说爱之季，自己郎君却仍在辛苦种田。
④ 久世神社：位于京都府城阳市久世。
⑤ 依网原：地点不明，亦作“依罗愿”，一说在摄津国，一说在三河国。
⑥ 壬申之乱：公元 672 年（壬申年）爆发的战乱。天智天皇死后，其弟大海人皇子（天武天皇）夺取了侄儿大友皇子的天下。

1289 隔墙垣，呼唤猎犬，直上青山，
树荫下，郎君驻马，可消疲倦。

1290 名告藻，花开海底，无人知晓，
情正浓，阿妹阿哥，相约荒郊。

1291 冈上割草小儿郎，手下且留情。
今夜郎君骑骏马，爱啃草青青。

译者解说：

女子劝小儿少割些草。因今晚情人骑马来幽会，希望马儿一路上能吃上青草。

1292 狩猎人，海湾密林，捕捉野猪，
待时机，衣袖卷起，郎君埋伏。

1293 远江国①，青青岸柳，不怕刀砍。
吾迹川②，行行绿树，岁岁年年。

1294 日向山，捧出新月，乡愁难遣，
别吾妻，羁旅远客，望月空叹。

原编者注：

以上二十三首，出自《柿本朝臣人麻吕歌集》。

---

① 远江国：今静冈县西部。
② 吾迹川：地点不详。

译者解说：

《万叶集》收录《柿本朝臣人麻吕歌集》歌谣377首，其中长歌2首，短歌340首，旋头歌35首。很可能是他收集的民谣与无名氏作品，散见于《万叶集》卷二、卷三、卷七、卷九、卷十各卷中。以上1285—1294为旋头歌。

1295　春日野，仰望夜空，新月如舟。
三笠山，酒中月影，举杯消愁。

小学馆版《万叶集》注：以上两首当是迁都平城京后，朝廷命官吟于赏月之宴。

譬喻歌

1296—1298　寄衣，三首

1296　尚未成年盼佳期，夜夜梦中着斑衣。

1297　染出红花艳丽色，赞不绝口是众人。

1298　飞梭织成白麻衣①，哪怕人言乱纷纷。

译者解说：

此组歌赞美少女虽未成年，却心灵手巧。

---

① 白麻衣：比喻少女的恋人淳朴、清白。

1299—1303 寄玉，五首

1299 采来珍珠[①]莫告人，味鸭遥遥浮海面。

1300 处处礁石藏珍宝，无计觅得空嗟叹。

1301 只为海神手中玉[②]，礁下深水潜海湾。

1302 海神秘宝，欲探白玉。渔夫三唱[③]，潜入水底。

1303 渔夫三唱，潜入水底，海神不允，珍珠难觅。

1304—1305 寄木，二首

1304 天云叆叇，山峦重叠。知我心者，唯有树叶。

1305 人国山[④]兮，枝繁叶青。百看不厌，满心恋情。

译者解说：

本歌为男子抒发相思之情。

---

① 珍珠：比喻美女。

② 海神手中玉：比喻难以追逐到手的女性，被父母严密监视，或已嫁为人妇。海神比喻女方父母，美玉比喻姑娘，潜水比喻追求女性。

③ 渔夫三唱：歌曰："龙王，龙王，赐我鱼满仓！"

④ 人国山：位于和歌山县田边市秋津町。

1306　寄花，一首

红叶之下，偶见羞花。徘徊山林，忘却归家。

1307　寄川，一首

舟行河上，驶过沙洲。每到浅滩，有人看守①。

1308—1310　寄海，三首

1308　水天茫茫，伫立海港。与君携手，远走他乡。

1309　莫待明日，莫问风浪。天涯海角，随君前往。

1310　白云深处，小岛隐隐。神灵恐怖，难舍郎君。

原编者注：

以上十五首，出自《柿本朝臣人麻吕歌集》。

1311—1315　寄衣，五首

1311　橡染缁衣②，众人爱穿。娶她为妻，朴实平凡。

译者解说：

地位颇高的男士喜欢上了普通女性。

---

① 有人看守：比喻姑娘处于父母监视之下。

② 橡染缁衣：橡实染料可染出黄褐色，熬煮时接触铁媒会变成黑色，因耐脏而深受民众喜爱。

1312　常穿内衣，并不在意。今日不妨，当成外衣。

译者解说：

比喻某人欲公开迎娶多年情人。

1313　染我内衣，红花色浓。穿在表面，人言汹汹。

译者解说：

与上一首寓意相同，可能为两首连作。

1314　橡染缁衣，脱下洗涤。黄昏相伴，白头夫妻。

译者解说：

将老妻比喻成缁衣。

1315　橘岛乡里①，大河远去。尚未曝晒②，且缝内衣。

译者解说：

比喻尚未公开隐秘婚姻。

1316　寄线，一首

河内③女儿，亲手染线。苦苦相思，经岁经年。

---

① 橘岛乡里：地点不详。

② 尚未曝晒：麻等纤维布经水洗曝晒，会变得更结实。

③ 河内：古代地名，五畿（山城、大和、河内、和泉、摄津）之一，今大阪府东部。《日本书纪》：雄略天皇朝前后，有来自百济等国移民定居河内国。

井村哲夫：“河内国”指淀川以东，靠近大和国的大和川、石川流域平原。“河内女儿”为中国东汉末年燕国公孙渊的后裔，有专门从事染色的“赤染氏”，染出的红色与蓝色代表着先进的河内文化。

1317—1327 寄玉，十一首

1317 深藏海底，沉睡美玉[①]。风急浪高，欲采无计。

译者解说：

“美玉”比喻心仪的渔家姑娘。

1318 清澈见底，碧波美玉。渔夫三唱，潜入浪底。

1319 大海底下，美玉闪光。洁身入水[②]，采得琳琅。

1320 水底沉玉，魂牵梦绕。只为卿故，无尽烦恼。

1321 系玉丝带，一朝断裂。世间万物，倏忽幻灭。

译者解说：

此歌比喻恋人或夫妻感情破裂。

1322 伊势渔人，海底采珠。喜得珍珠，情深意笃。

---

① 美玉：比喻美女。岩波版与小学馆版《万叶集》和歌的现代日语译文有时将“玉”译为“珍珠”。

② 洁身入水：洁身净体为神道仪式。

译者解说：

野生珍珠难以到手，为大笔财富。比喻渔人历经艰险，娶得心上人为妻，感情更加深厚。

1323　海中美玉，求之不得。天意如此，相思不绝。

1324　一双美玉，贯穿丝带。牢牢相连，无人解开。

1325　洁白美玉，不佩腕臂。藏之箱奁，偏惹叹息。

译者解说：

本歌为闺怨。虽有夫妻之名，却饱受冷遇。

1326　绝世美玉，猎户掌中。新系衣带，夫妻情浓。

译者解说：

美玉拥有者为“照左豆”（てるさづ），可能是人名，此人地位不高。土屋文明将“照左豆”理解为“猎户”。新系衣带，拥有美玉即“结为夫妻”之意。

1327　秋风且停，波涛莫喧。采得美玉，待我回还。

1328　寄小倭琴[①]，一首

倭琴精巧，卧在膝上。闲来无事，思恋何人。

---

① 小倭琴：古代和琴，体积较小，置于膝上弹奏。登吕遗址出土的倭小琴长 40 厘米，宽 8 厘米。

1329—1330 寄弓，两首

1329 陆奥之国[①]，安达太良[②]。真弓[③]张弦[④]，蜚短流长。

1330 南渊细川[⑤]，檀木良弓。不缠弓把[⑥]，深藏心中。

译者解说：

此歌隐喻成亲前，绝不让人得知这段恋情。

1331—1335 寄山，五首

1331 重峦叠嶂，高不可攀。深陷情网，是为哪般。

1332 磐石嶙峋，崎岖迷途。峰回路转，难出深谷。

1333 佐保山青：视之等闲。今日心动，最怕风寒[⑦]。

译者解说：

本歌按照小学馆、岩波书店版《万叶集》解释翻译，较为含蓄。而伊藤博解释说：佐保山比喻青梅竹马的平凡女伴，今日长成，亭亭玉立，欲向她求婚，又生怕横生枝节。

---

① 陆奥之国：陆奥国，今青森县大部与岩手县一部分。
② 安达太良：山名，以盛产良弓闻名。
③ 真弓：指檀木弓，或是弓的美称。
④ 张弦：安上弓弦，比喻将女人追到手。
⑤ 南渊细川：南渊山与细川山，位于奈良县飞鸟地方南部，出产制造良弓的木材，天武天皇将此地列为禁区。
⑥ 弓把：弓臂中间手握处，有皮革包裹。
⑦ 风寒：比喻成婚的障碍。

1334 深山岩上，青苔苍然。心生畏惧，惴惴不安。

1335 恋慕深深，情何以堪。留得标识①，亩傍②山间。

1336—1352 寄草，十七首

1336 春野烧荒，无边悲愁。烈焰焚心，何时罢手。

斋藤茂吉：此歌乃民谣佳作。家持赠坂上大娘歌（编号755），以及本书无名氏作品（编号3034、3271），皆受此歌影响，吟唱忧心如焚的爱情痛苦。

1337 葛城③高间④，草野⑤萋萋。被人抢占，悔恨不已。

1338 我家庭院，土针草⑥生。素不相识，不染其衣⑦。

伊藤博：此歌为母亲对女儿的训诫。

1339 月草⑧染衣，颜色易褪。郎君薄情，满心懊悔。

译者解说：

女子听说男友用情不专，懊恼不已。

---

① 标识：表示占有此山。
② 亩傍：亩傍山，大和三山之一，比喻心中神圣的女性。
③ 葛城：位于奈良县北葛城郡葛城连山东麓。
④ 高间：奈良县御所市金刚山以东地区。
⑤ 草野：芳草原野，比喻心仪的女性。
⑥ 土针草：紫草科两年生草本植物，叶为绿色染料。我国叫“益母草”，可入药。
⑦ 不染其衣：寓意不与他结为夫妻。
⑧ 月草：露草，见编号1255作品注释。

1340 遥望青山，我搓紫线。山橘①如珠，连成一串。

1341 丝线串玉②，越地③菅原。我不割草，他人割完。

译者解说：

怕心仪的女性被人捷足先登。

1342 高高峰顶，夕阳落山。欲结④标识，浅茅之原⑤。

1343 不畏人言，磐代⑥荒原。俯身割草，容我先占。

原编者注：

某抄本歌曰：一片真心，阿妹娇美，岂可不见。

1344 云梯神社⑦，苍鹭筑巢。为我衣衫，绘上菅草⑧。
人国山中，秋津野⑨上。杜若⑩花开，入我梦乡。

译者解说：

作者梦见一位美女，吟出此歌。

---

① 山橘：亦称“薮柑子”，我国称“紫金牛”，可入药。秋冬结红色小球状果实，直径五六毫米，比喻女性。线串山橘，比喻结为夫妻。
② 丝线串玉：“丝线”，日语称“绪”（お），由此引出地名“越”（おち）。
③ 越地：飞鸟地方西部。
④ 结：寓意“结合”“结婚”。
⑤ 浅茅之原：比喻娇小女性。
⑥ 磐代：位于和歌山县日高郡南部町，有间皇子绾结松枝处。见编号 141、142 作品注释。
⑦ 云梯神社：位于奈良县橿原市云梯村，曾我川桥的东侧。
⑧ 菅草：将菅草根图案绘在衣衫上，表示深爱。
⑨ 秋津野：指和歌山县田边市的秋津野山。
⑩ 杜若：亦称“燕子花”。

1346 佐纪泽[①]畔，真田葛原[②]。何日采葛[③]，为我裁剪。

译者解说：

希望心仪的少女早日成人，与自己成婚。

1347 青春年少，原上浅茅。我留标识，莫割此草。

译者解说：

女子希望少年钟情自己。

中西进：此歌为女性集体唱的割草歌。

1348 三岛江[④]口，草菰[⑤]归我。时至今日，只盼收割。

伊藤博：此歌为男性集体唱的割草歌。

1349 大荒木野[⑥]，飞雪茫茫。吾非筱竹[⑦]，苟活无望。

译者解说：

筱竹比喻不为人知的女性。感叹自己不如筱竹耐寒，恐怕不久于人世。

---

① 佐纪泽：奈良市佐纪町沼泽地。
② 真田葛原：地点不详。
③ 葛：藤本植物，茎皮纤维可织葛布，可缝制平民衣物。
④ 三岛江：位于今大阪府高槻市。
⑤ 草菰：稻科多年生草，其叶片可编织草席或斗笠，果实俗称“茭白”。
⑥ 大荒木野：位于今奈良县五条市。
⑦ 筱竹：灌木状或小乔木状小竹，可制箭杆。

1350　近江八桥[①]，筱竹苍苍。不作箭杆[②]，暗恋一场。

1351　月草染衣，朝露瀼瀼。颜色褪尽[③]，妾心惶惶。

译者解说：

本歌描写女性婚前的惶恐。

1352　心如莼菜[④]，飘摇水上。不见河岸，漂向何方？

译者解说：

比喻女子遇人求婚，犹豫彷徨。

1353　寄稻，一首

石上布留[⑤]，早稻田里。尚未吐穗，划为禁地。

译者解说：

父母用早稻比喻未成年女儿，严加管教，不愿轻易许配。

1354—1359　寄木，六首

1354　真野榛原，郁郁苍苍。一不留神，染我衣裳[⑥]。

---

① 八桥：亦作“矢桥”，两者读音相同（やばせ），位于滋贺县草津市。
② 不作箭杆：比喻无法如愿结婚。
③ 颜色褪尽：比喻幽会之后，嫁为人妇。
④ 莼菜：在水面上漂浮不定。
⑤ 石上布留：位于奈良县天理市。
⑥ 染我衣裳：比喻男女幽会后，女方悔恨。

1355 低低草庵，真木作柱。樵夫草率，搭建蓬屋。

译者解说：

女性以真木自喻，感叹所托非人。

1356 对面山头，桃枝空空。人言无果，切莫放松。①

1357 慈母辛苦，采桑养蚕。一片苦心，不愁吃穿。

译者解说：

《养老律令》“赋役令”第一条：蚕丝须上缴官府。百姓只能穿用桑树皮纤维纺织的粗布衣物。养蚕比喻母亲养育女儿十分艰辛，不肯轻易嫁女。

1358 我家毛桃，花开朵朵。有朝一日，终能结果。

译者解说：

作者期盼女儿婚事成功。毛桃比喻女儿，花开朵朵，比喻有多人来提亲。

1359 愁对山冈，手折桂②枝。盼望花开，几度叹息。

译者解说：

男子叹息女方年幼，不知何时可成婚。

---

① 人言无果，切莫放松：都说这场恋情难成正果，就像桃树难结果实，但鼓励对方不可轻言放弃。

② 桂：比喻少女。

1360—1365 寄花，六首

1360 一心为卿，甘舍性命。山萵苣①花，如此薄情。

1361 住吉杜若，小野浅池②。新衣染成，婚期何日？

1362 播种盼秋，鸡头花③开。可染红色，待谁来采。

1363 春日野上，萩花④吐芳。尚有蓓蕾，何时开放。

伊藤博：家有两女，一位成年，一位尚小，不知两姐妹谁能先成亲。

土屋文明、樱井满：萩花两枝，一枝开花，一枝含苞。愿花、蕾都与我莫断消息。

松田修：《万叶集》吟唱植物，咏胡枝花的最多，共141首。

1364 日日相思，何时相见。不结果实，萩花吐艳。

1365 阿妹庭前，萩花灼灼。盼它早开，更盼结果。

译者解说：

本歌写男子访婚时的心情。

---

① 山萵苣：中文叫“野茉莉”，落叶小乔木，5月开白花，花期短暂，比喻薄情善变之人。

② 小野浅池：今大阪市住吉神社东南面沼泽地，当时长满杜若（燕子花）。

③ 鸡头花：中文叫“鸡冠花”，可作红色染料。

④ 萩花：“秋之七草”之一，豆科萩属灌木，高约1.5米，夏秋开紫红色或白色小花。中文亦称“胡枝子花”。

1366 寄鸟，一首

明日香川，七濑水淀①。小鸟②有心，莫起波澜③。

1367 寄兽，一首

三国山④间，鼯⑤栖树颠。待鸟落枝，衣带渐宽。

译者解说：

鼯鼠等待飞鸟落上枝头，喻苦苦等待佳人。

1368 寄云，一首

岩仓小野⑥，秋津云飞。吾非白云，须待何时。

译者解说：

吾非白云，意为无法飘过渡口，喻恋情焦灼。女子责问推迟婚期的男子。

---

① 七濑水淀：道道河滩皆有水淀。
② 鸟：比喻心仪的女性。
③ 波澜：比喻流言。
④ 三国山：一说在摄津国（大阪府与兵库县一部分），一说在越前国（福井县东部）。
⑤ 鼯：鼯鼠，飞鼠。
⑥ 岩仓小野：吉野宫瀑西北方的山地。

1369 寄雷，一首

电闪雷鸣①，天云低垂。见君恐惧，不见生悲。

1370—1371 寄雨，二首

1370 天不降雨，何来水潦。神色显露，旁人知晓。

译者解说：

男女交往尚浅，生怕外露。

1371 吾之衣袖，未遭降雨。不知何故，难见干时。

译者解说：

比喻尚未恋爱，却流言四起，让人悲泣。

1372—1375 寄月，四首

1372 月读壮士②，凌空穿云。夜夜遥望，难以亲近。

译者解说：

日本古人将月亮视为男性，本歌写宫中下级女官暗恋贵公子。

1373 春日山高，岩上菅根。欲睹芳容，月暗天昏。

---

① 电闪雷鸣：比喻身份高贵的男子。女子与他交往，满怀不安。
② 月读壮士：月亮，《古事记》《日本书纪》中的月神。

译者解说：

本歌与前一首相反，写男子无法高攀名门女性而叹息。

1374 夜色黯淡，月①不出山。何时升空，照我枕边。

1375 吾命朝霜，顷刻消散。只为恋君，愿活千年。

原编者注：

以上一首，非比喻歌之类也。抒暗夜心境，吟出此歌。此歌依顺序抄录于此。

1376 寄赤土②，一首

大和宇陀③，染我衣衫。赤土色浓④，众口非难。

1377—1378 寄神，二首

1377 垂挂木棉⑤，祭坛神圣。人多眼杂，退避而行。

译者解说：

此歌为女性所作。祭坛约会，人多眼杂令她扫兴而去。

1378 垂挂木棉，祭坛洁净。翻墙而入，炽热恋情。

---

① 月：比喻自己喜欢的男子。

② 赤土：用作颜料的赤土、赭土之类，这里指辰砂。

③ 大和宇陀：大和国宇陀郡的赤土以含量高而闻名。

④ 赤土色浓：比喻因爱情而喜形于色，惹来非议。

⑤ 木棉：将楮树皮长纤维晒成白色，纺织而成。祭祀时悬挂于榊木（杨桐）枝上。

1379—1384 寄河，六首

1379 明日香川，淀里滞停①。君不赴约，定有隐情。

1380 明日香川，水藻浅滩。难见君面，河上鱼篰。

1381 广濑②水浅，袖垂水面③。贱妾情深，是为哪般。

1382 泊濑川上，水泡散尽。方可抛却，一片痴心。

译者解说：

用“水泡散尽”这种不可能出现的现象，反衬永不改变的痴情。

1383 一声叹息，众人皆知。激流可阻，山溪岩石。

译者解说：

压抑满腔深情，如岩石堵住山中激流。

1384 深潜水下，难以呼吸。守口如瓶，滩头站立。

译者解说：

潜水难以呼吸，比喻隐秘恋情带来的痛苦。即便受人追问，也要守口如瓶。

---

① 淀里滞停：流水进入水淀，忽然停滞不动。幽会当如流水不断，一旦爽约，定有原因。

② 广濑：广濑川，位于奈良县北葛城郡广濑神社附近。水浅比喻男子用情不深。

③ 袖垂水面：出自古歌《催马乐》：泽田川上，流水清浅。涉水过河，袖垂水面。

1385 寄埋木[①]，一首

弓屑川原[②]，土中埋木。灼灼恋情，难避众目。

1386—1391 寄海，六首

1386 大船两舷，双排船桨。安稳行驶，潮退潮涨。

译者解说：

男子求婚歌，大船比喻安稳的家庭生活。

1387 船过伏越[③]，浪湿衣襟。犹豫再三，不知潮信。

1388 海边峭崖，浪涛拍打。与卿相会，惹来闲话。

1389 海边礁石，白浪滔滔。几度徘徊，为谁烦恼。

1390 近江浪涌，难辨风向。一年虚度，尚未起航。

1391 朝来海岸，风平浪静。欲见白浪[④]，偏无晨风。

---

① 埋木：阴沉木，比喻隐秘恋情。

② 弓屑川原：位于大阪府八尾市河原。

③ 伏越：地点不详，海上险要关口，行船时须紧靠岩壁，低头而过，比喻幽会途中的险路。

④ 白浪：比喻心仪的女子。

1392—1393 寄浦沙，二首

1392 名高浦①兮，沙滩之上。衣袖轻拂②，何时同床。

1393 丰国企救③，茫茫沙滩④。真情相交，何故喟叹？

译者解说：

女方真心付出，却担心对方用情不专。

1394—1397 寄藻，四首

1394 滔滔潮涨，水下海藻。相逢片刻，相思渺渺。

1395 名告藻兮，漂过乱礁。心怀恋慕，泪为谁抛。

1396 名高浦上，名告藻兮。攀上礁石，须待时机。

1397 波涛⑤轰鸣，越过乱礁。何须畏惧，敢采玉藻⑥。

1398—1402 寄船，五首

1398 乐浪志贺⑦，港口登船。心上佳人，梦绕魂牵。

---

① 名高浦：位于今和歌山县海南市。
② 衣袖轻拂：两人衣袖相拂，定有前世因缘。
③ 丰国企救：丰前国（福冈县东部与大分县北部）企救郡。
④ 沙滩："沙"，原文为"砂"（まなご），引出"真挚，真情"（まなお）一词。
⑤ 波涛：比喻女方母亲干涉与阻拦。
⑥ 玉藻：美丽海藻，比喻恋人。
⑦ 乐浪志贺：位于琵琶湖畔。

1399 百岛星散，驾船环绕。心上淑女，岂能忘掉。

1400 驾我轻舟，穿行岛间。年年风浪，佳人难见。

1401 海上小岛，水雾弥漫。风急浪高，几时靠岸。

1402 漂流远海，只为逃避[①]。返回港口，本当亲密。

1403 旋头歌，一首

祭衫原，捧币帛，三轮[②]祝神官[③]，
我砍柴，斧头险被夺，抽身逃窜。

译者解说：

《古事记》神话说，杉树乃天神往来天地间的云梯。此处为圣域，不得砍柴。男子借口“砍柴”，实则为神社中的“斋儿”（祭祀神灵的年轻女性）而来。

挽 歌

1404—1415 挽歌

1404 卿如明镜，朝夕对看。

---

① 逃避：为避流言，故意疏远。今风平浪静，我已返家，为何故意不见？
② 三轮：三轮山，见编号 17 作品注释。此处有三轮神社，亦称大神神社。
③ 祝神官：身份较低的神官，负责看守，祭祀衫原。

阿婆野[1]上，青烟消散[2]。
遗骨如玉[3]，花橘[4]相串。

伊藤博：高贵女子的送葬挽歌。她十分悲痛，将丈夫遗骨与白色橘花串成项链，为万叶挽歌中难得的唯美之作。

1405 朝来秋津野，遗骨撒荒原[5]。
难忘旧时情，唯留夙夜叹。

1406 秋津野，垂朝云，
飘散四野不留痕，
昨日今日念亡魂。

1407 泊濑山，霞满天。
白云迢递满荒原，
阿妹倩影当重现。

1408 是谎话？是诓言？
闻君隐身[6]藏泊濑，
结庐而居在幽山。

1409 秋山萧瑟摇黄叶，

---

① 阿婆野：地点不明，指火葬场。
② 青烟消散：遗体火葬。
③ 玉：“玉”与“魂”同音（たま）。
④ 花橘： 5 月开白花，芬芳扑鼻的观赏植物。
⑤ 遗骨撒荒原：日本七世纪起盛行火葬，庶民无力建造坟墓，便将骨灰撒掉。
⑥ 隐身：时人相信，人死后灵魂会隐身山林。

奈何芳魂躲荒山，
左等右盼难回还。

1410 魂销果真可重生？
亡妻何时返故园？
此生无缘再相见。

1411 但愿无灾又无病，
满头秀发变皓首，
一生碎叨手牵手。

1412 魂归何处念夫君，
背对君眠逞性情，
可叹今日成悔恨。

1413 庭前鸡鸣尾长垂，
翎羽纷乱心难平，
不堪回首不了情。

1414 夫妻同眠一菰枕①，
今日空床叹孤身，
芳魂消散夜已深。

1415 爱妻如玉何温润，
一朝辞世逝芳魂，
悲将骨灰撒山林，

① 菰枕：用菰叶编成小席片缝制而成的枕头。

1416　某抄本挽歌，一首

爱妻貌美花正春，
一朝永诀逝芳魂，
忍将骨灰撒山阴。

1417　羁旅歌，一首

朝来启航，名儿海上。呦呦鹿鸣，泪洒千行。

译者解说：

《摄津国风土记》：有鹿泅渡过海，到淡路岛北端寻求配偶。

土屋文明、中西进：本歌为挽歌中的羁旅歌。“鹿児（儿）”与“水手”同音（かこ），此挽歌可能是悼念溺水而亡的水手，或是悼念亡妻。

卷　八

本卷共收和歌246首，其中杂歌177首，相闻歌69首。编者具有明确的分类意识，将两百多首作品分为春、夏、秋、冬四季杂歌与相闻歌，编辑方针与卷十相同，《万叶集》中只有这两卷采取这种分类法。本卷将有明确作者的和歌按年代顺序编排。

卷八目录

春之杂歌

春之相闻

夏之杂歌

夏之相闻

秋之杂歌

秋之相闻

冬之杂歌

冬之相闻

春之杂歌

1418 志贵皇子，欢快御歌一首

岩上溅溅泻飞瀑，蕨菜萌动报春来。

译者解说：

志贵皇子（？—715？）在和歌史上举足轻重，《万叶集》收其作品6首。歌风比柿本人麻吕更加新颖，流丽明快。汤原王、安贵王、市原王等杰出歌人都是他的后代。

井村哲夫：此瀑布位于大阪府吹田市垂水町一町目垂水神社中。

1419 镜王女，歌一首

磐濑[1]林密，呼子鸟啼。添我恋情，乱我心绪。

1420 骏河国采女，相和歌一首

春雪飘飘融地面，疑是满天白梅飞。

---

① 磐濑：位于奈良县斑鸠町。

1421—1422 尾张连[1]，歌二首（作者姓名缺失）

1421 满山花，野菜茂，
佳人采撷春光好，
白色衣带胸前飘。

译者解说：

佳人指同游春山的宫中女官。

1422 远眺山樱渐次开，春意盎然满天地。

1423 中纳言阿倍广庭卿，歌一首

新梅吐艳第一枝，我家庭院去年栽。

1424—1427 山部宿祢赤人，歌四首

1424 我采紫堇[2]来春野，流连忘返度良宵。

1425 安得山樱永不散，何须如此苦相盼。

1426 欲让郎君赏春梅，白雪纷纷不见花。

---

① 尾张连：尾张，地名。连，天皇所赐八大姓氏之一。平定壬申之乱功臣名簿中有尾张连马身。

② 紫堇：春天开紫花。《源氏物语 · 真木柱》（31 卷）引用了本歌。

1427 明日春郊采野菜，一连数日大雪飘。

1428 草香山，长歌一首

过难波，阳光灿，
黄昏翻越草香山。
马醉木花吐芳菲，
山路变窄行路难。
郎君多情人，
快快来相见。

原编者注：

作者身份低微，故不留姓名。

译者解说：

此长歌后无反歌。

1429—1430 樱花歌一首，并短歌

1429 大君御宇，八方开樱花。
花枝可折，少女头上插。
风流文士，花冠增儒雅。

1430 **反歌**

去年春日与君会，相思一年樱又开。

原编者注：

以上两首，若宫年鱼麻吕①传诵②。

1431　山部宿祢赤人，歌一首

冷冷百济野③，黄莺盼春光。
飞落枯萩枝④，今朝开口唱。

1432—1433　大伴坂上郎女，咏柳歌二首

1432　问君可曾见，青柳佐保道⑤。
折柳寄寒舍，可将离愁消。

1433　佐保河原柳，青青万千条。
策马绿浪里，矜夸春色好。

1434　大伴宿祢三林⑥，咏梅歌一首

寒气余威在，霜雪尚未消。
哪知春日里⑦，处处梅花笑。

---

① 若宫年鱼麻吕：传不详，《万叶集》卷三、卷八收有其传诵歌。
② 传诵：吟诵他人之作。
③ 百济野：奈良县北葛城郡广陵町原野，为百济移民聚居地，舒明天皇在此建有百济行宫。
④ 枯萩枝：冬天萩花枝条枯槁，春天从根部冒出新芽。
⑤ 佐保道：位于今奈良市北郊，大伴氏府邸一带。
⑥ 大伴宿祢三林：传不详，恐为大伴三依之误。
⑦ 春日里：位于奈良市东南方白毫寺町附近。

1435 厚见王，歌一首

神奈备[①]川上，声声听蛙鸣。
山吹花[②]已发，水面浮倒影。

1436—1437 大伴宿祢村上[③]，梅花歌二首

1436 横斜疏枝上，春梅含花蕾。
今日降薄雪，点点吐芳菲。

1437 霞飞春日里，梅开枝头繁。
山风天外来，莫使芳菲残。

1438 大伴宿祢骏河麻吕[④]，歌一首

霞飞春日里[⑤]，梅花[⑥]开正酣。
何须费言辞[⑦]，扰得芳心乱。

译者解说：

本歌抄于杂歌中，属譬喻歌。

---

① 神奈备：三诸神山（指三轮山、葛城山、云梯山），以及大和国的飞鸟川。所祭祀诸神本为出云系统神灵。出云国君大国主归附大和国之后，命令出云神灵依附大和国山水，拱卫京师。神奈备川，即飞鸟川，流经飞鸟神奈备。
② 山吹花：我国叫“棣棠花”，春天开金黄色花。
③ 大伴宿祢村上：历任肥后介、阿波守、民部少丞。
④ 大伴宿祢骏河麻吕：向坂上二娘赠求婚歌（编号 407 作品），与坂上郎女唱和（编号 402 作品）。
⑤ 春日里：此处有大伴郎女家别墅。
⑥ 梅花：喻坂上二娘。
⑦ 何须费言辞：其实是渴望诉说衷肠。

1439 中臣朝臣武良自[1]，歌一首

今日正当时，恰逢春意浓。
远山犹飞雪，白雾绕青峰。

1440 河边朝臣东人[2]，歌一首

高圆山上春霖降，樱花定在雨中开。

1441 大伴宿祢家持，春莺歌一首

我家庭前春莺唱，大雪纷飞眼迷茫。

1442 大藏少辅[3]丹比屋主真人，歌一首

良人远去难波湾，孤身少妇采春菜。

1443 丹比真人乙麻吕，歌一首（屋主真人之次子）

旷野天高飘彩霞，莺啼声声好春光。

1444 高田女王（高安王之女也），歌一首

棣棠花开原野上，紫英含苞春雨中。

---

① 中臣朝臣武良自：正六品上，尾张掾。有学者认为他是中臣宅守的堂兄弟。
② 河边朝臣东人：山上忆良临终时，曾到病榻前探望（见编号 978 作品原编者注）。
③ 大藏少辅：大藏省次官。

1445 大伴坂上郎女，歌一首

风雪弥漫花吐艳，不结梅子莫凋残。

1446 大伴宿祢家持，春雉歌一首

春山野岭上，野雉正觅食。
呼伴传悲啼，窝巢人皆知。

1447 大伴坂上郎女，歌一首

呼子鸟啼，其声凄惨。催我情思，春光正酣。

原编者注：

以上一首，天平四年（732 年）三月一日，作于佐保宅中。

春之相闻

1448 大伴宿祢家持，赠坂上家大娘歌一首

我家庭前种抚子，花开时节最思君。

1449 大伴田村家大娘①，与②妹坂上大娘歌一首

浅茅原上采紫堇，繁花欲燃情最深。

---

① 大伴田村家大娘：大伴宿奈麻吕之女，坂上大娘之异母姊。
② 与：赠歌者地位高于被赠者时用此字。

1450　大伴宿祢坂上郎女，歌一首

霞雾缭绕惹春情，最是孤苦无告时。

1451　笠女郎，赠大伴家持歌一首

野鸭羽色何所似，春山如黛满眼绿。

译者解说：

笠女郎大胆告白，家持态度不明，犹如有光泽的野鸭羽毛，令人满眼迷离。用“野鸭羽色”修饰“春山”。

1452　纪女郎，歌一首

天色晦暗君难到，梅香月朗亦不来？

1453—1455　天平五年（733年）癸酉春闰三月，笠朝臣金村，赠入唐使长歌并短歌

1453　满心敬畏心惶恐，隔海远眺牵愁肠。
天皇金口发敕命，扬帆跨海赴大唐。
黄昏鹤鸣呼伴侣，难波滩头待启航。
大船驶离三津崎①，挥桨击破千重浪。
船队西行沿列岛，白浪滔滔大海荒。
手捧币帛立岸边，居家忌物仰上苍。
一路平安自珍重，愿君早日归故乡。

---

① 三津崎：位于难波湾（今大阪湾）港口一带。

反歌

1454　波上儿岛云中隐，叹君远去空怅望。

1455　波涛凶险惹牵挂，吾愿化作舵与桨。

译者解说：

天平五年（733年）春三月一日，第十次遣唐大使多治比广成出发，笠金村赠歌祝福。同行者中有僧侣荣睿与普照，后来促成鉴真东渡。

1456　藤原朝臣广嗣，樱花赠娘子，歌一首

樱花一枝万千语，请君莫做等闲看。

1457　娘子，回赠歌一首

千言万语道不尽，折来花枝重如山。

1458　厚见王，赠久米女郎①，歌一首

松风劲吹扫地来，府上樱花落纷纷？

1459　久米女郎，回赠歌一首

最恨人世本无常，我家樱花正飘残。

① 久米女郎：传不详。

1460—1461 纪女郎，赠大伴宿祢家持歌二首

1460　戏奴[①]春郊摘茅花，请君品尝添丰腴。

译者解说：

大伴家持身材显清瘦。

1461　恣意昼开，含情夜合。与君同赏，合欢花朵。

原编者注：

以上两首，摘茅花与合欢相赠也。

1462—1463 大伴宿祢家持卿，唱和歌二首

1462　劝君切莫称戏奴，享用茅花仍清癯。

1463　君赠合欢情谊重，花开只恐难结果。

1464 大伴家持，赠坂上大娘歌一首

春霞绕山迷望眼，不见君面整一月。

原编者注：

以上一首，由恭仁京寄赠奈良府邸。

---

① 戏奴：上代女性自谦语，“贱妾”之意。

夏之杂歌

1465 藤原夫人[①]（居明日香清御原宫，治理天下之天皇夫人也。字大原大刀自，即新田部皇子之母也），歌一首

杜鹃今日莫高唱，且待五月结香囊[②]。

1466 志贵皇子，御歌一首

千古神奈备，郁郁磐濑森[③]，
子规何时来，放歌毛无冈[④]。

1467 弓削皇子，御歌一首

最憎子规啼，哀哀断人肠。
何处无此鸟，远走赴他乡。

---

① 藤原夫人：天武天皇身边夫人（女官），后嫁权臣异母兄藤原不比等。
② 结香囊：中国端午节习俗，佩戴香囊。将长命缕、麝香、沉香等芳香药材放入其中，用五色丝线装饰。此习俗传入日本，将菖蒲、艾草等挂在门楣，饮菖蒲酒，用菖蒲、兰草等植物烧水洗浴，驱除邪病。贵族还举行射猎和采集中草药的活动。见编号 20 作品。
③ 磐濑森：斑鸠町一带森林。
④ 毛无冈：位于法隆寺正北方 800 米处毛无池一带。

1468 小治田广濑王①，子规歌一首

萩花临风未吐蕊，野原子规声渐悄。

1469 沙弥②，子规鸟歌一首

山间子规莫啼鸣，闻声常怀闺中人。

1470 刀理宣令③，歌一首

愿闻子规，石濑④森林。今日岑寂，山野浓荫。

1471 山部宿祢赤人，歌一首

遥想我家藤花浪，杜鹃声里寄相思。

1472 式部大辅石上坚鱼朝臣⑤，歌一首

鸟声正婉转，可有杜鹃来。
结伴水晶花，声声吟悲怀。

原编者注：

以上一首，神龟五年（728 年）戊辰，大宰帅大伴卿之妻大伴

---

① 小治田广濑王：小治田位于高市郡明日香村。广濑王，正四品下，与川岛皇子一道编撰国史。

② 沙弥：姓名不详。日本僧人可蓄发娶妻，半僧半俗。

③ 刀理宣令：亦称土理宣令，归化人文官，养老五年（721 年）任东宫（后来的圣武天皇）侍讲，《怀风藻》收其汉诗两首。

④ 石濑：“磐濑”，见编号 1466 作品注释，此处有著名的石濑神社。

⑤ 石上坚鱼朝臣：从五品上。其称谓按氏、姓、名排列，以示尊敬。

郎女患病长逝焉。于时，遣敕使①式部大辅石上坚鱼朝臣，赴大宰府悼念，并赐物也。其事既毕，驿使及府中诸卿大夫等，同登记夷城②，远望游览之日乃作此歌。

1473 大宰帅大伴卿，相和歌一首

连日风乍起，橘花③落故地④，
声声子规泣，遥遥寄相思。

译者解说：

作者归京，翌年春吟出此歌，自喻为子规。

1474 大伴坂上郎女，怀念筑紫国大城山⑤，歌一首

春到大城山，子规仍啼鸣。
一去千里外，难舍筑紫情。

1475 大伴坂上郎女，子规歌一首

不知何故心焦灼，子规啼鸣愁更添。

---

① 敕使：三品以上高官家有丧事，天皇派遣悼念使者。大伴旅人为正三品中纳言。

② 记夷城：福冈县筑紫野市与佐贺县之间山地，海拔 404 米，白村江之战后此处筑起百济式城垣。

③ 橘花：见编号 410 作品注释。亦称“花橘”。

④ 故地：奈良佐保故居。从家持祖父大伴安麻吕起，大伴家族居此地。

⑤ 大城山：位于福冈县大野城之北，海拔 410 米。

1476　小治田朝臣广耳[①]，歌一首

黄昏独坐悲愁里，
子规啼鸣又飞去，
定知我心意。

译者解说：

时人认为子规通人性，能将自己的灵魂带到恋人身边。

1477　大伴家持，子规歌一首

水晶花儿尚未开，子规独鸣佐保山。

伊藤博：

家持爱咏子规，《万叶集》有子规歌153首，其中家持咏歌64首，约占四成。

1478　大伴家持，橘花歌一首

我家庭前橘花放，何时结实串珠玉。

1479　大伴家持，咏晚蝉歌一首

蛰居何处，唧唧啼鸣。倾听寒蝉，慰我愁情。

---

① 小治田朝臣广耳：传不详，大概是指《续日本纪》提到的小治田广千，曾担任尾张国守（今爱知县西部地方官）、赞岐国守（香川县地方官）等职。

1480—1481　大伴书持[①]，歌二首

1480　月照庭前子规来，今夜啼鸣慰我心。

1481　香风馥郁，橘花满庭。故人相逢，子规快鸣。

1482　大伴清绳[②]，歌一首

水晶凋谢子规去，唯我难忘花鸟情。

1483　奄君诸立[③]，歌一首

君家宅畔，橘花芳香。我愿聆听，子规清唱。

1484　大伴坂上郎女，歌一首

子规莫要高声啼，独眠黯夜添愁情。

1485　大伴家持，咏棣棠花，歌一首

夏日花开有棣棠，小雨沾湿颜色褪？

---

① 大伴书持：大伴旅人之子，家持之弟，27岁病逝。
② 大伴清绳：传不详。
③ 奄君诸立：传不详。

1486—1487　大伴家持，恨子规夜啼，歌二首

1486　庭前橘香花正盛，子规悲啼落尘泥。

1487　绿荫浓密花树下，为何不来此处鸣？

1488　大伴家持，闻子规而喜，歌一首

子规早已鸣四野，今日始到我乡来。

1489　大伴家持，惜橘花，歌一首

我家庭院橘花落，果实五月可串珠。

1490　大伴家持，喜闻子规啼，歌一首

久盼子规终难啼，菖蒲串珠时尚早。

1491　大伴家持，雨日闻子规鸟喧，歌一首

水晶花落谁关情？
雨日鸣不停，子规过头顶。

1492 游行女妇[①]橘花歌一首

君家橘花落，累累果实红。
可叹花开日，无缘与花逢。

译者解说：

表面说“无缘与花逢”，潜台词为“无缘与君逢”。

1493 大伴宿祢村上，橘花歌一首

我家庭院子规唱，惹得橘花落尘泥。

1494—1495 大伴家持，咏子规鸟，歌二首

1494 夏山林密枝叶繁，子规啼鸣声渺远。

伊藤博：万叶歌多唱“春山”“秋山”，“夏山”仅此一例，无“冬山”歌。

1495 子规掠过枝叶下，声声啼鸣添愁情。

1496 大伴家持，咏石竹花[②]，歌一首

我家石竹盛开时，欲摘一朵赠佳人。

---

① 游行女妇：亦称“游行女儿”，在贵族宴会上表演歌舞音乐、吟咏和歌的女艺人。

② 石竹花：抚子花，见编号 408 作品注释。

1497 惋惜未登筑波山，歌一首

山行愿登筑波岭，子规啼处荡回声。

原编者注：

以上一首，出自《高桥连虫麻吕歌集》。

夏之相闻

1498 大伴坂上郎女，歌一首

郎君无暇到寒舍，
妾将心事托子规，
登门告君知。

1499 大伴四绳[①]，宴吟歌一首

信使常来，君难莅临。子规来啼，晨起开门。

译者解说：

此歌由民谣演变而来，女子责备男子言而无信。他多次捎信说要来幽会，却总令人失望。杜鹃鸟黎明即来，女子苦等一夜，打开门窗迎接杜鹃。

---

① 大伴四绳：精通音乐，喜收集民谣，曾任宫中雅乐寮助正（正六品上）。

1500 大伴坂上郎女，歌一首

夏草繁茂中，独开姬百合①。
相思无人会，悲苦情难遏。

1501 小治田广耳，歌一首

水晶花发叹忧郁，山外鹃啼君难来。

1502 大伴坂上郎女，歌一首

五月橘花果，为君串珠玉。
此物应珍重，莫使落尘泥。

1503 纪朝臣丰河②，歌一首

自称百合③立墙内，佳人拒我千里外。

1504 高安④，歌一首

五月春光好，阿妹无闲暇。
庭中正芳菲，错过赏橘花。

---

① 姬百合：百合科多年生草本植物，夏天开深红或黄色小花，比喻女子单相思。我国叫“山丹”。
② 纪朝臣丰河：从五品下。
③ 百合：与“後日”读音相同（ゆり）。女子委婉拒绝其求婚。
④ 高安：大原真人高安，即高安王。

1505 大神女郎[①]，赠大伴家持歌一首

才闻规啼，快到君家。代问安好，几时到达?

1506 大伴田村大娘，与妹坂上大娘歌一首

夏日登山冈，旧京奈良思[②]。
子规作信使，如何传心意?

译者解说：

万叶时代身份较高之人赠歌给下属称为“与”。

1507—1508 大伴家持，攀橘花赠坂上大娘，长歌并短歌二首

1507 我家庭院种橘树，日夜期盼花早开。
枝繁叶茂绿荫浓，五月端午眼前来。
明日橘实串珠玉，今日香飘云天外。
朝起赏花寄相思，百枝千朵放光彩。
夜来皓魄似明镜，月下繁花莫凋败。
欲折一枝赠佳人，眼波流动情满怀。
苦心守候繁枝下，声声赞叹久徘徊。
子规何故发悲鸣，挥之不去实无奈。
只恐橘英落满地，折下花枝送深宅。

---

① 大神女郎：传不详。《万叶集》收其作品两首（编号 618、 1505），均为赠家持恋歌。

② 奈良思：地名。可能与编号 1466 作品提到的“毛无冈”为同一地。

纤纤玉指染芬芳，橘枝有幸得青睐。

反歌

1508 明月已过十五夜，我家橘枝赠佳人。

伊藤博：此长歌作于天平九年至十年（737—738），乃家持大约20岁时吟出的第一首长歌。《万叶集》收家持长歌46首，柿本人麻吕长歌20首。

1509 子规早啼催花谢，佳人来时剩落英。

1510 大伴家持，赠纪女郎，歌一首

瞿麦花开又花落，张绳守护是我心。

译者解说：

纪女郎之父纪鹿人，任主管钱币铸造的典铸正，皇宫御膳大夫。纪女郎之夫安贵王，因与元正天皇身边已婚采女相恋而获罪，被剥夺官位，软禁在家。纪女郎开始与大伴家持交往，重温旧梦，得家持赠歌。

秋之杂歌

1511 冈本天皇（舒明天皇），御制歌一首

薄暮小仓山[①]，夜夜闻鹿鸣。
今宵何寂静，伏地入梦境。

1512 大津皇子，御歌一首

仙姬织锦缎，难辨经与纬。
满山皆黄叶，莫降冷霜摧。

译者解说：

《怀风藻》大津皇子汉诗：“天纸风笔画云鹤，山机霜杼织叶锦”写于本歌前。

1513—1514 穗积皇子，御歌二首

1513　夜尽雁啼，最是伤心。春日山上，黄叶纷纷。

1514　我家浅茅花尽落，应是胡枝正开时。

---

① 小仓山：同音字为“小椋山”（おぐらやま），位于奈良县樱井市，并非京都嵯峨野小仓山。

1515 但马皇女，御歌一首（有书云，此乃子部王①之作）

今朝含恨随雁去，为避流言离故居。

原编者注：

某抄本歌曰：不居此乡。

译者解说：

本歌受《玉台新咏·代西丰侯美人》诗句“无因从朔雁，一向黄河飞”影响。

1516 山部王②，惜秋叶，歌一首

群山难舍黄叶落，来年秋光再相逢。

1517 长屋王，歌一首

三轮神社，祭祀神灵。
满山红叶，耀眼光明。
枯叶飘败，痛惜伤情。

1518—1529 山上忆良，七夕歌十二首

1518 天河相隔桨声起，宽衣解带盼佳期。

---

① 子部王：传不详。有人认为，子部王与编号 3821 作品的作者儿部女王为同一人。
② 山部王：不详。

原编者注：

以上一首，养老八年（724年）七月七日奉皇太子（后来的圣武天皇）命而作。

1519 今夜天河浮轻舟，郎君果真来身边？

原编者注：

以上一首，神龟元年（724年）七月七日之夜，作于左大臣（长屋王）宅。

小学馆版《万叶集》注： 本年二月，圣武天皇即位，改元“神龟”。

1520 天地初分起，满天星光灿，
牛郎与织女，离恨又一年。
寒夜千般苦，相望隔河汉。
清波何渺渺，阔别空长叹。
千重白云遮，双眼泪不干。
叹息何时止，万年苦思恋。
安得缀玉桨，愿有朱漆船。
朝来风浪平，黄昏潮水满。
肩巾半天飘，铺床来相伴。
愿拥白玉臂，几夜共枕眠。
（或曰：何须盼七夕，秋霜已满天。）
（或曰：何须盼秋光。）

1521—1529 **反歌**

1521 风疾云涌连两岸，绵绵情话怎得闻。

原编者注：

某抄本，“绵绵情话”亦作“爱妻情话”。

岩波版《万叶集》注：织女，天帝之女也，居天河之东，年年机杼劳役，织成云锦，供人裁制衣衫。天帝怜其孤独，准织女许配天河西岸之养牛郎。织女嫁后机杼之功日渐荒疏。天帝大怒，令归河东。唯每年七月七日夜，准许牛郎渡河来会。①

1522　　欲抛砾石过银河，牛郎无计②河面宽。

原编者注：

以上一组，天平元年（729 年）七月七日之夜，忆良仰观天河。某抄本云，作于帅家（大伴旅人家）。

1523　　自从秋风乍起日，苦盼郎君到此岸。

1524　　天河无激流，欲问难开口，
何日渡过浅水沟③？

1525　　远望对岸挥衣袖，咫尺天涯待金秋。

---

① 出自《月令广义》第十四卷《七月》，（明）冯应京编撰，万历三十年秣陵陈邦泰刊。自古舟楫就是日本列岛间重要的交通工具，流传到日本的《牛郎织女》虽有“鹊翅搭桥”情节，但大多数古本的描述均为牛郎驾船渡银河。

② 无计：原文为“すべなし”，面对无法逃避的生老病死的悲叹。山上忆良常用此词。

③ 浅水沟：织女眼中的天河，只不过是一道浅沟。迫不及待地问牛郎何时渡河。

1526 良宵苦短顷刻过，苦盼岁月日如年。

原编者注：

以上一首，天平二年（730年）七月八日之夜，吟于帅家集会。

1527 牛郎驾船赴佳期，秋雾迷茫锁河滩。

1528 雾笼天河候滩头，来回踱步湿裙裾。

1529 天河浮津[①]涛声起，郎君启航眼望穿。

译者解说：

以上九首，可看成编号1520长歌的反歌。《万叶集》共收七夕歌132首，占万叶和歌近3%，分别编入卷八、九、十，近百首为无名氏作品。

1530—1531 大宰府诸位卿大夫并官人等，宴饮筑前国（福冈县西北部）芦城驿家，歌二首

1530 女郎花、胡枝花，争相怒放。
芦城野，今日聚，万代难忘。

译者解说：

为迎接新同僚设宴接风。

1531 今日得见芦城川，刻骨铭心千万年。

---

① 浮津：日本古人想象浮在天上的栈桥或码头。

原编者注：

以上两首，作者不详。

1532—1533 笠朝臣金村，于伊香山作歌二首

1532 羁旅客，枕荒草，胡枝花开染客袍。

1533 萩花满原伊香山，君家尾花[1]浮眼前。

犬养孝：伊香山位于滋贺县，亦称“贱岳南岭”，海拔422米，东麓有伊香具村。

1534 石川朝臣老夫（传不详），歌一首

女郎花、胡枝花，
为佳人，权当礼贽采回家。

1535 藤原宇合卿，歌一首

身影眼前浮，郎君几时归。
苦盼终难到，秋风枉自吹。

中西进：民间信仰，起风是情人来访前兆。

---

① 尾花：芒草，我国叫“柔荑花”。

1536 缘达师①，歌一首

夕暮相会朝离别，
名张野②上胡枝谢，
风情相继有红叶。

1537—1538 山上臣忆良，咏秋野花，歌二首

1537 秋花绽开原野上，屈指数来共七种。

1538 胡枝花、柔荑花、葛花、
瞿麦、女郎花、
亦有藤袴③、桔梗④花。

译者解说：

所咏花草即“秋之七草”。

广冈义隆：山上忆良尊崇中国文化，由《荆楚岁时记》的“正月七种春菜”创造出日本的“秋之七草”。从古至今，此歌为童蒙教化儿歌。

1539—1540 圣武天皇，御制歌二首

1539 秋日田野割水稻，

---

① 缘达师：僧侣，传不详。缘，百济人姓氏。
② 名张野：今三重县名张市原野。
③ 藤袴：菊科多年生草本植物，我国叫“兰”“佩兰”。
④ 桔梗：原文为“朝颜”，古代指“桔梗”，现代指“牵牛花”。

天将晓，
雁群齐鸣夜空高。

1540 夜尽雁声寒，
今朝归来早，
霜染枯色观浅茅。

1541—1542 大宰帅大伴卿，歌二首

1541 我家冈上鸣牡鹿①，胡枝初开觅佳偶。

1542 冈前胡枝花正开，风疾凋谢倩谁赏？

1543 三原王②，歌一首

秋露飘逸如染料，眼看青山披黄叶。

1544—1545 汤原王，七夕歌二首

1544 夜深双星盼相逢，我等看客愁更浓。

1545 双星合袖交臂眠，拂晓河汉鹤莫啼。

---

① 鸣牡鹿：喻大伴旅人丧妻之痛。神龟五年（728 年）夏，其妻大伴郎女病逝于九州。

② 三原王：亦称御原王，舍人亲王之子，淳仁天皇之兄，曾任治部卿、大藏卿、中务卿。

1546 市原王，七夕歌一首

渺渺天河阔，牛郎未启程。
船桨架船舷，不觉已三更。

译者解说：

作者担心牛郎为准备启航而浪费大好良宵。

1547 藤原朝臣八束，歌一首

鹿过萩花丛，闪闪挂白露。
愿能穿成串，腕上戴珍珠。

1548 大伴坂上郎女，咏晚秋胡枝花，歌一首

早开之花何足道，沉稳吐芳无人及。

1549 典铸正①纪朝臣鹿人，前往卫门大尉②大伴宿祢稻公之迹见庄园，作歌一首

迹见冈上瞿麦花，摘回奈良送友人。

1550 汤原王，鹿鸣歌一首

胡枝花谢飞红乱，鹿鸣声声何渺远。

---

① 典铸正：负责铸造的典铸司长官，正六品上。
② 卫门大尉：卫门府三等官，从六品下。

1551　市原王，歌一首

初冬满天飘冷雨，明朝山山黄叶飞。

1552　汤原王，咏蟋蟀，歌一首

黄昏冷月已临空，白露满庭蟋蟀鸣。

1553　卫门大尉大伴宿祢稻公，歌一首

冷雨霏霏从天降，三笠山上树梢黄。

1554　大伴家持，相和歌一首

三笠山上枝头黄，今日冷雨催落叶。

1555　安贵王[①]，歌一首

一过立秋方几日，晨风吹来手亦寒。

1556　忌部首黑麻吕[②]，歌一首

秋田稻割尽，尚未拆茅庵。
雁鸣带寒气，霜降草叶间。

---

① 安贵王：志贵皇子之孙，纪女郎的丈夫。

② 忌部首黑麻吕：忌部为从事朝廷祭祀的氏族，从五品下，后赐姓“连”或“首”。

译者解说：

水稻收割刚完，田间的茅庵还来不及拆除。

1557—1559 故乡①丰浦寺②，宴饮于尼僧房舍，咏歌三首

1557 明日香川冈下淌，今日降雨胡枝散？

原编者注：

以上一首，丹比真人国人③作。

1558 鹌鹑鸣胡枝，旧京明日香。
满堂皆故人，共赏花正芳。

译者解说：

奈良县明日香村一带曾是飞鸟京。

1559 花期将过胡枝落，归家何须插满头。

原编者注：

以上两首，沙弥尼（未成年尼僧）等作。

1560—1561 大伴坂上郎女，于迹见庄园作歌二首

1560 迹见崎边胡枝花，秋光正好莫凋残。

---

① 故乡：指旧都飞鸟京。

② 丰浦寺：位于奈良县高市郡明日香村丰浦，为日本最早尼寺。

③ 丹比真人国人：历任民部少辅、远江守等，从四品下，因橘奈良麻吕之变流放伊豆。

1561 吉隐猪养山[①]，呦呦闻鹿鸣。
四处觅伴侣，心生恋羡情。

译者解说：

贵族平日常住京城，有时回自家田庄休闲。

1562 巫部麻苏娘子，咏雁，歌一首

雁鸣呼伴侣，悲声过头顶。
谁人能领会，个中寂寞情。

1563 大伴家持，相和歌一首

君问可曾闻雁鸣，深隐云中九天外。

1564 日置长枝娘子[②]，歌一首

秋来尾花露瀼瀼，顷刻消散心悲伤。

1565 大伴家持，相和歌一首

我家庭前萩花放，凋零未得佳人赏。

---

① 猪养山：位于吉隐东北方半山腰。“猪”指野猪。
② 日置长枝娘子：传不详，日置朝臣家族的女性，大伴家持年轻时的恋人。

1566—1569 大伴家持（19岁），秋歌四首

1566 绵绵秋雨云中雁，啼鸣飞过早稻田。

1567 雁鸣阵阵云深处，秋田稻浪连远天。

1568 雨天蛰居心沉郁，春日山上黄叶寒。

1569 雨霁秋月吐清辉，阴云莫涌遮长天。

原编者注：

以上四首，天平八年（736年）丙子秋九月作。

伊藤博：以上组歌“雁鸣、稻浪、黄叶、秋月”为起承转合结构。

1570—1571 藤原朝臣八束，歌二首

1570 秋雨绵绵苦蛰居，春日山中路难辨。

1571 春日野上飞冷雨，黄叶插头高圆山。

1572 大伴家持，咏白露[①]，歌一首

我家庭前芒草上，白露如珠连成串。

---

① 白露：汉语词汇，《文选》：“秋风何冽冽，白露为朝霜。”（卷29，左太冲杂诗）

1573 大伴利上[1]，歌一首

秋雨湿衣心沉郁，安得阿妹来烤干。

1574—1580 右大臣橘家（橘诸兄别墅）宴会，咏歌七首

1574 云外雁鸣君家远，不辞辛劳赴宴来。

1575 云外雁鸣送寒意，胡枝花叶染秋色。

原编者注：

以上两首，作者姓名遗失。

1576 牡鹿惊起跃冈上，为卿射猎费苦心。

原编者注：

以上一首，长门守巨曾倍朝臣津岛所咏。

译者解说：

本歌以猎鹿为题材，向主人表忠诚。

1577 我踏秋野芒草来，登门拜会见卿卿。

1578 今朝长空雁声寒，原野浅茅秋色染。

原编者注：

以上两首，阿倍朝臣虫麻吕[2]作。

---

① 大伴利上：恐为笔误，应是编号 1436、 1493 作者“大伴村上”。
② 阿倍朝臣虫麻吕：天平十二年（740 年），讨伐藤原广嗣叛乱有功，后任播磨守。中务大辅（从四品下）。

1579　　胡枝花上沾冷露，朝起开门愁满怀。

1580　　牡鹿驻步鸣秋野，露打萩花落尘泥。

原编者注：

以上两首，文忌寸马养①作。天平十年（738 年）戊寅秋八月二十日。

1581—1591　橘朝臣奈良麻吕②，集宴会咏歌十一首

1581　　黄叶飘零不忍看，折来秋枝且插头。

1582　　雨中折回秋叶黄，闺中佳人共欣赏。

原编者注：

以上两首，橘朝臣奈良麻吕作。

1583　　冷雨霏霏落红叶，拾来一枝作发簪。

原编者注：

以上一首，久米女王作。

1584　　愿君常有好风采，秋山红叶映脸庞。

---

① 文忌寸马养：从五品下，历任主税头、筑后守、铸钱长官等职。
② 橘朝臣奈良麻吕：橘诸兄之子。历任摄津大夫、民部大辅等职，欲剪除藤原仲麻吕，失败被捕，死于狱中。

原编者注：

以上一首，长忌寸娘（久米女王身边年长女官）作。

1585　　奈良峰上采红叶，冷雨摧得落木飞。

原编者注：

以上一首，内舍人县犬养宿祢吉男作。

1586　　应怜红叶落尘泥，摘来插头心始安。

原编者注：

以上一首，县犬养宿祢持男作。

1587　　满山红叶纷纷落，今夜随波下河滩。

原编者注：

以上一首，大伴宿祢书持作。

斋藤茂吉：天平十年（738年）冬，橘宿祢奈良麻吕府宅设宴，席间以黄叶为题，众人竞咏。书持（20岁）之歌颇有妙趣。

1588　　摘来黄叶，奈良山上。今夜插头，飘落何妨。

原编者注：

以上一首，三手代人名①作。

---

① 三手代人名：传不详。

1589 霜露染秋叶，摘来赠佳人。
满山红光耀，随风舞缤纷。

原编者注：

以上一首，秦许遍麻吕作。

1590 十月冷雨打红叶，随风飘散到天涯。

原编者注：

以上一首，大伴宿祢池主作。

1591 应怜黄叶飘满地，但愿夜长无尽时。

原编者注：

以上一首，内舍人大伴宿祢家持作，时年21岁。十月十七日，集于右大臣橘卿旧宅，宴饮之作也。

1592—1593 大伴坂上郎女，于竹田庄作歌二首

1592 区区薄田五百代[①]，
秋深割稻居茅庵，
遥望帝京思绪远。

1593 泊濑山峰染秋色，潇潇冷雨天地间。

原编者注：

以上两首，作于天平十一年（739年）乙卯秋九月。

---

① 代：大化改新前土地面积单位。五百代约合一公顷。

译者解说：

作者于大伴氏田庄怀念京城的两位爱女。

1594 佛前唱歌一首，作者不明

潇潇不停，初冬冷雨。满山红叶，飘飘落地。

原编者注：

以上一首，冬十月，皇后宫中举办维摩讲，终日供养大唐与高丽音乐，尔乃唱此歌词。弹琴者市原王、忍坂王（后赐姓大原真人赤麻吕也）、歌者田口朝臣家守河边朝臣东人、置始连长谷等十余人也。

1595 大伴宿祢像见，歌一首

胡枝绽开秋意浓，
枝条压弯露水重，
露降露散花更红。

小学馆版《万叶集》注：本歌属秋之相闻，将其收入杂歌恐为原编者之误。

1596 大伴宿祢家持，至娘子门前，作歌一首

妹家门前观稻田，月光如水天地间。

译者解说：

观稻田，乃是男子前来幽会的口实。

1597—1599　大伴宿祢家持，秋歌三首

1597　秋野盛开胡枝艳，迎风摇曳挂露珠。

1598　朝有牡鹿傍胡枝，闪闪白露似珍珠。

1599　牡鹿闯过胡枝丛，花朵沉沉落尘泥。

1600—1601　内舍人石川朝臣广成，歌二首

1600　山边牡鹿觅偶处，繁霜浓露胡枝红。

1601　君家芒草花穗长，秋光已逝令人怜。

1602—1603　大伴宿祢家持，鹿鸣歌二首

1602　回声悠远响山谷，孤身鹿鸣求侣伴。

1603　凌晨侧耳听鹿鸣，呦呦满山求偶声。

原编者注：

以上两首，作于天平十五年（743 年）癸未秋八月十五日。

1604　大原真人今城，伤惜奈良故乡，歌一首

春日山上秋光好，红叶灿灿故都荒。

1605 大伴宿祢家持，歌一首

高圆山野[1]，万点摇红。晓露滋润，胡枝花丛。

秋之相闻

1606 额田王，思近江天皇[2]作歌一首

独坐思君恋情浓，珠帘微动起秋风。

1607 镜王女，作歌一首

最羡秋风催恋情，临风长叹为谁人？

译者解说：

本歌为前首歌之唱和。

1608 弓削皇子，御歌一首

胡枝白露顷刻散，远胜相思无尽头。

---

① 高圆山野：山麓有圣武天皇离宫，及大伴坂上郎女别墅。
② 近江天皇：天智天皇。

1609 丹比真人（名字缺失），歌一首

宇陀野[①]，胡枝红，
鹿呼伴侣卧花丛，
我心恋情当更浓。

1610 丹生女王[②]，赠大宰帅大伴卿，歌一首

高圆山野秋，又见百花发。
瞿麦插君头，娇艳好年华。

1611 笠缝女王，歌一首（六人部王[③]之女，其母曰田形皇女）

呦呦鹿鸣响山麓，侧耳细听盼夫君。

1612 石川贺系女郎[④]，歌一首

衣带相系[⑤]难再解，
地老天荒苦守候，
空闺满腹愁。

---

① 宇陀野：位于奈良县宇陀市，著名狩猎场。
② 丹生女王：朝廷命官，正四品，《万叶集》有她赠大伴旅人相闻歌共3首，赠歌时年逾四十，旅人已步入暮年。
③ 六人部王：血统不详，从四品下，天平元年（729）薨，正四品上。
④ 石川贺系女郎：传不详。
⑤ 衣带相系：与男子缔结永世情缘，不能移情别恋。作者于失恋或丧偶期间拒绝求爱。

1613 贺茂女王，歌一首（长屋王之女，其母姓氏曰阿倍朝臣）

鹿过秋野，不知所终。夜夜恋慕，今宵相逢。[1]

原编者注：

以上一首，或为云椋桥部女王作，或为云笠缝女王作。

1614 远江守樱井王[2]，献圣武天皇歌一首

九月初雁致锦书，微臣心意献大君。

1615 圣武天皇，相和歌一首

大浦长滨[3]浪拍岸，冰心一片兄弟情。

1616 笠女郎，赠大伴宿祢家持，歌一首

庭中瞿麦日日见，相思岁月难逢君。

1617 山口女王，赠大伴宿祢家持，歌一首

风吹胡枝洒露水，珠泪滚滚挂香腮。

---

① 相逢：古代和歌中指男女结合。用鹿过秋野难测去向，比喻爱情进程的不可预测性。漫长的单相思，没料到今夜突然好梦成真。
② 远江守樱井王：圣武天皇之堂兄弟，长皇子之孙。远江：静冈县西部。
③ 大浦长滨：静冈县磐田市国府以南海滨，为樱井王领地。

1618　汤原王，赠某娘子，歌一首

萩开带露如珠玉，拜受繁花未散时。

1619　大伴家持（22岁），至姑母坂上郎女竹田庄时，作歌一首

遥遥玉桙道①，处处牵人怀。
情切见阿妹②，匆匆一路来。

1620　大伴坂上郎女，答歌一首

一月流逝君未来，夜夜梦中苦相思。

原编者注：

以上两首，作于天平十一年（739年）己卯秋八月。

1621　巫部麻苏娘子，歌一首

妾家庭院胡枝开，
若想赏花君快来，
错过两日落尘埃。

---

① 玉桙道：桙，念yú。玉桙，“道路”的枕词，赞美道路如用珠玉装饰般华美。
② 阿妹：指坂上大娘。

1622—1623 大伴田村大娘，与妹坂上大娘，歌二首

1622 我家庭院胡枝红，
黄昏朦胧见花影，
此刻盼相逢。

1623 我家庭前枫叶艳，举头凝目常忆君。

1624 坂上大娘，赠大伴宿祢家持秋之稻蘰[1]，歌一首

亲手摘金穗，我家早稻田。
为君编稻蘰，应念情无限。

1625 大伴宿祢家持，回赠歌一首

卿摘金穗来，巧手编稻蘰。
千钧情意重，百看总不厌。

译者解说：

“蘰”为日本“国字”，即日本自创汉字，在我国并不存在。日本学习研究社出版的《新版汉字源》解释：注音为“かずら”，用花草编制的头发装饰。时人相信，头戴花草冠蘰，是摄取大自然生命力的精华，百病不生、长寿快乐的咒术。

---

① 稻蘰：用稻穗编成头饰，预祝丰收。

1626 脱身上衣衫相赠，家持再回赠歌一首

秋风送寒贴身穿，温情绵绵常忆君。

1627—1628 大伴宿祢家持，攀折不合时令之藤花、胡枝黄叶赠坂上大娘，歌二首

1627 庭前紫藤如浪翻，
节候已过实罕见，
阿妹笑颜浮眼前。

1628 庭前盛开胡枝花，
枝下黄叶金灿灿，
秋风未起色鲜妍。

原编者注：

以上两首，天平十二年（740 年）庚辰夏六月赠答歌。

1629—1630 大伴宿祢家持，赠坂上大娘长歌并短歌

1629 思绪绵远长相忆，默默无言情何限。
朝起庭前携玉手，黄昏铺衣①交臂眠。
山鸟②呼伴暮色浓，野雉雌雄隔峰峦。
夫妻均为尘世人，年年岁岁常相伴。
伉俪一朝各西东，依依难舍夙夜叹。

---

① 铺衣：铺衣衫以当被褥。见编号 195 作品注释。
② 山鸟：日本国鸟野雉。相传此鸟夜里雌雄隔山栖息，雄鸟徘徊峰谷求偶。

朝朝暮暮相厮守，每念离愁肝肠断。
别恨恼人眠不得，策马前来高圆山。
鲜花缭乱满山野，块垒郁情总难散。
久久徘徊原野上，见花遥想卿玉颜。
谁言此情可忘却，无时无刻摧心肝。

1630 **反歌**

高圆山野花盛开，卿之面影难忘怀。

1631 大伴宿祢家持，赠安倍女郎，歌一首

皇都恭仁正兴建，秋夜漫漫苦独眠。

1632 大伴宿祢家持，由恭仁京寄赠留守奈良宅中之坂上大娘，歌一首

独居山边秋风紧，无尽相思只为君。

1633—1634 某人赠尼僧，歌二首

1633 辛勤为我栽，胡枝花正红。
片刻不离眼，隐隐心作痛，

1634 衣袖留水痕，插秧难抬头。
鸣子[①]驱鸟兽，劳累又一秋。

① 鸣子：将竹管系于小木板上，或悬挂绳间，拉动绳头使之鸣响，以驱赶鸟兽。水稻将熟之际置于田间。

伊藤博：此歌另有含义。某人领养尼僧之女，辛苦哺育成人，担心她会受伤害。

1635　某尼僧吟出上句，邀大伴家持吟出末句

佐保川上建堰塘，水田插秧。（尼僧）
快快收割蒸米饭，供我独享。（大伴家持）

原编者注：

尼僧作上句，大伴宿祢家持续写下句，相和歌一首。

泽泻久孝：某尼僧可能指卷三编号460作品悼念的亡者新罗尼僧理愿。

广冈义隆：尼僧歌中“堰塘”为佐保川上小型水利工程。大伴家持将其理解为夺走某人爱女的男子。

冬之杂歌

1636　舍人娘子①，咏雪歌一首

真神原②上，大雪莫降。此地无家，何人来赏。

---

① 舍人娘子：传不详，活跃于藤原京时代持统朝与文武朝。
② 真神原：位于奈良县飞鸟地方。

1637 太上天皇（元正天皇[①]），御制歌一首

芒草葺顶根朝下[②]，黑木[③]建造传万代。

译者解说：

姑侄二人应长屋王之邀来访山庄。

1638 圣武天皇，御制歌一首

奈良山头采黑木，巍巍殿堂万代新。

1639 大伴旅人，冬日见雪忆平城京，歌一首

雪花[④]飘飘顷刻化，遥望天宇忆京华。

1640 大伴旅人，梅花歌一首

冈上白梅何耀眼，疑是残雪恋春光。

伊藤博：白梅与白雪搭配的手法来自汉诗。陈江总："杨柳条青轻上楼，梅花色白雪中明。"（《艺文类聚》）

---

① 元正天皇：圣武天皇之伯母。
② 根朝下：用茅草、芒草等修葺屋顶，一般是头朝上，将草根朝下是为追求粗犷风格。
③ 黑木：原木剥去树皮便不再加工，充满山野之趣。
④ 雪花：原文为"沫雪"，落地易融的雪花。

1641　角朝臣广弁[①]，雪梅歌一首

初春薄雪裹梅花，遥寄君家莫相忘。

译者解说：

枝头薄雪与梅花浑然一体，难以分辨。

1642　安倍朝臣奥道[②]，咏雪歌一首

大雪纷纷，满目迷茫。先赏飞雪，梅花莫放。

1643　若樱部朝臣君足，咏雪歌一首

天昏地暗欲飞雪，且看斋柴积雪深。

土屋文明：斋柴，长满杂木林的原野。

中西进：柴，小树。斋柴为神圣杂木林，披上白雪更显神圣。

1644　三野连石守[③]，咏梅歌一首

折梅怕凋残，落地叹花殇。
捋花藏衣袖，染色又何妨。

---

① 角朝臣广弁：传不详，可能是家持的随从。
② 安倍朝臣奥道：历任若狭守、大和介、摄津大夫、内藏头等职，从四品下。
③ 三野连石守：传不详。天平二年（730 年），大伴旅人从筑紫归京时的随从之一。

1645 巨势朝臣宿奈麻吕[①]，咏雪歌一首

我家庭前冬树上，错将白雪当梅花。

1646 小治田朝臣东麻吕[②]，咏雪歌一首

今夜且让雪沾衣，明朝消融实可惜。

1647 忌部首黑麻吕，咏雪歌一首

风吹雪花枝头落，疑似梅树散芳菲。

1648 纪小鹿女郎，咏梅歌一首

腊月飞薄雪，梅花已吐芳。
蓓蕾欲争先，早日迎春光。

1649 大伴宿祢家持，雪梅歌一首

我家梅花不让雪，笑对碎琼吐芬芳。

① 巨势朝臣宿奈麻吕：天平元年（729 年）任少纳言，担任长屋王谋反案审讯官。

② 小治田朝臣东麻吕：传不详，可能与编号 1476、 1501 作品的作者小治田朝臣广耳有关。

1650 圣武天皇，驾临西池[①]举行御宴时，歌一首

池畔松枝积雪厚，明日再来犹可赏。

原编者注：

以上一首，作者不详。由竖子（童子）阿倍朝臣虫麻吕传诵之。

1651 大伴坂上郎女，歌一首

薄雪纷纷舞不停，梅花初绽伴落英。

1652 他田广津娘子[②]，梅花歌一首

折梅共赏玩，枝头赞鲜妍。
不及今宵乐，花下设酒宴。

译者解说：

几种版本解释都含有推测成分，本书译诗采用中西进学说。我曾折花赠予心上人，也曾相约树下赏梅。但都不及今宵花下设宴，举杯共饮这般快乐。

1653 县犬养娘子[③]，寄梅发思歌一首

痴心不改，梅花报春。笑口早开，不落泥尘。

---

① 西池：位于平城宫内，池畔有宫殿。
② 他田广津娘子：坂上郎女身边女官。
③ 县犬养娘子：坂上郎女身边女官，“县犬养”为其出身地。

1654 大伴坂上郎女，咏雪歌一首

松树荫下浅茅上，白雪难消情意长。

冬之相闻

1655 三国真人人足[①]，歌一首

高山菅叶，积雪压弯。冰消琼散，恋情难减。

1656 大伴坂上郎女，歌一首

杯中浮动梅花瓣[②]，宴罢任凭散落英。

1657 相和歌一首

承蒙官府开酒宴，
梅花莫凋残，夜夜须尽欢。

原编者注：

以上一首，官方禁酒令称，京中闾里不得集宴，但允许近亲同仁，一两位小聚饮酒行乐。相和之人缘此吟出此歌。

---

① 三国真人人足：庆云二年（705 年）从五品下，和铜八年（715 年）从五品上，养老四年（720 年）正五品下。

② 杯中浮动梅花瓣：时人相信花落杯中，饮之可摄取其精魂。

《禁酒令》："从春亢旱，至夏无雨。百川减水，五谷稍凋。实以朕之不德所致。百姓何罪，焦萎之甚矣。宜令京城诸国，天地神祇名山大川，自致币帛。又审录冤狱，掩骼买尸，禁酒断奢。"（《续日本纪》卷十一，圣武天皇天平四年（732年）七月—九月）①

1658　藤皇后（光明皇后），献圣武天皇，御歌一首

我伴夫君赏瑞雪，从天飘降喜庆多。

1659　他田广津娘子（女官），歌一首

真木②枝头积雪厚，恋情浓烈盼君访。

1660　大伴宿祢骏河麻吕③，歌一首

冬风呼啸，梅花凋零。今日相逢，久闻大名。

1661　纪小鹿女郎，歌一首

月光皎洁清如水，见梅思君敞心扉④。

---

① 出自《续日本纪》，吉川弘文馆国史大系 第二卷，128—129页，2000年。
② 真木：杉木、桧木等优质树木。
③ 大伴宿祢骏河麻吕：娶坂上二娘。见编号1438作品注释。
④ 敞心扉：来自汉诗文训读。日本贵族刻意模仿《文选》，大量引进汉语词汇，以提升日语表达能力。

1662　大伴田村大娘，与妹坂上大娘，歌一首

命如薄雪顷刻消，苟延人世与君逢。

1663　大伴宿祢家持，歌一首

细雪飘飘庭前积，孤影寒夜我独眠。

卷 九

卷九共收和歌148首，其中杂歌102首、相闻歌29首、挽歌17首，《万叶集》中唯此卷三大部类作品一应齐全。大多数和歌选自《柿本朝臣人麻吕歌集》《高桥连虫麻吕歌集》《田边福麻吕歌集》等。少数和歌虽标明作者姓名，却不可信。许多学者主张应将本卷看成无名氏作品集。本卷与卷一编辑方式相同，都是以雄略天皇的和歌为开头，抄录舒明天皇时代的作品。《高桥连虫麻吕歌集》中，以“珠名娘子”“浦岛子”“真间娘子”“菟原处女”等传说为题材的作品引人注目。

卷九目录

杂　歌

相闻歌

挽　歌

杂 歌

1664 于泊濑朝仓宫治理天下之大泊濑幼武天皇（雄略天皇），御制歌一首

薄暮小仓山，不闻牡鹿鸣。
今宵何寂静，伏地入梦境？

原编者注：

某抄本曰，此歌为冈本天皇（舒明天皇）御制。难辨真伪，重录于此。

伊藤博： 卷八舒明天皇御制歌（编号 1511）与卷九卷首雄略天皇御制歌（编号 1664）的第三句日文原歌仅一字之差，前者为“鳴く鹿は”（鸣鹿），后者为“伏す鹿は”（伏鹿）。

译者解说：

拙译与日文原歌字数无法保持一致，故而译诗中各有两字不同。

1665—1666 于后冈本宫治理天下之天皇（齐明天皇），行幸纪伊国时，咏歌二首

1665 拾得美玉赠内人，白波为我送珍宝。

1666 朝雾瀼瀼湿客袍，独行山路衣不干。

原编者注：

以上两首，作者不详。

1667—1679 大宝元年（701年）辛丑冬十月，太上天皇（持统天皇）、大行天皇（已故之文武天皇），行幸纪伊国时，歌十三首

1667 寻觅美玉，赠我爱妻。白波送宝，海边拾取。

原编者注：

以上一首，已抄录于前，但词句小异，年代不同，故重录。

1668 白崎①依旧，两舷划桨。御船②重来，无限风光。

1669 海湾三名部③，潮水莫漫滩。
鹿岛④观垂钓，须从原路还。⑤

1670 朝起出航汤罗崎⑥，观罢垂钓再回还。

---

① 白崎：由良岬前端的石灰岩礁石。
② 御船：天皇御船。
③ 海湾三名部：和歌山县日高郡南部湾。
④ 鹿岛：日高郡南部海岸断崖，长约750米。
⑤ 鹿岛观看垂钓，须原路返回。持统天皇欲到礁石尖端观看渔人断崖垂钓。如潮涨淹没礁石，通路就会中断。
⑥ 汤罗崎：位于日高郡由良港北面。“汤罗”与“由良”读音相同（ゆら），当是同一地方。

1671 汤罗崎边潮水退，敢过浪高白神湾①。

1672 黑牛滩②上红一点，谁家娘子曳裙裾。

1673 风无海滨③白浪滚，可惜无人赏名胜。

原编者注：

以上一首，山上忆良《类聚歌林》曰，此歌为长忌寸意吉麻吕应诏而作。

1674 苦盼信使来，出门望松原④。
匆匆眼前过，不知去哪边。

译者解说：

信使并非为作者送信，已走过松原，不知要去哪里。

1675 今日翻越藤白坂⑤，可怜泪水湿衣衫。

1676 羁旅过背山，黄叶飘飘散。
遥想神岳岭，秋风过长天。

1677 大和亲人哪得见，

---

① 白神湾：风急浪高，潮水退后方可冒险而过。
② 黑牛滩：位于和歌山市毛见崎一带。海天之间有大礁石如黑牛卧海滩。
③ 风无海滨：亦作“风莫海滨”，具体地点不详。
④ 松原：“松”与“待”同音，和歌挂词（谐音）技巧。
⑤ 藤白坂：有间皇子处刑地，见编号 142 作品注释。

大我野[①]上将竹砍，
蜗居草庵和衣眠。

1678 当年猎师放鸣镝，纪伊坂上射鹿群[②]。

1679 常来纪伊国，妻社[③]拜神堂。
有名应有实，佳偶在何方。

原编者注：

以上一首，有抄本曰，为坂上忌寸人长所作。歌曰：名为妻社，应赐佳偶。

1680—1681 留守家中之人，相和歌二首

1680 君往纪伊国，道路何蜿蜒。
今日莫降雨，翻越真土山。

1681 幽居深闺里，日日思郎君。
白云绕山峰，独行到黄昏。

---

① 大我野：和歌山县桥本市西面原野。
② 坂上射鹿群：从纪伊国（和歌山县）势子山下驱赶鹿群，猎师们在山上等候，射杀鹿群。
③ 妻社：和歌山县桥本市妻地神社。

1682 无名氏，献忍壁皇子[①]歌一首（咏仙人风姿）

身着鹤氅执团扇[②]，千岁夏去冬又来。

译者解说：

作者可能为柿本人麻吕，或是他收集的无名氏之作。

1683—1684 无名氏，献舍人皇子[③]，歌二首

1683 攀梅如同牵妹手，花[④]枝堪折好插头。

译者解说：

以上两首，为舍人皇子身边女官或文人献上。

1684 春山樱凋谢，三轮[⑤]花蕾娇。
苦盼迎佳偶，奈何时尚早。

1685—1686 间人宿祢，作于泉川畔，歌二首

1685 川中激流玉琼乱，滚滚奔泻千万年。

---

① 忍壁皇子：天武天皇第二皇子，草壁皇子之弟，文武天皇之叔父。天武十年（681 年），忍壁皇子与川岛皇子一道写成《帝纪》，记录皇室玉牒，及上古大事。

② 身着鹤氅执团扇：中国古代隐居深山的仙人形象。

③ 舍人皇子：天武天皇第九皇子，官居一品，辅佐皇太子（后来的圣武天皇）。藤原不比等（659—720）去世后，舍人皇子出任太政官，任《日本书纪》总编撰。舍人皇子是草壁皇子之弟，文武天皇之叔父。

④ 花：万叶时代指风雅的梅花。平安时代则多指樱花。

⑤ 三轮：三轮山，见编号 17 作品注释。春山泛指群山。

1686 抬头看牛郎，伫立银河滩。
只因念织女，头上珠玉[1]乱。

1687 作于鹭坂，歌一首

鹭坂[2]山间松荫下，夜深且在此处眠。

1688—1689 作于名木川，歌二首

1688 衣衫已淋透，无人来烤干，
客袍寄家人，应念羁旅难。

1689 近岸难行船，再闯乱礁滩。
一过杏仁滨[3]，相思成倍添。

1690—1691 作于高岛，歌二首

1690 高岛阿渡川[4]，只闻涛声喧。
黯淡乡愁里，客中苦难眠。

1691 夜半客愁起，遥望高岛山。
明月不临空，可惜隐峰峦。

---

① 头上珠玉：《万叶集》的头饰几乎均为花草树枝，只此一首出现珠玉首饰。
② 鹭坂：位于京都府城阳市久世神社以东，由大和（今奈良县）前往近江（今滋贺县）的路上。
③ 杏仁滨：京都府巨椋池码头。
④ 阿渡川：滋贺县高岛郡的安昙川。

1692—1693 作于纪伊国，歌二首

1692 我心念佳人，客中哪得见。
解衣铺冷床，玉浦又独眠。

1693 独眠天将晓，凄清叹夜长。
红袖在何处，念之断人肠。

1694 作于鹭坂，歌一首

鹭坂山野白踯躅，随我归家赠内人。

1695 作于泉川，歌一首

泉川滚滚妹门前，岸上岩滑铺残雪。

1696—1698 作于名木川[1]，歌三首

1696 名木川畔上，游子遇春雨。
衣衫早湿透，家人知不知。

1697 家人遣春雨，天涯寻游子。
旷野无处避，淋得浑身湿。

1698 谁人来烘烤？衣衫件件湿。
闺中派春雨，为我当信使。

---

① 名木川：发源于今天京都府宇治市，汇入宇治川。

1699—1700　作于宇治川，歌二首

1699　伏见①田间雁鸣动，巨椋河口②荡回声。

1700　飒飒秋风起，河滩棣棠开。
雁翔高天云，山川入眼来。

1701—1703　献弓削皇子，歌三首

1701　夜半更深闻雁鸣，抬头已是月临空。

1702　阿妹门前雁啼鸣，掠过夕雾添愁情。

1703　秋山待红叶，云中闻雁阵。
可惜时令过，此景何处寻。

1704—1705　献舍人皇子，歌二首

1704　多武山③间雾气浓，细川④滩头波涛喧。

1705　寒冬蛰居，苦盼春光。亲手植树，果实挂霜。

---

① 伏见：位于京都市南部。
② 巨椋河口：巨椋池湖沼河口。
③ 多武山：位于奈良县樱井市。
④ 细川：发源于多武峰南麓，流经明日香村，最后汇入飞鸟川。

1706 舍人皇子，御歌一首

夜雾重重满庭院，殿堂高高笼轻纱。

1707 作于鹭坂，歌一首

山城久世[①]，神代悠远。鹭坂春叶，秋风凋散。

1708 作于泉川（木津川）畔，歌一首

马啃青青草，咋山[②]道道坡。
信使秋雁来，客舍上空过。

译者解说：

游子苦盼家书，传书的鸿雁却径直掠过头顶。

1709 献弓削皇子，歌一首

南渊山上望巨岩，薄雪消融白斑斑。

原编者注：

以上和歌，出自《柿本朝臣人麻吕歌集》。

---

① 山城久世：山城国（京都府南部）久世地方。
② 咋山："咋"念（zé），位于京都府缀喜郡田边町饭岗。

1710—1711 《柿本朝臣人麻吕歌集》，歌二首

1710 插秧仓无滨①，阿妹湿红裳，
今日割水稻，无处可收藏②？

1711 海上行船百岛③间，
远望粟小岛，久久看不厌。

原编者注：

某抄本曰，以上两首为柿本朝臣人麻吕所作。

1712 登筑波山，咏月歌一首

夜空清朗无片云，月落西山欲断魂。

1713—1714 行幸④吉野离宫时，咏歌二首

1713 呼子鸟，唤谁人？
飞过瀑布顶，
三船山上望秋津。

1714 飞瀑从天落，轰然撞巨岩。
俯瞰深潭中，月影浮水面。

---

① 仓无滨：位于大分县中津市龙王町海滨。
② 无处可收藏：与前面地名“仓无”呼应。丰饶之地，稻米多得无处收藏。
③ 百岛：原文为“八十岛”，表示数量很多，按汉语表达习惯译为 “百岛”。
④ 行幸：天武、持统、元正、圣武等天皇均行幸过吉野离宫，无法判明指哪位天皇。

原编者注：

以上两首，作者不明。

1715　槐本[①]，歌一首

远望乐浪，比良山[②]风。渔夫垂钓，衣袖飘动。

1716　山上臣忆良，歌一首

白浪涌海滨，松枝系木棉。
风雨几春秋，今日入眼帘。

原编者注：

以上一首，某抄本曰，为川岛皇子（天智天皇之子）所作御歌也。

译者解说：

过往旅客将木棉系于松枝上，祈求神灵保佑。

1717　春日藏首老，歌一首

撒网捕鱼，水潭河滩。衣袖湿透，谁来烤干？

---

① 槐本：作者之名，传不详。
② 比良山：位于琵琶湖西岸。

1718　高市连黑人，歌一首

船夫号子连天响，
远航人，应泊高岛阿渡港。

1719　春日藏首老，歌一首

云莫遮月，难辨方向，船到岛阴[①]，港在何方？

原编者注：

以上一首，或云为小弁之作也，或为姓氏，未记名字。或为名号，不称姓氏。姑且照原本顺序抄录。今后凡遇此种情形，皆按此法抄录。

1720—1722　元仁[②]，歌三首

1720　策马并行翻山来，何日重返吉野川。

1721　纤尘不染吉野川，
良久望河滩，暮色已苍然。

1722　浪高不见泷之浦[③]，
行行吉野川，一别留遗憾。

---

① 岛阴：海岛背面避风处。
② 元仁：传不详，应是归化人僧侣。
③ 泷之浦：地点不详，激流附近的河口。

1723 绢[1]，歌一首

蛙鸣六田川[2]，绿浪杞柳岸。
根深情亦深，美景看不厌。

1724 岛足[3]，歌一首

魂牵吉野川，不见心难安。
淙淙流水声，百闻亦不厌。

1725 麻吕[4]，歌一首

古代贤人清游地，吉野川畔久流连。

原编者注：

以上和歌，出自《柿本朝臣人麻吕歌集》。

1726 丹比真人[5]，歌一首

难波海滩正退潮，
渔家少女割海藻，
请将芳名来相告。

---

① 绢：当地游行女妇。此种职业后发展为“游女”“艺妓”。
② 六田川：吉野川流经奈良县吉野郡吉野町上市以西的一段。
③ 岛足：不详。上代文献中有安敕岛足、竹志岛足、菅生岛足等十余位同名之人。
④ 麻吕：不详。“麻吕”为万叶时代男性常见名。
⑤ 丹比真人：“丹比”为氏，“真人”为姓，名缺失。

1727　相和歌一首

妾本渔家女，玉洁冰清身。
姓名无须问，不睬陌路人。

1728　石川卿①，歌一首

明日远行客，今宵慰离情。
一帘合欢梦，何日再相逢。

1729—1731　宇合卿②，歌三首

1729　晓梦常见佳人来，梶岛③浪高过乱礁。

1730　山科石田野④，眼前柞树⑤林。
翻山又越岭，遥遥念郎君。

1731　山科石田社⑥，献上币帛礼。
苦恨久离别，梦里见爱妻。

中西进：希望梦中相见。

---

① 石川卿：可能即石川朝臣年足。
② 宇合卿：藤原朝臣宇合，见编号 72 作品注释。
③ 梶岛：一说在丹后（今京都府北部海岸），一说在爱知县幡豆郡宫崎岬附近。
④ 山科石田野：山科，京都市山科区。石田，山科区小山神无森町一带。
⑤ 柞树：我国称“麻栎”“枹栎树”。
⑥ 石田社：山城（亦作山背、山科）石田神社，位于京都府八幡市。

1732—1733　棋师[1]，歌二首

1732　仰望大叶山，薄暮云雾起。
周遭夜已深，不见泊船地。

1733　一心观美景，踏访三尾崎[2]。
错过真长浦[3]，折返再寻觅。

1734　小弁，歌一首

船离高岛阿渡港，川行盐津菅浦[4]上。

1735　伊保麻吕[5]，歌一首

三重川[6]上岩石下，河滩蛙鸣乱石间。

1736　式部大倭[7]，于吉野作歌一首

群山巍巍，流水湍湍。
白木棉花[8]，绽开浪间。

---

① 棋师：指棋檀越（施主），或棋法师（高僧）。
② 三尾崎：位于滋贺县高岛郡南部。
③ 真长浦：位于安昙川河口处。
④ 盐津菅浦：盐津，琵琶湖东北端港口。菅浦：琵琶湖西南部的河口，与盐津相邻。
⑤ 伊保麻吕：传不详，作品仅此一首。
⑥ 三重川：位于三重县四日市市盐滨，注入伊势湾。
⑦ 式部大倭：大倭宿祢小东人。
⑧ 白木棉花：楮树皮纤维纺成的木棉线，多用于神道祭祀。“白木棉花”形容河水翻起的白色浪花。

夏身川门[1]，百看不厌。

1737 兵部卿川原，歌一首

穿行大泷[2]夏身河，坐卧清流满心爽。

中西进：原文为“夏身”，河流名。

伊藤博：“夏身”原文应为“菜摘”（采山菜），与“夏身”同音（均念“なつみ”）。

1738—1739 咏上总周淮[3]之珠名娘子[4]，长歌并短歌

1738 天生佳丽，长在安房。
珠名娘子，落落大方。
细腰婀娜，丰胸宽广。
如花含笑，焕发容光。
行人一见，迷恋彷徨。
忘记赶路，擅闯闺房。
邻人相思，日夜妄想。
突然休妻，门钥献上[5]。
众人沉醉，魂散八荒。

---

① 夏身川门：位于吉野宫瀑上游。川门：河流狭窄处。
② 大泷：吉野宫瀑。
③ 上总周淮：上总国周淮郡，今千叶县君津市。
④ 珠名娘子：传说中的风流美少女。当时的日本尚无“贞操”“妇道”等道德观念。
⑤ 门钥献上：将自家大门钥匙赠珠名娘子，想娶她为正妻。

珠名纵情，自夸无双。

1739 **反歌**

夜深玉人立门前，不顾身家会情郎。

1740—1741 咏水江浦岛子[1]，长歌并短歌

1740 大好春光霞满天，扁舟驶离住吉岸[2]。
极目海面望碧浪，摩肩接踵钓鱼船。
古往今来多少事，历历在目涌心田。
水江浦岛钓鱼郎，茫茫海上握钓竿。
松鱼鲷鱼皆上钩，心花怒放船舱满。
一连七日不还家，船过天际何遥远。
波上邂逅海神女，一见倾心秋波传。
相约前往常世国，碧波深处藏宫殿。
情深携手入洞房，不老不死度华年。
一朝萌生思乡情，浦岛儿郎对妻言。
“吾当回家报父母，明日凌晨便回还。”
神女应允再嘱咐，为妻盼你早回转。
与君重逢常世国，赠你玉匣带身边。
匣盖千万莫开启，此言切切记心间。
浦岛儿郎返住吉，四处寻家皆不见。
父母消息凭谁问，众人不知心茫然。
浦岛儿郎苦思量，屈指离家仅三年。

---

① 水江浦岛子：此传说首见于《丹后国风土记》，又见于摄津国住吉传说中。
② 住吉岸：大阪湾住吉海岸。

不见院墙不见屋，不知何故起巨变。
心生一计捧玉匣，开匣或可见家山。
匣盖开启一条缝，一股白云①冲九天。
玉匣高飞掠海空，大惊失色手足乱。
踉踉跄跄四处跑，挥舞衣袖大声喊。
瞬间难辨东与西，人事不省魂魄散。
脸上倏忽生皱纹，满头黑发霜雪染。
俄顷气息如游丝，一命呜呼赴黄泉。
寻觅水江浦岛子，住吉何处有家园。

1741 反歌

本当永居常世国，愚夫一念成虚幻。

1742—1743 见少女独往河内②大桥，长歌并短歌

1742 片足羽川③，朱漆桥④上。
谁家少女，独行匆忙。
上衣山蓝⑤，下身红裳。⑥
或有夫君，或守空房。
欲上前去，细问端详。
孤身少女，家住何方？

---

① 白云：海神之女灵魂所化。
② 河内：国名，今大阪府东部藤井寺市一带，大和川与石川上有红栏大桥。
③ 片足羽川：地点不详。
④ 朱漆桥：唐风木桥。
⑤ 山蓝：泽漆科二年生草本植物，可提取蓝绿色染料。
⑥ 上衣山蓝，下身红裳：指唐风衣着。

1743 反歌

吾家若在桥头住，少女借住又何妨。

1744 见武藏小埼①沼上野鸭，作歌一首

野鸭抖翅，湖沼之上。
埼玉小埼，飞沫闪亮。
如何拂去，尾上白霜？

1745 咏那贺郡②之曝井③，歌一首

流向那贺，滔滔清泉。
翩翩少女，成群结伴。
可爱佳丽，几时显现？

1746 手纲滨④，歌一首

妻家遥远多珂郡⑤，
不辨路，地陌生。
手纲滨上欲问津。

---

① 武藏小埼：武藏国小埼，今埼玉县行田市。
② 那贺郡：位于水户市爱宕町。
③ 曝井：漂洗白布，晒洗衣物的泉水。
④ 手纲滨：今茨城县高萩市多珂郡的中滨。“手綱”（たづな）与“尋ぬ”（たづぬ）读音相近。鼓励男子前往陌生之地寻妻。
⑤ 多珂郡：位于今茨城县多贺郡。

1747—1750 春三月，诸位卿大夫等下难波[①]时，长歌二首并短歌

1747 白云缭绕龙田山，瀑布滩头水潺潺。
小桉岭[②]上樱花放，山高风急雨绵绵。
可怜高枝樱零落，应叹低枝花已残。
待我归来春莫去，奈何难波路渺远。

1748 **反歌**

七日定能踏归途，春风莫摧花凋残。

1749 白云笼罩龙田山，黄昏翻越忽苍然。
流水声里樱花开，红消香断皆飞散。
尚有花蕾留枝头，含苞欲放待明天。
君行恰逢花期盛，一路赏花任流连。

1750 **反歌**

旅途劳顿无闲暇，难渡溪流折花枝。

1751—1752 明日还家，夜宿难波时，作长歌并短歌

1751 行行沙洲上，沿河过岛山[③]。

---

① 诸位卿大夫等下难波：一说为藤原宇合负责营建难波宫的神龟三年（726年），一说为圣武天皇行幸难波的天平六年（734年）。
② 小桉岭：亦作“小鞍岭”，大和川沿岸山峰。
③ 岛山：临水之山。

昨日翻山来此地，今宵暂宿难波滩。
飘飘逐流水，尾上①樱花残。
愿君来赏花，只恐山风卷。
明日再过龙田道，虔诚祭拜风神殿②。

1752 反歌

领国交界③山麓处，少女伴我赏樱花。

1753—1754 检税使④大伴卿，登筑波山时，作长歌并短歌

1753 常陆国，有双峰⑤，
筑波山隐白云间。
大伴卿，登高山，
一路酷暑挥热汗。
攀树根，山路险，
气喘吁吁步步难。
凌绝顶，望远方，
山川锦绣在眼前。
男岳神，迎远客，
一路放行⑥到山巅。
女岳神，迓贵宾，

① 尾上：山峰余脉的高地。
② 风神殿：祭祀风神的神社大殿。
③ 领国交界：大和国与河内国的交界处，传说有仙媛陪游人赏樱。
④ 检税使：中央派遣到诸国查实国库存粮的使者，此处指大伴旅人。
⑤ 双峰：筑波山西侧的男岳（海拔 871 米）与东侧的女岳（海拔 877 米）。
⑥ 一路放行：筑波山自古被视为神域，不可随意攀登，今日恰逢一路放行。

一路庇佑保平安。
平日茫茫云深处，
冷风凄凄雨绵绵。
今日轻云淡淡飘，
风和日丽好晴天。
山河秀，待君来，
此番美景难得见。
且展眉，解衣带，
如至君家心放宽。
春霞飞，夏草茂，
不如今日遇机缘。

1754 **反歌**

自古登山多游客，哪比今日贵人来。

1755—1756 咏霍公鸟[①]，长歌并短歌

1755 莺巢鸟卵多，霍公卵一枚[②]。
破壳声声啼，露出小子规。
汝父如黄莺，默默常闭喙。
汝母如黄莺，无语难张嘴。
卯花[③]盛开时，直去登花枝。
橘花沁心脾，放歌唱芳菲。

---

① 霍公鸟：体型略小，与子规相似。借霍去病的尊称命名为“霍公”。
② 霍公将卵产于莺巢，由黄莺代为孵化养育。
③ 卯花：水晶花。因在旧历四月（卯月）开花而得名。

唱得高枝摇，簌簌花乱飞。
终日鸣不停，币帛献厚馈。
留此莫远去，枝头笑展眉。

1756 **反歌**

雨天啼鸣莫停歇，夜空暗淡云低垂。

1757—1758 登筑波山，长歌并短歌

1757 头枕荒草，羁旅艰难。
何以解忧，陟彼高山。
筑波岭上，登临望远。
疾风浩荡，柔荑花残。
雁鸣声声，师付[①]田园。
寒意阵阵，透彻心间。
远望新治[②]，鸟羽湖[③]畔。
秋风乍起，白浪滚翻。
筑波岭上，美景万千。
郁积悲愁，顷刻消散。

1758 **反歌**

筑波山上折红叶，欲赠割稻美婵娟。

---

① 师付：位于筑波山东南方约 10 公里处。
② 新治：茨城县新治郡。
③ 鸟羽湖：原文为“鳥羽淡海”，位于筑波山西面。

1759—1760 登筑波岭，举行歌垣会①之日，作长歌并短歌

1759 灵鹫栖息筑波岭，裳羽服津②泉水边。
男女相邀翩翩来，恋歌高唱聚歌垣。
更有人妻唱情歌，自家娘子吐浪言。
镇守此山有神灵，古来允许表心愿。
唯有今宵无嫉恨，平日禁忌皆放宽。

1760 **反歌**

男岳③山头雨云密，浑身淋湿不须回。

原编者注：

以上组歌，出自《高桥连虫麻吕歌集》。

小学馆版《万叶集》注： 编号1738至1760作品，恐为高桥虫麻吕本人所作。

1761—1762 咏鸣鹿，长歌并短歌

1761 三诸神秀④，神奈备山，
三垣山⑤头，胡枝烂漫。

---

① 歌垣会：男女聚集山野或集市对歌、舞蹈游戏，乃当时求婚方式。“歌垣”也是祈祷和庆祝丰收的仪式。东国方言称“嬥（tiǎo）歌会”。
② 裳羽服津：位于筑波山下，渡口上彩霞飞舞，如霓裳羽衣。
③ 男岳：筑波山的男岳、女岳，均在编号1753作品中出现过。
④ 三诸神秀：神奈备山、三诸山皆为神灵栖息处，或祭祀神灵的洞窟，多指三轮山与神奈备山。这里指奈良县樱井市三轮山。
⑤ 三垣山：指飞鸟地方的雷丘。

萩花为妻，月下共眠。
曙色降临，良宵苦短。
呦呦鹿鸣，回声悠远。

1762 **反歌**

谁言明晚，恐难相见。回声助我，将汝呼唤。

原编者注：

以上和歌，或曰为柿本朝臣人麻吕所作。

1763 沙弥女王[①]，歌一首

仓桥山[②]高，月隐峰间。待到夜深，玉镜方现。

原编者注：

以上一首，于间人宿祢大浦咏歌中曾见，但末句不尽相同（为“月光淡薄”），且两位咏歌人，难判明作者，姑且重抄与此。

1764—1765 咏七夕，长歌并短歌

1764 天河上游渡浅滩，飞架玉桥渡牛郎。[③]
天河下游摆渡船，无风无雨好出航。[④]

---

① 沙弥女王：传不详。
② 仓桥山：奈良县樱井市音羽山。
③ 天河上游飞架玉桥，中国传说七夕之夜天河上有鹊翅搭桥。
④ 天河下游设有渡口：日本传说牛郎从渡口登船渡银河。此歌将中日两国传说融为一体。

风不扬，雨不降，浪花低回伴红装。
莫踌躇，误良宵，织女望夫九回肠。
从容迈步过玉桥，登船挥桨跨波浪。

1765 **反歌**

雾笼天河波渺渺，盼君今日快出航。

原编者注：

以上和歌，或曰作于中卫大将藤原北卿（藤原房前）之家。

相闻歌

1766 振田向[①]离开筑紫国时，咏歌一首

愿得阿妹化宝钏[②]，佩戴左臂走天涯。

① 振田向：姓振，名田向，传不详。本歌作于离开筑紫国（福冈县东部）时与恋人分别时。

② 宝钏：由两个圆形的手镯构成。“钏”是用金属、玉、石、海贝壳等材料制成，佩戴于手腕或手臂。

1767—1769 拔气大首[①]，赴任筑紫国时，迎娶丰前国娘子纽儿[②]，作歌三首

1767 丰前香春[③]是我家，抱回纽儿得名花。

1768 石上布留早稻田，尚未吐穗藏爱恋。

1769 一往深情得佳偶，不惜性命为红颜。

译者解说：

官员对纽儿十分痴情，水稻不吐穗比喻这桩婚姻不便张扬。

1770—1771 大神大夫[④]出任长门守时，集宴于三轮川畔，歌二首

1770 清清泊濑川，三诸神腰间。
状如玉带，难忘君颜。

1771 依依送别实难舍，君披彩霞过青山。

原编者注：

以上两首，出自《古歌集》。

---

① 拔气大首：传不详。“拔气”为氏，“大首”为名。
② 娘子纽儿：可能为“游行女妇”。当时规定，中央官员出任地方官时，不得迎娶当地女子，只能找一位游行女妇相伴。
③ 香春：今福冈县田川郡香春町。
④ 大神大夫：三轮朝臣高市麻吕，历任长门国守（今山口县西部地方长官）、左京大夫（从四品上）。

1772　大神大夫出任筑紫国时，阿倍大夫作歌一首

君过印南野，秋光赏胡枝。
京师常牵挂，王孙下筑紫。

1773　献弓削皇子，歌一首

犹如神奈备①，杉木神依板②。
愁绪难遣散，朝夕苦牵念。

1774—1775　献舍人皇子，歌二首

1774　岳母③当年训诫语，可作一生座右铭。

1775　黄昏渡过泊濑川，步步迈近妹家门。

原编者注：

以上三首，出自《柿本朝臣人麻吕歌集》。

---

① 神奈备：神奈备山，这里指明日香神岳。
② 神依板：迎接神灵用来敲击发声的杉木板。“杉”与“過”同音（すぎ），引出愁绪与感叹。
③ 岳母：女方母亲对婚事有绝对发言权。男子婚后进入女方家庭须处处小心谨慎。当时流行一夫多妻制，夫妻关系不稳定。如岳母处处刁难，男子就会与妻子疏远，久不登门。

1776—1777 石川大夫[①]，赴任上京时，播磨娘子赠歌二首

1776 绝等寸[②]，山峰上，
春光好，樱花放。
遥寄相思勿相忘。

1777 与君离别，无心梳妆。宝奁不开，木梳深藏。

1778 藤井连[③]，赴任上京时，娘子赠歌一首

明朝翻越名欲山[④]，郎君远行妾添愁。

1779 藤井连，相和歌一首

望君多珍重，
踏破一路山岩险，
重返此地与君逢。

1780—1781 于鹿岛郡[⑤]之刈野桥[⑥]别大伴卿，长歌并短歌

1780 三宅潟上，远望鹿岛崎，

---

① 石川大夫：石川朝臣君子，从五品下播磨守，后晋升从五品上兵部大辅。
② 绝等寸，兵库县姬路城东面的山名。
③ 藤井连：不详，可能为葛井连大成，或葛井连广成。
④ 名欲山：指大分县竹田市木原山。
⑤ 鹿岛郡：茨城县鹿岛郡。
⑥ 刈野桥：位于鹿岛郡神栖町的神池一带。

朱漆大船，水面展英姿。
桨舵齐备，美玉来装饰。
黄昏潮涨，号子冲天起。
船儿启航，相送人拥挤。
有人羡兮，惊呼脚跺地。
有人悲兮，号啕又唏嘘。
驶向海上郡[①]，劈波正远去。

1781　反歌

风平浪静好出航，惊涛骇浪我心忧。

小学馆《万叶集》注：以上两首出自《高桥虫麻吕歌集》。

1782　某人，与妻歌一首

春来冰雪尽消融，卿心冷淡无消息。

1783　某人之妻，相和歌一首

呆子忘却归家路，任期未满奴麻吕[②]。

原编者注：

以上两首，出自《柿本朝臣人麻吕歌集》。

---

① 海上郡：今千叶县铫子市。
② 奴麻吕：意为“麻吕你这家伙”。

译者解说：

此组歌为夫妻戏谑之作。一位官员到地方任职，妻子留在京城，久未见面。

1784 赠入唐使，歌一首

祈祷海神哪一位，来去行船快如飞。

原编者注：

以上一首，渡海年代不详。

译者解说：

神道为多神教，传说中的海神不止一位。

1785—1786 神龟五年（728 年）戊辰秋八月，长歌并短歌

1785 浮生多舛何艰难，偶然投胎长成人。
生死听凭神意志，苟活世上仰大君。
夫接皇命诚惶恐，天涯海角忙赴任。
犹如飞鸟朝离巢，终日翻飞茹苦辛。
妾居家中情难舍，天长日久难亲近。

1786 反歌

越路①飞雪翻山岭，卿应念我守空闺。

---

① 越路：通往越前（今福井县）、越中（今富山县）、越后（今新潟县）三国的道路。

译者解说：

本歌出自《笠朝臣金村歌集》，题为“石上大夫歌一首”。“石上大夫”，越前守石上朝臣乙麻吕，从五品下。此歌为乙麻吕代表家人而作。

1787—1789 天平元年（729年）己巳冬十二月，长歌并短歌二首

1787 天皇何威严，世人皆畏惧。
奉旨来大和，石上布留里。
夜眠难入梦，多日不解衣。
衣衫渐污秽，常念糟糠妻。
有怨不敢言，恐遭同僚讥。
冬夜何漫长，不见露晨曦。
寒夜难入睡，望乡心苦凄。

反歌

1788 布留山上望京城，家山不远难入梦。

1789 吾妻为我系衣带，相逢之日再解开。

原编者注：

以上五首，出自《笠朝臣金村歌集》。

译者解说：

笠金村随石上乙麻吕到石上布留里测量土地、编写田籍时所作。据《班田收授法》，官员每年四月到翌年二月须到乡下处理各

种事务。

1790—1791　天平五年（733年）癸酉，遣唐使船从难波出发入海时，某母赠其子长歌并短歌

1790　牡鹿爱胡枝，幼仔牵柔肠。
吾儿非小鹿，一去入茫茫。
竹珠①颗颗穿成串，币帛恭敬垂殿堂。
谨慎祭祀拜众神，木棉包裹玉壶②上。
岁岁无灾病，平安早还乡。

1791　**反歌**

游子露宿寒霜降，鹤群展翅护儿郎。

译者解说：

圣武天皇天平五年（733年）四月三日，第10次遣唐使成员594人，分乘四艘船从难波（大阪湾）出发。有位母亲从奈良赶来送别，饱含母爱唱出最美幻想曲，遥想黄河流域寒冬，愿鹤群从天而降，张开翅膀，为遣唐使们遮蔽风霜。《遣唐使一览年表》（藤田友治）：734年11月，第一船归国。736年5月，第二船归国。739年，第三船归国。

斋藤茂吉：《史记·周本纪》："而弃渠中冰上，飞鸟以其翼覆荐之。"《万叶集》编号3578作品，遣新罗使等人的歌中亦表达出类

① 竹珠：将细竹枝截成小段，用丝线穿成一串。
② 玉壶：内装祭神之酒。

似心情。

井村哲夫：这批遣唐使两年后归国途中，有两艘船遇难，只有4人平安抵达日本，其余人历尽艰辛，于天平十一年（739年）十月终于回到故乡。也许这位母亲未能等到儿子归国。

1792—1794　思娘子，作长歌并短歌二首

1792　少女白皙美如玉，芳名不敢告旁人。
一连数日不相逢，恋慕之情乱我神。
缕缕愁绪难斩断，千千心结乱纷纷。
眉头心头皆苦涩，念念不绝苦思君。
何日可执娘子手，镜中之花难亲近。
红叶飘飘树荫下，流水清清绕梦魂。
无限悲苦谁人晓，相思之情难隐忍。

1793　流言蜚语如墙垣，相隔数月不见君。

1794　倩影飘飘眼前来，岁月空逝难亲近。

原编者注：

以上三首，出自《田边福麻吕歌集》。

译者解说：

歌中娘子为虚构人物。

挽 歌

1795 宇治若郎子[1]之宫殿遗址，歌一首

今木岭[2]上望夫松，遥望当年故人来。

译者解说：

“今木嶺”（いまきのみね）与“妻のもとに今来”（回到妻子身边）谐音。

1796—1799 于纪伊国，作歌四首

1796 曾游荒礁，与妻携手。礁石犹在，见之悲愁。

1797 海风带潮气，悲切念亡妻。
流水向何处，乱礁荒滩地。

1798 当年携妻游，曾见黑牛潟。
今日独徘徊，无人诉苦凄。

1799 玉津岛，礁石滩，
细沙沾衣衫。

---

① 宇治若郎子：应神天皇之子，仁德天皇异母弟，曾向百济博士王仁学习典籍。应神天皇爱其才华，立为皇太子。应神天皇驾崩，宇治若郎子让位于仁德天皇，自杀而亡。

② 今木岭：京都府宇治市周边山岭，或宇治朝日山古名。

我曾携妻来，玉手抚沙滩。

原编者注：

以上五首，出自《柿本朝臣人麻吕歌集》。

1800 过足柄坂[①]，见死者作长歌一首

贤妻辛劳缝衣衫，麻线自家院中晒。
临行密密飞针线，白麻衫上缀衣带。
一重衣带三重结[②]，漂泊至今不曾解。
衣带渐宽人清瘦，终日繁忙体力衰。
公务完毕返故园，父母期盼妻等待。
行路匆匆到此地，东国蛮荒入蒿莱。
阴森恐怖神在坂[③]，寒风吹透步难迈。
头发蓬乱历风霜，倒毙于途卧尘埃。

1801—1803 过芦屋处女墓时，作长歌并短歌

1801 古有壮士争美眷，执意死斗不相让。
菟原处女留孤坟，今日见之断人肠。
流传后世成悲话，闻者心痛思绪长。
古道之旁有荒冢，岩石垒成耐风霜。
一路通向天尽头，行人伫立叹娇娘。
有人号啕热泪流，有人讲述传四方。
我来墓前悲千古，哀歌一曲放声唱。

---

① 足柄坂：位于静冈县骏东郡，通向足柄山（海拔 759 米）的坡道。
② 一重衣带三重结：身体消瘦，为御寒只好将衣带紧系。
③ 神在坂：足柄坂，常有强盗出没。

1802 反歌

小竹田，有壮士，菟原处女墓在此。

1803 仅听传闻空悲切，古之壮士情真挚。

译者解说：

摄津国菟原郡苇屋（兵库县神户市到芦屋市一带）流传的爱情悲剧。血沼壮士与菟原壮士向同一位姑娘求婚。姑娘苦恼之余投水自尽，留下一座处女冢，令后人流连叹息。处女冢东西各有一座求女冢，乃后人为自杀而亡的血沼壮士与菟原壮士所建。

《万叶集》收入相关和歌共 8 首。卷三编号 250 作品的原编者注也曾提到该女性，并附有相关作品。第九卷分别收入出自《高桥连虫麻吕歌集》（编号 1809—1811）和《田边福麻吕歌集》的长歌与短歌 3 首（编号 1801—1803），第十九卷有《大伴家持，追和处女墓，长歌并短歌》（编号 4211—4212）。

1804—1806 哀弟之死，作长歌并短歌

1804 同父同母乃缘分，形同双筷皆长成。
弟如朝露已消散，神意难违遵天命。
生在苇原瑞穗国[①]，旧家不存无归径。
茑萝藤蔓各东西，黄泉国远叹别情。
痛失骨肉难慰藉，天云飘散无踪影。
日暮途穷心悸痛，思绪纷乱放悲声。
夙夜胸中燃烈焰，长吁短叹久不停。

① 苇原瑞穗国：古日本美称，意为温暖潮湿，遍地芦苇，稻穗饱满。

1805 反歌

离别终有重逢日，心乱如麻无所依。

1806 相送山中无人迹，众人已归独伤悲。

原编者注：

以上七首，出自《田边福麻吕歌集》。

译者解说：

苇原瑞穗国之名出自《古事记》神话。

1807—1808 咏葛饰真间娘子，长歌并短歌

1807 鸡鸣东国有故事，真间娘子传千年。
葛饰真间手儿奈，麻服青襟让人怜。
巧手纺织飞针线，秀发天成披双肩。
赤脚无履自婀娜，赛过侯门千金媛。
脸颊红润如满月，羞花含笑来人前。
求婚使者四方来，让人寝食皆难安。
流萤飞火进海港，首尾相连泊千船。
自知难逃此一劫，甘愿认命心烦乱。
芳魂一缕飞天外，一朝入土得安闲。
波涛声声撼古坟，少女长眠港口边[①]。
千年传说非梦幻，历历浮现在眼前。

---

① 长眠港口边：歌中对手儿奈投水自杀一事避讳不提，以示敬重。

1808 反歌

葛饰真间手儿奈，古井水面现身影。

1809—1811 见菟原处女墓，长歌并短歌

1809 苇屋菟原[①]有处女，八岁养在深闺中。
直到束发初长成，邻人不曾见芳容。
众人皆怀好奇心，欲睹少女觅芳踪。
青年大胆来求婚，其中两人苦相争。
血沼男与菟原男，拔刀相向欲争雄。
赴汤蹈火皆不辞，比武拉开白檀弓
不娶佳人不罢休，誓言不惜拼性命。
菟原处女好为难，不知何去与何从。
少女愁肠百结时，且对阿母言苦衷：
“倭纹手缠[②]如妾身，出自低贱甘贫穷。
壮士为妾苦争斗，寸步不让皆逞凶。
进退维谷难苟活，一去黄泉天下宁。”
深夜投水不踌躇，潭水幽幽葬芳魂。
血沼壮士得此梦，紧步后尘赴幽冥。
菟原壮士仰天叹，切齿扼腕发吼声。
生死关头不退却，挥刀自裁血泊中。
族人聚集皆惋惜，壮士传闻天地动。
齐心建起处女墓，悲伤往事千秋名。
两旁又建壮士墓，哭声远播震碧空。

---

① 苇屋菟原：位于摄津国菟原郡。
② 倭纹手缠：戴在手腕上的装饰腕带，上面织有简洁的倭纹图案。

反歌

1810　苇屋菟原处女墓，路过此地失声哭。

1811　墓前树枝皆弯曲，处女芳心向壮士。

原编者注：

以上五首，出自《高桥连虫麻吕歌集》。

卷　十

本卷收和歌539首，创作年代不明，编辑方针与第八卷相似，以春夏秋冬题材分类。有作者不明的春、夏、秋、冬杂歌384首，相闻歌155首，部分出自《柿本朝臣人麻吕歌集》。这些作品进一步再分为“咏鸟”“咏霞”等“咏物歌”，还有“寄鸟”“寄花”之类的“寄物歌”，与卷七的编辑方针相近。

卷十目录

春之杂歌

春之相闻

夏之杂歌

夏之相闻

秋之杂歌

秋之相闻

冬之杂歌

冬之相闻

春之杂歌

1812—1818　杂歌七首

1812　天之香具山，薄暮霞[1]飞天。
举目望四野，春色满人间。

1813　缥缈春霞舞，桧满卷向山。
回顾所来路，步步攀登难。

1814　枝头霞光绕，前人栽古杉。
春风骀荡处，满目好山川。

1815　丰润如玉臂，葱茏卷向山。
春风舞流霞，远近枝叶繁。

1816　月如猎户弓，清辉正朦胧。
遥望弓月岳，缥缈晚霞中。

1817　清晨别佳人，依依留一言。
暂别朝妻山[2]，今宵再相见。

---

① 霞：日文的“霞”与汉语含义不尽相同，指水汽迷蒙的霞光，或白茫茫的水汽，景物若隐若现，这便是日本文学的朦胧美。

② 朝妻山：位于奈良县御所市南部，朝妻地之上。清晨离别，依依难舍，故名“朝妻”。

1818 依依别佳人，青青朝妻山。
回首望峭崖，彩霞飞满天。

原编者注：

以上作品，出自《柿本朝臣人麻吕歌集》。

1819—1842 咏鸟，二十四首

1819 庭前柳梢莺声乱，春光含情降人间。

1820 家住梅花山冈畔，莺啼声中岁月闲。

1821 春霞流空舞天际，口啄柳枝莺啼啭。

1822 呼子鸟啼唤郎归，黄昏勿过莫越山[①]。

1823 声声啼鸣相思意，清晨子规来河堰。

1824 寒冬已去春光到，山野处处莺声乱。

1825 紫草盘根春郊野，莺啼声中苦思念。

1826 春来黄莺求偶季，梢头啼鸣声不断。

1827 羽易山头向佐保[②]，呼子鸟啼将谁唤。

---

① 莫越山：地点不详，寓意女子求情人不要翻山远去。
② 羽易山头向佐保：羽易山位于奈良市东郊春日野，佐保在奈良市北部。

1828 千呼万唤无人应，翻飞哀鸣佐保山。

1829 时时聆听黄莺鸣，居家最宜近春山。

1830 莺尾轻拂筱竹梢，声声啼鸣春光灿。

1831 朝露沾湿呼子鸟，啼鸣飞过三船山。

1832 春来阴云遮千里，唯见纷纷雪满天。

1833 碎琼飘落梅花上，折来送君雪消散。

1834 大雪飘飘春光里，梅花散尽冷庭院。

1835 白雪满天纷扬处，阳春游丝正摇荡。

1836 风雪交加天地暗，隐隐霞飞报春忙。

1837 山边莺啼春朦胧，犹见碎琼飘飘降。

1838 岭上寒风卷春雪，山麓庭院落绮窗。

1839 山田池边摘惠具①，雪融沾湿我衣裳。

1840 梅枝上下黄莺啼，翼染薄雪披银装。

---

① 惠具：指黑荸荠，可食用。

1841 山高风寒飘碎琼，疑似梅花从天降。

1842 只爱梅花不看雪，君家结庐春山旁。

原编者注：

以上二首为问答歌（以同一题材梅、雪咏歌）。

1843—1845 咏霞，三首

1843 昨辞旧岁春来早，飞霞送暖到人间。

1844 寒冬已去迎春到，朝日映霞春日山。

1845 夜暗犹见柳枝摇，春日山上晚霞灿。

1846—1853 咏柳，八首

1846 霜打柳枝色枯黄，新芽萌动编头褭。

1847 枝头新芽露头角，春风摇绿柳丝浅。

1848 山麓犹见飞白雪，河柳吐芽千万点。

1849 春江水满柳芽露，残雪未消留山边。

1850 朝朝看柳景不同，绿树成荫莺声乱。

1851 愿与佳人共观赏，柳丝摇荡春无限。

1852　欲争风流笑春光，宫人头上戴柳冠。

1853　手摘梅枝赏芳菲，柳叶如眉浮眼前。

1854—1873　咏花，二十首

1854　黄莺梅枝鸣高低，梅残又迎樱花期。

1855　不是樱花凋残季，声声惋惜见飞花。

1856　小园佳人梅花落，柳枝插头任风吹。

1857　年年春来梅花绽，奈何病弱难逢春。

小学馆《万叶集》注：作者叹命途多舛或多病。

1858　不见群鸟啄梅花，欲挂注连①护花枝。

1859　多贺②山边一片白，策马赏梅近芳菲。

1860　年年岁岁空期盼，棣棠花开难结实。

1861　能登河③底光闪闪，三笠山花烂漫时。

---

① 注连：注连绳，见编号 151 作品注释。
② 多贺：京都府缀喜郡井手町山地。
③ 能登河：流经三笠山麓，白毫寺村中河上有一座小桥。

1862　山顶积雪寒冬滞，春霞飞舞梅花枝。

1863　今年久木[1]花又放，无人来赏化尘泥。

1864　满山樱花放光彩，风卷落英降春雨。

1865　远山彩霞春朦胧，樱花绽放又几枝。

1866　高圆山上野雉啼，流水落花无人识。

1867　阿保山[2]空樱花残，可恨无人送芳菲。

1868　吉野川上蛙鸣处，马醉木花动人怜。

1869　我家庭前樱初放，无情风雨摧花残。

1870　赏樱余兴犹未尽，春雨莫降花不散。

1871　春来最怕梅飘落，枝头花蕾莫吐艳。

1872　云霞缥缈春日野，原是樱花正灿烂。

1873　啼莺梅枝花摇落，欲赏犹恨夜阑干。

---

① 久木：不知指何种花木。一说为梓树、黄花楸，一说为野梧桐。花开易散，喻人世无常。

② 阿保山：位于奈良市西北郊。

1874—1876 咏月，三首

1874 春霞飘处淡月出，高圆山野沐清辉。

1875 春深树阴日渐浓，朦胧夜月隐山背。

原编者注：

某抄本歌曰：春来树荫浓，月夜正朦胧。

1876 春霞飞舞暮色降，何时林间升明月。

1877 咏雨，一首

春雨霏霏不停降，未到妹家薄暮暝。

1878 咏川，一首

明日香川春雨降，我来滩头听水声。

1879 咏烟，一首

春日野上炊烟起，少女结伴采马兰①。

译者解说：

采马兰花为平城京郊游风俗。少女野炊带来大米、佐料，马兰

① 马兰：野菊的一种，高 1 米，春天嫩叶开水焯后可调凉菜，或加盐放入米饭团。

草为天赐鲜味。

1880—1883 野游，四首

1880 难忘同游春日野，今日尽兴踏浅茅。

1881 春日野上彩霞飘，年年到此游春郊。

1882 春日野，结伴游，暮色莫降忘烦恼。

1883 宫人今日得闲暇，梅花插头游兴酣。

1884—1885 叹往事，二首

1884 冬去春来岁月新，虚度一年恨衰老。

1885 万象更新春来到，徒添一岁近黄昏。

1886 相见欢，一首

春花吐蕊住吉里[1]，开颜一笑与君逢。

1887—1888 旋头歌，二首

1887 春日野，三笠山头待明月，

---

① 住吉里：今大阪市住吉区，以郊游与歌垣大会闻名。

佐纪山[1]，借得清辉赏夜樱。

1888 严冬过，残雪消融春霞飘。
望山野，莺啼声中春光好。

1889 譬喻歌，一首

庭前月下观毛桃[2]，无端愁绪绕心间。

译者解说：

此歌寓意不明，可能是母亲庆贺女儿成人，却心情复杂。当时习俗，女子初潮须通知亲属。

春之相闻

1890—1896 相闻歌，七首

1890 春山友莺[3]如故人，离别悲啼勿相忘。

译者解说：

“友莺”，语出《诗经·伐木》：“嘤其鸣矣，求其友声。”万叶时代汉诗集《怀风藻》诗句：“求友嫣莺树，含香笑花丛。”

---

① 佐纪山：奈良市佐纪町北部丘陵，与佐保山相连。
② 毛桃：果实表面有纤细绒毛，用来比喻少女。
③ 友莺：《万叶集》中仅此一例，意思是以莺为友。

1891 手折春花苦相候，盼君一日九回肠。

1892 我心悲愁远胜君，春山雾浓莺迷途。

1893 对面冈上花木茂，恋情有果结鸾俦。

1894 晚霞璀璨春日暮，夜深尚未逢佳人。

1895 幸草①当春已萌动，心怀爱恋盼相逢。

1896 春来万条柳丝摇，佳人身影浮心头。

原编者注：

以上作品，出自《柿本朝臣人麻吕歌集》。

1897—1898 寄鸟，二首

1897 难觅百舌②藏春草，远望郎君影翩跹。

译者解说：

女子难寻草丛中的百舌鸟，却能一眼认出远处的心上人。

1898 春心荡漾深几许，山野草茂闻啼鹃。

---

① 幸草：幸福草，一说是中国传来的“黄瑞香”，树皮纤维可造优质和纸。一说为“天香百合”。

② 百舌：褐背伯劳，捕食昆虫、青蛙，能模仿其他鸟类与动物鸣叫，故名“百舌”。

1899—1907 寄花，九首

1899 翻墙跳进妹家院，踩踏水晶花一片。

1900 左顾右盼望信使，我家庭前梅花落。

1901 藤翻紫浪葛难觅，岁月悠悠陷苦恋。

译者解说：

“藤翻紫浪”，无人关注藤下矮葛。喻自己貌不惊人，陷入单相思却无人知晓。

1902 春野飘霞百花放，无缘相逢空叹息。

1903 妾恋郎君伤情处，深山盛开马醉木①。

1904 梅花垂柳献神佛，但愿早日与君逢。

1905 佐纪野②上白踯躅③，流言四起君不知。

1906 小心呵护枝头梅，且待奈良贵客来。

1907 悲愁满腹栽花草，棣棠④难止苦相思。

---

① 马醉木：见编号 166 作品注释。马醉木花比喻当年如火如荼的爱情。
② 佐纪野：位于奈良市北部，平城宫西北丘陵地带。
③ 白踯躅：白色杜鹃花。“白”（しら）引出“不知”（知らぬ）。
④ 棣棠：棣棠花，落叶灌木，4 到 6 月开黄花。日语叫“山吹”（やまぶき），引出“止まず”（やまず，相思不止）。

1908 寄霜，一首

水边草丛残霜消，心底恋情何缥缈。

1909—1914 寄霞，六首

1909 春霞绕山逢阿妹，别后相思情更浓。

1910 心埋爱慕成隐痛，春霞初起到今朝。

原编者注：

某抄本歌曰：奈何单相思。

1911 阳春暗淡相思苦，阿妹脸颊飞红云。

1912 高山顶上彩霞舞，坐卧不安苦思君。

1913 遥望四野彩云起，阿妹身影霞光里。

1914 相思萦怀到黄昏，明朝霞光更添愁。

1915—1918 寄雨，四首

1915 不辨阴晴出门去，忽来春雨满天飘。

1916 不放君归春雨洒，不解奴家一片心。

1917 春雨绵绵君爽约，连下七夜都不来？

译者解说：

女子责怪男方不来相会："苦雨若是连下七天七夜，那你就一直不露面？"到了平安时代，这种坦率语气便从和歌中销声匿迹了。

1918 春雨摧得梅花落，君在天涯又独眠。

1919—1921 寄草，三首

1919 深山国栖人①，
司马野②上采春菜，
我心常思君。

1920 恋情繁茂如春草，化作惊涛拍乱礁。

1921 菅草根深相思苦，远远望君影朦胧。

1922 寄松，一首

斜倚青松③梅花残，久候不见佳人面。

---

① 国栖人：吉野川上游原住民，淳朴善良，采集野果，捕食青蛙、鱼类等。《古事记》载，他们常下山为朝廷献上山珍美味与歌舞。

② 司马野：地点不详。"司馬の野"读作"しばのの"，引出"しばしば"（常常）来。

③ 松：读音为"まつ"，与"待つ"（まつ，等候）的读音相同。

1923 寄云，一首

白木弓，挂弓弦①，春山行云②苦相恋。

1924 赠蘰，一首

男儿日夜叹离别，垂柳为卿编冠蘰③。

1925 悲别，一首

凌晨送君影朦胧，独坐黄昏春日迟。

1926—1936 问答④，十一首

1926 春山盛开马醉木，相交何惧惹流言。

1927 石上布留有神杉⑤，历尽沧桑又动情。

原编者注：

以上一首非春歌，乃前首歌之应答，故按照顺序抄录与此。

---

① 挂弓弦：为新制白木弓安上（張る）弓弦。“張る”引出同音字“春”（はる）来。

② 行云：比喻男子告别恋人远行。

③ 蘰：植物枝叶或花朵编成的冠蘰。男子将垂柳冠蘰戴在妻子头上，祈求青春永驻、无灾无病。

④ 问答：两人以同一题材先后咏歌。

⑤ 神杉：天神来往天上人间的天梯。作者用历尽沧桑的神杉自喻，喜遇黄昏恋。

1928　　山女花[①]开不结果，赏花聊可慰相思。

1929　　山女花，已结实[②]，哪来春雨再催花。

小学馆版《万叶集》注：山女花，“通草”“山女”（あけび），作者自喻。

1930　　引津[③]海边勿告藻，花开为何君不来。

译者解说：

作者埋怨恋人不来幽会。

1931　　水面青青何时藻，盼君随时来相逢。

伊藤博：“何时藻”原文为“厳藻”（いつも），“厳”，同“严”，接头词，茂盛之意。由此引出“いつもいつも”（随时）。

1932　　春雨霏霏不停降，奴家久未会情郎。

1933　　春雨亦知相思苦，连日淅沥久不停。

1934　　阿妹心中无真情，我如菅草有深根。

1935　　春来黄莺鸣最早，我等阿哥先开口。

---

① 山女花：“山女”，我国称“通草”，可入药。四月开花，秋天结实。
② 结实：比喻嫁为人妇，拒绝男子追求。
③ 引津：福冈县丝岛郡志摩町海岸。

1936 阿妹眼中本无我，春日迟迟苦相思。

夏之杂歌

1937—1963 咏鸟，二十七首

1937 长歌

男儿出门望四方，旧京飞鸟好风光。
柘树[1]枝叶正苍翠，神奈备山[2]迎朝阳。
小松梢头吐新绿，夕阳余晖染山梁。
乡里故旧闻声来，百般问询一桩桩。
人声鼎沸久不息，群山侧耳回声荡。
子规呼伴鸣啾啾，夜阑问询声悲怆。

1938 反歌

羁旅途中念妻室，神奈备山夜未央。

原编者注：

以上和歌，出自《古歌集》。

---

① 柘树：山桑树，我国称“小叶桑”。
② 神奈备山：指明日香之神岳。

译者解说：

持统八年（694 年）迁都藤原京，和铜三年（710 年）再迁都平城京。留在旧京飞鸟的贵族与民众都有被遗忘的失落感，凡有人来便会询问新都情况。

1939　杜鹃初音为我唱，五月采药结香囊。

1940　朝霞灿烂映原野，杜鹃何时开口唱。

1941　雾里啼鸣呼子鸟，此山无处可筑巢。

1942　水晶花残山冈上，少女采葛[①]闻啼鹃。

1943　但愿月下闻啼鹃，我来采葛无人见。

译者解说：

本歌可能为上一首的相和歌，作者盼望采葛姑娘的青睐。

1944　藤花凋残化尘泥，啼鹃飞过今城冈[②]。

1945　水晶花丛杜鹃唱，穿过朝雾几重山。

1946　莫在庭前种高树，杜鹃不来叹奈何。

1947　难得今宵君来到，愿闻子规高声啼。

---

① 采葛：葛、麻等纤维是重要纺织原料。
② 今城冈：位于奈良县吉野郡大淀町的丘陵。

1948 薄暮无月林下暗，啼鹃何处可为家？

1949 今朝君起听鹃啼，或在梦乡正贪眠。

1950 杜鹃落在橘枝上，声声啼鸣催花落。

1951 子规啼鸣添惆怅，声声嘶哑欲断肠。

1952 今夜无月心绪乱，夜静远处啼杜鹃。

1953 五月满山水晶花，月下杜鹃声声唱。

1954 爱看橘花月下落，子规何故不来啼。

1955 今日端午闻啼鹃，摘来菖蒲戴冠蘰。

1956 大和亡魂逐飞鸟，子规啼鸣思故人。

1957 水晶花落春已去，山野处处愁听鹃。

1958 庭前栽橘已成林，鹃啼终年莫飞离。

1959 雨过子规逐流云，掠过庭前向春日①。

1960 朝闻子规过头顶，满腹愁肠眠不得。

---

① 春日：奈良市东面的春日野。

1961 杜鹃啼鸣："快换衣衫。"落我袖上，催结姻缘。

1962 路遇啼鹃，如见故人。久未相逢，我正思君。

1963 潇潇雨降，水晶花放。杜鹃啼鸣，山边回响。

1964 咏蝉，一首

心气和平，不怕蝉鸣。今日烦恼，聒噪不停。

1965 咏榛，一首

岛上少女，衣衫红艳。秋光未到[①]，青青榛原。

1966—1975 咏花，十首

1966 随风凋残，橘开芳馨。落我衣袖，岂可忘君。

1967 五月橘花，欲结香囊。玉颜憔悴，我心忧伤。

1968 庭前啼鹃，橘英飘散。可叹此景，与谁观瞻。

1969 我家庭前，香橘飘残，落花时节，与君相见。

1970 山野远望，瞿麦花香。痛惜落花，苦雨莫降。

---

① 秋光未到：盼榛树（赤杨树、桤木）叶子变黄，少女早日成人。

1971　梅雨放晴，举目四望。故里橘花，飘落地上。

1972　放眼原野，瞿麦花放。盼来秋色，从天而降。

1973　久盼佳人，楝花[1]正放。枝头余芳，地久天长。

1974　春日野上，藤花飘散。猎户插头，有何心愿？

1975　五月香囊，为时尚早。水晶花开，佳期未到[2]。

1976—1977　问答，二首

1976　水晶花白，山冈开落。君可闻声，杜鹃掠过。

1977　君可听闻，杜鹃啼鸣。羽翼湿透，飞越山岭。

1978　譬喻歌，一首

故里橘花，奈何凋残。往来乡里，忍听啼鹃。

① 楝花：读作“あふち”，与“相见”（あふ）谐音。
② 佳期未到：水晶花四月方能盛开。

夏之相闻

1979—1981 寄鸟，三首

1979 细腰蜂①鸣，交飞满天。春野啼鹃，佳人难见。

1980 五月橘香，蛰居②深闺。鹃隐花荫，君来相会。

1981 杜鹃啼鸣，五月夜短。独眠凄苦，曙色难现。

1982 寄蝉，一首

伤情恸哭，昼夜不分。不若蝉③泣，只在黄昏。

1983—1986 寄草，四首

1983 夏草繁茂，何惧流言。愿牵妹手，同床而眠。

1984 恋心炽烈，相思难遣。夏草刚割，又绿一片。

---

① 细腰蜂：比喻美女细腰。
② 蛰居：杜鹃隐藏花丛，喻女子隐居深闺。情人来访，令女子分外感动。
③ 蝉：原文为“蜩”（念作 tiáo，晚蝉），日本“蜩”从晚夏到秋，破晓啼鸣，黄昏鸣声最高。“五月鸣蜩”出自《诗经 · 豳风 · 七月》。中国的“蜩鸣”比日本更早，从农历五月啼鸣到秋，

1985 夏日原野，真葛[1]蔓延。相思郁积，命丧黄泉。

1986 斯人憔悴，悲情苦恋。燕子花[2]发，如卿玉颜。

译者解说：

燕子花宛若少女面颊，男子顾影自怜，面容枯槁。

1987—1993 寄花，七首

1987 单丝[3]搓线，珠玉成串。橘花香囊，为君奉献。

1988 黄莺飞来，我家墙垣。水晶花[4]开，不见君面。

1989 单相思兮，欲寄谁人。卯花未放，不知奴心。

1990 对奴生怨，久未见君。橘花已开，何时莅临。

1991 冈上啼鹃，藤花翻浪。独坐深闺，君不来访。

1992 无计深藏，相思万端。君化瞿麦，朝朝可见。

---

① 真葛：亦称“美男葛”，我国叫“南五味子”。蔓延速度很快，比喻难以压抑日久弥深的爱情。

② 燕子花：也叫“杜若”，菖蒲科多长于水边湿地， 6 月开浓紫色花，也有粉红、深蓝、白色等色。其花状如飞燕凌空，故名“燕子花”。

③ 单丝：寓意单相思，搓线多为双股。

④ 水晶花：亦称“卯花”，寓意满心忧郁。见编号 1259 作品注释。

1993 不露声色，恋情满怀。末摘花①黄，真心难猜。

1994 寄露，一首

夏草繁茂，露水瀼瀼。未蹚原野，泪湿衣裳。

1995 寄日，一首

六月骄阳，大地裂口。与君难逢，泪湿衣袖。

秋之杂歌

1996—2093 七夕，九十八首

1996 天河水底生光彩，牛郎靠岸会织姬。

1997 天河岸边盼君到， 鵺鸟悲泣添愁情。

1998 岸上织女，清晰可见。小舟漂过，未闻一言。②

1999 容光焕发，织女玉颜。一见倾心，顿生爱恋。

---

① 末摘花：“红花”。花茎末端黄色花朵可制红色染料、口红等。看不见的红色比喻隐秘恋情。

② 未闻一言：小船即将靠岸，却无法控制方向，织女就在眼前，未听见对方的只言片语，就漂向下游了。

2000　天河安渡[1]，牛郎驾船。盼来立秋，告知对岸。

2001　不辞辛劳渡太空，年年会妻跨河汉。

2002　信使通报见织女，八千戈矛[2]神代远。

译者解说：

访妻婚习俗，每次渡河前应派信使提前通报女方。

2003　可怜红颜美如玉，天河岸边枕石眠。

2004　织女难得会夫君，渡口枕石苦期盼。

2005　天地初分[3]恨离别，苦候秋光又一年。

2006　牛郎欲寄相思语，遥望织女空叹息。

2007　太空本无界，天河当断流。
神代遗恨事，难消万古愁。

2008　暗夜雾浓起，渡河航程远。
织女传情话，几时到耳畔。

2009　恨别爱妻驾归船，

---

① 安渡：《古事记》《日本书纪》神话地名，指天河渡口，也有安全渡河之意。
② 八千戈矛：指威武的仪仗。大国主神别名“八千戈矛仪仗之神”。
③ 天地初分：指中国神话盘古开天地。

织女挥袖天河畔，
隐入云中皆不见。

2010 夕星[1]闪耀掠天边，
月人壮士望云端，
牛郎驾舟何时现？

2011 怅望隔河汉，相思情无限。
苦盼相逢日，锦书无计传。

2012 白玉五百颗[2]，何日解项链。
唯盼相逢日，独眠难晓天。

2013 银河岸边，秋风芳草。今日相逢，佳期又到。

2014 胡枝花开，光照两岸。渡河相会，染我衣衫。

2015 相思郁积，苦盼牛郎。天河夜深，舟楫声响。

2016 对岸秋风，送来悲泣。解衣挥桨，盼见织女。

2017 绵绵相思，今夜佳期。一刻千金，何须叹息。

2018 又抵天河畔，牛郎涉浅滩。
渡口难寻觅，不觉夜已阑。

---

① 夕星：金星，夜晚出现。
② 白玉五百颗：织女首饰上的许多白玉。

2019 织女停机杼，伫立天河岸。
渡口盼君到，金秋又一年。

2020 连夜渡天河，牛郎驾小船
东方已微明，更叹良宵短。

2021 久别日月长，夫妻度春宵。
雄鸡莫啼鸣，奈何天将晓。

2022 良宵一夜情难尽，天色将明船离岸。

2023 同床共枕良宵短，白衣长带情无限。

2024 牵手万代卿与我，恋情难忘两心间。

2025 月照万年云遮掩，恩爱夫妻难相伴。

2026 不见爱妻在何处，白云几重遮对岸。

2027 织女当户对机杼，为我织成白栲衫①。

2028 缝成白衣沾手垢，与君难逢日月长。

2029 闻得天河舟楫响，织女今夜会牛郎。

2030 秋来天河浓雾起，夫妻夜夜空怅望。

---

① 白栲衫：用苦楮树皮白纤维织成的衣服。

2031　鹈鸟哀鸣吞声哭，与君难逢夜茫茫。

2032　一年一度，七夕相见。织女痴情，夜色阑珊。

2033　天河安川原①，定而神竞者磨待无②。

原编者注：

此歌为庚辰天武九年（680年）作，出自《柿本朝臣人麻吕歌集》。

译者解说：

《荆楚岁时记》："七月七日，为牵牛、织女聚会之夜。"

2034　五百台兮，织机成排。秋衣缝成，郎君快来。

2035　一年一度，远赴佳期。头枕玉臂，夜雾升起。

2036　金秋已到，苦盼一载。历尽艰辛，宽衣解带。

2037　一年相思，片刻缠绵。明日分别，终年苦盼。

2038　天河相隔，悠悠岁月。相思难遣，年年恨别。

2039　相思一年，苦苦期待。今夜相逢，为何迟来。

---

① 天河安川原：天河畔地名。
② 定而神竞者磨待无：原歌万叶假名，无法解读。按中西进解读翻译此歌：天河相隔，命数难变。安川原上，痴心苦盼。

2040　牛郎织女，今夜相见。天河渡口，莫起狂澜。

2041　秋风乍起，白云飘浮。织女肩巾，风中飞舞。

2042　难得相逢又一秋，莫待夜深快上船。

2043　秋风送爽波连波，明月争渡①天河阔。

2044　雾笼天河渡牛郎，夜深犹闻舟楫响。

2045　天河滩头夜雾深，君驾扁舟正启航。

2046　八十渡口可泊船，秋风飞扬浪滔天。

2047　天河涛声传远近，送来牛郎舟楫响。

2048　宽衣解带盼君来，伫立天河渡口上。

2049　枯坐渡口盼一年，浓情蜜意会牛郎。

2050　从此夜夜又独眠，明日拆去合欢床。

2051　月人壮士隐山后，河畔拉弓狩猎忙。

2052　今夕有雨从天降，牛郎挥桨溅飞浪。

---

① 争渡：明月与牛郎争着渡过银河。

2053 天河滩头雾气浓，牛郎待机盼启航。

2054 夜深缆绳拉渡船①，秋风浩渺波涛狂。

2055 天河岸边，渡口不远。一度相逢，终年苦盼。

2056 天河架桥，夜夜佳期。随时相会，何待七夕。

2057 经年苦候，今夜团圆。七夕之会，当住七天。

2058 一年一度，装饰彩船。天河秋风，莫掀波澜。

2059 何惧浪高，快快开船。飞渡天河，莫待夜阑。

2060 今夜相逢，佳期苦短。情话未尽，曙色已现。

2061 银河白浪滔天滚，郎君此刻正开船。

2062 织机踏板搭便桥，郎君渡河路平坦。

2063 雾气升腾天河上，织女霓裳舞翩跹。

2064 多年织成云霞布，今日为君裁衣衫。

2065 足链手镯摇美玉，衣料织成任裁剪。

---

① 拉渡船：用缆绳牵引渡船，以免被浪涛冲走。

2066　长年相望一日见，悲切盼郎今夜来。

2067　轻舟靠岸桨声里，天河渡口浪不平。

2068　仰望苍穹浓雾起，轻舟已到君上岸。

2069　道道河滩献币帛，众神为君保平安。

2070　安得良宵千夜长，天河渡口浮轻舟。

2071　尚未拂床天将晓，一夜辛劳来渡口。

2072　不闻桨声，织女高喊：“渡口卫士，快快放船！”

2073　日月悠悠，终年苦恨。织女衣袖，牛郎芳枕。[①]

2074　渡过天河，道道险滩。心念织女，即刻相见。

2075　众人注目，牛郎驾船。织女翘首，望眼欲穿。

原编者注：

某抄本歌曰：目不转睛，远望河面。

2076　天河滩头，流水急湍。夜色已深，如何登岸。

2077　渡口卫士，快放小船。一年一度，莫误良缘。

---

① 织女衣袖，牛郎芳枕：意思是说，织女衣袖，今夜可作牛郎芳枕。

2078 葛草蔓延，恩爱难断。一年一度，良宵苦短。

2079 绵绵相思，相会七夕。情意难尽，何须叹息。

译者解说：

此歌与编号 2017 作品类似。

2080 牛郎织女，今夜佳期。明日又是，绵绵相思。

2081 喜迎织女，快架棚桥[①]。织女迈步，踏过棚桥！

2082 天河岸上，几多渡口。何处盼来，郎君轻舟。

2083 秋风乍起，天河滩头。欲告君知，在此等候。

2084 去年渡口，荒凉不堪。郎君到此，道路不辨。

2085 天河浪涌，道道浅滩。涉水而来，莫等夜阑。

伊藤博：船到滩头，莫费时换乘摆渡小船，快涉水上岸。

2086 牛郎轻舟，纤绳莫断。天长地久，情意绵绵。

2087 渡口卫士，放我出船。今夜一过，明日难见。

---

① 棚桥：用一块木板搭起的简易桥梁。本歌写织女踏桥渡河，来自中国民间传说。

2088 不放君归，我藏舟楫。渡口借船，多留片时。

2089 **长歌**

神代天地初分时，面对天河望对岸。
一年一度七夕会，夫妻怅望苦思念。
牛郎驾船离渡口，天河岸上安川原。
船头船尾巧装饰，两舷摇楫朱漆船。
芒草摇摇如旌旗，秋风劲吹空中翻。
夜晚天河破白浪，滚滚激流过浅滩。
娇妻纤指如削葱，今宵头枕玉臂眠。
满怀期待情不渝，郎君辛劳到此岸。
只恨七夕良宵短，天长地久长相盼。
我望星空生悲情，哀歌一曲传千年。

2090 **反歌**

互解衣带高丽锦①，天上夫妻共缠绵。

2091 今夜牛郎渡浩渺，轻舟泊在天河岸。

2092 **长歌**

悠悠天地初开时，滔滔银河成天堑。
此界本是天帝定，河汉茫茫水面宽。
恩爱夫妻难相会，人间万众翘首盼。

---

① 高丽锦：从高丽传来的高级织锦。

秋风浩荡吹衣袖，令人坐立皆不安。
忧思满怀焚五脏，苦候佳期心绪乱。
天河滚滚流不尽，但愿七夕夜漫漫。

2093 **反歌**

佳期难逢叹岁月，隔岸相望又一年。

2094—2127 咏花，三十四首

2094 牡鹿爱恋胡枝艳，可怜冷雨摧落英。

2095 露满胡枝薄暮时，秋光未到落尘泥。

原编者注：

以上两首，出自《柿本朝臣人麻吕歌集》。

2096 秋风劲吹过葛原，阿太大野[1]萩花残。

2097 欲赏萩原风光好，雁阵未来雨莫飘。

2098 深山牡鹿夜求偶，摇落萩花添我愁。

2099 萩英摇落降白露，折花莫待枝叶枯。

2100 秋稻割尽，田头茅庵。快赏胡枝，秋光正酣。

---

① 阿太大野：奈良县五条市东部吉野川沿岸大阿太村原野。

2101　自然天成，点点红斑。高松原野，萩染衣衫[①]。

2102　黄昏时节，扬起秋风。白露催花，满眼萩红。

2103　并马郊野，秋风送凉。赏花兴浓，萩英怒放。

2104　桔梗带露，朵朵绽开。灿灿夕照，万道霞彩。

2105　萩花何在，隐身春霞。待到秋来，折枝插发。

2106　额田[②]野上，萩花正放。朵朵娇艳，插我头上。

2107　新裁衣衫，无须磨染[③]。胡枝着色，佐纪野畔。

2108　秋风刮地，胡枝花残。偏有傲干，迎风争妍。

2109　我家胡枝，叶繁梢长。秋风乍起，竞相开放。

2110　人言萩花，花繁色艳。我爱柔荑，风情无限。

2111　君遣信使，折来胡枝。捧花赏玩，永无厌时。

2112　庭前胡枝，花开久长。我有心愿，盼君来赏。

---

① 萩染衣衫：过高松原野，胡枝花液汁在衣衫上留下紫红斑痕。

② 额田：位于奈良县大和郡山市。

③ 磨染：原文为“摺り染め”，将草木花叶置衣料上，拍打敲击可印出图案，或研磨出花草汁液作染料。

2113　庭前胡枝，繁茂枝丫。信步园中，今日初发。

译者解说：

原歌只有“手寸十名相”五个万叶假名，至今无人能够解读，拙译根据读者阅读习惯，将译诗补齐为现在形态。

2114　庭前栽花，紫红胡枝。何人独占，留下标识?

2115　女郎花发，染我衣袖。白露相催，芳落人愁。

2116　白露相摧，我心忧伤。胡枝花残，秋雨莫降，

2117　原上胡枝花，田野早稻黄。
少女结伴来，挥镰收割忙。

2118　朝雾罩四野，令人眼迷茫。
胡枝已凋谢，惜花人断肠。

2119　两情最相悦，花草可为证。
君栽胡枝丛，今朝开正盛。

2120　最爱胡枝子，无奈负痴情。
花落不堪看，人去难再逢。

2121　秋风日渐紧，高圆山麓边。
满怀情未了，可怜萩花残。

2122　男儿情最痴，何故爱胡枝。

可怜难自拔，绵绵无尽时。

伊藤博：以上四首于同一宴会上吟出，前两首写女子心情，后两首写男子情怀。

2123 久盼秋光游山野，四顾不见胡枝花。

2124 欲赏胡枝心焦灼，喜看今日满枝开。

2125 春日野上胡枝散，朝随东风落我家。

2126 胡枝雁阵难相逢，长空啼鸣摧落花。

译者解说：

秋分时节，雁归日本，胡枝花开始凋落。

2127 为妻亲手栽胡枝，寒露无情正摧花。

2128—2140 咏雁，十三首

2128 秋风大和雁声远，心随啼鸣入云天。

斋藤茂吉：此歌吟咏于从山城国或纪伊国前往大和国途中。

2129 朝雾声声送雁鸣，掠过深闺传眷恋。

2130 阵阵雁鸣云霄外，高天展翅到故园。

2131 呦呦鹿鸣求佳偶，雁啼冷月来眼前。

2132 今夜薄霜寒气降，天云高渺闻啼雁。

原编者注：

某抄本歌曰：心中恋恋情更浓。

2133 秋深稻田收割罢，雁鸣声声送冬寒。

2134 苇丛荻叶正摇曳，秋风乍起送归雁。

原编者注：

某抄本歌曰：飒飒秋风送啼鸣，今日云中过雁阵。

2135 寒霜飞降日影暗，雁眠苇丛难波滩①。

2136 秋风雁群过山峦，隐隐云中声渐远。

2137 晨空悲戚闻过雁，忧愁与我灵犀通。

2138 朝闻鹤唳空怅望，何处云中藏归雁。

2139 夜夜云中呼其名②，雁声远去长空黯。

---

① 难波滩：仁德天皇于大阪湾开辟的运河之滩，位于今大阪市中心天满桥附近。

② 呼其名：日语“雁”读音“かり”，空中传来雁鸣“かり，かり”，像是在呼叫自己的名字。

2140 地上相问是何人，长空雁去又一年。

译者解说：

编号2139、2140作品为宴会问答歌，后者由前一首得到灵感。佳人如大雁，自呼其名以表白爱情，见本书编号1作品注释。大雁也想得到被爱的承诺，于是再去继续追问男方姓名。

2141—2156 咏鹿鸣，十六首

2141 声声清越传山野，晓来秋雾闻鹿鸣。

2142 牡鹿鸣叫呼伴侣， 萩原草木皆匍匐。

2143 敷野[①]拨开胡枝花，静听鹿鸣正思君。

2144 长天雁过胡枝散，呦呦鹿鸣带悲声。

2145 心恋胡枝恨悠悠，鹿鸣声声耳畔闻。

2146 居家切莫近秋山，鹿鸣阵阵不得眠。

2147 猎户引弓捕猎物，牡鹿犹敢四处鸣。

斋藤茂吉：猎人虎视眈眈，张弓捕猎。而牡鹿却不顾一切，寻觅雌鹿。

---

① 敷野：大和国矶城郡原野。

2148 踏过秋山不寂寥，密林深处有鹿鸣。

2149 猎户目光带杀气，牡鹿求偶鸣不停。

2150 胡枝凋残心沉郁，鹿鸣含情求偶声。

译者解说：

将胡枝花看成牡鹿之妻。

2151 家住京城山野远，哪得侧耳闻鹿鸣。

2152 牡鹿伤情胡枝散，难觅花影空悲啼。

2153 胡枝盛开原野上，牡鹿蹚露求偶忙。

2154 呦呦鹿鸣声凄惨，只因原野萩花残。

2155 牡鹿怜惜萩花谢，一路悲鸣踽踽行。

2156 鹿鸣山间浓荫下，守田少女心悲伤。

2157 咏蝉，一首

黄昏日暗闻蝉鸣，声声入耳无厌时。

2158—2160 咏蟋蟀，三首

2158 秋风送寒到庭院，浅茅丛里鸣蟋蟀。

2159 背阴草丛夕照暗，蟋蟀悲鸣断人肠。

2160 庭前草丛降骤雨，蟋蟀鸣声带秋凉。

2161—2165 咏蛙，五首

2161 吉野岩下蛙欢叫，只爱山间流水清。

2162 神奈备山流水响，声声蛙鸣报秋来。

2163 群蛙呼伴薄暮里，人在天涯断肠时。

2164 滩上水急飞溅处，白波翻滚听蛙鸣。

2165 上游蛙鸣求伴侣，黄昏寂寞难独眠。

2166—2167 咏鸟，二首

2166 执妹之手， 取石池[①]畔。波漾秋意，鸟鸣凄然。

2167 秋野芒草，穗尖摇摇。阿妹且听，悲啼伯劳。

译者解说：

“执妹之手”为取石池枕词。

---

① 取石池：今大阪府高石市的水池。

2168—2176 咏露，九首

2168 秋日胡枝，朝朝露浓。白光耀眼，闪闪玉琼。

2169 黄昏骤雨，春日野上。芒草摇摇，露珠晃晃。

2170 胡枝露浓，压弯枝丫。寒气降临，萧瑟天下。

2171 瀼瀼白露，胡枝紫红。是谁之过，芳心难平。①

2172 庭前芒草，穗弯露浓。阿妹触碰，散落草丛。

2173 胡枝露浓，一触即散。且留枝头，风情万千。

2174 秋夜阑珊，身居草庵②。衣袖沾露，倍感夜寒。

2175 萩英白露，秋风送寒。点点飞红，簌簌花残。

2176 庵顶茅草，白露摇摇。割尽稻田，报我知晓。

原编者注：

有抄本歌曰：秋风来报。

---

① 本歌言无法决定选择白露还是萩花，可能是作者同时遇见两位女性，无法取舍，实在犯难。

② 草庵：田间看守庄家的草庵。

2177　咏山，一首

春芽萌动，夏枝叶繁。霜染红叶，锦绣秋山。

2178—2218　咏黄叶，四十一首

2178　冷露瀼瀼，神山矢野[①]。飞霜染红，怕见落叶。

2179　天降朝露，红叶秋山。冷雨莫摧，长留人间。

原编者注：

以上两首，出自《柿本朝臣人麻吕歌集》。

2180　晚秋九月，冷雨满天。春日山头，红叶如燃。

2181　晨起闻雁，秋风送寒。冷露染色，五彩斑斓。

2182　晓露瀼瀼，秋光庭院。萩花低枝，色彩浓艳。

2183　云淡风轻，长空鸣雁。苦盼红叶，染遍秋山。

2184　众口莫谈，风韵秋山。红叶难忘，浮上眼前。

2185　翻越大坂[②]，二上山前。黄叶飘飞，冷雨不断。

---

① 神山矢野：日本各地皆有，受当地人祭祀。

② 大坂：从大阪府南河内郡太子町前往奈良途中，二上山北面的漫长坡道。

2186　秋来山野，白露瀼瀼。我家门前，浅茅渐黄。

2187　头枕妹袖[①]，卷来山上。露染红叶，大好秋光。

2188　黄叶灿灿，装点秋山。妻梨[②]插头，成就姻缘。

2189　秋风妻梨，枝头叶黄。霜寒露冷，远眺夕阳。

2190　我家浅茅染秋色，吉隐[③]浪柴[④]黄叶飞。

2191　长天雁过闻啼鸣，高松野上草叶黄。

2192　穿行红叶染衣襟，郎着白衣过秋山。

2193　秋风频吹日日紧，冈上红叶色渐深。

2194　长空雁鸣裁唐装[⑤]，龙田山上秋叶红。

2195　春日山头始闻雁，明日红叶铺满山。

2196　深秋冷雨连日降，秋叶难免变颜色。

---

① 头枕妹袖：头枕阿妹长袖而眠，卷来山（地点不详）的枕词。

② 妻梨：妻梨树。可写成“妻成し”（つまなし、成为我妻）。妻梨枝插头是古代成就姻缘咒术。“つまなし”亦可写作“妻無し”（无妻），理解为自嘲与叹息。译诗应是：黄叶灿灿，装点秋山。一生孤独，恨无姻缘。

③ 吉隐：位于奈良县樱井市境内。

④ 浪柴：浪柴野，奈良县宇陀郡榛原町与樱井市长谷寺间的原野。

⑤ 裁唐装：“龍田山”的“龍”与“裁つ”同音（たつ）。“唐装”（唐衣·韓衣，からころも）：来自唐朝或朝鲜半岛的时髦服装。

2197　大城山头见红叶，雨点稀疏降秋寒。

2198　风吹黄叶飘飘落，景色朦胧吾松原①。

2199　蛰居抬头愁无限，春日山头秋叶黄。

2200　九月满山降白露，喜见秋叶红欲燃。

2201　回乡访妻红叶乱，快马加鞭生驹山。

2202　秋山斑斓时令到，月中桂树颜色变。

2203　高松山野染秋色，风霜更比乡里寒。

2204　秋风频吹日渐紧， 萩花露重枝叶残。

2205　萩花低枝挂红叶，又过一月秋风惨。

2206　南渊山②上白露降，红叶飞旋舞峰峦。

2207　我家浅茅色变黄，吉隐夏身③秋雨寒。

2208　雁声送寒，飞掠长天。冈上葛叶，闻之色变。

2209　萩芳褪色，低枝叶黄。花期虽过，念念不忘。

---

① 吾松原：位于三重县四日市市南部。
② 南渊山：位于奈良县高市郡明日香村稻渊。
③ 夏身：地名，具体地点不明。

2210 葛城山[1]头，黄叶纷飞。飞鸟川[2]上，追逐流水。

2211 阿妹为我，宽衣解带。龙田山上，红叶多彩。

2212 春日野上，三笠山间。雁鸣寒风，秋叶斑斓。

2213 天降晓露，我家院中。胡枝花发，秋色正浓。

2214 黄昏雁去，龙田山巅。摧落黄叶，冷雨争先。

2215 夜深时分，冷雨莫降，萩花低枝，叶落断肠。

2216 故乡折枝，初见叶黄。带回京城，诸君共赏。

2217 君家红叶，早落空庭。冷雨浸透，坠地有声。

2218 秋山霜叶，正堪观赏。一年一度，莫负秋光。

2219—2221 咏水田，三首

2219 山头水田，辛劳精耕。未吐稻穗，早挂护绳。

小学馆《万叶集》注：种田少年希望岳父在成婚之前保护好女儿。

① 葛城山：与生驹山相连，在奈良县与大阪府分界线上，主峰金刚山海拔 1125 米。

② 飞鸟川：发源于二上山南麓，经南河内郡流向西北，在羽曳野市注入石川。

2220　凄凄鹿鸣，寒霜满天。冈边早稻，尚未开镰。

2221　难忘故园，门前稻田。萩花芒草，佐保①乡间。

2222　咏河，一首

三轮川②上，蛙鸣黄昏。滩头流水，潺潺清音。

2223—2229　咏月，七首

2223　月如扁舟，浮现天海。桂木为桨，摇船远来。

2224　夜色阑珊，雁鸣长空，仰望明月，横渡苍穹。

2225　萩芳盛开，郎君插头。花露闪闪，月光清幽。

2226　秋月无情，偏照无眠。愁肠百结，忐忑不安。

2227　冷雨骤降，洗涤长天。今宵朗月，普照山川。

2228　月如秋水，胡枝又开。伫立花前，恋情萦怀。

2229　闪闪白露，美如玉琼。有明晨月③，凄迷朦胧。

---

① 佐保：奈良北郊高官府邸区，门前稻田为官家世代恒产“守田”，或称“持田”。

② 三轮川：流经奈良盆地东南部三轮山麓。

③ 有明晨月：天色微明时还留在西天的月亮，这种自然现象出现于农历九月二十之后。

2230—2232 咏风，三首

2230 轻抚稻叶惹乡愁，蛰居草庵对秋风。

2231 蝉鸣声里秋风凉，胡枝花开原野上。

2232 秋叶尚未染红晕，今朝风起降寒霜。

2233 咏芳[①]，一首

高松[②]峰上，松茸如笠。大好秋光，香气四溢。

2234—2237 咏雨，四首

2234 一日九逝，魂飞魄散。冷雨空蒙，佳人庭院。

原编者注：

以上一首，出自《柿本朝臣人麻吕歌集》。

2235 割稻田间，夜宿茅庵。寒雨湿衣，谁来烘干？

2236 恋情萦怀，潇潇冷雨。欲到香闺，今夜访妻。

2237 冷雨霏霏，黄叶飘散。独寐夜深，难忍凄寒。

---

① 芳：指松茸散发的芳香。
② 高松：可能指奈良市东南的高圆山。

2238 咏霜，一首

翩翩雁翅，遮断长天。何来飞霜，洒满人间。

秋之相闻

2239—2243 相闻，五首

2239 秋山红叶，树荫鸟啼。愿闻郎君，缠绵细语。

2240 莫须问我，苦候何人。九月冷露，湿我衣襟。

2241 秋夜雾起，四野朦胧。佳人身影，入我梦中。

译者解说：

《万叶集》收梦境歌近百首，时人相信灵魂飘逸离去，会进入对方梦境。

2242 心如芒草，迎风披靡。遥想佳人，五体投地。

译者解说：

芒草风中披靡，犹如五体投地般匍匐在佳人面前。

2243 霜满秋山，木叶飘散。恋情难忘，又是一年。

原编者注：

以上和歌，出自《柿本朝臣人麻吕歌集》。

2244—2251 寄水田，八首

2244 住吉海岸[①]拓荒田，不割水稻难见面。

译者解说：

日本耕地稀少，豪强常驱使庄园农民开垦“私田”，亦有农夫逃往山野开荒。

2245 水田劳作如镶玉，日夜繁忙难团圆。

2246 命如稻穗一露珠，顷刻消散相思苦。

2247 秋田稻穗齐披靡，痴心倒头拜阿妹。

2248 郎君割稻居草庵，无计相逢苦千般。

2249 田间草庵闻鹤唳，传语吾妻心放宽。

2250 春霞田垄居茅庵，一年相思到挥镰。

译者解说：

从春耕起，不得不住进田野上的茅庵，无法访妻。直到秋收完毕方可归家。

---

① 住吉海岸：大阪市住吉区崎岖多石，为“海蚀岩”地区。须将土壤运到岩上夯成台地，方可开出水田。

2251 橘守部里[①]收水稻，门田[②]割尽无消息。

2252—2259 寄露，八首

2252 秋野暝色，胡枝已残。莫怕更深，露湿衣衫。

2253 秋风寂寥，黄叶斑斓。夜露莫降，最怕独眠。

2254 相思岁月，凄苦无边。愿作萩露，一朝命断。

2255 庭前萩露，人人注目。深藏恋情，不敢显露。

2256 稻穗沉沉，露水易散。相思难遣，苟活人间。

2257 夜静更深，奔赴佳期。哪怕秋寒，霜露湿衣。

2258 萩花露重，枝条压弯。相思悲苦，何时消散。

2259 萩花白露，朝起常见。郎君身影，眼前浮现。

2260—2261 寄风，二首

2260 但愿吾妻化衣物，秋风送寒贴身穿。

---

① 橘守部里：地点不详，五十户为一里。秋收已过，女方哀叹当差的郎君仍未归乡。

② 门田：官家私田。

2261 泊赖[①]寒风通宵刮，夜夜独眠铺衣衫。

2262—2263 寄雨，二首

2262 夜夜相思人独寐，绵绵苦雨摧萩花。

2263 九月冷雨化山雾，沉郁压胸何时晴。

原编者注：

某抄本歌曰：十月冷雨降。

2264 寄蟋蟀，一首

蟋蟀盼秋合欢夜，我独难眠伴孤枕。

2265 寄蛙，一首

鹿火屋[②]下蛙声起，声声撩动相思情。

2266 寄雁，一首

离家远别，妻啼如雁。苦盼游子，又是一年。

---

① 泊赖：位于奈良县樱井市东部。

② 鹿火屋：猎人窝棚，或秋天守护庄稼的小屋，点篝火防止野猪、野鹿糟蹋庄稼。

2267—2268 寄鹿，二首

2267 草丛牡鹿，实难藏身。与君相恋，莫告他人。

2268 浅草牡鹿，人皆可见。未访妹家，众口流言。

2269 寄鹤，一首

鹤鸣晓天，悲声渺远。相思郁积，萦绕胸间。

2270 寄草，一首

路旁芒下寄生草①，旧恨未消添新愁。

2271—2293 寄花，二十三首

2271 草丛深处蟋蟀唱，何时君来赏萩花。

2272 秋来水草剩残红，不知奴心难相逢。

2273 萩花初开情已动，恨君今日仍不知。

2274 辗转反侧忍悲苦，不学桔梗露形色。

2275 口无遮拦惹是非，心事深藏无人知。

---

① 寄生草：原文为“思ひ草”（忧思草），指寄生于芒草根部的野菰。

2276 初闻雁鸣萩花放，我家庭院君来赏。

2277 入野[1]初开柔荑花，佳人何时共衾枕。

2278 空庭寂寞相思苦，鸡冠花上露水红[2]。

2279 乡里盛开女郎花，痴情难耐苦相思。

2280 眼见萩花已怒放，尚未相逢日月长。

2281 月草花开带朝露，最怕日落人销魂。

2282 秋夜漫漫，相思难遣。花开花落，死而无憾。

2283 逢坂山上，荒草几丛。薄穗无花[3]，阿妹难逢。

2284 情真意切，欲会阿妹。萩花柔情，身姿娇美。

2285 烂漫萩花，无穗芒草。吾有娇妻，无人知晓。

译者解说：

无穗芒草不引人注目。

2286 庭前胡枝，花落结实。久未相逢，更待何时。

---

① 入野：可能指京都市西京区入野神社一带。
② 露水红：鸡冠花上的露水呈红色。
③ 薄穗：亦称“旗薄”，一种芒草，只吐穗，不开花，长穗迎风，招展如旗。

2287 庭前萩花，寄语奈良。花未败时，盼君来赏。

2288 水上石桥，貌花[①]芬芳。花不结果，久久凝望。

2289 古都藤原， 萩花凋残。苦苦盼君，久未相见。

2290 萩花凋残，折来细看。寂寞满怀，难见君颜。

2291 露草花期，朝开夕散。相思最苦，命悬一线。

2292 秋津野上，君割芒草。草庵顶上，胡枝花俏。

2293 未知花期，心无忧虑。一见萩花[②]，意乱情迷。

2294 寄山，一首

秋风雁群，龙田山巅。苦苦思君，坐立不安。

2295—2297 寄黄叶，三首

2295 我家庭院，葛叶渐黄。不知何故，君不来赏。

2296 美男葛兮，秋叶泛黄。苦苦思恋，阿妹难逢。

2297 嫁为人妇，秋叶泛黄。朝夕相见，旧情难忘。

① 貌花：无定论，可能为杜若或瓠子花。
② 萩花：比喻少女。

2298—2300 寄月，三首

2298 苦苦相思，我心萎靡。秋风乍起，残月偏西。

2299 卿如秋月，云中隐藏。片刻不见，痛断肝肠。

2300 有明晨月，九月泛凉。夜夜光临，何须断肠。

2301—2303 寄夜，三首

2301 罢了罢了，秋深夜寒。无计相忘，更添愁烦。

2302 君太薄情，暝色深深。半夜惊醒，孑然一身。

2303 人人皆言，秋夜漫漫。良宵苦短，难尽余欢。

2304 寄衣，一首

秋叶嫣红，染衣赠君。夜赴佳期，永不离身。

2305—2308 问答，四首

2305 身在羁旅，不解衣衫。人言可畏，秋夜独眠。

2306 拂晓冷雨，苍穹月残。不解衣带，天各一边。

2307 霜叶含露，不染颜色。何来绯闻，清清白白。

译者解说：

霜叶不会将露水染红。你我清清白白，何来绯闻？

2308 骤雨倾盆，溪流撞岩。卿莫心碎①，我心坦然。

原编者注：

以上一首，虽类似秋歌，但以相和歌抄录之。

2309 譬喻歌，一首

神官守卫，神社威严。红叶飘飘②，飞出禁苑③。

2310—2311 旋头歌，二首

2310 床前蟋蟀，鸣声不断。披衣怅望，彻夜难眠。

2311 芒草无穗，何惧流言。一见钟情，痴心不变。

冬之杂歌

2312—2315 杂歌，四首

2312 宽袍广袖，落满冰霰。捧之回家，阿妹观看。

---

① 卿莫心碎：女方心碎，男子人在旅途，劝她莫信流言蜚语。
② 红叶飘飘：比喻女子避开父母监视，出逃与情人相会。
③ 禁苑：用注连绳围起来的神社禁地。

2313　巍巍高山，卷向山岩。崖上小松，飞雪落满。

2314　卷向桧原，冻云不见。小松梢头，雪落地面。

2315　碎琼纷纷，山路迷漫。白橿[①]树枝，积雪压弯。

原编者注：

某抄本歌曰：树枝弯弯。以上作品出自《柿本朝臣人麻吕歌集》。最后一首（编号2315）某抄本录为三方沙弥作。

2316—2324　咏雪，九首

2316　奈良山头，云遮雾掩。墙脚积雪，尚未消散。

2317　满天玉屑[②]，沾湿衣衫。半空消融，地无一片。

2318　夜寒未消，晨起开门。满院莹白，玉屑纷纷。

原编者注：

某抄本歌曰：满庭斑斑落飞雪。

2319　黄昏临近，满袖寒风。高松山上，银妆树丛。

2320　雪落我身，随风翩跹。但愿飘落，阿妹衣衫。

---

① 白橿：亦称“白樫”，我国叫“小叶青冈”，木材坚硬洁白，宜造器具。
② 玉屑：雪末。

2321 大雪莫降，湿透衣衫。枕边无人，替我烤干。

2322 飞雪尚未飘几许，满天冻云罩荒原。

2323 此时此刻郎君到，唯见庭中雪斑斑。

译者解说：

女子盼望郎君，开门张望，用“此时此刻”，表现出作者焦灼等待的心情。

2324 遥望山间雪一片，昨夜飘落到庭前。

2325—2329 咏花，五首

2325 谁家园中梅花绽，月色清朗落翩翩。

2326 欲折梅开第一枝，赠君却怕惹流言。

2327 谁家梅香云天外，欲寻芳枝访庭院。

2328 我家梅开无人赏，飘飘落地尘泥香。

2329 寒天飞雪梅欲放，枝头吐蕾盼春光。

2330 咏露[①]，一首

花下冷露湿衣袖，为妹折得枝头梅。

① 露：指冬天冷露，梅花为早开“冬梅”，故收入“冬之杂歌”。

2331 咏黄叶，一首

八田之野[①]，浅茅泛黄。有乳山[②]头，大雪飞降。

2332 咏月，一首

夜静更深，月上高山。白云深处，隐隐不见。

冬之相闻

2333—2334 相闻，二首

2333 飞雪飘舞，消融半空。又是一月，阿妹难逢。

2334 积雪千重，日久情深。我赏碎琼，路遥思君。

原编者注：

以上作品，出自《柿本朝臣人麻吕歌集》。

2335 寄露，一首

梅花耀眼，低枝露散[③]。遥寄相思，痴情魂断。

---

① 八田之野：奈良县大和郡山的矢田。“八田”与“矢田”同音（やた）。
② 有乳山：一说在福井县敦贺市，一说在滋贺县高岛郡。
③ 露散：比喻魂消命断。

2336 寄霜，一首

夜深莫归，山野茫茫。路边筱竹，盖满寒霜。

译者解说：

夜深，女子挽留幽会的男子。

2337—2348 寄雪，十二首

2337 筱竹叶上，玉屑斑斑。忘君之时，雪消魂断。

2338 飞霰天降，透风板墙。旅宿旗野①，独眠空床。

2339 吉隐林深，寒雪凄迷。恋情炽热，最怕人知。

2340 一见倾心，苦恨万千。漫天飞雪，魂消命断。

2341 相思难遣，丰后②冬山。积雪消尽，孤魂飞散。

2342 君影朦胧，梦中相逢。暗天飘雪，无影无踪。

2343 临别情话，三春暖意。飞雪莫掩，郎君痕迹。

译者解说：

丈夫远去，妻子在雪地上搜寻丈夫衣服下摆留下的痕迹。

---

① 旗野：地点不明，可能指奈良县明日香村的“畑”。“畑”与“旗”同音（はた）。

② 丰后：丰后国，今大分县大部分地区。

2344 大雪迷茫，雪梅难辨。信使往来，岂可隐瞒。

原编者注：

某抄本歌曰：雪天派信使，雪上留痕迹。

2345 冻云飞雪，身心煎熬。苦盼相会，苟活一朝。

2346 迹见山头，白雪耀眼。阿妹芳名，难以隐瞒。

2347 泊赖山间，碎琼飞降。盼来佳音，郎君来访。

2348 和射美峰①，大雪纷纷。心无怨恨，快传口信。

2349 寄花，一首

我家庭前，梅花绽放。夜夜月明，盼君来赏。

2350 寄夜，一首

山头寒风，尚未刮起。不见君到，透心寒气。

---

① 和射美峰：位于岐部县不破郡关原町原野上，东海道难关之一。古代神话说，日本武尊曾在此遭遇雪灾。歌中的男子冒雪幽会，毫无怨言。他派信使赶快通知妻子或恋人，自己即将到来。

卷十一　古今相闻往来歌（上）

小学馆版《万叶集》与岩波书店版《万叶集》卷十一，收入和歌均为489首（编号2351—2840）。两种版本卷十一目录均写明："旋头歌17首，正述心绪歌149首，寄物陈思歌302首，问答歌29首，譬喻歌13首。"按此计算，收入和歌总数应为510首，大概由于流传至今的抄本与原编者使用的古抄本歌数不同所致。

第十一卷与第十二卷作品皆为无名氏的相闻歌，创作年代不明，未按季节分类，大多属于"正述心绪"和"寄物陈思"类。其主题多为男欢女爱的相闻歌，内容广泛、比喻新颖、寓意深远。"正述心绪"，相当于我国文艺理论中的"赋"，"寄物陈思"相当于"兴"，而"譬喻歌"则相当于"比"。

卷十一目录

旋头歌[1]

2351—2367 旋头歌，十七首

2351 夫妻筑新屋，阿妹快割草[2]。
尽随郎君愿，相偎如白茅。

2352 起舞镇地灵，腕上玉佩响。
新郎美如玉，快快进洞房。

中西进：此歌是婚礼上集体演唱的祝贺歌。

译者解说：

从弥生时代到五世纪前后的古坟时代，庶民建房，先挖好底部平整的浅坑，再将成排的茅草捆起来，用绳索固定在几根横木上充当墙壁，屋中立起支撑草屋顶的柱子。

盖好房，须将屋前屋后和屋内的地面浮土踏平。夫妻邀来几名女伴一同翩翩起舞，举行“镇地灵”咒术仪式，驱走邪恶，保佑平安。新婚卧榻就是地上铺的干草。捡来漂亮的石头，打磨穿孔，戴在手腕和脚脖上，权当玉佩。

---

① 旋头歌：上代民谣风格和歌形式之一，由“5、7、7，5、7、7”节奏的上下两句构成。

② 草：可作建筑材料，古代日本将成捆的白茅等高杆植物捆起来充当墙壁。

2353 妹藏初濑[1]榉树间，茜草映红颜。
枝叶繁茂月明夜，只恐有人见。

原编者注：

某抄本歌曰：有人见乎？

2354 堂堂男子汉，藏妻心意乱。
纵有花月貌，深居无人见。

原编者注：

某抄本歌曰：堂堂男子汉，浑身是胆。

2355 勾魂冤家，咒你早殇。众人笑我，痴心妄想。

译者解说：

男子深陷单相思，求之不得，只好诅咒女方早死，自己方可解脱。

2356 高丽锦袍带，半条落我床。
手持盼郎君，今夜再成双。

2357 晨起相送露水冷，君湿足结我湿裙。

2358 苟延人世难相会，何须苦苦祈长生。

2359 人多眼杂难相逢，愿化清风近妹身。

---

① 初濑：初濑川，流经奈良盆地。

2360 阿母看守难出屋，不见郎来我心悲。

译者解说：

父母对女儿的男友不满，不让他们来往，母亲一直守在女儿房中。

2361 系好足结访佳偶，木板便桥①且踏过。

2362 山城国久世②，少爷传话语。
一见便倾心，愿娶我为妻。

原编者注：

以上十二首，皆出自《柿本朝臣人麻吕歌集》。

2363 冈崎岭③，弯道险，往来无人烟。
君来访，绕远路，就怕有人见。

2364 郎君进屋，钻过帘缝。母问："何人？"答曰："有风。"

2365 又见阿妹京城路，
如今嫁作他人妇。
心绪纷乱幽梦苦。

2366 镜中难相见，夫妻音讯断。
一夕九回肠，长夜孤魂散。

---

① 便桥：原文为"棚桥"，乡间简易桥梁。此歌模仿编号 2081 作品。
② 山城国久世：京都府城阳市久世郡。
③ 冈崎：并非具体地名，而指险峻山岭。

译者解说：

“镜中”，原文为枕词“真澄鏡、ますかがみ”，常与“照”“见”“面容”等词语相呼应。

2367 海上驾轻舟，飘摇风浪险。
抬头看阿妹，稳稳坐大船。

原编者注：

以上五首，出自《古歌集》。

译者解说：

男子爱上千金小姐，自喻风浪凶险的海上扁舟。“大船”比喻高不可攀的家庭。

2368—2414 正述心绪歌（1）

2368 远离慈母，手足无措。哀哀无告，忍饥挨饿。

2369 世人安睡，唯我难眠。彻夜叹息，不见君颜。

原编者注：

某抄本歌曰：苦苦正相思，曙色露东方。

2370 官道熙攘，无人捎信。情痴丧命，怨魂归阴。

译者解说：

以上三首为女性所咏。离开严密监护自己的母亲，却突感忐忑。

2371 万千心结，瞒过众人。夜夜好梦，何时成真？

2372 早知恋情，悲苦万千。愿做看客，作壁上观。

2373 片刻难抛，相思满怀。黄昏时分，焦灼难耐。

2374 无尽相思，悲苦万千。神魂颠倒，又过一年。

2375 我有忠言，谨告后生。莫蹈覆辙，为爱伤情。

2376 身为男儿，心无定力。日日夜夜，深陷相思。

2377 苟延残喘，一息尚存。不如早死，安我心魂。

2378 爱来不来，绝无怨恨。口是心非，一片痴心。

2379 渡口张望，过往行人。左顾右盼，不见郎君。

2380 幽会路上，邂逅何人？郎君迷途，徘徊至今。

译者解说：

久候郎君不到。怕他途中遇见别的女人，又担心他迷路。

2381 苦候两夜，恍如千年。妾心焦灼，盼见君面。

2382 皇宫大道，行人如织。心仪一人，痴情不易。

2383 薄情人多，痴情人少。不忘郎君，相思难抛。

2384 但愿信使，来报平安。郎君早归，方可心安。

2385 一见钟情，相思五年。无人能解，痴心谜团。

2386 男儿健步，踏过峭岩。恋情冷却，后悔连连。

2387 每日来访，惹来流言。但愿今宵，长如千年。

2388 手足无措，坐立不安。未吐真情，哪来回函！

2389 拂晓君归，最恨天光。苦候黄昏，犹怨日长。

2390 深陷恋情，可夺性命。纵死千回，不恋残生。

2391 昨日黄昏，与君相逢。今朝拂晓，难尽痴情。

2392 不如当初，未曾谋面。自从邂逅，相思难断。

2393 应悔当日陌上行，深陷苦恋不了情。

2394 叹我影单骨嶙峋，晨光朦胧见佳人。

2395 几度徘徊难相会，天降冷露湿衣衫。

2396 一睹芳颜终难忘，安得机缘再相逢。

2397 每日道上久徘徊，失魂落魄惹流言。

译者解说：

以上五首，写男子邂逅美女，深陷单相思。

2398　流言蜂起心不动，与君相守到白头。

2399　肌肤红润难亲近，抱恨独眠无二心。

2400　苦苦相思难自持，一夕九逝魂魄飞。

2401　我为恋情甘舍命，阿妹飘然过门前。

2402　远望可见阿妹家，恋情满腔恨无缘。

2403　洁身净体为阿妹，诚心祓禊[①]到河滩。

2404　爱慕郎君，忽到眼前。片刻难忘，浮想联翩。

2405　流言如墙，隔断鸳鸯。高丽锦带，系紧罗裳。

2406　高丽锦带，径自松开[②]。黄昏命丧，痴心不改。

2407　百尺楼船，海面浓雾。不吐君名，阿母占卜。

---

① 祓禊：念作“fú xì”，古代中国民俗，三月初三为上巳日，在水边举行仪式，洗濯去垢，消除不祥。此风俗传入日本，成为神道仪式。男子幽会前特意到河边举行祈祷仪式，洗净身体，即是洗去罪恶，消灾免祸。

② 衣带径自松开是情人即将前来幽会的征兆。

译者解说：

母亲盘问女儿，多次占卜，欲知男方姓名。女儿守口如瓶，如大船隐身海上浓雾。

2408 挠眉打喷嚏，
解带又宽衣。
盼君早来度佳期。

译者解说：

日本古代民间流传，眉毛痒，打喷嚏，是因为情人正在想念自己。见编号562作品注释。

2409 相思苦，愁满怀。
双手笨拙系衣带，
系上又散开。

2410 匆匆又一年，
难忘宽袖白衣衫，
曾与阿妹共枕眠。

2411 曾见飘飘白衣袖，相思苦涩到如今。

2412 愿入梦乡见阿妹，心急偏偏梦不成。

2413 衣带无端，径自散开。不可告人，盼君即来。

2414 难遣相思出门去，不辨山川陷迷途。

2415—2507 寄物陈思歌（1）

2415 布留山兮，巍巍神垣[①]。少女挥袖，梦绕魂牵。

2416 吾命长短由神定，为谁祈祷盼长生。

2417 石上布留，苍苍古杉。相思悲苦，悠悠千年。

2418 不知当拜何方神，但愿梦中会佳媛。

2419 与卿相恋，永世不断。除非天塌，除非地陷。

2420 同沐明月清辉下，与妹相隔几重山。

2421 骑马幽会，嶙峋山路。郎君脚下，可变坦途？

2422 岭虽不高，翻山踏岩。相恋已久，多日不见。

2423 备后国[②]兮，深津岛山[③]。久未相逢，心绪难安。

2424 铜镜背上，铜纽难解。
不解衣带，能登香山[④]。

---

① 神垣：石上神宫拜殿后有石砌墙垣，不得擅自闯入。
② 备后国：今广岛县东部。
③ 深津岛山：位于广岛县福山市东北部的海岬。当时福山市大部分为海洋。
④ 能登香山：指冈山县英田郡二子山。“能登香”读作“のとか”，与“な解か”（なとか，不得解开）读音相近。日语“紐”，亦指“衣带”。铜镜背后的铜纽无法解开，恋人或妻子为我系上的衣带亦不可随便解开，只好和衣而眠。

今夜为谁，和衣而眠。

2425 山科[①]木幡山[②]，有马不敢骑。
幽会抄近道，不怕路崎岖。

2426 远山披霞云天外，妹在山后相见难。

2427 滔滔浪涌宇治川，
走过一滩又一滩，
遥想阿妹惹牵念。

2428 阿妹难逢盼佳期，
宇治渡口滩流急，
有朝一日成夫妻。

2429 恨阿妹，不肯见，宇治滩流湿衣衫。

2430 往事不可追，滔滔宇治川。
恋情如水泡，一去不复返。

2431 鸭川[③]后濑[④]水流淌，来日方长逢阿妹。

2432 言多必失，话莫出口。心如山溪，堰锁激流。

---

① 山科：今京都市山科区。
② 木幡山：京都府宇治市北部的丘陵。
③ 鸭川：木津川流经京都府相乐郡加茂町的一段称“鸭川”。
④ 后濑：下游浅滩。

2433 波上计数叹命短，神灵保佑会佳人。

译者解说：

古代日本用叫作“算木”的小木条来计数。中国古代计数工具叫“筹”，亦是小木棍或竹片。推古天皇十八年（610年），造纸术传入日本，但价格昂贵，与普通人无缘，人们依旧在树皮或石头上计数。此歌记录下忍受相思之苦，度日如年的每一天。在水面上书写，比喻诸行无常。“亦如画水，随画随合。”（《涅槃经》）

2434 浪越乱礁，滔滔情深。虽死无憾，我无二心。

2435 近江白浪，妹家何方。七日兼程，不嫌路长。

译者解说：

“白浪”（しらなみ），引出“しらず”（不知妹家何处）。

2436 大船抛锚，香取海①深，相思万缕，寄与何人？

2437 叠叠海浪，千重翻滚。水下海藻，如藏恋心。

2438 流言汹汹终散尽，我心恋情比海深。

2439 琵琶湖上，岛山浮现。恋情深藏，何来流言。

2440 行船近江，抛锚港湾。深藏不露，盼君传言。

---

① 香取海：位于琵琶湖畔。“香取”（かとり）与“锚/碇”（いかり）读音相近，引出“何人”（いかなる人）一词。

2441 暗恋苦涩叹无计，阿妹之名不告人。

2442 大地取土有时尽，永无止境是恋心。

2443 我心何似，深山清泉。滔滔激流，穿透巨岩。

2444 巍巍磐石，万世悠悠。相思之苦，何时到头。

2445 白玉沉底，近江海中。无处寻觅，阿妹难逢。

2446 良宵苦短，头枕玉臂。白玉归我，片刻欢愉。

2447 交颈而眠，一度相逢。我心难忘，何时梦醒。

2448 乌玉①两块，一线贯穿。久别重逢，鱼水交欢。

2449 香具山头，云霞缥缈。朦胧妹影，痴情难了。

2450 月行云间，阿妹笑颜。何时相逢，到我眼前。

2451 天云相合，万里缈远。他人玉臂，岂可贪眠。

2452 天上彩云，飘过头顶。慰我相思，直到相逢。

2453 春柳②插头，葛城云山。思念阿妹，坐立不安。

---

① 乌玉：黑玉，黛玉。“烏玉”（ぬばたま），“黑夜”枕词。
② 春柳：葛成山的枕词。

2454 春日山远，隐隐云烟。唯独思君，不念家山。

2455 阿妹烦恼，我惹流言。山峰浓雾，终将消散。

2456 黑发山①上，茂密山菅，细雨霏霏，相思绵绵。

2457 大野荒原，连日细雨。树荫之下，妹来相聚。

2458 命如晨霜，顷刻消散。相思夜长，曙色难现。

2459 郎君面对，海岸疾风。急事缠身，难再相逢。

2460 我家阿妹，远在天边。仰望明月，白云莫掩。

2461 月出山端，瞬息不见。惊鸿一瞥，相思难断。

2462 两地相思，天悬明镜。见月如人，款款深情。

2463 月隐夜空，忽明忽暗。安得仰望，阿妹玉颜。

2464 月牙朦胧，隐身云中。不见玉颜，相思最浓。

2465 思念郎君，一往情深。院中百草，萎靡不振。

2466 浅茅小野②，留下标识③。谎话难圆，作何解释。

---

① 黑发山：奈良市北佐保山的一部分，“黑发”象征女性。
② 小野：乡村附近小片原野，供村民打柴割草的共有地。“大野”则指荒原。
③ 留下标识：比喻占有和保护女性。此话为谎言，浅茅并无实用价值。

2467 路边深草百合[①]开，
阿妹回话："慢慢来。"
阳寿长短实难猜。

2468 河口苇丛生知草[②]，我心秘密人尽知。

2469 山莴苣兮，露压弯腰。相思悲苦，此情难消。

2470 河口菅草，根深入土。失魂落魄，真情流露。

2471 山城泉川[③]，小菅披靡[④]。浑然不知，阿妹心意。

2472 遥望三室山[⑤]，岩上菅根深。
盘根又错节，相思寄谁人？

原编者注：

某抄本歌曰：三诸之山。岩上小菅。

2473 菅草根深，柔情似海。系我衣带，谁能解开。

2474 心意迷茫，菅草缭乱。阿妹难逢，又过一年。

---

① 百合：日语读作"ゆり"，与"ゆり/後"（同"あとで"，慢慢来）谐音。
② 知草：しりくさ，可能指"三角藺"，我国写作"藨"（biāo），茎可织席、编草鞋，亦可造纸。本歌由"知草"引出"人尽知"。
③ 山城泉川：山城国木津川。
④ 披靡：为爱倾倒。
⑤ 三室山：奈良高市郡明日香村橘寺东南的浅山。

2475　我家檐上，轩忍①吐苗。四处难寻，忘恋之草②。

2476　郎种水田，拔除稗草。夜夜独眠，我被人抛。

译者解说：

女子自叹如稗草被拔，无人青睐。此歌为喃喃自语，与我国《玉台新咏》的闺怨诗有异曲同工之妙。

2477　任意践踏，山上菅草。从此难见，一时强暴。

译者解说：

一位男子在山上强行占有女子后，却对她不再理睬。

2478
露湿秋柏润和川③，
细目篱笆筱竹编。
众人瞒过卿难瞒④。

樱井满：篱笆使用的材料为“篠の芽”（筱竹芽）。“芽”与“目”同音（め）。

小学馆版《万叶集》注：细目篱笆原文“篠の目”，指古代竖穴房屋的方格竹编门。

---

① 轩忍：寄生于屋檐上的草本植物，我国叫“瓦苇”“芒萁”。檐上长草，庭院荒芜。
② 忘恋之草：原文“恋忘草”或“忘れ草”。相传可让人忘掉失恋痛苦，我国叫“萱草”。
③ 润和川：地点不详。
④ 众人瞒过卿难瞒：我对你的思恋能瞒过旁人，但在你面前却无法掩饰真情。

2479 真葛蔓延终相连，
梦中祈祷他日见，
苦苦相思又一年。

2480 路旁壱师花①，过往人皆见。
一心想阿妹，情真难遮掩。

原编者注：

某抄本歌曰：日日思念，人尽皆知。

2481 荒原之上，挂起标绳②。冒冒失失，悔恨一生。

译者解说：

男子对女方家世与人品还不了解，便贸然结合，无限悔恨。

2482 河底水藻，随浪飘摇，实难自持，神魂颠倒。

2483 互换衣衫，一朝分袂。黑发铺枕，盼我早归。

译者解说：

男女双方交换衣衫，同床共枕。

2484 盼望郎君，手扶青松③。两人栽树，相思情浓。

---

① 壱师花：彼岸花。
② 标绳：在荒野张挂标绳，表示对某片土地的占有，多比喻独占某位女性。见编号 401 作品注释。
③ 松：挂词技巧，“松”与“待つ”（等候）同音（まつ）。

2485　郎君挥袖，我望行人。渐行渐远，松枝隐隐。

2486　千沼海滨，小松根深。恋恋难舍，深闺①佳人。

原编者注：

某抄本歌曰：千沼之海潮远退，恋情难断守深闺。

2487　奈良山上，小松树梢。为何苦盼，难逢良宵。

译者解说：

树梢（“末”,うれ）一词，引出疑问词“うれむぞ”（为何?）。

2488　盘根错节，岩上杜松。相思情笃，起因不明。

2489　牵手橘下，妹抚低枝。含情问我，何日结实。

2490　翅击青云，鹤飞九天。上穷碧落，不见卿面。

2491　不眠之夜，鸳鸯②比翼。可是阿妹，遣来信使。

2492　鴽鸟③笨拙，足上沾水。怕有人见，飞来幽会。

2493　高山之巅，奔过群羚④。不挥衣袖，绝非薄情。

---

① 深闺：指父母严密监护。

② 鸳鸯：“鸳”指雄鸟，“鸯”指雌鸟，在日本亦是夫妇恩爱的象征。

③ 鴽鸟：鴽（rù），即鷿鷉（pì tī），体肥稍圆，大如小鸭，嘴短而锐，翼小，拙于飞翔。

④ 羚：原文“しし（日本羚羊）”，喜欢群居，一说指野猪或鹿，皆比喻人多眼杂。

2494　大船之桨，两舷成排。一年不见，痴情不改。

2495　阿母养蚕①，终结蚕茧。深藏茧中，如何相见。

2496　肥人②额上，彩布缠头。岂可忘怀，芳心染透③。

原编者注：

某抄本歌曰：岂能相忘。

2497　隼人卫士，深夜喝声。妾名相告，夫妻相称。

2498　剑锋寒光，足踏利刃④。虽死无憾，只为郎君。

2499　与妹相交，岁月悠久。刀剑铸名，不顾身后。

2500　黄杨木梳，夫妻共用。伉俪日久，情深意浓。

2501　故乡遥远，两情相恋。床头明镜，梦中笑颜。

2502　手捧铜镜，朝朝相见。日日相逢，永不厌倦。

2503　寂寞床头，黄杨木枕。何日盼来，如意郎君。

---

① 蚕：比喻母亲哺育的爱女。

② 肥人：古代九州南部的少数民族，用染色木棉缠头，后移居奈良，服役朝廷。

③ 芳心染透：比喻女方已经被爱情俘获。

④ 利刃：“刃”与“名”读音相同（な）。“剣大刀”为刀具总称，其中两边开刃的称为“剑”。

2504　解开衣衫，心绪纷乱。流水浮沙①，日日相恋。

2505　强引梓弓，弓弦紧绷。此箭不发，悲恋落空。

译者解说：

咏失恋心情。原歌第二句“引きて許さず”，意为拉弓时不可松劲。射箭比喻放任感情，陷入悲恋。

2506　言语灵验，衢巷夕占。占得大吉，成就姻缘。

2507　路边言占，宽宽官道。定遇佳人，听得吉兆。

2508—2516　问答歌（1）

2508　大君神门②，何等威严。侍奉吾皇，与卿相见。

译者解说：

宫中女官或宫女爱上一位年轻官员。

2509　与卿相逢，不敢妄言。磐垣渊③深，鱼水得欢。

原编者注：

以上作品，两首为一组问答歌。

2510　赤驹如飞，远赴云外。临行相会，阿妹快来。

---

① 浮沙：“浮”（うき）与“生”（いき）发音相似。

② 大君神门：天皇宫门。

③ 磐垣渊：深渊周围有岩石环绕，喻幽会之地。

译者解说：

男子将出远门。此歌与人麻吕咏歌（编号136作品）相似。

2511　泊赖之道，苔深路滑。切莫大意，无人觉察。

译者解说：

比喻隐秘恋情须小心翼翼，不让人察觉。

2512　三诸山头，明月东升。苦盼君来，马蹄声声。

原编者注：

以上三首为一组问答歌。

2513　雷声隐隐，乌云滚滚。恐降大雨，暂且留君。

2514　雷声轻滚，恐遭雨淋。多留片刻，感激不尽。

原编者注：

以上两首为问答歌。

2515　枕头涌动，不得安眠。思念佳人，何时相见。

2516　寂寞深闺，与枕交谈。久不来访，已染苔藓。

原编者注：

以上一百四十九首，出自《柿本朝臣人麻吕歌集》。

译者解说：

当时流行木枕。

2517—2618 正述心绪歌（2）

2517　阿母始终，不肯点头。与卿交往，正果难修。

2518　我与阿妹，依依送别。泪湿衣袖，难忘今夜。

2519　木板门户，使劲推开。莫问后果，快快出来。

2520　菰席一片，与君共眠。款款深情，不觉夜寒。

2521　卿如杜若，面颊红润。眼前浮现，叹息阵阵。

2522　伺机报复，心存怨恨。神情冷漠，难知真心。

译者解说：

本歌难解。小学馆版《万叶集》解释为作者伺机报复。

2523　形色不露，真假难明。面无颜色，心有真情。

2524　不曾幽会，何来流言。信使传书，交往尚浅。

2525　单相思苦，一往深情。奄奄一息，是死是生?

2526　阿妹盼我，笑脸相迎。脚下生风，快快相逢。

2527　谁来我家，墙外呼唤。阿母责怪，令我难堪。

2528　一连千日，夜夜不眠。君心悔恨，我心不变。

2529　络绎不绝，路上行人[①]。郎君信使，还不登门？

2530　竹墙篱笆，网眼稀疏[②]。惊鸿一瞥，相思情笃。

2531　莫告他人，君之姓名。性命攸关，不可看轻。

2532　满头秀发，缕缕情深。散发枕上[③]，是为何人。

2533　共度佳期，难忘君颜。岂敢薄情，永记心田。

2534　弃我而去，薄情之人。漫漫岁月，我独痴心。

2535　心潮汹涌，非同寻常。因我之故，卿遭诽谤。

2536　命悬一线，相思悲愁。不知又过，几度春秋。

2537　阿母不知，奴家心思。爱恋郎君，情深不移。

2538　苦候郎君，辗转独眠。床褥损伤，绫席[④]散乱。

2539　自从相逢，如隔千年。郎君不来，夜夜苦盼。

原编者注：

此歌与卷十四编号3470作品重复。

---

① 行人：原文为“家人”（けにん），豪族家的“私有民”地位略高于奴婢，无冠，赤足，常担任夫妻或恋人间的信使。

② 网眼稀疏：竹篱笆网眼较大，从事纺织业的外来移民聚居点的特征。

③ 散发枕上：女子白天束发，晚上睡觉时散开。

④ 绫席：用蔺草、菰草、稻草编成的褥子。“绫”只是美称，庶民不得使用。

2540 阿妹短发，分梳两边。青草发髻①，惹人爱恋。

2541 藏匿阿妹，行箕里②兮。村口徘徊，意乱情迷。

2542 春草新妻，温香玉臂。一夜不见，两情依依。

2543 自言自语，慰我凄清。信使不来，难见身影。

2544 现世无缘，与君难逢。连夜春梦，命断幽冥。

2545 阿母发问，来者何人？撵走信使，无限悔恨。

2546 突然造访，吾妻娇媚。最是可爱，一弯画眉。

2547 一朝远别，悔恨多多。曾对娇妻，几番冷落。

2548 相思情笃，焦灼难耐。左等右盼，信使不来。

2549 恋慕佳人，泪水涔涔。沾湿衣袖，浸透木枕。

原编者注：

某抄本歌曰：木枕湿透冷冰冰。

2550 坐立不安，当年光景。红裙曳地，缥缈背影。

---

① 青草发髻：女子年幼，头发稀疏，将青草编进发髻。
② 行箕里：亦作“往箕里”，位于飞鸟西北甘橿丘一带。

译者解说：

女子从陌生男子身前飘然而过，令他多年难忘。本歌意境与编号 3085 作品相近。

2551　相思难耐，一片痴心。飞奔直向，妹家大门。

2552　相思万千，无计可施。不知何人，可当信使。

2553　梦中相见，情深意笃。一朝相逢，如火如荼。

2554　今宵相逢，掩面羞怯。牵挂多日，何等情切。

斋藤茂吉：幽会时女子娇羞含情，编号 2916 作品与本歌相似。白乐天《琵琶行》有诗句："犹抱琵琶半遮面。"

2555　"明日拂晓，莫急开门！"今宵来访，如意郎君。

译者解说：

前两句是女子交代家中用人，不可让郎君早早离开。

2556　珠帘相隔，默默偷看。虽未同枕，常过门前。

2557　禀告阿母，难再相见。寂寞深闺，空候一年。

译者解说：

女方母亲不赞成两人来往，女子不敢禀告。

2558　"卿卿勿忘"，系我衣带。今日散开，郎君即来。

译者解说：

情人想念自己，衣带会自然松开，这是即将再次幽会的预兆。

2559　昨夜相逢，今日未见。阿妹情深，日夜苦盼。

2560　独居乡里，人迹罕见。郎君不到，命丧黄泉。

斋藤茂吉：男子迁往新都，而女子独居人烟稀少的旧都，苦不堪言。

2561　何惧流言，伺机相逢。人多嘴杂，众口汹汹。

2562　乡里人言，卿是吾妻。虽隔篱笆，本不生分。

2563　避人耳目，凌晨起身。随君而去，露湿衣裙。

2564　秀发披散，布满空床。今夜独寐，满怀凄凉。

2565　芦苇花穗，高过院墙。芳颜一睹，感叹难忘。

2566　神色显露，人尽皆知。心藏阿妹，万无一失。

2567　一朝相逢，悲苦消散。此言大谬，愁情更添。

2568　逢场作戏，何有此举①。冒险闯过，宫门禁地。

---

① 此举：本歌写宫中禁地的爱情，指闯过戒备森严的宫门。

2569　飘然而至，郎君多情。夜夜魂魄，入我梦中。

原编者注：

某抄本歌曰：不分昼夜，相思浓情。

2570　相思愁煞，魂归泉台，禀告阿母，愿君常来。

2571　男儿喧闹，可泄郁闷。身为女流，悲苦难忍。

2572　真假难辨，卿卿所言。夺人性命，尚未相见①。

小学馆版《万叶集》注：你的甜言蜜语，我却当成真心话。不知从何时起，我陷入相思无法自拔，恐怕会要了性命。

2573　为何沉默，我敢献身。真心表白，君可相信？

2574　恋情难忘，萦回我心。挥拳驱赶，仍不离身。

2575　难见君面，苦盼相逢。执弓左手②，先挠眉头③。

2576　苇垣相隔，与妹相逢。虽无人见，流言汹汹。

2577　片刻相会，细看芳颜。相思日久，月月年年。

---

① 尚未相见：两人的关系尚处于书信往来阶段。

② 左手：以左为尊，以执弓左手挠眉表示郑重。《老子》三十一章：“吉事尚左。”

③ 先挠眉头：古代民间信仰，眉毛发痒是情人幽会的预兆。眉毛并未发痒却硬要挠，是希望对方想念自己。见编号562作品注释。

2578　枕君手臂，清晨贪眠。肌肤相亲，乱发披散。

2579　匆匆赴约，快步流星。与君相会，我心安定。

斋藤茂吉：“君”应理解为男子对女子的称呼。

2580　岂可忘卿，万万不能。身为男儿，天生痴情。

2581　我言平淡，难表心意。出自肺腑，深思熟虑。

2582　衰朽残年，浪语痴言。为老不尊，岂同少年。

斋藤茂吉：此歌为《万叶集》中罕见的描写老者性心理的作品。编号129作品则写老妪的恋心，编号2417作品写老人终生难忘旧情。卷十六编号3791作品长歌并短歌，则是写砍竹老汉渴望与年轻女子交流。

2583　自从相会，未过几日。当时情景，恍如隔世。

2584　堂堂男子？阿妹高看。我陷情网，是为哪般？

译者解说：

男子本无此意，因女子高看自己，不知不觉深陷恋情。

2585　相思苦盼，如何收场？人间万事，本属无常。

2586　流言汹汹，信使难行。岂敢忘卿，莫怨薄情。

2587　大原古乡[①]，藏匿阿妹。返家独卧，梦中相会。

2588　黄昏降临，盼君叩门。天将破晓，仍伴孤枕。

2589　睡前占卜，能否共枕。不入我梦，薄情郎君。

2590　原本打算，今宵独眠。心念阿妹，连夜翻山。

2591　为避流言，久不相见。阿妹忘我，是何容颜。

2592　为情而死，无济于事。有生之年，盼望相聚。

2593　木枕吱嘎，辗转难眠。苦恨夜长，曙色快现。

2594　阿妹苦候，夜不闭门。左等右等，我未现身。

2595　盼君入梦，神情恍然。相思浓烈，心意纷乱。

2596　难慰相思，恼人恋情。日日月月，片刻不宁。

原编者注：

某抄本歌曰：情如海浪，汹涌不停。

2597　可有妙法，忘却痴情。心念阿妹，恋慕日增。

2598　山川远隔，盼君回还。乡里年少，皆难入眼。

---

① 大原古乡：位于奈良县明日香一带。

2599 相思伤神，暮色降临。阿妹今夜，幽会何人？

2600 百年千年，人生苦短。心怀阿妹，夙夜悲叹。

2601 似醒似梦，难觅旧情。谁料今日，此处相逢。

2602 当年相约，同心白头。岂忘誓言，抛之脑后。

2603 诚心一片，愿献郎君。主意已定，片刻难忍。

2604 忍泣吞泪，唯恐人知。往事萦回，不敢叹息。

伊藤博：以上四首女子咏歌，吟唱青梅竹马的恋人久别重逢之喜悦。

2605 通衢大道，邂逅佳丽。深陷相思，意乱情迷。

2606 众目睽睽，苦盼良机。痴情难消，相思难敌。

2607 阿妹盼我，早日同眠。婀娜芳姿，眼前浮现。

2608 夫妻分袂，日夜眷恋。铺我衣衫，怅然独眠。

2609 阿妹之家，近在眼前。频频挥手①，衣袖开线。

---

① 挥手：招魂求爱的咒术。“来い”（快来），与“乞い”（祈求）、“恋”（恋情）同音（こい）。求爱即祈求，以期得到对方灵魂。

2610　黑发散乱，心绪纷繁。痴情不悔，日夜思念。

2611　久未同床，郎君不来。不知何故，衣带散开。

2612　自从邂逅，衣袖相触。绵绵不尽，心生恋慕。

译者解说：

日本谚语："衣袖相触，前世因缘。"见编号 1392 作品注释。

2613　夕占吉祥，月已偏西。此刻不到，更待何时。

2614　挠我眉头，难以置信。多日不见，鸳梦重温。

原编者注：

某抄本歌曰：挠我眉头，今夜逢君。相思绵绵，共度良辰。又有抄本歌曰：挠我眉头，心存疑虑。相思绵绵，今夜重聚。

2615　不曾同枕，共度佳期。又是一年，日夜相思。

2616

深山阿妹木板房，
我敲闺门震天响。
门前草丛卧秋霜。

译者解说：

男子敲门过猛，惊醒女方家人，只好急忙躲进草丛。

2617　山樱门户，迎风半掩。郎君不到，与谁同眠？

2618　月下幽会，我抄近道。夜色已深，心急火燎。

2619—2807　寄物陈思歌（2）

2619　形只影单，曙色朦胧。衣带渐宽，久未相逢。

2620　独解衣衫，心烦气馁。无人相问，为谁憔悴。

2621　梦中身着，磨染[①]衣衫。一朝惊醒，绯闻流传。

译者解说：

磨染衣衫，比喻相思之情溢于言表。

2622　志贺渔夫，海滩煮盐。满身污渍，不舍旧衫。[②]

2623　八回染成，红衣光鲜。日久天长，情意绵绵。

2624　绯衣色浓，相交情深。卿卿难忘，刻骨铭心。

译者解说：

日文“八入染”[③]，比喻伉俪之情日久弥深。

2625　币帛剪袖，夕占姻缘。时光流逝，双袖变短。

2626　劝君莫抛，多年旧衫。凄清孤苦，秋风送寒。

---

① 磨染：传统印染法，见编号2107注释，也比喻与异性有染。
② 满身污渍，不舍衣衫：比喻两人相交日久，历经风雨，绝不抛弃。
③ 八入染：将衣料放入用茜草或红花提取的红色染料，反复浸泡染色。

译者解说：

旧衣衫比喻多年的恋人或妻子。

2627　蔓草花冠①，豆蔻华年。佯装嗔怒，解她衣衫。

2628　倭纹衣带，飘飘下垂。谁人开启，少女心扉。

原编者注：

某抄本歌曰：狭织②衣带，飘飘下垂。谁人叩开，少女心扉。

2629　无缘相会，莫吐怨言。甘为香枕，与卿相伴。

2630　同床共眠，遥不可待。我家木枕，已生青苔。

2631　黑发散乱，长夜漫漫。自枕手臂，妻将我盼。

2632　阿妹难见，恋情不减。苦苦相思，又是一年。

2633　铜镜在手，朝朝妆扮。心底相思，有增无减。

2634　归途遥遥，孤寂难言。佳人倩影，梦中常现。

原编者注：

以上一首，见于《柿本朝臣人麻吕歌集》（编号 2501），但字句不尽相同，故抄录于此。

---

① 蔓草花冠：女子刚成年的标志。男子在她面前佯装喜怒无常，解衣挑逗。
② 狭织：狭窄的倭纹布，用作衣带。

2635 赳赳男儿，身佩刀剑。坠入情网，英雄气短。

2636 刀剑两刃，触之丧命。生不如死，深陷恋情。

2637 我打喷嚏①，再打喷嚏。娇妻问询，何日归去。

2638 末之原野②，擎鹰狩猎。弓弦不断，恩爱不绝。

2639 袭津彦③兮，荒木④硬弓。竟将妾名，公之于众。

2640 手拉梓弓，时紧时松，来或不来，无所适从。

2641 击鼓报时，打更之人⑤。佳期已到，还不现身?

2642 灯火可亲，芳姿飘舞。佳人面影，恍恍惚惚。

2643 倦怠赶路，铺席歇息。家中爱妻，难来此地。

2644 小垦田⑥间，板田桥⑦断。踏桁⑧过河，妹心放宽。

---

① 打喷嚏：是恋人或配偶在想念自己的征兆。
② 末之原野：地点不详，京畿一带有多处末之原野。
③ 袭津彦：传说中的葛城名将，仁德天皇的岳父。
④ 荒木：位于奈良县五条市的荒木神社。
⑤ 打更之人：宫中阴阳寮官吏，夜里按铜壶滴漏刻度击鼓报时，其恋人为宫女。
⑥ 小垦田：位于奈良县明日香村飞鸟的西北边。
⑦ 板田桥：具体地点不明。
⑧ 桁：断桥剩下的横木架。

2645　深山伐木，为造宫殿。泉川[①]堆积，遥望家园。

2646　住吉津守[②]，撒开渔网。浮漂逐浪，情归何方。

2647　晾晒麻布，宛如横云。音信不通，依旧情深。

2648　万千忧愁，皆可抛散。飞驒木工，笔直墨线。

2649　翁在山田，点燃鹿火[③]。我心恋情，烈焰灼灼。

2650　板葺屋顶[④]，怎无缝隙。当年相会，结为连理。

2651　难波人家，芦苇烟熏。岁月漫长，糟妻情深。

2652　竹叶野上，放养马驹[⑤]。盼望相会，恐难如意。

2653　马蹄声声，已进松荫，看不真切，可是郎君?

2654　彻夜相思，久难入梦。谁骑马来，已闻蹄声。

---

① 泉川：位于京都府泉川（木津川）沿岸的木材加工地，民夫将水中木材打捞出来堆放岸边。

② 住吉津守：“津守”，一说为住吉海岸的渡口守卫人，一说为地名，此处有津守寺。

③ 鹿火：亦作“蚊火”，庄稼将熟，为防止野鹿、野猪等糟蹋，或为驱蚊而点燃篝火。

④ 板葺屋顶：用木板修葺屋顶。木板宽约 15 厘米，其间有缝隙，比喻夫妻性格不同，却毅然走到一起。

⑤ 马驹：比喻少女性格奔放。

2655　情怯曳裙，夜会郎君。当往前去？在此相迎？

原编者注：

某抄本歌曰：河水湿红裙，或曰：伫立苦相候。

2656　大轻神社[①]，千年斋榉[②]。我有娇妻，藏到何时。

2657　神奈备山，威严神篱[③]。诚心洁斋，人心难知。

译者解说：

男子负心，女子喟叹。

2658　天上八重云深处，流言滚滚如雷鸣。

译者解说：

男子久不来访，传来他与别的女人有染的流言。

2659　对抗天意惹神灵，不如认命不恨君。

2660　神前祈祷日复日，但愿夜夜会郎君。

2661　神灵弃我早无怨，如此薄命何足惜。

2662　每日神社常祈祷，再度良宵逢佳人。

---

① 轻神社：一说为奈良县橿原市大轻神社，一说为亩傍山西南麓轻古神社。
② 千年斋榉：对神木提问，藏妻之事是否该一直隐瞒下去。
③ 神篱：神域周边种植常绿灌木，如篱笆墙垣。

2663 神社斋垣①抬腿过，不怕天罚弃浮名。

2664 黄昏月明拂晓暗②，相思销魂影朦胧③。

2665 月明不觉天将晓，贪眠迟起④被人知。

2666 期盼今宵会佳人，黄昏林暗待月出。

2667 双袖拂床尘不染，苦候郎君月偏西。

2668 月隐西天二上山，与卿离别断肠时。

2669 郎君仰天空嗟叹，白云莫遮皓月面。

2670 皎皎明月沉西天，相思郁积难排遣。

2671 情有独钟盼郎到，夜尽残月挂西天。

2672 山峰近处望明月，不觉玉盘到中天。

2673 月落西山天色暗，相思情浓更不堪。

2674 苦盼佳期君难到，黄昏云淡朽网山⑤。

---

① 斋垣：围绕神社的灌木神篱，跨过斋垣，表示因热恋而无所畏惧。
② 黄昏月明拂晓暗：阴历十二三日的自然现象。
③ 影朦胧：日语“影が薄い”，因相思之苦，日渐衰弱，身影朦胧。
④ 贪眠迟起：幽会后，男子应趁天色未明悄悄离开，否则会被旁人发现。
⑤ 朽网山：大分县九重山，亦称久住山，日本九州最高峰，海拔 1787 米。

2675　三笠山上白云涌，重重堆积恋情浓。

2676　愿化天上轻云飞，每日飘游与君逢。

2677　佐保山风送寒气，郎君未归长叹息。

2678　心生悔恨君不到，无风之夜不闭门。

2679　月透纸窗山风起，深夜独眠苦思君。

2680　河塘千鸟[1]，雾气飘荡。与君相识，众口难挡。

2681　盼君信使，出门张望。未戴斗笠，雨中彷徨

2682　为君裁剪，华美唐装。细雨霏霏，暮色已降。

2683　荒野陋屋，阴雨湿床。阿妹依偎，情深意长。

2684　借宿避雨，未戴斗笠。与君相逢，至今常忆。

2685　阿妹门前，踟蹰难离。愿天降雨，好作口实。

译者解说：

忽降大雨，可借机进阿妹家避雨。

---

① 河塘千鸟：千鸟（水鸻）多栖息于海滨，生活于河川的则称“河千鸟”或“川千鸟”。河塘千鸟比喻两人交往受人关注。

2686　白露沾袖，街衢夕占。顷刻消融，欲送卿瞻。

译者解说：

男子欲让女方看看自己的袖上白露，以表苦心。

2687　樱麻[①]田间，露降草湿。共迎拂晓，何惧母知。

2688　苦候郎君，庭前伫立。不进家门，露湿白衣。

2689　命如朝露，转眼消散。韶华难返，与君相恋。

2690　飘飘白衣，瀼瀼露沾。妹心踌躇，至今难见。

2691　命托郎君，无愁无怨。譬如朝露，刹那消散。

2692　黄昏霜冻，恨别晨起。轻踏玉琼，莫让人知。

2693　相思苦涩，晨昏交替。愿化阿妹，脚下尘泥。

2694　野雉尾长，飞过山峰。窈窕佳人，一见痴情。

译者解说：

雌雄野雉隔山而眠，雄雉求偶，飞越山峰。

2695　相思情笃，无计相逢。骏河富士，烈火熊熊。

---

① 樱麻：麻的一种，具体所指不明。

译者解说：

当时富士山为活火山，烈火比喻炽热恋情。

2696　师齿迫山①，出没野熊②。再三追问，不吐君名。

2697　我两之名，莫告旁人。富士山顶，烈焰腾腾。

原编者注：

某抄本歌曰：我两名声，流言如潮。富士烈焰，情不动摇。

2698　朝香潟③兮，梦绕魂牵。清晨恨别，佳人隔山。

2699　阿太④渔人，河面鱼簖。滩头水急，实难相见。

2700　磐垣渊深，守口如瓶。至死不吐，君之姓名。

2701　明日香川，明日重渡。脚踏飞石，何惧远路。

2702　明日香川，流水日深。相思郁积，苦度光阴。

2703　藏身菰草，大野川畔。悄然妹来，解她衣衫。

2704　响彻山麓，流水叮咚。从不间断，绵绵恋情。

---

① 师齿迫山：具体地点不明。
② 出没野熊：比喻女方母亲威严可怕。
③ 朝香潟：亦作“浅香潟”，今大阪市住吉区浅香与堺市浅香一带海岸，这里用来比喻美女。
④ 阿太：亦作“阿田”“安太”，居住在吉野川沿岸的阿太人，善架设鱼簖。

2705　相约河畔，人在何方。湿我裙裾，滩头水凉。

2706　泊濑川上，湍急清波。为妹掬水："尚可解渴？"

伊藤博：此歌有挽歌倾向。女方追忆旧时相好，如今下落不明。

2707　青山岩石，环绕幽潭。深情不露，相会无缘。

2708　猪名山[①]下，流水叮咚。当年藏娇，今无影踪。

原编者注：

某抄本歌曰：惹来闲言，恩爱难断。

伊藤博：女子消失不见，令人怀念。

2709　思念阿妹，腾空烈焰。川中激流，越过鱼簖。

2710　鸟笼山[②]下，不知哉川[③]。莫呼我名，深藏心间。

2711　树隐溪流，水声潺潺。佳人传闻，铭记心间。

2712　流言汹汹，暂且分手。河床干涸，下有暗流[④]。

---

① 猪名山：位于兵库县川边郡一带。
② 鸟笼山：滋贺县彦根市犬上郡正法寺山。
③ 不知哉川：发源于犬上郡灵仙山，于彦根市注入琵琶湖。"不知"寓意不将姓名告诉他人。
④ 暗流：比喻隐秘恋情。

2713　明日香川，滩上急流。盼君早来，暝色清幽。

2714　宇治川①上，道道水流。激流汹涌，难立滩头。

2715　神奈备山，打回崎②弯。磐渊幽深，情埋心田。

2716　高山流水，浪花飞溅。痴心破碎，无缘相见。

2717　晨起东风，波涛越堰。佳人难遇，飞瀑声喧。

2718　高山岩下，流水飞溅③。畏惧流言，纵死心甘。

2719　密林湖沼，心藏暗恋。脱口而出，本当慎言。

2720　野鸭栖湖，泄洪无渠。今日相见，痴情郁积。

2721　水草漂浮，堰前滞停。君心成灰，我心亦冷。

2722　和射见野④，归路已近。飞报闺中，可托何人？

2723　我最惜名声，愿学阴沉木。
相思藏心底，明日未可卜。

---

① 宇治川：直到近世之前，宇治川分成多股水流。修建巨椋池后汇成大河，“道道水流”的现象不复存在。宇治川激流比喻激烈恋情。人在激流中无法站稳，深陷恋情之人也是如此。
② 打回崎：飞鸟西北方甘橿丘道路弯曲处。有歌曰：“如船迂回，海岛礁石。”
③ 流水飞溅：比喻流言四起。
④ 和射见野：歧部县不破郡关原町原野，离家仅一步之遥。

2724 秋风千江浦[①]，木屑岸边聚。
随浪寄相思，结局不可期。

2725 黄土可染色，御津白沙滩。
相思莫显露，不可对人言。

2726 海面本无风，三尺浪涛喧。
尚未与君逢，无端惹流言。

原编者注：

有抄本最后一句曰：身为女流。

2727 菅岛夏身浦[②]，波涛有间断。
最怕相思苦，片刻不得闲。

2728 淡海望岛山，真情藏心间。
阿妹本无辜，何故惹流言。

2729 波涛何渺远，滚滚大津[③]岸。
多亏流言起，与妹结姻缘。

2730 纪伊海上名高浦，
波涛汹涌震远天，
未见佳人惹流言。

---

① 千江浦：地点不详。以浪中木屑自喻，身不由己。
② 菅岛夏身浦：指三重县鸟羽市海面。
③ 大津：位于琵琶湖畔。

2731 牛窗[①]大浪震海岛，尚未相逢惹流言。

2732 左太浦[②]上，波涛拍岸。错过此刻，别愁更添。

2733 荒岛乱礁，浪打不动。愿化礁石，不解愁情。

2734 潮卷细沙，浮沉不死。愿作细沙，无尽相忆。

2735 住吉岸边，海浪千重。愿得口实，与妹相逢。

2736 风急浪高，痴情离恨。君亦念我，能有几分？

2737 大伴御津[③]，白浪滔滔。绵绵思绪，谁人知晓。

2738 大船摇摇，海上抛锚。有何妙计，痴情尽消。

2739 浪打荒岛，鸠立乱礁。满腔浓情，无人知晓。

2740 船尾船头，波浪涌来。何惧流言，痴心不改。

2741 大海扬波，潮落潮起。绵绵相思，永无停息。

2742 志贺煮盐，袅袅炊烟。恋情如火，肝肠寸断。

---

① 牛窗：冈山县邑久郡牛窗町港口，水上驿站之一。船行山阳道，须经濑户内海牛窗。

② 左太浦："贞浦"，"左太"与"贞"读音相同（さだ）。全国有多处"贞浦"，由此引出"此刻"（さだ/時）。

③ 大伴御津：大阪湾御津，为大伴氏领地。

原编者注：

以上一首，或为石川君子朝臣①所作。

2743　满腔痴情，终归徒劳。不若比良②，渔人割藻③。

原编者注：

某抄本歌曰：相思徒劳，鸠浦④渔夫，挥镰割藻。

2744　夜钓鲈鱼，渔火远海。素未谋面，相思何来？

2745　小船进港，拨开苇荡。密密障眼，妹在何方？

2746　海面平静，挥桨不停。不舍昼夜，满怀恋情。

2747　船行何处，味镰盐津⑤。报上我名⑥，能否成婚？

2748　巍巍大船，堆满芦苇。占据我心，唯有阿妹。

2749　驿船⑦拉纤，直指对岸。跳进心坎，阿妹上船。

译者解说：

以上五首，寄恋情于舟船。

---

① 石川君子朝臣：与编号278作品作者石川少郎恐为同一人。
② 比良：比良浦，位于琵琶湖西岸，滋贺县志贺町木户到北小松一带。
③ 割藻：比喻娶得渔家女。
④ 鸠浦：鸠海为琵琶湖古名，鸠浦指琵琶湖岸。
⑤ 味镰盐津：滋贺县伊香郡浅井町盐津滨。
⑥ 报上我名：男子驾船前去女方家，准备完婚，不知情况是否有变，故而报上名字求见女方父母。
⑦ 驿船：奈良时代有完善的驿路网，包括水上驿路。

2750 阿倍橘[①]树，布满青苔。久未相逢，妹在心怀。

2751 味鸭栖息，渚沙湾[②]外。礁上青松[③]，妹盼我来。

2752 都贺野[④]外，合欢成荫。妹有消息，相思难忍。

2753 遥望小岛，波涛之中。海滨久木[⑤]，久未相逢。

2754 润八川[⑥]畔，筱竹[⑦]编门。寤寐思服，梦中佳人。

2755 浅茅原野，空立标识。[⑧]谎言也好，快定婚期。

2756 月草命短，人生无常。何日相会，无法猜量。

2757 有间菅草[⑨]，可缝御笠[⑩]。常会阿妹，无瑕美玉。

2758 爱恋阿妹，思绪纷乱。可叹男儿，意气消散。

---

① 阿倍橘：橙的一种，味美，与柚相似，个头较小。（《和名抄》）
② 渚沙湾：指爱知县知多郡须佐湾。
③ 青松：挂词技巧（谐音），见编号 63 作品注释。
④ 都贺野： 枥木县西部都贺郡原野。"都贺"读作"つが"，与"聞き"连读为"聞き継がむ"（ききつがむ，愿不断听闻）。
⑤ 久木：见编号 1863 作品注释。由"久木"引出"久未"。
⑥ 润八川：不详，编号 2478 作品有"润和川"，可能为同一条河。
⑦ 筱竹："篠"（しの），引出"偲ぶ"（しのぶ，思恋）。
⑧ 浅茅原野，空立标识：浅茅随处可见，无人留下占有标识。
⑨ 有间菅草：有间（今神户市北区）菅草品质优良，可与笋壳一道缝制斗笠。
⑩ 御笠：御用斗笠。"有間"（ありま）引出下文"ありつつ見れど"（常相会）。

2759　我家穗蓼①，老枝摘籽。今日播种，盼它结实。

译者解说：

作者希望有情人终成眷属。

2760　山中水潭，采黑慈菇②。今日逢君，不怕母怒。

译者解说：

一对年轻男女以采黑慈菇为名偷偷幽会。

2761　深山岩下，菅草根深。情真意切，思念佳人。

2762　芦垣探出阿妹脸，莞尔③一笑唯我知。

斋藤茂吉：大伴坂上郎女模仿此歌，吟出编号688作品。

2763　我割萱草，浅叶野④上。一束⑤在手，片刻不忘。

2764　只为卿卿，且留一命。菰草纷乱，痛不欲生。

2765　我割菰草⑥，心绪纷乱。不如撒手，命赴黄泉。

---

① 穗蓼：蓼花，一年生草本植物，叶可食用、入药，有辛辣味，秋天开白花，亦有多年生穗蓼。
② 黑慈菇：可食用。
③ 莞尔：原文为“似児草”（にこぐさ），不详，可能指“箱根草”，比喻阿妹。我国叫“铁线蕨”或“玉竹”“萎蕤”。
④ 浅叶野：指静冈县磐田郡浅羽野一带。
⑤ 一束：引出“束の間”（つかのま，片刻）。
⑥ 割菰草：原文“刈り 薦の”，为“心绪纷乱”的枕词。

2766　河口割[①]菰，三岛江边。郎君念我，刹那之间。

2767　山上浓荫，泛红山橘[②]。众目睽睽，何须在意。

2768　苇丛鹤喧，河口白菅[③]。人尽知晓，流言哄传。

2769　爱恋在心，款款深情。夏草割尽，转眼又生。

2770　杂木密林，神域[④]幽幽。待到何时，阿妹点头？

2771　真野斗笠，索性扔掉[⑤]。冒雨访妻，一路飞跑。

2772　真野斗笠，尚未缝好[⑥]。交情犹浅，流言纷扰。

2773　竹节藏身，永不相识。春心难平，波动情思。

译者解说：

此情节后来出现于平安时代民间故事《竹取物语》中。

小学馆版《万叶集》注：女子被抛弃，心怀怨恨咏歌。

2774　神山[⑦]筱竹，青翠欲滴。风声瑟瑟，郎君细语。

---

① 割：原文“刈り”与“仮に（偶然）”同音（かりに）。
② 泛红山橘：比喻身陷情网而满面春光。
③ 白菅：白菅（しらすげ），引出“知らせむ”（让人知晓）。
④ 神域：属于神社的地域。原文为“厳（いつ）柴原”，引出同音词“何時（いつ）”。
⑤ 索性扔掉：戴斗笠赶路会影响速度。
⑥ 尚未缝好：表示尚未确定恋人关系。菅草编成笠后，还需缝上笋壳。
⑦ 神山：位于飞鸟川岸边的神南备山的丘陵，长满筱竹。

2775　高山之谷，葛草蔓延。日夜相思，何时相见。

2776　冬野路旁，一片枯草。苦候徘徊，倩谁相告。

2777　编织草席，菰草紧密。访妻之路，踩得草稀。

译者解说：

编草席时，菰草相交间距很小，就像并不遥远的访妻之路。我来来回回，已将路面的杂草踩踏得稀疏。

2778　水面无痕，河底青藻。悄然来往，无人知晓。

2779　海苔如绳[①]，波上飘摇。相思万缕，梦断魂消。

中西进：海苔如绳，“海苔”为海藻类植物，即“海索面”。

小学馆版《万叶集》注：“海苔如绳”指“红海云”。

土屋文明与岩波版《万叶集》注：“海苔如绳”指“绳海苔”。

2780　名高浦上，紫色海藻。痴心一颗，浪里飘摇。

2781　深深海底，青青海藻。满怀苦恋，无计可消。

2782　肌肤之亲，不足为道。盼君一言，白头到老。

---

① 海苔如绳：不详，众说纷纭。

2783　故作矜持，薄情佳人。花蕾绽开，我吐真心。

2784　一腔痴情，深埋至死。鸡冠花开，欲告君知。

2785　花开花落，盛衰有时。恋情焦灼，永无宁日。

2786　棣棠花开，光彩面容。红裳佳丽，入我梦中。

广冈义隆：恋人出现梦中，粉红面容，鲜红衣裙。这种梦中的美丽色彩，今天的诗人将其称为“蔷薇色之梦”。

2787　路途遥远，海角天边。痴情凝望，阿妹门前。

2788　相思夺命，心烦意乱。不怕人知，何须隐瞒。

2789　心潮难平，痴情煞人。唯求一死，难见卿卿。

2790　玉珠成串①，颗颗相连。一线贯穿，永世不散。

2791　单丝穿玉，最怕线断。心乱如麻，笑我疯癫。

译者解说：

单丝穿玉，“玉”与“魂”同音（たま）。悲叹自己恋爱无果，命悬一线。

2792　玉珠成串，两心相连。悠悠岁月，何时相见。

---

① 玉珠成串：原文“玉の緒”，比喻生命，线断珠散即是死亡。

2793　玉珠成串，依偎相连。心念阿妹，无奈家远。

2794　有谁曾记，谷中飞泉。穿透岩石，与卿相见。

2795　纪伊之国，饱等海滨[1]。忘恋贝兮，亦难忘君。

2796　水底美玉，混同矶贝[2]。一寸相思，年年成灰。

2797　滩上空贝[3]，住吉海滨。空言何益，难见真心。

2798　伊势渔夫，朝夕潜水。相思无果，采得鲍贝[4]。

2799　人世纷扰，荒村相聚。鹌鹑鸣叫，郎君归去。

2800　鸡鸣拂晓，斯人独眠。晨昏交替，与我何干。

2801　海边乱礁，沙洲啼鸟。思君不见，夜夜朝朝。

2802　野雉尾长，离恨绵绵。长夜难明，叹我独眠。

原编者注：

某抄本歌曰：野雉尾长垂地，夜漫漫，叹独眠。

---

① 饱等海滨：地点不详。
② 矶贝：栖息于礁石之贝类。
③ 空贝：原文为“虚貝”，贝类死亡留下的空壳。
④ 鲍贝：鲍鱼，原始海洋贝类，单壳软体动物，只有半面外壳，比喻单相思。

译者解说：

后来此歌选入《拾遗和歌集》（编号 778，十一世纪初成书）、《小仓百人一首》（1235 年成书，编号 3），作者均标明为柿本人麻吕。

2803　乡里岑寂，雄鸡晨啼。娇妻藏身，切莫悲泣。

原编者注：

另有歌曰：莫学鸡啼，响彻乡里。

2804　小鸭①飞天，越过高山。心潮澎湃，盼君出现。

2805　伊势海上来一鹤，盼君书信慰离情。

2806　恋慕佳人心难宁，浪上野鸭可入梦？

2807　曙色微露鸣千鸟，头枕玉臂犹贪眠。

2808—2827　问答歌（2）

2808　想你想得眉毛痒，
想你想得打喷嚏，
盼君早相逢，解带又宽衣。

原编者注：

以上一首，见于《柿本朝臣人麻吕歌集》。因属问答歌，重录

---

① 小鸭：野鸭的一种，体型较小。

于此。[1]

2809 今日想你眉毛痒，
奴家想你打喷嚏，
相思苦煎熬，一切都怨你。

2810 徒闻流言，空怀恋慕。幽会之后，相思更苦。

2811 听君一言，愁绪满胸。泪湿罗衫，残月朦胧。

2812 情到浓时，无计可施。折叠白袖[2]，相会梦里。

2813 折叠衣袖，郎君入梦。亦幻亦真，恍如相逢。

2814 恋情煎熬日月长，幽梦难圆又一年。

2815 夜夜梦中不见君，绵绵相思无尽时。

2816 何来寂寞，抛却愁情。我笑浮云，飘忽不定。

2817 无人知晓，何须悲愁。水无濑川[3]，河底暗流。

---

① 重录：重录编号 2408 作品，词句不尽相同。
② 折叠白袖："白袖"原文为"白袴"。民间信仰，折叠衣袖，或反穿内衣而眠，可梦见心上人。
③ 水无濑川：位于大阪府三岛郡，在岛本町广濑注入淀川。河床干涸，其下暗流汹涌，比喻隐秘恋情。

2818　佐纪沼泽，菅草斗笠①。燕子花②开，苦盼婚期。

2819　难波菅笠③，闲置一旁。岂可易主，他人戴上。

2820　今夜盼妹，悄然来会。夜深人静，明月西坠。

2821　应怜林间，蟾光迷离。徘徊流连，残月偏西。

2822　白栲肩巾，白滨④波远。妹心冷淡，令人爱怜。

原编者注：

某抄本歌曰：此刻我心，更动爱怜。

2823　扪心自问，谁人心冷？波涛离岸，怨谁薄情？

中西进：女方用白栲肩巾施咒术，不让波浪靠岸，表示不愿与男子相会。

2824　打开蓬门，清除杂草。金玉铺地，郎君将到。

2825　金玉满堂，何足挂齿。夫妻恩爱，蓬荜生辉。

2826　夫妻相守，两情相悦。此恨难消，一朝离别。

---

① 菅草斗笠：表示已确立恋人关系。
② 燕子花：佐纪沼泽的枕词。
③ 菅笠：菅草为难波滩上代表性植物，以菅草编制斗笠的行业直到明治时代仍然兴盛。
④ 白滨：地点不详，《万叶集》中仅出现一次。

2827　　卿如红花，可染衣衫。穿我身上，形影相伴。

原编者注：

以上均为两首一组的男女问答歌。

2828—2840　譬喻歌，十三首

2828　　红花染衣，色泽浓艳。贴身穿着，不惹人眼。

2829　　衣衫颇多[①]，日日替换。忘却旧人，眼花缭乱。

原编者注：

以上两首，寄思于衣之譬喻也。

2830　　梓弓把手，新卷兽皮[②]。又来诱我[③]，朝三暮四。

原编者注：

以上一首，寄思于弓之譬喻也。

2831　　鸠栖沙渚，舟待满潮。我心情切，盼君不到。

原编者注：

以上一首，寄思于舟之譬喻也。

---

① 衣衫颇多：比喻与男方交往的女性颇多。
② 新卷兽皮：比喻丈夫移情别恋。
③ 又来诱我：妻子看透丈夫，厌倦新欢后，又回来对自己献殷勤。

2832　山溪挂筌①，随时守候。八年岁月，未见苗头。

原编者注：

以上一首，寄思于鱼之譬喻也。

中西进：未见苗头，作者与某女幽会，其父母不曾察觉。

2833　苇丛野鸭，池塘浮游。池塘四溢②，不入水沟③。

原编者注：

以上一首，寄思念于水也。

伊藤博：男子遭妻子诘问时的辩解，表示决不移情别恋。水沟，比喻别的女性。

译者解说：

本歌按照中西进的解释翻译。女儿不愿嫁给父母为她选择的男子。

2834　大和室生④，毛桃繁枝。期盼结果⑤，寸步不离。

原编者注：

以上一首，寄思念于果也。

---

① 筌：细竹片编成长约两尺的圆筒状捕鱼器具，鱼儿有进无出。挂筌捕鱼，比喻与有夫之妇幽会。
② 池塘四溢：喻女子热情奔放，春情四溢。
③ 水沟：为泄洪而挖的水沟。此歌比喻父母为女儿安排结婚对象，却遭女儿反对。
④ 大和室生：奈良县宇陀郡室生村。
⑤ 结果：比喻成婚。

2835　葛草繁茂，小野浅茅①。留心守护，路人拔草。

2836　三岛菅草，嫩苗新绿。成熟之日，缝上斗笠②。

2837　吉野河湾，割下菅草。不编斗笠③，满地乱抛④。

伊藤博：女子诘问男子，事到如今为何不愿对自己的冲动负责。

2838　河边洗菜，随波而去。漂到妹家，遥寄相思。

原编者注：

以上四首，寄思念于草也。

2839　大荒木山⑤，浮田神社⑥。岁月催老，吾非界标。

原编者注：

以上一首，寄思念于标识也。

译者解说：

界标比喻终生守候。本歌含义不明，或感叹衰老，或因无法与交往多年的男子结婚而生怨。

---

① 浅茅：喻少女容易受人引诱。
② 缝上斗笠：将菅草缝上斗笠，表示将恋情或夫妻关系公之于众。
③ 不编斗笠：比喻不打算结为夫妻。
④ 满地乱抛：不愿负责，自暴自弃。
⑤ 大荒木山：奈良县五条市东部今井町荒木山南部之山。
⑥ 浮田神社：背靠大荒木山，《万叶集》中多次出现的古老神社，路人不可擅自进入。

2840　　空中细雨，未飘几滴[①]。流言如瀑，轰鸣不息。

原编者注：

以上一首，寄思念于瀑布也。

① 未飘几滴：比喻交往尚浅，却惹来流言。

卷十二　古今相闻往来歌（下）

本卷编辑方针和内容与卷十一相似，收入作品380首，创作年代不明，均为无名氏歌谣。构成这两卷的主要作品是“正述心绪歌”（直抒心意），“寄物陈思歌”（寄思绪于物品）。这样的分类法只出现在卷十一、卷十二两卷中，是编者追求的分类法。从广义而言，这两卷作品皆为相闻歌。

卷十二目录

2841—2850 正述心绪歌（1）

2841 破晓惜别影朦胧，独坐黄昏空牵念。

2842 思君不见苦难言，但愿夜夜梦中见。

2843 心仪佳人擦肩过。咫尺天涯难同眠。

2844 安得同床枕香臂，夜夜恍惚梦卿卿。

2845 与人谈笑欲忘卿，一缕痴情斩不断。

2846 夜不成眠和衣卧，待到相逢解罗衫。

2847 一年相思又成空，空言许诺日后见。

2848 日夜相思难相见，梦中亦怕惹流言。

原编者注：

某抄本歌曰：无计相逢，唯盼梦中。

2849 郎来梦中常相会，可怜双袖不曾干。

2850 无计相逢耽春梦，飘飘倩影来眼前。

2851—2863 寄物陈思歌（1）

2851 人前紧系，外衣纽带。内衣纽带，径自散开。

中西进：解开内衣纽带是召唤恋人的咒术，纽带自然散开是恋人前来幽会的预兆。

2852 流言汹汹避人眼，妹是内衣身上穿。

2853 丝线串珠鸳鸯梦，一重衣袖叹独眠。

译者解说：

梦想有朝一日铺上两人衣衫，夫妻同眠。

2854 衣带未断①结良缘，恋结②牢系盼相见。

伊藤博：“恋结”一词《万叶集》仅出现一次，打结方法不明。

2855 新开道路多行人，阿妹消息传耳边。

2856 未拜山背石田社，我与阿妹难相见。

2857 骄阳似火，衣袖未干。不见阿妹，泪水涟涟。

2858 苦恋阿妹，灵犀相通。天各一方，同沐晨风。

---

① 衣带未断：寓意关系尚未断绝。
② 恋结：衣带打结亦是咒术，将恋人之心连在一起。

2859 飞鸟川兮，高川避紫[①]。绕道渡河[②]，只怕天明。

2860 八钓川[③]中，流水滔滔。年年相思，可怜魂消。

原编者注：

某抄本歌曰：流水不绝。

2861 岩上小松，枝繁叶茂。心藏恋慕，珍惜名声。

原编者注：

某抄本歌曰：岩边小松，珍惜名声。难对卿言，心中痴情。

译者解说：

作者自喻岩上孤松，苦苦等候。

2862 山溪树荫，菅草深根。相思难断，心念佳人。

2863 浅叶野上，菅草老根。用情专一，岂恋他人。

原编者注：

以上二十三首，出自《柿本朝臣人麻吕歌集》。

2864—2963 正述心绪歌（2）

2864 久未相逢，苦苦盼君。夜静更深，叹息阵阵。

---

① 高川避紫：原文万叶假名，难于解读。
② 绕道渡河：绕道费时，曙色将现。
③ 八钓川：发源于奈良县樱井市的小河，流向大和三山。

2865　香臂玉钏，相拥而眠。最喜夜长，妻在身边。

2866　妾为人妇，莫抱痴心。不解衣带，枉费殷勤。

小学馆版《万叶集》注：此歌为民谣风，已婚女子拒绝旁人献殷勤。

中西进：此歌为集体演唱的民谣。

2867　离恨别愁，摧人心肝。相会之夜，当更缠绵。

2868　天长地久，绵绵痴情。再盼相逢，祈求长生。

2869　唯愿一死，求得解脱。佳人难会，饱受折磨。

2870　相约之夜，空床难挨。错过良机，何时再来。

2871　世上流言莫当真，谁言陌路不相逢。

2872　久未相会心沉郁，流言哄传实难平。

2873　不惧人言为情死，落得身后留浮名。

2874　恨无信使传情意，为卿托梦可相逢。

2875　男儿愧立天地间，痴情岂无英雄胆。

2876　身居僻地避人眼，恋慕深情积心间。

2877　每时每刻难平静，近日深陷不了情。

2878　自从共度良宵后，撕心裂肺情更切。

2879　惹得浮名传天地，未曾相逢又一年。

2880　安得此刻与君逢，夜夜幽梦苦难言。

原编者注：

某抄本首句歌曰：阿妹……。

2881　坐立不安苦无计，不见佳人整一月。

原编者注：

某抄本歌曰：不见卿面，一月流逝。

2882　日夜相思难见面，痴情郁积满心间。

2883　不见卿面难瞑目，远望芳姿慰相思。

原编者注：

某抄本歌曰：面对残生，恋心安宁。

2884　相思绵绵，日日夜夜。又见晨曦，如何了结。

2885　夜静更深，苦念佳人。木枕发声，叹息阵阵。

译者解说：

作者的痛苦令枕头同情，亦为自己叹息。

2886 万千流言，耳旁之风。无怨无悔，不改初衷。

2887 坐立不安，忧心忡忡。脚踏大地，心悬半空。

2888 一诺千金，绝非戏言。情真意切，久未相见。

2889 我心焦灼，是为哪般？妹无狠话，永不相见。

2890 长夜漫漫，几多梦幻。卿之身影，频频出现。

2891 深陷情网，岁岁年年。此身难保，命赴黄泉。

2892 相思浓情，无计排遣。去日苦多，不见卿面。

2893 郎君来访，朝去夕至。小心谨慎，妾犹叹息。

2894 闻君消息，忧伤悲苦。千千心结，精神恍惚。

2895 流言汹汹，岂可阻拦。阿妹无恙？一月未见。

2896 情归何处？无须赘言。不坠尘泥①，半空魂散。

2897 阿妹何时曳长裙②，朝朝暮暮常相伴。

2898 爱慕佳人心焦灼，无计相忘挂心间。

---

① 不坠尘泥：比喻名誉不受损毁。
② 曳长裙：披上嫁衣。

2899　默默隐忍本无事，春情才动惹相思。

2900　阿妹带笑眉含情，面影飘浮到眼前。

2901　落日嫣红暮色暗，我心焦灼长喟叹。

2902　恋慕不分昼与夜，心中千愁难消散。

2903　挠得眉毛更稀疏，与卿依旧难相伴。

译者解说：

时人认为眉毛痒为恋人相会前兆，本歌感叹此说不可信。见编号 562 作品注释。

2904　痴心难遣，相逢无望。有何理由，苟活世上。

2905　人生苦短，相思难停。叹息声声，谁解痴情。

2906　他国访妻，山重水复。大刀未解，曙色微露。

译者解说：

《古事记》神话，大国主神前往越国（北陆）访妻，尚未解下大刀，便闻鸡鸣。

2907　男儿胸怀，今日不存。身陷恋情，恼煞斯人。

2908　恋心悲苦，如何减轻？可有妙法，片刻安宁。

译者解说：

女方委婉地请求对方想方设法前来幽会。

2909 早知卿已为人妇，怎奈难舍不了情。

2910 心中恋情百千重，众目睽睽难相逢。

2911 众目睽睽难相会，相思情深百千重。

2912 人多眼杂心余恨，梦中访卿莫闩门。

2913 苟活难耐相思苦，一死方可消愁闷。

2914 梦中阿妹，千般可爱。一觉醒来，倩影何在。

2915 多有得罪，口呼阿妹。油然生爱，出自心扉。

2916 天从人愿，今夜相逢。娇羞含情，犹遮面孔。

2917 眼前阿妹，疑是梦中。心中恋情，激浪奔涌。

2918 何须苦苦费言辞，良宵一到访娇妻。

2919 两人同系衣带后，夜夜不解待重逢。

2920 人生苦短不畏死，心中唯盼与卿逢。

2921 妾本一介弱女子，只盼与君长厮守。

2922 黄昏朦胧郎来访，最爱暮色满山川。

2923 今日期盼与君会，人言可畏苦相思。

2924 不解人世恋情苦，错过佳期后悔迟。

2925 口称为子求乳汁，郎君四处寻奶娘？

2926 只恨年长色亦衰，难往府上作嬷媪。

译者解说：

以上两首，半老徐娘遇年轻男子执意追求，吟出戏歌。

2927 破镜重圆与卿逢，旧情复燃满心胸。

2928 人生自古谁无死，瘦骨嶙峋一情痴。

2929 夜夜伫立盼君到，不见身影苦难言。

2930 情为何物未曾遇，一尝方知苦中苦。

2931 相思苦候心难宁，黄昏出门访情郎。

译者解说：

通常是男子前往女方处幽会，本歌中的女子却主动前往男子身边。

2932 恋情似火心欲燃，人言可畏难相见。

2933 明知君心本无我，四处寻觅实枉然。

2934 默默相视苦无言，何日执手问寒暖。

2935 不顾余生长几许，至死焦灼苦相思。

2936 妾赴黄泉叹孤魂，日夜相思心难宁。

2937 折叠广袖眠衣衫，阿妹倩影入梦来。

2938 流言汹汹无奈何，咫尺天涯相见难。

2939 言辞难传真情意，至死不渝无悔恨。

2940 但求一死心安宁，不觉日暮对落晖。

2941 忧愁难遣叹穷途，不见佳人又一年。

2942 彻夜啼哭如婴儿，相思积郁难入眠。

2943 安得命长了心愿，何日拿下负心人。

2944 人言可畏难相逢，绵绵相思只为卿。

2945 苦盼信使久不来，夜夜不眠天难晓。

2946 陌上邂逅春情动，何时有缘度良宵。

2947　　思绪纷纷恍惚时，阿妹芳名脱口出。

原编者注：

某抄本歌曰：心郁闷，出家门，谁见陌上倒地人。另有歌曰：相思难遣出门去，神魂颠倒至君家。《柿本朝臣人麻吕歌集》曰：鸊鷉鸟，潜水来，无人知晓。

2948　　明日阿妹门前过，看我为卿瘦如柴。

2949　　相逢为何如敷衍，片刻倾情慰我心。

译者解说：

夫妻或恋人幽会时，女方却显得冷淡。男子望女方哪怕是假装，也要热情一些。

2950　　佳人深夜立门前，远望芳姿魂飞散。

2951　　海石榴市[①]路踏平，卿系衣带未解开。

2952　　老来常忆少年时，白栲衣袖[②]飘眼前。

2953　　为君相思我心悲，潸然泪下湿衣衫。

2954　　君言从此难相见，白栲衣袖泪不干。

---

① 海石榴市：大和国有名大型集市，位于樱井市金屋一带。春秋两季，寻找配偶的青年男女聚集于此举行歌垣会。“海石榴”即“茶花”。

② 白栲衣袖：衣袖美称。当年恋人衣袖飘飘，至今历历在目。

2955　似梦似醒难断定，离别数月信使来。

2956　年年岁岁苦相盼，夜夜梦里常见君。

2957　相思万缕难见面，夜夜芳魂到床前。

2958　流言汹汹可销骨，梦中相会慰离情。

原编者注：

某抄本歌曰：人多眼杂，无法相会。

2959　相见难，无消息，夜夜幽梦盼佳期。

2960　难会娇妻心凄苦，苦度光阴又一年。

2961　甜言蜜语无新意，反复唠叨我心软。

2962　佳人白袖何处在，独眠苦盼曙色现。

2963　何日方可枕玉臂，恋情恼人叹独眠。

2964—3100　寄物陈思歌（2）

2964　但愿冤家化衣衫，时时刻刻身上穿。

2965　橡染袷衣两面黑[①]，几番苦求君不来。

---

① 两面黑：奴婢多穿黑衣。

译者解说：

女方埋怨地位降低而受冷遇。

2966　红花淡染[1]衣衫亮，一旦相会惹牵念。

2967　一年难忘捧内衣，阿妹相赠针脚密。

译者解说：

此两首为男子咏旅途露水姻缘。

2968　缁衣表里色如一，爱她处子无心机。

2969　衣衫凌乱如心绪，无人诘问刨根底。

2970　淡红桃花朱鹭色[2]，与卿相逢情未浓。

2971　渔夫煮盐为大君，藤衣烟熏不相弃。

小学馆版《万叶集》注：天皇御用食盐主要产于敦贺海滨（福井县西南部）。

2972　赤绢[3]表里裙裾长[4]，与君交往难相逢[5]。

2973　临别紧系内衣带，不知何日可解开。

---

① 淡染：衣衫染成淡红，比喻交情尚浅，幽会后相思更苦。
② 朱鹭色：淡红色。“朱鹭”，我国叫“朱鹮”，翅膀与尾羽呈淡红色。
③ 赤绢：高等丝织品。
④ 裙裾长：比喻交往久长。
⑤ 难相逢：女方的怨言。

2974　紫色衣带不曾解，只为阿妹苦恋慕。

2975　高丽锦带今未解，洁斋净体白等待。

2976　内衣紫带①何人见，无缘相会瘦如柴。

2977　忧思难遣只为卿，衣带紧系在心头。

2978　请君朝对真澄镜②，信物在手定重逢。

2979　何须空对真澄镜，见卿心潮方可平。

2980　镜中倩影惹相思，生不如死岁月长。

2981　三诸神官③祭宝镜④，每逢路人常忆卿。

2982　妻在闺中家山远，有针难缝衣带断。

2983　环头大刀高丽剑⑤，远望佳人难上前。

2984　刀剑利刃⑥，难顾浮名。难以自持，相思浓情。

---

① 内衣紫带：比喻隐秘的单相思。
② 真澄镜：毫无瑕疵的白铜镜，女子赠男方的信物。
③ 神官：神社神职人员。
④ 宝镜：日本皇室三种神器之一，代表天照大神。旅途中挂念妻子，如仰望宝镜高悬。
⑤ 环头大刀高丽剑：高丽刀剑手柄头上有圆环，比喻原地踏步，踌躇不前。“剑”与“大刀”，见编号2498作品注释。
⑥ 刃：“刃”与“名”同音（な），由“刃”联想到“不顾名声”。

2985　手执梓弓①，不问明天。今日痴心，为卿奉献。

原编者注：

某抄本歌曰：不问来日，痴心献君。

2986　引弓放箭，思绪万千。直指芳心，不离不偏。

2987　引弓放箭，不可松劲。堂堂男儿，不堪恋情。

2988　引弓搭箭，屏住呼吸。久别重逢，再无叹息。

2989　一张一弛，弓箭之技。拜倒卿前，五体投地。

译者解说：

以上五首用拉弓射箭作比喻。男儿能拉硬弓，却无法摆脱爱情的烦恼。射箭须屏住呼吸瞄准目标，即便是情人幽会也会有间隔。

2990　少女绩麻，不知疲倦。②情意千缕，悱恻缠绵。

2991　阿母养蚕，妹缚茧中。不见阿妹，郁闷重重。

2992　襷带③挂肩，岂无牵念？常挂嘴上，悲愁更添。

---

① 梓弓："将来""明天"的枕词。

② 少女绩麻，不知疲倦：比喻相思永不停息。"麻を績む"，搓麻。"績む"与"倦む"同音（うむ）。

③ 襷带：劳作时可将衣袖挂在肩上。想忘掉恋人，却时时念叨，更加痛苦。

2993　紫色斑点染冠蘰①，邂逅佳人惹相思。

2994　无时无刻盼阿妹，奈何始终难相见。

2995　编织草席，反反复复②。无计相会，幽梦恍惚。

2996　白楮木棉③，如花团团。肺腑真言，永记心间。

2997　石上布留，踏过高桥。阿妹翘首，天色将晓。

2998　小船进港，穿过苇荡④。哥不失约，人在路上。

原编者注：

某抄本歌曰：小船进港，穿过苇塘。阻碍重重，耽误时光。

2999　山田种稻，稗苗疯长。人皆弃之，独寐空床。

译者解说：

男子自嘲如被抛弃的稗苗，难讨异性喜欢。

3000　阿母严厉，守护山田。魂魄九逝，与君相见。

译者解说：

母亲严厉地监视女儿，就像看守成熟的庄稼。

---

① 冠蘰：本书多次出现用枝叶或花朵编冠蘰，此处则是用染色花布缝成。
② 反反复复：编织草席时，将其翻来覆去，比喻每夜反复梦见恋人。
③ 白楮木棉：见编号 1736 作品“白木棉花”注释。木棉纤维虽然美丽，真情流露则更可贵。
④ 苇荡：比喻恋爱面临各种阻碍。

3001　春日野上，一抹夕阳。远望郎君，悔恨难当。

伊藤博：女子远望当年恋人，悔恨遗憾。

3002　“在此候谁？”“欲看月出。”盼我阿妹，快来此处。

3003　黄昏朗月，拂晓黯淡。朦胧身影，萦怀牵念。

3004　从此天上，明月不现。万缕相思，方可斩断。

3005　十五圆月，爬上苍穹。为君引路，欣喜相逢。

3006　月夜出门，先行足占。欲会阿妹，生怕有变。

3007　月行夜空，清辉满地。举目远望，郎君身姿。

3008　山高林密，望月难出。愿君早来，慰我凄苦。

3009　橡染缁衣，砧上捶打。旧情难忘，真土山下。

3010　佐保川水，静流无声。与君相会，直到天明。

3011　我与阿妹，交换衣衫①。宜守川②边，何时相见？

---

① 交换衣衫：时人相信衣上附有其人灵魂，穿在身上可永不分离。“交换”原文为“かす”，与地名“春日”（かすが）谐音。见编号636作品注释。

② 宜守川：位于奈良市东郊春日野，流经东大寺南门，最后注入佐保川。

3012 阴云当空，雨降①河面。布留川水，情意绵绵。

3013 难舍阿妹，频挥衣袖②。布留川水，滔滔长流。

3014 三轮山麓，流水喧喧。滔滔不绝，宿世姻缘。

3015 瀑布飞泻，声如雷鸣。缥缈身影，多日未逢。

3016 恋情倾泻，飞瀑暴雨。日夜轰鸣，世人皆知。

3017 山谷溪水，无声流淌。妹为人妇，旧情难忘。

3018 能登濑川，流下高山。思恋阿妹，他日相见。

3019 取替川③畔，我洗衣衫。水静如淀，心潮滚翻。

3020 因可池④畔，不闻消息。别来无恙，惹我相思。

3021 密林沼泽，心藏相思。强忍叹息，怕被人知。

3022 心底相思，沼泽平静。深藏忧愁，最是伤情。

3023 恋情倾吐，滔滔白浪。一览无余，笑我痴狂。

---

① 雨降："布留"与"降"同音（ふる）。
② 挥衣袖：咒术，召唤对方灵魂。"揮（挥）"与"布留"同音（ふる）。
③ 取替川：指大阪府摄津市的"鸟饲川"，二者读音相同（とりかいがわ）。
④ 因可池：位于奈良县斑鸠町法隆寺一带。"因可池"（よるかのいけ）与问候语"よろしく"（安好）谐音。

3024　佳人秋波，含情荡漾。传我深情，堀江①细浪。

3025　岩上飞泻，瀑布轰鸣。思念阿妹，满腔真情。

2026　君不来访，我难出门。心如潮涌，何时现身？

3027　近江海岸，闻名远近。心底波澜，知者唯君。

3028　大海深邃，永结同心。情真意笃，天地长存。

3029　贞浦白浪，滚滚不停。心恋阿妹，为何难逢？

3030　相思渺远，万里云天。情归何处，相思缠绵。

3031　白云飘忽，君心易变。怨妾痴情，枉费牵念。

泽泻久孝：男方用情不专，女子抗议。

3032　遥望君家，苦雨绵绵。生驹山②高，云莫遮掩。

3033　悔之晚矣，错结情缘。满山野火③，不如旁观。

---

① 堀江：人工开凿的运河，读作“ほりえ”，引出“欲す”（ほっす，欲，希望）。
② 生驹山：见编号 1047 作品注释。女子从奈良遥望生驹山以西的难波（大阪）方向。
③ 满山野火：比喻情难自禁，惹火烧身。

3034　胸热如烧[1]，别恨缠绵。开门所见，浓雾满天。

3035　情意浓浓，隐之朝雾。心中恋情，人前显露。

3036　佐保山头，雨雾茫茫。离愁悲苦，雾散人亡。

3037　切目山[2]道，朝霞朦胧。恍恍惚惚，阿妹面容。

3038　早知相思，这般苦楚。暮降朝散，愿化清露。

3039　暮降朝散，白露命短。一场苦恋，恍若云烟。

3040　有朝一日，与妹相逢。朝露命短，苦涩万种。

3041　朝朝草上，白露消散。伉俪牵手，同下黄泉。

译者解说：

人生无常，伉俪情深，愿同赴黄泉。此歌对后世文学影响深远，让人想起江户时代近松的情死剧。

3042　朝晖遍洒春日野，命如晨露无眷念。

3043　身如霜露顷刻消，返老还童待君来。

3044　苦候君来庭前立，可怜垂发落秋霜。

---

① 胸热如烧：《游仙窟》词语，“肠热如烧”“心肚热”。一夜相思，热气腾腾，山川布满蒸汽。

② 切目山：位于纪伊半岛熊野古道要冲，常有海雾。

原编者注：

某抄本歌曰：白衣袖上沾冷露。

3045　命如晨霜顷刻散，缕缕相思剩一息。

3046　微波不停越安蹔①，细雨霏霏添离愁。

3047　岩上苍松扎深根，真情难忘是君心。

3048　雁羽野②上楢树③密，佳人难逢苦相思。

3049　樱麻地里长矮草④，尚未解开阿妹衣。

3050　春日野上，标识浅茅。认定阿妹，绝不动摇。

3051　山菅根深，心底恋情。挥之不去，郎君身影。

原编者注：

某抄本歌曰：相思难遣，无计相见。

3052　菅草根深，佐纪泽畔。多日不见，情丝难断。

3053　山菅根深，愁绪缠绵。何时相逢，喜结良缘。

---

① 安蹔：琵琶湖畔地名，具体地点不详。也有学者认为“安蹔”（あぜ）即田畦。
② 雁羽野：具体地点不明。
③ 楢树：中国叫“枹栎”“槲栎”。
④ 矮草：与下一首的“浅茅”同样，比喻阿妹尚未发育成熟。

3054　我害相思，菅草根深。难知妹心，钟情何人。

3055　山菅根深，相思浓情。神志恍惚，只为卿卿。

3056　阿妹门前，绾草同心。风莫吹散，再过此门。

原编者注：

某抄本歌曰：直到相逢时。

译者解说：

绾草成同心结，以表爱意，可惜阿妹不曾看见。愿风儿莫将同心结吹散，作者还会反复路过阿妹门前。

3057　踩踏浅茅，疼痛难忍。痴心更痛，遥望闺门。

原编者注：

某抄本歌曰：遥望妹家。

3058　侍奉天皇，身居宫殿。情如月草，芳心易变。

3059　何惧流言，有始有终。心非月草，不改痴情。

3060　萱草忘忧，系我衣衫。痛不欲生，日夜不安。

3061　清晨赠君，醒梦草[1]青，愿君常看，永不忘情。

---

① 醒梦草：传说此草能让人从梦中醒来，不知指何种草。

3062　垣前种满，忘忧萱草。旧情难忘，无尽烦恼。

3063　浅茅原上，已留标识。空言来访，亦慰相思。

原编者注：

某抄本歌曰：信使来报君即来，一心等待。另于《柿本朝臣人麻吕歌集》亦见此歌，但下句略有不同。

3064　有间菅草，缝上斗笠。别恨难断，后会有期。

3065　秋津小野[1]，割来萱草[2]。思绪缭乱，长夜难眠。

3066　三笠山上，菅草根深。相思不绝，一息尚存。

3067　高山峡谷，面对峰峦。葛草青青，一年不见。

原编者注：

某抄本歌曰：岩上葛草，四处蔓延。

3068　冈上葛叶，随风翻转。阿妹倩影，近日难见。

译者解说：

葛叶翻转，恍如阿妹身影飘忽。

3069　莽莽葛原，赤驹不前。何须捎信，径直相见。

---

① 秋津小野：位于奈良县吉野郡宫瀑附近。
② 萱草：萱草纷乱，比喻心绪。

3070　田上山[①]高，叠叠木棉。何日相会，真葛绵延。

3071　丹波道[②]上，大江山[③]峦，真葛郁郁，思绪难断。

3072　大崎乱礁，荒野渡口。真葛连天，痴情悠悠。

3073　白月山[④]上，真葛绵绵。与君相逢，为期不远。

原编者注：

某抄本歌曰：难忘阿妹，相思难断。

3074　庭梅[⑤]花开，颜色易变。一年未见，音讯莫断。

3075　藤花紫浪，婀娜多情。惊鸿一瞥，勾魂夺命。

3076　住吉敷津[⑥]，妾报姓名。为何不来，名告藻青。

3077　雎鸠栖礁，名告藻青。父母已知，心藏君名。

3078　相思最苦，玉藻[⑦]浮沉。流言轰传，心中恼恨。

3079　海底玉藻，随波飘摇。郎君快来，共度良宵。

---

① 田上山：位于大津市南部大户川沿岸，山势如叠叠木棉。
② 丹波道：由山城国通往丹波国（部分属京都府，部分属兵库县）的官道。
③ 大江山：位于京都市西京区大枝町。
④ 白月山：具体地点不详。
⑤ 庭梅：原产中国华北，蔷薇科，樱属灌木，我国叫“郁李”， 5 月开粉红花，繁密如云。
⑥ 敷津：敷津浦，位于大阪市住吉区住吉町细井川北岸。
⑦ 玉藻：海藻美称。

3080　大海茫茫，紫红绳藻。死守君名，无人知晓。

3081　单线穿珠，丝断玉散。[①]恋情难忘，心绪纷乱。

3082　旷日持久未逢君，为何苦苦求长生。

3083　相思情浓玉珠散，心乱如麻赴黄泉。

3084　潜水采得忘忧贝，海女倩影岂能忘。

3085　惊鸿杳杳人远去，为卿落得憔悴身。

3086　不贪人世百年寿，愿化桑蚕活一春。

译者解说：

平安时代（794—1192），此歌经后人翻作，写入《伊势物语》第十四段："愿化桑蚕命短暂，情悲不惧玉珠散。"即陆奥（日本东北地方）女郎爱上来自京城贵公子在原业平的和歌。

3087　宗我[②]河滩，千鸟啼鸣。呼唤伴侣，一片痴情。

3088　常着恋衣[③]，群鸟声喧。奈良山头，恋情难断。

① 单线穿珠，丝断玉散：单线穿珠，比喻生命脆弱。"玉"与"魂"同音（たま），丝断玉散喻生命结束。

② 宗我：宗我川，即"曾我川"，发源于奈良县御所市，于橿原市注入大和川。

③ 恋衣：与情人交换内衣，其上附有对方灵魂。恋不离心，衣不离身。

3089　猎道池[①]上，北来归雁。时起时落[②]，坐立不安。

3090　苇丛野鸭，扑打翅膀。耳闻流言，更牵愁肠。

3091　野鸭伉俪，成双觅食。顾盼雌鸟，呼唤不止。

3092　斐太细江[③]，菅鸟[④]成双。思念阿妹，难入梦乡。

3093　筱竹梢头，有鸟来鸣。卿虽人妇，一见钟情。

3094　忧思难眠，天明即起。有气无力，雄鸡悲啼。

3095　乌鸦朝起，切莫啼鸣。泪眼送君，缥缈身影。

3096　马驹越栏，啃食麦穗。斥责何用，恋心无畏。

3097　执缰饮马，桧隈川边。郎君身影，尚可望见。

译者解说：

女子送别情人，恋恋不舍。

3098　高头青马[⑤]，咎由自取。不顾斥责，岂有此理。[⑥]

---

① 猎道池：位于奈良县宇陀郡的湿地。
② 雁群起落喻心潮起伏。
③ 斐太细江：一说“斐太”即“飞驒”（ひだ），位于岐部县高山市北部，一说为奈良县橿原市飞驒。
④ 菅鸟：可能指“鸳鸯”或“雨燕”。
⑤ 青马：灰色之马，青白杂毛马，档次较低，多用于运输。
⑥ 岂有此理：谴责高安王放荡不羁，引人侧目，毫无顾忌。

原编者注：

以上一首，传平群文屋朝臣益人①云："昔闻此歌作于纪皇女窃恋高安王，与之私通遭斥责之时。后高安王遭左迁，任纪伊（今和歌山县）国守。"

3099　　鹿宿紫草，雌雄独眠。虽不同床，心怀眷恋。

译者解说：

贵族男子露宿荒野紫草地，心中难忘恋人。

3100　　毫无真情，满口谎言。云梯神社，恐遭天谴。

3101—3126　问答歌（1）

3101

海石榴市大路口，
紫色染料加碱水②，
借问阿妹你是谁？

译者解说：

此为歌垣求婚歌。

3102　　阿母唤我本有名③，陌生人前不敢言。

3103　　月下相会太性急，我先派人捎口信。

---

① 文屋朝臣益人：女性，天平十七年（745 年）任民部少录。
② 紫色染料加碱水：比喻婚后女子更显容光焕发。"紫色染料"喻男子，"碱水"喻女子。
③ 名：当时庶民均无姓氏，不能用"姓名"一词。

3104 几度盼望会阿哥，人多眼杂苦相思。

3105 众目睽睽难相会，一片痴情枉送命。

3106 盼相逢，思绪长，
我心爱恋胜情郎，
何时来身旁。

3107 人多眼杂难相会，
虚度一年好时光，
你我白活人世上。

3108 人多眼杂难相会，
奴家只盼快上床，
梦中会情郎。

3109 一腔深情想阿妹，
又怕流言起四方，
踌躇苦彷徨。

3110 流言可畏暂疏远，
情埋心底离恨长，
悲恋已开场。

3111 我害相思欲断魂，卿在梦中可曾知?

3112 梦见阿哥命难保，穿衣出门信使到。

译者解说：

出门时恰逢信使送来编号 3111 情歌。

3113　相约后会定有期，至今尚未共枕席。

3114　我亦期盼会阿哥，流言汹汹缠满身。

3115　阿妹叹息心焦灼，嫁为人妇我悲伤。

3116　阿哥为妾忍凄苦，相逢有期莫颓唐。

3117　门户紧闭何处进？阿哥翩然入梦中。

3118　盗贼墙上留大洞，容我闯入春闺梦。

3119　明日开始害相思，今宵宽衣情意浓。

3120　即便无缘再相会，夜夜魂来成好梦。

3121　天降大雨，忘戴斗笠。为盼信使，门前伫立。

3122　恐有人见，不敢相聚。天降大雨，趁此时机。

3123　辗转难眠，奴家苦凄。郎君冒雨，袖当斗笠。

3124　夜深降雨，君莫归去。宽衣解带，鱼水欢愉。

3125　雨夜叩门，来者何人。不戴斗笠，未披蓑衣。

3126　卷向穴师[①]，浓云骤雨。衣衫湿透，前来相聚。

原编者注：

以上皆为两首一组之问答歌。

3127—3179　发羁旅之思歌

3127　度会大川[②]岸，青青久木春。
羁旅岁月久，闺中念行人。

3128　梦中见佳人，大和多浅滩。
滩头献币帛，一路保平安。

3129　天涯路上人聚散，樱花盛开又凋残。

译者解说：

《万叶集》樱花歌仅40余首，而咏梅歌多达120首。文人深受中国文化影响，咏梅被视为风雅。

3130　企救海岸，搭讪佳人。青松根深，永结同心。

原编者注：

以上四首，出自《柿本朝臣人麻吕歌集》。

---

① 穴师：穴师山位于樱井市三轮山北面的穴师村东北方，海拔415米。
② 度会大川：三重县伊势市及度会郡一带。“大川”发源于大台原山，流经多气郡、度会郡，最后注入伊势湾。

3131 羁旅独行，来月相见。日日难过，相思万千。

3132 君踏旅途，穷追难返。频频回顾，渐行渐远。

3133 漫漫旅路，思念闺中。同伴闻我，叹息声声。

3134 离家出门，故里难舍。虽非远别，乡愁不绝。

3135 近在咫尺，常有消息。人在旅途，乡愁万缕。

3136 相思悲苦，羁旅途中。早归京城，与卿相逢。

3137 路途遥远，倩影难见。佳人笑靥，浮现眼前。

3138 又是一年，苦盼归期。红颜消瘦，缥缈晨曦。

3139 踏上官道，苦恨别离。佳人倩影，挥之不去。

3140 恋情苦涩，郎君难忘。一朝远别，山高水长。

3141 旅宿荒郊，枕草而眠①。幽会佳人，孤苦倍添。

伊藤博、中西进：作者旅途中结下露水姻缘。

3142 故国千里，无计相逢。佳人倩影，来我梦中。

① 枕草而眠：比喻旅途艰辛，并非单指露宿荒郊。

3143　妻在闺中，相思满怀。头枕荒草，衣带散开。

3144　客梦幽幽夜凄凉，红染衣带①何处解。

3145　阿妹远怀漂流客，今夜衣带自松开。

3146　旅途衣带竟开散，近来夜夜苦思家。

3147　旅宿衣带已散开，阿妹叹息怀良人。

3148　新婚头枕宝钗臂，不足一月别家山。

3149　路途艰险妾哪知，与君携手过山川。

3150　彩霞飘舞春日迟，山道蜿蜒伴相思。

3151　依依遥望君背影，明日翻越手向山②。

伊藤博：此歌为游行女妇在客舍送别宴会上吟唱。

3152　安倍岛山③，黄昏露浓。旅宿长夜，难入梦中。

---

① 红染衣带：妻子衣衫的华美纽带。

② 手向山：山道垭口祭祀神灵，祈求旅途平安之地。手向，拍手遥拜。奈良市若草山以西的手向山最有名。

③ 安倍岛山：一说位于大阪市安倍野区，一说位于和歌山县，或兵库县、爱知县。

3153　大雪飞降，越郡[①]大山。何日翻越，望我故园。

3154　情切意浓，快马加鞭。真土山头，阿妹期盼。

3155　恶木山[②]头，浓荫蔽天。明日披靡，遥望家园。

3156　铃鹿川[③]上，八十河滩。深夜涉水，妹在天边[④]。

3157　妹住近江，日日难见。我居野洲[⑤]，夜夜不眠。

3158　人在羁旅，白浪来去。心念阿妹，可吐心曲？

译者解说：

旅途邂逅佳人，可否向她表白？“白浪来去”比喻进退两难。

3159　河口满潮，溢上两岸。多情恋心，难忘婵娟。

3160　海上波涛，奔涌岸边，错过贞浦，苦苦思恋。

3161　在千潟[⑥]兮，慰我乡愁。闺中佳人，茕茕独守。

---

① 越郡：包括后来的越前国、越中国、越后国，以及石川县的加贺、能登。
② 恶木山：亦称“芦城山”，二者同音（あしきやま），位于福冈县筑紫野市阿志岐芦城川畔，海拔 339 米。
③ 铃鹿川：流经三重县龟山与铃鹿两市，注入伊势湾。
④ 妹在天边：旅客来到陌生之地，深夜涉水，非为幽会。
⑤ 野洲：野洲川，即安川，发源于甲贺郡山间，注入琵琶湖。
⑥ 在千潟：所在地不详。

3162　水上澪标[①]，情真意浓。遥寄相思，一帘幽梦。

3163　怅望家山，空闺煎熬。我登礁石，泪洒客袍。

3164　室浦[②]濑户[③]，巨崎[④]鸣岛[⑤]。浪湿衣衫，踏遍乱礁。

3165　飞幡浦[⑥]上，滚滚浪涌。安得与卿，夜夜相逢。

3166　远望佳人，倩影缥缈。此非越海[⑦]，子难小岛[⑧]。

3167　浪间遥望，隐隐粟岛。佳人难逢，梦断魂消。

3168　真若浦[⑨]上，沙地[⑩]茫茫。片刻不息，心中恋情。

3169　能登海[⑪]上，渔火引路。水天茫茫，且待月出。

3170　志贺钓船，渔火点点。阿妹身影，何处可见。

---

① 澪标：港口近处的航标木桩，与“身を尽くし”（舍身）同音（みをつくし），挂词技巧（谐音），此语在古典和歌中十分常见。
② 室浦：位于兵库县揖保郡室津海湾处。
③ 濑户：潮流湍急的狭窄海峡。
④ 巨崎：突出的大礁石。
⑤ 鸣岛：揖保郡御津町西南端的小岛。
⑥ 飞幡浦：位于福冈县北九州市洞海湾入海处。
⑦ 越海：越前国到越后国一带的海面。
⑧ 子难小岛：地点不详。“子難”与卷十六 3870 作品中的越海“粉潟”同音（こがた），恐为同一岛屿。由“子难岛”联想到“近づき難き”（难以亲近）。旅途偶遇酷似自家娘子的佳人，却难以亲近。
⑨ 真若浦：可能指编号 919 作品和歌山市南部的和歌浦。
⑩ 沙地：原文为“砂地”（まなごつち），与下句“間なく時なし”（まなくときなし、片刻不停）发音相似。
⑪ 能登海：石川县能登半岛的海面。羁旅之歌。

3171 启航出海，难波潟上。与君惜别，相忆情长。

3172 熊野船①轻，划过海湾。想我阿妹，时刻挂念。

3173 堀江潮急，松浦船②乱。双手操舵，妹在心间。

3174 渔夫捕鱼， 欸乃声声。又上心头，吾妻倩影。

3175 和歌浦上，拾贝忘忧。海浪湿衣，闺中添愁。

3176 旅宿荒郊。头枕野草。心乱如麻，相思难消。

3177 志贺渔夫，乱礁割藻③。何时佳期，芳名已报。

3178 遥遥故国，翩翩流云。切莫伤怀，风送音讯。

3179 羁旅思念，闺中之人。秋津野上，惨淡白云。

3180—3210 悲别歌

3180 郎君无情，离家远去。深闺寂寞，团圆无期。

3181 为君系好，内衣纽带。期盼重逢，早日归来。

3182 心生厌倦，纷乱心绪。一朝离别，送君远去。

---

① 熊野船：纪伊半岛熊野地方原住民用原木所造小船。
② 松浦船：肥前国（部分在佐贺县，部分在长崎县）松浦地方造的船。
③ 藻："名告藻"，见编号946作品注释。

3183　君赴京师，奴在乡里。衣带松弛，无力再系。

3184　众目睽睽，君去路远。衣袖未挥，空留遗憾。

3185　手捧铜镜①，寻觅君影。山川相隔，痛不欲生。

3186　夜空黯淡，翻山越岭。何日归家，共话别情。

3187　青山重重，绿水迢迢。欲寄锦书，天涯渺渺。

3188　朝霞飘舞，君越高山。何日归家，离恨绵绵。

3189　山重水复，闺中难忘。路途遥遥，何时返乡。

原编者注：

某抄本歌曰：不见身影，相思难断。

3190　纵有归期，空床独眠。云横千里，山海阻拦。

3191　一朝远别，无限依恋。郎君又过，木棉间山②。

3192　野草深深过山路，荒蔺崎③上望笠岛④。

原编者注：

某抄本歌曰：郎君越御坂。

---

① 铜镜：枕词“真澄镜”。夫妻曾每日依偎同照，今日却形只影单。
② 木棉间山：东国高山。
③ 荒蔺崎：地点不详，可能位于今东京大田区大森以北。
④ 笠岛：位于东京品川区南大井一带。

3193 暝色暗淡岛熊山[1]，孑然一身叹路险。

原编者注：

某抄本歌曰：夕雾弥漫，忐忑不安，夜深难眠。

3194 夫君离家魂相随，鸡鸣[2]今日过东坂[3]。

3195 使君将越磐城山[4]，
奴在矶崎许奴美[5]，
海滨伫立迎客官。

3196 郎君弃我浅茅原[6]，春日野上空牵念。

3197 住吉怅望淡路岛[7]，无日不起怜惜情。

3198 明日远行印南川[8]，妾在深闺苦牵念。

3199 误我归期海路险，绕行岛礁保平安。

---

① 岛熊山：位于大阪府丰中市千里丘陵。
② 鸡鸣："东坂"的枕词。旅途中的丈夫在鸡鸣声中起床。
③ 东坂：东海道神奈川县足柄山口坡道，或长野县与群马县交界处的碓冰山口。
④ 磐城山：可能指静冈县清水市萨埵山，翻过此山就到家乡了。
⑤ 矶崎许奴美：萨埵山东麓，骏河湾沿岸的地名。句首的"奴"，指旅店游行女妇。《骏河国风土记》传说，有女神在此等候男神归来。
⑥ 浅茅原：荒凉寂寞之地。
⑦ 淡路岛：由"淡路"（あわじ）引出"あわれ"（怜惜）。
⑧ 印南川：读作"いなむのかわ"，位于兵库县南部，面对播磨滩，即今之加古川。"いなむ"引出动词"往なむ"（即将启程）。

3200　白浪飞涌饲饭浦[①]，闺中倩影常浮现。

3201　炊饭滨[②]上祭神灵，风中为妻祈平安。

井村哲夫：满潮时海岸起风，男子祈祷神灵，登船启航。

3202　熟田津[③]上君启航，至今未归天一方。

3203　鸳梦重温待何日，船离沙渚闻关雎[④]。

3204　菅草根深葛草绿，妾在深闺盼郎归。

3205　独留闺中苦相思，田子[⑤]渔夫割海草[⑥]。

伊藤博：“割海草”有沾花惹草之意。

3206　荒礁割藻筑紫道[⑦]，君在天涯何日还。

3207　年年岁岁，皓月当空。明朝恨别，郎君远行。

3208　久未归家，相思绵绵。清朗月夜，亦觉黯淡。

---

① 饲饭浦：亦称“笥饭浦”，位于淡路岛西海岸。
② 炊饭滨：位于大阪府西南端的泉南郡岬町的深日海滨。
③ 熟田津：见编号 8 作品注释。闺中少妇盼夫早归。
④ 雎：体型较大之猛禽，捕鱼为食。此歌受《诗经 · 关雎》影响。
⑤ 田子：田子浦，见编号 318 作品注释
⑥ 割海草：见编号 2743 作品。丈夫在田子浦海滩劳作散心。
⑦ 筑紫道：通往九州的官道。

3209 春日野上，三笠山巅。白云高挂，别恨绵绵。

3210 片山野雉①，郎君出门。妾守空闺，黯然消魂。

3211—3220 问答歌（2）

3211 郎君行船，似箭离弦。妾心欲碎，伫立岸边。

3212 众人划桨，船隐岛后。转眼不见，阿妹挥袖。

3213 初冬冷雨，君湿衣衫。待天放晴，可投旅店。

3214 遥望乡关，寒雨纷纷。何处投宿，容我栖身。

3215 后朝②分袂情难舍，候船投宿荒津滨③。

3216 一路相送到荒津，再送一程犹难分。

3217 荒津海神献币帛，平安还家添精神。

3218 朝朝船头望筑紫④，放声悲泣为别愁。

---

① 片山野雉：片山，山坡倾斜地。雄性野雉求偶后，仍独来独往，比喻丈夫婚后远行不归。

② 后朝：情人幽会后凌晨离别称“后朝”。

③ 荒津滨：福冈市大宰府外港一带海滨。此问答歌可能是大宰府官员奉命回京，与情人离别时所吟咏。

④ 筑紫：见编号335作品注释。

3219　丰国企救到长滨，日暮途穷念佳人。

3220　丰国企救到高滨[1]，苦盼郎君夜已深。

原编者注：

以上均为两首一组之问答歌（男女对唱）。

① 高滨：小仓市北区沙津海岸上高丘。

卷十三

本卷作品共127首，以无名氏长歌为主，创作年代不明。另有杂歌27首、相闻歌57首、问答歌18首、譬喻歌1首、挽歌24首。长歌风格与《记纪歌谣》一脉相承，古朴虔诚，其余作品为民谣风。本卷也有迁都平城京（奈良）后的新作，可谓新旧杂陈。学者们认为，此卷可能是平城京时代官吏收集整理而成的宫廷歌谣集。

卷十三目录

3221—3247 杂歌二十七首

3221 冬去春来，朝降白露。
晚风骀荡，彩霞飞舞。
绿树枝下，啼莺无数。

原编者注：

以上一首。

3222 祭祀三诸山，
神圣且威严。
山下盛开马醉木，
山头茶花正烂漫。
灵山护婴儿，
夜夜得安眠。

原编者注：

以上一首。

译者解说：

《古事记》神话：出云国之国君“大国主神”将土地献给大和王朝，实现和平统一。其后，一批出云国贵族迁往大和国京城附近，用“神奈备”命名此处之山，以慰乡愁。“大国主神”将神奈备山祭祀的出云国系统的三位神灵分封到大和国的三轮、葛城、云梯三座山，与大和群山一道拱卫京城。此歌作者来自出云国，他希望在此营建安宁富足的生活。

3223　　电闪又雷鸣，秋雨雁不鸣。
三诸神奈备，御田屋①清净。
水田墙垣外，池畔槻木青。
秋叶红光艳，手持如铜铃。
妾本弱女子，攀折寄深情。
送君做发簪，可摄天地精②。

3224　**反歌**

红叶欲燃心欲醉，折来与君共赏玩。

原编者注：

以上二首。

3225　　天光透云影，倒映初濑川，
此处非海湾，无港可泊船。
此处无礁石，难以垂钓竿。
哪怕无礁石，莫愁非海湾。
钓舟破浪来，争先到眼前。

3226　**反歌**

波光粼粼涌细浪，无处泊船垂钓竿。

原编者注：

以上一首。

---

① 御田屋：水稻收获季节将近，在田间搭建草庵“御田屋”，守护庄家，防止野猪、野鹿啃食，用收获的稻米敬献神灵。

② 可摄天地精：编花草为冠，折枝为簪，是摄取大自然生命力的咒术。见编号 423 作品注释。

3227 苇原瑞穗国，祭祀降神灵。
神灵百千万①，神代盛名传。
神奈备，三诸山，
春霞满天舞，秋光红叶燃。
神奈备，三诸神，
宛如腰带，明日香川。
波光粼粼，急浪滚翻，
岸边岩上无苔藓。
悠悠千古岁月流，
待到岩上苍苔染②。
夜夜新婚度良宵，
对对新人相拥眠。
代代太平梦，刀剑供神前。

原编者注：

以上一首。

3228 **反歌**

神奈备，三诸山，
祭祀众神有古杉，
待到岩上苍苔染。

---

① 神灵百千万：神道为多神教，山川草木皆有神，“百千万”言其多也。见编号 167 作品注释。

② 待到岩上苍苔染：比喻直到海枯石烂。日本国歌《君之代》：“岩上长青苔，皇运永不衰。”

3229　**反歌**

献神酒，立玉串①，
神主②髻华③插发簪，
日光照，多威严。

原编者注：

以上共三首，但某抄本未收录此短歌。

3230　神灵祭品，满目琳琅。
徜徉举步，出我奈良。
来此穗积④，水蓼⑤苍苍。
漫漫坡道，捕鸟张网⑥。
行过坂手⑦，水流岩上。
神奈备山，朝宫⑧辉煌，
侍奉吉野，缅怀遥想⑨。

3231　**反歌**

日月嬗递，万古沧桑。三诸离宫⑩，永世辉煌。

---

① 玉串：用杨桐树枝与筱竹枝为主干制成的祭品。
② 神主：神社神职人员的首领，普通神官亦可尊称“神主”。
③ 髻华：神主发上或冠上的装饰品。
④ 穗积：位于奈良县天理市西方前栽町一带。
⑤ 水蓼：水边苦蓼。
⑥ 捕鸟张网：地名“坂手”的枕词。
⑦ 坂手：位于奈良县矶城郡田原本町一带。
⑧ 朝宫：飞鸟行宫。
⑨ 缅怀遥想：宫中百官怀念多次行幸吉野的天武天皇与持统天皇。
⑩ 三诸离宫：文娱三诸山上的离宫。

原编者注：

以上两首，某抄本歌曰：旧都之离宫。

3232 手执利斧，伐木桧山①。
丹生②木筏，百③岛之间。
嶙峋巨石，屹立两岸。
吉野美景，百看不厌。
遥望黑瀑④，白浪轰响，
飞流千尺，直落深潭。

3233 **反歌**

吉野挂飞瀑，岩下白浪翻。
何当挈妇来，同游黑泷潭。

原编者注：

以上二首。

译者解说：

长歌后的反歌多为短歌，此反歌却是旋头歌。

3234 赫赫大君，红日高悬。
太阳子孙，御宇河山。

---

① 桧山：长满桧树的山。日本的“檜”（桧），我国称“扁柏”“侧柏”。
② 丹生：位于奈良县吉野郡黑泷村一带，用这里的木料扎成木筏。
③ 百：夸张手法，吉野川上有河洲露出水面，亦称“岛”。
④ 黑瀑：因山体岩石发黑，瀑布亦显黑色，泻入深潭激起白色浪花。

山海丰饶，御膳神馔①。
伊势之国，锦绣山川。
群峰高贵，滚滚清澜。
天高海阔，港口昌繁。
百岛秀丽，声名远传。
心生敬畏，笃行慎言。
五丨师宫②，矗立山边。
煌煌大宫，蔚为壮观。
朝阳明媚，晚霞满天。
春山萌动，秋岭色艳。
百官侍奉，忠心不变
天长地久，日月经天。

3235 **反歌**

山边御井③五十师，鬼斧神工织锦缎。

原编者注：

以上二首。

3236 我离大和国，翻越奈良山。
穿行山城国，再过菅木原④。

---

① 御膳神馔：为天皇和神灵提供的食材。
② 五十师宫：位于五十师原（三重县铃鹿市山边町）的离宫。
③ 御井：井水与泉水的美称。本歌创作于持统天皇六年（692 年）三月行幸伊势时。
④ 菅木原：京都府缀喜郡原野。

宇治渡口[①]，冈屋阿后尼原[②]，
千年通衢上，万代客不断。
山科石田社[③]，来将币帛献。
一路行到此，又过逢坂山，

3237 **某抄本歌曰：**

奈良山青，宇治川宽。
逢坂路上，币帛敬献。
近江海阔，波涌岸边。
踽踽独行，佳人不见。

3238 **反歌**

近江波涛涌，东出逢坂山，
浪如花开白木棉。

原编者注：

以上三首。

3239 近江海上八十港，八十岛崎好风光。
岛生树木何葱茏，橘花芬芳枝头放。
高枝涂有黏鸟胶，斑鸠困在中枝上。
下枝粘有锡嘴雀[④]，无法脱身命将丧。

---

① 宇治渡口：京都府南部宇治川的渡口。
② 冈屋：京都府宇治市宇治川东岸原野，阿后尼原位于其上。
③ 山科石田社：位于京都市东部山科的石田神社，见编号 1731 作品注释。
④ 锡嘴雀：雀形目褐色小鸟，体型比斑鸠小，冬天才能看到，与歌中五月盛开的橘花季节不符。

可怜小斑鸠，可怜小锡嘴，
不知父母将殒命，依然嬉戏在一旁。

原编者注：

以上一首。

3240 跪拜接诏命，诚惶又诚恐。
翻越奈良山，挥手辞帝京。
真木堆泉川，滩上激浪声。
棹歌渡大河，宇治波涛滚。
踏上近江道，逢坂来相迎。
登山祭神灵，庇佑平安行。
下山来乐浪，志贺唐崎景。
重归近江日，再见群峰青。
道路多曲折，叹息久不停。
家山日渐远，群峰云外影。
刀剑拔出鞘，威严壮心魂。
遥望伊香山①，实难辨行程。

3241 **反歌**

叹息祈祷，天地神祇。平安归来，再见唐崎。

原编者注：

以上两首，某抄本曰：其后短歌，为穗积朝臣老流放佐渡岛时所作。

---

① 伊香山：滋贺县伊香郡一带山地。

3242 美浓之国[①]，高北泳宫[②]。
面向朝日，行靡阙矣[③]。
我闻传说，独行幽径。
奥十山，美浓山[④]，
峰峦低头，众人踏平。
靠近此边，人潮冲撞。
奥十山，美浓山，
实在无情。

原编者注：

以上一首。

译者解说：

此歌含义不明，众说纷纭。

3243 少女成群，麻线垂筐，
麻线纤长，长门浦[⑤]上，
晨风停，海潮涨，
晚风起，掀波浪。
海潮汹涌，巨浪高扬。
心念佳人，爱慕满腔。
渔家女儿，海滨徜徉，

---

① 美浓之国：美浓国，岐部县南部。
② 高北泳宫：高北与泳宫皆为地名，位于岐部县可儿市。《日本书纪·景行记》："四年，景行天皇行幸美浓，欲往当地美人弟媛家访婚，曾在泳宫逗留。"
③ 行靡阙矣：语意不明。中西进解释为"无法通过的关隘"。
④ 奥十山，美浓山：指岐部县可儿市浅间山与京都府八幡市美浓山。
⑤ 长门浦：位于（长门国）山口县下关市，本州岛最西端。

阿胡①乱礁采海菜，
披巾②飘舞在肩上。
皓腕戴美玉，迎风响叮当。
佳人挥衣袖，相悦早成双。

3244 **反歌**

阿胡海滨，乱礁边上。
依依恋情，层层细浪。
思念佳人，片刻难忘。

原编者注：

以上二首。

3245 安得天梯入云端，不怕山路空中垂。
月读壮士多慈祥，赐我返老还童水。
携来人间献君③饮，青春永驻千万岁。

译者解说：

此歌祝贺长生不老。万叶时代，老子的“长生久视”思想在日本广泛流传。

小学馆版《万叶集》注：“君”可指君主、父母、丈夫，或年迈朋友。

---

① 阿胡：山口县阿胡海。
② 披巾：装饰肩巾，亦是招魂用咒具。
③ 君：与作者关系不明。

3246　**反歌**

日月经天，光阴嬗递。心怀仰慕，君渐老去。

原编者注：

以上两首。

3247　沼名川①底，探得宝玉。高贵如玉，叹君老去。

原编者注：

以上一首。

3248—3304　相闻歌五十七首

3248

大和之国，人口稠密。
藤波②摇荡，绿茵铺地。
心魂恋卿，一夕九逝。
何日相逢，焦灼不已。
无尽长夜，相思难寄。

3249　**反歌**

大和国中，真爱唯一。两情相悦，何须叹息。

---

① 沼名川：姬川。发源于长野县，在新潟县丝鱼川市入海，河边有采集加工翡翠等硬玉的遗址。

② 藤波：紫藤花摇荡如波，与其后的“绿茵”都是“心绪摇荡，相思万千”的枕词。

原编者注：

以上二首。

3250 大和之国，仰仗神恩。
轻言妄语，冒渎众神。
天地神祇，难知我心。
岁月虚度，相思难忍。
恋情焦灼，终日怏闷。
毕生难会，千古遗恨。
生命不止，悲痛无尽。
手捧宝镜，幻影成真。
相逢之日，何日来临。

3251 **反歌二首**

郎君可信，大船安稳。不惜心碎，只为情深。

3252 君离京师，羁旅草枕。何日归来，苦熬晨昏。

3253 **《柿本朝臣人麻吕歌集》歌曰**

苇原瑞穗国，苍生仰天神。
言语皆有灵，开口须谨慎。
神前表心迹，祝福寄使君。
荒礁林立处，千重波涛滚。
祈祷百千回，平安返家门。
波涛千万重，祈祷告众神。
一遍又一遍，祈祷告众神。

译者解说：

此长歌为民谣风格，祈祷神灵保佑波涛彼岸的友人平安归来。

伊藤博：文武天皇大宝元年（701 年）正月，时隔三十年，再次任命遣唐使，由粟田真人朝臣执节、山上忆良担任使团之“少录”(文秘)。此歌为柿本人麻吕所吟饯别宴会歌。

3254 **反歌**

大和之国言有灵，天助神佑保太平。

原编者注：

以上五首。

3255 自古有人言，相思苦千般。
难解少女心，阴晴两重天。
耗尽精气神，无计闯情关。
焦灼难自持，一命赴黄泉。

3256 **反歌**

片刻难逃痴情网，自叹难入伊人心。

译者解说：

以上两首为单相思之歌。

3257 莫抄近路，绕道巨势。心急如焚，跨过飞石[①]。

---

① 飞石：亦作“石橋”，互不相连的数块岩石铺成过河通道，比喻幽会路之艰辛。

原编者注：

以上三首。某抄本歌曰：君来采珠，纪伊海滩。何日相逢，到妾堂前。此歌为其反歌，以下无详细内容，按古本重抄于此。

3258　　年来年往，信使不见。
春日迟迟，霞光满天。
叹息声声，相思缠绵。
阿母养蚕，缚我如茧。
恋情焦灼，倩谁相传。
痴心等候，苦恨无缘。
黄昏日暮，衣袖不干。

3259　**反歌**

君心未将妾挂念，远若行云隔山川。

原编者注：

以上二首。

3260　　小垦田①中，年鱼道②边。
汲水解渴，路人不断。
心恋阿妹，相思绵绵。

3261　**反歌**

难慰我心相思苦，与君难逢又一年。

---

① 小垦田：位于奈良县高市郡明日香村飞鸟地方西北面。
② 年鱼道：指飞鸟以东八钓鱼、山田一带。

原编者注：

今日思之，反歌中之“与君难逢”不合情理，应为“与妹难逢”。

3262 **某抄本之反歌曰**

灌木墙，枝叶繁，为卿衣带日渐宽。

原编者注：

以上三首。

译者解说：

院落周围有灌木当围墙，美称“瑞垣”，即有生命之墙垣，四季花香四溢。作者忍受相思之苦，日渐憔悴。灌木墙花繁叶茂，生机勃勃，与自己形成鲜明对比。

此歌创作年代相当于唐代，受中国小说《游仙窟》“日日衣宽，朝朝带缓”的影响。宋代柳永《蝶恋花》“衣带渐宽终不悔，为伊消得人憔悴”的诗句尚未出现。

3263 清清流水泊濑川，道道滩上有景观。
上游岸边斋垣绕①，下游古木立河滩。
斋垣桩上挂宝鉴，古木枝头玉珠串。
最喜阿妹美如玉，我爱阿妹如宝鉴。
为谁相思返故乡，为谁思恋回家园。

原编者注：

《古事记》载，此歌为木梨轻太子自杀时所作。

---

① 斋垣：不可侵犯之神域。“斋垣”“美木”“宝鉴”“玉珠”等词汇都充满神秘色彩。

译者解说：

第19代允恭天皇的木梨轻太子与胞妹乱伦，遭非难。其弟穴穗皇子夺其皇位，是为第20代安康天皇，木梨轻太子被迫自杀。

小学馆版《万叶集》注：本歌为丧妻男子吟出的挽歌，将其收入“相闻歌”颇不自然。

3264 **反歌二首**

一年未见，尚可忍耐。始陷相思，片刻难挨。

3265 **某抄本反歌曰：**

悲苦无穷，厌世出家。今又还俗，有何牵挂？

原编者注：

以上三首。

小学馆版《万叶集》注：编号3263长歌为丧妻男子吟出的挽歌。长歌与反歌似乎并无关联，男子出家后又还俗，毫无必要。

3266
春花竞开，红叶秋山。
宛如罗带，明日香川。
蜿蜒流过，神奈备山。
水草逐浪，滩头涛喧。
恋情焦灼，命如露散。
金屋藏娇，相逢尽欢。

3267 **反歌**

明日香川，道道浅滩。水草披靡，心怀妻眷[①]。

原编者注：

以上二首。

3268 三诸神秀，神奈备山。
阴云密布，骤雨满天。
水汽腾腾，浓雾弥漫。
大风起兮，真神之原。
风雨交加，令人胆寒。
盼郎早归，一路平安。

中西进：真神之原，可能指奈良县飞鸟寺附近旷野。

3269 **反歌**

郎君远行惹牵挂，辗转一夜妾难眠。

原编者注：

以上二首。

3270 家徒四壁，光景惨淡。
放火焚之，妒恨难遣。
陋屋低矮，破席几片。

① 妻眷：此处专指爱妻。

手臂污秽，几欲折断。
不知羞耻，交臂而眠。
吱吱有声，破床[1]塌陷。
如我叹息，冤家孽缘。

3271 **反歌**

我心如焚谁之过，难舍郎君自多情。

原编者注：

以上二首。

译者解说：

此破屋为女子想象的情敌之家。“我”即便纵火焚之，亦难泄恨。

岩波版《万叶集》注：女子因丈夫有外遇而深感嫉妒。《万叶集》中描写女性嫉妒之情的作品仅此一例，中国古诗中绝无此类作品。

伊藤博：痛骂丈夫与情敌相拥而眠，强烈嫉妒。

3272 邻里男子结标识，终日彷徨久不安。
闻此消息心不平，从此怎过小野[2]原。
如在荒野卧草丛，自家居室坐针毡。
叹息声声难压抑，一团乱麻何茫然。

① 床：古代日本人睡在地板上，可坐可卧，也称为床。
② 小野：村庄附近小片原野，村民砍柴之地，用来比喻女主人公。

苇垣[1]凌乱如愁绪，天云飘忽向谁边。
心中纵有千千结，忧思难以对人言。
满腹焦灼相思苦，甘舍性命亦惘然。

3273 **反歌**

消瘦只为痴情故，腰带三重衣犹宽。

原编者注：

以上二首。

伊藤博：迁居来的外乡人，如有意与村里某位女子相好，便会遭该村年轻人的阻拦和惩罚。

3274 别恨难遣无奈何，怪石嶙峋山道险。
朝出踏岩叹穷途，夕归落魄思绪远。
衣衫宽大叠为褥，独寐怅望午夜天。
黑发凌乱铺枕上，魂不守舍入梦难。
飘飘荡荡如船晃，相思满怀柔肠断。
独守空床几多夜，悲凉无尽泪阑干。

3275 **反歌**

欲数凄苦几多夜，倒海翻江心绪乱。

原编者注：

以上二首。

---

① 苇垣：种植芦苇作墙垣。

伊藤博：女子家住崎岖山路之旁，男子来访不易，独眠凄苦之夜难以数清。

3276　男　山田小路连远道，离别爱妻默无言。
万千依恋何所似，水波流云①如花颜。
欲行不得频回首，原地踌躇举步难。

女　今朝送别郎远去，万千愁绪天地间。
灵犀相通情难舍，哀哀问君几时还。
叹息缕缕长几许，八尺悠悠②沉甸甸。
行人停步问缘由，如何作答妾犯难。
君之姓名埋心底，不敢轻易对人言。
待到月出东山顶，盼我郎君回家园。

3277　**反歌**

郎在谁家眠芳草，夜夜苦盼何日还。

原编者注：

以上二首。

广冈义隆：“八尺”，日本古代将“八”视为“圣数”，言其多也。神话和诗歌中常出现“八云”“八咫乌”“八重垣”“八俣大蛇”等词汇。

---

① 水波流云：形容妻子美貌。
② 八尺悠悠：比喻呼出的叹息悠长而沉重。

3278 男 赤驹黑驹拴马厩，
槽里粮秣添个够。
骑上骏马赴佳期，
阿妹早在我心头。

女 高高山峰云霄外，
山梁伫立弓箭手。
只待野猪进田地，
只等野鹿来露头。
闻郎来，床铺就。
犬莫吠，且等候。

3279 **反歌**

苇垣留痕惹流言，小心谨慎记心头。

原编者注：

以上二首。

译者解说：

男子从女方家苇垣中钻过前去幽会，留下痕迹引来非议。

3280 不知夫君，人在何方。
夜静更深，举目仰望。
风雨骤来，门前张望。
天寒地冻，大雪飞扬。
衣袖结冰，神情沮丧。
苦盼重逢，痴心妄想。

无奈自欺，聊慰衷肠。
挥动衣袖，拂我空床。
欲见君面，唯有梦乡。
今夕何夕，空怀惆怅。

3281　**某抄本歌曰：**

苦盼夫君，人在何方。
长空雁鸣，寒气骤降。
不觉夜深，风暴雨狂。
门前伫立，满袖飞霜。
冷霜结冰，寒透衣裳。
稳坐大船①，盼君来访。
相会无缘，痴心妄想。
自欺欺人，唯有梦乡。
今夕何夕，空怀惆怅。

3282　**反歌二首**

风雨忽来衣袖冷，无奈独眠叹夜长。

3283　可怜愈发陷痴情，夜夜唯盼入梦乡。

原编者注：

以上四首。

---

① “大船”为枕词。大船安稳，可应对风浪。

3284 菅草根深，情意绵长。
愿我阿妹，别来无恙。
流言不起，百事顺畅。
床头掘土，斋瓮安放。
竹玉成串，垂于其上。
诚心祈祷，佑我安康。
天地神祇，指我迷惘。

原编者注：

今日思之，“愿我阿妹”一句不合情理，当是“愿我郎君”。其后反歌中有“托付此生有郎君”一句。

3285 **反歌**

未向阿母吐实情，托付此生有郎君。

3286 **某抄本歌曰：**

每时每刻，思念郎君。
祭祀天地，平安降临。
倭纹币帛，捧在手心。
竹玉成串，奉献众神。
何去何从，指我迷津。

3287 **反歌**

天地神祇常祈祷，痴情相逢定有期。

3288 **某抄本歌曰：**

安如大船，平稳可靠。
真葛蔓延，永世相交。
相思悠长，为君祈祷。
流言平息，岁岁安好。
木棉襻带，斋瓮酒醪。
掘土安放，诚心祷告。
指引迷津，去我烦恼。

原编者注：

以上五首。

3289 剑池[①]莲叶，水珠滚滚。
流向何处，忧心如焚。
与君有缘，共度晨昏。
阿母有言，不得同寝。
清隅之池[②]，水底幽深。
祈祷神祇，求得真训。
径直相逢，莫负真心。
永不相忘，相知相亲。

3290 **反歌**

神代悠远姻缘多，我心坚贞不忘君。

---

① 剑池：位于奈良县橿原市石川町， 橿原神宫火车站向东 5 公里处。
② 清隅之池：奈良市东南方山中高樋町的水池。

原编者注：

以上二首。

3291　吉野山上，古木成林。
郁郁葱葱，菅草根深。
一片至情，思念郎君。
恭奉皇命，上马出门。
（某抄本歌曰：诚惶诚恐，我奉君命。）
远离皇都，牧我臣民。
（某抄本歌曰：天高地远，偏僻混沌。）
清晨离家，群鸟出林。
我留京师，苦度晨昏。
君在旅途，应念至亲。
手足无措，难寄书信。
（某抄本歌曰：群山巍巍，树梢插云。）
葛草蔓延，依依情深。
行到此刻，别情难忍。
（某抄本歌中无“行到”二字。）

原编者注：

另有某抄本多出（括号中）三句，而无“行到”二字。

3292　**反歌**

祝君长寿无灾病，斋戒忌物盼归期。

原编者注：

以上二首。

译者解说：

奈良女眷送别丈夫离京赴任时所咏离别歌。

3293 吉野山，御金岳[①]，
潇潇淫雨不停歇。
吉野山，御金岳，
大雪纷飞一片白。
纷纷雨雪到何时？
相思如火难熄灭。

3294 **反歌**

吉野岳上挂白云，大雪纷纷寄相思。

原编者注：

以上二首。

3295 母 三宅原[②]，儿徒跣，
夏草拦路齐腰间。
急行双脚何疼痛，
赶路如疾风，心念谁家媛？

子 阿母有不知，
早有阿妹在心田。
阿爹亦不晓，

---

① 御金岳：奈良县吉野山中的金峰山或大峰山。
② 三宅原：位于奈良县畿城郡三宅乡。

早有阿妹梦魂牵。
木棉绳，系黑发，
荇菜黄花作花冠。
大和国，黄杨木，
制成木栉插发间。
阿妹如花，是我妻眷。

3296 **反歌**

未报父母赴良宵，野草绊脚到妹前。

原编者注：

以上二首。

3297 时时刻刻，心怀思恋。
不见阿妹，坐立不安。
日日夜夜，焦灼难眠。
性命难保，苟延残喘。

3298 **反歌**

痛不欲生叫阿妹，不愿苟活苦牵念。

原编者注：

以上二首。

3299 妹在何处，极目四望。
伫立岸边，在水一方。

洪波相隔，孑然惆怅。
思恋情浓，叹息悠长。
愿驾朱船①，乘风破浪，
安得玉舵，横流导航。
奋力行驶，为诉衷肠。

原编者注：

以上一首。某抄本歌头句云：泊濑川，妻立彼岸，我在此岸。

3300 难波海滨，踏礁拉纤。
逆流而上，朱船靠岸。
拴上缆绳，百舟并肩。
人言汹汹，难以争辩。
百般否定，不敌流言。
一世清名，毁于一旦。

原编者注：

以上一首。

伊藤博：本歌可能为船夫劳动歌之一。

3301 神风②浩荡，伊势海滩。
清晨浪平，天高海宽。
深海松兮，漂到海岸。
黄昏波平，夕照灿烂。

---

① 朱船：赤土涂船，可驱除妖魔，保航行安全。
② 神风：因天照大神威德而刮起的海风。

股海松[1]兮，回到眼前。
款款深情，妾心牵念，
郎君出海。此刻当还。
时至今日，未称妻眷。

原编者注：

以上一首。

3302 纪伊之国，牟娄[2]近处，
千年无灾，万年兴隆。
出立[3]沙渚，拂晓浪静。
深海松兮，海浪推送。
波澜不惊，又到黄昏。
绳苔飘来，到我手中。
一往情深，心念佳人。
绳苔易断，柔弱枝茎。
乡里邻人，云集歌垣，
不见爹娘，幼儿哭声。
郎君离去，四处寻觅，
拉满梓弓，双箭飞鸣。
满心依恋，无悔深情。

原编者注：

以上一首。

---

① 股海松：一种海藻，深绿色枝叶成多股分叉状。
② 牟娄：和歌山县田边市与西牟娄郡白滨町的温泉乡。
③ 出立：位于和歌山县田边市元町。

3303 乡里邻人，告我知晓：
“红叶满地，万木萧萧。
你家郎君，踪迹杳杳，
神奈备山有新交。
（某抄本歌曰：你家郎君，常过山麓。）
黑马飞跨，河滩道道。
悄然而去，远路迢迢。”
邻人所见，告我知晓。

译者解说：

括号中异本所抄歌词与流行抄本不同。

3304 **反歌**

浑然不知，心无烦恼。偏偏有人，告我知晓。

原编者注：

以上二首。

3305—3322 问答歌十八首

3305 心舒畅，行行大路上。
对青山，极目放眼望。
美娇娘，杜鹃花正放。
樱花灿，满面泛春光。
众口言，你我天作合。
众人道，两人配成双。
为求婚，荒山也难挡。

从今莫听他人言，
休动摇，勿相忘。

3306 **反歌**

痴心岂能静如水，祈祷反添万千愁。

译者解说：

本卷“问答歌”诞生于春季“歌垣”。本歌为男子所咏，舆论促使男子前来求婚，他却担心女方易受旁人左右。

3307 心中暗恋已八年，齐肩剪发垂过肩。
身高超过橘树梢，河床潜流水潺潺。
盼得两心融一体，喜结连理当不远。

3308 **反歌**

日日夜夜，祈祷苍天。绵绵相思，挥刀难断。

译者解说：

本歌为女子所答。

3309 **《柿本朝臣人麻吕歌集》歌曰**

神清气爽，行行道上。
仰望青山，杜鹃开放。
少女娇媚，樱花容光。
喜结连理，花烛拜堂。

卿之心事，且对我讲。
八年相思，切发①变长。
橘树枝头，吐露芬芳。
川上清波，流向远方。
两心聚拢，情深意长。

原编者注：

以上五首。

3310 望群山，泊濑②在其间。
为求婚，我来此山川。
浓云密，呼啸飞雪天。
满天阴，冷雨打双肩。
野雉啼③，声声含哀怨。
雄鸡鸣，夜尽曙色现。
快开门，容我进庭院。
人困乏，容我稍睡眠，
快快来，打开门两扇。

3311 **反歌**

踏过碎石崎岖路，泊濑佳人牵我魂。

---

① 切发：日本古代剪到齐肩的童女短发。
② 泊濑：见编号 282 作品注释。群山环抱，山清水秀的美女之乡。
③ 野雉啼：《古事记》歌谣中被视为不吉之兆。访妻之人本该尽快离开，作者却继续唱情歌。

3312 泊瀬小国，幽会夜游①。
当今天皇，暗访佳偶。
妾在闺中，焦急等候。
内室床上，阿母监视，
外屋床头，阿爹看守。
妾起身来，阿母惊醒，
妾出门去，阿爹追究。
踌躇之间，曙色已露。
妾在人前，若无其事，
隐秘恋情，我心忧愁。

3313 **反歌**

踏过碎石滩头水，君骑骊马应常来。

原编者注：

以上四首。

广冈义隆：“内室床上，阿母监视，外屋床头，阿爹看守”，母亲睡在内室，父亲睡在外屋，表现当时母系社会家庭生活场景。而山上忆良的《贫穷问答歌》（编号 892）中描写穷人家“父母上方卧稻草，下方妻子挤光床”，表明儒家思想传入日本后，父母睡“上方”，妻与子则睡“下方”。

---

① 幽会夜游：原文为“夜這”（よばい），古代婚俗，男子趁夜色潜入女子闺中幽会。歌中访妻男子为天皇。

3314 山城道[1]上，人来人往。
人家夫婿，马鞭高扬。
我家郎君，徒步恓惶。
见之伤怀，泪洒胸膛。
心痛不已，满面无光。
阿母遗物，明镜闪亮。
蜻蛉披肩[2]，一并奉上。
换得钱财，可充行囊。
买来好马，众人仰望。

伊藤博：当时一匹马的价格约合12担至22担大米。

3315 **反歌**

泉川滩头水深深，郎君切莫湿衣裳。

3316 **某抄本反歌曰**：

妾持宝镜无用场，见郎徒步好心伤。

3317 **某抄本反歌又曰**：

我跨骏马妻步行，不如携手崎岖路。

原编者注：

以上四首。

---

① 山城道：通往山城国（京都府南部）的官道。
② 蜻蛉披肩：像蜻蜓翅膀一样薄而透明的丝织披肩。

3318 君到纪伊国，渺渺大海边，
翻山拾珍珠，妹山与背山。
问君何时归，路旁行夕占，
侧耳听神谕，句句响耳畔：
“阿妹盼夫君，郎在大海滩。
波涛送珍珠，欲取闯艰险。
郎君拾珍珠，此刻难回还。
多则七日夜，少则两日间。”
盼郎心焦灼，阿妹心凄然。

反歌四首

3319 杵杖徒步，迎我郎君。行至歧路，凭谁可问？

3320 巨势道远，不可直行。踏石寻郎，满怀痴情。

3321 夜静更深，俄顷天明。纪伊道上，念君独行。

3322 郎到宇智①，我立门前。满心焦虑，苦盼君还。

原编者注：

以上五首。

① 宇智：大和国旧郡名，现奈良县五条市。

3323 譬喻歌一首

筑摩狭野①生木通②，
息长远智③长小菅④。
割来小菅懒得铺⑤，
背回木通懒得编⑥。
可怜被人扔一旁，
让我满心生爱恋。

原编者注：

以上一首。

译者解说：

女子怨恨负心男子，以遭受冷落的“木通”“小菅”自喻。

3324—3347 挽歌二十四首

3324 诚惶诚恐，唱我悲恸。
藤原京⑦中，人流涌动。
千夫仰望，万民尊崇。
岁月悠长，宫门高耸。

---

① 筑摩狭野：滋贺县坂田郡米原町朝妻筑摩原野。
② 木通：藤蔓可编制椅子及其他器物，木质部分可入药。
③ 息长远智：滋贺县坂田郡米原町的东部。
④ 小菅：“苔草”或“蓑衣草”，生于水边湿地和森林草原，高一米以上，适于编织蓑衣。
⑤ 懒得铺：懒得用菅草铺床。铺床寓意夫妻同眠。
⑥ 编：隐喻同床共枕。
⑦ 藤原京：从持统、文武朝直到元明天皇迁都平城京 16 年间的都城。迁都轨迹为飞鸟京、藤原京、平城京，一路向北。

皇子英姿，气势如虹。
高高在上①，臣民惶恐。
早日成才，不欠东风。
万事俱备，满月在空。
念我皇子，少年英勇。
春来大地，丘上青松。
登高望国，江山兴隆。
九月秋凉，冷雨迷蒙。
大殿之前，石板铺成。
萩花盛开，天降露浓。
大好秋光，赞颂胜景。
冬晨飞雪，手执梓弓。
策马出行，狩猎豪雄。
春日迟迟，彩霞相迎。
皇子威武，万代雄风。
热泪盈眶，瞻仰圣容。
无限期待，万人心中。
山河变色，愁云万重。
仰望宫殿，哀乐声声。
白布覆盖，肃穆深宫。
宫人低眉，麻衣相送。
似真似幻，恍然如梦。
城上路口，远望群峰。
磐余神葬，不辨路径。
思绪万千，有何效用。
叹息不停，绵绵无穷

① 高高在上：语出《诗经 · 周颂 · 敬之》。

路旁青松，无言悲痛。
皇子衣袖，几曾触碰。
又是一月，仰望苍穹。
满怀思念，诚惶诚恐。

3325 **反歌**

磐余群山皆戴孝，白云徘徊大君魂。

原编者注：

以上二首。

樱井满：此无名氏挽歌可能是悼念藤原京时代早逝的文武天皇（683—707）。

3326 矶城岛[①]兮，大和之国。
心中涌动，万千思绪。
本无缘由[②]，城上之地。
营造寝宫，大君安息。
朝夕呼唤，舍人[③]云集。
侍奉身边，左右不离。
此刻闲暇，精神松弛。
遐想云外，驰骋千里。
俯首低眉，泪湿我衣。

---

① 矶城岛：大和国的美称，枕词。
② 本无缘由：城上之地无历史渊源。
③ 舍人：此处指守灵官人。

伏地恸哭，长跪不起。

原编者注：

以上一首。

3327　三野王①，养骏马。
西面建马厩，齐刷刷，
东面建马厩，多高大。
割来青草喂骏马，
汲来清泉饮骏马。
昂首正嘶鸣，
且看铁青马②。

3228　**反歌**

铁青骏马，仰天嘶鸣。为其主公，大放悲声。

原编者注：

以上二首。

3329　白云涌，飘飘浮半空，
青云起，低垂罩田垄。
苍穹下，唯我丧夫婿，
天地间，夫妻情最浓。

---

① 三野王：三野（みの）即美浓国（みののくに），三野王即美浓王。
② 铁青马：毛色黑白混生的骏马。马在葬礼嘶鸣被视为不祥，应事前将马喂饱。

念夫婿，胸中万般苦，
思不尽，我心何悲痛。
待何日，创伤可抚平，
念夫婿，日夜添苦衷。
九月里，举家办丧事，
悼亡魂，泪水如泉涌。
千秋恨，悼词连篇牍，
万代愁，思恋永无穷。
九月过，不减一分愁，
留遗言，儿孙记心中。
坟穴口①，立石作墓门
又一月，何去又何从？
守墓屋，朝朝闻哀叹，
到黄昏，上床难入梦。
心恍惚，摇摇如乘船，
枕黑发②，独守大床空。
念夫婿，夜夜苦思恋，
愁绪绵绵永无终。

原编者注：

以上一首。

译者解说：

此长歌后无“反歌”，女人字字血泪追悼亡夫。

---

① 坟穴口：当时流行横穴式墓葬，遗体置于山洞，封住洞口，洞前立石两块当墓门。

② 枕黑发：妻子住进守墓小屋时还是满头秀发，正值二三十岁盛年。

小学馆版《万叶集》注：九月丈夫去世，下葬，守墓，然后开始“年忌”。佛教丧礼，守灵完毕离开坟墓，以后每年“忌日”这一天都要前来祭祀。一周年、三周年、七周年这三次忌日最为重要。

3330 泊濑川上鱼鹰船，
上游河滩，八只鱼鹰水下潜，
下游河滩，八只鱼鹰浪里钻。
驾船捕香鱼，鱼鹰口中衔。
香鱼送闺中，心中多爱怜。
为捕香鱼，路途遥远。
思乡情切，叹息不断。
衣衫破，可缝补，
玉串断，能再穿。
别妻远行，何日相见？

3331 群山环抱泊濑山，
草木青青忍坂山①，
横陈天际山势连。
座座山峰指苍天。
荒无人烟实可怜。

3332 巍巍高山，茫茫海面。
历历在目，不忍久看。
山海天性，永留人间。
人生苦短，如花凋残。

---

① 忍坂山：位于樱井市忍坂，泊濑群山中的一座，草木繁茂。

原编者注：

以上三首。

3333 拜受君命，惶恐万般。
远离大和，渡海扬帆。
大伴三津[①]，启航离岸。
挥动百桨，奋力划船。
清晨浪静，齐声呼喊。
黄昏波平，桨声不断。
夫君远航，何日回还。
谨慎斋戒，占卜平安。
时有凶信，传到耳边。
心驰筑紫，黄叶飘散，
夫君安否，何人传言。

3334 **反歌**

君言归家定有期，凶信真伪实难辨。

原编者注：

以上二首。

3335 路上行人，越野翻山。
乘船渡河，漂流海面。
海神可畏，波涛连天。
沧海横流，航路阻断。

---

① 大伴三津：三津港位于大阪湾，属大伴氏领地。

为君分忧，海角天边。

3336 海鸟啼鸣，传到耳畔。
高山阻隔，枕藻而眠[1]。
衣衫单薄，蝉翅[2]难暖。
大海之滨，魂销魄散。
父母眼中，骨肉儿男。
豆蔻年华，家妇可怜。
欲听君声，修书可传。
君家何处，亲朋惦念。
欲问君名，尸骸无言。
如同稚儿，生性冥顽。
我心悲怆，痛彻心间。
人世无常，命途多舛。

3337 **反歌**

父母妻子，盼汝早还。魂丧旅途，有家难返。

3338 风卷惊涛，航道可怕。我[3]踏山路，平安返家。

译者解说：

以上四首挽歌，海滨见无名氏尸骸而作。

---

① 枕藻而眠：由“草枕”（头枕荒草）演化出“藻枕”（枕藻而眠）。
② 蝉翅：原文“蛾羽”，姑且译为“蝉翅”。
③ 我：挽歌作者。

3339　某抄本歌曰：备后国[①]神岛[②]之滨，调使首[③]见尸骸，作长歌并短歌

踏上旅途，翻山越岭。
飞渡大河，海路兼程。
疾风扫过，惊涛万重。
海神威严，时时显灵。
咽喉水道，魂飞魄惊。
狂涛拍岸，山如屏风。
头枕浦渊[④]，长眠不醒。
身为人子，妻室孤零。
君家何处，沉默无声。
欲传家书，难知君名。
是谁建言，沧海航程。
波涛汹涌，步步险情。
一路到此，命归幽冥。

反歌四首

3340　　父母妻子盼归客，魂丧旅途家难还。

3341　　头枕乱礁陈尸骸，犹是骨肉梦中人。

3342　　头枕海藻赴黄泉，春闺何处觅孤魂。

---

① 备后国：今广岛县东部。
② 神岛：广岛县福山市西部，芦田川西岸山丘。
③ 调使首：政府派往各地调查的使者，“首”为此人姓氏。
④ 浦渊：海岸岩石洞穴因潮汐而形成水池。

3343　　海滩荒凉涌细浪，不知家山在何方。

原编者注：

以上九首。

3344　　翘首企盼度日难，本月夫君当返乡。
信使突传来噩耗，君在归途把命丧。
讣报犹如降霹雳，大地喷火燎八荒。
坐立不安苦无计，长叹一声八尺长。
不知夫君在何处，天际行云飘远方。
我随白云上远道，与君同死赴异乡。
无奈出门不识路，独坐道边热泪淌。

3345　**反歌**

远望大雁飞苇丛，夫君手边有投枪①。

原编者注：

以上两首，某人曰，此反歌乃防人②之妻所作，之前长歌当为同时所咏也。

3346　　满怀悲痛哭号啕，欲望远天云渺茫。
诸君门前抬望眼，十羽松原③好风光。
吾妻独下黄泉路，香魂安得归故乡。

---

① 投枪：原文为“投矢”，约60厘米长，枪头为三角棱形，枪杆上有四枚箭羽。行军中插在腰间，肉搏战时可当短枪，远距离交战时作投枪。
② 防人：守卫九州海岸的士兵。
③ 十羽松原：所在地不详。

可怜吾妻成孤魂，当死床箦守闺房。
天地神祇实可恨，羁旅夺命狠心肠。

3347 **反歌**

痛不欲生悲难遣，妻亡旅途送孤魂。

原编者注：

以上二首。

译者解说：

夫妻结伴旅行，妻子途中病亡。男子呼天抢地，一路悲号，怨恨神灵。

卷十四

本卷名“东歌”，收录东国民谣230首，皆为短歌，创作年代不明。东国为朝廷直辖领地，向皇室纳税、进贡，并为皇室提供采女、舍人、卫兵、御厨等。东国范围从静冈县以东，直到东北地区的福岛县、宫城县、岩手县、青森县。前半部分90首记有该民谣诞生的国名，进一步再分为“杂歌”“相闻歌”“譬喻歌”，按东海道自西向东的顺序编排，最后是东山道各国的歌谣，同样按自西向东顺序编排。后半部分140首，为不知国名的东国歌谣，又分为“杂歌”“相闻歌”“防人歌”“譬喻歌”“挽歌”五类。这些无名氏作品使用东国方言，歌风淳朴，吟唱题材与内容与农民生活密切相关，其中不乏经过文人加工润色的作品。

卷十四目录

杂歌（1）

相闻歌（1）

譬喻歌（2）

杂歌（2）

相闻歌（2）

防人歌

譬喻歌（2）

挽　歌

杂歌（1）

3348　上总国（千叶县）杂歌一首

海上潟①中沙洲畔，夜深人静好泊船。

原编者注：

以上一首，为上总国之歌。

3349　下总国（千叶县及茨城县一带）杂歌一首

葛饰真间②河口处，船夫喧哗起波澜。

原编者注：

以上一首，为下总国之歌。

3350—3351　常陆国（茨城县）杂歌二首

3350　筑波岭③上新蚕茧，阿妹衣裳我想穿。

---

① 海上潟：上总国海上郡地名，位于今千叶县海滨。
② 葛饰真间：位于今千叶县市川市。
③ 筑波岭：筑波山，位于茨城县西南部，海拔 876 米，方圆几百里皆可远望，与富士山齐名，谚语曰："西有富士山，东有筑波岭"，为日本养蚕业发祥地之一。

原编者注：

某抄本歌前有枕词“たらちねの”（阿母乳汁，何其充足），后句为：阿妹衣宽，可让我穿。

译者解说：

东歌11首，防人歌3首咏唱筑波山。枕词“たらちねの”表示对女性的赞美与尊崇。

3351　宛如筑波降白雪，可爱阿妹晒白布。

原编者注：

以上两首，为常陆国之歌。

译者解说：

筑波山盛产麻布等纺织品，质量与数量在关东首屈一指。纺织最后一道工序是将洁白的麻布漂洗、晾晒。

3352　信浓国（长野县）杂歌一首

信浓须我[①]，荒野啼鹃。时令已过，秧苗插完。

原编者注：

以上一首，为信浓国之歌。

斋藤茂吉：“时令已过”，已是夏天。本歌有相闻歌情调，感叹错过一段姻缘。

---

① 信浓须我：位于长野县松本市以西。

相闻歌（1）

3353—3354　远江国（静冈县西部）相闻往来歌二首

3353　麁玉①寸户②，穿过密林。相送到此，索性同枕。

3354　寸户人家，木棉斑衾③。阿妹被褥，一头钻进。

原编者注：

以上两首，为远江国之歌。

3355—3359　骏河国（静冈县中部）相闻往来歌五首

3355

茫茫苍天，富士柴山④。
时辰已过⑤，林下幽暗。
我心忧郁，阿妹不见。
再次相约，更无机缘。

3356　富士山麓，山道漫漫。为见阿妹，快把路赶。

---

① 麁玉："麁" 读作"cū"。"麁玉"，远江国旧郡名，位于静冈县滨北市与滨松市一带。
② 寸户：可能指滨松市东北部贵平一带。
③ 斑衾：染有斑纹的被褥。
④ 柴山：富士山下杂木林，附近村民常来砍柴。
⑤ 时辰已过：原文"時移りなば"，时间流逝。"移り"(うつり) 让人联想到"忧郁"（"憂鬱"，读作"ゆううつ"）。

3357　富士山下，万道霞光。阿妹叹息，面朝何方？

译者解说：

游子归家途中远望富士，其妻在家苦候，却不知他在何方漂泊。

3358　良宵苦短离恨长，富士鸣泽声如雷①。

原编者注：

某抄本歌曰：阿妹可爱，时常相逢。流言汹汹，鸣泽轰鸣。

另有抄本歌曰：偶尔相逢，相思不断。富士山高，飞雪弥漫。

3359　骏河海岸，礁边蔓草。我为郎君，与母争吵。

原编者注：

以上五首，为骏河国之歌。

3360　伊豆国（静冈县东部）相闻往来歌一首

伊豆海上白浪滚，芳心何故乱纷纷。

原编者注：

某抄本歌曰：芳心已动，飘如白云。绵绵不绝，款款情深。以上一首，为伊豆国之歌。

---

① 富士鸣泽声如雷：富士山麓西湖上的鸣泽瀑布注入湖中，发出巨大轰鸣。

译者解说：

专家们对本歌的解释各执一词，本书按中西进解释翻译。

3361—3372 相模国（神奈川县）相闻往来歌十二首

3361 足柄山上，捕鸟张网。偷偷钻过，与妹同床。

3362 相模①山高，不见峰顶。泪湿衣裳，口呼妻名。

原编者注：

某抄本歌曰：郎离武藏，阿妹难忘。口念其名，热泪两行。

3363 君赴大和②，妾身苦盼。足柄苍松，杉③木林间。

3364 足柄箱根山，种粟④收成好。
至今尚无缘，何日度良宵。

原编者注：

某抄本歌末句曰：葛草蔓延，拉到身边。阿妹快来，莫再迟缓。

3365 镰仓海岸边，岩崩⑤见越崎⑥。

---

① 相模（山）：位于相模国，今神奈川县。妻子留在山峰背面，已经望不见她的身影。
② 赴大和：东国为天皇直辖领地，征调农夫到大和服杂役、当卫兵，三年期满方可回家。
③ 杉：与“過ぎ” 谐音（すぎ，队伍走过）。
④ 粟：小米，“粟”（あわ）与“会わない”（不相会，あわない）谐音。
⑤ 岩崩：比喻爱情崩溃。
⑥ 见越崎：位于神奈川县镰仓市西方，一说即稻村崎。一说为七里海滨的腰越出崎。

闻君生悔意，妾心永不移。

3366 阿妹实可爱，相会到镰仓。
水无濑川上，滔滔潮正涨。

3367 足柄轻舟①，绕行百岛②。虽难相会，心涌春潮。

伊藤博：当地女子挑逗来自异乡的男子。

3368 足柄土肥③，温泉荡漾。少女春心，滔滔奔放。

3369 菅草缝枕，睡不舒坦。阿妹快来，枕我臂眠。

3370 足柄箱根，和草④柔软。家有娇妻，奈何独眠。

3371 足柄坂道⑤，夜过险关。心中秘密，开口大喊⑥。

3372 相模道上，余绫⑦海滨。少女婀娜，萦绕我心。

原编者注：

以上十二首，为相模国之歌。

---

① 足柄轻舟：相模国足柄郡造的小船。
② 百岛：言岛屿甚多。
③ 土肥：位于神奈川县足柄下郡的汤河原谷。
④ 和草：一种柔美小草，比喻娇妻。一说为“铁线蕨”，一说为“玉竹草”或“萎蕤草”，也可指苔藓类植物“箱根羊齿”。
⑤ 足柄坂道：亦称“神在坂”。见编号 1800 作品注释。
⑥ 开口大喊：时人相信，心怀秘密夜过险关会遭神灵惩罚。
⑦ 余绫：神奈川县中郡的大矶町与二宫町海滨。

3373—3381　武藏国相闻往来歌九首

3373　多摩川①边，漂洗白布。窈窕少女，心生爱慕。

3374　武藏野上，巫师占卜②。郎君姓名，业已暴露。

3375　武藏野上，山洞幽幽。野雉分飞，难再聚首。

3376　我挥衣袖，心生爱慕。莫学苍术③，引人注目。

原编者注：

某抄本歌曰：我恋郎君，神情显露。如武藏野上苍术花，引人注目。

3377　武藏野上，风吹草低。为君倾倒，披靡在地。

3378　入间道④上，大屋之原⑤。马齿苋草，情意绵绵。

3379　武藏野上，苍术干花⑥。爱恋郎君，永不变卦。

3380　埼玉港口⑦，风中泊船。刮断缆绳，消息莫断。

---

① 多摩川：发源于奥秩父连峰笠取山，在羽田注入东京湾。

② 巫师占卜：母亲请来巫师用草，或灼烧鹿、野猪肩胛骨来占卜女儿的恋人是谁。

③ 苍术（zhú）：菊科多年生草本植物，秋季开白花，根状茎可入药。

④ 入间道：通往入间郡（埼玉县川越市东南方）的道路。

⑤ 大屋之原：埼玉县入间郡越生町的大谷原野。

⑥ 苍术干花：花谢后黑褐色的干花能长久留在茎上。

⑦ 埼玉港口：武藏国埼玉郡利根川上的港口。

3381 雄鸟会雌鸟，飞往宇奈比[①]。
前来见阿妹，心中藏秘密。

原编者注：

以上九首，为武藏国之歌。

3382—3383 上总国相闻往来歌二首

3382 翻山马来田[②]， 筐[③]叶露瀼瀼，
夜深来幽会，一路湿衣裳。

3383 青青马来田，迢迢异乡路。
行行家更远，来到妹居处。

原编者注：

以上两首，为上总国之歌。

3384—3387 下总国（千叶县及茨城县一带）相闻往来歌四首

3384 手儿奈女，与我成亲。众口相传，此话当真?

3385 葛饰真间，手儿奈女。众人欢呼，一睹芳姿。

---

① 宇奈比：东京都与川崎市之间多摩川流域一带。
② 马来田：位于千叶县君津、木更津、袖浦市一带。
③ 筐：筱竹。日本常见低矮细竹，多用于祭祀。日本称高大之竹为“竹”，矮细之竹为 “筐”。

3386　葛饰[①]早稻新尝祭[②]，敢放阿哥进屋来。

3387　安得宝马蹄无声，葛饰真间过板桥[③]。

原编者注：

以上四首，为下总国之歌。

译者解说：

男子骑马前去幽会，希望悄悄到达女方香闺。

3388—3397　常陆国（茨城县）相闻往来歌十首

3388　眼前披霞筑波山，
我见阿妹迈步难。
“携他归家同解衫！”

岩波版《万叶集》注：男子路遇美女，不忍离去，旁人劝美女携他回家。

中西进：这是一首女性集体吟唱的劳动歌。男子神魂颠倒，如筑波山呆立不动。

3389　妹家渐远，筑波青山。频挥衣袖，深情难断。

---

① 葛饰：一部分属东京葛饰区，一部分属千叶县。
② 新尝祭：11月下卯日举行感谢仪式，将最早收割的稻穗敬献天神地祇品尝。祭日须洁身自好，禁止男女幽会。村民到户外祭祀、玩乐，直到天明，每家只留一位少女或少妇在家恭迎神祇。东国少女奔放不羁，祭日之夜也敢将情郎放进家门。
③ 板桥：原文为“継橋”，在河上竖起几排木桩，铺上木板搭建的简易桥梁。

3390　筑波岭上老雕[①]叫，不见阿哥我号啕。

译者解说：

这是一位妇女送丈夫远行时咏出的歌。

3391　筑波岭后，苇穗山[②]兮，
阿妹隐身云雾里。
何惧流言，无可挑剔。

伊藤博：苇穗山藏身云雾，比喻男子袒护自己喜欢的女子。

3392　筑波岭高，瀑布飞泻。痴情不改，滔滔不绝。

3393　唯有魂魄与君会，阿母筑波守山人[③]。

原编者注：

母亲为保护女儿，将她软禁在家。

3394　筑波岭上，山路幽幽。阿妹芳名，藏我心头。

3395　筑波山头，月出天边。独眠已久，何日相见。

3396　筑波山林，枝茂叶繁。鸟飞天宇，何日同眠。

---

① 老雕：原文为“鷲”。
② 苇穗山：茨城县足尾山。读作“あしおやま”，引出“悪し”（あし，缺点）。
③ 守山人：原文为“守部”，守护山林，陵墓，道路关隘之人，也指看守庄稼免遭野兽糟蹋的农夫。

3397　常陆海上，逆浪滔天。海藻易碎，交情难断。

原编者注：

以上十首，为常陆国之歌。

3398—3401　信浓国（长野县）相闻往来歌四首

3398　世人皆可断来往，
堉科①石井手儿奈②，
音信不断岂能忘！

3399　竹根树桩信浓道，阿哥穿鞋③莫受伤。

译者解说：

元明天皇和铜六年（713 年）7 月，信浓道竣工，翻越海拔 1595 米的神坂山口，连接信浓国（长野县）与美浓国（岐阜县）。当时，路面虽已夯实，还留有竹根、树桩。

3400　郎踏碎石成美玉，筑摩川④上捡回来。

译者解说：

阿哥踏过的石子，变成美玉。时人相信，踩过石头，灵魂附于其上。

---

① 埴科：信浓国旧郡名，今长野县埴科郡一带。
② 石井手儿奈：传说中石井地方有一位能与真间手儿奈媲美的少女。
③ 鞋：稻草编成的草鞋。官吏经过新开辟的道路时，马匹亦须穿草鞋。
④ 筑摩川：千曲川，日本最长河流信浓川全长 367 公里，在新潟县注入日本海。信浓川流经长野县的一段称“筑摩川”，长 214 公里。

3401 信浓中麻奈[①]，港口船起锚。
从此难见面，相逢趁今朝。

原编者注：

以上四首，为信浓国之歌。

3402—3423 上野国（群马县）相闻往来歌二十二首

3402 薄暮瞑瞑，过碓冰山[②]。君挥衣袖，远望可见。

3403 一场相恋，几多辛酸。多胡[③]入野，旅途艰险。

3404 上野安苏[④]，割麻打捆。抱在怀里，夜夜同寝。

小学馆版《万叶集》注：麻，群生草本植物，原产中亚，可纺织麻布。麻的茎高 1 米至 2 米，农人将其分为高、中、低三类分别收割。抱起比自己肩膀高的一捆捆麻，就像是与恋人拥抱。

3405 上野乎度多杼里[⑤]，山路相逢无旁人。

原编者注：

某抄本歌曰：上野国，小野多杼里，山路相逢，四处无人。

---

① 中麻奈："麻奈"（まな）即沙地，指信浓国河沙较多的某港口，分为上、中、下三处。
② 碓冰山：位于群马县与碓冰郡与长野县北佐久郡之间，垭口海拔 965 米。
③ 多胡：位于上野国多胡郡。
④ 安苏：枥木县西南部。
⑤ 乎度多杼里：地点不详。

3406　上野佐野[1]原，野菜割高颠。
割后还生长，哪怕待来年。

伊藤博：野菜采割后会长得更旺。女子采割野菜是一种咒术，期待男子常来相会。

3407　上野国中，旭日圆野[2]。熠熠生辉，何其圣洁。

中西进：“麻具波思麻度尔”意为“圆形旷野”，所在地不详。本歌赞美婚礼上的新娘。

土屋文明：“麻具波思麻度尔”意为“美貌处女”。

樱井满：本歌赞美宫殿或陵墓。

3408　新田山[3]岭，独立荒原。尚未同寝，徒惹流言。

译者解说：

对女方的犹豫不满，用新田山自喻孤独。“嶺”(岭)与“寝”(ね)同音。

3409　伊香保山[4]，天云弥漫。与我同寝，何惧流言。

3410　伊香保山，崖上榛原[5]。莫待将来，今日相见。

---

① 上野佐野：群马县高崎市东南部一带原野。
② 圆野：原文为“麻具波思麻度尔”，语意不明。
③ 新田山：位于群马县太田市北面的金山，孤立于原野上。
④ 伊香保山：群马县榛名山。
⑤ 榛原：榛树原野。榛树，见编号 19 作品注释。

3411　多胡岭上，挂起长绳。佳人冷艳，矜持陌生。

3412　久路保山[①]，葛草连天。晨别阿妹，渐行渐远。

伊藤博：本歌为远行男子的感慨，或访妻后离别时的依恋。

3413　利根川[②]上，涉水过滩。险遭大浪，君来眼前。

3414　八坂河堰[③]彩虹舞，与妹相拥到天明。

译者解说：

男女幽会，黎明时天空已出现彩虹，两人依然相拥，不怕有人看见。

斋藤茂吉：《万叶集》中描写彩虹的和歌仅此一首，当格外珍视。万叶中期佛教无常观开始流行，瞬间消失的彩虹虽美丽奇幻，却被文人视为不吉天象而加以排斥。

3415　上野伊香保[④]，沼泽小水葱[⑤]。
采来水葱籽，烦恼种心中。

3416　上野可保夜[⑥]，沼泽马齿苋。
攀扯花易落[⑦]，相交情莫断。

---

① 久路保山：赤城山，横跨群马县势多郡与利根郡。
② 利根川：流经关东平原的大河，发源于新潟、长野、群马三县交界处，古代注入东京湾，近世改道，在千叶县入海。
③ 八坂河堰：群马县伊香保温泉东南方的水堰。
④ 伊香保：群马县伊香保町，著名温泉城。
⑤ 小水葱：我国叫“鸭舌草”，叶柄可食用，秋天结籽，这里比喻少女。
⑥ 可保夜：群马县邑乐郡板仓沼泽群。
⑦ 花易落：比喻自己易受伤害。

3417 上野伊奈良[①]，沼泽大蔺草[②]。
远观心难动，相亲情如潮[③]。

原编者注：

以上一首，出自《柿本朝臣人麻吕歌集》。

3418 上野佐野田，秧苗来占卜[④]。
可知新娘家，安居住何处？

3419 君住伊香保，（奈可中次下[⑤]）山路何狭窄。
绝情断交[⑥]后，从此不往来。

3420 上野佐野[⑦]，浮桥[⑧]相连。阿母拆桥，难断姻缘。

3421 山高伊香保，雨天莫滚雷。
我虽无畏惧，祈祷为阿妹。

3422 风起伊香保，吹停无定时。
一心想阿妹，日夜害相思。

3423 上野伊香保，飞雪路难行。

---

① 伊奈良：群马县邑乐郡板仓沼泽之一。
② 大蔺草：多年生草本植物，高 2 米，可编榻榻米。
③ 相亲情如潮：与美女相亲相敬，方知情深意笃。
④ 秧苗来占卜：古代巫术之一，随意抓一把秧苗，根据秧苗的奇数或偶数，或其长短来进行占卜。
⑤ 奈可中次下：原文如此，语意不明。中西进解释为："伊香保，山路何狭窄。"
⑥ 绝情断交：男方单方面决定不再前来访妻。
⑦ 佐野：上野国利根川沿岸地名。
⑧ 浮桥：将一排船固定在水面上，铺上木板架设的浮桥。

路过妹门前，恋恋不了情。

原编者注：

以上二十二首，为上野国之歌。

3424—3425　下野国（栃木县）相闻往来歌二首

3424　下野三毳山①，青青有楢树②，
捧笥③美少女，嫁作谁家妇？

3425　下野国兮，安苏河原④。
双脚不踩石，飞到妹身边。
快快告知，有何打算？

原编者注：

以上两首，为下野国之歌。

3426—3428　陆奥国（青森县、岩手县）相闻往来歌三首

3426　会津岭⑤兮，山高路远。系我衣带，留下挂念。

译者解说：

男子出远门，妻子为他系紧衣带。

---

① 三毳山：位于今栃木县佐野市与下都贺郡岩舟町之间，海拔223米。“毳”读作“cuì”。
② 楢树：落叶乔木，树高15米，我国叫“枹栎树”。
③ 捧笥：为丈夫捧上饭食。“笥”，竹编方形餐具。
④ 安苏河原：栃木县安苏郡秋山川的河滩。
⑤ 会津岭：福岛县西部的磐梯山。

3427 筑紫国佳人，为我解衣带，
陆奥香取①妻，奈何早忘怀。

3428 安达太良②，鹿猪③酣眠。常会阿妹，不离床前。

原编者注：

以上三首，为陆奥国之歌。

譬喻歌（2）

3429 远江国（静冈县西部）譬喻歌一首

滨名湖④上，引佐细江⑤。妹似航标⑥，引向何方？

原编者注：

以上一首，为远江国之歌。

伊藤博：此歌怨恨女子看似可靠，实则薄情。

---

① 陆奥香取：青森县磐城郡片依乡。东北防人到九州后与当地女子交往，忘掉家乡妻子。
② 安达太良：位于福岛县二本松市西面的山峰，海拔 1700 米。
③ 鹿猪：野鹿与野猪均有固定的窝，比喻男子有固定的访妻对象。
④ 滨名湖：位于静冈县西南部，面积 65 平方公里。
⑤ 引佐细江：位于滨名湖东北部，引佐郡细江町。
⑥ 航标：原文为“澪標”(みおっくし)。在港口或河岸用木桩竖起的航标。

3430 骏河国（静冈县中部）譬喻歌一首

志太浦[1]上，朝起行船，但为何故，徘徊水面。

原编者注：

以上一首，为骏河国之歌。

小学馆版《万叶集》注：男子驾船在恋人家附近徘徊。

伊藤博：男子清晨离开情人家时，想避开他人目光。

3431—3433 相模国（神奈川县）譬喻歌三首

3431 足柄造刳舟[2]，
安伎奈山[3]放新船。
恋恋不舍下水难。

伊藤博：写清晨男子不忍离开情人家。

3432 矢仓岳[4]上，楮树[5]满坡。虽未开门，有心诱我。

3433 伐薪[6]镰仓山，林茂有青松。

---

① 志太浦：静冈县志太郡大井川町海岸。
② 刳舟：独木舟。
③ 安伎奈山：指箱根外轮山东北方的朝日山，造好的独木舟在此下水。
④ 矢仓岳：位于神奈川县南足柄市，海拔 870 米。
⑤ 楮树："梶ノ木"（かじのき，东国方言为 かづのき），引出古语"誘す（かづす）"，现代日语为"誘う （いざなう）"，意同《诗经 · 国风 · 召南》之《野有死麕》"有女怀春，吉士诱之"中的"诱"：引诱，挑逗，求婚。此歌解释众说纷纭，本书按伊藤博解释翻译。
⑥ 伐薪：镰仓的枕词。

阿妹正盼我，绵绵情意浓。

原编者注：

以上三首，为相模国之歌。

3434—3436　上野国譬喻歌三首

3434　安苏山[①]兮，蔓草荒原[②]。心念阿妹，相思不断。

3435　伊香保山，苍苍榛原。真心相交，染我衣衫。

3436　小新田山[③]，守护神垣。山林茂密，青翠万年。

原编者注：

以上三首，为上野国之歌。

伊藤博：男子无法得到心仪女子，希望她永不出嫁，成为圣洁处女。

3437　陆奥国（青森县、岩手县）譬喻歌一首

硬弓安达太良[④]产，
弦已卸下，弓臂反翘，
再上弓弦难上难。

---

① 安苏山：位于上野国安苏郡。
② 荒草：比喻绵绵不尽的相思。
③ 小新田山：位于群马县太田市以北的新田山之南，海拔 169 米。
④ 安达太良：盛产良弓，弹力很强。为保持其弹性，不使用时会将弓弦卸下，让弓臂向相反方向翘起。

原编者注：

以上一首，为陆奥国之歌。

伊藤博：男子抛弃恋人，又希望破镜重圆，女子吟此歌以示拒绝。

杂歌（2）

3438—3454 不明国别杂歌十七首

3438 都武贺野[①]铃声响[②]，
可牟思太能[③]，
公子擎猎鹰，策马原野上。

原编者注：

某抄本歌曰：美都我野[④]铃声响。又曰：公子年少。

3439 快马驿站铃声[⑤]响，阿妹手心饮清泉。

译者解说：

“驛（駅）”，读作“はゆま”，即“快马”（はやうま）。驿

---

① 都武贺野：地点不详，可能是下野国的国府所在地。
② 铃声响：安在猎鹰尾部的小铃铛响。
③ 可牟思太能：无法解读，语意不明。
④ 美都我野：都武贺野。此歌赞美国府公子狩猎盛况。
⑤ 铃声：日本金属冶炼尚不发达，元明天皇时代（707—715）发现铜矿后开始铸造铜币。出差官吏手拿朝廷颁发的凭证——陶制驿铃来到驿站，摇动驿铃便可受到接待，征用驿马。

站前用石头围起来的泉水高出地面，不断喷涌，称“泉井”。泉水除饮用、生活用之外，还用来饮马。这位驿使要“阿妹”（服务员，驿户家的女儿）用手捧起水来直接喂到他嘴里。也许他是常客，才敢厚着脸皮开玩笑。

3440　　清晨来河边，少女洗菜忙。
你妙龄，我青壮，
正好配成双。

伊藤博： 妙龄少女为驿户之女，在驿站帮厨，此歌与前一首，都是驿站宴会上诞生的歌谣。

3441　　遥望云外阿妹家，策马快行即刻达。

原编者注：
《柿本朝臣人麻吕歌集》曰：路途遥远。又曰：黑驹快跑。

3442　　漫漫东国路，手儿呼坡道[1]。
白昼难翻越，今夜宿荒郊。

伊藤博： “手儿呼”意为家中美女呼唤行人早归，吟唱关东地区的羁旅客愁。

3443　　漫步旅途思往事，杨柳青青吐新芽。

---

① 手儿呼坡道：《骏河国风土记》：有神灵将妻室安置于此，常翻越岩木山前来相会，屡遭凶神阻碍，无法通过。女神苦候，呼唤男神，故得名“手儿呼坡道”。

3444 真壁郡①，山冈上。
摘来韭菜不盈筐，
阿哥快帮忙。

3445 河口苇丛割苔草②，编成屏风立床头。

3446 妹在渡口洗衣裳，荻草③高半丈。
有人硬说是芦苇④，蜚短又流长。

3447 欲去安努⑤，新开道路不通畅，
草丛深深，四野蛮荒。

3448 对面乎那峰⑥，落花飞满天。
海枯石又烂，祝君寿绵延。

3449 麻久良我⑦白袖飘，
渔夫驾船来异乡，
洪波且莫扬。

---

① 真壁郡：原文“伎波都久”，无法解读。中西进解说为茨城县真壁郡。
② 苔草：“蓑衣草”，生于水边湿地和森林草原，高 1 米余，可编织蓑衣和屏风。夫妻营造茅舍，丈夫割苔草捆成屏风，竖立床头遮挡寒风。
③ 荻草：禾本科多年生草本植物，水边群生，茎高 1 米余。其叶中空，较硬，可修葺屋顶。
④ 芦苇：“葦”（あし）谐音“悪し”（あし），有人在阿妹面前说坏话，挑拨离间。
⑤ 安努：读作“あの”，具体地点不详。可能指骏河国浮岛原阿野。
⑥ 乎那峰：位于静冈县引佐郡三日町。此歌为祝主君长寿的杂歌。
⑦ 麻久良我：地点不详，可能指下总国（千叶县与茨城县一带）海边。“麻久”（まく）与“巻く· 枕く”（头枕白袖）谐音。此歌为官吏作于旅途。

3450 正丁[1]与助丁[2]，
两船相靠并排站，
正丁风采更可观。

译者解说：

本歌含义不明，拙译采用樱井满解释。

3451 我种粟米，左奈都良[3]山冈上，
阿妹马驹来啃食，不撵也不嚷。

3452 茫茫原野上，莫放火烧荒。
去年留枯草，春草同生长。

译者解说：

平安时代的和歌物语《伊势物语》第十二段《盗贼》：男子与女人在草丛幽会。追赶他们的人准备放火，女子连忙吟唱和歌："茫茫武藏野，今日莫烧荒。郎君藏草丛，妾在草中藏。"于是双双被捉。此故事可能是由这首万叶古歌演化而来。

3453 风声来耳边，吾妻隔山川。
临行系衣带，袖口已开线。

3454 庭中种麻，缝制布衾。今夜同眠，盼我郎君。

---

① 正丁：21—60岁的壮丁。61—65岁的老人与轻度残疾者称为"次丁"。
② 助丁：亦称"少丁"，17—20岁的壮丁。
③ 左奈都良：一说为岩手县地名，一说为长满"实葛"（サネカズラ，我国叫"南五味子"）的山冈。

相闻歌（2）

3455—3566 不明国别相闻往来歌一百一十二首

3455 郎君快来，解我忧愁。摘尽柳芽，篱边相候。

3456 流言汹汹，众口难敌。妾名藏心，莫让人知。

3457 君在京城，宫中当值。美女如云，莫忘发妻。

3458 行船途中，兰桨折断。阿哥不到，泪流满面。

3459 寒夜舂稻手皲裂，公子叹息执我手。

译者解说：

姑娘寒夜舂米，盼少东家来看望自己，纯属少女天真幻想。

中西进：此歌为农妇舂米的劳动歌。

3460 新尝[①]斋戒，洁身净体。郎君不在，谁摇门扉？

3461 昨日黄昏，为何不到？天色已明，却把门敲。

---

① 新尝：新尝祭，见编号 3386 作品注释。

3462　山泽①村民，人丁兴旺。若见真奈②，莫生妄想。

3463　相约远野，共度佳期。心念郎君，村中偶遇。

3464　人言可畏，菰草枕头。何时同眠，期盼已久。

3465　高丽织锦，宽衣解带。同床共枕，难表心怀。

3466　与卿同眠，将惹流言。无缘相会，魂绕心间。

3467　推敲木门，咚咚作响。怏怏进屋，开门迎郎。

3468　翎尾③初麻④，币帛成串。神前祝福，喜结良缘。

中西进：此歌为祈祷姻缘的婚礼贺歌。

3469　夕占⑤有果，今夜相逢。苦盼夜深，不见君影。

3470　自从相逢，已过千年。郎君不来，夜夜苦盼。

原编者注：

本歌出自《柿本朝臣人麻吕歌集》。

---

① 山泽：深山湖沼之地，有原住民部落。
② 真奈：读作“まな”，表示禁止的感叹词，也指美少女“真奈”。又告诫年轻人“不可随意接近、挑逗”。
③ 翎尾：野雉翎尾，比喻挂在铜镜上的币帛串。
④ 初麻：当年首次收割的麻，用来祭祀神灵。
⑤ 夕占：“夕衢占”，见编号 420 作品注释。

3471 片刻春梦，夜夜独眠。郎君身影，妾泪阑干。

3472 皆言人妻不可沾，为何邻家借衣衫。

译者解说：

古人相信衣衫上附有穿者灵魂，穿上恋人衣衫，两人灵魂会融为一体。少妇咏此歌，拒绝邻家男子追求。

3473 伐木佐野山，丁丁斧声传。
阿妹倩影飘，何时同床眠？

3474 门前种翠竹，地动竹根颤。
叹息寄何方，夫君戍边关。

译者解说：

江户时代的《万叶代匠记》（契冲著）以来，此歌被解读为防人歌。“地动竹根颤”指防人开拔时的骚动与震撼。斋藤茂吉认为这是写夫妻离别的民谣。

3475 日夜空恋慕，郎君藏深山。
游布麻山①里，悲痛满心间。

3476 阿妹害相思，焦灼心难安。
新月过苍穹，何时同枕眠。

原编者注：

某抄本歌之末句曰：一月又过，佳期未到。

---

① 游布麻山：地点不详。女子思念的人藏身深山幽谷，令她痛苦不堪。

3477　君踏东国路，手儿呼坂山。
相思情更浓，何日可相见？

3478　阿妹家何处，故奈白岭山[①]。
相逢不相逢[②]，四处起传言。

3479　割草赤见山[③]，阿妹来相见。
半推半就，惹人爱怜。

中西进：此歌为割草时的劳动歌。

3480　皇命难违，离别吾妻。连夜开拔，家山万里。

3481　人声嘈杂，娇妻无语。满腔依恋，未曾道别。

原编者注：

本歌出自《柿本朝臣人麻吕歌集》，此前曾出现（本书编号503作品，字句有不同）。

伊藤博：见卷四编号503作品，字句略有不同。

3482　韩衣之裾[④]，左右不齐。阿妹难逢，恋情依依。

---

① 故奈白岭山：具体地点不详。
② 相逢不相逢：成功幽会，或被女方拒之门外。
③ 赤见山：位于栃木县佐野市赤见町东部，海拔约100米。
④ 韩衣之裾：朝鲜半岛移民衣服下摆左右不一般长，难以叠合，比喻情人难以相会。

原编者注：

某抄本歌曰：韩衣下摆，左右不齐。未曾同枕，流言纷起。

3483 衣带打结，白昼难解。相逢预兆，夜来松开。

伊藤博：女子讽刺男子不来访婚。白昼众目睽睽，不敢解开衣带，夜晚衣带自然松开，乃幽会征兆。

3484 麻线满箩筐①，
明日毋须换新装，
娘子快上床。

3485 有如佩剑，常随身边。一朝远嫁，泪水涟涟。

小学馆版《万叶集》注：佩剑，喻随身之物。男子形影不离的一位侍女出嫁，无法挽留。

岩波版《万叶集》注：恋人远嫁，失声痛哭。

3486 革卷弓把，并排相缠②。我求佳偶，定有胜算。

3487 美玉光洁，装饰梓弓③。未曾同眠，沉溺美梦。

3488 阿妹芳名，未对人言。求神占卜，恐难隐瞒。

---

① 麻线满箩筐：麻纤维蒸过后变得柔软结实，可织麻布。
② 并排相缠：比喻两位男子同时向一位姑娘求婚。在弓臂把手处缠上皮革，不但射箭时手感更好，还能增加力度。“缠”（巻く/まく）与“求婚、结婚”（婚く/まく）同音。
③ 装饰梓弓：比喻对心仪的女性十分敬重。

3489　欲良山[①]边，林茂枝繁。妹站一旁，我将树砍。

3490　众目睽睽，相会犹难。可怜阿妹，躲在路边。

原编者注：

本歌出自《柿本朝臣人麻吕歌集》。

3491　杨柳折断，再舞春风。为情而死，岂可重生。

3492　山田池畔，堤上插柳[②]。无论死活，永结鸾俦。

3493　山峰椎林，迟早相见。枝叶相合，情意缠绵。

原编者注：

某抄本歌曰：早来迟来，盼君相见。对面山丘，椎树枝繁。

译者解说：

“椎”，山毛榉科常绿乔木，我国称“栲树”。

3494　子持山[③]高，与君同眠。待到岭上，枫叶吐艳。

3495　崖上青松，苦候千年。至今不来，柔肠寸断。

---

① 欲良山：位于长野县小诸市东的与良町。男子与恋人到密林幽会，整理出一小块平地。

② 堤上插柳：为加固土堤而在水池堤上插柳，看杨柳是否成活，来占卜婚事结局。

③ 子持山：位于群马县伊香保温泉以北，海拔 1296 米的性崇拜山，上有神社，时人来此求子，往往灵验。男子希望幽会之夜无限漫长，直到枫叶变红。

3496 古婆①少女，垂发齐肩。橘花幽香，快步追赶。

3497 河岸之上，白根高萱②。与妹同枕，惹来流言。

3498 海边小菅，长满海滩。阿妹忘我，我心不变。

3499 水边割萱③，逼近山冈。阿妹柔情，何时同床。

3500 相交情深，紫草根长。我与阿妹，永世同床。

3501 安波山田④，鸭草⑤藤蔓。越扯越长，恩爱不断。

3502 我有爱妻，置之僻地。牵牛藤蔓，缠绕不离。

3503 安齐可潟⑥，潮退滩涂。苍术无色，真情不露。

3504 春意盎然，藤梢花开。长夜难眠，恋情萦怀。

3505 宫之濑川⑦，颜花⑧河畔。恋慕萦绕，夜夜难眠。

---

① 古婆：地点不详。
② 白根高萱：根部白色，植株高大的茅草，暗喻阿妹肌肤白皙，身材高挑。“根”与“寝”同音（ね）。
③ 萱：中文叫“茅草”，可修葺房顶，包括“白茅、苇子、芒草”。
④ 安波山田：安房国（千叶县南部）山上田地。
⑤ 鸭草：“鸭子草”，眼子菜科多年生水草，生于水池或水田，椭圆形叶片浮于水面上。
⑥ 安齐可潟：指常陆国（茨城县）安是湖。
⑦ 宫之濑川：地点不详。小学馆版《万叶集》认为是“水无濑川”的抄写之误。
⑧ 颜花：亦称“貌花”，具体所指众说纷纭，曾出现于编号 2288 作品。土屋文明注释为“昼顔”，我国叫“瓠子花”。

3506　芒草吐秀，身居蚕房。长夜凄苦，盼我情郎。

译者解说：

古代采桑养蚕季节是男女自由恋爱的大好时光。

3507　峡谷悠长，玉葛①藤蔓。绵绵不断，直达峰峦。

3508　御宇良崎②，翁草③萋萋。不曾幽会，何来相思?

3509　白山④寒风，长夜难眠。尚可御寒，阿妹披肩⑤。

3510　愿化白云，飘到妹前。一吐衷情，明日回还。

3511　青山白云⑥，与我共枕。无尽相思，此刻情深。

3512　双峰⑦成一山，云横青山顶。
佳期久不至，空有夫妻名。

3513　黄昏云恋山，久久挂山岭。
为何抛我去，阿妹太绝情。

---

① 玉葛："玉"为美称接头词。"葛"为藤蔓植物，比喻心中绵绵无尽的恋情。《伊势物语》第36段引用此歌，词句略有不同。

② 御宇良崎：指神奈川县三浦半岛的海岬。

③ 翁草：我国叫"白头翁草"，毛茛科多年生草本植物，春天开吊钟状花。

④ 白山：指石川县与福井县交界处的白山。海拔2702米。

⑤ 披肩：用麻布缝制，长且厚实。

⑥ 青山白云："青山"原文"青嶺ろに"，与"我を寝ろ"（与我共枕）同音（あをねろ）。

⑦ 双峰：筑波山分为男女二峰，喻夫妇同体。

3514 云绕高峰，痴情恋君。高山仰止，我心如云。

3515 君若忘却多年情，
且看四处涌白云，
飘上山顶似我影。

译者解说：

见编号3520作品，表现手法奇特，女子希望不被遗忘。

3516 对马之国[1]，连绵山峦。
山下无云，挂在山巅，
仰望白云，妹在眼前。

3517 白云离山，阿妹绝情。挥之不去，缥缈倩影。

3518 流言乍起，岩上白云。快下狠心，与我同枕。

3519 伯母撵我走，
阿妹露面如青云[2]，
能望一眼也甘心。

3520 阿妹倘若忘郎君，
远望荒野涌白云，
阿哥在妹心。

---

① 对马之国：旧国名，位于九州与朝鲜半岛间的海上。
② 青云：枕词，引出阿妹“露面、出现”。

译者解说：

本歌与编号3515作品相呼应，前者为女方悲叹，后者为男子表白。

3521 乌鸦正啼鸣，声如"迎郎君！"
白等又一夜，何时来敲门。

译者解说：

男子久未来访，女方行"鸟占"。有乌鸦啼，声如预言："コロク"（郎君自来）。结果预言落空，怨恨而歌。

3522 昨夜相逢良宵短，远闻鹤鸣隔云端①。

3523 鹤飞过山峦，落在阿倍田②。
苦盼君不来，今夜可相见？

3524 菰草节短③难相见，野鸭潜水④空长叹。

3525 水久君野⑤，野鸭潜行⑥。久无回音，何时同枕？

3526 吾非水鸟，两处筑巢。往来湖沼，两处藏娇。

---

① 鹤鸣隔云端：比喻恋人遥不可及。此歌可能经文人润色。
② 阿倍田：阿倍（骏河国安倍郡）的水田。
③ 菰草节短：菰草茎上短节（"節の間"），比喻良宵短暂。
④ 野鸭潜水：浮出水面时须深呼吸，如长长叹息。
⑤ 水久君野： 埼玉县秩父郡皆野町原野，此处多水塘。"水久君"与"水潜"谐音（みくく）。
⑥ 野鸭潜行：比喻偷偷前去幽会。

译者解说：

作者向女方表白，自己绝非用情不专的水鸟。

3527 八尺鸟①兮，一叹八尺。抛妻离家，长长叹息。

3528 水鸟离巢未话别，身在旅途心苦凄。

译者解说：

离家时如水鸟离巢一样慌乱，无暇与妻子细细话别。

3529 猎兔等夜野②，今夜又白跑。
阿妹不睡觉，伯母一顿吵。

3530 雄鹿藏草丛，不见妹芳容。
悻悻门前过，未见也心动。

3531 我过横山来远处，
为见阿妹门前伏，
家人防我如猪鹿③。

3532 春日野上，马啃青草④。家妇盼我，日夜念叨。

3533 为见阿妹，心急火燎。马驹断腿，沙滩踱鸟。

---

① 八尺鸟：指鹡鹩，叹息的枕词。见编号 3277 广冈义隆作品注释。
② 等夜野：指神奈川县津久井郡“鸟屋”一带。男子前去幽会，被女方母亲撵走，沮丧而歌。
③ 猪鹿：偷吃庄家的野猪、野鹿。
④ 马啃青草：如马啃青草般不停念叨。

3534　枣红马儿，不肯离家。吾妻相送，珠泪抛洒。

3535　为情而死，大可不必。笑迎庭前，快马将至。

3536　鞭打红马，手拉缰绳。谁家公子，与我相逢。

译者解说：

此歌为少女劳动时集体吟唱。

3537　马驹跨栏啃麦苗，见妹一面难忘怀。

原编者注：

某抄本歌曰：马越栅栏，啃食麦田。轻触肌肤，难忘瞬间。

译者解说：

为防牛马啃食践踏，麦地四周竖起围栏，暗喻恋情不被女方家长认可。男子如马驹不顾一切跨过围栏，啃食麦苗。

3538　浮桥宽阔，摇摇晃晃。心念佳人，驻马桥旁①。

原编者注：

某抄本歌首句曰：小树林里，马腿受伤。

3539　拴我马驹，断崖陡峭②。恋慕人妇，阵阵心跳。

---

① 驻马桥旁：马儿害怕浮桥，不肯过河。
② 断崖陡峭：比喻爱上有夫之妇，处境危险。

3540 左和多里①，邂逅少女。马蹄轻快，未搭话语。

3541 断崖之上，策马而过。步步惊心，诱惑难躲。

伊藤博：歌垣大会出现已婚女性，众人发现后唱歌调侃。

3542 碎石路上，马腿受伤。阿妹之家，咫尺在望。

3543 茅草青青都留堤②，
婚期定在竣工日，
可怜无暇去访妻。

3544 明日香川，河底浑浊③。事后悔恨，一场野合。

3545 明日香川，堰堵流水④。早知如此，连夜相会。

3546 杨柳青青来渡口，未汲清水路踏平。

译者解说：

女子与情郎相约河边会面，焦急踱步，踩平高低不平之处。

3547 味鸭栖息，树掩河道⑤。相思日久，无人知晓。

---

① 左和多里：地点不详。一说为群马县吾妻郡，一说为茨城县水户市，或福岛县岩城市。

② 都留堤：指山梨县北都留郡上野原町的鹤川堤，此歌为村人修建水利工程时唱的劳动歌。

③ 河底浑浊：比喻尚不了解对方真实性情。

④ 堰堵流水：比喻女方遭家人反对。

⑤ 河道：爱知县知多半岛的河口。

3548 飞瀑轰鸣卷木屑①，难掩心事惹流言。

3549 多由比潟②涨潮水，
何处有幽径，郎君到深闺。

3550 奈何含恨舂新米，昨夜独眠心难平。

译者解说：

本歌与编号3459作品同属女性舂米劳动歌。

3551 味镰潟③上滚白浪，浅滩④解衣忘情郎。

3552 松浦⑤波涛，喧闹不停。流言恼人，你我伤情。

3553 味镰可家港⑥，滚滚来潮水。
许弓多受久毛可⑦，进屋快相会。

3554 阿妹床边，岩壁透水⑧。悄然进屋，今夜相会。

3555 麻久良我，许我渡口⑨。桨声⑩欸乃，喋喋不休。

---

① 木屑：樵夫砍树时木屑飞进瀑布。比喻不屑一提却让人不快的流言。
② 多由比潟：东国海滨，地点不详。
③ 味镰潟：地点不明。
④ 浅滩：比喻结识新欢，尚未深交，便将丈夫抛在脑后。
⑤ 松浦：福岛县相马市长满松树的海滨。
⑥ 味镰可家港：地点不详。
⑦ 许弓多受久毛可：万叶假名，语意不明。
⑧ 岩壁透水：愿像岩壁渗水般不声不响进入阿妹房间。
⑨ 许我渡口：指茨城县利根川某渡口。
⑩ 桨声：比喻流言喋喋不休。

3556 船系潮头，起伏不停。流言汹涌，作何对应。

3557 卿为人妇，难断痴情。如船离岸，恋慕日增。

3558 未与卿逢，登船远行。许我渡口，缥缈倩影。

3559 大船舳舻①，航行安稳。人人守信，许曾村民②。

3560 丹生③辰砂④，可炼黄金。不露声色，一片真心。

3561 平整门前，灌水插秧。久旱盼雨，何时来访？

3562 乱礁海藻，独眠待晓。枕上黑发，郎君难到。

3563 比多潟⑤滩，海菜乱礁⑥。独立黄昏，盼君不到。

3564 小菅海滩⑦，摇摇菅草。相思心结，何时可抛？

3565 阿妹难逢，门外伫立。浦野山⑧头，残月偏西⑨。

3566 伤情而死，鬼神旨意？我心悲苦，有谁能知。

---

① 大船舳舻：比喻坚固可信，安稳无忧。
② 许曾：村落名。阿妹家乡村民都为这对情侣保守秘密。
③ 丹生："丹"即"辰砂"，"丹生"，开采辰砂之地，全国各地有多处。
④ 辰砂：硫化汞矿物质，亦称"朱砂"，古代用于炼金或炼丹。
⑤ 比多潟：地点不明。
⑥ 海菜乱礁：比喻女子颓然立于门前。
⑦ 小菅海滩：位于东京都葛饰区小菅，此处长满菅草。
⑧ 浦野山：位于长野县小县郡。
⑨ 残月偏西：访妻吃闭门羹，却一直站在屋外。

防人歌

3567—3571　不明国别防人歌五首

3567　抛家出征，我心伤悲。妻化梓弓，一路相随。

3568　独居凄苦，愿化梓弓。朝起狩猎，步步随行。

原编者注：

以上两首，为问答歌。

3569　防人远征，清晨出门。阿妹悲泣，万箭穿心。

3570　苇丛夕雾，野鸭悲鸣。心念阿妹，寒气逼人。

3571　送妻返乡，四邻陌生。步步回头，满腹愁情。

小学馆版《万叶集》注：三年征戍期间，一位防人送妻子回原籍寄居时所作。故乡物是人非，如今的邻居一个也不认得。

譬喻歌（2）

3572—3576 不明国别譬喻歌五首

3572 阿自久麻山①，让叶②未吐芽。
难保无狂风，无情来摧花。

3573 背阴之处，葛草藤蔓。③终难到手，任凭枯干。

3574 小小村落，橘香清幽。欲折嫩枝，不忍下手。

3575 宫代④沙丘，昼颜⑤开花。无人注目，朴实无华。

3576 水葱⑥长在育秧田，
花色青紫染衣衫，
日久生情我爱穿。

---

① 阿自久麻山：地点不详。
② 让叶：让叶树，虎皮楠科常绿乔木，我国叫“交让木”“出黄树”，多生于温暖海岸，叶互生，初夏开黄绿色小花，让叶树比喻未成年少女。
③ 比喻乡间美女。
④ 宫代：位于长野县安昙郡有明山麓。
⑤ 昼颜：我国叫“瓠子花”，白花朴实无华。
⑥ 水葱：秧田中的一种杂草，花色青紫，会染到衣上，比喻与自己日渐亲密的女性。

挽歌

3577　不明国别挽歌一首

可爱阿妹，背对而眠。
山菅草叶，各朝一边。
芳魂已逝，悔恨已晚。

原编者注：

以上歌谣，按词句至今未勘明国土山川之名。

卷十五

樱井满主编的《万叶集常识辞典》（东京堂出版）介绍各卷内容与特点时特别指出：“本卷编辑方针十分特殊，按作品内容分类的小标题不全，共收录和歌208首。有关羁旅的作品由两个歌群组成。”我们可将这些作品大致分为“羁旅”与“送别”两个类别，其中有送别出使新罗国使者启航的歌，也有亲友送别时的各陈悧心、各陈心绪作品等。

翻译本书，有两点不能由译者擅自改变，一是《万叶集》和歌作品的统一编号与顺序，二是每首或每组和歌的题目。为方便读者阅读与理解，我们对目录中的小标题稍稍做了一点补充与完善。

最后的63首赠答歌是狭野弟上娘子与中臣宅守两人生离死别，抒发炽热如火的恋情，呼天抢地的悲愤之作。这种感情强烈的作品，不但在《万叶集》中独树一帜，读来感人至深，在整个日本和歌史上也十分罕见。

卷十五目录

羁旅歌与送别歌

古挽歌

挽 歌

赠答歌

羁旅歌与送别歌

天平八年（736 年）六月，遣使新罗国时，使节等人各悲离别，吟歌赠答，于海路悲恸羁旅陈思作歌，并当场咏诵古歌。

3578—3588　赠答歌十一首　遣新罗使与家眷悲别赠答歌

3578　　武库[1]鸟翅如被衾，今日别君欲断魂。

译者解说：

阿倍继麻吕出任遣新罗国大使，盛夏农历六月出发，翌年正月归国途中染天花死于对马海峡。使团原定当年农历九月归国，赶上秋风，尽快与亲人相聚。出发之时夫妻相互赠答，此歌为其妻所作，下一首为丈夫回赠。

3579　　大船可容妻同往，夜凉相拥到新罗。

3580　　君到海滨客栈时，雾气升腾妾叹息。

译者解说：

海滨雾气为其妻叹息所化。

3581　　秋来便是团圆日，为何悲叹浓雾起。

---

① 武库：武库浦，位于兵库县尼崎市到西宫市一带。入海处许多水鸟展开被衾般的双翅翩翩起舞，庇护、温暖着妻子的心。

3582　行船海上惊涛险，早日归家君平安。

3583　娘子斋祭[①]祝平安，千重波涛只等闲。

3584　离别心凄然，妾衣贴身穿。
肌肤可相亲，直到再相见。

3585　娘子赠内衣，每日贴身穿。
衣带终不解，夜夜盼团圆。

3586　秋风月下再相逢，为伊消得人憔悴。

3587　君赴新罗日月长，斋戒忌物盼郎归。

3588　遥寄深情海天渺，双双不负相思意。

译者解说：

此歌乃夫妻共盟誓言，为以上五组共十首赠答歌画龙点睛。

3589　秦间满[②]歌一首

薄暮听蝉鸣，翻越生驹山。
归家情切切，夫妻早相见。

---

① 斋祭：妻子留守家中，每天战战兢兢，如履薄冰。为求得神灵护佑，虔诚斋戒，履行“忌物”，见编号 1453 作品注释。歌中地名“新罗”与第一首（编号 3578）中的“武库”相呼应。

② 秦间满：来自中国的移民秦氏，传不详，恐与编号 3681 作品之作者秦田麻吕为同一人。

3590　暂返家时，陈思歌一首

未辞家妇启程难，
踏岩翻越生驹山，
无暇偷闲返家园。

译者解说：

以上两首为启航前在大阪湾等待风起，抽空返回奈良家中时所咏。

3591—3593　临出发时歌三首

3591　夫妻相守情融融，一朝离别客袍寒。

3592　海上枕波风莫起，遥望吾妻在天边。

3593　大伴御津登船去，何处荒岛搭茅庵。

原编者注：

以上三首，为临出发时吟咏。

3594—3601　乘船入海，于途中作歌八首

3594　为待满潮迟启航，匆匆别妻到港湾。

3595　清晨离港武库浦，海滩潮退鹤群喧。

3596 印南都麻[①]忆吾妻，白浪高扬不见岸。

3597 海神扬波且躲避，少女驾船岛背面。

3598 玉浦觅食闻鹤唳，夜尽曙色已初现。

3599 乱礁林立船出海，月光澄澈神岛湾[②]。

3600 独立礁石，岩上杜松。悠悠千年，傲对海风。

3601 片刻难对，浩荡海风。礁上独立，岿然杜松。

原编者注：

以上八首，为乘船入海途中所作。

3602—3610 随处发思古幽情，咏诵古歌[③]十首

3602 奈良皇都，青黑[④]辉煌。天云洁白，日日仰望。

原编者注：

以上一首咏云。

---

① 印南都麻：兵库县高砂市、加古川市一带海滨。“都麻”与“妻”同音（つま）。船到此地，不由得想起家中妻室。

② 神岛湾：位于广岛县福山市西部神岛町。当时福山大部分浸泡在海中，神岛犹如一道防波堤。如今福山露出水面，神岛变成小山。

③ 古歌：指作者的旧作。

④ 青黑：天平年间，奈良宫殿的色彩主要来自青色染料与青黑色土壤。本歌写遣新罗使海上怀念国都。

3603 青青插柳[①]，秧田中央。
温汤浸种[②]，丰收在望。
敬畏神灵[③]，相思情长。

伊藤博： 此古歌原为恋歌，遣新罗使思念家中妻室而吟诵。

3604 阿妹袖宽，别来无恙。伉俪情深，岂能遗忘。

3605 饰磨川[④]水，注入海洋。川流可断，思君不忘。

原编者注：
以上三首为恋歌。

3606 少女割藻，处女海滩[⑤]。野岛草茂，夜宿茅庵。

原编者注：
《柿本朝臣人麻吕歌集》歌曰：路过敏马。又曰：小船靠近。

3607 白袴[⑥]天涯何所似，藤江浦[⑦]上垂钓人。

原编者注：
《柿本朝臣人麻吕歌集》歌曰：粗布蔽体。又曰：垂钓鲈鱼。

---

① 青青插柳：将柳枝插在秧田中央或灌溉渠入口处，根据柳枝是否成活来占卜秋天收成。
② 温汤浸种：温汤浸种育秧法至今仍流行于寒冷地区。
③ 敬畏神灵：向神灵祈祷丰收的仪式。
④ 饰磨川：流经兵库县姬路市区，进入播磨滩的船场川。
⑤ 处女海滩：指苇屋处女传说诞生地。
⑥ 白袴：流浪中的丈夫身着粗糙的白布衣衫。
⑦ 藤江浦：位于兵库县明石市。

3608　航路漫漫，天涯海角。明石海峡，家山渺渺。

原编者注：

《柿本朝臣人麻吕歌集》歌曰：大和群山，遥遥在望。

3609　武库海上，渔场丰饶。波涛渺远，渔夫垂钓。

原编者注：

《柿本朝臣人麻吕歌集》歌曰：饲饭海。又曰：渔人垂钓船，海面阵容乱。

3610　安胡浦①上，驾船海滨。红衣女郎，潮涌湿裙。

原编者注：

《柿本朝臣人麻吕歌集》歌曰：网浦海上（位于大阪湾）。又曰：潮涨湿裙。

3611　七夕歌一首

两舷摇桨，海天茫茫。月中壮士②，波涛之上。

原编者注：

以上一首，为柿本人麻吕吟唱之歌。

小学馆版《万叶集》注：遣新罗使六月七日前后出发，他们吟诵的

① 安胡浦：可能指三重县南部英虞湾。
② 月中壮士："月读壮士""月人壮士"，见编号 1372 作品注释。

古歌中，混入了据说是柿本人麻吕七月七日吟咏的《七夕歌》。

译者解说：

古代日本人将太阳神“天照大神”看成女性，将月神看成男性。

3612—3614 船泊备后国水调郡长井浦[1]之夜，作歌三首

3612 船行水路，奈良皇都，告知闺中，泊在何处。（旋头歌）

原编者注：

以上一首，为大判官[2]所作。

3613 穿行百岛，大海苍茫。永记心田，皇都奈良。

3614 归乡航程中，海边拾美玉。
赠与闺中人，剪烛话羁旅。

3615—3616 船泊风速浦[3]之夜，作歌二首

3615 遥想闺中人，此刻正叹息。
船泊风速浦，雾笼海天低。

3616 吾妻长叹息，团团化雾气。
随风飘海面，航路何迷蒙。

---

① 水调郡长井浦：广岛县三原市丝崎港。
② 大判官：指副使壬生使主宇太麻吕。
③ 风速浦：位于广岛县丰田郡安艺津町的西部，往来船只避风之处。

3617—3621 于安艺国长门岛[①]，船泊矶边，作歌五首

3617 岩上溅激流，滔滔泻飞瀑。
蝉鸣水声里，遥遥忆皇都。

原编者注：

以上一首，为大石蓑麻吕[②]所作。

3618 深山清流，徘徊徜徉。难忘皇都，锦绣奈良。

3619 岩间溪流，滔滔不断。秋晴之日，可归家园。

3620 乡愁难耐，恼人悲蝉。荒岛背后，夜宿草庵。

3621 祈求长生，长门[③]松原。沧桑古树，神圣庄严。

3622—3624 由长门浦启航之夜，仰望月光，作歌三首

3622 月光清澄，黄昏浪静。水手齐呼，沿岸而行。

3623 山端[④]天际，月落西天。夜海茫茫，渔火点点[⑤]。

---

① 安艺国长门岛：广岛县安艺郡西部仓桥岛。
② 大石蓑麻吕：传不详，天平十八年（746 年），曾在东大寺写经所任职。

③ 长门：长门岛，位于广岛县安艺郡。由“长门”引出“长生”一词。
④ 山端：山峰棱线与天空交际处。此山指长门海滨以北的山脉。
⑤ 渔火点点：渔夫夏季后半夜出海，农历六月中旬，月亮大约午夜 12 点半开始西坠。此组歌作者为天平八年（736 年）遣新罗使。

3624　莫叹吾辈，昼夜兼程。远海传来，舟楫声声。

古挽歌

3625—3626　丹比大夫[1]，悼念亡妻之凄怆挽歌并短歌

3625　黄昏降临时，苇丛野鸭鸣。
成群波上浮，苦盼天色明。
雌雄比翼飞，深深伉俪情。
寒霜莫沾尾，白羽联翩行。
挥翅拂尘埃，流水永不停。
风过难觅踪，爱妻归幽冥。
人世叹无常，何处悼芳魂。
衣衫犹在身，宽袖空床冷。
独眠天难晓，空怀白头梦。

3626　**反歌**

鹤鸣远去芦苇荡，更惧独眠客梦凉。

原编者注：

以上两首，为丹比大夫悲怆悼念亡妻而作。

---

① 丹比大夫：官位四品或五品。当时有丹比广成、丹比国人、丹比屋主三人，无法断定此歌作者。

3627—3629 寄物发思歌一首并短歌二首

3627 晨起闺中持铜镜，三津海滨登大船。
两舷摇桨向新罗，眼前已到敏马山。
岛下且待潮水涨，航路遥遥白浪翻。
沿岸船行淡路岛，回望海天夕照暗。
波涛茫茫难望远，云遮雾罩无所见。
今宵泊船明石浦，点点渔火满海面。
渔家少女驾轻舟，不惧风浪履平川。
天明潮涨芦苇荡，掠过头顶鹤群喧。
船夫水手齐声呼，风平浪静好行船。
水天远望见家岛[①]，乡愁万缕绕心间。
安得登岛慰离愁，奈何浪高难靠岸。
遥望家山绕路行，夜泊玉浦对愁眠。
潸然泪下如幼子，岸边礁石指苍天。
拾得海神腕上镯，带回家中赠妻眷。
暂藏袖里何日归，苦无信使把书传。
留得玉镯惹心事，不如置之大海边。

3628 反歌

玉浦海上拾白玉，弃之而去无人见。

3629 泊船直到秋风吹，白浪送来忘忧贝。

---

① 家岛：东西宽 24 公里的海岛，位于姬路市西南 18 公里处海面上。

3630—3637 航行于周防国（山口县）玖河郡麻里布浦①时，作歌八首

3630 麻里布浦景色好，
两舷船桨且慢摇，
泊船观赏兴致高。

3631 多年神往，海上粟岛。无缘登临，深情远眺。

3632 大船拴缆桩，清波漾海滩。
麻里布浦上，今夜好泊船。

3633 我来安波岛②，佳人在天边。
心有千千结，辗转入梦难。

3634 筑紫道③上，可太大岛④。抛妻离家，云山渺渺。

3635 遥望妹家，不远之处。携来同游，麻里布浦。

3636 亲人斋祭⑤，盼我归家。途经祝岛⑥，羁旅天涯。

3637 祝岛灵验，代代许愿。一帆风顺，旅途平安。

---

① 麻里布浦：位于山口县岩国市。
② 安波岛：亦写为“粟岛”（あわじま），与“逢わじ”（不相逢）谐音。
③ 筑紫道：通往九州的大道。
④ 可太大岛：位于冈山县大岛郡，亦称“屋代岛”。
⑤ 斋祭：斋戒忌物。
⑥ 祝岛：位于山口县岩国市麻里布浦西南 50 公里处。

3638—3639　过大岛鸣门经再宿之后，追咏歌二首

3638　　鸣门[①]涡潮负盛名，渔家少女割海藻。

原编者注：

以上一首，为田边秋庭[②]所作。

译者解说：

因月球对海面的引力，鸣门涡潮满月和新月时分别出现一次，春秋两季的涡潮最为壮观。漩涡直径可达 30 米，潮流时速 20 公里，不断旋转，轰然有声。惊心动魄的背景下，一群渔家少女却在悠然自得地割海藻。

3639　　波上漂浮难入睡，伊人翩翩入梦来。

译者解说：

时人相信，梦见家人或心上人，是对方也在想念你，其魂魄飘来梦中。

3640—3643　船泊熊毛浦[③]之夜，作歌四首

3640　　安得有船上京师，万千相思寄闺中。

---

① 鸣门：今德岛县鸣门市大毛岛、岛田岛与兵库县淡路岛之间的海峡，有世界最大的“鸣门涡潮”。

② 田边秋庭：当时“田边”非姓氏，而是地名。“秋庭”大概是中国移民之名。此歌可看成无名氏作品。

③ 熊毛浦：位于山口县熊毛郡，海面上有长岛、祝岛等小岛。

原编者注：

以上一首，为羽栗[①]所作。

译者解说：

灵龟二年（716年），羽栗吉麻吕作为阿倍仲麻吕之随从入唐，娶唐女，生羽翼、羽翔兄弟二人。天平六年（734年），兄弟随父回到日本。羽翼时年16岁，羽翔14岁。羽翼聪明灵秀，精通医药，曾任内药正侍医，正五品下。以遣唐使准判官身份再次入唐，延历十七年（798年）卒。其弟羽翔天平宝字五年（761年），为催促藤原清河归国入唐未归，不知所终。

3641　黎明桨声催乡愁，渔女波上摇轻舟。

3642　海上滚滚满潮涌，群鹤觅食可良浦[②]。

3643　孤舟今夜泊此处，船夫携书到京师。

原编者注：

某抄本歌曰：且告京中家人，今夜我宿谁边。

3644—3651　佐婆海[③]上忽遭逆风，漂流丰前国下毛郡分间浦，追忆艰难，怛然作歌八首

3644　恭奉皇命，大船起航。出使新罗，头枕巨浪。

① 羽栗：山背国乙训郡之人羽栗吉麻吕之子，不知指兄弟二人中的羽翼还是羽翔。

② 可良浦：山口县熊毛郡平生町尾国、小郡一带海岸。

③ 佐婆海：山口县东部旧佐婆郡沿海一带。

原编者注：

以上一首，为雪宅麻吕①所作。

3645　闺中之人，盼我早还。波上惊魂，渺渺家山。

3646　沿岸行船，逆风千里。海湾停泊，高枕无虞。

3647　闺中之人，夜夜入梦。两情依依，相思无穷。

3648　海上渔火燃更旺，安得遥望大和山。

3649　头枕波涛如野鸭，夜降冷露沾黑发。

3650　静夜对空望明月，可怜不见闺中人。

3651　皓月经天迟迟出，
茫茫海上岛无数，
渺渺香闺无觅处。（旋头歌）

3652—3655　至筑紫馆②，遥望本乡，凄怆作歌四首

3652　志贺渔夫，日日煮盐。我心恋情，咸辛不减。

译者解说：

海盐咸辛，如恋情之苦。

---

① 雪宅麻吕：占卜师雪连宅麻吕，天平八年（736 年）随团出使新罗，没于壹岐岛。

② 筑紫馆：大宰府接待外国使节与宾客的礼宾设施，位于大宰府外港博多湾，后按唐风改名鸿胪馆。

3653 志贺浦上，渔火点点。彻夜垂钓，闺中挂念。

3654 可之布江①，鹤鸣在天。志贺浦上，白浪飞卷。

3655 今日秋到，闺中惦念。山间松荫，始闻鸣蝉。

3656—3658 海上七夕仰观天汉，各陈所思作歌三首

3656 胡枝花红，露染衣衫。手牵缆绳，迎郎上岸。

原编者注：

以上一首，为大使（阿倍朝臣继麻吕）所作。

译者解说：

遣新罗大使吟唱织女迎接牛郎场景。

3657 一年一度，夫妻重逢。夜夜离恨，谁情更浓。

3658 双星相会，光影摇动。船上旅人，心生羡情。

3659—3667 望海边之月，作歌九首

3659 秋风渐紧闺中情，斋戒忌物盼君归。

原编者注：

以上一首，为大使之次男所作。

---

① 可之布江：福冈县东区的香椎江。

3660　荒津崎[1]边波涛涌，相思不断忆闺中。

原编者注：

以上一首，为土师稻足所作。

3661　风卷浪涛滚滚来，渔家少女湿衣衫。

原编者注：

某抄本歌曰：渔家娘子湿裙裾。

3662　仰望长空叹独眠，夜色曙色何相干。

原编者注：

以上一首，乃旋头歌也。

3663　茫茫大海，浪里绳苔。妻盼郎归，整月等待。

3664　志贺浦上，渔火夜海。天明归家，桨声欸乃。

3665　不眠之夜，思念吾妻。朝雾弥漫，雁鸣天际。

3666　薄暮秋风，月下寒砧。游子归家，冬衣上身。

3667　羁旅漫漫，身着妻衣。沾满尘垢，见之唏嘘。

---

① 荒津崎：福冈县中央区西公园附近海岸。

3668—3673 至筑前国志麻郡之韩亭①，泊船三日。此处月光皎皎流照，吾等偶对月华，旅情凄噎，各陈心绪，聊作歌六首

3668 地老天荒岁月长，效命朝廷犹恋家。

原编者注：

以上一首，为大使阿倍继麻吕所作。

3669 家山万里对孤灯，闺中犹有黯泣人。

原编者注：

以上一首，为大判官壬生宇太麻吕所作。

3670 夜宿韩亭能许浦②，风平浪静亦怀乡。

3671 愿化明月渡夜空，还家探望闺中人。

3672 点点渔火摇海面，月光无涯洒远天。

3673 风起海上惊白浪，能许港内夜夜眠。

---

① 韩亭：驿站名，位于博多湾，距筑紫馆约18公里。

② 能许浦：位于福冈市西区能古岛一带。

3674—3680 船泊引津亭[①]，作歌七首

3674 羁旅悲苦家山远，呦呦鹿鸣可也山[②]。

3675 惊涛骇浪魂魄动，妻在京师怎得知。

原编者注：

以上两首，为大判官壬生宇太麻吕所作。

3676 高天飞雁[③]作使者，寄书奈良报平安。

3677 原上秋色胡枝红，妻在深闺哪得见。

3678 辗转反侧难入梦，秋野鹿鸣忆深闺。

3679 大船两舷桨成排，待机启航已一月。

3680 漫漫长夜难入梦，满山鹿鸣荡回声。

3681—3687 船泊肥前国松浦郡[④]狛岛之夜，遥望海浪，各恸旅愁，作歌七首

3681 平安归家进庭院，胡枝芒草已凋残。

---

① 引津亭：驿站名，位于福冈县丝岛郡海湾。
② 可也山：位于福冈县丝岛郡志摩町。
③ 飞雁：出自《汉书 · 苏武传》“鸿雁传书”典故。
④ 肥前国松浦郡：肥前国（佐贺县与长崎县各一部分）旧郡名，该郡横跨两县。

原编者注：

以上一首，为秦田麻吕[①]所作。

3682 诚心祈祷，天地神祇。郎君速归，难忍苦凄。

原编者注：

以上一首，为娘子（游行女妇）所作。

3683 思君情长，又是一月。忧愁萦怀，日日夜夜。

3684 秋夜漫漫，游子难眠。满怀凄凉，苦不堪言。

3685 神功皇后[②]，泊船松浦。妾盼郎归，岁月其徂[③]。

3686 人在羁旅，万念可抛。唯念闺中，相思难消。

3687 大雁高飞，掠过群山。速回京师，闺中问安。

---

① 秦田麻吕：与编号 3589 作品的作者秦间满恐为同一人。
② 神功皇后：传说中的第 14 代仲哀天皇之皇后，曾远征朝鲜半岛。
③ 岁月其徂：岁月流逝催人老。见西汉《讽谏诗》（韦孟）。

挽歌

3688—3690 至壹岐岛[①]，雪连宅满[②]忽患恶疾[③]死去时，作挽歌并短歌二首

3688 恭奉皇命，今日出使。
远渡韩国，大海之西。
未行忌物，疏忽大意？
偶有过失，不顾贵体？
辞别高堂，离京远去：
“秋风乍起，归家团聚。
儿当尽孝，侍奉朝夕。”
岁月悠悠，斗转星移。
未见君归，杳无消息。
举家难安，全族焦虑。
异国渺远，难觅踪迹。
未离大和，忽染恶疾。
荒岛巨岩，葬身之地。

反歌二首

3689 石田野[④]上，魂魄难追。家人问讯，何言以对。

---

① 壹岐岛：当时为壹岐国，今属长崎县。
② 雪连宅满：天平八年（736 年）遣新罗使团成员之一。
③ 恶疾：日本当年流行天花，死者众多。
④ 石田野：壹岐郡石田町背后的丘陵上农田片片，有森林覆盖。

3690 人生无常，生死不定。一朝死别，依依愁情。

原编者注：

以上三首为挽歌。

伊藤博： 本歌为使团中无名氏所吟。

3691—3693 葛井连子老[①]，挽歌一首并短歌二首

3691 天地悠悠，难舍家园。
海上颠簸，有苦难言。
日月匆匆，雁鸣云端。
慈母家妇，伫立门前。
苦盼君归，秋水望穿。
朝露湿衣，夕雾降寒。
君遭不测，世人喟叹。
原野之上，胡枝花残。
芒草之穗，装扮茅庵。
天涯尽头，露冷荒山。
长眠异乡，孤魂难返。

反歌二首

3692 可怜妻儿正苦盼，孤魂隐藏岛礁间。

---

① 葛井连子老：传不详，有人说他是葛井连广成（编号 962 作品作者）的近亲，葛井氏为海外移民子孙。葛井连广成养老三年（719 年）任遣新罗使，天平十五年（743 年），新罗使来访日本，曾奉命前往筑前国（福冈县西北）迎接。

3693　　黄叶飘飘满山舞，举家哀恸泪涟涟。

原编者注：

以上三首，为葛井连子老所作挽歌。

3694—3696　六鲭[①]作长歌并短歌二首

3694　　海路艰险历苦辛，愿君此行保平安。
　　　　壹岐卜部[②]老渔夫，求神问卦得预言。
　　　　谁料人生一场梦，羁旅途中孤魂散。

反歌二首

3695　　自古传言，韩国[③]苦寒。与君一别，终难再见。

3696　　归家不得，新罗路险。壹岐岛上，迷途难返。

原编者注：

以上三首，为六鲭所作挽歌。

伊藤博：以上两组亦是悼念雪连宅满之挽歌。

犬养孝：从博多湾乘船出发，四小时可达壹岐岛。

---

① 六鲭：六人部连鲭麻吕。
② 卜部：以占卜为业的巫师。
③ 韩国："韩"读作"から"，与"辛い"（苦寒，からい）谐音。

3697—3699 至对马岛[①]浅茅浦泊船时，不得顺风，经停五日也。瞻望此地物华，各陈恸心[②]，作歌三首

3697　百船停泊对马岛，浅茅山雨红叶燃。

3698　荒岛望月旧相识，妻在京城隔云端。

3699　秋来夜夜降寒露，京城山头红叶燃。

3700—3717 船泊竹敷浦[③]之时，各陈心绪，作歌十八首

3700　今日山下光璀璨，风吹红叶飞满天。

原编者注：

以上一首，为大使（阿倍朝臣继麻吕）所作。

3701　吾妻竹敷见红叶，正是相约归家日。

原编者注：

以上一首，为副使（大伴宿祢三中）所作。

3702　竹敷浦上红叶美，新罗归来莫飘散。

---

① 对马岛：今属长崎县，由日本前往朝鲜的跳板，风急浪高，海岸多断崖，岛上有浅茅山。
② 恸心：出自梁武帝文《追赠张弘籍诏》："触目恸心。"
③ 竹敷浦：位于长崎县对马岛下县郡美津岛町，面对浅茅湾。等来顺风方可起航。

原编者注：

以上一首，为大判官（壬生使主宇太麻吕）所作。

3703　　竹敷城山显美色，摘来红花①八度染。

原编者注：

以上一首，为少判官（大藏忌寸麻吕）所作。

伊藤博：头遍采摘红花可制胭脂，后采之花可制染料。

译者解说：

“八度染”，原文为“八入”，用红花染料反复浸染出鲜艳的深红色。

3704　　满山红叶飘飘落，灯火通明赤船②来。

3705　　竹敷海藻水上摇，官船几时再进港。

原编者注：

以上两首，为对马娘子名玉槻③所作。

3706　　清渚细浪如铺玉，满潮起航何时还。

---

① 红花：菊科一年生草本植物，立夏到小满可多次采摘，花可入药。
② 赤船：遣新罗使的官船涂成红色。为等候顺风在对马岛停泊 5 日，此处人口稀少，港口繁华，迎送往来新罗与日本的船只。
③ 玉槻：长崎美津岛町渔家女，流落对马岛为“游行女妇”，陪酒为生。

原编者注：

以上一首，为大使（阿倍朝臣继麻吕）所作。

3707　　秋山红叶作发簪，潮涨起航情绵绵。

原编者注：

以上一首，为副使（大伴宿祢三中）所作。

3708　　心藏相思又一月，满面愁容怕人见。

原编者注：

以上一首，为大使（阿倍朝臣继麻吕）所作。

3709　　拾得贝壳赠闺中，浪打滩头湿衣衫。

3710　　潮落可拾滩上贝，满潮汹涌且回还。

3711　　岂可不拾忘恋贝，何惧潮水湿衣衫。

3712　　衣袖沾湿倩谁晒，阿妹远隔万重山。

3713　　红叶色退秋欲尽，相约归期又食言。

3714　　秋夜幽梦见吾妻，天明只恨美梦短。

3715　　孤客不可解衣带，倩谁重系望家山。

3716　　白云漂泊天涯路，九月红叶色已变。

3717　旅途平安早回家，妻系衣带已松散。

3718—3722　回航筑紫，欲由海路进京，至播磨国之家岛，作歌五首

3718　心恨家岛催乡愁，妻在天边空牵念。

3719　漫漫旅途望不尽，又是一年闺中愁。

3720　云外岛影，淡路①在望。欲见娇妻，早日还乡。

3721　彻夜挥桨，遥望故乡。三津滨松，伫立岸上。

3722　船泊大伴②，三津海港。龙田山外，飞步返乡。

赠答歌

中臣朝臣宅守③，娶藏部女嬬狭野弟上娘子④之时，敕断流放，发配越前国。夫妇相叹从此别易会难，各悲恸陈情，赠答歌六十三首。

---

① 淡路：淡路岛。“淡路”（あわじ）引出“逢わむ”（欲见）。
② 大伴：位于难波湾一带，为大伴氏领地。见编号 63 作品注释。
③ 中臣宅守：刑部卿（司法部长）中臣东人第七子。
④ 狭野弟上娘子：亦作“狭野茅上娘子”，生卒年不详，公主身边下级女官，管理服装的“藏部司女嬬”。“藏部司”负责管理宫中物品。

译者解说：

此组赠答歌，中臣宅守作歌40首，狭野娘子作歌23首。天平十年（738年），女官狭野弟上娘子与下级官吏中臣宅守，不顾禁令坠入情网。男方被流放越前国味真野（今福井县武生市），女方仍留宫中，降职为打扫庭院宫女。两人鸿雁传书，互赠和歌。狭野弟上娘子大胆抗争，呼天抢地。这种炽烈的情歌在日本文学史上可谓空前绝后。

3723—3726 临别之时，娘子悲叹作歌四首

3723 翻山越岭君远去，我心忐忑实难安。

3724 君远去，路迢迢，
卷之如长绳，愿降天火[1]烧。

斋藤茂吉： 狭野弟上娘子歌中“天火”一词出自《史记·孝景本纪》“三年正月乙巳……天火燔雒阳东宫大殿城室”，以及《易林》中的“天火大起，飞鸟惊骇”。

3725 良人踏上流放路，频挥白袖难忘情。

译者解说：

从奈良到福井县道路崎岖，中臣宅守被押解上路，特意穿上娘子赠送的白袍，不断回头，频频挥手招魂。

---

① 天火：与中国古文中的“劫火”类似，指突然降下的大火。此“天火”应是“雷击起火”。

3726　　彻夜焦灼恋情苦，挨到天明更无计。

原编者注：

以上四首，为娘子临别时所咏之歌。

3727—3730　中臣朝臣宅守，上路时作歌四首

3727　　凡夫俗子何足道，有劳娘子苦伤悲。

译者解说：

中臣宅守自称无德无能的凡夫俗子，甘愿受罚。但连累狭野弟上娘子，却让他羞愧难当。而女方和歌中的浪漫激情与异想天开与男方的朴实无华形成鲜明对比。

3728　　奈良大路①真坦途，山道蜿蜒实难行。

3729　　心怀真情卿身影，坎坷一路何足论。

3730　　谨慎缄默②越国路③，神坂祈祷念卿名。

原编者注：

以上四首，为中臣朝臣宅守赴流放之刑时所作。

---

① 奈良大路：京城中以朱雀大路为中心的东西南北大路，整齐地划分出条坊。

② 谨慎缄默：传说山路垭口有恶神，加害行人。宅守一路不敢提及恋人，到神坂祈祷路神时才说出娘子名字。

③ 越国路：通往富山、石川、福井、新潟四县的北陆道。

3731—3744 中臣朝臣宅守，至发配处作歌十四首

3731 心念爱卿终相逢，片刻不忘情意深。

3732 烈日炎炎苦思念，彻夜悲泣泪沾巾。

3733 若无爱卿衣衫在，可凭何物忆同心？

译者解说：

时人认为恋人交换内衣，双方灵魂可融为一体。

3734 翻越远山关口处①，相逢无计恨无情。

原编者注：

某抄本歌曰：相逢无计更寂寞。

3735 情切无日不思君，夜夜芳魂入梦来。

3736 山川难隔别愁苦，岂有片刻得安宁。

3737 忧思千重绕心间，二人同罪处逆境。

3738 相思难眠苦辗转，郎君夜夜入梦来。

3739 情天恨海千般苦，不如始终作路人。

---

① 远山关口处：指爱发关，位于越前国（福井县东部）爱发山上，为北陆道要冲。

3740　　天地神祇今安在，与卿难逢甘舍命。

3741　　留得余生天开眼，终有一日与卿逢。

原编者注：

某抄本歌曰：久别之后又逢卿。

3742　　不知何日再重逢，天地黯淡情无限。

3743　　人生弃置寻常事，别愁难遣只为卿。

3744　　相思何惧阳寿短，甘愿夭亡赴幽冥。

原编者注：

以上十四首，为中臣朝臣宅守作歌。

3745—3753　娘子留京，悲伤作歌九首

3745　　保全性命定重逢，莫为逆境太伤情。

3746　　正是插秧①农忙时，君赴远国妾偷生。

3747　　庭前望松妾苦候，愿君早归应无恙。

3748　　他乡难留早归京，趁得青春年少时。

---

① 插秧：喻夫妻同甘共苦。

3749　君流远国妾独守，不知相思几时休。

3750　上天入地难寻觅，真挚如许苦相思。

3751　洁白衣衫常伴君，不弃不离到重逢。

3752　伤春时节守空庭，神魂恍惚最忆君。

3753　期盼重逢留念想，心绪纷乱缝君衣。

原编者注：

以上九首，为娘子所作。

3754—3766　中臣朝臣宅守，作歌十三首

3754　子规过关无文牒，安得往来两地间。

译者解说：

原歌中尚有“多我子尔毛”一句无统一解读。

3755　惴惴不安心系卿，山川万重最无情。

3756　日夜相看两不厌，分别数月难相逢。

3757　飞度关山人远去，痴心一颗不离卿。

3758　宫女最喜论短长，流言至今犹纷纭。

原编者注：

某抄本歌曰：时至今日，又起流言。

3759　　日日空流相思泪，夜夜难眠只为君。

3760　　三更就寝心难平，安得一夜梦魂安。

3761　　前因后果有道理，甘之如饴无怨言。

3762　　洒泪翻越逢坂山，不见卿面空长叹。

3763　　羁旅二字非等闲，千般困苦蕴其间。

3764　　山川阻隔千万重，痴心一缕永相连。

3765　　留赠铜镜作遗物，深藏莫让他人见。

3766　　铜镜系在内衣带，日夜相思无间断。

原编者注：

以上十三首，为中臣朝臣宅守所作。

伊藤博： 系在内衣带上的铜镜较小，称“怀镜”（纽镜）。

3767—3774　娘子作歌八首

3767　　心痛只因恋情浓，朝夕魂飞灵犀通。

3768　相思岂能慰离别，泪如连线不曾干。

3769　启程前夜未见君，天明难逢①留悔恨。

3770　夜夜难眠味真野②，日日盼君早归京。

3771　宫女同情夜难眠，你我重逢众人盼。

3772　忽闻圣恩赦流罪，君心似我喜若狂。

3773　随君流放千里外，胜留京师心如灰。

3774　苟活唯盼君归日，莫忘妾身心一片。

原编者注：

以上八首，为娘子所作。

译者解说：

天平十二年（740 年）公布大赦名单，娘子听说无宅守之名，悲痛难忍。

3775—3776　中臣朝臣宅守，再赠歌二首

3775　度日如年再难逢，妾身岂能有二心。

① 天明难逢："逢"指男女幽会。宅守身陷囹圄，两人只好拼命压抑感情。
② 味真野：位于越前国府所在地武生市东南约 6 公里处。

3776 今日若得回京师，右马寮[1]外门前迎。

原编者注：

以上两首，为中臣朝臣宅守所作。

3777—3778 娘子相和，赠歌二首

3777 手足无措长号泣，昨日今日终难逢。

3778 君捧白衣行忌物，神灵保佑早见君。

伊藤博：天平十二年（740年）下半年，中臣宅守与狭野弟上娘子赠答歌戛然而止，当有更多作品未收录。

《续日本纪》载：天平十二年六月大赦天下，但“中臣宅守不在赦免之列”。

《万叶集常识辞典》：中臣宅守于翌年天平十三年（741年）九月获释回到奈良，官复原职。天平宝字八年（764年）九月，他卷入围绕藤原仲麻吕（惠美押胜）的政争，受株连。

3779—3785 中臣朝臣宅守，寄花鸟陈思，作歌七首

3779 我家庭前橘花残，可怜今岁无人见。

---

① 右马寮：与左马寮同为宫中管理马匹饲养与调教、保存饲料的官署。此处曾是两人的幽会之处。中臣宅守幻想，如能重返京师，将立刻前往右马寮门前重温鸳梦。

3780　子规声声如催命，万般忧思下黄泉。

3781　客居异乡思帝京，子规莫啼添愁烦。

3782　淫雨霏霏愁情里，子规偏来鸣耳畔。

3783　流放之地念伊人，子规啼鸣返故园。

3784　最是无情恨子规，啼声惹我心绪乱。

3785　但愿子规暂缄口，莫触愁绪千万端。

原编者注：

以上七首，为中臣朝臣宅守寄花鸟陈思而作。

译者解说：

以上七首为中臣宅守独咏，得娘子赠歌（编号 3778 作品）后，吟出此组歌。

卷十六　有来由之歌与杂歌

本卷收录和歌 104 首，皆为杂歌。编者将“有来由之歌”与“杂歌”区别对待，但有关二者的具体含义与区别至今尚无定论。本卷作品可分为取材于民间传说的作品、咏物歌、戏谑歌、民谣、艺人创作的歌谣等，突破了传统杂歌范畴。

卷十六目录

有来由之歌与杂歌

有来由之歌与杂歌

汉文原序：昔有娘子，字曰樱儿也。于时有二壮士，共俿此娘子，而捐生挌竞①，贪死相敌。于是娘子戏欷曰："从古至今，未闻未见一女之身，往适二门矣。方今壮士之意，有难和平。不如妾死，相害永息。"尔乃寻入林中，悬树而死。其两壮士，不敢哀恸，血泣涟襟，各陈心绪作歌二首。

3786—3787 二壮士挑逗娘子，娘子不愿与二人相会，遂入林中自尽。二壮士各陈心绪作歌二首

3786 春樱绽放当插头，可惜风雨摧落花。

3787 芳名樱儿有姻缘，年年花开思无限。

原编者记述：或曰，昔有三男，同聘一女也。娘子叹息曰："一女之身，易灭如露。三雄之志，难平如石。"遂乃彷徨池上，沉没水底。于时，其壮士等不胜哀颓之至，各陈所心，作歌三首（娘子字曰缦儿也）。

---

① 捐生挌竞：舍命相争。

3788—3790 三男子向同一娘子求婚，娘子叹息，沉于水底之时，不胜哀伤。三雄之士各自陈心，作歌三首

3788　最恨耳无池[①]中水，玉体沉底当舀干。

3789　若知缦儿欲轻生，远道归乡当阻拦。

译者解说：

作者身在远处，无法阻挡缦儿轻生。

3790　追寻缦儿难辨路，蜿蜒百折到池边。

3791—3793 砍竹老翁，偶遇九位女子，赎其近狎之罪，作长歌并短歌

汉文原序：昔有老翁，号曰竹取翁（砍竹老翁）也。此翁季春之月，登丘远望，忽值煮羹之九位女子也。百娇无俦[②]，花容无匹。于时娘子等呼老翁嗤曰："叔父来乎，吹此烛火[③]也。"于是翁曰唯唯。渐移徐行，坐于席上。良久，娘子等皆共含笑，相推让之曰："阿谁呼此翁哉?"尔乃竹取翁谢之曰："非虑之外，偶逢神仙。迷惑之心，无敢所禁。近狎之罪，希赎以歌[④]。"即作歌一首，并短歌。

---

① 耳无池：奈良县橿原市耳成山麓的水池。
② 俦：伴侣。
③ 烛火：此处指煮羹的篝火。
④ 赎以歌：希望用此长歌赎罪。

3791 呱呱坠地，慈母爱怜。
胎毛尚在，襁褓温暖。
木棉肩衣①，翩翩少年。
扎染②衣袖，黑发垂肩。
与卿同龄③，豆蔻华年。
秀发飘飘，玉栉梳挽。
解开头髻，童发披散。
红光辉映，紫色④斑斓。
锦衣在身，人见人赞。
住吉原野，桤实漂染。
高丽锦带，缝在胸前。
层层锦绣，容光灿灿。
绩麻女儿，巧手捣练。
织机抛梭，庭前晒干。
稻置娘子⑤，送礼堂前。
倩我求婚，早结姻缘。
胫巾护腿⑥，冠位可赞。
飞鸟鞋匠，缝进雨毡。
缟纹罗袜，黑靴光鲜。
鞋袜防水，安步雨天。
（我来求婚，伫立庭院。
娘子双亲，怒斥一番：

① 肩衣：棉织无袖衣。
② 扎染：原文为“絞り染”，将布料用针缝捆扎，浸于染料，染出花纹图案。
③ 与卿同龄：与诸位仙姬年龄相仿的年华。
④ 紫色：象征富贵身世。
⑤ 稻置娘子：“稻置”为贵族姓氏之一。
⑥ 胫巾护腿：贵族狩猎的腿上防护用品，天武天皇时代贵族服饰之一。

“快快离去，不得久站！”
难以相会，父母阻拦。）①
耳畔传来，少女轻唤：
“不可离去，君留此间。”
佳人相赠，绢带浅蓝。
小巧纽带，系我衣衫。
蜂群飞过，海神宫殿。
细腰窈窕，精心打扮。
面面宝镜，光彩容颜。
春游郊野，飞鸟盘旋。
与我亲近，啾啾声喧。
秋日登高，白云流连。
周遭环绕，久久眷恋。
归家路上，宫女争看。
宫中舍人，目光羡艳。
谁家王孙，到此游玩。
千人敬仰，万人艳羡。
极品荣华，风光无限。
今日山野，偶遇仙媛。
其貌不扬，视我等闲。
垂垂老者，莫加白眼。
古代贤良，后人之鉴。
尊重老者，万世典范。
还将小车，推回家园②。

---

① （我来求婚，……父母阻拦。）：小学馆版、岩波版《万叶集》均无括号中的八句。本书根据中西进本、土屋文明本《万叶集》补译。

② 还将小车，推回家园：将弃老所用小车推回家中，留作警示，告诫后代须敬老行孝。

译者解说：

此“遇仙记”与卷五大伴旅人松浦川偶遇仙媛之歌异曲同工。歌中描写仙女美貌的词句，明显受我国小说《游仙窟》影响。如“花容婀娜，天上无俦，玉体逶迤，人间少匹……千娇百媚，造次无可比方”“忽遇神仙，不胜迷乱”等。

砍竹老翁说是赔礼道歉，但吟出的长歌与短歌却并无此意，而是自夸门第，揶揄仙女们不懂得尊敬老人。并在最后呼吁一扫弃老陋习，推行儒家敬老之风。

万叶时代，中国的《孝子传》传入日本，其中有《孝孙原谷》故事：原谷之父不孝，让儿子将祖父用小车推到深山抛弃。原谷按照父亲吩咐，将祖父置于山中，推空车回家。父亲大怒道：“为何将如此不吉利之物带回家来！”原谷答道：“将来你衰老，须用此车推你进山，无须再造新车。”父亲听罢，幡然悔悟，连忙进山接回父亲，好生赡养，成为孝子。万叶时代，儒家尊老思想开始推行，逐渐改变弃老陋习。

反歌两首

3792　　怕见双双衰老态，白发未生下黄泉。

译者解说：

若是不喜欢老人，夫妻双方都应当早逝，就不会看到彼此的老态。

3793　　何须笑骂白发人，老之将至谁能免。

3794—3802 众位娘子，相和歌九首

3794 老翁一曲肺腑歌，姐妹九人皆同感。

3795 失言蒙羞勿辩解，甘拜下风抬头难。

3796 懵懂少女不更事，敬请老翁能海涵。

3797 曾有誓言同生死，姐妹九人拜翁前。

3798 姐妹同心无异议，我亦拜倒不迟延。

3799 倒头便拜是本心，口舌笨拙不赘言。

3800 芒草无穗当三缄，姐妹情深心坦然。

3801 住吉海岸桤木染，素色本心可改变。

3802 我本春野林下草，愿随姐妹拜先贤。

3803 娘子私会壮士之时，欲令父母知晓，与其夫歌一首

序 昔者，有壮士与美女（姓名不详），不告知父母，窃为交接。于时娘子之意，欲令其父母知晓，因作和歌一首赠其夫，歌曰：

一段秘情万般愁，
愿学明月出山头，

私会壮士不能羞[1]。

3804 壮士专任使节，奔赴远境，娘子累年悲叹，姿容疲羸。壮士还乡，流泪吟和歌一首

汉文原序： 昔有壮士，新成婚也。未经几时，忽为驿使，被遣远境。公事有限，会期无日。于是娘子，感恸凄怆，沉卧疾病。累年之后，壮士还来，复命既了。乃诣相视，而娘子之姿容，疲羸甚异，言语哽咽。于时壮士，哀叹流泪，裁歌口号，其歌一首。

呜呼哀哉[2]叹无情，猪名川[3]水深千丈。

3805 娘子，闻夫君吟诵之歌，应声和歌一首

愁色苍白染妾发，君冒风雪归故乡。

原编者注：

今日思之，歌中唱道：官府点其夫为驿使，派往他乡，历经数年。归来之时，恰逢降雪寒冬。于是，娘子吟出“愁色苍白”之句。

译者解说：

当时结婚年龄为男子十五岁，女子十三岁。男子外出几年，归来时不过二十岁，女子十八九。正值隆冬飞雪时节，妻子用“愁色

---

① 不能羞：不会害羞后悔。语出韦庄《思帝乡》。

② 呜呼哀哉：悲痛呼叫，悼念死者。妻子久病，面容枯槁，形同尸骸。丈夫呼天抢地，痛恨官府无情。

③ 猪名川：流经兵库县与大阪府的大河，注入大阪湾，以水深著名，常用作“枕词”，引出深藏内心的悲痛之情。

苍白染妄发”形容青丝变白。男子身为“驿户”，官方点名出差，数年后方可归家。

3806 一女子私会壮士，双亲苛责，壮士悚惕时，娘子赠其夫歌一首

生事端[1]，小泊濑山[2]可藏身。
莫烦恼，石城[3]岩洞度光阴。

原编者注：

相传，有女子私下与男子交往。男子惧怕女方父母斥责，渐生犹豫。于是娘子吟出此歌相赠。

3807 葛城王，出发前往陆奥时，祇承缓怠，王意不悦。采女捧觞。咏歌一首

山影摇荡，安积山泉[4]。我心柔情，不似水浅。

原编者注：

以上一首，有传说云：葛城王出使陆奥国，其国司接待不合礼制，葛城王不悦，怒色满面。宴席虽备酒食，难尽欢愉。于时，曾在宫中任采女（女官）之人，乃风流娘子。左手执酒杯，右手端水而来，在王之膝上击打节拍，口吟此歌。葛城王心结顿解，终日快活饮酒。

---

① 事端：指父母反对等障碍。
② 小泊濑山：位于奈良县樱井市初濑山地。
③ 石城：用岩石垒砌的城寨。
④ 安积山泉：位于福岛县郡山市郊。

小学馆版《万叶集》注：葛城王可能即橘诸兄，赐姓橘氏前曾封葛城王。

3808 男女聚众野游时，有鄙人夫妇，容貌秀丽，胜过众人，赞叹其美貌歌一首

住吉歌垣，绝非梦幻。吾妻如花，镜中天仙[①]。

原编者注：

以上一首，相传昔有村野农夫，不知其姓名。适逢乡里男女聚集于歌垣。中有乡野夫妇，其妻容貌端丽，胜过众人。于是，村野农夫渐生爱怜之心，作此歌赞其美貌。

小学馆版《万叶集》注：古代习俗，众多男女聚集，饮食歌舞，最后乱交。

3809 得宠娘子，宠幸渐薄，送还信物时，娘子怨恨歌一首

买卖契约，尚可反悔。赠君内衣，理当送回。

原编者注：

以上一首，相传，有贵公子之妾，颇受宠爱，姓名不详。宠幸渐薄，当年所赠信物被退回。娘子愤恨作歌献上。

---

① 镜中天仙：赞美妻子的美貌，如同打磨得光洁无比的铜镜万道光彩。

3810 时有娘子，与夫君离别之后，本人不来，仅赠包裹。娘子怨恨，答歌一首

蒸米酿酒[①]，日夜空盼。夫君不到，满怀凄然。

原编者注：

以上一首，古时有娘子与夫君离别，远隔山川，遥寄相思。岁月流逝，历经数年。丈夫在异地另娶妻室，久不还家，仅以物寄赠。于是，娘子含恨作此歌回赠。

3811—3812 恋夫君，长歌并短歌

3811 夫君俊美，远离家山。
不见使者，捎书传言。
为情所困，疾病缠绵。
自身病痛，莫将神怨。
莫招巫师，烧龟卜占。
不探究竟，不问因缘。
相思苦恼，衰弱难堪。
可怜心碎，魂逝九天。
夫君何处，将我呼唤？
慈母念我？柔肠寸断。
巷口夕占，生死两难。
无计偷生，重返人间。

---

① 蒸米酿酒：酿制口嚼酒。奈良时代已使用酒曲，民间仍有古法酿酒遗风。

3812 反歌

难解龟卜，无果夕占。与君重逢，至今无缘。

3813 某抄本反歌曰

命断原本不足惜，为君朱颜愿苟延。

原编者注：

时有娘子，姓车持氏，夫君离家，经年累月，了无消息。娘子苦恋夫君，痛心焦虑，患病卧床，日渐疲惫，形体消瘦。相思难寄，濒临死亡。于是派遣使者，呼唤其夫。悲泣呼号。逝没之时，大声吟歌一首，随即死亡。

3814 赠歌一首

玉珠线断①叹穷途，愿得美玉再成串。

3815 有娘子，遭夫君遗弃，改适他人。壮士不知改适一事，表达迎娶之意

原编者注：

相传，时有娘子，夫君见弃，改适他氏也。或有壮士，不知改适，赠遣此歌，请谀于女子父母也。父母之意，壮士未闻委曲之旨，乃作此歌报送，以显改适之缘。

---

① 玉珠线断：比喻女子遭遇婚变，像珍珠散落。作者想与她永结同心。

玉珠线断非本意，幸遇郎君结良缘。

译者解说：

父母说，小女遇如意郎君，已喜结良缘。

3816 穗积亲王，宴饮酒酣之时，作歌一首

恋情紧锁箱柜底，偏能袭来伤我心。

原编者注：

以上一首，穗积亲王，宴饮之日，酒酣之时，吟歌一首，宾客兴致大增。

3817—3818 河村王[1]，宴居之时，弹琴前先诵歌二首

3817 唐臼[2]安放，茅庵之中。巧笑倩兮，眼含深情。

3818 鹿火屋[3]后，蛙声齐唱。愿得佳人，倾诉衷肠。

3819—3820 小鲷王[4]，宴居之时，取琴时先咏歌二首

3819 黄昏雨降，柔荑花放。白露点点，春日野上。

---

① 河村王：传记不详，活跃于宝龟、延历年间（770—806），弹琴之前定要吟诵和歌。

② 唐臼：中国式舂米石臼。舂米者两人，相对而站，踩踏木杠。

③ 鹿火屋：守夜人的简易小屋。为驱赶糟蹋庄稼的野鹿，于山麓等处燃起篝火，满山烟雾弥漫。

④ 小鲷王：神龟年间（724—729）的风流侍从，后改名“置始多久美”。

3820　落日余晖，河畔厅堂①。巧夺天工，流连难忘。

3821　儿部女王，嗤笑歌一首

尺度娘子②俏佳人，偏嫁角氏③丑肥男。

原编者注：

以上一首，时有娘子，姓尺度，家世显贵。不诺名门美男求婚，却下嫁卑姓丑男。于是，儿部女王作此歌，嘲讽其愚也。

3822　椎野连长年④，歌一首

古歌曰

橘寺⑤长排屋⑥，曾携少女眠。
今作他人妇，长发⑦头上挽。

原编者注：

以上一首，椎野连长年批阅古歌曰："寺院之屋舍，原非俗人寝眠之所。另有'披发童女'一词，刚成年者发型应为'放发艸'（'艸'

① 厅堂：赞美建筑实为赞美主人品格。
② 尺度娘子：一位姓尺度（发源于河内国古市郡尺度乡）的贵族少女。
③ 角氏：对方男子姓氏，与贵族纪朝臣同宗。本歌反映出尺度女的择偶标准。
④ 椎野连长年：天智朝来自海外的四比忠男之子孙，长于医术。
⑤ 橘寺：位于奈良县飞鸟地区明日香，相传曾是用明天皇的离宫，圣德太子之诞生地。太子在此讲经时，出现奇瑞之兆，便将离宫改建为佛寺。
⑥ 长排屋：寺院中僧尼宿舍。
⑦ 长发：女子从幼年到十四五岁的披肩发型。将头发挽成发髻则表示成年或已出嫁。

为披散发型的象形文字)，因此第四句不应有‘挽发髻’一词。”

土屋文明： 此注释来自椎野连长年阅读古歌时产生的误解。

3823　另有相和歌一首，乃长年改作

如今挽发髻，橘实光闪闪。
携来童女长屋眠。

3824—3831　长忌寸意吉麻吕[①]，歌八首

3824　长柄釜，羹汤扑鼻香，
狐[②]自栎津[③]桧桥[④]来，
浇它头上。

原编者注：

以上一首，相传，某日举行盛宴时，时近夜漏三更，闻狐叫。众人怂恿意吉麻吕曰：“眼前之锅、餐具、狐狸叫声、河上之桥等相关事物，当一并写入同一歌中。”长忌寸意吉麻吕应允，当即吟出此歌。

---

① 长忌寸意吉麻吕：来自海外的归化人，长忌寸为其姓氏，持统朝宫廷歌人。
② 狐：其叫声“コム”与“来む”谐音。时人相信，狐为妖怪，百岁老狐可变女人。
③ 栎津：奈良县大和郡山市栎本以西之渡口。
④ 桧桥：桧木桥梁。“橋”与“箸”（筷子）谐音（はし）。

3825 咏行滕①、蔓菁②、食荐③、屋梁之歌

铺食荐，煮蔓菁，
快快献主君，
梁上挂行滕④。

广冈义隆：此歌为夜宴吟咏。当时宴会风习，常给奉命咏歌人出难题。“行滕”“蔓菁”“食荐”“屋梁”，本为四种毫不相干之物，但夜宴的咏歌主持人却强人所难，要求宫廷歌人必须将四种眼前的物品写进同一首和歌之中。意吉麻吕巧妙地咏出此歌，令满座惊叹。

3826 咏莲叶歌

莲叶⑤为何物，
意吉麻吕家做客，
莲叶似芋叶。

3827 咏双六⑥之骰歌

不光一、二，还有五、六。
三点、四点，双六之采⑦。

---

① 行滕：用皮革制成的绑腿护具。
② 蔓菁：芜菁，圆菜头。
③ 食荐：用菰草编成帘状，铺于餐桌上。
④ 梁上挂行滕：表示主君正在休息。
⑤ 莲叶：宴会上用来代替大盘。宴会主题为“观莲”。
⑥ 双六：赌博游戏双陆棋，双方各有十二枚棋子。木制四方棋盘，长 36 厘米，宽 24 厘米，左右各有六梁，骰子两只。掷骰按点数走棋子，定胜负。持统天皇时代遭禁止，在我国隋唐时代十分盛行。
⑦ 采：骰子。

3828 咏香、塔、厕、屎、鲋[①]、奴之歌

莫走近，塔上涂末香[②]。
奴婢吃鲫鱼，捕鱼河畔厕所旁[③]。

3829 咏醋、酱、蒜、鲷、水葱之歌

酱醋[④]捣蒜[⑤]鲷鱼[⑥]美，莫让我见水葱[⑦]羹。

3830 咏玉帚、镰、天木香、枣之歌

镰麻吕[⑧]，砍来玉帚[⑨]打成捆，
清扫杜松、枣树根。

3831 咏白鹭啄木飞去之歌

池神[⑩]力士舞[⑪]翩翩，白鹭衔枝上青天。

---

① 鲋：鲫鱼。
② 末香：粉末状香料。
③ 河畔厕所旁：此处的鲫鱼吃人粪，十分污秽。
④ 酱醋：高档调味品。酱，用黄豆制成。醋，分为米醋和酒醋，价格昂贵，约为米价三倍。
⑤ 蒜：包括大蒜、薤菜等辛辣调味品。
⑥ 鲷鱼：又名“加吉鱼”，金红色名贵海鱼，长 50 厘米以上。将大蒜捣碎调和于酱与醋中，浇在鲷鱼上便成为一道美味。“鲷鱼”作为吉祥物出现在新年与婚礼宴会上，也是祭祀祖先的贡品。
⑦ 水葱：生长在水边或湿地，泛指水葵等植物，叶柄清香可口。
⑧ 镰麻吕：从题中的“镰”字联想到的人名。
⑨ 玉帚：菊科落叶灌木，原文为“高野帚”，我国叫“帚菊”。
⑩ 池神：水池之神。
⑪ 力士舞：伎乐节目之一。力士指佛教护法金刚力士，另外两个登场人物是吴女与昆仑奴。

3832 忌部首①，咏数种物件②歌一首

砍尽枸橘③丛，平地建仓库。
大娘造木梳，方便去远处④。

3833 境部王⑤，咏数种物件，歌一首

骑虎挥刀过凶宅，敢下深渊缚蛟龙。

译者解说：

境部王赞美宝刀之作，这种豪迈气概在《万叶集》中十分罕见。

3834 作者不详，歌一首

梨（离）、枣（早）⑥、黍（君）⑦、粟（逢）⑧，
接下来，再读葵（相逢日）⑨。
早早分离盼相逢，何时相逢葵花开。

---

① 忌部首：可能是忌部首黑麻吕。忌部为古代氏族之一，专事朝廷祭祀活动。忌部首为该氏族首领。
② 数种物件：指枸橘、仓库、屎尿、木梳等。大娘们在作坊中造木梳。
③ 枸橘：原文为“枳、枸橘”（からたち），原产中国，亦称“唐橘”，晚春开白色小花，秋季结实，有香气，味酸苦不能食用，可入药。
④ 方便去远处：日本神道追求洁净，远离污秽。
⑤ 境部王：穗积亲王之子，养老五年（721 年）任治部卿（治部省长官），管理宫中雅乐寮、玄蕃寮（统领寺院僧尼，负责接待外国使节）。治部省下还有陵墓管理和丧仪两司。
⑥ 梨（离）、枣（早）：出自《游仙窟》：“相知不在枣”“不忍即分梨”。
⑦ 黍（君）：“黍”与“君”谐音（きみ）。
⑧ 粟（逢）：“粟”（あは）与（逢はむ）谐音。
⑨ 葵：“あふひ”与“逢ふ日”（相逢日）谐音。

3835　献新田部亲王[①]，歌一首

妾知胜间田[②]，水池在此地。
不见莲花开，殿下无胡须。

原编者注：

以上一首，或有人闻之。新田部亲王出游于京郊之外，观赏胜间田之池，感铭颇深。亲王自水池归来后，仍赞不绝口。于时，对身边妇人曰："今日出游，见胜间田有水池，水面倒影，大波摇撼，莲花明艳，灿然盛开。其景色之佳，格外诱人。真乃一言难尽。"于是，妇人乃吟戏谑之歌献亲王。

译者解说：

妇人明知池上有莲花，却偏说"不见莲花开"，用"莲"字寓意"恋""怜"。下面的"殿下无胡须"亦是反语，亲王为胡须浓密之人。

3836　行文大夫[③]，谤佞人，歌一首

奈良山上儿手柏[④]，八面玲珑真奸佞。

原编者注：

以上一首，为博士（大学寮教官）消奈行文（从五品下）大

---

① 新田部亲王：天武天皇之第七皇子。
② 胜间田：位于奈良药师寺以西，新田部亲王旧宅地。天平七年（735年）皇子去世后，在此建唐招提寺。
③ 行文大夫：养老年间（717—724）学者，新罗人。
④ 儿手柏：侧柏树，叶扁平如孩儿掌，两面皆可观赏。

夫所作。

3837 府官设酒食，劝右兵卫（佚名）作莲叶歌，应登时声，歌一首

愿天淅沥降雨露，莲叶滚滚观玉珠。

原编者注：

以上一首，相传：右兵卫（姓名不详），有善作和歌之艺也。于时，府官设酒食，飨宴府官人等。盛来馔食，皆用荷叶。诸人酒酣，歌舞络绎，乃劝兵卫云："可作有关莲叶之歌。"于是右兵卫顿时应声，作此歌也。

3838—3839 无心所著之歌①二首

3838 吾妻额上有疮瘢，
双六大棋盘，牡牛背上鞍。

3839 我家那良人，犊鼻圆石②吉野山，
手提冰鱼③回家转。

原编者注：

以上一首，相传舍人亲王对近侍等人曰："或有作出文意不通、无所由之歌者，仍可得赐钱帛。"于时，大舍人安倍朝臣子之祖父

① 无心所著之歌：仅靠词汇堆砌，毫无意义的戏谑歌。
② 犊鼻圆石：牛犊鼻子大小的圆形岩石块。
③ 冰鱼：香鱼的幼鱼，白色半透明状，长约两三厘米。

乃作此歌献上。即刻以所集钱财二千文赐之。

3840 池田朝臣[①]，嗤笑大神朝臣奥守[②]歌一首

我等诸寺女饿鬼，
请求恩赐男饿鬼，
愿为其生子。

3841 大神朝臣奥守，报以嗤笑歌一首

造佛像，朱砂不够哪里来？
池田朝臣，鼻上开采。

译者解说：

池田朝臣因饮酒过度，患上玫瑰痤疮（酒糟鼻）。

3842 平群朝臣[③]，嗤笑歌一首

童儿们，莫割草。
快为穗积朝臣割腋毛。

3843 穗积朝臣，相和歌一首

朱砂矿，在何方？

---

① 池田朝臣：可能指池田朝臣真枚，历任上野介，少纳言、长门守等职。
② 大神朝臣奥守：天平宝字八年（764 年），从五品下，因形体消瘦，池田朝臣戏称他“男饿鬼”。
③ 平群朝臣：可能指平群朝臣广成。

平群朝臣鼻尖上。

3844 土师宿祢水通[①]，嗤笑巨势朝臣丰人[②]等肤色黝黑，嗤笑歌一首

每见斐太[③]大黑汉，巨势小黑[④]浮眼前。

3845 巨势丰人闻之，酬笑歌一首

烧制土偶黑马驹，
可惜土师肌肤白，
羡慕吾等肤色黑。

原编者注：

以上一首，相传有大舍人土师宿祢水通，字曰志婢麻吕也。于时，同为大舍人之巨势朝臣丰人，字曰正月麻吕，与巨势斐太朝臣。两人并立，黝黑不相上下。于是土师宿祢水通作此歌嗤笑。而巨势朝臣丰人闻之，即作和歌酬笑。

译者解说：

《垂仁记》载：土师氏擅长烧制陶俑人偶、马驹等，用以代替活人殉葬，促进丧葬改革。

---

① 土师宿祢水通：天平（729—749）初年，任职大宰府，曾出席九州梅花之宴。
② 巨势朝臣丰人：皮肤黝黑，体态壮硕。
③ 斐太：同音地名飞驒，此处盛产黑驹。
④ 巨势小黑：与巨势朝臣丰人同族，皮肤黝黑但体型较小。

3846 戏嗤僧人歌一首

法师须难剃，留下根根桩。
拴马拽木桩，疼在他脸上。

3847 法师回报歌一首

施主此言理太亏。
村长催租税，让你流眼泪。

3848 忌部黑麻吕，梦里作歌一首

今岁开稻田，鹿猪常出没。
新米进仓廪，只恨恋情薄。

原编者注：

以上一首，忌部首黑麻吕梦里作此恋歌赠友，醒来反复吟诵之。

译者解说：

荒山新开稻田产量低，常有野猪野鹿偷食。新米进仓变为陈米，喻恋情日渐冷淡。

3849—3850 河原寺之和琴面上，厌人世无常歌二首

3849 生死两海[1]皆厌倦，一心愿往净土山。

---

① 生死两海：人世间与生死轮回之海，两个海都充满无限痛苦与迷茫。

3850 现世烦恼茅庵，人人暂居其中。
不久往生净土，不知何等光景。

译者解说：

此两首和歌用毛笔书于奈良县明日香村河原寺佛堂倭琴的琴面上。

3851—3852 另无常歌二首

3851 心乃虚无境，无何有之乡①。
藐姑射之山②，近在吾身旁。

3852 海有死期，山有命数？海死潮干，山死木枯。

3853—3854 大伴宿祢家持，嗤笑吉田连石麻吕③面容消瘦，作歌二首

3853 谨呈石麻吕，炎夏消瘦有妙计。
捕来鳗鱼，大快朵颐。

3854 活命便好，人虽清瘦。
河中捕鳗鱼，莫让水冲走。

原编者注：

以上两首，人言仁敬之子吉田连石麻吕，生来瘦削，虽进食颇

① 无何有之乡：出自庄子《逍遥游》及《应帝王》，即虚无自然的世界。
② 藐姑射之山：遥远的姑射之山。出自庄子《逍遥游》："藐姑射之山，有神人居焉。"
③ 吉田连石麻吕：吉田连老，字石麻吕。

多，体态依然犹如饿者。大伴宿祢家持聊作此歌，以为戏笑也。

3855—3856 高宫王①，咏数种物件，歌二首

3855 缠上皂荚②，鸡屎长藤③。长年累月，侍奉宫中。

3856 乌鸦觅食，婆罗门僧④田庄。
眼睑浮肿⑤，落在幡上。

3857 恋夫君，歌一首

食不甘味，踱步难安。不忘君心，光采红颜⑥。

原编者注：

以上一首，相传佐为王有近习婢也。于时宿直⑦，不遑⑧夫君难遇。感情驰结，挂恋实深。于是当宿之夜，梦里相见。觉寤探抱，曾无触手⑨。尔乃哽咽。唏嘘高声，吟咏此歌。因佐为王闻之哀恸，永免侍宿也。

---

① 高宫王：传不详。
② 皂荚：豆科皂荚属落叶乔木，果实如豆荚状，长约 30 厘米，可代替肥皂洗衣物。作者以臭藤自喻。
③ 鸡屎长藤：亦称臭藤，茜草科蔓性多年生草本植物，通体有恶臭，不净之物。
④ 婆罗门僧：圣武天皇朝来自印度的高僧菩提仙那，主持东大寺大佛开光仪式。
⑤ 眼睑浮肿：乌鸦偷吃天皇赐予菩提仙那田庄庄稼，受到神佛惩罚。
⑥ 红颜：形容青年男子容光焕发。
⑦ 宿直：在主君身边值夜班。
⑧ 不遑：无暇。
⑨ 曾无触手：语出《游仙窟》，“少时，坐睡，则梦见十娘，惊觉揽之，忽然空手。”

3858—3859 另有恋歌二首

3858 近来饱受恋情苦，录之可当五品功。

译者解说：

戏谑吟唱恋情之苦，可抵五品官功劳。

3859 恋情之苦无回报，京城衙门把状告。

3860—3869 筑前国志贺之白水郎[①]，歌十首

3860 虽非皇命，自愿登舟。男儿荒雄[②]，海上挥袖。

3861 好汉荒雄，即刻归来。端碗盛饭，门前等待。

3862 志贺山高，埋葬英灵。莫伐树木，情系荒雄。

3863 荒雄不归，志贺阴霾。大浦田沼[③]，寂寞难耐。

3864 官府无令，衙门未差。浪中挥袖，自愿出海。

3865 荒雄妻子，生计奈何。八年不归，煎熬蹉跎。

3866 船名海鸭，不知归期。也良崎守[④]，告我消息。

---

① 筑前国志贺之白水郎：筑前国（福冈县西北部）白水郎（渔民）。
② 荒雄：作者为本组和歌主人公虚构的名字。
③ 大浦田沼：位于海岛北部沼泽地带，有大片水田。
④ 也良崎守：“也良崎”位于博多湾西侧。“崎守”指守海礁之人。

3867　海鸭船[①]归，绕行礁崎。天边望帆，苦盼消息。

3868　朱漆海船，载去厚礼。借问船夫，谁可开启。

3869　大船小船，出没浪里。寻我荒雄，潜入海底。

原编者注：

以上十首歌曰，神龟年间（724—729），大宰府差筑前国宗像郡之百姓宗形部津麻吕，掌舵海船，往对马岛送粮。于时，津麻吕到滓屋郡志贺村白水郎荒雄身边，曰："吾有小事相托，可否代劳?"荒雄答曰："你我虽不同郡，同船日久矣，情同兄弟。兄有难事，为君殉死，亦当不辞。"于是，津麻吕曰："府官差吾送粮前往对马岛，执掌船舵。无奈容齿衰老，不堪海路，故来相求，君可替我前往?"于是，荒雄许诺，遂着手运粮，自肥前国松浦县美祢良久崎[②]启航渡海，直指对马岛。忽然天暗海暝，暴风骤雨，竟无顺风，沉没海中焉。因其妻子等，不胜犊慕（小牛恋母牛）之情，裁作此歌。或云，筑前国守山上忆良臣，悲感妻子之伤，述志而作此歌。

3870—3875　无名歌六首

3870　粉潟[③]海鸟，潜入水底。采来美玉，尽可归已。

---

① 海鸭船：荒雄所乘之船。

② 美祢良久崎：位于长崎县五岛列岛最南端的福江岛西北。遣唐使船由此离开日本，驶入东海。

③ 粉潟：地点不明，可能指大阪湾住吉海岸粉滨。

3871 角岛[1]海峡，裙带菜[2]嫩。对我柔情，对他人狠。

3872 家有朴树[3]，群鸟啄实。佳人不来，形单影只。

3873
我家门前千鸟唱：
“快起床！快起床！”
莫让人知晓，昨夜会情郎。

3874 射中野鹿，一路追赶。邂逅佳人，青青河畔。

3875
伤心离别，押垂小野[4]。
岩上飞瀑，满口清冽。
佳人清纯，幽会难得。
何日相逢，徘徊吁嗟。
邂逅于途，依依不舍。
送我斗笠，小菅草秸。
挂我颈上，丝带打结。
我有美玉，何等光洁。
七块成串，赠卿美珏。
邂逅相逢，可订婚约。

---

① 角岛：位于山口县丰浦郡丰北町。
② 裙带菜：海藻类植物，比海带薄，可食用。日文“和布/若女”（わかめ），喻年轻渔家女。作者觉得她对自己情有独钟。
③ 朴树：落叶乔木，树皮平滑，灰色，其果实赤黑，小如红豆，可食用，飞鸟喜欢啄食。
④ 押垂小野：地点不明。一对恋人邂逅于人迹罕至的山野。

3876　丰前国（福冈县北九州市一带）之白水郎（渔夫），歌一首

丰国企救，池上采菱。衣袖沾湿，泪眼含情。

伊藤博： 此地为游行女妇聚集处，本歌当为宴会歌。

3877　丰后国（大分县）之白水郎，歌一首

红花染衣，雨打更艳。为何褪色，卿心易变。

3878—3880　能登国（石川县北部），歌三首

3878　熊来泥海①，新罗铁斧沉沼底。
且莫哭，片刻会浮起。

原编者注：

以上一首，相传有愚人，不解铁斧沉入水底断无浮出之理，聊吟此歌为喻也。

3879　小子挨骂，熊来酒坊②。带他出来，散心闲逛。

3880　香岛岭，机岛③马蹄螺④，

---

① 熊来泥海：石川县鹿岛郡中岛町七尾湾内的沼泽。
② 酒坊：酿酒作坊。这可能是一首奴隶劳动歌。
③ 机岛：石川县鹿岛郡海面的小岛。此前的地名“香岛岭”具体地点不明。
④ 马蹄螺：亦称“卷贝”，海洋软体贝类，体型较大。

少女拾螺鹿岛岭[1]。
石子轻砸开，山溪水洗净。
撒盐腌出味，高脚盘中盛。
少女早当家，美食献娘亲。
少女早当家，珍馐献父亲。

3881—3884 越中国（富山县），歌四首

3881 大野路[2]兮，草木繁茂。
密林深处，小路一条。
君过此处，开辟大道。

3882 海雕产雏鸟，溪谷二上山[3]。
尾翼可作雉尾扇[4]，国守何威严。（旋头歌）

伊藤博： 以上两首，为郡司欢迎、赞美上司越中国守之歌。

3883 弥彦山[5]兮，神秀威严。青云迢递，细雨满山。

伊藤博： 大宝二年（702 年）之前，此地属越中国。

3884 弥彦山麓，一群卧鹿。头戴角冠，身披裘服。

---

① 鹿岛岭：今石川县七尾市东方宝达山。
② 大野路：位于富山县西砺波郡福冈町。
③ 溪谷二上山：位于富山县高冈市西部。
④ 雉尾扇：贵人身后用于仪仗的长柄团扇。
⑤ 弥彦山：位于今新潟县西蒲原郡。

译者解说：

弥彦山流行祭祀“鹿舞”，舞者身披鹿皮裘，头戴鹿角冠。

3885—3886　乞食者[①]，咏歌二首

3885　各位客官好，唱诺问平安。
问我欲何往，韩国打虎上高山。
虎魔八只皆生擒，登船渡海回家园。
剥下虎皮有何用，八层重叠当铺垫。
虎皮褥子多威风，坦荡犹如平群山[②]。
四月五月到原野，采药狩猎多壮观。
斜坡两棵青冈栎，潜伏树下执弓箭。
镝矢在手猎雄鹿，雄鹿对我发悲叹：
“面对强弓难逃命，今日顷刻赴黄泉。
鹿角装饰斗笠顶，将我肉身献御前。
两只耳朵制墨斗[③]，装饰铜镜用双眼。
鹿蹄制弓筈[④]，鹿毛作笔端。
鹿皮剥下蒙木箱，鹿肉鹿肝加把盐。
细细切来作鲜脍，鹿肚滋味可佐餐。
鹿身虽老浑身宝，七重八重花开满。
天皇殿上多美言，天皇殿上多美言。”

---

① 乞食者：流浪说唱艺人，走村串户演唱祝福歌谣，乞讨施舍。
② 平群山：奈良县生驹市南部山地。农历五月初五举行官方活动，天皇率后妃群臣，猎取鹿茸，采集草药。
③ 墨斗：木工画直线的工具。此句与下句是从雄鹿耳朵、眼睛的形状引发的联想。
④ 弓筈：“筈”（kuò），弓两端挂弓弦处。

原编者注：

以上一首，为鹿倾述悲痛而作。

3886 家住难波湾，藏身芦苇滩。
晴空降霹雳，大君将我唤。
吾本无能辈，认命心惶然。
命我展歌喉，吹笛到御前。
前往明日香，殿堂把琴弹。
即刻到京城，皇宫正东面。
进入中御门，叩拜领圣言。
御马需腹带，牛鼻要绳牵。
山坡榆树皮①，剥来五百片。
晾晒日光下，石臼捣成面。
细细捣粉末，韩臼②置庭院。
难波渔夫忙，煮盐在海滩。
细粉混卤水，浓卤味道咸。
再去制陶坊③，买来大瓮罐④。
今日出门去，明日定回转。
大君抓把盐，涂进我双眼。
腌制海蟹肉，美味天下传。

原编者注：

以上一首，为蟹倾诉悲痛而作。

---

① 榆树皮：捣成面粉状可作调味料。
② 韩臼：脚踏式的大型石臼。
③ 制陶坊：当时大阪府堺市周边有许多制陶工匠与作坊。
④ 瓮罐：用来腌制蟹肉的陶罐。

3887—3889 咏可怕事物，歌三首

3887　天上神乐良①，割茅小野原②。
荒凉草丛里，鹌鹑忽冲天。

3888　海上之国会冥王③，朱漆楼船④渡神门。

译者解说：

《日本书纪》：神武天皇之兄，即“三毛入野神”，曾打败恶神“鬼八”，被尊为高千穗神社祭神。天皇东征途中，船队驶向熊野，突遇风暴，他说：“家母与叔母皆是海神，为何要兴风作浪阻止吾等前进呢？”为保航路平安，镇住风浪，“三毛入野神”脚踏浪尖，奔赴“冥界”，请母亲和叔母放行，海浪终于平息。

3889　君死化游魂，
雨夜独行脸铁青，
叶非左⑤惊魂。

---

① 天上神乐良：虚构地名。

② 小野原：编号420作品“石田王挽歌”中出现传说中的天上原野“佐佐罗小野”。割得此处茅草，在天河举行祓禊可得长生。割草时突然有鹌鹑惊起，令人恐惧。

③ 冥王：时人相信海上有“常世之国”，即死者灵魂归宿地“冥界”，“冥王”君临一切。

④ 朱漆楼船：楼船漆成红色，载亡灵渡过“神门”海峡，前往“冥界”，此信仰来自《古事记》神话。与“大国主神”一道建国的“少彦名神”，后来去了海上“冥界”。这里是不老不死的乐土，古代日本人心中的阴曹地府与黄泉。

⑤ 叶非左：语意不明，可能为地名，或指坟场。以上三首歌均属驱除恶魔的咒术歌。

卷十七

本卷收录从天平二年（730 年）十一月到天平二十年（748 年）的春歌 142 首。学者们认为，从《万叶集》第一卷到第十六卷为第一部分，天平十八年（746 年）已基本编撰完成。从第十七卷到第二十卷是第二部分。这年秋天，29 岁的大伴家持担任越中国守（今富山县一带长官），全面负责税收、治安、司法、军事等工作。他赴任不久便接到弟弟大伴书持去世的讣告，家持自己也患了一场重病。从第十七卷到第二十卷，主要收入大伴家持的作品，由此可推断，后四卷由他本人编撰。

卷十七目录

3890—3899 天平二年（730 年）庚午冬十一月，大宰帅大伴卿兼任大纳言，携侍从、护卫等人由海路进京。于是，悲伤羁旅，各陈所心，作歌十首

我松原[1]上放眼望，渔家女儿割海藻。

原编者注：

以上一首，三野连石守作。

3891 荒津海[2]潮有起落，日夜不停苦思恋。

3892 座座礁石停钓舟，不知何处泊官船。

3893 昨日启航比治崎[3]，捕鲸滩上浪滔天。

3894 船过淡路海峡门，桨声催我思故园。

3895 武库渡口[4]对落日，寂寞黄昏望家山。

3896 居家犹叹命多舛，头枕海波更凶险。

3897 茫茫大海连天际，佳人[5]问我几时还。

---

① 我松原：地点不明。
② 荒津海：福冈市中央区附近海面，大宰府外港。
③ 比治崎：地点不明，一说在播磨国（兵库县西南部）。
④ 武库渡口：位于兵库县尼崎市到西宫市一带海岸。
⑤ 佳人：作者在九州结识的女性。

3898　　大船摇摇天云渺，请君高歌解愁烦[①]。

3899　　渔女篝火盼谁到，光影朦胧角松原[②]。

原编者注：

以上九首，作者不明。

译者解说：

“请君高歌解愁烦”原文“歌乞我が背”难以解读，尚无定论。本书按伊藤博解释翻译。

3900　天平十年（738年）七月七日夜，大伴宿祢家持，独仰天汉，聊述心怀，作歌一首

织女乘舟渡河汉，清朗月夜云舒卷。

译者解说：

牛郎织女故事传入日本后，受“访妻婚”习俗影响，“鹊桥相会”变成牛郎驾舟渡银河。此歌却说织女乘舟渡河汉，十分罕见。天平十年（738年）大伴家持20岁时作。

3901—3906　大伴宿祢书持，追和大宰府时代新作歌六首

三冬[③]已去春花发，无人邀梅作嘉宾。

---

① 愁烦：天云渺渺，指前途不可知，愁烦难遣。
② 角松原：地点不明。
③ 三冬：冬季三个月，即初冬10月、仲冬11月、季冬12月。日本将梅花看成报春花。

译者解说：

大伴家持与书持兄弟难忘当年梅花宴。

3902　　梅花满山吐芬芳，使君为何难开怀。

译者解说：

本歌按照中西进解释翻译。“使君”，指参加梅花宴的同僚们。小学馆版注释为：“君”是对梅花的拟人化称呼。不取此说。

3903　　杨树吐芽春雨洒，不输梅花争先发。

3904　　欲折梅花心不忍，盛开时节更怜惜。

3905　　高朋满座折梅柳，簪花插头乐无忧。

3906　　苑中百株梅花落，随风飞旋如白雪。

3907—3908　右马头镜部宿祢老麻吕①，赞三香原新都②，长歌并短歌

3907　　山背③恭仁京，春来百花开。
秋光映红叶，泉川如锦带。
上游早濑滩，板桥任往来。

---

① 右马头镜部宿祢老麻吕：“右马头”为右马寮长官，从五品上。镜部宿祢老麻吕，传不详。此歌作于天平十三年（741 年）二月。
② 三香原新都：新都恭仁京。天平十二年（740 年）岁末，圣武天皇迁都恭仁京，居此地仅 3 年。
③ 山背：山背国，亦作“山城”，位于京都府南部。

踏桥进皇宫，侍奉千万代。

3908　泉川绵绵不断绝，代代承奉[①]在皇宫。

3909—3910　大伴宿祢书持，咏子规，赠其兄家持，歌二首

3909　但愿橘花开四季，子规啁啾落枝头。

3910　串起楝子如美玉，山间子规常来啼。

译者解说：

古代日本人认为，子规鸟乃冥土使者，引导死者灵魂与生者相见。大伴书持闻楝树枝头子规啼鸣，想起去世的父母。

3911—3913　四月三日，内舍人大伴宿祢家持，自恭仁京报送其弟书持，歌三首

序　橙橘初放，子规翻飞啼鸣。面对此时，讵（一切皆）不畅志。作短歌三首，以散郁积之绪耳。

3911　家住山麓闻子规，飞入树荫日日啼。

3912　子规何故五月啼，家家橘花结香囊。

3913　子规飞到楝枝上，落花簌簌如珠玉。

---

① 承奉：承命奉行。

3914 田口朝臣马长，思子规鸟，歌一首

子规今日庭前落，开口一唱万代传。

原编者注：

相传，以上一首作于交游集宴。此日此处子规不啼，仍作此歌，以陈恋慕之意。宴会场所及其年月，未得详审也。

3915 山部宿祢赤人，咏春莺，歌一首

翻山越谷唱高冈，黄莺婉转迎春光。

3916—3921 天平十六年（744年）四月五日，大伴宿祢家持，独居平城故乡[①]之宅，作歌六首

3916 满园清幽子规啼，夜雨送走橘花香？

3917 安得挽留子规啼，枝下张网惜落花[②]。

3918 橘香引得子规唱，张网欲留满庭芳。

3919 众人皆离古都去，子规仍来庭前唱。

3920 最喜鹌鹑恋旧地，空庭依旧橘花放。

---

① 独居平城故乡：迁都恭仁京后，家持留守奈良佐保旧居，叹人心易变，感花鸟有情。

② 枝下张网惜落花：橘下张网留住落花，可否留住子规？

3921　杜若花香染衣衫，男儿期盼狩猎[①]忙。

译者解说：

以上六首，家持以子规鸟自喻而感叹。藤原氏在朝中如日中天，步步紧逼。橘氏却日渐衰落。

3922—3926　天降白雪，太上皇率左大臣橘卿、王卿等参见御在所，作歌五首

序　天平十八年（746 年）正月，白雪飘飘，积地数寸也。于时，左大臣橘卿率大纳言藤原丰成朝臣，及诸王诸臣等，参见太上天皇御在所（中宫西院），侍奉扫雪。于是，降诏大臣参议并诸王者，令侍于正殿之上。诸卿大夫者，侍于南面细殿[②]。即刻赐酒，举行宴会。太上天皇敕曰："汝诸王卿等，聊赋此雪，各奏其歌。"

3922　**左大臣橘宿祢（诸兄）应诏歌一首**

白雪飞降染双鬓，侍奉大君诚惶恐。

3923　**纪朝臣清人（从四品下），应诏歌一首**

荧光满天飞雪降，高贵无比赞吾皇。

---

① 狩猎：农历五月初五，女子采集药草结香囊，男儿狩猎山野。
② 细殿：走廊。

3924　纪朝臣男梶（从五品下弹正弼①），应诏歌一首

连日冻云飘玉琼，皑皑山谷浑一色。

3925　葛井连诸会（外从五品下），应诏歌一首

新年之初降大雪，丰年吉兆盼秋光。

3926　大伴宿祢家持（从五品下），应诏歌一首

大宫熠熠生光辉，雪中美景怎能忘。

原编者注：

藤原丰成朝臣	巨势奈弓麻吕朝臣
大伴牛养宿祢	藤原仲麻吕朝臣
三原王	智奴王
船王	邑知王
小田王	林王
穗积朝臣老	小田朝臣诸人
小野朝臣纲手	高桥朝臣国足
太朝臣德太理	高丘连河内
秦忌寸朝元	楯原造东人

以上列举诸王众卿应诏作歌，依此顺序上奏。但当时未及时记录，所咏之歌多有散失。秦忌寸朝元②对左大臣橘卿（诸兄）戏言曰："吾不善咏歌，愿以麝香赔偿。"便默不作声。

① 弹正弼：同唐代的御史中丞。
② 秦忌寸朝元：海外归化人，精于医术。

3927—3928 天平十八年（746 年）闰七月，越中守大伴宿祢家持，即选定七月赴任，姑母大伴坂上郎女赠家持，歌二首

3927 羁旅一路保无恙，斋瓮安放吾床边。

3928 痴情难舍恨路远，万千相思无计遣。

3929—3930 再寄赠越中国，歌二首

3929 君在旅途频入梦，只因老身情意浓。

3930 越中众神皆庇佑，初出茅庐天涯远。

3931—3942 平群氏女郎[①]，赠越中守大伴宿祢家持，歌十二首

3931 惹得浮名传天下，痴情难断龙田山。

3932 妾心如焚辛咸[②]味，须磨渔夫煮海盐。

译者解说：

神户市须磨区一带曾是一片荒凉海滩。

---

① 平群氏女郎：宫中女官，家持内舍人时代的女友。家持到越中国后，二人仍鸿雁传书。

② 辛咸：大蒜等辛香调味品，也指食盐，比喻单相思之苦涩。

3933 痴情不改盼相会，命如朝露叹苟延。

3934 一死可销万千愁，无计相逢情难断。

3935 欲将相思藏沼底，情波翻涌人皆知。

3936 几度送君踏旅途，绵绵相思云山远。

3937 欲问归期无消息，君在天涯何时还。

3938 夜眠衣带欲解开，痛惜无缘见君面。

3939 君归邻里近咫尺，悔恨难逢叹无缘。

3940 悠悠万代灵犀通，当年执手相忘难。

3941 纵身莺啼千寻谷，甘蹈劫火下黄泉。

3942 叹君不知枉自开，松花①朵朵情意绵。

3943 八月七日夜，国守大伴宿祢家持，宴饮越中馆舍之时，歌一首

秋田喜看稻穗熟②，池主③折来女郎花。

---

① 松花：松花小而不艳，难引人注目，喻满腔痴情难得家持眷顾。“松”与“待つ”谐音（まつ）。

② 稻穗熟：越中国主要种植早稻。

③ 池主：大伴池主，越中国府中国守大伴家持手下的副职“掾”。

3944—3946 大伴宿祢池主，作歌三首

3944 一路女郎花正开，访君不觉路途遥。

3945 秋夜晓来分外寒，安得身着妹衣衫。

3946 了规留声过山冈，秋风萧瑟妻难见。

译者解说：

组歌第二、第三首，为池主体察家持心情而代作相闻歌，“妹”“妻”，指家持之妻，远在京城的坂上大娘。

3947—3948 国守大伴宿祢家持，歌二首

3947 今朝秋风送寒意，归雁将至鸣长天。

3948 临行吾妻结衣带，数月已过夜独眠。

3949 掾大伴池主，歌一首

异地床空秋夜冷，常盼相逢解衣衫。

3950 大伴宿祢家持，歌一首

妻结衣带不可解，谁知我心可鉴天。

3951 大目[1]秦忌寸八千岛[2]，歌一首

蝉鸣时节游旷野，女郎花前久凝目。

3952 古歌一首，大原高安真人[3]作，年月不详。但依传闻，原文录之。

伊久里社[4]藤花开，明年立春我再来。

原编者注：

以上一首，由（国分寺）僧玄圣传诵。

3953—3954 国守大伴宿祢家持，歌二首

3953　雁使[5]即来鸣长空，河畔秋风飒飒寒。

3954　策马并驰齐奔腾，涩谷[6]清矶[7]观狂澜。

译者解说：

家持唱和之作。

---

① 大目：国府四等官，其属下还有少目。
② 秦忌寸八千岛：传不详，时任家持手下的大目。
③ 大原高安真人：高安王，天平十一年（739年）降为臣籍，赐姓“大原真人”。
④ 伊久里社：地点不详，附近住着一位可爱的姑娘。“伊久”与“行く”（前往）谐音（いく）。社，神社。
⑤ 雁使：大雁为信使。
⑥ 涩谷：位于今富山县高冈市西北部海岸。
⑦ 清矶：礁石形成的小海湾。

3955　史生[①]土师宿祢道良[②]，歌一首

二上山头月西坠，幸逢欢宴夜阑珊。

3956　大目秦忌寸八千岛，宴于馆舍，歌一首

奈吴[③]渔夫叩钓船[④]，摇橹破浪齐出海。

3957—3959　大伴家持，遥闻弟丧，感伤作长歌并短歌二首

3957 谨奉君命赴越国，相送翻越奈良山。
泉川清流海滩上，分道扬镳情意绵：
“定当无恙归京师，吾弟候我守家园。”
从此手足万里隔，相闻岁月苦难堪。
日日夜夜盼重逢，盼来信使喜心间。
哪知今日传噩耗，晴天霹雳震耳畔。
事关人命须谨慎，万万不可作戏言。
遥想家山庭院空，吾弟身影何处见？
无人朝起蹚冷露，有谁黄昏对愁眠。
吾弟平生爱花草，栽花植树厅堂前。
秋风摇摇芒草穗，萩花盛开满庭院。

---

① 史生：国守下属，文书，担任此次宴会记录，吟出此歌宣告宴会结束。
② 土师宿祢道良：传不详。
③ 奈吴：奈吴海，即富山县新湊市放生津。
④ 叩钓船：敲响两舷船板，为出海助威，驱逐恶魔。八千岛从馆舍遥望大海咏歌。

最是无情凄凉夜，魂销佐保山林暗[①]。
青烟一缕化白云，徘徊树梢久流连。
一路飘来越中国，魂兮慰我常相伴。

反歌二首

3958 临别留言勤珍重，君化白云来眼前。

3959 早知今日生死恨，越中执手观波澜。

3960—3961 相见欢歌二首，越中守大伴家持作

3960 庭中白雪积几许，思君情深一千重。

3961 白浪来去礁石乱，桨声欸乃长相思。

原编者注：

以上两首，天平十八年（746 年）八月，掾大伴宿祢池主为大帐使赴京，同年十一月返原地，设诗酒之宴，弹丝饮乐。是日也，白雪忽降，积地盈尺。此时也，有渔船入海浮澜。于是，国守大伴宿祢家持举目眺望，寄情积雪、海浪之景作歌二首，以抒胸臆。

3962—3964 大伴家持，忽沉枉疾，殆临泉路，仍作歌词，以申悲绪，作长歌并短歌

3962 奉君命，诚惶又诚恐，

① 魂销佐保山林暗：书持遗体火葬于故乡佐保山。

忙启程，振奋越关山。
男儿志，何惧路途遥，
叹繁忙，片刻不得闲。
逾数月，卧病在床箦，
恨顽疾，苦痛日日添。
义母[①]老，为儿担忧愁，
何日归，相见愧无言。
盼儿郎，心中多寂寥，
远行人，膝下难承欢。
念吾妻，夜夜梦魂惊，
叹独寐，日日依门看。
到黄昏，可怜拂空床，
频辗转，枕上黑发乱[②]。
天将晓，日夜长吁嗟，
欲问询，郎君几时还。
念幼子，兄妹各一方，
路迢迢，骨肉难相见。
修家书，无计遣使者，
万千语，何人替我传。
虽惜命，万事不由人，
心依恋，忧忡似火燃。
万千愁，手足皆无措，
云山外，抱病空悲叹。

---

① 义母：日语“义母”即“岳母”，指姑母大伴坂上郎女。父亲去世后，由她教授家持兄弟写作和歌，后来成了家持的岳母。家持远赴越中国，义母、妻子、弟弟依旧生活在京师。

② 枕上黑发乱：妻子独守空闺的典型意象，妻子苦盼丈夫早归的咒术。

译者解说：

大伴家持到越中国不久，惊闻27岁的弟弟书持在奈良去世，遗体火化。悲痛欲绝，大病一场。

反歌二首

3963 人生无常春花落，死期将至肠欲断。

3964 山川相隔天涯外，更叹夫妻相见难。

原编者注：

以上三首，天平十九年（747年）春，二月二十日，大伴家持卧病越中国守馆舍，悲伤难忍，聊作此歌。

3965—3966 二月二十九日，国守大伴宿祢家持，赠掾大伴池主，悲歌二首

序 忽沈枉疾，累旬痛苦。祷恃百神，且得消损。而由身体疼羸，筋力怯软，未堪展谢，思虑弥深。方今春朝春花，流馥于春苑，春暮春莺，转声于春林。对此节候，琴樽可玩矣。虽有乘兴兴之感，不耐策杖之劳。独卧帷幄之里，聊作寸分之歌，轻奉机下，犯解玉颐。其词曰：

3965 春花盛开满枝头，无力折来插鬓发。

3966 莺啼惊得春花散，何日与君共插头。

3967—3968 掾大伴宿祢池主，歌二首

序 忽辱芳音，翰苑凌云。兼垂倭诗，词林舒锦。以吟以咏，能蠲恋绪。春可乐，暮春风景最可怜。红桃灼灼，戏蝶回花舞，翠柳依依，娇莺隐叶歌。可乐哉，淡交促席，得意忘言。乐矣美矣，幽襟足赏哉。岂虑乎，兰蕙隔丛，琴樽无用。空过令节，物色轻人乎。所怨有此，不能默已。俗语云，以藤续锦[①]，聊拟谈笑耳。

3967 山谷樱花正吐蕊，愿君一瞥无遗憾。

3968 黄莺啼鸣棣棠开，君不折枝花不散。

3969—3972 沽洗[②]二日，再赠掾大伴池主长歌并短歌三首

序 含弘之德，垂思蓬体，不赀之恩[③]，报慰陋心。载荷来眷[④]，无堪所喻也。但以稚时不涉游艺之庭，横翰之藻，自乏乎雕虫焉。幼年未迳山柿之门[⑤]，裁歌之趣词失乎丛林矣。爰辱以藤续锦之言，更题将石间琼[⑥]之咏。固是俗愚怀癖，不能默已。仍捧数行，式酬嗤笑。其词曰：

3969 男儿谨遵大君命，出任越国父母官。
可叹人世本无常，身染疾恙久缠绵。

---

① 以藤续锦：将葛藤纤维织成的粗布与华美锦缎缝在一起。比喻用拙劣诗文来答复对方的美辞丽句。
② 沽洗：旧历三月异名。
③ 不赀之恩：难于用钱财衡量的恩情。
④ 载荷来眷：承蒙得到眷顾。
⑤ 山柿之门：山上忆良与柿本人麻吕的门下。
⑥ 将石间琼：碎石混在琼玉之中。碎石比喻拙文，琼玉比喻池主的美文。

病情渐笃何时愈，日夜卧床苦不堪。
往事萦回绕胸襟，心潮起伏命多舛。
使者不来无音讯，群山阻隔路途远。
千言万语向谁诉，虽惜性命愁难遣。
蛰居家中空烦恼，声声吁嗟应未闲。
山野花开风光好，折来插头谁为伴。
怕到郊野赏美景，不闻莺啼绿树间。
少女踏青采春菜，细雨沾湿红裙衫。
三五相邀过阡陌，雨中更显色更艳。
良辰美景空蹉跎，池主为我发喟叹。
追忆君情岂能忘，昨夜辗转未成眠。
悠悠白昼又一日，遥寄相思心一片。

反歌三首

3970　　一朝与君赏山樱，心中恋情缘何来？

3971　　最羡池主闻莺啼，棣棠花荫梦魂牵。

3972　　无力出行深闭门，奈何思君正缠绵。

三月三日　大伴宿祢家持

大伴池主，奉和大伴家持，晚春三日游览七言汉诗一首

序　上巳名辰，暮春丽景。桃花昭脸①以分红②，柳色含苔而竞

① 昭脸：桃花如人面，放出光彩。
② 分红：将桃花红晕分给赏花之人。

绿。于时也，携手旷望江河之畔，访酒巷过野客①之家。既而也，琴樽得性，兰契②和光。嗟乎，今日所恨德星③己少欤！若不扣寂含之章，何以述逍遥之趣。忽课短笔。聊勒四韵（七言诗）云尔。

余春媚日宜怜赏，上巳风光足览游。
柳陌临江缛④袨服，桃源通海泛仙舟。
云罍⑤酌桂三清湛，羽爵⑥催人儿曲流。
纵醉陶心忘彼我，酩酊无处不淹留。

译者解说：

大伴池主，著名文人，大伴家持越中时代的部下“掾”（念yuàn，副职）。两人常有诗文唱和，后池主调任越前国掾。天平胜宝五年（753年）回京，任“左京少进”（京城左半区长官左京进之下属）、“式部少丞”（主管官员考核，大学寮事务的式部省大夫属下），晚年卷入政争入狱，下落不明。

家持卧病期间，三月四日、五日，大伴池主不断致书问候。此书信由汉文序、七言汉诗、长歌及反歌二首构成。大伴池主的汉文序受《文选》影响，语言华美，节奏分明。

3973—3975　大伴宿祢池主，长歌并短歌两首

序　昨日述短怀，今朝污耳目。更承赐书，且奉不次。死罪死罪。

① 野客：隐居之士。
② 兰契：结为金兰之好、君子之交。
③ 德星：贤德之士。
④ 缛：繁多而华美的装饰。
⑤ 罍：léi，古代青铜盛酒器。“云罍”，刻有云雷纹的酒樽。
⑥ 羽爵：羽觞，作鸟形，带有鸟儿翅膀形状把手的酒杯。

不遗下贱，频惠德音。英灵星气，逸调过人。智水仁山，既蕴琳琅之光彩，潘江陆海①，自坐诗书之廊庙。骋思非常，托情有理。七步成章，数篇满纸。巧遣愁人之重患，能除恋者之积思，山柿歌泉，比此如蔑。雕龙笔海，粲然得看矣。方知仆之有幸也。敬和歌，其词云：

3973　诚惶诚恐奉君命，不辞路遥踏荒山。
敢让僻壤沐皇恩，男儿有志出乡关。
使者往来奈良道，闺中少妇空嗟叹。
自古有言世无常，千愁萦怀心绪乱。
乡人今日来禀报，可怜山边樱花残。
少女山野采紫花，子规啼鸣声不断。
折袖②提裾着红裳，春雨潇潇色浸染。
翩翩倩影门前过，绵绵思君苦相盼。
邀约同行会佳丽，切莫犹豫早决断。

反歌二首

3974　棣棠盛开日日见，思君不见心不安。

3975　苇垣相隔翘首望，无计可施徒悲伤。

三月五日　大伴宿祢池主

① 潘江陆海：潘岳与陆机的文采如江似海。
② 折袖：日本尚无被褥，将宽大衣袖折成铺盖。见编号195作品注释。

序　昨暮来使，幸也以垂[1]晚春游览之诗，今朝累[2]信，辱[3]也以贶[4]相招望野之歌。一看玉藻，稍写[5]郁结，二吟秀句，已蠲[6]愁绪。非此眺玩，孰能畅心乎。但唯下仆[7]，禀性难雕[8]，黯神靡莹[9]。握翰腐毫[10]，对砚忘渴。终日目流[11]，缀之不能。所谓文章天骨，习之不得也。岂堪探字勒韵，叶和[12]雅篇哉。抑闻鄙里少儿，古人言无不酬。聊裁[13]拙咏，敬拟[14]解笑焉。

大伴家持，七言汉诗一首

杪春[15]余日媚景丽，初巳[16]和风拂自轻。
来燕衔泥贺宇入[17]，归鸿引芦迥赴瀛[18]。
闻君啸侣新流曲，禊饮催爵[19]泛河清。
虽欲追寻良此宴，还知染懊脚跉跰[20]。

---

① 垂：敬语，下赐之意。
② 累：累加，添上。
③ 辱：原意为“丑陋”，“当之有愧”之意。
④ 贶：念作 kuàng。赠，赐。
⑤ 写：除也（《广雅》），消除之意。
⑥ 蠲：念作 juān。除去，除掉。
⑦ 下仆：自谦语，即第一人称“我”。
⑧ 禀性难雕：朽木不可雕，出自《论语 · 公冶长》。
⑨ 靡莹：精神暗愚，不堪打磨，无法改变。
⑩ 腐毫：难于下笔，以至啃伤笔尖。
⑪ 目流：望溪流中曲水流觞的酒杯。据推测该词为大伴家持所创。
⑫ 叶和：附和，适合。
⑬ 聊裁：姑且将拙作的冗长诗文剪裁一番。
⑭ 敬拟：恭敬地献上，权当是博得大人解颐的笑资。
⑮ 杪春：杪念作 miǎo，暮春。
⑯ 初巳：三月初三上巳节。
⑰ 贺宇入：燕子归来，向房主表示祝贺，衔泥筑巢。
⑱ 迥赴瀛：远赴大海。
⑲ 禊饮催爵：曲水流觞，把酒言欢，切磋赋诗，沐浴除秽，祓禊消灾。
⑳ 染懊脚跉跰：不幸染病，心情郁结，步履蹒跚，行走不便。

3976—3977 大伴宿祢家持，短歌二首

3976 不知花开默无言，折来棣棠惹牵念。

3977 可叹君立苇垣外，情真夜夜入梦来。

三月五日 大伴家持卧病作之

3978—3982 大伴家持，述恋情之思，长歌并短歌

3978 夫妻情深两相思，当日厮守共缠绵。
四目相视心澎湃，如花初放同鲜妍。
少年不知恋情苦，哪有别愁挂心间。
不胜惶恐奉君命，翻山越野到天边。
僻壤亦盼沐皇恩，治国重任肩上担。
夫妻一别云山隔，春去秋来到年关。
繁花散尽难相逢，夜夜无奈叹独眠。
虽可频频梦中会，不知何时到眼前。
魂魄常向故园飞，执手相拥良宵短。
游子思归情悲切，关山阻隔路途远。
盼望子规啼鸣时，水晶花开铺满山。
何时踏上近江路①，一步一步回家园。
丹青美景奈良远，光彩熠熠梦魂牵。
吁嗟离恨何日消， 鹈鸟夜啼何惨淡。
家妇盼我早还家，日日翘首门前盼。
恋情焦灼难排遣，万般虔诚问夕占。

① 近江路：经滋贺县的回家之路。

3979　相思积郁终难遣，九回柔肠又一年。

3980　芳魂空来梦中见，反增恋慕苦倍添。

3981　灵犀相通频入梦，山川阻隔路途远。

3982　深闺屈指数日月，春花凋残相见难。

原编者注：

三月二十五日夜，大伴宿祢家持忽起相思之情而作。

3983—3984　大伴家持，未闻子规鸟，歌二首

序　立夏四月，已经数日，因尚未闻子规啼鸣，故而作怨恨之歌二首。

3983　家住山边迎立夏，不闻子规啼庭前。

3984　子规啼得橘花稀，欲结香囊眉不展。

原编者注：

子规鸟者，立夏之日，必定来啼。又越中风土，稀有橙橘也。为此，大伴宿祢家持感发于怀，聊裁此歌。三月二十九日。

3985—3987 大伴家持，二上山赋一首并短歌，此山位于射水郡[①]。

3985 二上山麓下，滔滔射水川。
春花满山开，秋叶红欲燃。
举目望青峰，神秀人人羡。
尊贵乃本性，永世看不厌。
深山涩谷幽，乱岩指苍天。
朝来白浪涌，黄昏潮水满。
水涨顷刻间，滚滚流不断。
自古游山客，景仰皆赞叹。

反歌二首

3986 涩谷乱礁波远去，思古幽情绕心间。

3987 二上山头百鸟啼，牵我心中恋慕情。

原编者注：

以上三首，三月三十日，大伴家持依兴而作。

犬养孝：此二上山海拔273米，位于越中国的国厅官署所在的台地上，与大和国二上山名称相同。春华繁盛，秋叶红艳。

---

① 射水郡：发源于富山县西南部大门山，于高冈市伏木注入富山湾。

3988　四月十六日夜，大伴家持遥闻子规啼鸣，述怀歌一首

夜色沉沉对孤月，故里子规啼声远。

3989—3990　大目秦忌寸，饯别大伴家持，歌二首

3989　与君离别情难断，奈吴海[①]上白浪滚。

3990　愿君化玉随我行，一朝分袂空余恨。

原编者注：

以上两首，国守大伴宿祢家持，携正税账[②]，须入京师汇报，仍作此歌聊陈送别之叹。四月二十日。

3991—3992　大伴宿祢家持，游览布势水海[③]赋，长歌并短歌。此海位于射水郡旧江村。

3991　初夏携来百官游，极目山海马蹄轻。
松田江[④]滨过河畔，涩谷乱礁白浪腾。
宇奈比川[⑤]浅滩上，渔夫摇船放鱼鹰。
布势海上乘船游，携手一路观美景。
岸边味鸭成群来，海上挥桨望天青。
岛礁周边花正开，处处光彩耀眼明。

---

① 奈吴海：富山县新湊市放生津海面。
② 税账：各地方政府的财政收支决算文书。
③ 水海：湖泊。
④ 松田江：位于富山县高冈市北白沙海岸。
⑤ 宇奈比川：位于富山县冰见市北 7 公里处。

二上山岭爬藤蔓，吾辈结伴踏幽径。
年年岁岁结伴游，信马由缰皆尽兴。

3992 **反歌**

布势海面白波涌，相约年年观美景。

原编者注：

以上两首，国守大伴家持作，四月二十四日。

3993—3994 掾大伴池主，敬和游览布势水海赋并短歌

3993 紫藤盛开刹那落，眼前水晶花正艳。
山川处处闻子规，八方美景视野宽。
同僚并马来郊游，射水河口鸟翩翩。
朝来风停沙洲静，百鸟觅食降浅滩。
潮涨呼伴齐飞去，游人羡煞望云天。
涩谷乱礁白浪涌，水藻摇曳浪涛间。
礼赞归家赠妻室，折来藤蔓作花冠。
渔人摇舵挥衣袖，山光水色难一见。
挥桨直指乎布崎①，岩上鲜花正飞散。
渚上苇丛望野鸭，喧闹声声应未闲。
碧波摇摇无边际，涟漪纹縠入眼帘。
秋光红叶如火焰，春到百花满山川。
诸君同在画中游，四时形胜不间断。

---

① 乎布崎：越中冰见市海滨名胜。二上山延伸入海形成半岛，礁石形状奇特。

3994　　白浪滚滚水藻摇，观景犹恨韶光短。

原编者注：

以上和歌，掾大伴宿祢池主作，四月二十六日后之唱和。

3995　掾大伴池主，饯别大伴家持时，家持作歌一首

序　四月二十六日，掾大伴宿祢池主于馆舍饯别税账使国守大伴宿祢家持时作歌，并古歌四首（新作三首，池主吟诵古歌一首）。

今日归帝京，
经年累月难再逢，
谁人不起故园情。

原编者注：

以上一首，大伴宿祢家持作。某抄本歌曰：悠悠岁月难聚首，遥遥相望情意浓。

3996　介内藏忌寸绳麻吕，饯别家持，作歌一首

归京路途远，
五月子规啼林间，
一声一凄然。

原编者注：

以上一首，介内藏忌寸绳麻吕作歌一首。

3997 大伴家持，和绳麻吕，歌一首

我虽远去莫泫然，
子规高唱五月天，
香囊寄思念。

原编者注：

以上一首，大伴宿祢家持相和歌。

3998 大伴池主，传诵石川朝臣水通橘之歌一首

庭院深几许，
橘花芬芳一线穿①，
千里苦相盼。

原编者注：

大伴池主，吟诵古歌石川朝臣水通橘歌一首。

3999 大伴家持，宴饮于馆舍，歌一首（四月二十六日）

离别日，到眼前，
诸君举杯须尽欢，
相思到何年。

---

① 一线穿：将橘花与珠玉、药材香料穿成项链，坠有香囊。

4000—4002　大伴家持，立山[①]赋长歌并短歌二首

4000　天高地远越中国，眼前无数好山川。
灵峰神秀四处有，江水滔滔流不断。
众神镇守保安泰，立山白雪罩千年。
山麓如练片贝川[②]，清流细浪泻浅滩。
终生难忘立山岭，朝朝暮暮雾弥漫。
年年路过峰峦处，遥望峰顶心肃然。
神灵庇佑非虚妄，立山万代美名传。
诸君倘若未到此，只闻传说亦堪羡。

反歌

4001　立山盛夏飞白雪，神圣庄严看不厌。

4002　滔滔片贝川，道道清水滩，
一路回顾望立山。

原编者注：

四月二十七日，大伴宿祢家持作。

4003—4005　大伴池主，敬和大伴家持立山赋长歌并短歌二首

4003　朝阳灿烂映神山，群峰远望更巍然。
冲破白云一千重，不负神名立中天。

---

① 立山：富山县新川郡东南部连绵山峰，海拔 3000 米。
② 片贝川：发源于立山之北，流向鱼津市。

独立高空无冬夏，茫茫白雪罩终年。
自古巍峨隐神灵，亘古傲然天地间。
玄妙无限仰高峰，谷深飞瀑泻清泉。
清晨雾气飘然起，黄昏白云挂峰峦。
心悦诚服拜灵峰，永世难忘忆尊颜。
清澈见底涤凡尘，滩头流水响潺潺。
万世盛名传天下，川流不息情无限。

反歌

4004 立山终年罩白雪，众神栖息山林间。

4005 飞瀑滚落片贝川，
流水永不断，行人望神山。

原编者注：

以上三首，四月二十八日，大伴宿祢池主相和歌。

4006—4007 大伴家持，赠掾大伴池主

序 京师渐近，悲情难拨，述怀长歌并短歌。

4006 神圣无比二上山，栂树[①]挺立枝叶[②]繁。
朝来面对池主君，谈诗论文心悦然。

---

① 栂树：松科常绿乔木，我国叫“铁杉”，高约 30 米，可作建材，制造器具。
② 枝叶：比喻家持出自大伴氏本家，大伴池主出自分家。

黄昏执手同出游，并马直驱射水川。
清清河水流千古，浩浩海风①波涛喧。
雌雄临风怕分离，沙渚群鸟正呼伴。
渔夫岸边割芦苇，摇桨河口驾小船。
此番景色非寻常，结伴共赏乐无限。
恭奉皇命离越国，君留此处忍孤单。
我踏旅途频回首，白云迢递绕群山。
依依难舍出门去，翻山攀岩路途远。
从此相思岁月长，每逢思君摧心肝。
子规声里盘山路，君化美玉携身边。
朝夕相见伴旅途，孑然独守心难安。

4007 **反歌**

君化美玉随我去②，子规声里过千山。

原编者注：

以上两首，四月三十日，大伴宿祢家持赠掾大伴宿祢池主。

4008—4010 掾大伴宿祢池主，报赠家持述怀

序 忽见入京述怀之作，生别悲兮，断肠万回，怨绪难尽。聊奉所心一首并短歌二首。

4008 远离奈良出皇都，穷乡僻壤与君逢。

---

① 海风：从越中国府附近东面海上吹来。
② 君化美玉随我去：万叶和歌中离别时的常用表达手法。

心宽忘忧亦有时，皇命在身千钧重。
越国山川沐恩德，心思报国只为公。
踏上归途系足结，朝辞国府返京城。
我留此地君远去，留者去者皆伤情。
忐忑不安长叹息，水晶花开树葱茏。
如泣如诉子规啼，心乱如麻抑苦衷。
砺波[①]山口祭道祖[②]，敬献币帛拜神灵。
一路平安返家园，庇佑使君无灾病。
转眼四月迎立夏，石竹绽开定繁盛。
安得花季再重逢，剪烛叙旧到三更。

4009 沿途神祇佑使君，敬献币帛定显灵。

4010 愿君有情化石竹，朝暮花开伴空庭。

原编者注：

以上三首，五月二日，大伴宿祢池主回赠大伴宿祢家持。

4011—4015 大伴家持，思放逸之鹰，梦中感悦，长歌并短歌

4011 天皇御宇山海阔，越国官厅在天边。
大雪纷飞偏僻地，高山巍峨指青天。
旷野茫茫无边际，百草丰盛好山川。
香鱼跳跃溪流中，鸬鹚潜入碧波间。
青青河滩燃篝火，秋来群鸟正骚然。

---

① 砺波：越中国有东、西两个砺波郡。
② 祭道祖：此处指越中国与越前国之间俱利伽罗山口手向神社的道祖神。

邀我同僚游胜景，猎鹰成群目光寒。
矢尾苍鹰[①]名大黑[②]，银铃[③]叮当好威严。
朝出惊起鸟五百，夜逐千禽云中乱。
苍鹰追逐无处逃，捕得猎物便回还。
即刻飞去又归来，如此神鹰听我唤。
世间罕见本无双，矜夸大黑在我肩。
一日绵绵飘阴雨，府中老翁真疯癫。
私下携我大黑出，冒雨出猎无人见。
大黑飞离三岛野[④]，二上山后雨如烟。
云中隐身飞何处，一去不归空嗟叹。
老翁归来报噩耗，声声咳嗽语间断。
千呼万唤鹰不归，束手无策报长官。
痛失爱鹰唯叹息，难禁心中怒火燃。
何处可觅无踪迹，张开罗网抬望眼。
布置岗哨满山林，神社祈祷盼回还。
倭纹织锦罩宝镜，巫女[⑤]梦中把话传：
"海滨飞翔整一日，苍鹰逃逸松江田。
此刻浪上捕斑鰶[⑥]，冰见江边双翅展。
苇丛野鸭起落处，多祜岛[⑦]上久盘旋。
前天昨天在旧江[⑧]，再过两日回家园。
至迟不过七日内，飞回官厅可相见。

---

① 苍鹰：1 岁雌鹰称黄鹰，2 岁称抚鹰，3 岁称苍鹰，雄鹰称兄鹰。雌鹰体型巨大，适于狩猎。
② 大黑：家持为猎鹰起名大黑，其尾羽如箭矢。
③ 银铃：挂在尾羽。听其铃声便知猎鹰位置。
④ 三岛野：位于富山县高冈市伏木南 8 公里处。
⑤ 巫女：神社女性神职人员。
⑥ 斑鰶：鲱形目海鱼，背上有黑斑点，腹部为白色。
⑦ 多祜岛：位于富山县冰见市布势水海东南部。
⑧ 旧江：富山县冰见市神代一带。

使君切莫徒伤悲，苍鹰归来皆喜欢。”
神灵托梦如是说，聊慰孤寂心始宽。

反歌

4012 痛失苍鹰停狩猎，整月烦闷踱庭前。

4013 二上山上张罗网，神灵托梦苍鹰还。

4014 松叶泛黄苦等候，老翁寻鹰人难见①。

4015 心弦紧绷满愁情，举目遥望须加山②。

原编者注：

以上五首，于射水郡古江村获苍鹰。容貌俊秀，鸷雉秀群也。于时养吏山田史君麻吕，调试失节，野猎乖候，搏风之翅，高翔匿云。腐鼠之饵，呼留靡验。于是张设罗网，窥乎非常。奉币神祇，恃乎不虞也。于是，梦里有娘子譬喻曰："使君勿作苦念，空费精神。捕获逃逸之鹰，为期不远哉。"须臾觉悟，有悦于怀。因作却恨之歌，式旌感信。国守大伴宿祢家持，九月二十六日作也。

译者解说：

老翁山田麻吕为越中国府中调教猎鹰之人。

---

① 人难见：不但猎鹰难寻，外出寻找的老翁也不见踪影。
② 须加山：读作“すがのやま”，与“すかなし”（闷闷不乐）谐音。

4016　高市连黑人，歌一首，年月不详

渺远妇负野[①]，芒草压白雪，
寒夜投宿心悲切。

原编者注：

此歌由三国真人五百国[②]传诵。

4017—4020　大伴宿祢家持，歌四首

4017　东风频吹奈吴海，垂钓轻舟波涛间。

4018　雌雄鹤鸣呼伴侣，奈吴河口海风寒。

原编者注：

某抄本歌曰：声声闻鹤唳。

4019　身在僻地苦蹉跌，心念故国思绪远。

4020　春日迟迟念闺中，越海信浓[③]路漫漫。

原编者注：

以上四首，天平二十年（748 年）春正月二十九，大伴宿祢家持 31 岁作。

---

① 妇负野：富山县射水郡小衫町到吴羽山之间的原野。
② 三国真人五百国：藤原京时代宫廷歌人，作品多为从驾歌。
③ 越海信浓：越中国信浓海滨地名。

4021—4029 国守大伴家持，春日出举[①]，巡行诸郡，于各处作歌九首

4021 于砺波郡雄神川[②]畔，作歌一首

雄神川上绿映红，采藻女儿石榴裙。

小学馆版《万叶集》注："藻"，日语原文"葦付"，指"裂摺念珠藻"，夏天生于河滩石上。

古抄本《万叶集》大伴家持注："葦付"可能指"かわもずき"（串珠藻）。

4022 涉水渡妇负[③]郡鸬坂川[④]畔，作歌一首

鸬坂浅滩流水急，马蹄溅水湿我衣。

4023 见人[⑤]放鱼鹰，作歌一首

妇负浅滩燃篝火，鸬鹚成群水下潜。

---

① 出举：政府为青黄不接的农民发放稻种、钱财等，以纾春荒之困，秋后须连本带利归还。
② 雄神川：发源于岐部县北部山岳地带，流经富山县境，于富山湾入海。
③ 妇负：神通川流经越中国妇负郡的一段称"妇负川"，宽 300 米。
④ 鸬坂川：神通川流经富山市西南部的一段。
⑤ 人：放鱼鹰者，指以此为乐的下级官员。

4024 于新川郡①，渡延槻川②作歌一首

立山③雪融延槻水，水湿马镫鸣溅溅。

4025 拜谒气太神宫④，到海边作歌一首

翻越山路志雄道⑤，羽咋海⑥上登渡船。

4026 于能登郡⑦，由香岛津⑧启航，驶往熊来村⑨时，作歌二首

树桩插末梢⑩，木材出山坳。
百年神庇护，枝繁又叶茂。

4027 香岛到熊来，挥桨手不停。
愁绪满胸怀，时刻望帝京。

---

① 新川郡：位于富山县东部。
② 延槻川：亦称早月川，发源于剑岳，滑川市与鱼津市的分界线，注入富山湾。
③ 立山：立山群峰，位于富山县中新川郡，海拔 3015 米。
④ 气太神宫：亦称气多大社，位于石川县羽咋市寺家町。
⑤ 志雄道：从冰见市通往羽咋海的山路。
⑥ 羽咋海：羽咋市外海。
⑦ 能登郡：位于今石川县能登半岛。
⑧ 香岛津：位于石川县七尾市东部。
⑨ 熊来村：位于石川县鹿岛郡中岛町中心地带。
⑩ 插末梢：采伐木材后，在树桩上插上树梢枝叶，以示对山神的感谢。

4028 于凤至郡[1]渡饶石川[2]时，作歌一首

吾妻久未见，欲渡饶石川，
清水滩头行水占[3]。

4029 泊长滨浦[4]，仰望月光而作

朝辞珠洲[5]迎日出，夜宿长滨月中天。

原编者注：

以上九首，出举之时，春季巡行视察诸郡，吟咏当时所见之景，大伴宿祢家持作。

译者解说：

家持巡视与越中国相邻的能登国珠洲郡，直到凤至郡沿海，清晨乘船从珠洲出海，午夜到长滨浦停泊。海路距离约 32 海里，航行 15 小时。

4030 大伴家持，恨莺晚啼，歌一首

久盼终闻莺声起，晚霞缥缈月经天。

---

① 凤至郡：能登国旧郡名，包括凤至郡与轮岛市。
② 饶石川：由凤至郡门前町剑地流向日本海的小河。
③ 水占：置衣带置于河上任其漂流，根据方向进行占卜。
④ 长滨浦：石川县七尾市东郡一带海边汀州。
⑤ 珠洲：能登半岛最北端珠洲郡，今石川县珠洲市一带。

4031 大伴家持，造酒歌一首

中臣[①]吟唱太祝词[②]，祓禊长命只为君。

译者解说：

造酒歌为酿造酒类时吟唱，此歌为家持戏作。

---

① 中臣：宫中专司祭祀的神职氏族。中臣位于神人之间，专司传达、解释神灵旨意的神职人员，代代相袭。中臣镰足薨，天智天皇赐姓藤原，是为藤原氏祖先。

② 太祝词：中臣氏吟唱的祝词。

卷十八

本卷收录天平二十年（748 年）至天平胜宝二年（750 年）两年的和歌 107 首，以大伴家持的和歌为中心编辑，包括在越中国接待朝廷使节田边福麻吕的组歌、祝贺日本于陆奥地方首次发现金矿并成功开采的作品、对尾张少咋（zé）的劝喻歌，以及求雨歌等。

卷十八目录

4032—4035 天平二十年（748年）春三月二十三日，左大臣橘诸兄派使者“造酒令史”① 田边福麻吕来越中国。国守大伴家持于官府设宴款待，席间吟出新作并诵古歌，各述心绪，歌四首。

4032 奈吴借舟行海面，波涛飞卷连远天。

4033 奈吴海浪推玉贝②，日夜思君到何年。

4034 奈吴海滩潮已退，鹤群觅食声声喧。

4035 子规婉转过头顶，采来菖蒲编花蘰③。

原编者注：

以上四首，田边史福麻吕作。

4036—4043 席间相约，明日游布势水海，述怀作歌

序 于是，相约明日同游布势水海，各抒胸怀作歌。

4036 布势水海④风光好，盛情留客观清澜。

——田边史福麻吕

---

① 造酒令史：奈良时代宫内省有“十三司”：内膳司、造酒司、园池司、采女司等。造酒令史为造酒司长官“造酒正”的部下。

② 玉贝：贝壳的美称。

③ 花蘰：头戴花蘰是消灾祛病的咒术。

④ 布势水海：富山县冰见市海滨湖泊。

4037　海岸奇景看不厌，乎布崎边驾游船。

——大伴家持

4038　盼到拂晓露熹微，拾得美玉[1]布势滩。

4039　不见美景莫返京，不辞在此迎新年。

4040　遍告京中大宫人，布势美景不虚传。

4041　君派随从来引路，落梅时节到湖园[2]。

4042　藤花婆娑掀紫浪，子规啼鸣时不远。

原编者注：

以上八首，田边史福麻吕作。

4043　**大伴宿祢家持相和歌一首**

明朝布势摇藤浪，子规未啼叹落花。

原编者注：

以上八首，作于二十四日宴会席间。某抄本歌开头曰：子规鸟。

---

① 美玉：海滩上的石子。
② 湖园：布势水海的岸边美景。

4044—4045 大伴宿祢家持，前往布势水海，途中马上口吟二首

4044 挥鞭策马沿岸行，垂钓渔舟海上迎。

4045 君驾轻舟迎远客，船随潮涨眼前来。

4046—4051 至水海游览之时，述怀作歌共六首

4046 绕过神秀垂姬崎[1]，依依难舍船久停。

——田边史福麻吕

4047 今日挥桨垂姬浦，佳话传世留美名。

——游行女妇土师氏

4048 摇桨行船垂姬浦，念我闺中望帝京。

——大伴宿祢家持

4049 此景只应天上有，乎布礁石真雄奇。

——田边史福麻吕

4050 今日缘何不开口？为闻鹃啼贵客来。

——掾久米朝臣广绳

4051 啼鹃莫惹相思苦，多祜崎[2]上树荫浓。

——大伴宿祢家持

① 垂姬崎：布势水海乎布崎的岩石美景。

② 多祜崎：富山县冰见市布势水海东南部小岛。

原编者注：

以上和歌十五首，二月二十五日作。

小学馆版注：

原编者注为十五首，但现存仅八首，有七首于传抄中散佚。

4052—4055　掾久米朝臣广绳，于馆舍飨宴田边史福麻吕，歌四首

4052　明日山头唱离恨，杜鹃此刻莫啼鸣。

——田边史福麻吕

译者解说：

天平二十年（748年），大伴池主调任越前国（福井县北部与东部），依然担任“掾”（国守副职）。大伴池主离开越中国，由久米广绳接替其职。

4053　宾客举杯树荫下，杜鹃何故不啼鸣。

——久米广绳

4054　杜鹃啼鸣眼前过，灯如月色照倩影。

——大伴宿祢家持

4055　可敝流回[①]五幡坂[②]，频挥衣袖无限情。

——大伴宿祢家持

---

① 可敝流回：地名，读作“かえるみ”（帰る廻，迂回曲折的归路），位于福井县南条郡。

② 五幡坂：位于可敝流回西面福井县敦贺市，山路险峻。家持由“帰る（归）”联想到大伴池主终有归京之日，翻山越岭，不忘旧友。

4056—4062 太上皇（元正天皇），居难波宫，歌七首

4056 左大臣橘宿祢（橘诸兄），歌一首

堀江水路应铺玉，早知喜讯迎御船。

4057 和左大臣橘宿祢，御制歌一首

尚未铺玉空悔恨，装点两岸行万年。

原编者注：

以上两首，御船溯江而上，游宴之日左大臣上奏和歌与御制歌也。

4058 御制歌一首

橘树果实压枝弯，代代难忘堀江边。

4059 河内女王，上奏歌一首

橘树果实光熠熠，建起大殿摆酒宴。

4060 粟田女王[1]，上奏歌一首

待到月出踏归路，金橘插头银辉灿[2]。

---

① 粟田女王：朝廷命妇，比河内女王年长。
② 银辉灿：指月光。

4061—4062 以御船纤夫名义溯江而上，游宴之时，田边史福麻吕传诵歌二首

4061 堀江水路领航人，小心谨慎过浅滩。

4062 溯流撑篙滩流急，夏夜浓荫路难见。

原编者注：

以上和歌作于宴游之日，咏唱纤拉御船溯流而上。传诵者田边史福麻吕是也。

伊藤博： 御船，太上皇指退位后的第44代元正女帝。当时在左大臣橘诸兄府邸举行宴会。

4063—4064 其后，大伴家持追和橘歌二首

4063 橙橘增辉光灿灿，御体康健颂吾皇。

4064 大君永世享太平，橘卿①庭中橘吐芳。

4065 山上臣，题射水郡驿馆屋柱，歌一首

曙色微明船启航，桨声欸乃思故乡。

原编者注：

以上一首，山上臣作，名不详。或云作者为山上忆良大夫之

① 橘卿：指左大臣橘诸兄。

子，其名至今不明。

4066—4069 四月一日，掾久米朝臣广绳，馆舍宴饮歌四首

4066 水晶花开四月里，含苞时节子规啼。

原编者注：

以上一首，为国守大伴宿祢家持作。

4067 二上山中，子规隐身。愿闻啼鸣，以悦使君。

原编者注：

以上一首，为游行女妇土师氏作。

4068 今夜欢宴到拂晓，定有子规来啼鸣。

原编者注：

四月初二立夏，明朝定有子规来啼。以上一首，国守大伴宿祢家持作。

4069 久盼啼鹃，明日立夏。今夕可否，娇声早发。

原编者注：

以上一首，为羽咋郡①之拟主账②能登臣乙美作。

---

① 羽咋郡：位于越中国。

② 拟主账：临时代理主账（郡衙四等官，相当于文书，定员1到2人）。

4070　大伴家持，咏庭中牛麦花①歌一首

庭中种下牛麦花，一缕心事告谁知。

原编者注：

前任国师②随从僧清见将入京师。主人大伴家持设宴送别作此歌，为清见敬酒。

4071—4072　大伴家持，再作歌二首

4071　越国诸君柳枝冠，大好韶光乐无边。

原编者注：

以上一首，郡衙官员及其子弟举行大型集会，国守大伴家持作此歌。

4072　闺中望月几多日，独行夜空步阑珊。

原编者注：

以上一首，黄昏月出，清光如水，和风轻拂。举目望月，聊作此歌。

---

① 牛麦花：亦称抚子花，为大伴家持最爱，比喻淑女或稚儿。
② 国师：国府官厅下属官员，管理僧尼及寺院事务。

4073—4075 越前国掾大伴池主，寄赠歌三首

序 本月十四日前往深见村[①]，遥拜北方，常念芳德，何日能休。兼以近来忽增思念，更有先前来函云："暮春可惜，促膝无期，生别悲兮。夫复何言。"临纸凄然，祈望海涵乱文之罪。

三月十五日大伴宿祢池主

4073 **古人云（作者不明之古歌）**

天涯举目独望月，无奈相隔几重山。

4074 **睹物发思**

今朝众口夸樱花，不见伊人[②]心孤寂。

4075 **述心绪歌**

一样相思孰深浅，神情异常惹人猜。

中西进： 以上三首抄录自大伴池主信函。

4076—4079 越中国守大伴家持，答歌四首

4076 **答古人云**

安得群山皆不见，抬头望月如故园。

---

① 深见村：位于越前国与越中国交界处。
② 伊人：指大伴家持。

4077 答睹物发思歌，兼咏迁出之旧宅①西北隅樱树

旧居垣边樱吐蕾，何时归来赏繁花。

4078 答述心绪歌，即以古人之迹，代言今日之意

人言相思皆陈词，悠悠我心有谁知。

4079 再寄目睹之物

三岛野上望流霞，一连两日雪满天。

三月十六日

4080—4081 姑母大伴氏坂上郎女，寄赠越中国守大伴家持歌二首

4080 人生易老黄昏近，寂寞老妪倍思亲。

4081 满腹相思托驿马，情深义重传书信。

4082—4083 大伴家持，答歌二首

4082 山长水阔居僻壤，天神眷顾传问讯。

4083 心绪缭乱度日月，驿马传书重千钧。

① 旧宅：后任久米广绳入住大伴池主旧居。

4084 另有述心绪歌一首

子规晓啼报姓名[①]，惹人相思当赞誉。

原编者注：

以上三首，四日托付驿使寄往京师。

4085 宴请东大寺占垦地使[②]僧平荣时，国守大伴家持，敬酒歌一首

序 天平感宝元年（749年）五月五日，宴请东大寺占垦地使僧平荣等，国守大伴宿祢家持敬酒歌

砺波关[③]前添士卒，明日恭候留客僧。

4086—4088 同月九日，诸位同僚，于少目秦伊美吉石竹馆舍飨宴时，主人造百合花蘰三顶，叠放于高脚礼品盘中，敬赠宾客，各赋蘰歌三首

4086 灯火摇曳照花蘰，百合含笑人开颜。

原编者注：

以上一首，为大伴宿祢家持作。

---

① 子规晓啼报姓名：比喻女性自报姓名，以身相许。

② 占垦地使：为保障东大寺工程用款，寺院派占垦地使前往全国各地，请求开辟新田庄，其收入供工程使用。

③ 砺波关：位于富山县小矢部市西南砺波山东麓，为防虾夷入侵而设。如今虾夷逃离，守关将士颇少。大伴家持特意添派士卒，挽留、欢送返京的东大寺占垦地使一行。

4087　　灯火闪闪照百合，重逢之日同期盼。

原编者注：

以上一首，为介内藏伊美吉绳麻吕①作。

4088　　百合②翘首盼重逢，今日盛宴尽余欢。

原编者注：

以上一首，为大伴宿祢家持相和歌。

4089—4092　大伴家持，独居帷里，远闻子规啼鸣喧闹，作长歌并短歌

4089　　天神国土多幸事，代代御宇山川好。
百鸟来朝诵太平，春光明媚花含笑。
啼鸣婉转闻子规，水晶盛开四月到。
鹃啼声里抬望眼，菖蒲吐艳彩云高。
五月香囊祛灾病，昼夜放歌子规鸟。
心潮起伏动情思，百感交集思绪渺。

反歌

4090　　人生难测子规去，啼声萦怀久难消。

① 介内藏伊美吉绳麻吕：越中国府二等官。
② 百合：与“後”（往后，来日，ゆり）谐音。赠客百合花，寓意将再次相逢。

4091 水晶花开子规唱，自报姓名惹怜爱。

4092 子规喧闹恼煞人，声声催得橘花飘。

原编者注：

以上四首，大伴家持十日作。

4093 大伴家持，前往英远浦[①]之日，作歌一首

白浪千重英远浦，东风劲吹海潮翻。

4094—4097 大伴家持，祝贺圣武天皇“陆奥国[②]产出黄金诏书”，长歌并短歌

4094 苇原瑞穗之国，天孙从天而降。
皇祖神圣威武，代代举世名扬。
四方国土安泰，山河原野宽广。
江山神秀厚重，贡献无数宝藏。
大君发愿造佛，选定京师奈良。
为创千秋伟业，日夜冥思苦想。
国库消耗殆尽，吾皇焦虑难当。
鸡鸣东国陆奥，忽有喜讯奏上。
神秀小田郡山，今日开出金矿。
大君始展愁眉，御颜焕发容光：
“天地神祇庇佑，皇祖显灵我邦。

---

① 英远浦：富山县冰见市北端阿尾海岸。
② 陆奥国：本州青森、岩手、山形、宫城等县。宫城县涌谷町小田山率先采出黄金。

自古盛产黄金，今日重现辉煌。
神国无比荣耀，赞叹国运繁昌。”
文武百官鼓舞，老幼妇孺欢唱。
举国诚惶诚恐，感谢神灵上苍。
遥想大伴先祖，自古侍奉天皇。
名曰大久米主[①]，代代忠臣良将：
“水浸尸骸，远征海疆。
弃尸草丛，陟彼山冈。
慷慨赴死，绝不彷徨。”
大伴佐伯两氏[②]，伴随大君身旁。
先祖立下誓言，后辈代代争光。
名誉重比千钧，至今热血满腔。
“手执梓弓神矢，刀剑佩戴腰上。
皇宫御门警备，朝夕护卫吾皇。”
忠诚谁人能比，铮铮誓言不忘。

反歌

4095　男儿胸怀感意气，大君垂训永铭心。

4096　大伴远祖御灵屋[③]，当立路标告来人。

4097　东国陆奥金花放，盛世荣华报皇恩。

---

① 大久米主：大久米氏先祖为大久米直，被大伴氏奉为先祖，后来大伴氏成为氏族之长。

② 大伴佐伯两氏：据《古事记》《日本书纪》神话记载，两姓氏同出一源。大伴氏先祖为伴随天孙下凡的天忍日命、道臣命、日臣命。

③ 御灵屋：指大伴氏先祖墓。

原编者注：

天平感宝元年（749年）五月十二日，大伴宿祢家持作于越中国馆舍。

译者解说：

《续日本记》载："陆奥国始贡黄金。"首次为900两。圣武天皇遂改年号"天平"为"天平感宝"①。

4098—4100 大伴家持，为圣武天皇行幸吉野离宫时，预先作长歌并短歌

4098 天皇御座，高高在上。
治理天下，御宇八荒。
面对皇祖，惶恐难当。
吉野宫殿，雄伟辉煌。
百官上朝，侍奉两厢。
禀报姓名，生命担当。
滔滔河水，永世流淌。
重重山峰，天然屏障。
天皇治世，源远流长。

反歌

4099 遥想大君行幸地，吉野宫中日月长。

4100 朝中臣下八十氏，代代侍奉为吾皇。

---

① 天平感宝：日本首次使用的四字年号，同年改为"天平胜宝"。

4101—4105　大伴家持，忆京城闺中，赠珍珠长歌并短歌

4101　神灵久居在海岛，珠洲①渔夫渡大洋。
潜入水底采珍珠，手捧璀璨闪白光。
离京赴任到越国，独守闺中有大娘。
夜夜独眠叹孤寂，冷冷卧榻空半张。
贪眠慵起无精神，黑发散乱懒梳妆。
闺中日日屈指数，可怜声声叹息长。
遥寄珍珠慰离情，子规来鸣正端阳。
待我亲手编花冠，菖蒲橘花散芳香。
有心再缀大明珠，送回京城伴绮窗。

反歌

4102　贽礼珍珠端午节，菖蒲橘花串琳琅。

4103　潜海采珠终得手，遥寄京城小轩窗。

4104　愿妻一扫离恨苦，海岛采珠早还乡。

4105　珍珠五百②捧在手，渔夫赠我热衷肠。

原编者注：

以上五首，五月十四日，大伴宿祢家持依兴而作。某抄本歌

---

① 珠洲：能登半岛前端的郡名。
② 五百：言其多也。

曰：我家牟伎波母[①]。

4106—4109 大伴家持，教谕史生[②]尾张少咋，长歌并短歌

七出例云，但犯一条，即出之。无七出辄弃妻者，徒一年半。

三不去云，虽犯七出，亦有不可弃者，违者杖一百。唯犯奸淫，得恶疾者可弃之。

两妻例云，有妻更娶者，徒一年，女子杖一百，离之。

诏书云：愍赐义夫节妇。谨案，先件数条，建法之基，化道之源也。

然则义夫之道，情存无别，一家同财。

岂有忘旧爱新之志哉。所以缀作数行之歌，令悔弃旧之感。其词曰：

4106

大国主神，少彦名神，
治理天下，早有传闻。
敬重父母，呵护子孙，
人世之道，铭记谨遵。
史生少咋，不重修身。
萵苣花小，连片似锦。
夫妻恩爱，朝夕相亲。
有喜同乐，有苦同吞。
人伦之理，天地长存。
天地神祇，教化万民。

---

① 我家牟伎波母：原文万叶假名，难解。
② 史生：国守的秘书，负责文书记录，定员 3 人。

春花似锦，款款情深。
少咋离家，不知悔恨。
发妻叹息，渺无音讯。
苦盼信使，孤寂难忍。
冰雪消融，南风温馨，
射水川[①]上，泡沫翻滚。
漂浮不定，无处寄身。
佐夫流儿[②]，同床共枕。
奈吴海深，颠倒神魂。
迷恋美色，忘却归心。

译者解说：

中国古代有《户婚律》，包括《户律》（人口赋税法律）与《婚律》（婚嫁休妻法律）。“七去”出自（汉）戴德著《大戴礼记》。

“七去”：无子（不生男孩）、淫佚（淫荡通奸）、不事姑舅（不孝公婆）、口舌（多嘴多舌）、盗窃、妒忌（心生嫉妒）、恶疾（身患重病）。

“三不去”：有所娶无所归（女子出嫁时尚有娘家，如今娘家无人，一旦被休，则无处可去者），与更三年丧（曾与丈夫一道为公婆守孝三年者），前贫贱后富贵（结婚当初，夫家贫贱，如今大富大贵者，不可休妻）。但女子犯奸淫，或身患恶疾者，则可无条件休妻。

---

① 射水川：流经越中国府官厅附近，流域包括富山县射水郡、高冈市冰见市。

② 佐夫流儿：烟花女子通用名。

反歌三首

4107 奈良贤妻翘首盼，痛彻芳心不见郎。

4108 邻人为此感羞愧，千夫所指恨迷惘。

4109 红裳虽艳色易褪，哪及缁衣有糟糠。

原编者注：

以上四首，五月十五日，国守大伴宿祢家持作。

4110 先妻不待夫君使者相迎，自来越中。大伴家持作歌一首

佐夫流儿，祭神堂前①。快马无铃②，举国轰传。

原编者注：

以上一首，同月十七日，大伴宿祢家持作。

4111—4112 大伴家持咏橘长歌并短歌

4111 诚惶诚恐，神圣天子。
田道间守③，归朝述职。

① 祭神堂前：佐夫流儿鸠占鹊巢，俨然主妇。

② 无铃：非驿站官马不得挂铃铛。先妻乘私马突然到来，引得众人关注。

③ 田道间守：古代神话，新罗国王子天日枪之子孙田道间守，奉垂仁天皇之命，上天寻找非时香果。时隔9年才返回人间，垂仁天皇早已驾崩。田道间守在垂仁天皇陵前号啕大哭而死。

下降凡尘，手执八枝[1]。
非时香果[2]，带回人世。
敬献朝廷，香木果实。
举国上下，争相种植。
枝繁叶茂，香飘千里。
揣入衣袖，可赠佳丽。
橘实干枯，切莫丢弃。
端午香囊，串起珠玉。
执之在手，香气馥郁。
流连忘返，时雨[3]天降。
山林树梢，红叶纷飞。
橘实光彩，不减当时。
天降大雪，寒霜盖地。
橘实灿灿，永不萎靡。
起下芳名，传承今日。
自从神代，世人尽知。
橘香优雅，名副其实。

泽泻久孝：“非时香果”一词出自《日本书纪》神话，意为天上之橘，不同于凡尘果木，冬天开始结果，直到翌年春夏季节，果实芳香，长挂枝头。

4112　反歌

最爱橘花与橘实，四季赏玩无厌时。

---

① 八枝：指橘树枝繁叶茂。
② 非时香果：神话中橘树果实的古名。
③ 时雨：深秋到初冬的冷雨。

4113—4115 大伴家持，咏庭中之花，作长歌并短歌

4113 大君命我担重任，奔赴越国天一方。
地老天荒山川隔，飘飘大雪从天降。
离家五年抛妻室，凄苦独眠叹凄惶。
夜不解带和衣眠，白昼排忧花草香。
我家院中种抚子，移来百合夏日忙。
脉脉含情念吾妻，大娘面影岂能忘。
百合吐芳再重逢，幸有芳华慰愁肠。
若无花卉来相伴，度日如年两鬓霜。

反歌二首

4114 抚子花开如笑靥，吾妻身影眼前晃。

4115 百合花开再相逢，心存期盼度时光。

原编者注：

同年闰五月二十六日，大伴宿祢家持作。

4116—4118 掾久米朝臣广绳，天平二十年（748 年）任朝集使[①]入京，事毕于天平感宝元年（749 年）闰五月二十七日返回任地。国守大伴家持于长官馆舍设诗酒之宴，作长歌并短歌

4116 恭奉皇命到僻壤，操劳国政[②]日夜忙。

---

① 朝集使：越中国地方政府派往朝廷汇报工作的使者，提交地方政府官员考评材料及公文。按规定朝集使应于 11 月 1 日抵达京城。

② 国政：越中国的政务。

一年劳苦报朝廷，踏破群山野茫茫。
君在京师辞旧岁，多日不见牵愁肠。
心潮难平思广绳，子规五月放声唱。
菖蒲花发结蔓草，头戴冠蘰饮琼浆。
安得开怀遣悲怀，雪融射水日渐涨。
遥寄深情到京师，鹤鸣声里思绪长。
奈吴[1]江上菅草绿，不见君归离恨长。
今日事毕踏归途，夏日原野百合香。
开颜一笑与君逢，问君别来可无恙。

反歌二首

4117　归来俨然京城人[2]，昨秋一别岁月长。

4118　举杯同庆喜相逢，回首相望叹流光。

4119　大伴家持，子规歌一首

自古子规恨离别，遥望天涯牵愁肠。

4120—4121　大伴家持，进京见贵人，与美人宴饮之日，述怀作歌二首

4120　日日相思编花蘰，今日相逢见玉颜。

① 奈吴：奈吴海边有奈吴江。见编号 3989 作品注释。
② 京城人：久米广绳风度翩翩、衣着入时，俨然京城之人。

4121　　早朝[1]英姿久不见，身处僻壤常思念。

原编者注：

同年闰五月二十八日，大伴宿祢家持作。某抄本歌曰：芳姿绰约难忘怀。

4122—4123　黄昏，国守大伴家持忽见雨云之气，作长歌并短歌

序　天平感宝元年（749年）闰五月初六以来，天候小旱，百姓田间稍有凋色也。至于六月朔日，忽见雨云之气，仍作云歌一首并短歌一绝[2]。

4122　　大君御宇遍八荒，天下归心日月长。
磨破马蹄来僻地，顺风行船到海疆。
稻谷理当居首位，山海奇珍献吾皇。
可怜连日无降雨，水田干涸秧苗黄。
忍见稻叶变枯焦，痛彻心扉求上苍。
万民翘首望慈雨，犹如赤子盼乳浆。
山峦起伏望远处，无边白云罩海上。
波涛尽处海神宫，浓云化雨普天降。

4123　**反歌**

浓云密布罩天宇，苍生仰望盼甘霖。

---

① 早朝：天皇早朝。
② 短歌一绝：将短歌比喻为汉诗绝句。

原编者注：

以上两首，六月一日夕暮，国守大伴家持作。

译者解说：

闰五月起，越中国旱情严重，禾苗枯萎。到六月朔日（初一），始见雨云。大伴家持作长歌并短歌，为百姓求雨。

4124　大伴家持，贺降雨，歌一首

满天乌云化喜雨，秋收在望谷满仓。

原编者注：

以上一首，同月四日大伴宿祢家持作。

4125—4127　大伴家持，七夕长歌并短歌

4125　天照大神，悠悠往昔。
安川[①]相隔，牛郎织女。
四目远望，挥袖叹息。
恋情似火，相会何时？
渡口寂寞，恨无舟楫。
鹊桥相见，执手啜泣。
夫妻相拥，万千话语。
一扫悲愁，盼来七夕。
秋风浩渺，迎来佳期。
良宵苦短，绵绵苦凄。

① 安川：天河。安川原为传说中的天河边地名。

年年岁岁，世人唏嘘。
万代讲述，天河传奇。

反歌二首

4126　天河两岸有渡桥，相逢岂须盼秋夕。

4127　终年相望烟波渺，但愿夜夜是佳期。

原编者注：

以上三首，七月七日，仰望天汉，大伴宿祢家持作。

4128—4131　越前国掾大伴池主，赠戏歌四首

序　忽辱恩赐，惊欣已深。心中含笑，独座开函，表里不同①，相违何异。推量所由，率尔作策欤。明知加言，岂有他意乎。凡贸易②本物，其罪不轻。正赃倍赃③，宣急并满。今勒风云，发遣征使。早速返报，不须延回。

天平胜宝元年（749年）十一月十二日 物所贸易下吏

谨诉　贸易人断官司④厅下

---

① 表里不同："针袋"表里所用材料不同，外绢内布。"针袋"并非老翁池主所需之物，故作此戏歌。

② 贸易：财物交换。此处指私财与公物交换。

③ 正赃倍赃：当时法律用语。"正赃"，抢劫、偷盗来的赃物。"倍赃"，罪犯须将赃物退还失主，此外官府还向罪犯征收与赃物价值相等的财物，这些罚没财物称"倍赃"。

④ 贸易人断官司：指大伴家持。国府司法长官由国守兼任，负责断定财物交换是否公平。

别白可怜之意，不能默止。聊述四咏，准拟睡觉①。

4128　京城远来，一介老翁②，何物可缝，赐我针线。

4129　眼前针袋，反复查看。表里两层，内布外绢。

4130　携带针袋，行走乡里。本想夸耀，无人会意。

4131　鸡鸣东国，愿往巡礼。恨无机缘，难辨东西。

原编者注：

以上戏歌，所得回复，业已遗失，不可探求也。

4132—4133　再赠歌二首

序　依迎驿使事，今月十五日，来部下加贺郡境。面荫见射水之乡，恋绪结深海之村。身异胡马，心悲北风。③乘月徘徊，曾无所为。稍开来封，其辞云云者，先所奉书，返畏度疑欤。仆作嘱罗④，且恼使君。夫乞水得酒。论时合理，何题强吏乎。寻诵针袋咏，词泉，酌不竭。抱膝独笑，能蠲旅愁。陶然遣日，何虑何思。短笔不宜。

天平胜宝元年（749年）十二月十五日 征物下司⑤

---

① 准拟睡觉：催人入睡。
② 老翁：大伴池主自称，单身赴任，收到针袋礼物哭笑不得。
③ 身异胡马，心悲北风：《文选》之《古诗十九首》第一："胡马依北风，越鸟巢南枝。"
④ 嘱罗：作者生造词汇。多数版本解释为，希望得到家持赏赐薄罗衣衫。
⑤ 征物下司：征集物资的下级官员。本文为大伴池主用汉语写成，按原文抄录。

谨呈　书记官案下　不服使君[①]

别奉云云歌二首

4132　横看竖看一老者，使君堂前勤侍奉。

4133　针袋一个且收下，再将行囊[②]赐老翁。

译者解说：

以上六首戏歌，令读者忍俊不禁，可以窥视到国守家持与部下的亲密交往。大伴池主收到上司家持馈赠的礼物，十分感激，却发现包装上写的物品与其中的实物完全不符。他收到的是一套旅行用的缝纫针线，精致的口袋中装着一个竹编小匣。他猜想是上司无意中送错了礼物。刚刚酝酿出来的睡意瞬间烟消云散，便提笔写下了这组戏歌。

4134　大伴家持，咏雪月梅花歌一首

夜月清辉映雪野，愿折梅枝赠佳人。

原编者注：

以上一首，十二月大伴宿祢家持作。

小学馆版《万叶集》注： 此歌为日本“雪月花”审美意识之滥觞。早

---

① 不服使君：家持称呼池主特意使用戏言。
② 行囊：老翁用的口袋。“行囊”，原文是“すり袋”，究竟为何种口袋，众说纷纭。姑且译为“行囊”。

于白居易（772—846）诗句“雪月花时最忆君”（《寄殷协律》）。

斋藤茂吉：天平胜宝元年（749年）十二月，大伴家持作，上句描写越中雪国真实场景，下句抒发寂寞之情。

4135 少目[①]秦伊美吉石竹[②]，于馆舍设宴，国守大伴家持咏雪月梅花作歌一首

使君抚琴发清韵，闻者更添惆怅情。

4136 天平胜宝二年（750年）正月初二，于国厅飨宴诸位郡司之时，大伴家持作歌一首

山林梢头寄生木，插发可保千年寿。

4137 判官久米朝臣广绳，设宴于馆舍时，大伴家持作歌一首

正月换新历，迎春在今日。
主客心相印，岂是一朝夕。

---

① 少目：国府四等官，从八品下。
② 秦伊美吉石竹：公元764年参加讨伐藤原仲麻吕之战，立功升迁，后任飞驒守、播磨介。

4138 大伴家持，前往垦田检查使砺波郡多治比部北里主账[1]家中赴宴，忽然风雨骤起，不得离去，借宿于此作歌一首

忽逢春雨降，借宿荆波里。
今夜难归宅，遣使告吾妻[2]。

原编者注：

二月十八日，国守大伴家持作。

---

① 主账：负责监督垦田的官吏。天平十五年（743 年），朝廷公布《垦田永年私财法》，允许寺院及百姓在口分田之外开垦新田，承认其所有权，由此逐渐形成庄园经济。

② 吾妻：家持妻坂上大娘。天平胜宝元年（749 年）十一月，家持以大帐使身份归京后，偕妻同返越中国。

卷十九

本卷收入天平胜宝二年（750 年）三月至天平胜宝五年（753 年）二月的和歌 154 首，大多为大伴家持作品。其间，家持调任少纳言，离开越中国回到奈良。五年光阴流逝，朝中政局大变，左大臣橘诸兄彻底失势，一品大员紫微内相（太政官）藤原仲麻吕（惠美押胜）成了孝谦女帝宠臣，也是家持的顶头上司。他身为微官少纳言，从五品下，深知回到京城便不得不寄人篱下，不如在越中国当国守，独当一面。但他依然时刻盼望回京与亲人团聚，心中弥漫着难言的悲痛与孤独。

卷十九目录

4139—4140 大伴家持，天平胜宝二年（750 年）三月一日暮色中，眺望春苑桃梨芬芳作歌二首

4139 春苑[1]桃红花下路，娉婷玉立一女郎。

译者解说：

家持将妻子从京师接到越中国，一同迎来春天。此歌宛如唐代中国画，人面桃花相映红，色彩浓艳，意境优美。“树下美人”类型的图画在波斯萨珊王朝和印度等国都存在，日本正仓院藏《鸟毛立女屏风》亦属“树下美人图”。

4140 李花散落满庭芳，疑是残雪留世间。

4141 见鹬鸟翻飞，作歌一首

夜半鹬鸟拍翅鸣，谁家水田暂栖身。

4142 三月二日，攀折黛柳[2]，遥想京师

春日折柳如眉黛，怅望遥想京师道。

---

① 春苑：指越中国府中的园林。

② 黛柳：柳叶细长如美女眉黛。“黛”，青黑色颜料，中国古代女子用来画眉，将眉描成柳叶状，称“黛柳”。

4143 折猪芽花[1]作歌一首

村姑汲水来古寺[2]，猪芽花开笑声喧。

4144—4145 见归雁，歌二首

4144 燕归时节鸣雁阵，心怀故国隐云中。

4145 春来雁归何时还，黄叶满山盼秋风。

译者解说：

家持任越中国守五年，远离京城政坛纷争。他思念故土亲人，磨练诗心，一生共留下和歌约 485 首，吟咏于越中国的作品高达 220 首，将近半数。

4146—4147 夜闻千鸟喧，歌二首

4146 夜半难眠心绪远，河滩千鸟声声喧。

4147 夜半已过啼千鸟，自古催人发幽思。

---

① 猪芽花：原文为“堅香子”，百合科观赏植物，四、五月开紫红色花。花、叶、球根均可食用，根茎含淀粉，可制芡粉。《万叶集》咏“堅香子”歌仅此一首。

② 古寺：越中国“国府官厅寺” ，寺前有涌泉井，大伴家持离开后改建为“国分寺”。天平十三年（741 年），圣武天皇颁布诏令，全国各地国府治所均须建“国分寺”，即“金光明四天王护国之寺”，保佑五谷丰登、国泰民安。

4148—4149 晓闻野雉鸣，歌二首

4148 野雉翩翩舞杉野，难寻伴偶泣声悲。

4149 群峰回响啼野雉，拂晓霞舞心悲切。

4150 遥闻舟子溯江而上船歌，作歌一首

朝眠遥闻舟子唱，射水川①上声渐悄。

犬养孝：射水川发源于飞驒山中，流经砺波平原，在新湊市注入富山湾。

4151—4153 三日，越中守大伴家持宴于馆舍，歌三首

4151 今日群峰迎上巳，标识山樱正烂漫。

4152 诸君游春兴正浓，深山茶花满峰峦。

4153 唐人②乘筏水上游，诸君头上戴花蘰。

---

① 射水川：《续日本记》载，元明天皇和铜六年（713 年）朝廷下令，京师及全国各地须选用吉祥优美汉字，统一地名表记。“射水（いみず），曾写为“伊弥头”“伊美都”等。新地名“射水”首先出现在《万叶集》中，沿用至今。

② 唐人：泛指来自中国和朝鲜半岛的移民。

4154—4155 八日，咏白色大鹰，长歌并短歌

4154 翻山越岭到越国，又是一年颂清平。
大君御宇天下同，京师原野景色明。
天高地僻路漫漫，安得知己诉衷情。
忧思不断为乡愁，难扫郁结心不宁。
秋光晴好萩花红，石濑野[①]上策马行。
四处浓荫闻啼鸟，猎鹰尾上响银铃。
狩猎仰头望树梢，忧愁消散喜气盈。
闺房鸟笼有栖木，白色斑纹满羽翎。

4155 **反歌**

矢形尾翼添勇猛，轻抚白羽含深情。

4156—4158 鸬鹚潜水，长歌并短歌

4156 春来又见花烂漫，山阴响彻激流声。
辟田河滩[②]香鱼跃，渔夫点燃篝火明。
渔舟逆水奔上游，鸬鹚潜水齐相争。
红透衣衫八入染，遥想爱妻在京城。
波浪湍急湿衣袖，乘舟欲过群峰青。

4157 八入染衣色更艳，常游辟田流水边。

① 石濑野：越中国新田郡原野。
② 辟田河滩：富山县高冈市河滩，地点不明。

4158 年年香鱼游浪里，鸬鹚捕鱼兴正酣。

4159 过涩谷崎，见岩上树，歌一首

岩上红楠[①]，年久根深。神圣无比，敬畏在心。

4160—4162 悲世间无常，长歌并短歌

4160 天地初分，悠悠往昔。
人世无常，生灭不息。
千代相传，亘古至理。
日月经天，飞跨天宇。
日出日落，月有盈虚。
春花烂漫，秋露冷凄。
风雨交加，黄叶落地。
芸芸众生，百岁难期。
黑发染霜，红粉成灰。
谁能例外，难保朝夕。
风过山川，行踪难觅。
滔滔流水，前后相异。
潸然落泪，悲叹无计。

4161 草木无言，花叶飘残。命运无常，万物难免。

4162 深悟无常，万事皆空。执念难抛，叹息无穷。

---

① 红楠：樟科乔木，根与皮均可入药。

4163　预作七夕歌一首

愿枕吾妻衣袖上，雾笼天河夜未央。

4164—4165　愿扬勇士美名，长歌并短歌

4164　父母精心呵护，自幼严加教诲。
不可虚度光阴，长成堂堂男儿。
拉开满月梓弓，一箭飞越百里。
腰间佩戴大刀，踏遍千山万水。
不负主君重托，代代流芳传奇。
壮哉赳赳勇士，理当扬名寰宇。

4165　男儿生当建功业，万代争相颂美名。

原编者注：

以上两首，追和山上忆良而作。

译者解说：

家持对山上忆良的辞世歌（编号978作品）深感共鸣，愿不懈努力，立身扬名。

4166—4168　子规啼鸣时节，咏花长歌并短歌

四季日日皆美景，草木花香百禽喧。
远望景色心欲醉，耳闻天籁发赞叹。
巳月[1]春浓观风物，花香鸟鸣更婉转。

---

① 巳月：农历四月。

曙光未降子规啼，雏莺放歌敢争先。
菖蒲花发紫气绕，橘英吐芳天地间。
少女期盼五月到，端午香囊连成串。
白昼黄莺过峰峦，夜尽齐飞曙色天。
远客思乡情更切，高堂教诲常惦念。
遥望山头白云涌，声声叹息心难安。
人生最苦是相思，离恨日夜摧心肝。
奈吴渔夫潜水底，采来珍珠光灿烂。
夜夜空有归家梦，不知何日可团圆。
松柏常青颂荣华，愿君无恙永平安。

反歌二首

4167　四季堪折新花枝，或留梢头常相伴。

4168　年年空闻子规啼，何日归京得团圆？

原编者注：

以上三首，四月二十日，时节尚早，心绪难平，预先作歌。

4169—4170　应吾妻所求，赠在京岳母，作长歌并短歌

五月橘花吐幽香，枝头子规自在啼。
连日不闻高堂训，山远水阔居僻地。
云涌山后难望远，骨肉分离苦叹息。
奈吴渔夫采珍珠，不见慈颜心苦凄。
何当归家拜高堂，恭颂贵体永无虞。

4170 反歌一首

身在僻地念慈母，祝愿容光赛美玉。

4171—4172 二十三日，咏子规鸟，歌二首

序 二十四日，正当立夏四月节令也。二十三日暮色降时，忽思子规拂晓啼鸣之声，作歌二首。

4171 不眠之人皆可闻，子规拂晓发初音。

4172 子规来鸣知时节①，田间薅草②不种橘。

4173 赠京中丹比家③，歌一首

身居越中又一年，久未相逢心难安。

4174 二十七日，追和筑紫国时代春苑梅花歌一首

春日愿做赏梅客，呼朋折花山野游。

原编者注：

以上一首，二十七日依兴而作。

---

① 知时节：子规先在山间啼鸣，然后来到乡里，最后落在庭院橘枝上。

② 薅草：子规来时，正当水田薅草季节，因此子规又叫劝农鸟。作者说不必在院中种橘树了。

③ 丹比家：多治比家，第二十八代宣化天皇之子孙，姓真人。丹比家与大伴家为亲家，大伴坂上大娘的异父姐妹中有人嫁入丹比家。

4175—4176　咏子规鸟，歌二首

4175　初闻子规啼不断，端午菖蒲编花蘰。

4176　牵人幽思最动情，子规啼鸣过门前。

4177—4179　四月三日，赠越前判官大伴池主子规鸟之歌，不胜怀旧之情，作述怀长歌并短歌

4177　拂晓出门抬望眼，与君执手两相怜。
夕暮时分仰苍穹，群山慰我情无限。
峰峦处处彩霞舞，谷畔茶花开正艳。
两心同悲春色尽，子规啼鸣迎夏天。
声声哀啼莫独听，孤苦寂寞满心间。
今日与君高峰隔，最是无情砺波山①。
子规飞跃过山岭，终日啁啾松树巅。
待到黄昏对明月，昼夜啼鸣不间断。
菖蒲美玉结香囊，五月端午到眼前。
啼声惊破子夜梦，使我池主难安眠。

反歌二首

4178　独闻子规恨寂寥，飞跃丹生②到山边。

4179　子规夜啼惊残梦，池主闻之应不眠。

---

① 砺波山：位于富山县小矢部市石动町西南方，越中国与越前国分界线。
② 丹生：越前国旧郡名。

4180—4183　有感于子规鸟，意犹未尽，作述怀长歌并短歌

4180　春去夏来子规啼，呼朋唤友山林间。
盼到夜尽闻初音，菖蒲橘花作冠蘰。
啁啾声声满乡里，慰我离情动心弦。

反歌三首

4181　夜尽晓月飞影过，子规一啼旧情燃。

4182　子规百闻亦不厌，捕来日日鸣耳畔。

4183　捕来子规笼中养，明年初夏可期盼①。

4184　四月五日，由京师赠歌一首

手执棣棠悄然去，柔肠万缕岂能断。

原编者注：

以上一首，四月五日，留居京城之女郎寄来之歌。

译者解说：

此歌作者可能是与家持妻关系密切的女性，或家持之妹致书越中国兄嫂，亦可能是编号 4173 作品的丹比家某未婚少女。

---

① 明年初夏：等到明年初夏，便可再次聆听子规啼鸣。

4185—4186 咏棣棠花，长歌并短歌

4185 自古不乏痴情种，春光偏能催离恨。
棣棠花开人人怜，山谷幽处丛丛生。
赏花可慰孤苦意，折芳当插白玉瓶。
移来家中庭前种，朝露滋润色更浓。

4186 **反歌**

庭前棣棠朝朝见，怎料恋情日日添。

4187—4188 六日，游览布势水海①，作长歌并短歌

4187 知音难求灵犀通，相见一扫郁积情。
布势水海登双舟，挥桨并进波浪平。
乎布浦②上彩霞舞，垂姬③藤花开正盛。
清波粼粼翻白浪，思恋纷乱我心惊。
年年春来百花发，秋山红叶相辉映。
相约常游山与水，男儿最爱布势行。

4188 **反歌**

藤花翻浪乐韶华，年年浦上观美景。

---

① 布势水海：富山县冰见市海滨湖泊。
② 乎布浦：位于布势水海之滨，为北陆名胜地。
③ 垂姬：垂姬崎，乎布崎一带的岩石美景。

4189—4191　九日，赠越前国判官大伴池主鸬鹚，长歌并短歌

4189　地处偏远当同心，离家数载独徘徊。
幸有子规发初音，慰我离人遣悲怀。
橘实如玉穿成串，头戴花冠游山海。
邀来伴侣溯急流，叔罗川[①]上浪澎湃。
浅滩布网待浪入，鸬鹚衔鱼潜水来。
每日山川尽游兴，与君同乐心畅快。

4190　寻得叔罗川上滩，君放鸬鹚慰心怀。

4191　鹈川[②]捕得香鱼归，鱼鳍赠我亦快哉[③]。

原编者注：

以上三首，九日遣使送赠池主。

4192—4193　咏子规鸟与藤花，长歌并短歌

4192　美人面如桃花色，画眉细长似柳叶。
清晨满脸漾笑容，镜中玉颜胜满月。
谷边林茂树荫浓，子规翻飞鸣不绝。
黄昏月出光朦胧，淡淡如水洒旷野。
忽而翅拍藤花串，飘落尘埃实可惜。
拾取落英捧衣袖，哪怕罗衫染紫色。

---

① 叔罗川：指流经福井县武生市的日野川，属越前国。
② 鹈川：适于放鸬鹚捕鱼的河流。
③ 鱼鳍赠我亦快哉：鱼鳍上也有少量鱼肉，让我分享一点你的快乐吧。

4193 **反歌**

盛开时节难再来，子规拍翅藤花落。

原编者注：

同月九日作。某抄本歌曰：藤花飘落宽袖上，摇荡翻紫波。

4194—4196 再咏，恨子规鸟晚啼，歌三首

4194 人言子规门前啼，尚未闻声花落地。

4195 子规不知我心意，飞过山峦何处啼。

4196 四月已到日日盼，子规不来悄无声。

4197—4198 赠京中家人，歌二首

4197 野原棣棠似吾妹，我留标识①谁来折。

4198 多日不见盼相逢，遗憾吾妹②悄然去。

原编者注：

以上一首，为赠留女③女郎，受家妇（坂上大娘）所托而作。女郎者，家持之妹也。

---

① 我留标识：家持保护妹妹之意。
② 吾妹：以上两首，为答谢留居京城之妹寄来和歌（编号 4184 作品）而作。
③ 留女：家持之妹名留女。

4199—4202　十二日，游览布势水海，泊舟多祜浦[1]，望藤花，各述胸怀，歌四首

4199　水清藤波摇倒影，湖底彩石如珍珠。

——国守大伴家持

4200　多祜水底藤花影，欲赠内人插发间。

——次官[2]内藏忌寸绳麻吕

4201　曾闻多祜藤浪散，多情通宵伴花眠。

——判官久米朝臣广绳

4202　游人看我是渔翁，愿折藤花搭草庵。

——久米朝臣继麻吕

4203　恨子规鸟不鸣，歌一首

归家欲话子规啼，可惜不曾闻一声。

——判官久米朝臣广绳

---

① 多祜浦：位于布势水海南岸，富山县冰见市下田子，山丘上有藤波神社。
② 次官：国守的副职“介”，或称“掾”。

4204—4205 见攀折保宝叶[①]，歌二首

4204 使君[②]捧来厚朴叶，长柄犹如青盖扇[③]。

——讲师[④]僧惠行

4205 远古皇朝留风习，朴叶可折作酒盏。

——国守大伴家持

译者解说：

相传，从古代起便将朴叶折成酒盏使用。

4206 国守大伴家持，还家之时仰望月光，歌一首

前往涩谷到海滨，驻马望月久不行。

4207—4208 二十二日，大伴家持赠判官久米广绳，怨恨子规鸟长歌一首，并短歌

4207 举目远望见山河，君家绕谷建墙垣。
天光微明榛树茂，夕照黄昏藤浪翻。
子规啼鸣传远处，欲唤东风声婉转。
我家地荒鸟不来，未闻子规橘花残。
自幼蛰居偏僻地，天长日久无怨言。

---

① 保宝叶：亦作“厚朴”，日本特有的木兰科落叶乔木。叶片卵形，长约30厘米。我国也称“厚朴”。

② 使君：指大伴家持。

③ 青盖扇：贵人身后侍女所执装饰性长柄扇。我国叫“五明扇”“掌扇”。

④ 讲师：僧官的一种，桓武天皇将讲经说法的“国师”改名为“讲师”。

最羡君家在谷中，子规啼时把信传。

4208 **反歌**

我盼子规久不到，君听婉转无信函[①]。

4209—4210 二十三日，掾久米广绳，咏子规鸟，和家持长歌并短歌

4209 子规不到寂无声，家住浓荫山谷边。
欲听初音朝出门，黄昏寻觅深谷间。
尚未闻得子规啼，日日夜夜长期盼。

4210 **反歌**

紫藤翻浪花期过，子规不来心怅然。

4211—4212 五月六日，大伴家持，追和处女墓[②]，长歌并短歌

4211 为情丧命有三人，古来珍闻与奇谈。
菟原壮士自刎颈，千沼壮士沉碧潭。
为争美女更争名，舍命决斗英雄胆。
我闻传说心怆然，春花红叶齐争妍。

---

① 君听婉转无信函：作者羡慕对方能聆听子规婉转啼鸣，却不来信与我分享快乐。
② 处女墓：摄津国（大阪府与兵库县各一部分）苇屋菟原处女墓。见编号1809长歌。千沼壮士，即血沼壮士，“千”与“血”同音（ち）。

壮士遗言动心魄，处女无辜更可怜。
告别父母出门去，孤身伫立大海边。
晨昏激浪卷海藻，惊涛汹涌潮水满。
命如残霜顷刻消，魂魄归阴永不还。
世人选址造坟茔，悲歌一曲千代传。
墓边黄杨造木梳，枝繁叶茂把头点。

4212 **反歌**

代代栽种黄杨木，后世处女作发簪。

原编者注：

以上两首，五月六日大伴宿祢家持依兴而作。

4213 赠京中之丹比家，歌一首

东风浩荡奈吴海，千重波涛寄思念。

4214—4216 二十七日，大伴宿祢家持，为女婿南右大臣家藤原二郎[1]之慈母吊丧，挽歌并短歌

4214 天地初始，烈烈吾皇。
百官朝贺，御宇八荒。
奉命离京，治国安邦。

---

① 藤原二郎：藤原不比等的长男武智麻吕后人，名藤原继绳，时任右大臣兼皇太子太傅，延历十五年（796 年） 70 岁薨。其妻为家持之女，妻死后续弦百济王明信。

山川相隔，信函来往。
亲友久别，思念情长。
夙夜忧叹，信使到访。
送来消息，别来无恙？
“近日苦闷，天各一方。
花开四季，百千芬芳。
风流云散，人世无常。
怀念家人，牵挂高堂。
浓雾消散，瓦上秋霜。
逝水难返，水藻漂荡①。”
纵有流言，难损威望。
深夜不眠，弓弦拨响。
讣报远来，泪流两行。
潸然不停，痛断肝肠。

反歌二首

4215　远来讣报催叹息，清泪夺眶同悲伤。

4216　男儿挥泪心痛彻，哀哀人世本无常。

4217　霖雨晴日，作歌一首

淫雨摧落英，水晶花亦残。
佳人如木屑，飘飘浮水面。

---

① 水藻漂荡：以上一段为当时悼亡诗歌的惯用词语。

译者解说：

梅雨初晴，家持观流水作梦幻歌，希望有仙姬飘然而来。

4218　见渔人火光，歌一首

欲捕金枪鱼，夜海渔火照。
我心情难掩，众人皆知晓。

原编者注：

以上两首，为五月之作。

4219　六月十五日，见萩花早开，歌一首

只盼秋风伴萩花，谁知凉气迟迟来。

4220—4221　大伴氏坂上郎女，遣女子大娘由京师而来，赐长歌并短歌

4220　海神最爱是珍珠，梳妆宝奁久收藏。
我家有女更无价，父母恩重育娇娘。
世上伦理伉俪情，贤婿召唤赴远方。
翻山踏岭越国路，夫妇别居已久长。
郎君眉宇含情意，朦胧芳姿眼前晃。
衰朽之躯难承受，如此浓情满胸膛。

4221　**反歌**

浓情蜜意长厮守，朝朝镜中见鸳鸯。

原编者注：

以上两首，大伴氏坂上郎女，赐女大娘之歌也。

4222—4223　九月三日之宴，歌二首

4222　但愿冷雨莫久降，欲折黄叶赠内人。

原编者注：

以上一首，掾久米朝臣广绳作。

4223　欲留标识，黄叶坠地。奈良贵客①，无处寻觅。

原编者注：

以上一首，国守大伴宿祢家持作。

4224　行幸吉野宫时，藤原皇后作歌一首

朝雾弥漫，雁鸣云中。庭前萩花，难留飞鸿。

原编者注：

以上一首，圣武天皇行幸吉野宫时，光明皇后所作御歌也。吟唱年月不详，十月五日，由河边朝臣东人传诵。

4225　饯别朝集使少目秦伊美吉石竹时，大伴家持作歌一首

君行山路晚秋天，飘飘冷雨黄叶散。

---

① 贵客：久米广绳之妻，即将来访。

原编者注：

以上一首，十月十六日，国守大伴宿祢家持作。

4226　十二月，大伴家持，雪天作歌一首

积雪未消出门去，山橘挂果泛红光。

4227—4228　山形沙弥，赠左大臣歌二首

4227　满天飞碎琼，眼前一片白。
众人当退避，此景实难得。
只应深山有，莫踏府门雪。

4228　**反歌**

留得积雪供人赏，贵府周边莫踩踏。

原编者注：

以上两首，山形沙弥，赠左大臣藤原北卿（房前）之歌也。闻之而传诵者，笠朝臣子君。其后再传者，越中国掾久米朝臣广绳是也。

4229　降雪殊多，国守大伴家持设宴于馆舍，歌一首

新年伊始踏白雪，岁岁排宴颂清平。

原编者注：

以上一首，天平胜宝三年（751年）正月初二，国守大伴家持

设宴于馆舍。其时天降大雪，积雪厚盈四尺。是日，主人大伴宿祢家持吟出此歌。

4230　三日，介内藏忌寸绳麻吕宴于馆舍时，大伴家持作歌一首

何惧碎琼齐腰深，踏雪而来贺新年。

4231　同日，掾久米朝臣广绳，作歌一首

抚子当在秋日放，今日如见雪中开。

原编者注：

于时，积雪如雕白玉，成重岩叠嶂状，奇巧发草木之花。掾久米朝臣广绳为此作歌一首。

4232　游行女妇蒲生娘子，歌一首

雪满庭院，岩上开花。抚子千年，头上可插。

译者解说：

此歌为即兴祝福歌。

4233　同日，酒酣更深，闻鸡鸣，内藏伊美吉绳麻吕，作歌一首

拍打翅膀鸡报晓，积雪深深家难归。

原编者注：

于时，众人饮酒正酣，夜静更深，忽闻鸡鸣。主人内藏伊美吉绳麻吕作歌一首。

4234 国守大伴家持，相和歌一首

鸡鸣报晓声声紧，积雪千重难启程。

4235 太政大臣藤原家之县犬养命妇[1]，奉献天皇，歌一首

踏破天云四处散，皇威神武赛雷鸣。

原编者注：

以上一首，由掾久米朝臣广绳传诵至今也。

小学馆版《万叶集》注：太政大臣藤原，即藤原不比等。

4236—4237 悲伤亡妻，作者不详，长歌并短歌

4236 天地神祇今安在，魂飞电闪伴雷鸣。
但愿携手共白头，爱妻离去苦伶仃。
自古难得天随愿，无言无措唯抱恨。
木棉襻带肩上挂，倭纹布币[2]尚余温。
魂兮留此莫远去，祈祷上苍盼神恩。

---

① 命妇：五品以上官员之妻。太政大臣藤原不比等之妻名三千代。
② 倭纹布币：祭祀用品，在绫罗上织出简单花纹或图案。

心潮难平到何时，吾妻衣袖化烟云①。

4237 反歌

生离死别难逃避，梦中交颈眠芳枕。

原编者注：

以上两首，由游行女妇蒲生传诵而来也。

4238 二月二日，判官久米广绳将以正税账入京师，大伴家持作歌一首

君在旅途久滞留，梅柳花冠谁同游?

原编者注：

送久米广绳进京，国守大伴家持于馆舍宴会吟诗。越中国风土，三月初，梅花与柳絮方可绽开。

4239 四月十六日，大伴家持咏子规鸟，歌一首

二上山峰绿荫中，子规藏身尚未啼。

4240 祭祀春日神之日，藤原太后，赐入唐大使藤原朝臣清和，御歌一首

左右船桨护航路，神佑吾儿赴大唐。

① 衣袖化烟云：衣袖代表尸骸，火葬化为青烟。

译者解说：

藤原太后即圣武天皇之光明皇太后，藤原清河之姑母，太后称他“吾儿”。 51岁的皇太后为46岁的侄儿藤原清河准备行装。奈良春日大社，祭祀保佑国泰民安的藤原氏“氏神”(氏族成员共同祭祀的祖先或守护神)。遣唐使出发前，都要来此祭拜。

4241 大使藤原朝臣清和，歌一首

春日野上行斋戒，梅花长开待我归。

译者解说：

天宝十一年（752年），第11次遣唐大使藤原清河来华，向玄宗申请准许鉴真赴日。第二年十月，鉴真登遣唐使船，开始第6次东渡，公元753年12月26日抵达日本。藤原清河、阿倍仲麻吕分别乘坐的两条船却漂流到越南，160余人遇难，藤原清河、阿倍仲麻吕等十余人只好返回长安。角川《日本史辞典》载：藤原清河与阿倍仲麻吕从越南返回长安，再次准备归国，却遭遇安史之乱，无法成行，后客死异乡。只有藤原清河的女儿回到日本。

4242—4244 饯别大纳言藤原家入唐使，歌三首

4242 遥指天涯，今日启程。如云往来，离别伤情。

——主人藤原卿（仲麻吕）作

4243 住吉神官，神谕下传。宜早出发，来去航船。

——民部卿少辅多治比真人土

4244 岁月停滞，终有一别。已到眼前，启航之月。

——大使藤原朝臣清河

译者解说：

遣唐使船凭借初夏季风启航。

4245—4246 天平五年（733年），无名氏赠入唐使，长歌并短歌

4245 辞大和，远行离奈良，
下难波，登船三津港。
船直行，驶向大唐国，
接旨意，神圣不可忘。
大御神，住吉①镇船舳，
立船舻，一路护远航。
礁石多，途中停泊地，
港口外，滔天涌巨浪。
佑诸君，免遭风波苦，
导航路，往来应无恙，
归朝堂，复命拜吾皇。

4246 **反歌**

跨海出航莫起浪，归来停泊三津港。

---

① 住吉："住吉大御神"，镇护国家，航海守护之神。公元733年4月，多治比广成任第10次遣唐大使，率团从难波津出发，顺利到达中国，第二年冬平安回到九州南部种子岛。因渡唐有功，天平七年（735年）升任正四品，后又升从三品中纳言、式部卿。

4247 阿倍朝臣老人[1]，将入唐时，赠母悲别歌一首

白云渺渺[2]到天际，离别之日在眼前。

原编者注：

以上一首，由越中国大目高安仓人传诵。年月顺序按听闻时之原样抄录于此。

4248—4249 天平胜宝三年（751年）七月十七日，越中守家持，迁任少纳言，作悲别歌，朝集使掾久米广绳于馆舍赠歌二首

序 既满六载之期，忽值迁替之运。于是别旧之凄，心中郁积。拭泪之袖，何日能干？

因作悲歌二首，试遣莫忘之志。其词曰：

4248 岁月悠悠，与君相亲。岂可忘却，天涯比邻。

4249 马踏萩花，石濑原野[3]，何日重逢，擎鹰狩猎。

原编者注：

以上一首，赠于八月四日。

---

① 阿倍朝臣老人：第10次遣唐使团成员，传不详。
② 白云渺渺：比喻离愁无尽。
③ 石濑原野：石濑野，位于越中国新田郡。

4250 大账使八月五日启程赴京，四日国厅膳部备国厨之馔，内藏伊美吉绳麻吕[1]设宴于馆舍，饯别大账使大伴家持之时，家持作歌一首

客居越中已五载，今夜惜别两依依。

4251 五日平旦启程，国司次官以下，诸位官吏均前来送别。于时，射水郡大领安努君广岛于门前林中设饯别之宴。于时，大账使大伴家持、内藏伊美吉绳麻吕，相和捧盏歌一首

我踏旅途赴京师，政绩定当禀大君。

4252 正税使久掾久米朝臣广绳，事毕退任，归来越中，与越前国掾大伴池主于馆舍相遇时，久米广绳咏萩花，作歌一首

君家胡枝花初发，折来插头别诸君。

4253 大伴家持，相和歌一首

坐立不安盼启程，诸君相会插萩花。

① 内藏伊美吉绳麻吕：家持任越中国守五年间，他一直担任副职“介”。

4254—4255　大伴家持，于赴京路上，依兴预作侍宴应诏长歌并短歌

4254　秋津洲，大和国，天云之上行磐船①。
船桨船舵阵势齐，船头船尾云浪卷。
饶速日神②天探女③，巡视云中望河山。
天神降临平贼寇，千代盛世万代传。
天之日继④显神威，辅佐大君⑤有百官。
仁慈德政治天下，慈恩普济万民欢。
自古神佑多奇瑞，垂拱而治⑥享平安。
天地日月万世存，永垂史册续鸿篇。
大君举目赏秋花，千姿百态色鲜妍。
高举酒樽庆太平，国运昌隆颂团圆。

4255　**反歌**

百色千姿，秋花竞开。心如晴空，快哉快哉。

---

① 磐船：岩石打造的坚固大船。饶速日神、天探女从天而降时乘坐的交通工具。
② 饶速日神：古代记纪神话中，早于天孙降临来到人间的神灵，神武天皇东征时归顺朝廷。
③ 天探女：天稚彦奉天照大神诏命，下凡平定天下，却将天下据为己有。天照大神派遣天探女从天而降，前来问罪。
④ 天之日继：天照大神的后继者。
⑤ 大君：天皇的尊称。
⑥ 垂拱而治：出自《尚书 · 武成》："垂拱而天下治。"以德治国，无须亲自动手，而天下大治。

4256 为左大臣橘卿（诸兄）祝寿，预先作歌一首

古有人臣，侍奉三朝。主君高寿，七朝不老①。

4257—4259 十月二十二日，设宴于左大弁纪饭麻吕朝臣②之家，歌三首

4257 手持弓箭，朝出狩猎。策马前来，棚仓之野③。

原编者注：

以上一首，由治部卿船王传诵。吟于恭仁京，作者不详。

4258 明日香川，清流汩汩。河滩渡口，遥望故都④。

原编者注：

以上一首，由左中弁中臣朝臣清麻吕传诵。作于旧都（藤原京）。

4259 十月冷雨，山川漠漠。君家黄叶，纷纷飘落。

原编者注：

以上一首，少纳言大伴宿祢家持，见梨树黄叶时作歌。

---

① 七朝不老：指孝谦天皇以来的七代天皇。
② 左大弁纪饭麻吕朝臣："左大弁"，左弁官之长，从四品上，后晋升为参议，从三品。
③ 棚仓之野：棚仓野，位于京都府缀喜郡与相乐郡一带的原野。
④ 遥望故都：从恭仁京遥望旧都奈良。

4260—4261　平定壬申之乱后，歌二首

4260　烈烈天皇①，威武神圣。赤驹爬田②，建起都城③。

原编者注：

以上一首，大将军赠右大臣大伴卿。

4261　烈烈天皇，威武神圣。沼泽建都，水鸟啼鸣。(作者不详)

原编者注：

以上两首，于天平胜宝四年（752 年）二月二日，闻得此歌，抄录于此。

4262—4263　闰三月，于卫门督④古慈悲宿祢之家，饯别入唐副使胡麻吕等，歌二首

4262　　踏浪赴大唐，皇命敢担当。
男儿归来日，接风共举觞。

原编者注：

以上一首，为多治比真人鹰主⑤吟咏，祝福遣唐副使大伴胡麻

---

① 天皇：指第 40 代天武天皇。
② 赤驹爬田：争夺飞鸟京之战在沼泽水田地带展开，赤驹蹄陷泥沼，将肚子贴在水田爬行。
③ 建起都城：后在此建起飞鸟明日香净御原宫。大将军，可能指奈良朝最高军事长官吹负大将军。大伴卿指大伴旅人。
④ 卫门督：卫门府长官，正五品上，当时由古慈悲宿祢任此职。
⑤ 多治比真人鹰主：天平宝字元年（757 年）参加密谋起兵讨伐藤原仲麻吕，事情泄露而被捕，下落不明，可能死于拷问。

吕宿祢。

4263　手不持梳，不扫厅堂①。君渡沧海，平安无恙。

译者解说：

九日，为藤原清河遣唐大使举行授刀仪式。

4264—4265　遣高丽朝臣福信②前往难波，赐酒肴入唐使藤原朝臣清河③等，御歌一首并短歌

4264　大和之国，神佑天皇。
如履平地，踏破海疆。
巍巍大船，安稳如床。
住吉大神，为我护航。
首尾相连，四船离港。
早日归来，复命朝堂。
同饮美酒，意气昂扬。

4265　**反歌**

盼望四船④早归来，裙裾白发镇魔障⑤。

---

① 手不持梳，不扫厅堂：为保旅人平安，不梳头、不扫地，家人奉行“忌物”。见编号 1453 作品注释。
② 福信：来自朝鲜半岛的移民，赐姓高丽氏，时任中卫少将兼紫微少弼。
③ 藤原朝臣清河：任第 11 次遣唐大使。
④ 四船：本次遣唐使船共四艘。
⑤ 裙裾白发镇魔障：本句难解，众说纷纭。中西进与土屋文明解释：天皇为遣唐使举行斋祭，祈求平安。裙裾缝上白发一样的白色纤维，寄托驱逐妖魔、皓首长寿的祝福。

原编者注：

敕使出发，天皇赐酒。此宴会之日月不详。

井村哲夫：天平胜宝四年（752 年），孝谦天皇遣使者赴难波，为第十次入唐大使藤原朝臣清河等赐酒肴。

4266—4267 大伴家持，为应诏预作长歌并短歌

4266 群山之峰栂树茂，老根盘结逾千年。
皇都奈良治八荒，大君神圣谱牒绵。
今日举杯饮美酒，百官朝贺到庭前。
颗颗橙橘泛红光，人人佩戴在衣冠①。
千秋万岁送祝福，开怀畅饮兴正酣。
天下太平乐无疆，谈笑风生满座欢。

4267 **反歌**

天皇万代皆盛世，举国上下迎新年。

原编者注：

以上两首，大伴宿祢家持作。

① 佩戴在衣冠：推古天皇年间记载，以花木果实插头，佩于头冠或衣带上，表示祝福，后改为佩戴金银首饰或鸟兽翎尾。

4268　天皇、太后，同时行幸大纳言藤原卿（仲麻吕）之家时，将所持泽兰赐大纳言藤原卿与陪从大夫，作御歌一首

序　天皇、太后[①]共幸于大纳言藤原家之日，拔取黄叶泽兰[②]一株，令内侍佐佐贵山君[③]持之，遣赐大纳言藤原卿并陪从大夫等，御歌一首，命妇诵读。

此地终年霜露重，采得泽兰色鲜妍。

4269—4272　十一月八日，太上天皇（圣武天皇），于左大臣橘朝臣诸兄之宅肆宴，歌四首

4269　　造访别墅几多回，今日观览最难忘。

原编者注：

以上一首，为太上天皇御制歌也。

译者解说：

橘诸兄家别墅位于离奈良较远的井手。两年前天皇赐姓“朝臣”，始称橘朝臣诸兄。

4270　　蓬草蔓延遍寒舍，恭候吾皇铺美玉。

——左大臣橘卿

---

① 天皇、太后：指孝谦天皇与光明皇太后。第46代孝谦天皇，重祚后为第48代称德天皇，一生未婚，享年52岁。

② 泽兰：生长于水边的菊科多年生草本植物，高约60厘米。秋天开淡红、紫色、白色小花。

③ 佐佐贵山君：近江国蒲生郡地方官之女，孝谦女帝之内侍，名与传不详。

4271　松荫水清岸镶玉，大君圣驾到海滨。

——左大弁藤原八束

4272　天地之间生光彩，吾皇圣驾来僻乡。

——少纳言大伴宿祢家持（未上奏）

4273—4278　二十五日，于新尝会①肆宴，应诏歌六首

4273　天地共荣岁月长，营造皇宫最辉煌。

——大纳言巨势朝臣

4274　天高地广五百网②，永享太平乐无疆。

——式部卿石川年足朝臣

4275　天地悠远传万代，黑酒白酒③献神祇。

——从三品文室智努真人

4276　橙橘插发泛红光，诸卿大夫伴吾皇。

——右大弁藤原八束朝臣

4277　我家庭院莺啼梅，愿与众卿同观赏。

——大和国守藤原永手朝臣

---

① 新尝会：亦称“新尝祭”“大尝会”。阴历十一月中卯之日，天皇举行仪式，恭请天地神祇品尝新米。

② 五百网：语义不明。可能指宫中房顶挂上许多大网，如今奈良县各处能见到祭祀日将大网张挂于神木上。

③ 黑酒白酒：奉献神灵的酒。放入黑酒曲酿制的酒为黑酒，放入白酒曲的则是白酒。

4278　背阴葛草编华冠①，头插梅花吐芬芳。

——少纳言宿祢家持

4279—4281　二十七日，于林王②宅举行宴会，饯别但马③按察使橘奈良麻吕朝臣，歌三首

4279　纵然后会犹可期，与君暂别亦伤怀。

——治部卿船王

4280　今日一别君远去，大和亲友盼重逢。

——右京少进大伴宿祢黑麻吕

4281　白雪飞舞翻山岭，神魂耗尽苦思君。

——少纳言大伴宿祢家持

原编者注：

左大臣将尾句诗改为“相思神魂已耗尽”，但又曰：“原作更佳。”

4282—4284　天平胜宝五年（753 年）正月初四，于治部少辅石上朝臣宅嗣家宴饮，歌三首

4282　君有消息④未造访，贵府雪打梅花落。

——主人石上朝臣宅嗣

---

① 华冠：出席者头戴花冠。据《大尝会图式》，葛草花冠上用金银、丝花及梅花装饰。

② 林王：天平十五年（743 年），从五品下图书头（宫中图书寮长官）。

③ 但马：今兵库县北部。

④ 君有消息：虽有对方消息，但公务繁忙，无暇前去造访。

4283 梅花开时仍吐蕾，满怀别情盼春雪。

——中务大辅茨田王

4284 新年之初逢雅集，亲友举杯喜相逢。

——大膳大夫道祖王

4285—4287 十一日，大雪纷扬，积雪一尺二寸，述拙怀歌三首

4285 皇宫内外降大雪，莫踏莹洁应怜惜。

4286 宫中竹林闻莺啼，春光已到犹飞雪。

4287 莺啼宅院梅吐芳，飞雪打得花落地。

4288 十二日，侍奉于宫中，闻千鸟喧，歌一首

河洲皇宫①皆飞雪，千鸟悲鸣何处栖。

4289 二月十九日②，宴饮于左大臣橘家，见攀折柳条，歌一首

折来青柳树梢头，编成花冠祝长寿。

---

① 河洲皇宫：佐保川河洲的自家庭院飞雪亦飘到皇宫。大伴家持回京后，翌年元月奈良大雪。

② 二月十九日：相当于阳历四月一日。

4290—4291　二十三日[①]，趁兴作歌二首

4290　春野流霞迢递处，夕照黄莺啼声悲。

4291　我家篁竹春风过，黄昏幽微枝叶喧。

4292　二月二十五日，咏鸧鹒，歌一首

艳阳当空春日迟，云雀高飞我心悲。

原编者注：

春日迟迟，鸧鹒正啼。心中凄惆之意，非因闻乌啼而生，却实难排遣，乃作此歌。但此卷中不留作者姓名，只录作歌年月、地点，以及咏歌缘由。皆为大伴宿祢家持所作歌也。

译者解说：

家持歌中写明为“云雀”，而原编者注为“鸧鹒”（cāng gēng），中文的“鸧鹒”并非云雀，而指“黑枕黄鹂”。

---

① 二十三日：相当于阳历四月五日。

卷二十

本卷收录天平胜宝五年（753年）五月至天平宝字三年（759年）正月作品，共224首。天平胜宝六年（754年）四月，大伴家持任兵部少辅（国防部第二副部长，从五品上）。翌年二月防人换防，大伴家持在难波（大阪湾）检阅前往九州的防人新兵。经他整理润色的东山道“信浓、上野、下野”和东海道“远江、骏河、相模、武藏、上总、下总、常陆地区”共10国防人唱出的“防人歌”84首，编入《万叶集》，留下珍贵史料。

卷二十目录

4293 前代太上天皇（元正女帝），行幸山村[①]时口吟一首，诏命随行诸王等作唱和歌奉献

村民齐迎，朕来山村。山民仙人，献我山珍。

译者解说：

女帝心情愉悦，由山民联想到幽居深山的仙人。

4294 舍人亲王[②]，应诏唱和一首

驾临山村，来者何人？芸芸山民，难解圣心。

原编者注：

以上两首，天平胜宝五年（753 年）五月，于大纳言藤原朝臣（仲麻吕）府邸，上奏天皇（孝谦）时，询问相关事项。少主铃山田史土麻吕[③]曾向少纳言大伴宿祢家持谈起，得知昔日轶事，土麻吕吟出此歌。

译者解说：

作者当日未从驾进山，故发此询问。古代称上皇为仙人，其御所为仙洞。

---

① 山村：位于大和国添上郡带解山地，平城宫东南方约 8 公里，有百济移民聚居。

② 舍人亲王：天武天皇第三皇子。元正女帝是舍人亲王侄女，比亲王小 4 岁。

③ 少主铃山田史土麻吕：中务省官员，正八品，“史”为姓氏。大主铃与少主铃主管驿铃（享受驿站接待，换乘官马的凭证）、文书收发，为少纳言属下。

4295—4297 天平胜宝五年八月十二日，两三位大夫等人，各提酒壶，登高圆山野，聊述心情作歌三首

4295 秋风浩荡芒草柔，欲解①衣带非妻手。

——左京少进大伴宿祢池主

4296 九天云外闻雁鸣，高圆萩花叶正红。

——左中弁中臣清麻吕朝臣

4297 踏过萩英女郎花，牡鹿蹚露呦呦鸣。

——少纳言大伴宿祢家持

4298—4300 天平胜宝六年（754年）正月初四，氏族人等汇集于少纳言大伴家持宅，宴饮歌三首

4298 白霜之上落飞霰，观赏此景又一年。

——左兵卫督大伴宿祢家持千室

4299 辞旧迎新又一年，与君②相聚俱欢颜。

——民部少丞大伴宿祢村上

原编者注：

此乃传诵古歌，或为新作？不明。

---

① 欲解：衣带即将被秋风吹开。
② 君：指氏族长老大伴家持。

4300 今日霞舞迎春到，吾辈同乐又一年。

——左京少进大伴宿祢池主

4301 七日，天皇（孝谦天皇）、太上天皇（圣武天皇）、皇太后（光明皇后），于东常宫之南大殿，肆宴歌一首

印南野上，赤柏[①]正红，
春秋变色，郁郁葱葱。
仰慕大君，四季皆同。

——播磨国守安宿王奏上此歌

原编者注：

此乃传诵古歌？或为新作？不明。

4302—4303 三月十九日，家持于庄门槻树之下宴饮，歌二首

4302 悉心呵护棣棠花，君来便可头上插。

——置始连长谷[②]

4303 年年庭前棣棠开，繁花时节君常来。

——大伴宿祢家持

---

① 赤柏：亦称楢柏树，我国叫“槲栎”“细皮青冈”。山毛榉科落叶乔木，树高10米—15米，叶片宽大，长10厘米—25厘米，可烧制木炭，树皮可提取染料。

② 置始连长谷：家持友人。天平十一年（739年）光明皇后办维摩讲时供养大唐与高丽音乐，曾担任歌手。

原编者注：

以上一首，家持见长谷折花提壶而来，吟出此歌。

4304 同月二十五日，左大臣橘卿[①]于山田御母[②]宅举行宴会时，少纳言大伴家持瞩目时令之花，作歌一首

从丛棣棠花正盛，与君相逢千载情。

原编者注：

以上一首，少纳言大伴宿祢家持见时令之花而作。尚未当众吟诵时，左大臣起身归去。此歌未曾公布。

4305 咏子规鸟，歌一首

枝繁林暗子规啼，飞越峰顶径直来。

原编者注：

以上一首，四月，大伴宿祢家持作。

4306—4313 七夕歌，八首

4306　　秋风乍起七夕凉，衣带未解赴佳期。

4307　　闻说秋来心伤感，如花容颜牵愁肠。

---

① 左大臣橘卿：橘诸兄。见编号 1009 译者解说。

② 山田御母：孝谦天皇之乳母山田史比卖岛。公元 757 年，因橘奈良麻吕发动政变，企图推翻藤原仲麻吕（又名惠美押胜）失败，山田御母被夺去姓氏。

4308　又见芒草花初放，河汉相隔岁月长。

4309　河畔秋风和草舞，织女笑靥眼前漾。

4310　秋雾幂幂锁天河，踏过飞石会娇妻。

4311　秋风乍起牛郎到，宽衣解带月偏西。

4312　点点白露挂秋草，苦度日月盼佳期。

4313　系好缆绳夜已深，天河清波湿我衣。

原编者注：

以上八首，大伴宿祢家持独自仰望天汉而作。

4314　同月二十八日，大伴家持歌一首

百草千花满庭院，四季观赏皆动情。

4315—4320　兵部少辅大伴宿祢家持，独忆秋野，聊述胸怀，作歌六首

4315　高圆[1]深宫大宫人，长袖流彩映萩花。

译者解说：

各省长官称为“卿”(部长)，其下有“大辅”“少辅”各一人，可译为“第一副部长”“第二副部长”。

---

① 高圆：地名，位于奈良东南部。此地有高圆山、高圆野。

4316　高圆离宫[①]山麓处，小丘盛开女郎花。

4317　秋日花开原野上，男女百官着彩衣。

4318　畅游原野露瀼瀼，莫折萩花留秋光。

4319　林深时见鹿寻伴，高圆秋野朝雾浓。

4320　男儿振臂呼秋野，牡鹿急穿萩花丛。

原编者注：

以上六首，兵部少辅大伴宿祢家持，独忆秋野，聊述拙怀而作也。

4321—4327　天平胜宝七年（755年）乙未二月，派遣交接换防，筑紫诸国防人等作歌七首

4321　君命威严赴海防，别妻荒野枕茅草。

——国造丁长下郡之物部秋持[②]

4322　吾妻情深深几许，端起水碗见芳容。

——主账丁麁玉郡之若倭部身麻吕[③]

---

① 高圆离宫：圣武天皇在高圆山西面山麓建有离宫。

② 国造丁长下郡之物部秋持："国造丁"，该防人是来自地方官员国造家的壮丁（16—60岁的男性），名叫物部秋持。长下郡，位于远江国（今静冈县）磐田郡龙洋町一带。

③ 主账丁麁玉郡之若倭部身麻吕：来自主账手下麁玉郡的若倭部身麻吕。主账丁，防人基层书记官。麁玉郡，静冈县滨北市及滨松市北部。

4323 四季芳菲开不断，为何不见阿母花。

——防人山名郡[①]之丈部真麻吕

4324 远江国里白羽矶[②]，

赘浦[③]赶路急，

愿与家乡通消息。

——同郡之丈部川相

4325 父母若是花两朵，愿捧手心踏征程。

——佐野郡[④]之丈部黑当

4326 父母后院百代草，百代无恙盼我归。

——同郡之生壬部足国

4327 无暇为妻画肖像，征途哪得慰相思。

——长下郡之物部古麻吕[⑤]

原编者注：

以上一首，二月六日，远江国防人部领使远江国史生坂本朝臣人上，献歌十八首。删去拙劣作品十一首，存七首。

---

① 山名郡：静冈县磐田郡福田町一带。防人四处寻找九州野生“阿母花”，权当是面见慈母，却未能如愿。“阿母花”无从考证，不同地区将不同的花看成慈母。

② 白羽矶：位于静冈县内，具体地点不详。

③ 赘浦：一说在静冈县内，一说在三重县津市。此处有驿站，可打听到故乡的消息

④ 佐野郡：静冈县小笠郡以及挂川市一带。

⑤ 长下郡之物部古麻吕：当地下级官员。此歌经他加工，揣摩防人心情而作。

译者解说：

大伴家持耗时6年（36岁至42岁，753年至759年）整理“防人歌”。带队军官奉家持之命，收集防人与亲人离别和长途跋涉中吟唱之歌，献“防人歌”176首。家持挑选润色，将84首编入《万叶集》。加上卷二十前的9首，“防人歌”共93首。

4328—4330　七日，相模国（神奈川县）防人部领使守，从五品下藤原朝臣宿奈麻吕，献歌三首

4328　　辞别父母天涯远，君命难违赴海疆。

——助丁丈部造人麻吕

4329　　各国防人聚难波，可叹彩船①无人赏。

——足下郡②的上丁丹比部国人

4330　　日日装船难波港，临行不得见高堂。

——镰仓郡③之上丁丸子连多麻吕

原编者注：

以上一首，二月七日，相模国防人部领使④，国守从五品下藤原朝臣宿奈麻吕献防人歌八首。但其中五首拙劣，未采用。

井村哲夫： 启航前，集合队伍举行誓师大会，听长官训词。饮饯别酒，祈祷住吉海神，以求平安渡海。

---

① 彩船：从难波港启航之日，防人的大船披红挂彩。
② 足下郡：今神奈川县足柄下郡。
③ 镰仓郡：今镰仓市一带。
④ 防人部领使：负责护送防人的官吏。

4331—4333 二月八日，兵部少辅大伴家持，追忆防人悲别之心，痛作长歌并短歌

4331 烈烈吾皇，御宇八方。
筑紫之国，岿然海防。
大和之国，人丁兴旺。
义无反顾，劈波斩浪。
东国男儿，兵强马壮。
大君慰问，皇恩浩荡。
拜受君命，守护家邦。
抛妻舍子，辞别高堂。
行程遥远，一路风霜。
难波港口，登船启航。
齐心协力，大船摇桨。
黎明浪静，号子高亢。
黄昏潮起，航路茫茫。
日夜兼程，远赴战场。
早到筑紫，守我海疆。
服役期满，平安返乡。
妻子情笃，日夜牵肠，
床前斋瓮，祈祷安康。
宽袍大袖，黑发铺床。
悠悠岁月，思念情长。

反歌

4332 身背箭囊出门去，家妇洒泪离恨长。

4333　雄鸡三唱与妻别，东国壮士亦柔肠。

原编者注：

二月八日，兵部少辅大伴宿祢家持作。

4334—4336　二月九日，大伴宿祢家持，作歌三首

4334　远渡沧海岁月长，妻系衣带永不解。

4335　换防士兵船起航，茫茫大海莫起浪。

4336　依依难舍，堀江行船。伊豆轻舟①，相思不断。

原编者注：

九日，大伴宿祢家持作。

4337—4346　同月七日，骏河国防人部领使守从五品下，布施朝臣人主，献歌十首

4337　水鸟惊飞别父母，一言未发后悔迟。

——上丁②有度部牛吕③

译者解说：

匆忙出发，如水鸟惊飞，无暇与父母话别。

---

① 伊豆轻舟：伊豆国建造的轻舟。防人先乘小船经堀江运河，到大阪湾再登大船。

② 上丁：防人按助丁、主账、火长、上丁等级编入部队，皆为普通士兵。

③ 有度部牛吕：来自有度部族的牛吕。

4338 海滩乱礁连成片，辞别阿母行路难。

——助丁生部道麻吕

4339 燕雀野鸭[①]赴九州，斋戒谨慎[②]盼归期。

——刑部虫麻吕

4340 父母斋戒盼儿郎，筑紫采得珍珠还。

——川原虫麻吕

4341 老父留守橘乡里[③]，征途漫漫举步难。

——丈部足麻吕

4342 杉木桧木建宫殿，祈祷阿母身康健。

——坂田部首麻吕

4343 羁旅辛苦实难熬，家妇消瘦犹哺乳。

——玉作部广目

4344 翻山越岭踏荒野，父母难忘摧心肝。

——商长首麻吕

4345 夫妻同望岂能忘，波涛拍打骏河山[④]。

——春日部麻吕

---

① 燕雀野鸭：防人用此三种鸟自喻身份低下。
② 斋戒谨慎：留守家中的妻子小心翼翼，谨慎斋戒。
③ 橘乡里：地点不明。
④ 骏河山：指位于骏河国的富士山。

4346　父母临别抚我头，万千叮嘱岂敢忘。

——丈部稻麻吕

原编者注：

二月七日，骏河国防人部领使，国守从五品下布势朝臣人主①，实为九日献歌二十首。但不取拙劣之作。

4347—4359　二月九日，上总国（千叶县一带）防人部领使少目从七品下，茨田连沙弥麻吕，献歌十三首

4347　与其在家苦牵念。变儿佩刀保平安。

——国造丁②日下部使主三中之父咏歌

4348　一别阿母踏征途，沿途夜夜难入梦。

——国造丁日下部使主三中

4349　山道弯弯九回肠，百座海岛过大船。

——助丁刑部直③三野

4350　庭中祭祀阿须波④，

插上小柴枝⑤，日日盼归期。

——账丁⑥若麻绩部诸人

---

① 布势朝臣人主：天平胜宝六年（754 年）由唐归国，升迁骏河守。

② 国造丁：来自豪族国造家的壮丁。

③ 直：部族姓氏。

④ 阿须波：阿须波神，《古事记》的神灵，谷物神大年神之子，存在于每家庭院，为氏神原始雏形，摆上木、石便可祭祀。

⑤ 柴枝：用小树枝插为神篱。

⑥ 账丁：防人基层书记官。

4351 身着八重衣，夜眠犹觉寒。
衣衫非我妻，夫妇隔千山。
——望陀郡[①]之上丁玉作部国忍

4352 道旁荆棘缠豆蔓，夫妻相拥伤别离。
——天羽郡[②]之上丁丈部鸟。

4353 清风日日来故乡，谁为阿妹传尺素。
——朝夷郡[③]之上丁丸子连大岁

4354 临近启程心绪乱，难忘昨夜共枕眠。
——长狭郡[④]之上丁丈部与吕麻吕

4355 远望难波滩外海，白云深处不见岛。
——武射郡[⑤]之上丁丈部山代

4356 阿母衣袖抚我头，老泪纵横永难忘。
——山边郡[⑥]之上丁物部乎刀良

4357 吾妻藏身苇垣后，泪水涟涟湿衣衫。
——市原郡[⑦]之上丁刑部直千国

---

① 望陀郡：上总国旧郡名，包括君津市、木更津市等地。
② 天羽郡：上总国旧郡名，富津市南部一带。
③ 朝夷郡：安房国（千叶县一部）旧郡名，安房郡遣仓町一带。
④ 长狭郡：安房国旧郡名，今千叶县鸭川市以及天津小湊町一带。
⑤ 武射郡：上总国旧郡名，千叶县山武郡北部。
⑥ 山边郡：上总国旧郡名，山武郡九十九里海滨以及东金市一带。
⑦ 市原郡：上总国旧郡名，国府治所。

4358　君命难违启程时，阿妹牵衣话离别。
——周淮郡[1]之上丁物部龙

4359　航船直指筑紫国，何日掉头归故乡。
——长柄郡[2]之上丁若麻绩部羊

原编者注：

二月九日，上总国防人部领使，少目（国厅四等官）从七品下茨田连沙弥麻吕献歌十九首，拙劣之歌弃之不录。

4360—4362　二月十三日，兵部少辅大伴家持，陈述胸怀，长歌并短歌

4360　悠悠远古思圣代，难波宫中治八荒。
皇统绵延不断绝，诚惶诚恐万民仰。
大君春来赏百花，山山水水迎吾皇。
万物兴盛争繁荣，皇祖巡游心舒畅。
巍巍都城天地间，难波宫殿多辉煌。
百舸献宝渡河海，八方朝贡水路长。
旌旗飘飘晴空下，列队进京船成行。
溯流而上破浪行，朝来波平齐挥桨。
黄昏潮满如坦途，遥望京师向前方。
热闹非凡航路挤，争先恐后不相让。
来到岸边望大海，白浪千重映天光。
点点渔舟正垂钓，海味珍馐献皇上。

① 周淮郡：上总国旧郡名，千叶县君津市中心与木更津市南部。
② 长柄郡：上总国旧郡名，千叶县长生郡与茂原市部分地区。

天高海阔夸丰饶，锦绣山川赞家邦。
神代悠久起宫殿，皇都赫赫光万丈。

反歌

4361 宫殿光耀难波海，万树樱花正开放。

4362 碧海丰饶风光美，芦花飘摇万代长。

原编者注：

以上一组，二月十三日，兵部少辅大伴宿祢家持作。

4363—4372 同月十四日，常陆国（茨城县）防人部领使大目正七品上，息长真人国岛，献歌十首

4363 大船出海难波港，告知娘子将启程。
——茨城郡①之若舍人部广足

4364 防人启程喧嚣里，吾妻不言生计苦。
——同上

4365 彩船启航难波港，何人捎书到闺中。
——信太郡②之物部道足

4366 安得大雁飞常陆，一封家书寄闺房。
——同上

① 茨城郡：包括今茨城县新治郡、东西两茨城郡。
② 信太郡：茨城县龙崎市以及稻敷郡一部分。

4367　　吾妻若忘我面容，抬头且望筑波岭。

——茨城郡之占部小龙

译者解说：

古代日本人认为万物皆有灵，特别是云彩与山容，可幻化出亲人的面孔来。

4368　　待我归家久慈川，两舷挥桨快似箭。

——久慈郡①之丸子部佐壮

4369　　一夜恩爱白昼情，筑波岭上小百合。

——那贺郡②之上丁大舍人部千文

译者解说：

小百合比喻爱妻。

4370　　霜笼鹿岛祈神灵，天皇大军守海疆。

——同上

译者解说：

茨城县鹿岛郡有鹿岛神宫，祭祀神话中的战神武瓮槌命。

4371　　筑波山上橘花放，风吹低枝恋情长。

——助丁占部广方

---

① 久慈郡：茨城县久慈郡。久慈川流经此地，于日立市之南入海。

② 那贺郡：位于久慈郡西南。

4372 长歌

翻越足柄山[①]，男儿离故乡。
毅然跨骏马，关[②]前久徜徉。
扬鞭到筑紫，蹄声震海疆。
我知常谨慎，全家亦安康。
归期把家还，重逢心欢畅。

——倭纹部[③]可良麻吕

4373—4383 同日，下野国（栃木县）防人部领使正六品上，田口朝臣大户，献歌十一首

4373 甘为盾牌保大君，义无反顾到海疆。

——火长[④]今奉部与曾布

4374 祈祷神祇负箭囊，奔赴筑紫上海岛。

——火长大田部荒耳

4375 如见亲友来相送，海滨松树排成行。

——火长物部真岛

4376 不知征程长几许，临行无暇别高堂。

——寒川郡[⑤]之上丁川上臣老

---

① 足柄山：垭口海拔 759 米，位于今神奈川县西南部，与箱根山相连，自古为东西交通要冲。
② 关：不破关，日本三大关隘之一，位于岐部县不破郡之关原。
③ 倭纹部：此部族可能来自海外。此组歌作者大都为普通士兵。
④ 火长：军士十人一组，十人之头目为火长。
⑤ 寒川郡：下野国旧郡名， 栃木县下都贺郡南部一带。

4377　阿母若能化美玉，戴在头顶角发[①]中。

——津守宿祢小黑栖

4378　日月流逝思绪长，父母身影最难忘。

——都贺郡[②]之上丁中臣部足国

4379　白浪拍岸难波别，频挥衣袖心悲伤。

——足利郡[③]之上丁大舍人部弥麻吕

4380　大船出海难波津，生驹山头罩白云。

——梁田郡[④]之上丁大田部三成

4381　诸国防人登兵船，挥手送别泪沾襟。

——河内郡[⑤]之上丁神麻续部岛麻吕

4382　布多[⑥]国守最狠毒，吾患重病当防人。

——那须郡[⑦]之上丁大伴部广成

---

① 角发：读作“みずら”，亦作“美豆良”，原为成年男子发髻，头发从头顶分向两边，在左右耳边绾成下垂圆髻，天武天皇将其定为未成年者发型，平安时代演变为“总角”。

② 都贺郡：包括栃木县日光、今市、鹿沼等市。

③ 足利郡：栃木县足利市一带。

④ 梁田郡：足利市西部一带。

⑤ 河内郡：栃木县宇都宫市一带。

⑥ 布多：下野国（栃木县）治所。布多国守，下野国最高长官。古代和歌揭露当权者毫无人性，滥施淫威的作品不多，此歌难能可贵。

⑦ 那须郡：栃木县那须郡以及大田原市一带。

4383 摄津海岸沙洲上，装船出海想亲娘。

——盐屋郡①之上丁丈部足人

原编者注：

二月十四日，田口朝臣大户献歌十八首，今删去稚拙之作，存十一首。

4384—4394 同月十六日，下总国（千叶县）防人部领使，少目从七品下县犬养宿祢净人，献歌十一首

4384 晨曦暗淡海岛后，大船行处水茫茫。

——助丁海上郡②之海上国造他田日奉直得大理

4385 船头洪波且莫扬，妻小盼我早还乡。

——葛饰郡③之私部石岛

4386 我家门前五棵柳④，阿母下田念儿郎。

——结城郡⑤之矢作部真长

4387 千叶野，儿手柏⑥，含苞待放。

我当防人赴海疆。

——千叶郡⑦之大田部足人

---

① 盐屋郡： 栃木县盐谷郡以及矢板市一带。

② 海上郡：千叶县铫子市。此壮丁出身国造家。律令制之前由地方豪强担任世袭地方官国造。

③ 葛饰郡：位于千叶县、 埼玉县、东京都分界线上。

④ 五棵柳：由陶潜《五柳先生传》而来。“五棵柳”原文是“五本柳”，读作“いつもとやなき”，与后面的“时时”“随时”（いつも）谐音。

⑤ 结城郡：茨城县结城市一带。

⑥ 儿手柏：侧柏，比喻美少女。

⑦ 千叶郡：今千叶市一带。

4388　旅途劳顿千般苦，妻缝衣衫染尘埃。

——占部虫麻吕

4389　滚滚白浪拍船头，征兵诏命从天降。

——印波郡①之丈部直大麻吕

4390　固定户枢需铁钉，吾妻心神难安宁。

——猿岛郡②之刑部志加麻吕

4391　诸国社神③献币帛，阿妹祈祷走四方。

——结城郡之忍海部五百麻吕

4392　天地神祇已祈祷，想与阿母述衷肠。

——埴生郡④之大伴部麻与佐

4393　恭奉皇命别父母，家留斋瓮赴海疆。

——结城郡之雀部广岛

4394　漫漫长夜抱弓眠，皇命难违守海防。

——相马郡⑤之大伴部子羊

① 印波郡：千叶县印幡郡一带。
② 猿岛郡：千叶县古河市一带。
③ 诸国社神：沿途神社供奉的众神。
④ 埴生郡：千叶县佐仓市、成田市一带。
⑤ 相马郡：今茨城县北部。

4395—4397 同月十七日，兵部少辅大伴家持，作歌三首

4395 独自一人，怜惜龙田山之樱花，歌一首

赏樱翻越龙田山，不待人归恐凋残。

4396 独立堀江见秽物浮水，恨无贝壳上岸，歌一首

堀江朝潮卷木屑，欲拾贝壳返家园。

4397 从官舍之门，见堀江南岸美媛，歌一首

远望对岸花满坡，谁家娘子披霞彩。

4398—4400 二月十九日，大伴家持，抒写防人之情，陈思作长歌并短歌

4398 恭奉天皇命，悲情满心间。
男儿抛妻子，整装辞家山。
阿母抚我头，吾妻牵我衫：
“洁身勤斋戒，盼儿早回还。”
“珍重无灾病，良人保平安。”
哽咽语不成，双袖泪难干。
踌躇终出门，频频回头看。
男儿踏征途，渐行家渐远。
脚下千里路，渡河跨高山。
一路茹苦辛，奔赴难波湾。
黄昏海天暗，满潮浮大船。

朝来便启航，挥桨齐争先。
春霞罩礁岛，鹤唳满海滩。
遥望家山渺，海阔行路难。
箭囊背上鸣，男儿空悲叹。

反歌

4399　海霞缥缈悲鹤唳，男儿乡愁满心间。

4400　乡梦难成闻鹤唳，春霞遮断芦苇滩。

井村哲夫：以上三首，大伴家持同情防人而吟咏，附于本人和歌日记中。

4401—4403　二月二十二日，信浓国（长野县）防人部领使，献歌三首

4401　稚子几人牵衣哭，本无亲娘怎度日？
——国造小县郡[①]之他田舍人大岛

4402　神坂垭口[②]献币帛，愿能生还可尽孝。
——主账埴科郡[③]之神人部子忍男

---

① 国造小县郡：长野县上田市国造家。
② 神坂垭口：美浓国（岐阜县）与信浓国（长野县）之间的垭口，此处有神社。
③ 埴科郡：位于长野县更埴市一带。

4403　恭奉皇命赴海疆，峰顶青云[①]又过岗。

——小长谷部笠麻吕

原编者注：

信浓国防人部领使出发后，患病未能到达难波。献歌十二首，但将其稚拙之歌弃之不用。

4404—4407　二十三日，上野国（群马县）防人部领使大目正六品下，上毛野君骏河，献歌四首

4404　临行家妇系衣带，往来难波已断开。

——助丁上毛野牛甘

4405　家妇为我系衣带，散乱成线难解开。

——朝仓益人

4406　可有同乡返故国，转告家人行路难。

——大伴部节麻吕

4407　大军越过碓冰坂[②]，难忘家妇度日难。

——他田部子磐前

① 青云：晴空之云。
② 碓冰坂：从群马县通往长野县的坡道，翻越碓冰山口。

4408—4412　二十三日，兵部少辅大伴宿祢家持，陈防人悲别之情，长歌并短歌

4408 恭奉皇命当防人，出发之日最难忘。
阿母撩起我衣襟，抚摸爱子心悲伤。
老父须发已斑白，滴滴泪水往下淌。
声声叹息悲欲绝，临行赠言记心上：
“可怜小鹿影孤单，清晨离家路迷茫。
我儿今日出门去，征途遥遥到海疆。
长年累月不得见，骨肉临别话衷肠。”
妻携稚儿来送行，跪坐围拢我身旁。
嘤嘤啜泣如鸟啼，痛彻心扉泪一汪。
孩儿衣袖无干处，哭声阵阵绕房梁。
执手话别难离舍，良人岂能留身旁。
长叹一声出门去，皇命如天难违抗。
开拔出村踏官道，渐行渐远绕山冈。
频频回首伤离别，千愁萦绕心悲怆。
生而为人命难测，从此岛礁守海防。
水路艰险多惊涛，沙滩荒凉日月长。
何日盼得归期至，但愿双亲皆无恙。
娘子迎来夫君回，住吉社神谢上苍。
清晨出发早起航，大船停靠难波港。
归心似箭快还家，我与众人齐挥桨。
安得信使返东国，早将消息报爹娘。

反歌四首

4409　全家谨慎勤斋忌[①]，平安启航告爹娘。

4410　人言行云即信使，难带礼贽[②]回家乡？

4411　欲拾贝壳当礼贽，海滨滔滔卷巨浪。

4412　岛阴[③]泊船无信使，牵肠挂肚水茫茫。

4413—4424　二月二十日，武藏国（东京都、埼玉县、神奈川县各一部）武藏国部领防人使掾，正六品上安昙宿祢三国[④]，献歌十二首

4413　枕边大刀[⑤]腰上挂，良人几时可还家。

——上丁那珂郡[⑥]之桧前舍人石前之妻大伴部真足女

4414　君命难违伤离恨，撒手别妻到海疆。

——助丁秩父郡[⑦]之大伴少岁

---

① 斋忌：斋戒忌物。
② 礼贽：古代礼品的称谓。
③ 岛阴：海岛背阴处可避台风，适于建港口。
④ 安昙宿祢三国：天平宝字八年（764年），参加讨伐藤原仲麻吕有功，晋升从五品下。
⑤ 枕边大刀：日夜不离身的大刀。
⑥ 那珂郡：今埼玉县本庄市一带。
⑦ 秩父郡：埼玉县秩父市一带。

4415　妻如珍珠捧在手，何日相会诉衷肠。

——主账荏原郡[①]之物部岁德

4416　夫君和衣卧荒草，妾在家中亦独眠。

——岁德之妻椋椅部之刀自卖[②]

4417　赤驹[③]山野正撒欢，良人徒步过横山[④]。

——丰岛郡[⑤]之上丁椋椅部荒虫之妻宇迟部黑女

4418　门前斜坡茶花[⑥]开，无暇采撷落尘埃。

——荏原郡之上丁物部足广

4419　家贫煮饭烧苇叶，千里筑紫思故园。

——橘树郡[⑦]之上丁物部真根

4420　荒郊露宿衣带断，针是妾手君自纫。

——真根之妻椋椅部弟女

译者解说：

妻子赠丈夫银针一枚，权当是自己的手，一路上为丈夫缝缝补补。

---

① 荏原郡：位于东京都西南部。
② 刀自卖：即主妇。“刀自”读作“とじ”，“卖”读作“め”，女性之意。
③ 赤驹：我国俗称枣红马。《军防令》规定，防人可骑自家马匹随部队前往九州。
④ 横山：多摩横山，东京都府中市以南的丘陵。防人特意将马留在家中干活，妻子目送他徒步翻山。
⑤ 丰岛郡：武藏国郡名，东京都丰岛区为中心，横跨荒川区、北区、板桥区、文京区。
⑥ 茶花：比喻少女。
⑦ 橘树郡：横滨市与川崎市一带。

4421　　娘子悲苦念良人，目望足柄峰上云。

——都筑郡[1]之上丁服部于由

4422　　良人戍边到海疆，衣带不解守空床。

——服部之妻呰女

4423　　足柄山口挥衣袖，妻在门前可望见？

——埼玉郡[2]之上丁藤原部等母麻吕

4424　　良人衣衫染浓色，途经山口方可见。

——等母麻吕之妻物部刀自卖

原编者注：

二月二十九日，安昙宿祢三国进献防人歌二十首，但删去稚拙之歌。

4425—4432　往年防人歌八首

4425　　笑问“防人谁家郎？”最羡路人无忧伤。

译者解说：

头句直接引语“防人谁家子?”乃旁人围观时无心询问。后句写默默伫立、忍泣吞泪的妻子，用旁人“无忧伤”反衬其妻肝肠寸断。

① 都筑郡：武藏国郡名，横滨市保土谷区、旭区、绿区一带。

② 埼玉郡：武藏国郡名，埼玉县南北两埼玉郡，以及行田、加须、羽生、越谷等市一部分。

4426　莫忘沿途献币帛，莫忘故园有糟糠。

译者解说：

妻子希望丈夫一路敬献币帛，以求诸位神灵护佑。

4427　吾妻在家念良人，衣带将散盼归期。

4428　良人筑紫和衣眠，辗转反侧念家山。

4429　解开缰绳马出厩，独留娘子守家园。

4430　男儿执弓开拔时，骚动停息默无声。

4431　
笹叶摇摇霜夜寒，
身穿七重衫，
不及爱妻肌肤暖。

4432　难拒征召别爱妻，远离玉臂徒伤悲。

原编者注：

以上八首，为往年之防人歌也。主典刑部少录①正七品上，磐余伊美吉诸君②抄录，赠兵部少辅大伴宿祢家持。

---

① 主典刑部少录：主典，刑部四等官，文书，秘书，同时兼任兵部少录。
② 磐余伊美吉诸君：传不详。

4433—4435 三月三日，检校防人敕使与兵部使者等人于同一集会宴饮，作歌三首

4433 我心如云雀，朝朝冲天飞。直指奈良城，即刻返此地。

——敕使紫微大弼[1]安倍沙美麻吕朝臣[2]

译者解说：

防人到达难波港，出发往九州前举行阅兵式。敕使与兵部使等人设宴壮行。敕使等人短期出差，犹对京师恋恋不舍，而防人官兵一去三年，乡愁更浓。

4434 云雀高飞春意酣，霞光氤氲望京难。

4435 来时樱树尚含苞，落花时节可回京？

——兵部使少辅大伴宿祢家持

原编者注：

以上两首，兵部使少辅大伴宿祢加持作。

4436 往年替换防人，歌一首

暗夜不知何处去，阿妹殷勤问归期。

---

① 紫微大弼：皇后宫紫微中台二等官。

② 安倍沙美麻吕朝臣：天平胜宝元年（749 年）从四品上，天平宝字二年（758 年）卒，中务卿参议正四品。

4437 先太上天皇（元正天皇）御制，子规鸟歌一首

子规啼鸣莫停歇，心念故人泪沾巾。

4438 萨妙观[①]，应诏相和歌一首

子规且来身旁啼，时过境迁[②]无人听。

4439 冬日行幸靫负御井[③]之时，朝廷命妇石川朝臣[④]，应诏赋雪歌一首

雪压松枝未垂地，何须蛰居不赏雪？

原编者注：

于时，水主公主[⑤]偶染微恙，寝食不思，久未觐见天皇。是日，太上天皇（元正天皇[⑥]）命女官咏白雪歌一首以赠公主。诸位命妇皆不擅咏歌，唯石川朝臣命妇献歌一首。以上四首，由上总国大掾正六品上，大原真人今城传诵至今。作歌年月不详。

---

① 萨妙观：出身海外移民家族，元正天皇身边女官，朝廷命妇，神龟元年赐姓河上忌寸。
② 时过境迁：指橘花凋残之后。
③ 靫负御井：指卫门府附近的水井。
④ 命妇石川朝臣：指大伴安麻吕之妻，坂上郎女之母。
⑤ 水主公主：第 38 代天智天皇之女。
⑥ 元正天皇：第 44 代天皇，草壁皇子与女帝元明天皇之女。

4440—4441 上总国（千叶县一带）之朝集使[1]大掾大原真人今城[2]进京之时，郡司之妻女等，饯别歌二首

4440 翻越足柄万重山，人去屋空谁相伴。

4441 风姿潇洒无人比，有生之年长忆卿。

4442—4445 五月九日，于兵部少辅大伴宿祢家持宅，集会饮酒，歌四首

4442 君家庭院石竹花，阴雨绵绵色不变。

——大原真人今城

4443 细雨霏霏开石竹，日渐鲜妍如使君。

——大伴宿祢家持

4444 君家庭院萩花发，黄昏最是相忆时。

——大原真人今城

4445 **此刻，闻莺啼之声作歌一首**

莺啼沉寂春已去，依依难舍忆娇声。

——大伴宿祢家持

译者解说：

大伴家持喜爱自家院中石竹花，常对花吟唱。黄莺春天啼鸣，

① 朝集使：携带朝集账（普通行政工作报告书）送往政府官厅的使者。
② 大原真人今城：今城王，见编号537作品注释。

此刻已是农历五月初九（阳历六月二十六日），忽闻莺啼，实属意外。萩花本为秋花，比常年早开两个月。

4446—4448 同月十一日，左大臣橘卿（橘诸兄），于右大弁丹比国人真人之宅，宴会歌三首

4446 我家石竹赠亲友，四季长开莫凋残。

——丹比国人真人，为左大臣祝福咏歌

4447 君栽抚子花已谢，自信君心永不变。

——左大臣橘卿相和歌

4448 紫阳花瓣八重开，寿长八代常牵念。

——左大臣橘卿，寄情紫阳花咏歌

4449—4451 十八日，左大臣（橘诸兄），于兵部卿橘奈良麻吕朝臣[①]之宅，宴会歌三首

4449 手捧石竹花正艳，光彩照人如君颜。

——治部卿船王[②]

4450 君家庭院开石竹，永葆鲜妍不凋残。

——兵部少辅大伴宿祢家持，追和歌

4451 将君比作石竹花，日日相见情谊绵。

——同上

---

① 橘奈良麻吕朝臣：橘诸兄之子，时年 35 岁，其父橘诸兄 64 岁。
② 治部卿船王：舍人皇子之子。

4452—4453 八月十三日，在大内南安殿，肆宴歌二首

4452 少女[1]曳裙信步来，簌簌花落秋风紧。

——内匠头[2]兼播磨守正四品下安宿王[3]上奏

4453 好风更解清秋兴，明月闲庭铺落花。

——兵部少辅从五品上大伴宿祢家持上奏

4454 十一月二十八日，左大臣于兵部卿橘奈良麻吕朝臣之宅召集众人，宴会歌一首

菅草盘根高峰岩，白雪情深积满山。

——左大臣（橘诸兄）

译者解说：

上句的根（ね），引出下句的“情深”（ねんごろに、ねもころごろ）一词来。

---

① 少女：宫中女官。
② 内匠头：中务省内匠寮之长官，负责宫中日常用品与工艺品制作。
③ 安宿王：长屋王之子。天平宝字元年（757年），受橘奈良麻吕之变牵连，流放佐渡岛，后获赦免。

4455 天平元年（729 年），班田①之时，使者葛城王②由山背国（京都府东南部）赠萨妙观③命妇等居所，歌一首，添于芹菜包裹之上寄赠

白昼忙碌授班田，夜晚偷闲采春芹。

4456 萨妙观命妇，回赠歌一首

躬身采芹绮田④里，男儿腰间佩大刀。

原编者注：

以上两首，左大臣吟诵耳。左大臣者，葛城王也，后赐姓橘。

4457—4459 天平胜宝八岁（756 年）丙申二月，二十四日戊申，太上天皇、天皇、大后，行幸河内离宫⑤，居四夜五日至二十八日，移驾难波宫。三月七日，于河内国伎人乡⑥之马国人之家，宴会歌三首

4457 住吉滨松⑦根盘错，莫割小野原上草⑧。

——兵部少辅大伴宿祢家持

---

① 班田：按良民、贱民、男女之别， 6 岁以上者可获得班田，死后返还政府，每 6 年调整一次。
② 葛城王：橘诸兄，时年 45 岁，任班田司。
③ 萨妙观：见编号 4438 作品注释。
④ 绮田：位于京都府相乐郡山城町天野。
⑤ 河内离宫：河内国智识寺之南的行宫，位于今大阪府柏原市安堂、高井田一带。
⑥ 伎人乡：位于大阪住吉区喜连町，中国南方擅长伎乐的移民聚居地。马国人，河内国伎人乡人，后赐姓武生连。
⑦ 住吉滨松：今大阪市东住吉区，部分从驾官员曾到海滨住吉大社参拜。松树根盘根错节埋于土中，好比感情要藏于心底，莫随便挑逗女人。
⑧ 小野原上草：此句出自民谣风恋歌，“原上草”喻女性。

小学馆、岩波版《万叶集》注：行幸者为“太上天皇（圣武）、天皇（孝谦）、大后（光明皇太后）”。

4458 息长川[1]中水断流，对君倾诉情意绵。

——主人散位寮[2]之散位马史国人[3]

4459 割苇堀江清波上，宫人[4]近闻舟楫声。

——式部少丞大伴宿祢池主诵读

原编者注：

即云，此歌为兵部大丞大原真人今城，此前于别处咏诵。

4460—4464 二十日，大伴宿祢家持，依兴作歌五首

4460 堀江挥桨流水急，伊豆轻舟欸乃声。

4461 堀江溯流舟楫响，声声催人思奈良。

4462 小舟争先堀江上，都鸟[5]啁啾河畔鸣。

原编者注：

以上三首作于江边。

---

① 息长川：天野川，发源于滋贺县伊吹山，向西流淌注入琵琶湖。
② 散位寮：属式部省，管理、考评后补官员。
③ 马史国人：前首歌中的马国人。
④ 宫人：亦称大宫人，宫中值勤官员。
⑤ 都鸟：百合鸥，又称红嘴鸥。奈良人常见此水鸟，旅途中见之便怀念奈良。

4463　　子规初音门前过，黎明佳话属谁家。

译者解说：

初夏黎明闻"初音"（本年内子规第一次啼鸣），被文人视为风流高雅。子规不入庭院，径自飞往别人家，让作者十分扫兴。可惜的是自己又少了一段谈资。

4464　　君寻子规松荫下，宽衣徜徉月近人。

4465—4467　喻族人，长歌并短歌

4465　　天之岩户[①]忽开启，天孙降临[②]高天穗[③]。
悠远神代执弓箭，久米儿郎[④]显神威。
一马当先破敌阵，踏过千山与万水。
开疆辟地战荒神[⑤]，万民服从众心归。
一扫阴霾江山定，大和橿原[⑥]放光辉。
侍奉天皇尽忠义，万世太平夸海内。
烈烈神武[⑦]开皇统，子孙绵绵遵教诲。
一片至诚对天地，万民仰望皆感喟。
圣谕传世化民心，树立楷模增智慧。

---

① 天之岩户：日本神话，天照大神目睹素盏鸣尊种种暴行，躲进岩洞，天下一片漆黑。众神商议对策，男神诵读祝词，女神敬献歌舞，雄鸡齐鸣。于是天照大神打开岩户，天地重见光明。

② 天孙降临：天孙琼琼杵尊奉天照大神之命，降临人间日向国（今宫崎县）高天穗山顶。

③ 高天穗：位于宫崎县北部的西臼杵郡。

④ 久米儿郎：相传，大伴氏征战时率领大久米部族儿郎。

⑤ 荒神：凶神恶煞。

⑥ 橿原：位于奈良县中部，神武天皇在此建橿原宫，登基开国。

⑦ 神武：神话传说，神武天皇从九州开始东征，最终占领大和地方。

大伴家族美名扬，先祖荣光莫损毁。
继往开来大伴氏，代代奉公建丰碑。

反歌

4466 身居敷岛[①]大和国，诸君努力护美名。

4467 宝刀磨砺增光彩，大伴族名传万代。

原编者注：

因淡海真人三船进谗言，出云守大伴古慈斐宿祢被解任。于是，家持作此歌以勉励族人。

小学馆版《万叶集》注：“谗言事件”与《续日本纪》记载不符，天平胜宝八年（756年）五月十日条目：“大伴古慈斐与淡海三船诽谤朝廷，以欠缺人臣之礼而获罪，遭禁锢。三日后得赦免。”另有“大伴古慈斐薨传”宝龟八年（777年）条目记载：“天平胜宝年间（749—757），（藤原）仲麻吕诬告大伴古慈斐诽谤朝廷，遭左迁。”此事件有多种说法，真相不明。从《万叶集》来看，大伴家持相信，大伴古慈斐遭淡海三船谗言而被罢官确有其事。

译者解说：

时局动荡，人人自危。大伴家持亦如临深渊，如履薄冰，作长歌与短歌三首，教谕族人忠于天皇，珍惜家族名誉，小心谨慎，不

---

① 敷岛：大和国别称。相传，大伴家族为《古事记》神话中伴随天孙降临的最高神灵之后裔，跟随神武天皇东征，屡建奇功，在第12代景行天皇和日本武尊手下四处征战。大伴氏建国伊始便是功勋世家。

可轻举妄动。

4468—4469　大伴宿祢家持，卧病悲无常欲修道，作歌二首

4468　　人生无常山川秀，追求佛道莫彷徨。

4469　　日轮经天仰光彩，来生亦愿结佛缘。

4470　大伴宿祢家持，愿全天寿，作歌一首

明知此身如泡沫，仍求天寿一千年。

原编者注：

以上歌六首，六月十七日，大伴宿祢家持作。

译者解说：

大伴家持想摆脱政坛纷争，一心向佛，内心却充满矛盾。

4471　冬十一月五日，轻雷之夜，飞雪盈庭，兵部少辅大伴宿祢家持感兴作歌一首

残雪辉映山橘①红，枝头摘来当贽礼。

---

① 山橘：日文为“薮柑子”，我国叫“紫金牛”。

4472—4473 八日，赞岐国（香川县）守安宿王等，集会于出云（岛根县东部）掾安宿奈杼麻吕[①]之家，宴会歌二首

4472 恭奉君命即启程，回望大浦[②]上京师。

——安宿奈杼麻吕

4473 京师友人如相问，请君为我报平安。

——出云国守山背王[③]

原编者注：

主人安宿奈杼麻吕曰："奈杼麻吕任朝集使进京，送别之日，各位作歌述怀。此乃当时所作歌也。"

4474 兵部少辅大伴宿祢家持，后日追和出云国守山背王作歌一首

君出京师鸟离巢，意气如虹踏旅程。

4475—4476 二十三日，集会于式部少丞大伴宿祢池主之宅，宴会歌二首

初雪飘飘积千重，百感交集倍思君。

---

① 安宿奈杼麻吕：任朝集使，赶赴京城。
② 大浦：辽阔的海湾，具体地点不明。
③ 山背王：长屋王之子，安宿王同母兄弟。

4476　深山樒花[1]香扑鼻，追忆君[2]兮不可忘。

4477　智努女王[3]卒后，圆方女王[4]悲伤作歌一首

夕雾沉沉鸣千鸟[5]，佐保路[6]荒无人迹。

4478　大原樱井真人[7]，前往佐保川河边之时，作歌一首

佐保川上浮薄冰，情深意厚常思卿。

4479　藤原夫人[8]，歌一首

朝朝暮暮唯恸哭，莫怨我心失理性。

4480　无名氏作歌一首

大君驾崩悲欲绝，朝朝暮暮泪满襟。

原编者注：

以上四首，传诵者为兵部大丞大原今城。

---

① 樒花：常绿小乔木，高约 3 米，春天开黄白色花，香气馥郁，有毒。用于供佛，植于墓地。树叶、树皮可制线香。我国叫“毒八角茴香”。
② 君：指不在现场的大伴家持。
③ 智努女王：血统不详。
④ 圆方女王：长屋王之女。
⑤ 千鸟：见编号 266 作品注释。
⑥ 佐保路：奈良北部佐保的道路，通往智努女王府邸。
⑦ 大原樱井真人：樱井王，其兄为高安王，赐姓大原。
⑧ 藤原夫人：天武天皇夫人（女官），名冰上大刀自。此歌可能作于天武十五年（686 年）天武天皇驾崩时。见编号 1465 作品注释。

4481 三月四日，于兵部大丞大原真人今城之宅，宴饮歌一首

群峰蜿蜒如锦绣，君栽茶花正盛开。

原编者注：

以上一首，见兵部少辅大伴家持所栽茶花而作。

4482 播磨介藤原朝臣执弓，赴任悲别，歌一首

跨越堀江去远国，难忘一路送我情。

原编者注：

以上一首，由主人大原今城传诵至今。

4483 天平胜宝九岁（757 年）六月二十三日，于大监物[1]三形王[2]之宅宴饮，兵部大辅大伴宿祢家持歌一首

风流云散心悲切，追忆故人天一方。

---

① 大监物：监物长官，属中务省，从五品下。负责监察、管理物品的出纳。

② 三形王：亦作“御方王”，血统不详。天平胜宝元年（749 年）从五品下，天平宝字三年（759 年）担任主管皇宫内基建修缮工作的木工寮长官“木工头”，从四品下。《续日本纪》无任大监物之记载。天平胜宝九年（757 年）六月二十三日作。一月，器重家持的橘诸兄不幸去世，六月九日，藤原仲麻吕宣布，禁止氏族长老召集族人集会，家持预感山雨欲来。

4484—4485 大伴宿祢家持，悲怜四季风物之变，作歌二首

4484 花开终有凋落时，山间菅草根不断。

4485 四季花草皆悦目，秋来更可解忧愁。

4486—4487 天平宝字元年（757年）十一月十八日，于宫内肆宴之时，歌二首

4486 日月当空照天地，江山万代不须疑。

——皇太子①（淳仁）御歌

4487 天地铸就大和国，众臣莫生非分心②。

——内相藤原朝臣③上奏

译者解说：

以上两首都是宴会上附和藤原仲麻吕的作品。

天平胜宝三年（751年）大伴家持从越中国返京，滞留7年，这是他一生当中最苦恼的时期。光明皇后之侄藤原仲麻吕把持朝政，专权犯上，最终沦为叛臣。橘奈良麻吕企图发动政变，包围田村宫，欲剪除藤原家族。橘奈良麻吕被人告发，入狱而死，享年37岁。为此受株连者多达443人，家持虽未参与此事，过了许久，依然心有余悸。

---

① 皇太子：大炊王，即位后为第47代淳仁天皇。
② 非分心：犯上作乱之阴谋，暗指橘奈良麻吕等人的谋反计划。
③ 内相藤原朝臣：藤原仲麻吕，后来称惠美押胜。

4488—4490 十二月十八日，于大监物三形王宅，宴会歌三首

4488 残冬仅存今日雪，明朝莺啼报新春。

——主人三形王

4489 霞光缥缈罩万物，今宵春近月朦胧。

——大藏大辅[①]甘南备伊香真人[②]

4490 又是一年新春到，黄莺先来我家鸣。

——右中弁[③]大伴宿祢家持

4491 年月不详歌一首

海底深邃恋慕情[④]，菅原里[⑤]上曳裙裾。

——藤原宿奈麻吕朝臣[⑥]之妻石川女郎

原编者注：

因男方薄情而离去，石川女郎悲恨作歌。

---

① 大藏大辅：大藏省次官。

② 甘南备伊香真人：原称伊香王，天平胜宝三年（751 年）赐姓真人。甘南备，今大阪府富田林市一带。

③ 右中弁：太政官手下左右弁的次官。右大弁的下属，正五品上。右大弁官管辖兵部、刑部、大藏、宫内四省。左大弁则管辖中务省、式部省、治部省、民部省。

④ 海底深邃恋慕情：比喻希望得到丈夫宠爱。

⑤ 菅原里：位于奈良西大寺之南的喜光寺一带，地势高低不平，走过时须提起裙裾，喻婚姻生活之坎坷。

⑥ 藤原宿奈麻吕朝臣：天平十二年（740 年），因受其兄藤原广嗣谋反之连累，流放伊豆，天平十四年（742 年）获赦免，后历任大宰少判事、上总守、相模守等职，任防人部领使时曾向大伴家持献防人歌。

4492 十二月二十三日[①]，治部少辅大原今城真人宅，宴会歌一首

岁暮寒冬犹未尽，烟霞成绮新春来。

——右中弁大伴宿祢家持

广冈义隆：旧历每两三年会出现一个有闰月之年，于是有“年内立春”现象。本歌即是吟唱“年内立春”的作品。

4493—4494 二年春正月初三，王臣等人，应诏奉旨各陈心绪，歌二首

序 天平宝字二年（758 年）正月初三，召侍从竖子王臣等，令侍于大内之东屋垣下。即赐玉帚肆宴。于时，内相藤原朝臣奉敕宣诸王卿等，各按能力，自由命题，作歌赋诗。仍应诏奉旨，各陈心绪，作歌赋诗。未得诸人之赋诗与作歌也。

4493 今日初春又初子[②]，手执玉帚[③]摇玉佩。

原编者注：

以上一首，右中弁大伴宿祢家持作歌，正值勤大藏省，未能上奏。

---

① 十二月二十三日：相当阳历翌年春二月九日，立春已四五天。
② 初子：初三为丙子，一年中第一个子日。
③ 玉帚：天皇举锄，行亲耕仪式，皇后举帚，行养蚕仪式。帚上有玉佩等装饰品，用来扫蚕床。摇动帚上玉佩，仿佛摇动魂魄。“玉の緒”，“玉”与“魂”同音（たま），代表生命与魂魄。

4494　青马[①]野鸭羽毛色，今日见者皆长寿。

原编者注：

以上一首，右中弁大伴宿祢家持准备出席七日白马节会，预先作歌。但因仁王会在即，六日提前在宫中召集诸王众卿，赐酒设宴，下赐褒奖，故未能上奏。

4495　六日，暂于内庭植树作林帷[②]，举行肆宴[③]时，歌一首

霞光飘舞春意浓，徘徊林间盼莺啼。

4496—4505　天平宝字二年（758 年）二月，于式部大辅中臣清麻吕朝臣宅，宴会歌十首

4496　深庭锁春色，有恨对无情。
可怜梅花落，无缘赏胜景。
——治部少辅大原真人今城[④]

4497　只须开尊口，君欲来赏梅。
无缘访寒舍，可怜落芳菲。
——主人清麻吕朝臣

---

① 青马：青灰马，骢。亦可写为“白马”，皇宫中举行白马节会使用的马。青色属阳，元月七日为阳月阳日，白马节会上，左右马寮牵出 21 匹白马到丰乐院供天皇欣赏。
② 林帷：植树成排，以代替墙垣。
③ 肆宴：编号 4494 作品原编者注中有“仁王会”一词。肆宴，指“仁王会”后举办御宴。
④ 大原真人今城：今城王，见编号 537 作品注释。

4498 主人何潇洒，亭亭海岸松。
百岁正芳春，福寿永无穷。
——右中弁大伴宿祢家持

4499 借得君吉言，天地拜神祇。
众卿皆长寿，共享太平时。
——主人清麻吕朝臣

4500 郁郁幽梅香，弥弥散四方。
相思情不绝，高洁众人仰。
——治部大辅市原王

4501 百花皆褪色，青松傲霜枝。
绾松①表心迹，千载无尽时。
——右中弁大伴宿祢家持

4502 梅花开又落，煦色韶光迟。
终日看不厌，池畔有岩矶。
——藏大辅甘南备伊香真人②

4503 君家临池渊，礁边滚白浪。
浪涌浪又退，美景岂能忘。
——右中弁大伴宿祢家持

① 绾松：将松枝打结，祈求长生的咒术。见编号 141 作品注释。
② 甘南备伊香真人：伊香王，天平胜宝三年（751 年）赐姓“真人”。甘南备，位于大阪府富田林市一带。

4504 唯卿情最深，日日来相见。
风华大伴君，主客尽开颜。
——主人清麻吕朝臣

4505 矶边眠鸳鸯，昼夜两相亲。
殷勤还寄语，拜托麻吕君。
——治部少辅大原真人今城

4506—4510 依兴，各思高圆离宫①，作歌五首

4506 高圆旷野宫殿荒，先帝②朝代已渺茫。
——右中弁大伴宿祢家持

4507 高圆旷野宫殿荒，先帝英名岂可忘。
——治部少辅大原真人今城

4508 高圆旷野葛草深，千代流逝忆吾皇。
——主人清麻吕朝臣

4509 绵绵葛草何葳蕤，当立标识供瞻仰。
——右中弁大伴宿祢家持

4510 先帝魂游高圆野，每见此景泪难收。
——大藏大辅甘南备伊香真人

---

① 高圆离宫：奈良市高圆山离宫。两年前圣武天皇驾崩后，此地划归东大寺，名春日庄，日渐荒凉。

② 先帝：第45代圣武天皇，在全国广建国分寺、国分尼寺，曾与光明皇后一道由鉴真和尚授戒。

译者解说：

大伴家持等圣武朝旧臣，面对高圆山行宫怀念当年。

4511—4513 眺望山斋①庭园，作歌三首

4511 鸳鸯栖息庭园幽，今日花开马醉木。

——大监物三形王

4512 池中倒映马醉木，折花一枝袖中藏。

——右中弁大伴宿祢家持

4513 池翻礁影漾华光，花开花落人长叹。

——大藏大辅甘南备伊香真人

4514 二月十日，于内相②宅，饯别渤海大使③小野田守朝臣等人，宴会歌一首

渺渺碧波静，去来应无恙。
大船渡沧海，飞渡千重浪。

原编者注：

以上一首，右中弁大伴宿祢家持作（未曾当众诵读）。

译者解说：

藤原仲麻吕为女帝孝谦天皇宠臣，专横跋扈。孝谦宠爱僧侣道

---

① 山斋：山中别墅。
② 内相：紫微中台内相藤原仲麻吕，又名惠美押胜，后发动叛乱，兵败被斩。
③ 渤海大使：遣渤海国大使。渤海国位于中国东北地区与朝鲜半岛北端之间。

镜，藤原仲麻吕醋意大发，举兵叛乱。孝谦女帝派吉备真备率军讨伐，藤原仲麻吕兵败琵琶湖畔，被斩首。他拥立的淳仁天皇被废，孝谦女帝重祚，号“称德天皇”。

4515 七月五日，于治部少辅大原今城真人宅，饯别因幡守大伴宿祢家持，宴会歌一首

胡枝花叶尽伏地，秋风恨别怎插头。

——大伴宿祢家持

4516 三年春正月初一，于因幡国厅，赐飨国郡司等人，宴会歌一首

新年伊始降瑞雪，从今吉事日日多。

译者解说：

天平宝字二年（758年）6月，大伴家持出任因幡国（鸟取县东部）守，天平宝字六年（762年）任期结束返京，担任中务大辅。朝中藤原仲麻吕专横跋扈，家持孤立无援，心情落寞。

天平宝字三年（759年）正月初一，42岁的大伴家持在因幡国厅设新年宴会，与下属欢聚一堂，犒劳大家一年来的勤苦奉公。家持吟出这首雪中贺岁歌，成为绝响，万叶时代落下帷幕。

译后记

1979年1月，日本《朝日新闻》为纪念创刊百年，开辟了一个200字的小专栏《四季和歌》（“折々のうた”大冈信执笔），按照春夏秋冬季节变换，每天向读者介绍一首和歌或一句俳句。我最早翻译的是该专栏所选的第一首短歌，《万叶集》中志贵皇子吟唱的报春歌：

岩上溅溅泻飞瀑，蕨菜萌动报春来。（卷八 1418）

此专栏立即引起轰动，大受欢迎。一年后《四季和歌》（第一册）由岩波书店汇集出版。

我每天展读报纸，将和歌俳句抄写下来，不知不觉就积累起厚厚几大本。我心底渐渐萌发出一种冲动，开始尝试将和歌译成汉诗，反复吟哦、推敲。不久，恩师住吉先生给我寄来了樱井满注释的三卷本《万叶集》（旺文社文库）。上中下三卷分别收入了介绍《万叶集》的历史文化背景知识，包括地图、年表等资料。还有长篇研究论文《万叶集的结构与作品鉴赏》（上卷）、《万叶时代的风土与历史》（中卷）、《万叶人的生活与语言表达》（下卷），三篇论文总共长达200多页。

转瞬之间，春秋递嬗，《四季和歌》连载二十余年，我的书架上凑齐了《四季和歌》全套丛书20册，我收藏的《万叶集》版本也增加到十余种，还有与之相关的研究专著与资料、图片集等。

我从二十世纪70年代开始翻译介绍和歌，曾在《开封日报》开辟介绍《万叶集》等日本古典诗歌的专栏，后来又在大连外大主办的杂志《日语知识》上连载系统介绍日本古典文学的专栏《古典之心》，其中介绍万叶和歌的文章有七八篇。我将这五十来篇文章汇集成《日本古典文学赏析》（2003 年，外研社），该书被很多重点高校选为教材，列入考研必读书目。

多年来，我对《万叶集》始终痴情不改，从二十世纪 90 年代起开始系统翻译万叶集。

起初，我虽醉心于和歌，但并未对其历史时代认真考证。结果，拙文与拙著中曾出现一些失误，至今仍觉于心不安。比如，大津皇子面临杀身之祸时，偷偷前往伊势神宫与姐姐大伯皇女见面，他回到京城后被立即处死。当时的京城是飞鸟京，而我错写成了平城京（奈良）。万叶时代迁都多达十余次，令人眼花缭乱。近年来，我认真研究万叶时代的历史文化背景，绘制出《万叶时代迁都表》，万叶时代的迁都脉络便清晰地浮现出来。

几年前，新星出版社邀请大陆及港澳台学者翻译一套《岩波日本史》，我特意请求将卷二《飞鸟 · 奈良时代》的任务交给我，目的是为了系统学习万叶时代的历史。

翻译这本书时还参照了《古事记》《日本书纪》《续日本纪》《角川日本史辞典》等资料。

编号 1657 作品中提到圣武天皇天平四年（732 年）颁布的《禁酒令》，几种版本的原作引用字句略有不同。最后，以吉川弘文馆的国史大系《续日本纪》卷十一圣武天皇天平四年条目为准，逐字校订。

我翻译万叶和歌追求的目标是：

一、 忠实于原歌，力争避免误译，绝不可出现硬伤。

二、 让读者读懂每一首和歌，得到美的享受。

三、 日本文学虽深受中国古典文学影响，却形成了独立的价值体系与美感。让读者理解日本和歌与日本文化的独特魅力。

从上世纪80年代起，迄今为止我国已经有三种《万叶集》问世，都是我最爱阅读的书籍之一。

1984年，第一部《万叶集》全译本问世，几乎全用五言古诗翻译和歌，基本无注释。

2002年，又出版了一部用半文半白的长短句诗歌翻的《万叶集》全译本。但以上两种译本注释甚少，不利于我国读者阅读理解。

2008年，出现了一部用现代汉语白话诗翻译的《万叶集》全译本，注释简明扼要，并附有万叶时代的多幅地图。

古代抄本《万叶集》的无名氏原编者还收集了不少当时流行的不同抄本收录的不同诗句。这也是研究万叶和歌的宝贵资料，但以上三种译本或将其全部省略，或将大部分省略。

除以上三种译本之外，自钱稻孙先生的《汉译万叶集选》（1959年）问世以来，我国还陆续出版过几种比较有影响的选译本。

我向来对翻译《万叶集》的老前辈充满敬意，不断从他们的译著中吸取营养，但同时也发现了以上各种译本中的一些谬误与疑惑。囿于篇幅，略举几例。

一、谬误篇

士やも　空しくあるべき　万代に　語り継ぐべき　名は立てずして（卷六978）

本歌为山上忆良临终前吟出，其中，“士”（注音为をのこ），三省堂等古语辞典将其解释为“男子”“男仆”。如果读作“をとこ”的话，则指“男子”或“有身份的男子”。如《伊势物语》中，指贵族男性在原业平的“男”的注音为“をとこ”。

小学馆本与岩波书店本《万叶集》都将本歌中的“士”解释为

“男、男子たるもの”（男儿、男子），而非我国传统意义的“士”。

“士”指春秋时代“最低级的贵族阶层”“读书人”“兵士”（《王力古汉语字典》，中华书局）。到了近世，日语中的“士”主要指“士农工商”中的“武士”。而将“士”理解为“读书人”“知识分子”时，其读音均为“し”。如：“曾子曰く、士(し)は以って弘毅ならざる可からず。”（曾子曰：“士不可以不弘毅。”《论语·泰伯》）。

山上忆良因战乱而从朝鲜半岛流亡日本，从小地位低贱，他不会自称“士大夫”，特意自谦为“をのこ”。国内有译本按照原歌的“士”字，误译成：“士生空一世，至死未留名。应有高勋业，相传万代声。”或是“名不传千代，世人不赞述。生而为一士，死岂能瞑目？”等，但也有几种译本将“士”（をのこ）正确地译成了“男儿”。

拙译：“男儿岂能空蹉跎，不留身后万世名？”

再如：

橡の　衣解き洗ひ　真土山　本つ人には　なほ及かずけり（卷十二3009）

有译本将第一句译成了“解下橡衣，洗后就砧捶”。这样的翻译简直不知所云。万叶时代，用铁锅做触媒煮橡实，可得黑色染料，以染衣物，这里应译为劳动群众穿着的“缁衣”“黑衣”。

拙译：“橡染缁衣，砧上捶打。旧情难忘，真土山下。”

还有：

風の音の 遠き我妹が 着せし衣　手本のくだり 紕ひ来にけり。（卷十四3453）

三省堂《古語辞典》：紕ふ、織り糸などがゆるむ。ほつれる（绽开，散开，松弛）。

“手本のくだり 紕ひ来にけり”不是乙本翻译的“袖口出窟窿”，而是“袖口已开线”。

拙译：“风声来耳边，吾妻隔山川。临行系衣带，袖口已开线。”

我なしと　なわび我が背子　霍公鳥　鳴かむ五月は 玉を貫かさね。(卷十七 3997)

“玉を貫く”，不是“贯珠玉”的意思。樱井满先生指出：“薬玉”（くすだま），是由我国传入日本的端午节“香袋”“香囊”。万叶时代人们在端午节相互赠送香袋、香囊。用麝香、沉香等香料或菖蒲、橘花等鲜花做成“香袋”，将其挂在柱子、门帘上，或佩带在身上，以求驱病避邪。

拙译：“我虽远去莫泫然，子规高唱五月天，香囊寄思念。”

关于鵺(ぬえ)或鵼(ぬえ)，山上忆良《贫穷问答歌》中有一句：

鵺鳥の　のどよひ居るに　いとのきて（卷五 892）

小学馆版《万叶集》注：“鵺鳥”，即“虎鶫”（とらつぐみ，虎鸫，全称“虎斑地鸫”），啼声沙哑，凄凉悲切，有气无力。我手边的十余种《万叶集》注释本对“鵺鸟”啼声的解释都基本一致

有版本将“鵺鸟”这一具体形象省略，只译成“呻吟空哭号”。

有的则译为“如虎斑地鸫，声声发悲啼”，或译为“如画眉一般呻吟”。

中日两国辞典对“鵺”的解释：

《新世纪日汉双解大辞典》（外研社）：1.“虎鸫”的异名。2.《平家物语》中所记载的源三位赖政射杀的怪物，据说头似猿、身似狸、尾似蛇、脚似虎。

《山海经 · 北山经》：鵺，单张山有鸟，如雉、文首、白翼、

黄足、名曰白鵺，食之已嗌痛。为传说中的怪鸟。

日本《广辞源》：“鵺”，①“虎鸫”的异名。②传说中的怪兽，猿头，狸身，蛇尾，足爪似虎，叫声似“虎鸫”。

再看对“鸫”的解释。

《辞源》：“鸫鵐”， 鸫属各种鸟类的通称。

《辞海》：“鸫”，春日多善啭鸣。主食昆虫，为农林益鸟。在中国分布较广的有“乌鸫”等。

《康熙字典》：“鸫”， 鸫鵐，鸟名。又，鸫美形貌。

日本学研社《汉字源》：“鵐”，婀娜柔美之鸟。“鵐雏”，想象中的鸟名，凤凰的一种。“鵼”，怪鸟之名。

总之，中国历来对“鸫鵐”的印象十分美好，其啼声婉转动听。《万叶集》中的“鵺”显然不是“虎鸫”。

再看《康熙字典》中的解释：“鵺”，音夜。鸟名。似雉。

而《万叶集》中的“鵺”，其声悲戚哀婉，全部用来比喻弱者的悲泣与喟叹。七夕歌中也用鵺鸟啼鸣来比喻织女悲切的哭声（编号1997、 2031作品）。

我们发现，日语中“鵺”的形象在不断演变，到平安时代逐渐变为一种怪兽，其外形猿首、狸身、虎足、蛇尾，在夜色中出没，啼声令人恐怖。“鵺”的形象还出现在《源氏物语》、《平家物语》、《徒然草》、能乐剧《鵺》等古典名著中。

《万叶集》军王的长歌（卷一5）中有“ぬえ子鳥”，该词用作“枕词”，后面引出“悲叹呻吟”一句。日本的“鵺”在万叶时代与平安时代截然不同，中国的“白鵺”与日本的“鵺”“鵼”意象不同，文化内涵也不相同。因此，姑且将“鵺”“鵼”译为“鵺鸟”。山上忆良《贫穷问答歌》中的“鵺鸟鸣叫”，则是比喻全家啼饥号寒时发出的叹息呻吟。

将二者结合起来考虑，我们认为《贫穷问答歌中》的这句诗歌可以有两种译案：

1. “哀哀鵺怪空中啼，闻之魂魄散四方。”夜里鵺怪啼声恐怖，天明后又有里长执笔鞭怒吼，催粮催款。

2. “哀哀鵺鸟空中啼，叹息呻吟传四方。”“叹息呻吟”的主语是本歌作者。最权威的小学馆版、岩波书店版《万叶集》，以及几乎现在所有的版本的注释和现代日语翻译都是这样理解的。

“鵺鸟”是我们翻译《万叶集》中遇见的最棘手的问题，经再三思忖，选择了第二种译案。

二、疑惑篇

《万叶集》至今尚有二三十句的万叶假名标记无法解读，学者们对此众说纷纭，解释因人而异。这都是我们译者不得不面对的难题。决心大胆地去挑战翻译《万叶集》的人，就如同踏上了一条漫长而艰辛的探险之路。谁也无法担保自己的每一首译诗都能够准确无误。到了本世纪初，中西进等专家对这些疑难问题作出了大胆且较为合理的推测。如：

阿倍女郎，于屋部坂作歌一首

人見ずは　我が袖もちて　隠さむを　焼けつつかあるらむ　着ずて来にけり（卷三 269）。

屋部坂，奈良县矶城郡或高市郡的小山，位于作者前去幽会的必经之路上。远望裸露的赤土山体，犹如烈焰腾腾，正在熊熊燃烧。相传，凡从此山经过之人，衣袖会被烧毁。小学馆版《万叶集》注释：“本歌含义尚有不明之点，待考。”，岩波版《万叶集》注释：“鸿巢盛广《万叶集全释》（1930 年）注：本歌为《万叶集》中难解作品之一。”均认为此歌无法解读。土屋文明版《万叶集》解释：“要是怕人看见，我用衣袖为君遮面。屋部坂上烈火熊熊，衣袖会被烧毁，干脆不穿衣服，闯过去就是了。”我由此得到启发，试译为：

若要无人见，宽袖遮郎面。
衣衫化灰烬，赤膊闯烈焰。

再如：

宇治人の　喩ひの網代　我ならば　今は王良まし　こつみ来ずとも（卷七 1137）

大多数版本的《万叶集》都认为此歌“原歌难解”。小学馆版《万叶集》注释说：“古本《万叶集略解》（1791 — 1800 年刊行，橘千荫著）一书对本歌虽有解释，但尚有疑问，属于歌义不明的作品。”“網代”，中文叫“鱼簖”，为捕鱼工具，捕鱼比喻觅得女子芳心。岩波版《万叶集》注解：“我欲前去，哪怕一无所获，连木屑也捞不到”。本书根据岩波书店版的解释翻译，同时加上土屋文明《万叶集》（河出书房新社 1963 版）的现代日语译文“我要将鱼簖拆毁，让木屑被冲走”，供读者参考，最终试译为：

宇治渔人，重重鱼簖。寻寻觅觅，空手而还。

再如“咏可怕事物”之三：

人魂の　さ青なる君が　ただ一人　逢へりし雨夜の　葉非左し思ほゆ（卷十六 3889）

试译为：

君死化游魂，
雨夜独行脸铁青，
叶非左惊魂。

众多万叶专家一致认为，尾句中的原文万叶假名“葉非左”至今无法训读。

小学馆版《万叶集》注释认为：此歌难以训读，无法读懂。

岩波版《万叶集》注释认为：尾句“葉非左思所念”无法解

读。或为古代原编者笔误所致，“葉非左”一词结构异常。

而土屋文明、伊藤博、樱井满三人根据原歌进行逻辑推理，认为“葉非左”当指“坟场”“墓地”。伊藤博则解释说：“人魂”，含义是死人的“游魂”，“脸铁青”的形象令人恐惧。“葉非左”应该是“灰屋”（火化场）或“墓地”。为慎重起见姑且留下待考。“葉非左”一词中的“葉”属于“借训假名”，而“非”与“左”则是“音假名”。同一词汇训读方法前后不统一，十分可疑。最后得出结论说：训意不详。期待有更慎重的解释出现。

再如反歌：

四つの船　はや帰り来と　しらか付け　朕が裳の裾に　斎ひて待たむ。（卷十九 4265）

本句难解，众说纷纭。小学馆版《万叶集》注释列举了“楮树白色纤维”一说备考，但无结论。岩波版《万叶集》注解：“しらか，不详，可能指祭祀用的币帛”。本书根据中西进与土屋文明的解释：“天皇为遣唐使举行斋祭，祈求平安。裙裾缝上白发一样的白色纤维，寄托驱逐妖魔、皓首长寿的祝福。”

因此，姑且试译为：盼望四船早归来，裙裾白发镇魔障。

本书初稿完成后，依然有若干难以满意之处。我们从去年起又收集了几十本《万叶集》的相关资料：《万叶事典》（中西进）、《万叶动物考》（田中瑞穗）、《增定万叶植物新考》（松田修）等。一年多来，又将全书从头到尾通改数遍。主要进行了以下修订：

1. 重新绘制“万叶时代迁都表”，新表更准确、完善。

2. 对照原歌，反反复复，逐字推敲润色全部译诗，对若干不准确的译诗进行了重译。

3. 删除注释中的重复内容，添加必要注释，精简文字，力求准确。

4. 纠正若干文字、数字等错误。

5.《万叶集》原著由多人编辑，每卷编辑方针与格式各不同。为保留原书风格，不必强求一律，只能尽量统一格式。

《万叶集》常被誉为“日本的《诗经》”“日本民族的心灵故乡”，我觉得将其比喻成《诗经》的确贴切。它对后世一千多年来的日本文坛产生了深远的影响，孕育出日本民族独特的审美意识。但我更想将它比喻成日本的《全唐诗》，奈良时代的日本贵族喜好六朝文学，主要采用《文选》作为汉诗文教材，同时吸取《诗经》的营养。遣唐使们融入中国社会，与唐代诗人亲密交友，学习当代中国文学。万叶时代共 400 余年，比 290 年的唐朝更漫长。《万叶集》中收有相当数量的“无名氏”作品，每一首歌谣都经过了几百年间无数吟唱者的反复修改与润色。《诗经》全部是无名氏的作品，而《万叶集》与《全唐诗》一样，大多数作品的作者有名有姓，上自天皇贵胄，下到农夫士卒，数量并不比《全唐诗》人数少。在这场声势浩大、席卷岛国的咏歌大潮中，成千上万的作者都具有一颗激越澎湃的灵魂，或娓娓吟唱，或大声疾呼，为后世留下如此众多的瑰丽诗篇。中国有星宿下凡的诗仙、才高八斗的诗圣，日本万叶时代有歌圣柿本人麻吕，到了平安时代还诞生了六歌仙以及三十六歌仙。为翻译万叶和歌，译者必须走进日本古代诗人的内心，重走他们经历的心路历程，要仔细阅读他们的传记，体味他们的人生悲欢与每一次灵魂的悸动。

吾辈不过是凡夫俗子，却试图想翻译万叶和歌。翻译外国古典名篇诗作，就是代古代伟大诗人“立言”，要充满敬畏之心。吾等俗人，是否有资格为《万叶集》的作者“立言”呢？李白、杜甫穷尽一生，各自留下了一千多首诗歌。我们只凭着一次生命和一颗平凡的灵魂，要全译包括 4500 余首和歌的《万叶集》，无论是精力还是才华，都远远不够。每每想到此处，便痛感自己的力不从心，胆怯而毫无自信。何况正如笔者在本书开头写下的《万叶时代历史文化背景概说》中介绍的那样，《万叶集》就像浩瀚的大海一样，是一门大学问。我们倾尽自己一生的全部精魂与全部生命，也是远远不够的。我22岁离开故乡成都，如今已成年近八旬的垂垂老者。面对译稿回首往事，不禁掩卷长叹，只觉得人生比弹指一挥间更为短暂。

翻译《万叶集》，这场两代人将近半个世纪的征途，在女儿尚未出生之前就已开始了。直到2017年，女儿获得日本皇学馆大学文学博士学位，回国任教，立刻加入了万叶和歌的翻译。父女两人对照原文，逐字推敲、润色译诗。女儿还为本书创作图画、绘制表格，转眼就是八个年头。这期间，父女联袂出版了《〈万叶集〉精粹》的选本（上海三联书店出版社，2022年），可算是小试牛刀吧。

1984年至1985年，我在中日联合举办的大学日语教师培训班“大平班”第五期专攻日本文学，为我们讲授《万叶集》的是大阪市立大学教授、《万叶集》研究家井手至（1929— ）先生。至今我还清楚地记得他讲授万叶开篇第一首和歌“求婚歌”时使用的精妙的语句，是井手至先生引导我步入了万叶和歌的世界与殿堂。时过境迁，二十多年后，女儿刘淙淙远赴日本皇学馆大学留学，硕士课程和博士课程期间都选修了《万叶集》。讲授《万叶集》的同样是两位大师：毛利正守（1943— ）教授和大岛信生（1957— ）教授。女儿惊奇地告诉我，毛利正守是井手至先生的高徒。女儿还聆听过国立三重大学广冈义隆教授的“万叶集讲义”，长达一年时间。广冈先生曾多次向我们赠送他有关《万叶集》的著作。

今天，拙稿《万叶集》（全译注）有幸能在上海译文出版社付梓，我们由衷地心怀感激。多年以来，贵社格局宏大，肩负着促进国际文化交流、繁荣中华传统文化的崇高使命与担当，做出了极大的奉献。责任编辑姚东敏女士，在审稿过程中与我们一起全力以赴，付出了无数的心血与智慧。解决了无数难题，使拙稿焕然一新。《万叶集》原书由多人编撰而成，每个人的编辑方针与抄录格式都不尽相同，《万叶集》历代都以手抄本方式流传至今。我们要向中国读者介绍这部鸿篇巨著，本应尽量让全书格式统一起来，可惜古代编者留下诸多难以解决的遗憾，至今尚未彻底解决。

从奈良时代的大伴家持到平安时代的“梨壶五人”①，再到江户时代的贺茂真渊等学者，都为赓续传承《万叶集》创立了丰功伟业，但日本史上却始终未曾出现像《诗经》选编者孔子那样横空出世的天才。《诗经》分为十五国风、小雅、大雅、周颂、鲁颂、商颂，逻辑清晰，一目了然。“子曰：‘《诗》三百，一言以蔽之，曰：思无邪’。”（《论语》为政 · 第二）

《万叶集》中的“东歌”（包括各地的民谣）、“防人歌”却散见于多卷之中，而“杂歌”这一概念在不同原编者心中的具体含义也各不相同。卷一中的“杂歌”多指宫廷礼仪歌、行幸从驾歌，而后面的“杂歌”多为无名氏的情歌，与“相闻歌”十分相似。《万叶集》中的民谣始终未能自成一体。这样的问题我们译者和出版人无法越俎代庖地去解决，或许遗憾还将继续。

我们希望尽量给读者一个较为满意的译案，深信随着万叶研究的不断发展，《万叶集》一些更新的解释与学说也许会逐渐得到公认，终将有解开谜团水落石出的一天。长江后浪推前浪，《万叶集》等外国古典诗歌的译本也必将推陈出新。

老前辈翻译这部浩瀚的诗歌集时，往往处于精神与物资生活十

① 梨壶五人：平安时代天历五年（951 年），皇宫中设立的“和歌所”（和歌研究所，成员有：大中臣能宣、清原元辅、源顺、纪时文、坂上望城。），其工作内容包括整理和训读《万叶集》。

分贫乏的年代，资料奇缺。我们丝毫没有责怪前人的意思，他们筚路蓝缕，已经尽力。

向自钱稻孙以来的《万叶集》研究者、译者、读者们致敬！

本书使用的照片中，万叶歌碑摄影者为刘潇潇、神宫文库和《校本万叶集》摄影者为郭耿慧、西本院寺摄影者为李奕霖。在此，我们对以上三位河南师大赴日本友好学校留日深造的学生一并表示衷心感谢。

刘德润

2024 年晚秋于牧野古乡

附录一　日本史万叶时代大事年表

	代数	天皇名	年号	起止年	大事记	注
万叶时代区分	15	应神			《古事记》《日本书纪》：应神天皇十五年（215年），《论语》由百济博士王仁带到日本。专家公认，此年代不可靠，《论语》应是在五世纪左右传入日本。	公元215年为中国东汉建安二十年。
万叶集的传说序曲时代	16	仁德			314年之后，磐姬皇后作《万叶集》最早和歌。	公元317年，东晋建国。
	21	雄略			作《万叶集》卷头歌。	
	29	钦明			大约538年，佛教经朝鲜半岛传入日本。佛教诞生500年后，经丝绸之路传入中国，再过500年东传日本。	公元68年，佛教正式传入中国。 420—589年，南朝宋、齐、梁、陈。 581年，隋朝建立。
	30	敏达			推古天皇之夫。	
	31	用名			圣德太子之父，与豪族苏我马子严重对立。	
	33	推古（女）			592年即位后，侄儿圣德太子担任摄政。603年，制定“冠位十二阶”。 604年，制定《宪法十七条》。607年，派遣小野妹子使隋，拜见隋炀帝。609年，小野妹子率留学生再次入隋。 613年，圣德太子见无名尸骸作挽歌。 614年，派遣犬上御田锹使隋。	推古天皇是日本史上第一位女皇，为钦明天皇第三皇女，敏达天皇之皇后。

(续表)

	代数	天皇名	年号	起止年	大事记	注
万叶时代第一时期	34	舒明			作登高望国土歌。 629年，进入万叶时代第一期。 630年，第一次遣唐使犬上御田锹等到达中国。	公元618年，隋朝灭，唐朝建立。629年，舒明天皇建都飞鸟冈本宫。
	35	皇极				公元642年，迁都飞鸟板盖宫。
	36	孝德	大化	645—650	646年正月，颁布《大化改新诏书》。 以中大兄皇子（即后来的天智天皇）为中心推行政治改革。废除私有地、私有民（庄园农奴）。加强中央集权，统计户口、耕地，实行班田收授法，推行租庸调制，并下达薄葬令。	公元645年，日本首次使用年号“大化”，孝德天皇迁都难波丰崎宫。
			白雉	650—654		
	37	齐明（女）			658年，有间皇子被处死。 661年，额田王随齐明天皇出征。1月，途中停泊熟田津。7月，齐明天皇薨于九州。 663年，朝鲜半岛白村江之战，日本败于新罗与唐朝的联军。	公元663年（唐高宗龙朔三年），唐破百济及日本援军。
	38	天智			664年，开始组建防人部队，布防于九州沿海。 天智天皇九年（670年）二月，造户籍。 天智天皇十年（671年）四月，置漏刻于新台，宫中开始报时。	公元663年。天智天皇迁都琵琶湖畔的大津宫。
	39	弘文			672年，壬申之乱，大海人皇子胜。	弘文天皇战败自杀。

（续表）

	代数	天皇名	年号	起止年	大事记	注
万叶时代第二时期					673 年，进入万叶时代第二期。同年，大海人皇子即位，是为天武天皇。	
	40	天武	朱鸟		天武与持统继续推行改革。 682 年，颁布“束发令”。 686 年，天武天皇薨。	律令制国家逐渐成熟。
	41	持统（女）	朱鸟		686 年，诛杀大津皇子。 持统天皇四年（693 年），造户籍。	公元 694 年，持统天皇迁都藤原京。
	42	文武	大宝	701—704	701 年，按唐律制定《大宝律令》。 702 年—704 年，山上忆良留学长安。	山上忆良留学于武则天女皇时代。 李白诞生（701—762）。
万叶时代第三时期	43	元明（女）	和铜	708—715	710 年，进入万叶时代第三期。 据梅原猛考证， 708 年，柿本人麻吕被处死。同年，日本发现铜矿，第一次铸造铜钱“和铜开珍”。此前中国铜钱曾在日本广泛流通。 712 年，太安万侣奉元明天皇之命，编成《古事记》。 713 年，元明天皇下令各地官员编撰《风土记》进献朝廷。	公元 710 年，定都平城京（奈良），基本结束国都四处流动的大和时代。 杜甫诞生（712—770）。
	44	元正（女）	灵龟	715—717	717 年，阿倍仲麻吕赴唐，770 年殁于长安。 718 年？大伴家持诞生。 718 年，按唐律制定《养老律令》。 720 年，《日本书纪》问世。	养老元年（717 年）三月，阿倍仲麻吕出发前往中国。唐玄宗开元五年到达长安，唐代宗大历五年去世。
			养老	717—724		

（续表）

	代数	天皇名	年号	起止年	大事记	注
	45	圣武	天平	729—748	727 年—730 年，大伴家持兄弟随父母远赴九州大宰府。730 年春，举行梅花之宴，12 月归京。 731 年秋，大伴旅人去世。	
					733 年，山上忆良作《好去好来歌》，遣唐大使多治比广成等一行出发。	公元 733 年为唐玄宗开元二十一年。
万叶时代第四时期					734 年，进入万叶时代第四期。 735 年，遣唐使将《老子》带回日本。 735 年，天花流行各地，死亡人数众多，社会动乱。 738 年，藤原广嗣发动叛乱被平息。	公元 740 年，圣武天皇迁都恭仁京，公元 744 年，再迁难波京。
	46	孝谦（女）	天平胜宝	749—757	751 年，日本第一部汉诗集《怀风藻》诞生。 746 年，大伴家持到越中国赴任。 750 年，遣唐大使藤原清河一行入唐。 751 年，大伴家持离开越中国，回京任少纳言。 753 年，鉴真和尚到达日本九州。754 年，鉴真到达奈良，暂住东大寺，在寺中设戒坛，为圣武上皇、光明皇太后、孝谦天皇、皇太子等四百余人授戒。 754 年 4 月，大伴家持任兵部少辅。 757 年，橘诸兄去世。 758 年 6 月大伴家持任因幡国守。 759 年，鉴真和尚设计的唐招提寺落成。 759 年正月初一，大伴家持作《万叶集》最后的和歌。	公元 749 年，孝谦天皇将首都迁回平城京（奈良）。 公元 755 年，唐王朝爆发安史之乱。 公元 752 年，奈良东大寺大佛开光。（卢舍那佛大铜像）。 大伴家持收集整理防人歌。 万叶时代落下帷幕。
			天平宝字	757—765		

(续表)

<table>
<tr><th></th><th>代数</th><th>天皇名</th><th>年号</th><th>起止年</th><th>大事记</th><th>注</th></tr>
<tr><td rowspan="3">万叶余音</td><td>47</td><td>淳仁</td><td></td><td>758—764</td><td>天平宝字二年（758 年）即位。760 年，铸造铜钱万年通宝、开基胜宝。
762 年春，大伴家持归京，任中务大辅（中务省次官）。</td><td>中务省为宫中八省之一，天皇近侍，主管起草诏书等宫中政务。</td></tr>
<tr><td rowspan="2">50</td><td rowspan="2">桓武</td><td>天应</td><td>781—782</td><td rowspan="2">782 年，大伴家持被派往陆奥地方宣抚发动叛乱的虾夷人，因平乱有功，第二年升任中纳言。
785 年 8 月 28 日，大伴家持去世。
785 年 9 月 23 日，藤原种继遇刺，凶手为大伴家族成员。已经去世的大伴家持作为族长，遗骨被流放至日本海上的隐岐岛。
794 年，迁都平安京（今京都），日本进入平安时代。
806 年，终于为大伴家持平反昭雪。</td><td rowspan="2">唐德宗贞元元年，书法家怀素（725—785）与大伴家持同年去世。
飞鸟时代与奈良时代合称“上代”，平安时代称“中古”。</td></tr>
<tr><td>延历</td><td>782—806</td></tr>
</table>

本表根据角川书店《日本史辞典 · 年表》、山川出版社《日本史年表》、小学馆《万叶集 · 万叶关系略年表》、第一学习社《新订综合国语年表》等资料绘制。

附录二　万叶时代养老律令简要官职表

官职	品级	职能	下属机构·注释
神祇官	正一品	掌神祇祭典，管理全国神官，官邸在宫城之内。神祇官置于百官之上，此乃神国之风仪，重天地神祇之故也。	长官称“伯”，持统天皇时代称为“头”，以下有“神部”等官员。
太政官	正一品 从一品	持一切纲纪，掌治理邦国之事。施天之德，如生育万物。率八省百官的内阁首相。	下有“左大臣”“右大臣”“大纳言”“左弁官局”“右弁官局”“少纳言局”，直接管理八省。
左大臣	正二品	统理众务，举持纲目，总判庶事。	下有内弁、外弁。
右大臣	从二品	职权同左大臣。左大臣缺员或出差在外时，可行使其职权。	
大纳言	正三品	参议庶事，敷奏（陈奏），宣旨，侍从，献替（“献可替否”，进献可行者，废去不可行者。语出《左传·昭公二十年》）。在天皇与百官之间上传下达。人称“天下喉舌之官”，定员二人。	“纳言”一词出自《尚书》：“命汝作纳言，夙夜出纳朕命，惟允。”舜任命龙为“纳言”，专司王命发布。设立纳言，建立如实传达发布舜帝政令的系统，旨在消除谗说，以稳定政治秩序。
中纳言	从三品	执掌之事与大纳言相同。“中纳言”亦称“黄门侍郎”，定员三人。	中纳言属于“殿上人”，有资格登殿面见天皇。没有资格登殿的下级官员称为“地下人”。
中务省	由四品以上亲王担任“中务省卿”。	掌管禁中政务。“省”，省察，调查，选择之意。“中务省”一名来自我国汉代的“中书省”，隋朝将“中书省”改为“凤阁”。	下有“左大舍人”“右大舍人”“图书”“内藏”“缝殿”“阴阳”六寮。 “画工”“内药”（宫中所需的药品与香料）“内礼”（宫中礼仪，监察）三司。

(续表)

官职	品级	职能	下属机构·注释
式部省	四品以上亲王担任各省长官"卿"。	考核文官政绩与过失、品行优劣，上报太政官，然后授予官衔。	正职之下有"大辅""少辅"各一人。 散位寮，宣布官位的授予。 大学寮，管理中央教育机构。教授分为"明经博士""文章博士"。
治部省		掌管雅乐、僧尼、接待外国公使、丧礼、陵墓。	正职之下，有"大辅""少辅""大丞""少丞"等。 下设雅乐寮、玄蕃寮、诸陵寮。
民部省		管理诸国的户口、田地、山川、道路、租税等。	正职之下，有"大辅""少辅""大丞""少丞"等。 下设"主计寮""主税寮"。
兵部省		主管各国的军事与兵力，包括兵马、兵器制造、军队训练、护卫京城。	正职之下，有"大辅""少辅""大丞""少丞"等。 下设"隼人司"，负责士兵的征集与训练。
刑部省		掌管刑法诉讼、监狱、没收赃物。施行五刑：笞、杖、徒、流、死。	正职之下，有"大辅""少辅""大丞""少丞"等。 另有"大判事""中判事"各一人。
大藏省		掌管皇宫内的金银珠宝，以及值钱的杂物。管理钱币铸造、缝纫、油漆。	"织部司"（纺织绸缎与布匹）、"典铸"（钱币铸造）、"漆部"、"缝部"（包括提供皇宫卫士的衣物）
宫内省		掌管皇宫内帝王后妃一切用度及日常生活。统管五寮与五司。	五寮："御厨"、"大炊"、"土木工匠"、"主殿"（宫中杂役与负责扫除的宫女）、"御医"。 五司："正亲"（亲王与皇子皇女）、"内膳"、"造酒""采女"（宫中女官）、"主水"。

(续表)

官职	品级	职能	下属机构·注释
大宰帅	从三品	负责九州地方的行政、海防与对外交流，吸收来自中国的书籍与文化。	副职“大弍”，以下有“大宰府典”。总管九州数国的国守、防人部队等。 “国”，相当于今天日本的“县”。
卿	正四品上	中央八省的正职。	下有“大辅”“少辅”“大丞”“少丞”及各“寮”“司”长官等。
参议	正四品下	参与朝议，在太政官手下供职，是仅次于中纳言的要职。	“参议”一词出自《后汉书·班固传》：“大将军窦宪出征匈奴，以固为中护军，与参议。”元明朝代起，成为中书省下官名。
左大弁	从四品上	直属太政官，负责接收来自中务、式部、治部、民部四省文书，并向其传达上司的命令。	“大弁”即“大卞”，大法之意。语出《尚书·顾命》：“临君周邦，率循大卞。”
右大弁		直属太政官，负责接收来自兵部刑部大藏宫内四省文书，并向其传达上司命令。	
大夫	从四品下	“中宫大夫”为皇后、皇太后宫主管。“春宫大夫”，皇太子身边的总管。“左右京职”（大夫），管理首都的户籍、人口、税收、警察、诉讼、商业、道路等。以贯穿南北的中央大道朱雀大道为界，东面是左京，西面是右京。	
大辅	正五品下	在各省长官“卿”手下供职。	
少辅	从五品上	在各省长官“卿”手下供职。	

（续表）

官职	品级	职能	下属机构・注释
少纳言	从五品下	太政官的侍从官，掌管官印、上奏等事务。	
大国守	正五品上、下	主管一国军政大权，包括农业、渔业、养蚕、治安、税收、兵役、劳役、驿路、寺院等。	副职称“掾”或“介”。下面还有“史生”（负责书记与杂务），府衙中有医师、阴阳师、书生。对马海峡沿岸的诸国还配有朝鲜语翻译。
小国守	从五品上、下 正六品上、下		

本表根据讲谈社学术文库和田英松著《新订官职要解》（1992年）绘制。

附录三　人物关系图

一、 大伴家持人物关系图

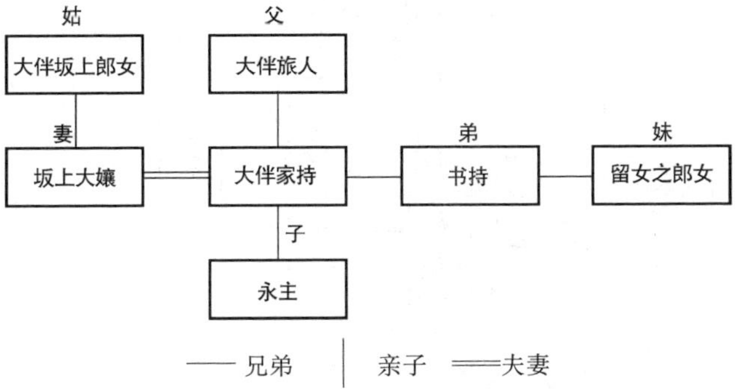

二、 藤原氏略系图

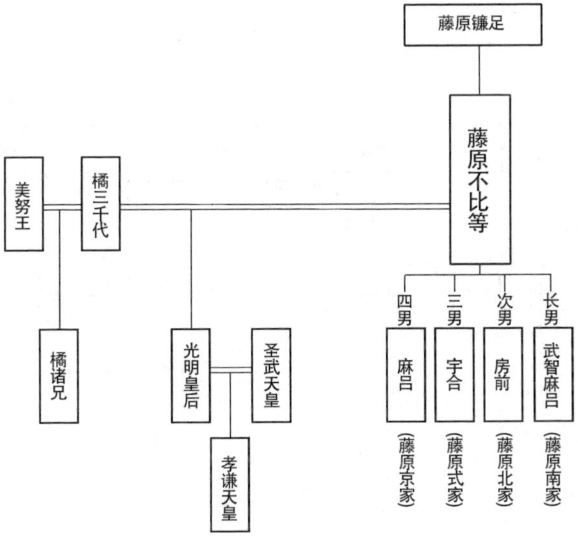

三、 天智天皇、额田王、天武天皇关系图

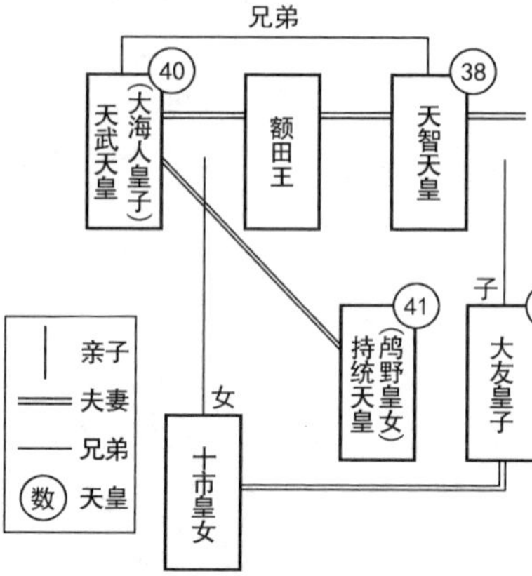

四、 藤原家与天皇关系图

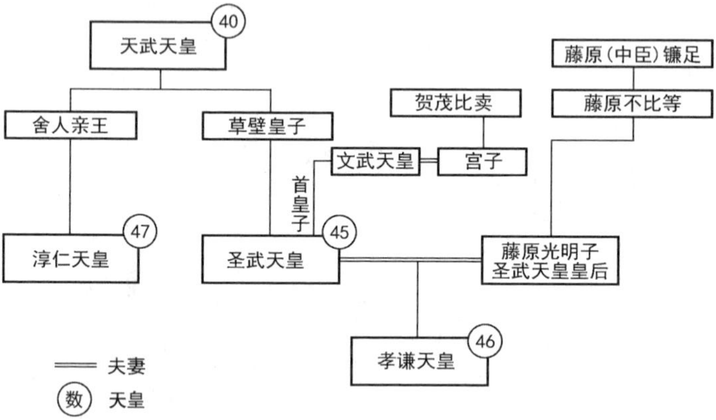

五、 天智天皇到孝谦天皇人物关系图

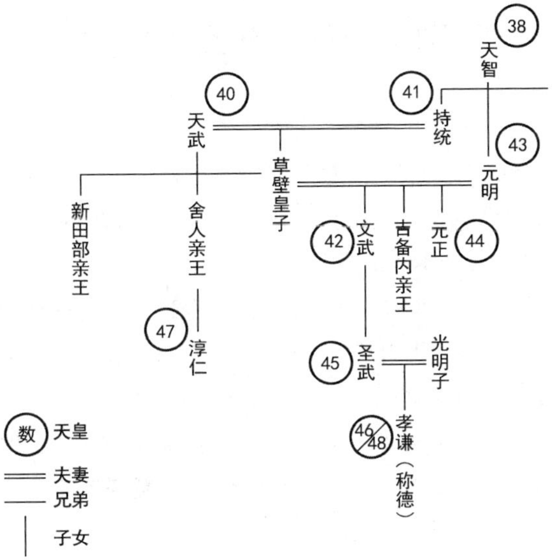

附录四　万叶集研究学者简介

斋藤茂吉（1882—1953）：歌人，精神病科医生，东京大学医学部毕业，留学德国与奥地利，1951年获文化勋章。主要著作有《万叶秀歌》《柿本人麻吕》。

泽泻久孝（1890—1968）：京都大学文学部毕业，京都大学教授，皇学馆大学教授，万叶学会会长。主要著作有《万叶集新释》、《万叶集注释》（全20卷）、《万叶古径》。

土屋文明（1890—1990）：东京大学文学部哲学科（心理学专业）毕业，歌人。主要著作有《万叶集现代语翻译》《万叶集私注》《万叶集名歌评释》。

木俣修（1906—1983）：东京高等师范学校毕业，歌人，昭和女子大学教授，1967年获文学博士学位，1973年获紫色绶带勋章。主要著作有《昭和短歌史》《万叶集——时代与作品》《大正短歌史》。

犬养孝（1907—1998）：毕业于东京大学文学部，文学博士，大阪大学、甲南女子大学教授。主要著作有《万叶之旅》（上中下）、《万叶风土》、《万叶时代的人们》、《万叶大和路》。

小岛宪之（1913—1998）：京都大学文学部毕业，专攻上代文学、中日比较文学，大阪市立大学教授。主要著作有《上代日本文学与中国文学》、小学馆《万叶集译注》（合著）、《日本文学中的汉语表达》。

池田弥三郎（1914—1982）：庆应大学文学部毕业，同校教授，民俗学家，散文家，1977年获紫色绶带勋章。主要著作有《万叶集——优美的大和之歌世界》、《万叶百歌》（合著）、《日本民俗志大系》(12 卷，合著)、《池田弥三郎著作集》(10 卷)。

伊藤博（1925—2003）：京都大学文学部毕业，文学博士，筑波大学教授，共立女子大学校长。主要著作有《万叶集释注》(全 10 卷)、《万叶集漫步》、《万叶集之魂》、《古代和歌研究》。

梅原猛（1925—2019）：京都大学文学部哲学科毕业，京都市立艺术大学教授、校长，国际日本文化研究中心所长，日本笔会会长，1999 年获文化勋章。主要著作有《水底之歌——柿本人麻吕论》《隐藏的十字架》《地狱的思想》《圣德太子》。

佐竹昭广（1927—2008）：京都大学毕业，国文学研究资料馆馆长，1994 年获紫色绶带勋章。主要著作有岩波书店日本古典文学大系《万叶集》4 卷注释（合著）、《再读万叶集》、《古语杂谈》、《佐竹昭广集》(5 卷)。

中西进（1929— ）：东京大学博士毕业，国际日本文化研究中心教授，京都市立艺术大学校长，奈良县立万叶文化馆馆长。主要著作有《万叶时代的日本人》、《万叶歌人的恋爱与悲剧》、《万叶集全译注》(4 卷)。

井村哲夫（1930— ）：关西大学博士课程修满学分退学，京都府立大学教授。主要著作有《忆良与虫麻吕》《万叶集全注第五卷》。

樱井满（1932—1995）：国学院大学博士毕业，同校教授，民俗学家。主要著作有《樱井满著作集》(10 卷)、《万叶集译注》(上中下)、《万叶集常识辞典》、《万叶集东歌研究》。

高见茂（1931— ），明治大学毕业，NHK 报道局记者，NHK 鸟取放送局长，因幡万叶历史馆馆长。主要著作有《藤原镰足》《辉煌的古代山阴》《大伴家持——通往因幡的道路》。

广冈义隆（1947— ）：大阪大学文学博士，三重大学人文学部教授。主要著作有《万叶之歌　人与风土》《万叶小径》《万叶散步》《万叶风土歌枕考》《万叶成书通论》。

高松寿夫（1966— ）：早稻田大学文学部博士，同校教授，文学部长。主要著作有《万叶集入门》、《上代和歌史之研究》、《日本古代文学与白居易》（合著）。

参考文献

日文资料

小島憲之等校註 日本古典文学全集『万葉集』[M]. 日本東京: 小学館 1994年
佐竹昭広等校註 新日本古典文学大系『万葉集』[M]. 日本東京: 岩波書店 1995年
櫻井満訳注『万葉集』上中下 [M]. 日本東京: 旺文社 1974年
土屋文明訳『国民の文学２万葉集』[M]. 日本東京: 河出書房新社 1963年
澤瀉久孝『万葉集注釈』[M]. 日本東京: 中央公論社 1968年
伊藤博『万葉集釈注』[M]. 日本東京: 集英社 1996年
中西進『万葉古代学』[M]. 日本東京: 大和書房 2003年
中西進『全訳注万葉集』[M]. 日本東京: 講談社文庫 2007年
稲岡耕二『万葉の世界』[M]. 日本東京: 日本放送協会 1987年
犬養孝『万葉の人々』[M]. 日本東京: 新潮文庫 1983年
犬養孝『万葉の旅』上中下[M]. 日本東京: 現代教養文庫 1974年
井村哲夫『万葉の歌』5 大阪[M]. 日本大阪: 保育社 1986年
梅原猛『水底の歌——柿本人麻呂論』[M]. 日本東京: 新潮社 1979年
木俣修『万葉集』——時代と作品 [M]. 日本東京: 日本放送協会 1985年
中西進『万葉事典』[M]. 日本東京: 講談社 1985年
櫻井満監修『万葉集を知る事典』[M]. 日本東京: 東京堂出版 2003年
廣岡義隆『万葉のこみち』[M]. 日本東京: はなわ新書 2005年
廣岡義隆『万葉の散歩みち』上下 [M]. 日本東京: 新典社新書 2008年
高見茂『大伴家持——因幡への道』[M]. 日本鳥取: 富士書店 1996年
斎藤茂吉『万葉秀歌』上下 [M]. 日本東京: 岩波新書 2006年

池田弥三郎『万葉集——美しき和歌の世界』[M]．日本東京：世界文化社 2006年
高松寿夫『万葉集入門』[M]．日本東京：早稲田大学 2003年
田中瑞穂『万葉の動物考』[M]．日本岡山：岡山県自然保護センター研究報告 1998年
松田修『増定万葉植物新考』[M]．日本東京：社会思想社 1970年
坂本太郎等『日本書紀』[M]．日本東京：岩波書店 1978年
黒板勝美 新訂増補国史大系『续日本纪』[M]．日本東京：吉川弘文館 2000年
藤田友治『遣唐使· 井真成の墓誌』[M]．日本京都：ミネルヴァ書房 2006年
渡辺秀夫『詩歌の森』[M]．日本東京：大修館書店 1995年
下中邦彦監修『国民百科事典』[M]．日本東京：平凡社 1979年
坂本太郎監修『学習百科大事典』[M]．日本東京：コーキ出版 1976年
和田英松『新訂官職要解』[M]．日本東京：講談社 1992年

中文资料

肖统主编 《文选》[M]．长沙：岳麓书社 2002年
曹寅主编 《全唐诗》[M]．上海：上海古籍出版社 1986年
沈起炜编 《中国历史大事年表》[M]．上海：上海辞书出版社 1986年
中西进 王晓平《智水仁山》——中日诗歌自然意象对谈录 [M]．北京：中华书局 1995年
白寿彝总主编 《中国通史》第二版 [M]．上海：上海人民出版社 江西教育出版社 2015年
高亨 《诗经今注》[M]．上海：上海古籍出版社 1984年
宗懔 《荆楚岁时记》姜彦稚辑校 [M]．北京：中华书局 2018年
笹间良彦 《日本历史风俗图录》庄千里译 [M]．成都：四川人民出版社 2019年
八条忠基 《日本装束解剖图鉴》李秦译 [M]．台北：台湾东贩出版

2021 年
邵延丰主编《新世纪日汉双解大辞典》[M]. 北京：外研社 2009 年
章辉夫等编《最新中日分类词汇》[M]. 北京：外文出版社 2014 年
吉田孝 《岩波日本史》2《飞鸟 · 奈良时代》刘德润译 [M]. 北京：新星出版社 2020 年
刘德润 刘淙淙 《论语》(中日文对照) [M]. 北京：商务印书馆 2014 年

大伴家持など
万葉集

图书在版编目（CIP）数据
万叶集 /（日）大伴家持等编著；刘德润，刘淙淙译. -- 上海：上海译文出版社，2025. 6. --（日本文学经典译丛）. -- ISBN 978-7-5327-9799-8
Ⅰ. I313. 22
中国国家版本馆 CIP 数据核字第 20258NS476 号

万叶集
[日]大伴家持等　编著　刘德润　刘淙淙　译
责任编辑 / 姚东敏　装帧设计 / 张志全工作室

上海译文出版社有限公司出版、发行
网址：www. yiwen. com. cn
201101　上海市闵行区号景路 159 弄 B 座
苏州市越洋印刷有限公司印刷

开本 890×1240　1/32　印张 35　插页 9　字数 381, 000
2025 年 6 月第 1 版　2025 年 6 月第 1 次印刷
印数：0, 001—3, 000 册

ISBN 978 - 7 - 5327 - 9799 - 8
定价：168. 00 元